対談

夏日烈烈

Ka Jitsu Retsu Retsu

―二つの魂の語らい―

思索家
執行草舟

医学生
佐堀暢也

講談社エディトリアル

まえがき

若者と語り合うことほど、楽しいことは他にない。年を経たひとつの青春が、いままさに芽を吹こうとするもうひとつの青春とぶつかるのだ。魂が電光を散らし、肉体が激突する。そこに生まれる脈動だけが、生命の本源を形創るものではないだろうか。生命は、ぶつかり合うことで確かなものに成っていく。魂は、その雄叫びによって燃えさかる深淵と化して行くと言っていい。ひとつの命が、もうひとつの命を求めて砕け散る。その痕跡の中から生まれ出づるものこそが、真の「人生」ではないのかと私は言いたいのだ。

ここに、ひとりの若者と私の「対談」が上梓されることになった。この対談の中には、奇を衒った物言いや言挙げのたぐいは一切ない。若者と私が、その思うところを存分に語り合ったものである。その「存分に語り合う」ことがまれになった世の中に、私はあえてそうすることの意義をこの世に問いたいのだ。人間の生命は、語り合うことによってのみ確立されていく。私はそう思って生きて来た。その人生の方程式とも言える事柄を、ここに成就することが出来たと思っている。

私はいま六十七歳に成っている。ひとりの実業家として「体当たり」の人生を歩んで来たと思っている。そして文学を愛し、人類の思想の中に苦悩し、また喜びを見出して来たと言っていいだろう。自己の運命だけを信じて、それにぶち当たり、それを受け入れ、またそれを乗り越えて生きて来た。そう考えている。善悪を超越し、自己に与えられた運命を生き切ることだけを願って今日を迎えているのだ。その体験を私は書物と成し、還暦を越えてからそれを出版している。私は自己の人生そのものを、ひとつの「生命哲学」と考えている。それを私は書物と成しているということだ。

それは私の衰え行く生命が、新しい生命の息吹きを求めているからに違いない。私の本には、私の体験と苦悩から生み出された信念だけが語られている。それが多くの人間の生命に共通する根本命題だと考えているからだ。若者たちの、燃える生命の役に立ちたいとだけ思っているのだ。その思いに、多くの若者たちが共感してくれている。嬉しいことだ。そして、人生論を闘わせるために私の許に足を運んでくれる人たちが多くいる。この幸福は言葉には言い表わせない。

そのひとりが、この対談をすることに成った佐堀暢也氏である。氏は二十四歳にして、現役の医学生だ。そして、何よりも文学を愛している。医学と文学によって、自己の人生を打ち立てようとする若者と言えよう。私が著した書物にある「生命論」と「人生論」に強く共感し、またそれを独自の見解によって大いに批判する知性を充分に備えている人物と思った。その批判精神は、文学によって支えられることで独特のロマンティシズムを醸成していると感ずる。文学の素養が、その知性を躍動的なものに変容させているということだろう。

語り合うことが少なくなった現代の日本のために、「ぶつかりあう対談」をしたいと私は思っていた。その考えに、佐堀氏はあっさりと共感の意志を示してくれたのだ。「よーし、一丁やるか！」。

それだけが我々二人の共通認識と成った。氏は私の著作の愛読者でもあったので、その中から氏が感ずるものと氏の考え方に引っかかった項目から始めて、あとは自由自在に語り合おうということに落ち着いた。氏は、私の著書にある疑問点に真っ向からぶつかる気迫を示した。これは面白くなりそうだ。いよいよ、「新旧」の人間によるぶつかり合いが始まったのである。

日常業務の終わったあと、真夏の夕方の六時から十一時まで、五時間の対談を三日間ぶっ通しで語り合った。六十七歳の男と、二十四歳の青年がすべてを出し合ったと言っていいのではないか。文学を愛する気持ちが、二人の共通認識になっていたために、ひとつの話が次の話を生み出していったのだろう。何を語ったのかは覚えていない。しかし、真っすぐに思っていることをすべて語った。私はすべてに体当たりで臨んでいた。佐堀氏もまた、体当たりで臨んでくれていた。だからこそ、たぐいまれな対談が生まれたと思っている。

だから、あえて体裁を整えることはしなかった。今日の出版物に多い、「大人の知恵」はこの書物には一切ない。ただひたすらに、二人の男が語り合った痕跡が活字と成っているだけである。それが、この対談の魅力だと私は思っている。それが、いまの日本にとって一番大切な考え方ではないかと思っている。

生命の燃焼——我々の人生で最も重要なことはそれだけである。人生の幸福も不幸も、成功も失敗もすべて関係ない。我々の生命が燃えさかることに尽きる。そして疲れ切ってへとへとに成って死ぬことに尽きる。すべての生命力を使い果たして「死に切る」ことだけが人生なのだ。そのためには、自己の生命を「何ものか」に捧げ尽くすことだけを考え続けなければならない。つまり、燃え尽きるためだけに突進するのだ。「人生意気に感ず。功名《こうめい》誰か復論ぜん」（魏徴）である。この思想に生きる二人の男の対談が本書なのだ。どうか、存分に味わってほしい。

執行草舟

二〇一八年九月

『夏日烈烈』目次

第三夜　二〇一七年八月五日（土）

夏日烈烈　——二つの魂の語らい——

第一夜　二〇一七年八月三日(木)

〈第一夜 扉写真〉
対談風景。執行草舟（右）と佐堀暢也（左）。

一万年前から来た本

佐堀暢也（以下、佐）　今日は執行先生と直接お会いして、ご著書のこと、文学のこと、お話が出来るのを大変楽しみにしてきました。僕は、大学へ入る前から、執行先生の本を読み始めて、それを心の支えにし続けてきたんです。執行さんの本は魂に直《ちょく》に来ますから。理屈を通り越して血の奥に訴えて来る。すべての文が直立しているという感じを僕は受けています。今二十四歳で医学部の五年生なんですが、実は読者としては執行先生の著作が出始めた頃からなので、既に古株と言えるかもしれません（笑）。

執行草舟（以下、執）　直ということでは確かにそうだ。自分でもすべてを体当たりで書いている。とにかく、そういう意味でも今日は、僕の著作の読者代表として、自分の疑問について頭じゃなくて、全部体当たりで何でも聞いてほしい。そして、何でも言ってほしい。僕も体当たりで答えるけれど、佐堀さんもとにかく体当たりでぶつかってきてくれると嬉しいね。僕は自分で考え、自分で苦しみ、自分で乗り越えて来たことだけを書いて来たつもりだ。それだけが、僕の本の最良の長所だと思っている。我々はみな「ひとりの人間」だ。僕の経験は必ず他者の役に立てると信じ

執行草舟

ている。だから、何も気にせずに、いかなる角度からでもどんどん突っ込んでくれ。若者とぶつかることは、僕ぐらいの年になると一番嬉しいことなんだ。そして、そのためにも佐堀さんがさっき言った「先生」というのはやめよう。お互いに「さん」で行こうじゃないか。

佐　ありがとうございます。ではお言葉に甘えてそうさせて頂きます。何といっても膨大な経験と教養をお持ちの執行さんと、今回は特別に同じ場で語り合わせて頂けるということに、信じられない幸運を感じています。本当に、お言葉に甘えて今日は全身でぶつかりたいと思います。僕が最初に執行さんの著作を読んだ時にまず感じたのは、「生命が震撼する」ということでした。単純に決意をもらった、やる気が出たというのとはちょっと違って、そういうものからもっと突っ込んで、生命的に震えるものがありました。生命と血の奥から熱いものが湧き上がって来る。そして、自分の中に何ものかが立ち上がり、何かをしたくなる。つまり、実際に行動しないと本当にはわからない本なのではないかと思うんです。そもそも僕が執行さんの本を知ったきっかけなんですが、僕はとある医者の方とネット上で知り合いでして、相当本を読んでいる途轍もなく教養ある方なんですが、その人が執行さんの本をベタ褒めしていたんですよ。その人が書いたネットの記事を読んで、執行さんの本は別格なんだという印象を受けたんです。

執　なんでだかは、よくわからないんだけど、僕の本を読んでレビューやブログに書く人がすごく多いんだよ。

佐　読むと何か書きたくなる、つまり行動したくなるんですかね。それで、知ってすぐに『生くる』*と『友よ』*を買ったんです。それから、僕もすぐにいろんな所で執行さんの本について書

佐堀暢也

*『生くる』（執行草舟著、講談社、2010年）生命の完全燃焼を軸とする人生論・実践哲学論。

*『友よ』（執行草舟著、講談社、2010年）著者が友とし対話を重ねた詩歌へ捧げる随想集。

きまくりました（笑）。まだこの二冊しか出ていない時で、今から五年前だったのですが、届いた時に思ったのは、これは「一万年前から来た本」だということですね。

執　おぉ、嬉しいね。その言葉、ぐっと来たぞ。要するに古代よりも前から来た本だと感じた、ということか。

佐　そうです。「執行草舟」の本は、一万年前の歴史が始まる以前の時代に、この国に居た誰かが遺したような本ですね、その時にすぐ直観でそう思いました。

執　それは本を読む前に思ったってことかな。

佐　そうですね。もう表紙と目次、そして活字が醸し出す雰囲気を見てそう思いました。

執　へぇ。君はもしかしたら霊能者じゃないのか（笑）。

佐　そうかもしれません（笑）。

執　でも僕も自分のことだからよくわからないけど、今まで生きてきた六十数年の人生を振り返ると、確かにいろんな人から「古代的」、「原始的」な人間だと言われて来ている。そして、本当は紳士的なのに「野蛮」だと言われることも多かった。つい先日発売されたインタビュー形式の僕の半生記『おゝポポイ！』*の中にも書いてあるけど、一番最初に言われたのは五味康祐*さんという作家に「日本原人」と言われたことがあったなあ。僕のベートーヴェン*論をね、原始人の音楽論だと言うんだよ（笑）。でも本の外観を見ただけでそう感じるということは、ある種そういう波動があるのかもしれないね。いずれにしても、すごい直観だな。

佐　いや、さすがにそんなことは「この時」だけですけどね（笑）。

『おゝポポイ！――その日々へ還らむ――』（執行草舟 著、ＰＨＰ研究所、２０１７年）著者の運命的な半生を語ったインタビュー集。

五味康祐（1921-1980）剣豪小説で知られる芥川賞受賞作家。

ベートーヴェン〈ルートヴィッヒ・ヴァン〉（1770-1827）交響曲・協奏曲・ソナタ等の傑作で知られるドイツを代表する作曲家。

執　ところで佐堀さんはさっきも言ってたけど、医学部の五年生だよね。

佐　はい、そうです。

執　実は名医になる人というのは、基本的に霊能的な直観を持っていると思うんだよ。歴史的にほとんどがそうだった。例えば『シャーロック・ホームズ』*を書いたサー・アーサー・コナン・ドイル*が医者だったことは有名だけど、ロンドンの心霊研究会に所属する心霊研究家でもあったんだ。シャーロック・ホームズ*も、一般的には探偵っていうけれど、実は霊能者みたいな人物だよ。

佐　そうですね。推理というよりも、直観的に犯人がわかっているという感じがします。

執　直観でまず犯人がわかって、その後に科学的に証拠を探している。コナン・ドイルが書いているけども、ホームズのモデルになったのが、ジョセフ・ベル*博士という、コナン・ドイルがエジンバラ大学の医学部の学生だった頃に教授だった人なんだ。この人は、患者が来るとどういう病気なのか、どういう来歴でその病気になったのかが、その患者が自分の所に歩いて来るまでにわかったらしい。それをまた学生に講義するわけ。このベル博士の逸話をヒントにしてシャーロック・ホームズが生まれた。そして僕自身の命の恩人でもある胸部外科の世界的権威だった山下九三夫《くみお》*先生や腎臓病で世界をリードした土屋文雄*先生、また天才治療家の野口晴哉*先生もみな霊能者だったことを僕はじかに知っているんだ。だから佐堀さんも、うまくいけばコナン・ドイルとか、あとは医者としてはベル博士や僕の知ってる名医のようになれる可能性があると思うな。

『シャーロック・ホームズ全集　全14巻』（完訳版、コナン・ドイル著、各務三郎、内田庶ほか訳、偕成社、2003年）コナン・ドイルによる推理小説シリーズ。

ドイル〈サー・アーサー・コナン〉（1859-1930）イギリスの医者・推理小説家。

シャーロック・ホームズ　コナン・ドイルの探偵小説の主人公。

ベル〈ジョセフ〉（1837-1911）スコットランドの医師、シャーロック・ホームズのモデルとされる人物。

山下九三夫（1920-1994）山下奉文の息子。医者、胸部外科の世界的権威。

土屋文雄（1905-?）東京通信病院院長。

佐　いやいやいや（笑）。そんなに買いかぶられたら話せなくなっちゃいますよ。

執　いや、今はまだ学生だからなれる可能性はあるよ。だって本を見てそれがわかっちゃったんだから。僕が六十数年生きてきて、いろんな人から「古代的」、「原始的」だと言われてきたことを知らないでそう思うってことは、素養があるということだよ。まあ、もちろん努力次第だけど。多分なれるぞ、多分な（笑）！

佐　精進します（笑）！

最初の人間 スサノヲ

佐　ところで『生くる』と『友よ』の装丁は、装丁家の菊地信義*さんが手がけていらっしゃいますよね？　僕、菊地さんの装丁って大好きなんですよ。

執　菊地さんは今日本一の装丁家だよ。あの本を編集してくれた講談社の文芸局長の紹介で菊地さんとご縁がつながって、引き受けて下さったんだ。

佐　僕も書店に並ぶ本の表紙を見て、「この表紙いいな」と思って見たら、菊地さんがほとんどですね。『生くる』、『友よ』もすごく目立ってました。

執　やっぱり優れた装丁家がデザインして下さったから、そう見える何かがあるのかもしれないな。でも「一万年前から来た本」だと言って貰えたのは、僕も書いた人間としては嬉しいね。

野口晴哉（1911-1976）「野口整体」を樹立した天才治療家。

菊地信義（1943-）日本を代表する本の装丁家。

僕が一番大切にしているものは、今の文明が生まれる以前に人類が誕生した時の、生命のもつ「初心」なんだよ。初心というのは人間だけじゃなくて、星が生まれた初心とか、宇宙が生まれた初心とかいろいろある。そういう初心を大切にすることが最も生命的に生きることだと、僕は思っているんだ。人類が今に至るための初心を、一万年くらい前の原始の人類は持っていたんだと思う。そういうものを僕は大切に思っているから、読者である佐堀さんがそれを感じてくれるというのはすごく嬉しいよ。

佐 日本神話でいうと、「最初の人間」であるスサノヲ*ですね。

執 そう、あのスサノヲですよ。スサノヲというのは、なんで魅力があるのかというと、人類が文明を生み出すための苦悩が、その神話の中に歌われているからなんだ。この苦悩が表現されているのが、『友よ』に収録されている折口信夫*の「贖罪*」という詩だ。あの詩は死ぬほど好きだな、僕は。その詩との友情を僕は書いた。

佐

すさのを我　こゝに生れて
はじめて　人とうまれて―
ひとり子と　生《お》ひ成《な》りにけり。
　ちゝのみの　父のひとり子―
　　ひとりのみあるが、すべなさ

スサノヲ（素戔男尊）日本神話の荒ぶる神、アマテラス、ツクヨミと共に三貴子の一柱。

折口信夫（1887-1953）国文学者・民俗学者・歌人。

「贖罪」、「葎」、「断雲」（『近代悲傷集』釈迢空〈折口信夫〉著、角川書店、1952年、もしくは『折口信夫全集 第23巻』折口信夫 著、中央公論社〈中公文庫〉、1975年、『友よ』執行草舟著に収録）戦後に書かれた折口の代表的な詩。

執　という歌で始まりますね。あの詩は最高ですよ。僕は二〇一三年の元旦に読んだんです。初詣に行って、帰って来て読んで、「なんだこの詩は！」って。あの詩を初めて読んだ時は、年の初めの清々しさも合わさって大きな衝撃を受けました。

佐　それは運命的な出会いだな。あの詩の中には折口信夫の全思想が現われているんだよ。あの詩には、文明が生まれたときの悲しみ、苦悩そしてその放射としての希望、そういうものが全部入っているんだ。僕も初めてあの詩に出会った時はびっくりしたなぁ。

執　いや、あれほどの詩を書ける人は、たぶんもう今後は出ないんじゃないかと思うくらいです。人類史に一人と言ってもいいほどの、稀有な個性をもった詩人だと思います。ゲーテ*やヴァレリー*に比肩する詩人ではないでしょうか。『友よ』の中に折口の「葎*」も出てきますが、その中にある「かそか（幽か）」という言葉も大好きなんです。実に古代的で深淵を感じます。折口信夫自身が古代人そのものという感じですけど。

佐　折口はその人物自体が古代人だ。ああいう詩は、単に頭が良いだけじゃ書けない。自分自身が古代に生きていて、今流の学問も出来るというか、そういう合わさったものがないと書けないよ。ヘーゲル*的な真のアウフヘーベン（止揚）が自身の中でなされていなければ生まれないと断定できる。ある種の霊能と学問、そして科学的なものの決定力というか、そういうものが全部合わさって、折口信夫の詩は生まれている。そこにこそ折口的ロマンティシズムが醸成されるんだ。

佐　確かに頭が良いだけじゃまず無理ですね。『友よ』には折口の詩で「贖罪」と「葎」に加え

ゲーテ〈ヨハン・ヴォルフガング・フォン〉(1749-1832) ドイツの詩人・作家・自然科学者、政治家。

ヴァレリー〈ポール〉(1871-1945) フランスの詩人・思想家・評論家。

ヘーゲル〈ゲオルク・ウィルヘルム・フリードリッヒ〉(1770-1831) 弁証法による思想で知られるドイツの哲学者。

て「断雲」*も登場しますが、あれもいいですよね。僕はこの詩からスサノヲと古代の出雲の国を感じますし、詩中の「笑み」はマックス・ピカート*のいう「沈黙」に通じているように思います。執行さんの著作でピカートを知ったのですが、あの「沈黙」の哲学は、実に折口信夫的ですね。今、執行さんのお話を伺っていて、別に思い出したことがあります。三島由紀夫*が折口信夫に会った時の印象を書いた「折口信夫氏の思ひ出*」の中で、折口が「何か肉体的な宿命を持って」おり、「何かグロテスクなものが潜んでいる」と言っていたんです。折口の人生には「暗さ」が潜んでいたのではないでしょうか。

執　それは当然そうだ。その「暗い」ということについてだけど、そもそも生命って全部、暗いんだよ。そして生命の価値は、その暗いものの中から何かが生まれて来る、そこにこそあるんだ。暗いものに向かって行くと、その反動として生命が燃えるというのが、生命の本質なんだ。

佐　なるほど、生命の暗さを否定してはいけないと。だから折口も、そういった暗いものの中に自ら突入して行った。

執　そう。生きるというのは、暗さに立ち向かう勇気の中にこそ潜んでいる。つまり生命の深淵とまっ直ぐに対峙する生き方の中にあるんだ。だから現代社会みたいに、明るいものとか社会的な成功とか、そういうものを求めている時代というのは、生命的にいうと、最も生命燃焼が出来ない。生命の本質が暗いんだからそうならざるを得ない。宇宙というのは混沌であって、その混沌があるから、恒星の光にも意味があるんだ。恒星の光じゃなくて、実は混沌が主人公だ。その暗闇の中にあるから、聖書の中で神が「光あれ」と言ったけど、あれがすごい希望と

ピカート〈マックス〉(1888-1965) スイスの思想家・哲学者・医師。

三島由紀夫 (1925-1970) 日本を代表する小説家・劇作家。

「折口信夫氏の思ひ出」(『三島由紀夫全集29〈評論4〉決定版』三島由紀夫 著、新潮社、2003年) 三島による折口信夫との実際の交流を綴った人物評。

いうロゴスになるんだよ。

佐　確かに周りが明るかったら、光なんて有難くないですよね。苦悩の中からしか生命は活きないということですね。僕は物心ついた頃からぼんやりと思っていたことがあって、それを言葉で表わすと「人生は本質的に暗く、生命は根源的に悲しい」となります。これを僕は自分の思想の第一公理としているんですが、それと同じものが、言葉は違えど執行さんの本にはズバッと書かれていた。だからこそ、心の底から共鳴したんだと思います。

執　生命は、悲哀の中から生まれて来た。だから、暗くて当然なんだよ。聖書は「悲哀の谷」から人間が来たという思想が貫かれている。そして、科学的には、我々は死ぬために生きているんだ。だから自分の本当の生命を生きるには、まず暗さをわかった上で、一人ひとりがそれに向かって体当たりをして、それをぶち貫《ぬ》かないことには生きられないよ。

佐　執行さんはどうやってそれを体得されたんですか？

執　僕はたまたま武士道が好きで、それを自分の人生に課してきたから、体感的に摑んだのだと思う。武士道も暗いからね。僕はその暗さが大好きだよ。その中で先人が苦しみ抜いたわけで、その苦しみ抜いた中から、真の人間の生き方が武士道として結晶したということじゃないかな。日本民族の魂と涙を感じるんだ。

佐　日本の歴史を見ると、やっぱり武士が一番魅力的だと思います。ほとんどの人は、正直にそう思うのではないでしょうか。

執　そうだろ。やっぱり誰でも武士として生きた人が、歴史の中でも一番魅力がある。それは、暗さをぶち貫いて、生命が、簡単に言えば「輝いた」ということに尽きる。僕の生命思想で言うと「生命燃焼」だな。だって、さっきも言ったように宇宙の暗さの中に居なきゃ星の燃焼なんて何の価値もないんだから。生命も同じさ。真っ暗な中にあるから、その輝き自体がすごい希望になるんだ。

佐　個人的に「くらい」という字は、道元*の表現を真似て、暗闇の「暗」じゃなくて冥府の「冥」にしたいですね（笑）。

執　確かにそっちのほうがかっこいいな（笑）。かっこいいということが、本質的には最も「生命的」なんだ。そしてそれは文学的、神話的な表現を生み出す。神話というものは人類の発祥の世界ということだから、冥府の「冥」を「くらい」に当ててぴったりすること自体が、いかに人間の生命の本質が「冥い」かということを表わしている。暗闇の「暗」というのは、自然現象だから、生命の神秘からは少し離れちゃうんだよな。僕はこの表現から、生命そのものを感じる。まさに折口信夫の世界だよ。

佐　折口もそうですし、執行さんの仰る「絶対負」の世界のことですよね。最初からなんだか神話的なものを感じます。

執　その通りだ。「絶対負」は、生命の根源的実存であり、宇宙の本質的淵源なんだ。だから、それは神話の中に存在する。そして、現代の量子論の言葉のみが、それを科学的に語れるんじゃないかな。ここでは専門的になるので詳しくは言えないけど、あのニールス・ボーア*の「コペンハーゲン解釈」だよ。専門書はみんな物理学の本になっちゃうから。でも一般の教養書で

道元（1200-1253）鎌倉時代の禅僧、曹洞宗の開祖。

ボーア〈ニールス〉（1885-1962）デンマークの量子物理学者。

量子論を知りたければＰＨＰ研究所から出ている『量子論から解き明かす「心の世界」と「あの世」』*、『神の心の発見』*（岸根卓郎*著）が量子論をわかり易く書いていてすごく面白いよ。

佐　いずれ僕も勉強したいですね。是非読んでみたいです。

三島由紀夫への思い

執　今日の対談の始まりからズバッと本質を感じてくれるというのは、やっぱり書いた人間にとって一番嬉しいし、これは佐堀さんの芸術的・文学的な才能によるものだと思う。

佐　過分なお言葉です。ただ、執行さんの著作を拝読していて、自分なりに執行さんが提唱される生命の「燃焼論」のようなものを感じてはいました。僕は執行さんの本に出会ったことをきっかけに本気で文学を読み始めたのですが、それまで読んでいた世間で流行っているような本には、何か人間存在を貫くような、インパクトがなかったんです。だから文学にいけなかった。初めて執行さんの本を読んだ時は、本当に頭をぶん殴られたような衝撃を受けました。そして、自分の中に眠っていたものが甦ったように思ったんです。

執　それは著者冥利に尽きるよ。

佐　はい。僕は一浪しているのですが、浪人時代にお世話になった予備校の先生が、現代は、時代や個人を貫くような価値観を追求できない時代だと常々仰っていたんです。でも、執行さん

『量子論から解き明かす「心の世界」と「あの世」』（岸根卓郎著、ＰＨＰ研究所、２０１４年）「心の世界」や「あの世」の謎に量子論の観点から考察する評論。

『神の心の発見』（岸根卓郎著、ＰＨＰ研究所、２０１５年）科学の視点から宗教的テーマ「神の心とは何か」に迫った論考。

岸根卓郎（1927-）量子物理学者、京都大学名誉教授。

の本にある「生命の燃焼」こそ、時代や個人を貫く普遍的な思想だと思います。

執　そこまで言われると照れちゃうな。ところで、佐堀さんは三島文学に対する思い入れがかなり強い印象があるんだけど、これはどういうきっかけからなの？

佐　そうですね。元々僕の姉が三島好きで、その影響で中学生の頃に読んだこともあったのですが、当時は文章の美しさにただ酔っていただけでした。本格的に読み込みだしたきっかけは完全に執行さんの著作『生くる』と『友よ』です。執行さんの本を読んだら、三島を読まずにはいられなくなりますよ。執行さんの文自体に三島の魂を感じるんです。

執　そう言ってもらえるとうれしいな。三島由紀夫は僕の最も尊敬する文学者のひとりだからね。ここに掛かっている額の書も、僕が高校生のときに三島由紀夫自身から直に頂いたものなんだ。夏休みに文学論を随分とぶつけさせてもらったな。その時が夏だったのでその思い出に、夏の日差しと激論の両方の意味を懸けて、その激しいさまを三島由紀夫が「夏日烈烈」と書いてくれた。なかなかいいだろ。

佐　それ、すごくいいですよ。僕は前からそう思っていました。ずっとその書が好きでしたね。すごい書です。二人の文学論の熱が今にまで伝わって来ます。

執　うん。佐堀さんはそういう波動的なものを捉える感性が元々秀れているよな。佐堀さんは、三島文学も感性的なものを好んでいる感じが僕にはするんだ。

佐　そういう作品の一つだと思うのですが、最近も「喜びの琴」*を読んで、とても感銘を受けました。あれは感覚で摑まないとわかりませんよね。三島由紀夫は僕にとって一本の剣のような

三島由紀夫 書

*「喜びの琴」（『三島由紀夫全集24〈戯曲4〉決定版』三島由紀夫著、新潮社、2002年）若き巡査の悲劇と内面の葛藤を描いた戯曲。

存在とも言えるんです。自分にとって誇りになると同時に自らを傷つけかねないような鋭さを併せ持っています。

執　やっぱりかなり三島由紀夫に思い入れがあるんだな。その思い入れが、人間にとって最も尊いと僕は思う。そこから、自分自身の感覚が磨かれるんだと思っているんだよ。

佐　そうですか。ああいう偉大な人物って歴史に残ってますけど、偉人はむしろ自分の名前が歴史から消えても問題ないくらい、人間に人間としての道を普遍的に歩んでほしいと願っていたような気がします。いずれにしても、三島は僕の文学の出発であり中心です。そういえば『友よ』に白楽天*の「鶴*」という詩がありますけど、僕はあれを読むといつも三島のことを思い出すんです。「誰か謂ふ爾《なんぢ》能《よ》く舞ふと、閑立《かんりつ》する時に如《し》かず」の部分で三島が体現されているような気がします。

執　そうか。それは面白い解釈だな。三島のもつ真面目さとスター性の交錯を言い得て妙なるものがある。真摯にして華麗なのが三島だ。その本質の言葉を白楽天の詩から見出したことは、君の真の財産となることだと思う。これは普通ではない。

佐　有難うございます。その言葉は、文学修業の励みになります。ところで『生くる』の参考文献に阿部次郎*の『三太郎の日記*』がありましたよね。僕はあの中で特に「痴者の歌」という最初の章が大好きなんです。その中の「痴人でなければ知らぬ黄昏の天地がある」という言葉に何度も助けられてきました。あの精神が最も強い日本の作家といえば、芥川龍之介*ですね。

執　『三太郎の日記』は戦前の教養人なら誰でも読んだ本だ。そして物事をなすためには突き抜

白楽天（白居易）（772-846）中国、唐時代を代表する詩人。

「鶴」（『新釈漢文大系98 白氏文集 二上』岡村繁 著、明治書院、2007年、『友よ』執行草舟 著に収録）中国を代表する詩人・白楽天による五言絶句。

阿部次郎（1883-1959）哲学者・評論家。

『三太郎の日記』（新版・合本、阿部次郎 著、角川学芸出版〈角川選書〉、2008年）著者の思想的変遷を辿った内面生活の記録。

芥川龍之介（1892-1927）短編小説の傑作で知られる大正期の小説家。

けなければならないものを感じた人たちの本音がその言葉だ。その境地はフリードリッヒ・ニーチェ*の影響によって生まれた思想と言ってもいい。涙の中にしか、真実はないということなんだ。そして芥川ね。芥川龍之介は好きだなぁ。日本の作家では芥川から最も知的なものを受けたね。人間が求める知性というか、そういうものを代表する存在じゃないかな。それと同時に、とても革命的な作家だとも思ってるんだ。

佐 そうですね。知的なのに加えて、「勇気」と「忍耐」が加わっているんで、僕にとってはひとつ別格の存在です。僕はやっぱり三島が一番好きなんですけど、三島と同じくらい重要な存在が芥川だと思っているんです。だから僕は後輩には芥川も薦めています。芥川文学を読む時は、何かを学び取るというよりはその慟哭《どうこく》に寄り添うつもりで読んでいるんです。芥川がわからないと、多分どの本を読んでも意味がないとまで思うくらい、僕は重要視しています。

執 芥川龍之介はそういう意味では非常に不思議な存在だよね。そして何よりも、かっこいい。なぜなら、人間の死というものをいつでも内包しているからなんだ。人間の死に際の本質を芥川ほど見事に描き切った人はいない。例えばあの「玄鶴山房」*なんかは代表の一つだな。死を見つめながら生きているところが潔くてかっこいいんだと思うよ。

佐 本当にそうですね。僕は芥川のことを「原点」とも呼んでいるんです。どの方向に行くにしても、原点がないと駄目じゃないですか。その原点を創っているのが芥川だと思うんです。つまり、夏目漱石*や森鷗外*も芥川文学に収束していくのではないかと考えています。たしか東郷克美*という文芸評論家が言っていたのですが、芥川文学はまさに「佇立《きつりつ》」しているんだと。要

ニーチェ〈フリードリッヒ〉(1844-1900) 永遠回帰、ニヒリズムで知られるドイツの哲学者。

「玄鶴山房」(『歯車 他二篇』芥川龍之介著、岩波書店〈岩波文庫〉、1979年) 主人公の玄鶴とその家族の複雑な心理を描いた小説。

夏目漱石 (1867-1916) 明治・大正期の、日本を代表する小説家・英文学者。

森鷗外 (1862-1922) 明治・大正期の日本を代表する小説家、陸軍軍医総監。

東郷克美 (1936-) 日

はどこにも進まないが、あらゆる方向の中間点、つまり「原点」にじっと立っているということです。僕は日本文学の流れを「鷗外が闘争し、漱石が絶望し、芥川が慟哭し、太宰*が茶化し、最後に三島が復活する」と捉えているんです。「慟哭」は「佇立」と同義です。

執　それは面白い見方だな。まさに日本文学史の中心を一言で言っている。そういえば昔は大変な人気だったけど、最近は芥川もあまり読まれなくなっているみたいだから、残念だな。

佐　僕は芥川文学の中では、「或阿呆の一生」*の最終章「五十一　敗北」が大好きで、「言はば刃のこぼれてしまつた、細い剣を杖にしながら」という言葉に特に感動しました。そういえば執行さんの『魂の燃焼へ』*の中に、例えば本を読んで西郷隆盛*の何かに感動したなら、それは自分の魂の中に西郷隆盛と同じものを持っているからだ、というお話をされてましたよね。

執　自分の魂に、その片鱗が元々ないものの場合、何の感動も興味も示さないよ。興味を示すということは、本人の中にそうなれる要素があるということなんだ。例えば芥川龍之介の本だったら、読む人は芥川龍之介と感応するものを持っているから読もうとするのであって、要素がなければそもそも読もうともしないわけ。これは重要なことで、よく人間は「思ったことは出来る」って言うけど、いろいろな人の人生を見てきて、あれは本当なんだと実感するよ。人生というのは、自分が思ったことは必ず出来る。僕はそう信じているし、これは生命の真実だと思う。あとはそれを育てられるかどうかが問題なんじゃないかな。つまり、思った自分を信ずることが出来るかどうかということだ。だから信じられる自分を創ることが最も大切なことなのかもしれないね。

本近代文学研究者。

太宰治（1909-1948）井伏鱒二に師事。小説家。

「或阿呆の一生」（『歯車 他二篇』芥川龍之介著、岩波書店〈岩波文庫〉、1979年）自身の死を予感しながら生涯の出来事と心情を綴った短編小説。

『魂の燃焼へ』（清水克衛・執行草舟 共著、イースト・プレス、2015年）本のソムリエ・清水克衛と実業家・執行草舟が読書や人生を縦横無尽に語った対談本。

西郷隆盛（1827-1877）明治維新の立役者、薩

天才は信じている

佐 そうなると、自分自身が信じられるかどうかですよね。ただそうはいっても、簡単には信じられない時もあります……。

執 やっぱり「信じろ、信じろ」といっても、元々自分にないものは信じられないよ。だから一般的には、実績が大切だってよく言うのはそういうことなんだ。あれは、ひとつ実績を積むと次の段階を信じることが出来るからなんだよ。「あぁ、ここまでやったから、次はここも出来るな」と。でも天才っていうのは、順番を踏まないでそう思える人なんだよ。

佐 ナポレオン*の有名な言葉で、「私の辞書に不可能はない」というのがありますが、ああ言い切れるって天才ですよね。だけど、普通の人は順番を踏まないと信じられないんでしょうね。

執 そう、要するに本人が信じたら出来るということなんだけどね。だから、僕の著作でも、『生くる』や『友よ』の内容から順を追って学ぶことは出来ないんだよ。ひとつ飛びに信じなければ、思想というものは自己の中に入ってはこないんだな。自分の魂が共鳴したその瞬間に、自分がそうなれる、そしてそれは著者のことを信じることが出来るかに尽きると思うな。それも、著者のもつ「運命」というものを感じて信じられるかどうか。

佐 本当にそう思いますね。

摩藩士・政治家。

ナポレオン・ボナパルト（1769-1821）フランス革命期の軍人・政治家・皇帝。

執　だから、信じるためにも自分の感性と能力を築き上げ、魂を練磨していくのは、本当に大切なことなんだ。

佐　そうですね。僕もよく感動した本の話をするんですが、興味を持ってくれる人はいるんですよ。ただ「これ読んでみて」って具体的に本を薦めても、結局なかなか読んでくれないんですよね。その時だけは興味を持ってくれるんですけど……。

執　それは僕の人生経験から言うと、結局は興味を持ってないんだよ。だって興味があったら読むよ。社会の礼儀上、興味を持ったフリをしてるだけじゃないかな。

佐　やっぱりそうですか。どうもそうじゃないかと思っていました(笑)。

執　僕が六十数年生きてきて、人間について思うのは、「人間は自分の好きなことしかやらない」ということなんだ。そして、「全員が常に、やりたいことをやっている」。これは人間の本質なんじゃないかな。だからこそ、自分のやりたいことや好きなことを、宇宙、生命、文明、そういうものと結びつけていく努力が大切なんだよ。

佐　そうですね。現代人が人格的に変わらないまま生涯を過ごしてしまうのも、結局自分以外のものに合わせていこうとしていないからなんでしょうね。

執　そういうことだな。現代人の欠点は文化や人間を尊敬して、それに合わせていこうとする意識が足りないことだと思う。そういうことを「好き」にならないまま成長してしまったということだろう。僕が今まで六十年以上生きてきた根源は、宇宙、生命、文明が何なのかを知りたい、ということだった。それが好きで、それに自分の人生を合わせて来たと思っている。一例として、「文明とは何かを知りたい」というのは、簡単に言うと、人間社会、つまり世間とは何かを知りたいということなんだ。

佐 今の執行さんのお話を伺っていて思うのですが、そもそも今の若者には世間や他人に興味がないという人が多くなってきているような気がします。

執 それは言い換えると、文明に興味がないということだと思う。つまり、自分にしか興味がない。ところが自分という存在も実は、宇宙、生命、文明の一員なんだ。文明に興味がないということは、本当の自分にも興味がないということだ。要するに、結果として自分の生命を最も軽んじている、ということになってしまうんじゃないか。

佐 先程、執行さんは、人間というのは好きなことしかしないから、その好きなことを宇宙とか生命の本質に向かわせるようにしなければならないと仰っていました。これは具体的にやるとなると、僕はまず本を読んで、感動するところから始めるべきだと思うんです。感動って、半強制的に自分以外のものに合わせしめてしまうほどの力のことですから。一人の人間を動かすほどの感動を得ようと思ったら、芸術に触れていくしかないように思うのですが……。

執 その通りだと思う。僕も芸術しかないと思ってるよ。僕は自分の美術コレクションを、「憂国《ゆうごく》の芸術」*と名付けているんだけど、「憂国」とは、単に国を憂えるだけじゃないんだ。国家とは、生命、宇宙、文明の集約なんだ。だから、そういう大きなものの将来を憂える心が、いわば憂国だよ。人が感動する原因を与えるのが芸術の本質だと思う。僕のコレクションは、そういう力のあるものだと僕が信じたものだけを集め

「憂国の芸術」安田靫彦 画「日本武尊」

東郷平八郎 書「終始一誠意」

て後世の人間の魂のために残そうと思っているんだ。

佐　そういう心を感動として呼び覚ますことが出来るのが、芸術の力なんですね。

執　そう、僕自身もそうやって呼び覚ましたから。この世に芸術がなかったら、多分僕は、ぐれて終わっていたと自分で思っている。

『万葉集』がなかったら……

執　冒頭で、僕が古代的だって言われた話があったけど、僕自身も自分は古代の人間の魂がわかるつもりでいる。じゃあ、なんでそう思うようになったかというと、元を辿ると『万葉集』*の読書体験なんだよ。古代人が遺した『万葉集』を通して、古代人の心がわかるようになったと思ってるわけ。つまり、古代人と語り合えるようになったということだ。

佐　古代を単に頭で理解するのではなくて、『万葉集』に「感動」するということですね。

執　そう、僕はもし『万葉集』がこの世になかったら、どんな古代に関する学問書を読んでも、「ああだったのか、こうだったのか」と脳で理解するだけだったと思うんだよ。でも『万葉集』の中には、日本という国の、日本語という言語で書かれた歌の中に、古代人が感動したことのすべてが遺されているんだ。僕はそれを死ぬ気で読むことで、自分の魂が出来上がったと信じている。読んで読んで読み抜く。病気になろうが、死のうがどうしようが、何が何でも読

*『萬葉集』（1〜4巻、『日本古典文学大系第4・5・6・7』高木市之助、五味智英、大野晋 校注、岩波書店、1957〜1962年）現存する日本最古の歌集。

む。何もわからなくても、とにかく読む。辞書など引かず間違ったままでもいいから、読み抜く。

佐　執行さんの美術コレクションは、今もなお人を「感動させる」力がある芸術品を、後世に残していこうという志から始まったと先程仰ってましたね。

執　そう、あれも元々『万葉集』の感動からきているんだ。だから、やっぱり人を感動させ、動かすのは芸術しかないということだよ。昔は宗教がそうだったけど、もう純粋な宗教心は過ぎ去ってしまった感じがある。現代人が真底から宗教を信じ込むことは、もはや不可能に近いんじゃないか。もちろん、例外はあると思うけど。その点芸術には力が充分残っていると思う。

佐　そうですね。今の時代で、無条件に何かを信じるというのは難しいような気がします。やはり、順番としては、まず芸術に触れ、感動することから始めるしかないのでしょうか。

執　そう。現代では自分自身が特別の神秘体験でもしない限り、芸術を通してからじゃないと、宗教には入っていけないよな。そういう人が多いと思う。

佐　現代人は賢くなり過ぎましたよね。

執　いや、賢くなったというのはちょっと間違いだよ。そうじゃなくて、どちらかというと逆で、生命的・感性的に馬鹿になったんだよ。

佐　『生くる』の中で、和歌はやっぱり「真心」って書いてらっしゃいますけど、和歌も芸術の原初の形というか、すごく直接的に心に響いてきます。

執　もちろんそうだよ。あれが人間が書いた論文だったら響いてこないよ。なぜなら論文というのは、共通認識がないとわからないから。和歌とか、絵画とか、音楽というのは、共通認識が無くてもわかるんだ。僕なんかは、長年意味を取り違えて誤解していた和歌がたくさんあるんだけど、とにかくその歌がかっこよくて好きだったから自分の生命や人生の本質をそれらが作ってくれたんだ。間違ってても関係ないんだよ。正しいことなんて、この世にはない。あるのは、生命が生き切ったのか滞ったのかということだけだ。生き切れば何でもいい。

佐　そうなんですね。僕が日本人だからなのかもしれないのですが、和歌ってとても不思議なものだと思うんです。絶対に頭で考えては出てこないというか、なにか神妙なものがありますよね。そういえば、先程の執行さんの発言は『魂の燃焼へ』の中で、わからなくても辞書を引かないという件《くだり》で出てきますね。日本語をそのまま何度も何度も読んできて、自分なりに理解できる方法で理解されてきたということなんですか。

執　僕は歌については古語辞典は引いたことがない。だから当然間違ったまま理解しているわけ。でも僕自身の経験によって悟ったことは、間違って理解していたものが、僕の生命の中では真実だということなんだ。さっき話に出た、折口信夫が書いた「贖罪」でも、子供の頃から五十歳まで涙を流して感動していたけど、全く意味を取り間違えてたものがある。「ちゝのみの父のひとり子―」の、「ちゝのみの」って有名な枕詞じゃない。だから当然訳さないわけだけど、それが枕詞だと気づいたのは、五十歳を超えてからなんだよ（笑）。小学生の時から四十年以上気がつかなかった。あれを僕は、「お父さんだけの子供」だと訳してたわけ。それで、「父親の唯一の子供」っていう風に僕はスサノヲの詩を理解したわけだよ。そこに生命の偉大性を僕は見ていた。父性だけの神の悲しさと野蛮性に僕はしびれたね。

佐　正しくわかっていたら、そこまで感動しなかったということですか？

執　もしそうなっていたら、もちろんあの詩のことは好きだけど、そこまで感動しなかっただろうし、ごくつまらないものになるよね。僕の神話としてのスサノヲは、「お父さんの唯一の子供」なんだよ。どちらが正しいかと言われた場合、間違って覚えたほうが正しいということだ。

佐　それは執行さんの「わからぬがよろしい」という思想に繋がるのでしょうか？　あの中で、ゲーテの『ファウスト』*も、わかったと思った瞬間に感動が無くなった、というお話がありましたが……。

執　あれは、もう僕の経験ではそうだったね。『ファウスト』もね、間違って理解してたことばっかりなんだ。なんと言ったって、子供の頃に読んでるんだから、当時は「ファウスト」が名前だとも知らなかったから（笑）。でもその頃のほうが感動性が大きかったんだ。いろいろ研究すればするほど、感動性は落ちていく。僕自身はそうだった。でも、感動の原点のほうが後になって正しく知るよりもずっと僕を創り上げる力になったように思う。

すべては感動から

佐　よく「子供は感性が強い」と言われますが、それはものを知らないから、ということでしょ

* **『ファウスト』**（ゲーテ著、手塚富雄 訳、中央公論社、1971年）悪魔と契約したファウスト博士が世界を遍歴する長篇戯曲。

うか？

執　うん、その通りだ。しかし、ただ子供のままだと現実的な力にはならない。ここが難しいところだと思うんだけど、感動に加えて論理性も積み上げないと、力は出てこない。

佐　難しいですね。

執　いや、難しくない。難しいと思うとこの橋渡しがうまく出来るようにならないんだ。これは文明の根源だと思うんだよ。だから易しい。宇宙とか生命から、人間は文明を生み出した。文明というのは陰と陽の対立だから、一方的に善人になろうとするとなれない。逆に悪いことを許容すると、善も生まれて来る。つまり、悪がなかったら善もないわけ。これが文明の方程式だ。だから感動と論理というのは、永遠の弁証法を形創っている。つまり「真実」ということだ。ロシアのニコライ・ベルジャーエフ*の言う「動力学的ダイナミズム」ということに尽きるんじゃないか。でも感動が先だよね。感動がすべての始まりだ。

佐　僕も絶対に感動が先だと思います。ただ最近は初めに感動をしても、その後書かれている内容をわかろうとして読んでいる人が多いように思うのですが……。

執　読書については、わかろうとしたら全部駄目。読めば読むほど駄目になってしまうよ。

佐　僕自身は自分の「わかろう」とする姿勢に違和感を感じていたんです。昔から僕は『生くる』を好きな章から乱読してたんですが、「わからぬがよろしい」は中でも興味があって最初のほうに読んで、「わからぬがよろしい」ということが、「わかる」といったらおかしいんですけど、スッと肚の底に落ちた記憶があります。

ベルジャーエフ〈ニコライ〉(1874-1948) ロシアの思想家、宗教・歴史哲学者。

執　スッと肚に落ちたということは、そういう概念を、佐堀さんが元々持っていたということなんだ。それに火が点《と》もされた。つまり本を読むことによって言語的に詰めるというか、表現として詰めることが出来たんだよ。

佐　それは、僕の中で論理になったということなんでしょうか？

執　そういうことだ。僕も同じことを実際にしてきたから、そうだとわかる。僕は武士道が好きで、七歳の時に『葉隠』*を読んで、「武士道とは死ぬことと見附けたり」から来る「死に狂い」と「忍ぶ恋」の二つを自分の人生の二本柱に子供の頃にしたんだ。自分がかっこいいと思ったからしたんだけど、つまりは感性だ。それでその感性を固めるためにいろんな読書をしたんだと思う。つまり何かの発想を固めるために本を読んでるわけだから、知らず知らずに論理になってくるんだよ。感動という幹があるから論理が積み上がる。

佐　これはなんとも難しいですね。元々執行さんの中にあった信念が、思想になったということなのでしょうか。

執　そうだよ。年を取ってからわかったのは、要するに僕は武士道が好きで、その生き方や武士道の感動そして論理を固めるためにあらゆる文学、哲学、科学を勉強してきたということなんだよ。

佐　じゃあ元々求めているものが決まっているということなんですね。読みたい本も、既に自分の中にあるものを求めて読む、という感じなんでしょうか？

執　これは全員そうなんだよ。僕もそうだったけど、他の人の本を読むのも必ず元にあるから読

*『葉隠』（上・下、城島正祥 校注、新人物往来社、1976年もしくは『校注 葉隠』栗原荒野 編著、青潮社、1975年）江戸時代の佐賀藩士・山本常朝が語った武士の心得を、田代陣基が筆録した武士道の真髄となる書。

佐　むわけで。例えば僕の本だって、「生命燃焼」に全く興味がない人はタダで貰っても読まないよ。ましてや買う買わないなんて問題外（笑）。興味がないものってそうだよ。

執　だから手に取ったということは、興味があるということですよね。

佐　そういうこと。ただ手に取ってからの個々人の受け止め方の違いが、いろいろ分かれてくる。だから僕は、佐堀さんのような僕の本を読みこんでくれた若い読者の意見を聞きたい、と思うんだよ。きっと僕だけじゃなくて、僕の本を好きになってくれた人は皆、佐堀さんの意見には興味があると思うよ。

佐　そうだといいのですが……。読書の力についてもう少し伺いたいんですが、よく本を読んで昔は自殺するとか、危険思想に走るとか、そういうことがあったと聞くのですが、本を読んで深められていった人と、それが却って悪い結果になった人との違いは何でしょう。

執　自殺とか危険なことをしでかすっていうのも、それだけ昔は本に対して真面目だったわけで、悪いとは言い切れない。失敗を恐れていたら感動も何も得ることは出来ない。ただ、今も昔も読書した結果が悪く出ると、わかったような説教をしたがる嫌な人間は多いんだよ。反面、急に自分が優秀で出来る人間になったと勘違いする人もいる。僕は本を読んでそういう風になった経験がないから、よくわからないんだけど、昔はそういうのを、「論語読みの論語知らず」と言ったね。江戸時代にも『論語』*を読んですぐ説教に走る人もいたのだろう。僕の読書について言うと、読書そのものが自己の武士道だから、かっこよくて楽しいことしかなかった。

佐　本を表面的に読んでいると、お説教好きになると思うのですが、感動から始まった人はそう

*『論語』（増補版、加地伸行 訳注、講談社〈講談社学術文庫〉、2009年）孔子とその弟子たちによる問答を集録。

はならない気がするんです。執行さんのお話を伺っていて、やっぱり書いてあることを本当に信じられたかどうかだけの違いなんじゃないかと感じました。信じられたら、次に自然と行動に移していくのではないでしょうか。という僕も実は、初めて「わからぬがよろしい」を読んで、書いてある意味がまだ「わからなかった」時に、大神《おおみわ》神社の末社で祀られている知恵の神様の久延毘古命《くえびこのみこと》*のところへ行って、絵馬に「僕はわかるということを放棄します」というようなことを書いて奉納したことがあるんです。その帰り道でもう一度「わからぬがよろしい」を読み直したら、何か得も言われぬ爽快な気持ちになったんです。この参拝に行ったときは、森信三*の『修身教授録』*を読んでいたんですが、それもこの絵馬奉納の後から急に深く読みこめるようになったことを憶えています。

笑顔のファシズム

執　僕は神様が大好きだから、その大神神社で絵馬を奉納してから僕の文章がストンと入るというのは共感するな。

佐　やっぱり、信じることが重要なんですね。

執　僕の文章は、自分自身の人生に真っ向から体当たりして苦しみ悩みそして喜んだという経験をしたこと以外書いてない。その根底には自分の生命と運命を「信じる」ということがあった

久延毘古命　日本神話の知恵の神、農業の神。

森信三（1896-1992）京都帝大出身の哲学者・教育者。

『修身教授録』（森信三著、致知出版社〈致知選書〉、１９８９年）教諭・森信三が生徒たちに指南した「修身」の講義録。

んだと思う。

佐　そうですよね。あとは「やるか、やらないか」だけな感じがします。「信じる」と共に、「やる」と思った人はやっぱり内容が入るし。

執　今は信じられる本が少ないもんな。そもそも、そういうものを求めている人も少ないように思う。ハウツー本のように、何か知識を求めて読む人が多くなっているのかもしれない。だから、感動を求めて読むことが少ないかもしれない。今の人って自分の置かれた「環境」しか信じてないような気がする。

佐　そうですね。信じること自体を求めていないような気がします。信じることが、何かしんどいことだと思っているのかもしれないです。たまに「本にマインドコントロールされた！」なんてことを言ってる人もいますよね。

執　僕の本でもそうで、よくマインドコントロールされると言って、読むのを放棄する人もいるんだよ。マインドコントロールっていったら、思想とか人間が築き上げた文化全部、僕が読んだ本も含めて全部そうだよ。マインドコントロールを受けたというのは、影響を受けたという意味だから。今はテレビがそういうのを悪く使った人ばかり取り上げているから、悪いイメージを持たれてるんだと思う。良いほうを見なくっちゃ駄目だ。

佐　日本語を喋っているのだってマインドコントロールの一種でしょうし。日本語という言語の制約の下で喋ってるんですからね。それに親子の会話にしても、家風に従っているんですから、マインドコントロールと言えばそうなります。だから執行さんの本をマインドコントロールっていうのなら、僕は信じなかったというか、信じられないことに対する言い訳だと思います。

執　この信じるってことが一番大きいことなんだよな。僕の本というのは結構信じてくれる人が多いんだよ。そういう書き方が出来てるところが、著者としては嬉しいというか、誇ってもいいくらい（笑）。そういう意味で珍しい本なんだと思う。

佐　「この本には本当のことが書いてあります」って読んだ友人は言ってましたね（笑）。

執　僕の本については、僕の親父が読んですごく怒ったんだけど、「この野郎、絶対に許さん、相も変わらず、自分の思ったことばかり書きやがって」って言うんだけど、でも現代ってそういうことなんだと思うんだよ。何か皆の中に書いて良いことと悪いことが前もって仕分けされている。それで世の中も良ければいいんだけど、何か非常にくだらないテレビとか、マスコミとか芸能界がそれを引っ張って、喋っていいことと悪いことを決めているみたいな感じを僕は受けている。

佐　出来レースって感じですよね。特に「いい人」と呼ばれる人たち。ある種の全体主義にも思えます。

執　僕はそういう現代の風潮を、「笑顔のファシズム」って名付けている（笑）。戦後の似非《えせ》民主主義をそう命名してるんだ。

佐　それは言い得て妙ですね。執行さんもプロテスタンティズムの厳しさのある土壌においての初期の民主主義は良かったと書かれていますが、やはり原初の民主主義が最高なんですよね。

執　そうそう。だから今のは「似非」イコール「戦後の」ってことだよね。民主主義は元々、主義とか、そういうものじゃなくて「生命の雄叫び」だから、人間としての当たり前のことなんだよ。だから人類の文明が間違えたのは、そういう生命の雄叫びを政治思想に使ったということに尽きる。当たり前のことほど、政治に使われるとひどい「きれい事」になり下がってしまう。

佐　政治は元々は生命と相反するものですよね。

執　そう、生命をコントロールして、文明の「最低限」の所をやるための手法に過ぎない。だから生命の「一番尊いもの」を、政治手法には使ったら駄目なんだよ。手法というのはそういうものじゃない。元々真実でも何でもなくて、ただ必要なもの、要は必要悪だよ。でも民主主義の本源というのは、「生命の本質」なんだ。だから本質に触れると却って間違いが大きくなるというか。無理矢理、生命の雄叫びを手法にするための嘘を誘発してくる。

佐　当たり前で口に出さなくても皆わかっていることを、わざわざ言わなきゃならなくなりますね。それがきれい事と言い換えられるものかもしれません。

民主主義は宗教

執　民主主義で皆が思っていることっていうのは、これは誰でも考えることで、生命にとっては、当たり前の価値観なんだよ。だから本当は、それを踏まえて社会というシステムの中をどう生きるかが、政治手法なんだよ。つまり、その本当に思っていることを前面に出したら、そんなものシステムでもなければ、制度にもなれない。文明社会の崩壊しかない。文明というのは、生命にとっての当たり前を個々人に抑制させる制度のことなんだ。

佐　だから単なるわがままに堕してしまう。言い換えると生命の浪費とも言える。

執　文明の中を生きる我々の生命というのはやっぱり、『生くる』にも書いてるけど、制約というものが大切なんだ。そもそも文明というのは、制約の中で生命をどう燃やすかということだから、その制約を取っちゃったら燃えないんだよ。爆弾だって、圧縮しなければ爆発しない。鉄で覆うからものすごい圧の爆発力だけど、火薬を全部外に出して火を点けたら「シュパッ」としぼんで終わりでしょ。火薬を圧縮して中に入れて出口がない所に押し込んで点火するから、爆発して飛ぶんであって。

佐　圧縮っていうのは、何かを生かす制約のことなんでしょうね。民主主義は制約の枷を取っちゃったわけですよね？

執　枷もなにも、民主主義というのは「生命の本源」なんだよ。そんなものを制度としたから、何もかも制約を取ってしまう方向に行っている。だから政治手法なんかに使うものじゃない。民主主義の本質というのは、文句が言えないくらいに正しいわけ。つまりキリスト*や釈迦*が言ってることそのものだよ。あれは、政治じゃない。

佐　そう考えると民主主義って宗教ですよね、完全にね。

執　そう、手段と目的のはき違え。そもそもキリストとか釈迦が喋ってた内容が生命の本質で、

キリスト（イエス・キリスト）（B.C.4頃-A.D.30頃）キリスト教の開祖、三位一体の神の子、救世主。

釈迦（釈迦牟尼・仏陀）（B.C.463頃-B.C.383頃）仏教の開祖、インドの王族。

ドストエフスキー〈フョードル〉（1821-1881）ロシアを代表する19世紀の文学者。

我々が信じて本当にそう生きるためのものなんだよ。でも生きるといったって、文明の中では皆がそれだと集団組んで生きられないから、制約という手法が生まれてきたわけ。それが政治なんだよ。だから政治のシステムの中にキリストの言葉が入ったら、政治じゃなくなっちゃう。

佐　ドストエフスキー*の『カラマーゾフの兄弟』*の中の「大審問官」が思い浮かびますね。

執　そう、そう。まさにこれを文学で表わしているのが、僕が最も好きな文学の一つでもあるドストエフスキーの『カラマーゾフの兄弟』だよ。『カラマーゾフの兄弟』は、あの埴谷雄高*も一番影響を受けたと言っている。その中で、キリストが生き返って現代に復活した話が「大審問官」なんだ。大審問官、つまりはカトリックの大司教が、現代に復活して来たキリストに対して「とんでもないことだ」と、「もう一度死んでもらいたい」というか、つまりは「迷惑」だと言っているんだ。キリスト教の大殿堂のローマ法王庁が、もし今キリストが生き返ってきたら一番キリストを抹殺しかねない。あれだけの大組織が、キリストが本当に生き返ったら、崩壊してしまう。ローマ法王庁というのは、つまり政治で組み立てられているわけだから。でも政治が悪いと言っているんじゃないんだよ。政治がなかったら、あんな膨大な組織は組めない。

佐　人間が皆「生きたいように生きようね」、「みんな幸せになりたいね」なんて言ってたら、何にも出来ないですもんね。

執　『カラマーゾフの兄弟』の「大審問官」に描かれている社会崩壊が今の社会を表わしている。まだドストエフスキーの時代は、まさかそんな風になるとは思っていなかったけど、キリスト

『カラマーゾフの兄弟』（全4冊、ドストエフスキー 著、米川正夫 訳、岩波書店〈岩波文庫〉、2003年）カラマーゾフ三兄弟の人生を通じ神の存在・人間愛憎の核心に迫る長編小説。

埴谷雄高（1910-1997）長篇小説『死霊』で知られる作家・評論家。

が今に生まれて来たら、もう文明社会の中ではキリスト教の本当の思想が破壊行為にしかならない、と書いているわけだよ。

佐 あれを本気で今の日本社会とかヨーロッパが言ってるということですね。

執 そう。ただしキリスト自身が「自分は天国のことを語っている」と言っていることがすっかり抜け落ちている。キリストの言葉は霊の話で、現世のことではないんだよ。だってキリストが今来てそこで喋ってみなよ。うちの会社だって潰れちゃうよ。だって今持っているものを全部捨てなさいって言ってる。「今捨てない限り、あなたは何もわからない」と。

佐 キリストは本当に偉大な人物として心から憧れるんですが、実際やるとなると今の文明社会は崩壊でしょうね。

執 ドストエフスキーもキリストのことは死ぬほど好きで、それはつまりキリストが生命の本質そのものだからなんだ。その生命の本質が大好きでそう生きようとしている人と文明との葛藤が、つまり文学を生む。ドストエフスキーの文学が最高だというのは、ドストエフスキーがその葛藤を苦しみ抜いてるから共感する。僕の最大の苦悩というのは、生命の本質をやっぱり実現できないことにある。僕は武士道だけど、もし武士道を体現すると言ったらまず社員をその場で叩き斬らなきゃいけなくなるよ。武士道が精神だということを忘れると大変なことになる。

佐 そういうことになっていっちゃうんですね（笑）。

執 そうなんだ。そして、その精神が実は文明を本質的に生かすものなんだと知らなければならない。制度は本質ではないが、それは生命の本質による苦悩によって実は支えられているんだ。

ルソーの矛盾

執　本当に邪なものを、その場で一刀両断にするというのは、最も重要な生命論だ。だから僕はそのつもりで毎日生きている。だからそこに苦痛と苦悩が襲ってくる。

佐　結局キリストが出て来て、キリストをその場ですぐに殺してしまうのが、人間なわけじゃないですか。そこに葛藤を覚えるか否かでただの現代人になるかどうかの違いがあると。

執　そういうことだね。十九世紀の文学者なんかを見ていると、みなキリスト教で苦しみ抜いているじゃない。真の「生命」を追求したスペインの哲学者のウナムーノ*もそうだ。だから偉大な思想、偉大な文学を生み出したんで、「あれはもう駄目」としたら何にもならないよ。もちろん僕は偉大なんかじゃないけど、振り返ると自分なりにやって来たことは全部その生命的な苦悩の中から生まれてる。ウナムーノの本なんて、全部今の社会と自分たちが信じてきたカトリシズムの中の相克な葛藤と苦悩のことに尽きるんだよ。

佐　結局、文明自体が一つの矛盾じゃないですか。その矛盾であることに気づいていない人は本当は居ないと思うんですよ。ただ、それを矛盾だと認めてしまえばそこに葛藤とか苦悩が生まれてしまうので、それを真正面から見つめられるかどうかが結局人として駄目になるかどうかの分かれ目のような気がします。生意気なことを言うようですが、結局は誠実かどうか、この

ウナムーノ〈ミゲール・デ〉(1864-1936)
スペインの思想家・詩人。

一点に尽きると思います。

執　宇宙の本質は混沌であるということがわかっている。そして、星が集まって燃えるということは、実は宇宙では異様な現象なんだと知らなければならない。でも星が集まって燃えること自体が生命なんだ。でも燃えること自体は宇宙の本質じゃないと言うことも出来る。本質は混沌のほうにある。じゃあ燃えるのに価値がないかというと、文明論も何も出来なくなっちゃう。まずは「本質」があって、その中に「燃焼」の価値が輝いて来る。僕は文明が好きだけども、文明というのは人間のすることだから、間違うのは当たり前なんだよ。でも人類が生まれて文明を築いたということが、やっぱり人類の人類たるいわれでもある。これをやっぱり大切にしなきゃいけない。その枠の中で我々の生命は輝かなければいけない。

佐　文明がなくなったら、人間じゃなくなっちゃいますよね。結局文明の中で、生命の大元の燃焼が出来る方法が書いてあるのが、『生くる』という本なんだと僕は思います。

執　そういうことなんだよ。だからその文明の中を生きるのは体当たりそのものであって、本人が苦悩した人間じゃなきゃ生命を生かすことは出来ない。文明の枠の中ではいつでもそうだ。

佐　文明の中にいるというのは、確かに一つの苦しみで、その苦しみから脱する方法が二つあると、『生くる』に書いてありました。それは「燃焼する」か、「文明を脱出して動物に戻ってしまう」かだったのですが、歴史上の人物で動物論を主張したのがルソー*だと思うんです。僕は人類史で一番嫌いな男がルソーなんです（笑）。

執　昔の日本だと共産主義者にルソーの好きな人が多い。ただルソーが好きな人は、自分で本当

*ルソー　〈ジャン＝ジャック〉（1712-1778）フランスの思想家・哲学者。

にルソーが正しいとは思ってはいないよ。ルソーの思想を使って、自分だけいい思いをしようとする人がルソーを好きなんだ。ちょっと嫌な言い方をすると、自分以外の全員にルソーを信じさせて、他人をコントロールしたい人ってよくいるじゃない。ああいう人はルソーとかが好きだよね。

佐　ルソーは人格的にも問題がありますね。

執　ルソーも本だけ読んだらびっくりするほど素晴らしいんだよ。素晴らしいけど、本人はとんでもない生き方をして、あの当時から私生児を作って母子共にすぐに捨ててしまう。しかもそういうことをなんとも思わない人だったみたいだな。

佐　今回の対談でいろいろと本の名前も出ると思うんですけども、絶対に一冊出しておきたい本があります。中川八洋*先生の『正統の哲学 異端の思想*』。今日はこの本の名前を挙げたくて来たと言っても過言ではないです（笑）。

執　黒に金文字の表紙のやつじゃない？　あれ面白いよな。僕も読んだけど、素晴らしい本だよ。あれは今の人にはすごくわかりやすい本だと思う。

佐　僕もそう思います。本当にわかりやすいんですよね。特に仕分けして思想を考えたい人にとって良い本だと思います。

執　僕は昔から読書好きで本を読んできたから、読む前からその仕分けはわかってるけど、なかなか今の人にはわかりにくいだろうからね。

佐　ああいう本から入ったほうがいいような気がします。今絶版で、古本しかないんですよ。あ

中川八洋（1945-）思想家・国際政治学者、筑波大学名誉教授。

『正統の哲学　異端の思想』（中川八洋 著、徳間書店、１９９６年）理性・平等・進歩等の近代哲学の常識に疑義を呈す思想書。

あいう本がもっと本屋に置かれれば良いと思います。

執　あれは思想の種類を知らない人にとってはすごくいい解説書だよね。いい本なんだけど、僕なんかはハウツー本に見える印象もあるけど、内容は素晴らしく良い。間違いがないというか。あの人はエドマンド・バーク*が好きだったよな。

佐　そうでしたね。

執　僕も好きで、『フランス革命の省察』*とか。この部屋にも全集があるけど、好き過ぎて全集を英語の原書で全部読んだよ。でも、中川八洋の仕分けは素晴らしい。あの人有名なの？

佐　筑波大学の名誉教授ですね。ネットのブログみたいなもので政治について書いているのを見ました。ただかなり過激な論調でしたよ（笑）。そこがちょっと気になる人もいるかもしれませんが、『正統の哲学　異端の思想』はぜひ読んでみてほしいです。

執　今ちょうど話に出たけども、『正統の哲学　異端の思想』というのは、生命を燃焼させる本と燃焼させせない本という仕分けでみても素晴らしい本だよ。僕がこれを読んだ時に、元々読んでいた本が仕分けされていて、自分なりには仕分けしていたものとほとんど合致してるんで、知的な人はやっぱり違うな、と変に自信を持ったよ（笑）。そういう意味じゃハウツー本としても使えてしまうのかもしれないけど、すごく良い本だよ。

佐　かなり切れ味のある文章を書かれるところが、この人の魅力なんだと思います。

バーク〈エドマンド〉（1729-1797）イギリスの政治家・思想家・哲学者。

『フランス革命の省察』（新装版、エドマンド・バーク 著、半澤孝麿 訳、みすず書房、1997年）保守の立場からフランス革命を論じた評論。

釈迦もキリストも民主主義

執　そういえば、さっきの民主主義の話に戻るけど、民主主義というのは生命論そのものなんだよ。だから、さっきも言ったように大宗教家はすべて民主主義者だ。そういう意味で民主主義というものは、政治に適用してはいけないってことを皆が知らないというのが問題だと思う。生命論を政治に持ち込んだら、破滅なんだよ。政治というのは文明の最も悪いものを扱うということを今の人はわかっていない。文明というのは必要悪によって、その制度が組み立てられて運営されているんだ。僕はそれを悪いと言ってるんじゃないし、人類が文明を築くには、仕方がないと思っている。その仕方がない部分を、取り仕切るのが政治なんだよ。だから人を殺すようなやつがいたら捕まえてそいつを死刑にするとか、これをしなかったら文明社会は維持出来ない。それをやるのが政治の力だということだ。

佐　最悪のパターンを想定し、必要最低限を守る法律が文明ということですね。

執　そう。ところが生命論の本質は倫理観なんだよ。つまり宗教が本体なんだ。宗教心をよく機能させるには、悪い奴を取り締まらなきゃならないから生まれたのが、文明ということ。そういう大枠が今は全然わからなくなってしまっている。その大枠というのは、さっきちょっと喋ってたけど全部もう神話に書いてあるわけ。インディアンの神話だろうが、日本の神話、ギリシア神話及びユダヤの神話まで全部に書いてあるよ。

佐　どの神話も言ってることは同じですよね。

執　全部同じ。だから、これは人類が誕生して文明を築くときに苦しみ、悩み、またいろいろと試行錯誤してきた問題なんだよ。だから、もうすべてわかりきっている。それで、昔から一番戒《いまし》められているのが、生命の本質を政治にしては駄目だということなんだ。だから民主主義が出た時から、文明は滅びるということが昔から予言されてきた。これは、文明のタガが外れたときに、民主主義が生まれるのではなくて、人間の悪い動物本能が出てくるということを示している。まさに現代がそういう時代だよ。現代は、人間のもつ動物的な生命の過剰重視からすべてが組み直されてしまっている。

佐　民主主義に反対できる人は誰もいないですよね。だって正論ですから。

執　僕だって一つも反対はないよ。だって一人一人が皆自分の生命を燃焼させて、「自分らしく」、なんて当たり前のことじゃない。命が大切なのも当たり前。こうやって喋ってるのは、そのためにどうするか、という話なんだ。その大切な命を投げ出してでもしなければならないことが人間にはあるということを話している。だから僕だって、生命燃焼して自分らしく生きるためには、苦しまなきゃ駄目だってことを自分の本に書いてるわけ。損して、壁にぶち当たって、危険で、下手したら死ぬかもしれないし、もしかしたら途中で挫折するかもしれないけど、やらざるを得ないということが、僕の本には書いてある。そしてそれが駄目でも誰も責任は取れない、ということが生命の本質なんだよ。生命というのは、どんな結果でも全部自己責任だから。人のせいには一つも出来ない。もちろん生まれたが最後、親も身代わりにはなれないんだから。それが生命。そういうことが書いてあるわけなんだ。

佐　だから執行さんの本は危険思想だって言われてるんですね（笑）。でも元々それが正統な考え方なんでしょうけど……。現代の民主主義の世の中では受け入れられにくいんでしょうね。だけど民主主義は政治ではなくて、生命の本質だと。

執　そういうこと。そして政治手法ではないということ。政治ではなくて、せいぜいで言えるとしたら宗教だな。だからキリストが言ってることと、釈迦が言っていることは、すべて民主主義なんだよ。聖書に書かれていることも、全部民主主義。つまり真実ということだ。

「女・子供」とは

佐　僕はここでも援用するのはやはり三島さんで、江戸川乱歩*を原作に三島さんが戯曲化した「黒蜥蜴」*で、主人公の明智小五郎*が言うんですよ。犯罪者の素質の持ち主は、自分のあまりにも優しく繊細な魂に忠実なんだと。この優しさというのが、僕の解釈では「美」そして「神」とイコールです。犯罪者とは、つまり法律の破壊者です。ですから、法律の網目の上に乗っかっている「文明」と、その網目の下でめらめらと燃えている「宗教」とは、互いに反発する。だから、もし文明社会に釈迦やキリストが生き返ったら、その場で文明は全部崩壊するということですね。

執　そう、じゃあ何で今の民主主義社会はまだ崩壊していないかというと、政治家が裏では違う

江戸川乱歩（1894-1965）探偵小説で知られる小説家。

「黒蜥蜴」（『江戸川乱歩作品集Ⅱ　陰獣・黒蜥蜴 他』江戸川乱歩著、浜田雄介 編、岩波書店〈岩波文庫〉、2018年）女盗賊・黒蜥蜴と探偵・明智小五郎の対決を描いた探偵小説。

明智小五郎　江戸川乱歩の探偵小説の主人公。

ことをしてるからなんだよ。だからあんまり政治家を締めあげるのもますます駄目になるってよく言われているじゃない。でも、彼らも「大審問官」みたいに、本当にその場ですべてを擲《なげう》ったりしないから、なんとか国家を維持できているわけだよ。

佐　政治家は、利権で動いてくれてるからでしょうね。執行さんのお話から察するに、利権も文明ですよね。つまり良いとか悪いとかじゃないもの。そうしないと滅びちゃいますからね。

執　そう。だから文明やその制度に文句がある人って、孔子*もキリストも釈迦も言っているけど、今言うと差別用語になっちゃうかもしれないけど、「女・子供」なんだよ。もちろん生物学上の女・子供じゃなくて、昔から続く文化としての「女・子供」のこと。つまり、「女・子供」は生命のわがままと本能のままに生きたくて、秩序とか文明、法律が一番嫌いだと言われているものだ。本当はそれを守るのが男性原理といって、男の役目だったんだよ。だけど、今は逆に女性のほうが男らしくて、男性のほうが女性化しちゃってどうしようもないな（笑）。

佐　結局民主主義とか、その発展形である共産主義というのは、要は子供の思想なんですよね。つまり、自分さえ良ければいい、自分がやりたいようにやりたい、と言ってるだけなんですね。確かチャーチル*が言っていたと思うんですけど、「二十歳までに共産主義にかぶれなかったやつは情熱が足りない。二十歳を越して共産主義にかぶれているやつは知能が足りない」という。話を伺っていて、確かにその通りだなと思いました。

執　共産主義も生命の本質なんだ。青年というのは「正しさ」に憧れるからそれが秀《すぐ》れていると思うんだよ。でも共産主義とか民主主義というのは、あくまでも生命の本質なので、だから何

孔子（B.C.551-B.C.479）中国、春秋時代の思想家・学者。

チャーチル〈ウィンストン〉（1874-1965）第一次・第二次世界大戦時のイギリスの政治家。

度も言うけど、政治や制度にはならない。

佐　先程の「女・子供」とは「神・動物」の別表現だと思うんです。つまり楽園の生き物です。「人間」から見れば、最も崇高なものも、最も卑しいものも同じなのではないかと。問題は「民主主義」＝「神・動物」と「政治・文明」＝「人間」は対立関係にあるということ。「混ぜるな危険!」です。混ぜちゃいけないものを混ぜると、混ぜられた「文明」は壊れてしまう。

執　そう。文明がなくなってしまって、ルソーが望んだようなオランウータンの原始社会、つまり類人猿の一員になっちゃうというわけだ。でも、オランウータンっていったらオランウータンが怒るよね。オランウータンの中にもボスがいるように、秩序って少しはあるからね。だからあれがなかったらオランウータンも集団を組めない。これは良いとか悪いという問題じゃないんだよ。それがもっと複雑で、もっと苛酷に秩序を組み上げたのが人類ということなんだ。そして秩序を駄目にすると言われていたのが、何度も同じことを言うけど「女・子供」という生き方なんだよ。ただ、さっきも言ったけど、女と言っても女性のことを言ってるんじゃなくて、原理のことを言ってるんだ。つまり、女性原理。逆に秩序を立てる原理を男性原理と呼ぶ。だから女でも秩序を立てる側にまわったら男性なんだ。動物学的な雌と雄の話じゃないんだよ。

佐　一つには、身体の機能からいって雄のほうが、男性原理を体現しやすかったのでしょうね。

執　これからは、もうわからないよ。今は男もみんな女みたいだし(笑)。男性原理を担うのが全部女性になる可能性もある。原理の話だから。創り上げるのが男性原理であり、どちらかというと本能の赴くままになし崩しにするのが女性原理。「女・子供」という言葉は女性原理という意味で使われていた。今の人はこういうことを言ったら本当に怒っちゃうからな。

佐　それで「差別だ！」って言うんでしょうけど、本当のことですから仕方がないですね。

執　仕方がない。だから民主主義に関しては、文明とか政治とかそういう低い話じゃなくて、民主主義というのはキリストが言っていたような最も崇高な、人類が理想とするものだと知る必要がある。つまり、天国の話だ。理想を先取りして日常に持ってきたら、これは破滅だよ。

民主主義とは使うもの

佐　元々無理な話ですね。だから釈迦もキリストも今の世に必要とされなくなったんですね。そんなもの無くても、既にその考え方は民主主義というものが実現してますから。

執　どうしても秩序を守るために、人類は苛酷な支配を受けて来たんだ。だからキリストとか釈迦の教えにすごい価値があった。民主主義が宗教の必要性を潰しちゃったともいえる。だって民主主義って宗教の本質だから。釈迦の言っていたことも、キリストの言っていたことも、ひとつ残らず全部言ってみれば民主主義論だよ。

佐　考えてみれば、「人間が平等だ」なんて、当たり前のことですね。ただ、平等というのは、差がつかないことではないですよね？

執　もちろんそうだよ。喧嘩が強い人、頭の良い人、能力がある、ない、いろんな人がいるのは当たり前。でもそれが生命的には平等ということだ。そういうことが今わからなくなっちゃったよね。人間が平等なのは、太古の昔からずっとそうだよ。全員身体はひとつしかないし、みんな死ぬ。

佐　生命として平等というだけですね。

執　生命論として、体当たりしない限りは燃焼できないというのも、全員同じだし、失敗すれば死ぬかもしれない。その失敗する確率も全員平等ということだ。

佐　結局、民主主義が言うところの平等を本当に達成しようと思ったら、極論ですが人類を皆殺しにするしかないようにも思えてきました（笑）。実際にルソーはそういう思想を暗示しますし、これは発展したら全体主義にも繋がってきますね。

執　民主主義という手法は生命の本質だから、人を利用しようとした場合に皆が使うんだよ。ペリクレス*という古代ギリシアの政治家で、民主主義を一番最初にポリスで施行した人がいるんだ。民主主義の歴史では必ず出てくるんだけども、そのペリクレスも民主主義のことを人を支配する一つの政策と言っている。また、トクヴィル*というフランスの政治家が書いている『アメリカの民主政治』*という本の中でもはっきりと、「民主主義というのは、人を支配するシステムの一つだ」と言っている。

佐　だから、政治家自身が民主主義者になったら終わりだということなんですね。民主主義というのは使うものだということを、我々は忘れてしまっているのかもしれません。

執　使っている限りは正しいんだ。キリストの言葉を、人を説得するのに使ってるのと同じだと

ペリクレス（B.C.490頃-B.C.429）古代ギリシア・アテナイの政治家。

トクヴィル〈アレクシス・ド〉（1805-1859）フランスの思想家・政治家。

『アメリカの民主政治』（上・中・下、トクヴィル 著、井伊玄太郎 訳、講談社〈講談社学術文庫〉、1987年）アメリカ民主政治の利点・問題点を指摘した評論。

思うんだよ。キリストの言葉も本質の一つだから。でも、今の人類の危機というのは、政治家が、本当に自分たちがそう思ってるということだよ。それは言葉を代えると、子供が大統領になったということと同じだ。

佐　カンボジアの政治家でポル・ポト*っていましたよね。急進的な共産主義の反政府勢力を組織していた……。

執　いたな。あの狂人ね。そう、共産主義の思想を信じ込んでね。クメール・ルージュ（赤い軍団）という武力集団を率いていた。確か彼はルソーの信奉者だよ。その思想の実現のために、大量虐殺を断行したという。たしか人口の三分の一くらい殺してるんだよな。あれは、つまりは幼児だ。だから恐ろしい。今の北朝鮮もそうだと思う。

佐　そこまでやっちゃうって……。でもある意味正直なんですよね。素直というか、そういう思想だと言えるかもしれません。この話の流れでよく疑問にされるのは、民主主義を信奉している人が、なぜあのような酷いことをしたのかということです。

執　それは民主主義の本質を信奉してないからだよ。今の我々が騒いでいるように、陰でちゃんと「悪いこと」をしていれば、なんとか文明が機能して、あのような事態にはならなかった。まあ悪いことというとちょっと語弊があるけども、要は文明というのは裏があるんだよ。その陰陽のバランスで支えられているんだ。もちろん良いと言ってるんじゃないけど、右に行けば左が空くようなもので、仕方がないということを言っている。ものを食えば、どんな清潔好きな人でも排泄物が出るわけ。食えば出るんだよ。これは仕方がないということを真にわからな

*ポル・ポト（1928-1998）カンボジアの独裁者・軍人。

ければならないんだ。ポル・ポトは、美人はトイレに行かないと本当に思っている人なんだとわかるね。

佐　その排泄物が出たら、大騒ぎしてるのが今の「大衆」ということですね。当たり前のことで大騒ぎをしている……。

執　例えば官僚が総理大臣の意向を「忖度《そんたく》」して考えながら動くのは、当たり前のことだし、しなかったら総理大臣というトップの価値も責任もないということになってしまう。でもしたか、しないかで大騒ぎしてるわけ。これは馬鹿らしい。まあ、政治論をしたって仕方がない（笑）。政治には、そういう意味では僕は興味がない。政治は権力好きや、偉くなりたい人にまかせておけばいいんだよ。

佐　僕も政治にはあまり興味がありませんが、これまでのお話は「文明の本質」という意味での政治、文明論になっていて大変面白かったです。

執　今までの話で僕が言いたいのは、民主主義は文明にはなり得ないということだよ。民主主義は宗教であり、つまり本質論なわけ。僕も正しいと思ってるし、最高の民主主義の理想形は釈迦、キリストの言葉ということだ。お経とか聖書を読んでくれたらわかるよ。

佐　民主主義を実行したいなら、仏教徒とかキリスト教徒になってずっと祈り続けるのが正しいやり方ですよね。

執　キリスト教をこの世で正しく機能させるために生まれたのが、西洋ならあの中世の封建社会であり、その苛酷な支配なんだ。それからカトリック教会の、世界一強力だったと言われる支配体制なんだよ。でもあれも悪くはなくて、あれがあったからキリスト教の本質の信仰形態を、何千年も人類は維持できたわけ。苛酷な支配がなければキリストの優しさ、赦しというのは価値がない。昔は厳しい父親がいたから母親の優しさが光ったわけじゃない。だから今は昔の日本人みたいに母親を慕っている人はいないよ。昔は、父親がものすごく厳しかったから母親が慕われたわけ。母親は赦しの役なんだよ。でも今はもう父親のほうが赦しだから真の「母」もいなくなってしまった。僕はお袋が死ぬほど好きだった。まだ良い時代に子供時代を送ったと思っている。歌人 三浦義一* のあの崇高な母の歌を真に理解できることに僕は喜びを感じているね。「いまにして　老いたる母を　われおもふ　日の本の母は　かくも悲しき」だ。ここに赦しの本質がある。生命の真の輝きの根源があるんだ。

佐　赦ししかないですよね。

執　うん、厳しさの後の赦しだ。

「若さ」と「老いの美学」

佐　若さとか老いの問題って結局、今のお話と一緒なのかなって思うんですよ。若いということは、結局民主主義の話と同じことなんですよね。かといって、これはまた一概には否定できない大事な側面もあって、チャーチルは「二十歳までに共産主義にかぶれないやつは情熱が足り

三浦義一（1898-1971）
歌人・国家主義者。

ない」と言ったんじゃないでしょうか。だから絶対にそれは必要なんですけど、そこを乗り越えて、大人になる、老いの過程に入るというのが、人間にとって一番大事なのではないかと思うのですが……。結局人間は正しく老いるかどうかの問題になってきますよね。僕は「若さ」を「無数にある可能性が恐ろしくて、ある一つの空想に沈溺してしまうこと」と定義しています。ですから、若さは美しくもあり、愚かしいものでもある、と言うことが出来るかもしれません。

執　若さは、生命にとっては本質的な過程であって、人間的には何の価値もない。価値は老いの問題にあるんだ。老いるかどうかというのは、言葉を換えれば「変革する」、「成長する」ということだからね。それは自分を限定していく過程ということでもある。つまり、苦悩の始まりということに尽きる。万能の自己を、成長とともに文明の中の役割に従って限定して行かなければならない。これは、実は辛いことなんだ。

佐　老いたくないなら、それこそ二十歳で死ぬしかないですよね。それを執行さんの本から感じるんです。

執　でも僕の本を見ただけでそういう何かを感じてくれるのは嬉しいし、佐堀さんと話しているとやっぱり元々生命論というのを非常に考えている人間だということがわかるな。

佐　自分なりに考えてきたからこそ、感応できた部分があったのかもしれません。一方で若くて美しい時に死ぬことに対する憧れみたいなものもあるんです。若さへの憧れと老いの美学のせめぎ合いが日本人の伝統的な苦悩だと思います。

執　そうだ。それはあの三島文学のテーマでもあるよね。また僕の本はやっぱり考えてない人は感応しないよね。何かに対する問いを持ってる人じゃないと。ただ僕が書いていることは生命論から言うと当たり前のことなんだけど、こういう本が現代にほとんどないっていうのは、ある意味すごいことだね。

佐　本当に驚きます。

執　「老い」というのは成長だから、ある意味では人間の本質であって、動物学ではないということだな。だからたぶん老いの問題というのは、民主主義者は一番嫌いだと思うよ。民主主義というのは、生命の本質論をしているだけだから。「老い」というのは、文明論なんだよ。だから厳しさがある。つまり、どうやって文明を創りその中で生き、そしてそれを維持するかという話が「老い」なんだよ。だから正しく老いていくには、人間は自分の生命の雄叫びをコントロールしていかなきゃならない。

佐　「老い」については、『根源へ』*で挙げられていたシェークスピア*の『リア王』*が印象に残っています。「汝《な》が名はグロスター*。耐えねばならぬ、耐えねばならぬ。この世に生まれ落ちたとき、我らは泣いた。この世の空気をはじめて嗅いで、泣きわめいたではないか」というセリフが忘れられません。自分の中に何かが甦ってくるのを感じました。

執　そう、重要なのは「耐える」ということだよ。「耐えねばならぬ」(Thou must be patient.)だ。あれが老いについて僕が選んだ、リア王*の雄叫びなんだ。これが老いの本質だと思う。つまり文明の本質、成長の本質でもあるということだ。どうだ、嫌だろ。

『根源へ』（執行草舟著、講談社、２０１３年）死生観を問う哲学・思想エッセイ、現代における教養書。

シェークスピア〈ウィリアム〉(1564-1616) イギリスを代表する劇作家・詩人。

『リア王』（シェイクスピア著、福田恆存訳、新潮社〈新潮文庫〉、１９６７年）長女と次女に国を追放されたリア王が末娘と共に戦う姿を描いた悲劇の戯曲。

グロスター　シェイクスピア『リア王』の登場人物。

リア王　シェイクスピア『リア王』の主人公。

佐　そんなことありませんよ。僕も必ず成長します。執行さんの著作全部には共通して、「それがわからなければ」生命の本当の尊さとか、自分の生命を活かすことは出来ない、という「何事か」が書いてあるように思うのですが。

執　そういうことだよ。我々は野獣じゃないから、「生命の燃焼」といったって犬や猫とかライオンの燃焼論を書いているわけじゃない。僕が書いているのは人類、文明、生命の燃焼論だ。そうすると、「耐えねばならぬ」が最初に来るわけなんだ。この辺で僕の著作を嫌う人も多い。なんか嫌なんだね、現代人は。

佐　だって読んだら老いなくちゃいけないですからね。子供のままじゃいられなくなってしまう。

執　当たり前だよ。しかし、それが生命の本質なんだ。普通の人は、自分の生命を本当に活かしたいと思わないのかな。本当にそう思えば、自分の生命の中で文明を活かさなきゃいけないことはわかるよね。

佐　僕の感じですけど、思ってないわけじゃないと思うんですよ。ただ、生命を燃やすという発想自体がないというか、そういう生き方があること自体を知らないように感じます。だから執行さんの著作を読んで、目を開かれる人もいるわけで。

執　ただ僕の本を読む人は元々本に書かれている要素を持ってる人だよ。持ってない人は「何だこれ」って感じだよ。そんな雰囲気を感じているね。

佐　いや、もう「ポカーン」っていう感じですね(笑)。でも正しい生き方を知っているのに、民主主義という時代の生き方にそれを覆い隠されて苦しんでいる人は普通にいますね。僕の周りにもいます。

執　民主主義というのは生命の本質論なんで、これはものすごく甘ったるいんだよ、文明的にはね。要は本質的にはキリストが言っていることと同じだから、「どんなことをしようが、あなたがいいんだよ」ってことだ。本質はそうなんだけどね。文明を抜きに考えればね。

佐　ある意味、純粋の極致であって、だからこそ聖書に「天国に行くには幼子のような心じゃないと」って。

執　そう「幼子のように」だ。だったら幼稚でいいか、という話になる。でも幼子のごとくの魂を持ってるのは、生命の本質で、本当なんだよ。ただ、文明と政治の世界では違うということ。両方わからないとこの世は駄目だ。だから、子供のような心を持ったまま文明社会を生き抜いていくというのが、一番大変なことなんだ。これは本当にもう苦悩そのものなんだよ。この苦悩そのものを体現している文化の代表が、武士道と騎士道なんだよ。だから、この二つの生き方を僕は心底から好きで愛していると言ってもいい。

武士道の始まり

執　僕が運が良かったのは、子供の頃に武士道に惚れたということに尽きるんだ。これは運だよな。なんて言ったたって子供だから。たまたま家に武士道に関する本がたくさんあって、最初の文章をわからないままにちょっと読んで「かっこいい」と思ったんだろう。

佐　執行さんの家系は元々武士ですよね。

執　そう、うちは武士の家系で、だから僕の場合は血があって武士道が好きになったのかもしれない……。

佐　何が元々あったのかっていうのは、難しいところですよね。僕も自分の考え方がどこから始まったのかというとわからないんですよね。

執　わからないよな。概念的に武士道が好きになったのは、小一の『葉隠』に始まる。死病から退院して来て、親父の本棚からとって、おふくろに全部かなを振ってもらって読んだというのがきっかけなんだ。

佐　でも、そういう以前に何かがあるのは確かですよね。それがどこから出てきたのかということを、本当に突き詰めると哲学になっちゃいますよね。

執　最近の研究では、遺伝的に前の遺伝子の記憶があるという風に言われているよな。つまりは前世の記憶だ。まあそれが本当かは僕もわからない。しかし僕には、そう思える事柄がいくつもあるのは確かだ。

佐　やっぱり家系ということでしょうか。

執　まあやっぱり血はあると思う。やっぱり運動が得意な人の子は生まれながらに運動が得意だし。頭が悪い人の子は、誰を見ても頭が悪いよ。親の頭が良ければ子供も頭が良いし、ということだよな。逆に僕の知り合い関係を全部見てきて、やっぱり親が悪けりゃ子供も悪いよ。親の肌の色が黒かったら、子供の色も大体黒いし。親が色白なら、僕も色白だけど、両親ともやはり白いもんな。

佐　たぶん経験的なものと生来のものと、両方あるんだと思うんですけど……。

執　そうだ、そう思う。ただ僕の家は武士道教育とは全く逆だったんだよ。親は僕が武士道が好きなのはものすごく怒った。それに悩んだこともあったみたいだな。やっぱり時代精神と違うというのが親から見れば変人というか、変な子というか。だから武士道を貫くっていうのは全然かっこうよくなくて、親から怒られ通して、隠れながらやってきたことで、褒められたことは一度もないよ。

佐　そうだったんですか。それでも元々執行さんの中に何があったのかはわからないですけど、それをぼやかして言ったのが魂とか、霊魂という言葉になるのかもしれません。

執　多分ね。でもこれはもう誰にもわからない。

佐　わからないですね。それこそ霊能者じゃないと。

執　しかし霊魂について関心があること自体が、霊魂的だ。霊魂の話というのはどこまでいったって終わりがない。だから面白い。

佐　僕も結構霊魂について考えるときに面白いなと思うのが、それこそ折口信夫で、あの人は「霊魂」という言葉にルビを振って「マナー」と書くんですね。

執　そう言えば、そうだよね。マナっていうと、キリスト教で言う神の食べ物に通じている。

佐　マナーです。礼儀作法のマナー。

執　でもそれは英語のマナーじゃなくて、「マナ」なんじゃないのかな。『聖書』のマナはそう発音してたかもしれないから。そうすると、モーセ*の言った「神から与えられた食べ物」という意味だと思うんだ。

佐　いや、ひらがなで「まなあ」って書いてあるんですけど、もしかしたら僕の勘違いかもしれないです。

執　もしかしたらそうかもしれない。でもさっきの話に戻るけど、勘違いしたとしても、それは佐堀さんの運命だから、君にとってはそれが正しいということだよ。でもなんで行儀作法のことかなって思ったの？

佐　いや、マナーって言われたら僕はもうそっちしか思い付かなかったので……。でも不思議ですね。

執　僕はもう直観的にマナというのは、仏教でもキリスト教でも、元々神の食べ物のような意味で呼ばれていることを思い出したね。神から与えられた食べ物、それがマナ。だからマナーというかもわからないし、発音によっては「まなあ」かもしれないし。

佐　同じ単語でも、人によって解釈や受け取り方が違うというのが、面白いですね。

執　受け止めるのも、また個々の霊魂だからね。僕が折口の和歌の「ちゝのみの」というのを「お父さんだけの」と勘違いしたまま、五十歳を過ぎるまで生きたのと同じなんだと思うんだよ。でも僕は、勘違いから本質を学んだ。勘違いしてなかったら、たぶん僕はあのスサノヲの詩から、スサノヲが文明社会の最初の一人だということは、たぶんわからなかったと思う。勘

*モーセ　「出エジプト記」等に記された古代イスラエルの指導者。

違いから理解してきたわけだから、なんか人間って不思議だなあ……。だから間違いも重要なんだよ。

行進と教育

佐　たぶん全部意味があってやってるんでしょうね。だんだんと、「正しい」ってないような気がしてきました。そういう意味では、間違いが駄目だっていう学校教育は問題ですよね。

執　それはそうだよ。大体僕の時代から、先生に好かれてる奴にロクな奴はいなかったよ（笑）。頭は硬直思考で、自分だけが正しいと思い込んでいるような……。かつ気が弱い奴ばかりだったな、先生に好かれる奴は。

佐　でも、僕は結構優等生の部類だったかもしれません……（笑）。僕の場合は教わってた先生がちょっと変わっていたんで。

執　それは運が良かったね。そういえば、一風変わった学校に通ってたんだよね、確か。

佐　そうなんです。陸軍大臣だった、高島鞆《とも》之《の》助《すけ》*が作った小学校に通っていました。あの小学校はすごいですよ。よくマスコミに取り上げられるような右翼教育とかでは、全くないです。ただ、学校で行進を習って、ずっと行進していた記憶があります（笑）。でもどこかで行進が教育の原型だ、という話を聞いたことがある気がします。

高島鞆之助（1844-1916）明治・大正期の陸軍軍人・陸軍大臣。

執　そうだよ。行進が元々文明の根本であり、兵士を作る根本なんだ。つまり義務教育の根本。文明イコール戦争の歴史といってもいい。だから行進が、すべての教育の根源とも言える。明治国家が一番大変だったのは、小学校を作ってすべての子供を行進させることだったんだよ。いや、子供どころか日本人全員を並べて行進させるのが、明治国家が一番膨大な労力を割いてやった教育なんだ。

佐　僕の小学校には、それがそのまま残ってるんです。小一からずっと行進してて、僕は時々行進が上手いということで褒められていました(笑)。

執　行進が上手いということは、つまりは文明的という意味なんだ。文明というのは法律でありルールだから。行進とは、それぞれの人がルールのもとに歩くということ。西洋がまずアジア、アフリカを支配できた理由は、行進だと言われているくらいなんだよ。だから日本も帝国主義の列強に入るために、一番最初に西洋から学んだのは行進なんだ。日本の一番最初の学校教育ってそれなんだ。だから江戸時代は、武士でも全員が足並みそろえて歩くなんて出来なかったわけだ。明治に入って初めて行進の教育をしたのが、有名な西南戦争の百姓兵だよ。あの西南戦争の百姓兵は、行進だけで教育された。

佐　その教育を受けた百姓が、日本最高といわれた薩摩隼人の武士団に戦争で勝ったわけですね。そうなれば近代文明というものを、皆ものすごく素晴らしいものだと思うのも、当然ですね。

執　でも今言った行進、法律、ルールは、文明の一番悪いものでもあるんだよ。アジアの国が全部西洋に支配されたのは、西洋の軍隊が、将校の命令一下でその通りに動けるように教育されていたからなんだよ。「全員整列！」、「構えろ！」、「発砲！」みたいにね。あれがアジア人には出来ない。でも帝国主義的な戦争に勝つにはあれしかないわけ。あれはまさに、文明の頂点の一つの姿といってもいい。

佐　つまり、釈迦、キリストを生み出した今の文明の頂点が、帝国主義的な軍隊なんですね。ナポレオンの時代にグラン・ダルメと呼ばれた、ものすごい大軍で分列行進する徴兵軍がありましたけど、あれなんか執行さんの仰る近代軍隊そのものという感じがします。

執　あれが、西洋文明、人類の文明の頂点だな。その余波として出来たのが原爆だよ。そして今はもう文明が崩れる過程に入っている。

『美しい星』について

佐　原爆といえば、三島由紀夫の『美しい星』*ってありますけど、最近映画化されましたよね。あの映画では、核が地球温暖化の問題に変えられていましたけど……。

執　そうみたいだな。『美しい星』の哲学的価値は放射能問題に帰結するとも言える。そして文学的、詩的価値は、突き抜けたそのロマンティシズムにあるんだ。あのラストは僕の最も感動する情景だ。また僕は三島由紀夫を、ジョージ・オーウェル*と並ぶ予言者性を秘めた作家だと

『美しい星』（三島由紀夫著、新潮社、1962年）突然「宇宙人である」という意識に目覚めた家族が主人公のSF小説。

オーウェル〈ジョージ〉（1903-1950）スペイン内乱を描いた作品で知られるイギリスの作家。

思っている。西洋ではジョージ・オーウェル、それからオルダス・ハクスリー*、日本では三島由紀夫がその代表だな。『美しい星』の中心は放射能問題を扱っているから、もし映画化の過程でそこを変えたらすべてが崩れ去ってしまう。

佐　一応人為的に温暖化を進めるような組織が出てくるんですけど、原作と意味が全然違ってしまっています。

執　テレビのコマーシャルでやってた時に偶然見たんだけど、現世に合わせてる雰囲気を感じたというか、要は今っぽくしていると思う。だいたい温暖化なんていうのは、全く気候問題で原子力のような文明的な本質論じゃない。

佐　現代に馴染みすぎている雰囲気があって、あまり文学的な部分がなくなっているのかもしれませんね。

執　そうだね。作中の「水爆は最後の人間である」というその言葉の中に、三島由紀夫の社会に対するアンチテーゼとしての全哲学が入ってるわけなんだ。その放射能問題を文学的にロマンティシズムとするために、主人公を宇宙人にしたんだよな。

佐　宇宙人を出してきたっていうのは、三島由紀夫なりの工夫なんでしょうね。あれが放射能問題だけだったら、哲学書になってしまう。主人公たちは、物語の中では宇宙人といわれてますけど、僕はあれを古代人だと解釈しています。

執　まあ、古代人でもあるね。さっきも言ったけど僕は『美しい星』のあのラストシーンが好きでねぇ……。あの家族が円盤に向かって駆けていくところがね、好きで好きでたまらないんだ

ハクスリー〈オルダス〉（1894-1963）イギリスの作家・批評家。

よ。

佐　僕もあのシーンには感動しました。三島さんがああいう希望で終わる作品を書いたのは、それだけ自信があったのと同時に、希望を書かずにはいられないほど苦しみに打ちひしがれていたんだと思います。

執　そうだろうな。涙が滲むね。

佐　あとは作品に登場する悪い宇宙人にも共感しています。あとさっきの若さと老いの話なんですけど、三島由紀夫の文学って若さを描いている作品が多いような気がするんです。『豊饒の海』*なんかも、まさにその通りですし。ほとんどが若さについてなんですけど、僕が今まで読んだ中で、老いのことを書いていると思うのが、『美しい星』、『朱雀家の滅亡』*、『天人五衰』*なんです。それ以外は僕が知っている限りでは、多くが若さのことを書いている作品だと思っているのですが……。僕は三島由紀夫があの時代にいて、そういうものを書いたということに非常に重要な意味があると感じていて、人間個人個人だけじゃなくて、一つの国自体も、人間と同じような成長過程を遂げているのではないかと……。

執　その通りだ。

佐　明治維新で、一回日本はリセットされて、そこから若さの時代が始まり、おそらく第二次世界大戦でその転換期が来たと思っているんです。そこから日本は老いなければならなかったのに、そこを今のところ宙吊りのまま放ったらかしにしてしまっているのが現代だと言えるのではないでしょうか。

『豊饒の海』（三島由紀夫 著、新潮社〈新潮文庫〉、1977年）『春の雪』、『奔馬』、『暁の寺』、『天人五衰』の四作品を一連のシリーズとした作品で三島の最後の作品。

『朱雀家の滅亡』（三島由紀夫 著、河出書房、1967年）侯爵・朱雀家と日本帝国の崩壊を重ねて描いた戯曲。

『天人五衰』（三島由紀夫 著、新潮社〈新潮文庫〉、1977年）主人公・安永透を中心に描かれる『豊饒の海』四部作の四作目。

執　まあ、そうだな。

佐　だからこそ、僕は『生くる』と『生命の理念』Ⅰ・Ⅱ*そして『根源へ』と『「憧れ」の思想』*は非常に大事な本だと思ってるんです。なぜならそれらには、「老い方」が書いてあるように感じているからです。

執　老いっていうのは、言葉としては老いになるけども、つまりは文明論なんだよ。成長論、成熟論ということだ。だから人間を語る場合に老いの問題を語らないなら、動物論になってしまう。

佐　そうですね。

青春がなければ……

執　青春だって、何で青春が大切かというと、先に老いが待ってるからなんだよ。老いがない青春なんて、ただの退廃でしかない。老いがあっての青春だ。

佐　老いも含めてですけど、物事に結末をつけない人が多い気がします。今は人生がただ単にバラ色で楽しいっていうのが、良いと思っている人が多いのではないでしょうか。

執　まあ民主主義の世の中だからな。生命の理想というものを何の苦労もしなくても与えられてしまっているのが、今の民主主義なんだよ。そこからは、自分独自の生命の雄叫びは生まれな

『生命の理念』（Ⅰ・Ⅱ、執行草舟 著、講談社エディトリアル、２０１７年）様々なテーマから「生命の燃焼」論を語った質疑応答形式の哲学・理念の書。

『「憧れ」の思想』（執行草舟 著、ＰＨＰ研究所、２０１７年）「憧れ」を中心軸として思索を展開する独自の思想書。

い。

佐　ここは結構難しいところだと思います。今の人というのは青春を殺してきてしまった人たちと言えるのではないでしょうか。逆にかつては、青春に殺されてきた人たちというのもいて、それが例えば二・二六事件の青年将校であるとか、よく三島由紀夫が描いているような人たちなんです。その青春というものを殺してしまってもいけないし、それに殺されてしまってもいけない。でも老いを前にして人間の生き方としてそれをやっていかざるを得ない……。

執　でも、どちらにしろ青春がなかったら老いはない。その危険の上を綱渡りするのが生命が生きているということなんだ。

佐　本当ですね。ところで二・二六事件と僕が聞いて連想するのが『友よ』に書かれている室生犀星*の「切なき思ひぞ知る*」という詩と三島由紀夫の『奔馬*』なんです。僕は二・二六事件と『奔馬』それぞれに氷と剣のイメージを持っていて、室生犀星の詩の印象にピッタリだと思います。

執　そうか。犀星と『奔馬』は、人間の原点となる「精神性」を共に謳い上げているんだ。それは辛く悲しい生き方の上を生き切って、その上で得られる真の人間の姿を描いている。動物の肉体を宇宙的な人間精神がどう制御して人間らしい人間となるかということだ。それの悲しみと危険を文学的に描いている。僕は大好きな生き方だな。その生き方の中に「青春」そのものがある。青春とは、真の「人間的」という意味なんだ。さっきの青春の話も重要な問題で、青春を失って陥る幼稚化の問題だって、幼児の時に本当に幼稚じゃないと次の思春期は来ないん

室生犀星（1889-1962）大正・昭和期を代表する詩人・小説家

「切なき思ひぞ知る」（『日本の詩歌 第15』新装版、室生犀星著、中央公論新社、2003年、『友よ』執行草舟 著に収録）著者が39歳の時に出した詩集『鶴』の巻頭に置かれた、この時期の作品を代表する詩。

『奔馬』（三島由紀夫著、新潮社〈新潮文庫〉、1977年）昭和の神風連として行動しようとした青年・飯沼勲を中心に描かれる『豊饒の海』四部作の二作目。

だよ。だから僕から見ると、今の子供って子供らしくないよな。子供の頃に幼稚じゃないから一生幼稚になっちゃうんだよ。乗り越えるものがない。

佐　そうですね。『おゝポポイ!』に載っている執行さんの写真を見ると、昔の子供ってどうしようもないくらい、いかにも子供って雰囲気がします。失礼ですけど、身体つきまで、足もこんなに短いですから(笑)。

執　頭が半分くらいを占めていて、身体つきだって幼稚だよ(笑)。

佐　そうですね、「ザ・幼稚」って感じで。ああいう子供も、今は全く見ないですね。

執　あれぞ「ザ・子供」だよね。でもああいう子供も居なくなったよなあ……。僕はやっぱり、ああいう幼児期があって、それがあるからこそ次に病気して退院したら、少年になれたんだと思うんだよ。まず、何か人生に対して疑問を持ってさ。だから幼児期がなかったら少年になれないということ。それで、少年期がなかったら、思春期を迎えて青年にもなれないんだ。だから重要なのは、「らしくある」ということなんだろうな。

佐　今は「〜らしさ」というのが差別だと言われますから。男らしい女らしいという言葉自体が、もうセクハラになってしまう……。例えば「お前女らしくしろ」なんて女性に言おうものなら即セクハラですよ。最近は「男らしくしろ」もセクハラだと言って、訴えている男が出だしているらしいです。今の時代の、最大の問題点だと思います。

執　だから、一番重要だったことがそういうふうにされちゃってるんで、もう成長できない。で、青春がなければ今度は青年になれない。青年がなければ壮年はない。壮年がなければ中年はな

幼い頃の執行草舟

い。中年がなければ老年はない、ということだ。そして老年がないなら、本当の意味で死ぬことが出来ない。今の年寄りは若者より元気で食欲もすごくてステーキばっかり食べてるじゃない（笑）。あれ、老人じゃないよ。多分、死ぬことも出来ない。そして幽霊になる。ああ、佐堀さんはこれから医者になるから大変だな。医者は最も素晴らしい職業の一つだけど、そこのところは可哀そうだなと思ってる。

佐　僕も一時期、本気で小児科でいこうかと思ってた時期があったんですよ（笑）。

執　可愛いからな、本当の子供は（笑）。でもね、これからの医者は本当に大変だよ。だって死にたくないやつばっかりしか居なくなるわけだからね。死にたくない上に、死んだら遺族が怒るんだから。それで皆、医者のせいだよ。だからここは気を付けないとな。

子供と大人の体質

佐　今はなんでも人のせいにする時代ですよね。僕が言うのもまずい気はしますが、死んだって病院が悪い、医者が悪い、または薬が悪い、中には製薬会社を訴える人もいるという話を、耳にしたことがあります。

執　なんでかというと、「死にたくない」というのがあるからだよ。「死にたくない」だけじゃなくて、事故や病気がなければ人間が「死なない」とまで思っている節がある。昔はね、うちのおばあちゃんが死んだ時までは、坊さんが来るまでに最後の引導を渡すのは、医者が言ってくれたことなんだ。「もうあんたは駄目なんだから最後に皆と仲直りして、心安く死になさいよ」とね。ほとんどのかかりつけの内科医というのは、そういう近所の親しい人の死に目を、看取るのも仕事だったんだよ。

佐　全部終わって、医者が死亡診断書を書いてから、あとはお坊さんが来るだけ、という感じだったらしいですね。

執　そうそう。だから要するに引導を渡すといって、うちのおばあちゃんの世代なんかはまだね。家で一カ月ぐらい寝たきりになって、母里《もり》先生*というかかりつけの医者が来たんだよ。で、おばあちゃんに「あんたもう助からないよ」ということで、近所のいろいろと喧嘩していた人も呼んでさ、おばあちゃんと「いや、あんたともいろいろあったけど悪かったね」と言ってちゃんと「別れ」をして、家族皆とも別れて、それで死んでいったわけだよ。

佐　そういうことが当たり前の時代があったなんて、今の人は知りませんよ。

執　今はそんなことしたら大変で、もし医者が「あんたはもう駄目だ」なんて言ったら、医者のほうが殺されるよ（笑）。今はもう最後の最後まで「大丈夫だ、大丈夫だ」って言い続けるのが普通になってしまった時代だよな。だからそういう意味では、可哀そうだなと思う。だけど、医学界はそれはそれで結構したたかに、上手く商売するところがあるとも聞くよな。患者が生きていれば儲かるから、ある意味ではじいさんとばあさんはドル箱だもんな。

佐　お金は取られ続けるんですから、ちょっと気の毒なものです。

母里先生（母里太一郎）（1898-?）東京都豊島区目白の開業医。

執　そういえば、以前に小児科医と喋ったことあるけど、今、小児科というものが少なくなったと言っていた。小児の病気と大人の病気が変わらなくなったらしいんだよ。これは人類史からいうと重大なことで、昔は子供と大人というのは全然体質も違う。だから、子供の病気は根本的には大人にうつらなかったんだよ。逆に大人の病気も子供にはうつらなかったわけ。子供は子供同士、大人は大人同士だった。親がいくら看病しても子供から病気をもらうということもなかった。

佐　それは医学生として、無視できない話題です。でも今は、子供が風邪をひくと次は親にうつるということは、ほとんどですよね。

執　これはどこの会社でもそうだけど、困っちゃうのは子供の看病で親が会社を休むんだよ。これはまあしょうがない。ところが出てきてすぐに今度は自分が休むんだよ。子供のがうつっちゃいましたっていうことで。

佐　よくありますよね。

執　ああいうのは、四十～五十年前まではほとんどなかったんだよ。うちだけじゃなくて、近所のどこの家を見ても、子供の病気がうつったなんて親はいなかった。

佐　そういえば僕が通っている大学で、小児科を回ってるときに、開業医の見学に行く日があったんです。学生が各々違う開業医の所に行って見てくるんですけど、帰ってきたら結構うつってるんですよ（笑）。子供に風邪をもらったって言って。

執　でもこれね、体質が変わったということなんだよ。だから小児科がなくなったんじゃなくて、

佐　僕はたぶん内科系が小児科を兼業できる時代になったんだと思う。子供時代を越したらもう死んじゃう、という。

執　小児科の専売特許なのは、一部の先天異常だけですね。

佐　子供独特の病気が小児科だった。昔は風邪でも、風邪だろうがなんだろうが大人と子供ではその「質」が違ったんだよ。

執　分かれてたんですね。

佐　全部違う、質がね。だから同じ風邪でも、小児科病院に行ってもらう薬と大人が内科に行ってもらう薬は違うんだよ。それが正しい治療なわけ。でも今は僕が見てるとだんだん境界線が無くなってるよね。

執　実際成長していって大人になっても、ずっと小児科医が診てますからね。

女性らしさと男性らしさ

佐　あと、これから婦人科がなくなるような気がする。今の人は婦人科ってどんな病気を扱うのか忘れちゃったんだけど、婦人科ってお産に関することじゃないんだよ。男性にはわからないような、女性しかならない病気を扱ってたんだ。例えば一例を挙げるとね、これを言うと女性は怒るんだけど、今一番流行ってるノイローゼって、元々は婦人病と言われるぐらいだったんだ。

佐　え、婦人病だったんですか!

執　それがひどくなると、キレたり発狂しちゃうような、所謂ヒステリーって言っていたものだ。あれは男性はならなかったんだよ。それで、女性しかないんで、僕が子供の頃は医者も大抵男性だから、本当のところは「なんだろう、なんだろう」ってわからないんだよ。

佐　だから婦人科があったんですね。じゃあノイローゼみたいなものも昔は婦人科に行ってた病気なんですね。

執　全部婦人科。婦人科っていうのは、女性しかならない病気を扱ってた。僕が言いたいことは、現代では婦人科の意味を取り違えてるってこと。変な話なんだけど、生殖器のつくりで分かれてるわけじゃない。今の人はね、婦人科と普通の内科は生殖器の違いだと思ってる。形じゃなくて、実は体質の違いから来る病状の違いを扱っていた。風邪でも男の風邪と女の風邪は違っていたんだ。

佐　じゃあ、女性しかならない病気のためにあったのが婦人科で、子供しかならない病気のためにあったのが小児科。それで、普通の成年男子一般を診たのが内科だったんですね。

執　そうなんだ。これはね、同じ腸の病気でも、胃でも、女と子供と青年以上の男は症状が違うんだ。だから出す薬も違うわけだよ。西洋薬もそうだけど、漢方にいたっては完璧に調合によって薬効が決まる。体質を診《み》ての調合だから、全く違う薬が出ることになる。

佐　すると、漢方を勉強すると普通内科と婦人科と小児科の違いがわかるかもしれないですね。

執　でも、女性特有の病気って僕が見ていてもあまりないような気がします。

佐　つまり女性が男性化してるんだよな。そして両者ともに幼稚化している。それで風邪をひいたときも、昔は女と男の風邪って症状が違うんだ。だから婦人科がわざわざあったんだってことを、僕は言いたいわけだ。で今は、産科と一緒になっちゃってるけど、産科は病気じゃなくて、病気よりも事故を防ぐためにある。だから婦人科も生き残るのは結構キツいよ。婦人独特の病気なんて、今は研究対象がなくなっちゃってるんじゃないかな。

執　それこそ生殖器の病気しかないですよね。

佐　そうだよ。だから昔は風邪をひいても、だるいとか疲れたとかいう時も、そういう場合も女性は婦人科に行ったの。

執　そうなんですか。

佐　内科じゃないんだよ。僕が小さい頃まではそうだった。まあ、高度成長期以前ということだな。

執　じゃあやっぱり当時は女性らしさがあったから、そういうものがあったということですか？

佐　そういうこと。今は男が女みたいになったし、女が男みたいになった。だから違わないわけだよ。だからそういう意味ではつまらないよね。「女は女らしく」、「男は男らしく」とか、今「〜らしく」なんて言ったらセクハラになってしまう。「女らしさ」なんてのは今は言えなくなってるよね。「子供らしく」も「若者らしく」もなくなった。「年寄りらしく」なんて言ったら今は大変だよ。僕の場合は、今でもどんどん言っているけどね。

佐　結構難しいところですよね。農耕文明では男女の役割分担が明確だったんで、「男らしさ」、「女らしさ」に違和感がなかったんでしょうけど。

執　農耕だけじゃなくて、文明の一つの根本だよ。要は陰と陽だから。「女らしい」、「男らしい」というのが揃って一つの文明を築くわけ。動物には「女らしさ」「男らしさ」はなくて、生物学的な雄と雌だけなんだよ。あれは動物の場合、ホルモンと生殖器の話なんだよ。人類は違うということを言っている。女っぽいっていうのと男っぽいっていうのが、今は体質になってきちゃってる。男は男らしく、女は女らしくというのは、実は尊いことで、それは精神であり文明なんだ。そうじゃなきゃ文明社会は駄目なんだよ。でも今それを言うと、ほとんどが差別になってしまう。

佐　そうですね。だから今はそう言われることもほとんどないですね。

執　そうだ。でも僕が子供の頃までは、毎日言われ毎日怒られていたよ。男だったら「男らしくしろ」、「お前はそれでも男か」、「お前そんなんじゃ将来結婚して家族を養えないぞ」とか。女は、今皆が一番嫌いな「そんなんじゃお前、嫁の貰い手がないぞ」ってね。でも毎日これを言われることで、ホルモン代謝が出来上がり、昔は顔も見ないで結婚できたわけ。あれは女らしい女と男らしい男がしなければならないことは、文明論の中で決まってるからなんだよ。

佐　文明論で決まっていたんですね。黙って結婚して、それぞれの務めを果たせばいいから、話し合う必要もなかった……。

執　そうだよ。だから昔はもう気が合うとか合わないとかは関係ないよ。結婚したら、もう離婚なんてほとんどなかった。だって男女はそれぞれあまり相手の心の中には入らなかった。お互いに異性として「立てていた」んだな。うちの親父とおふくろまでの時代はほとんどそう。付き合う気もないし、おふくろはおふくろの世界、親父は親父の世界だったわけ。友達も全然別途だし、親父の友達はおふくろも知らないし、おふくろの友達の事は親父も知らない。昔はそういうもんだったんだよ。しかし二人とも、きっちりと務めは果たす。

佐　分かれていた。

執　うん。その時代は元々接しないんだから、不一致とか離婚はないよ。離婚の場合は、収入とか、物理的なものだ。あとは男の浮気とか、破産とか、そういうものだよ。だって収入がなかったら結婚生活は破滅だから、これはしょうがない。だから今一番多い「気が合わない」とか、そういうのはないということなんだ。男と女は気なんか合わないに決まってるんだ。僕なんかは一人も合わないよ、女性のことは全く分からないし知る気もない。僕は武士道だけが好きで、そう生きた過去の人たちとだけ気が合うんだ。

何かをなし遂げる力

佐　そうですね。執行さんを見ていると、そんな感じがします。女性は全く意に介せずといった雰囲気です（笑）。

執　どの女性とも、全く合わない。僕が合うのはさっきも言ったけど、歴史上の最も男らしい生き方をした山岡鉄舟*とか、ああいう人たちだな。楠木正成*とか西郷隆盛、それからマンフレート・フォン・リヒトホーフェン男爵*とかね。こういう人たちは、とてつもなく気が合う。

佐　男の世界ですね。

執　現世で生きてる男で気が合う人は、ほとんど居なくなってきているよ。子供の頃のほうがいたなあ。これは僕の本を読んでくれた人はわかると思うけど、僕が三十歳前に出会った人では幾人もいた。

佐　そうですか。

執　でも独立したのが三十三歳だから、そのくらいからは、あんまり本に書くような人も減ってきてるよ。たぶん魅力がある人が少なくなったんだと思う。

佐　執行さんはいろんな人と出会っていらっしゃいますよね。例えば執行さんが二十歳の頃の小林秀雄*って七十〜八十歳ですよね。執行さんより四十、五十歳上の人たちってとてつもなく魅力があるように見えます。僕は歴史上の人物の中でも、三島由紀夫と小林秀雄が好きなのですが、特に小林秀雄のある種の妖怪のような雰囲気が好きなんです。著作を読んでも講演の録音をきいても、畏怖の念すら抱きます。

執　小林秀雄の知性は怪物的だよ。でも職人だろうが、何だろうがいっぱしの人って何か「持ってる」んだよ。この「持ってる」というのが、たぶん男性原理であり、何かをなし遂げる力だと思うんだ。だから村松剛*や小林秀雄は魅力的だった。森有正*や悪漢政*も、皆同じだよ。別に

山岡鉄舟（1836-1888）幕末・明治前期の幕臣・剣客、一刀正伝無刀流の開祖。

楠木正成（1294-1336）南北朝時代の武将、南朝の忠臣。

リヒトホーフェン〈マンフレート・フォン〉（1892-1918）ドイツの貴族・陸軍飛行大尉、撃墜王。

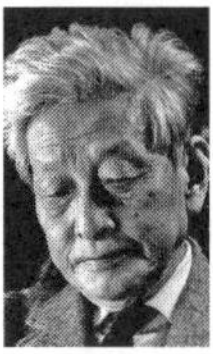

小林秀雄（1902-1983）文芸評論家、日本の近代批評の確立者。

頭がいいとか悪いとかじゃなくて、それこそ近所の職人でも、魅力のあるおっちゃんとか、子供の頃に遊びに行くのが楽しみだった所が結構あったんだよ。今はそういう個性的な人がいないよな。つまり「名物~」というやつだ。

佐　今の若い人たちはもう男らしくもなく、女らしくもないんですね……。これからは、若い人はどうしたら「男らしく」、「女らしく」なっていけるんでしょうか?

執　僕にはそんなことはわからないよ。ただ一つ言えることは、僕の本にも書いてあるけど、過去の書物を信じて、歴史上の人の魂の中に没入するしかないということだけだ。僕自身もそうやってきて何とか男らしさを維持してると思っている。僕だって今の社会を生きて来てるんだけど、今の社会には興味がないし、何も見てない。僕が興味があるのは、やっぱりああいう優れた人の、男らしく生きた人たちの魂だけなんだ。

佐　執行さんくらい本が好きになると、もう本そのものが現実社会って感じに見えます(笑)。これは執行さんが実践したように、本の中に生きている人を信じれば、他の人でもそうなれるといっていいでしょうか?

執　その通りだよ。これは宗教の世界で一番実践している人が多かったね。中世においても偉大な業績を上げた一人に、例えばスペイン神秘思想で有名なイエズスの聖テレジア*という女性がいる。その人は聖書を読んでいて、内容に入り込むあまり、キリストと結婚しているような神秘体験をするんだ。それでキリスト教的な意味で世界最大の業績を上げた。だから女性でもなんでも、信じれば出来るわけだよ。男性にも、十字架の聖ヨハネ*がいるよな。キリスト教だっ

村松剛(1929-1994)仏文学者・文芸評論家。

森有正(1911-1976)仏文学者・哲学者。

悪漢政(奥津政五郎)(1890?-1982?)奥津水産の社長、マグロ漁船の日本一の船頭。執行草舟著『友よ』内に詳しい。

聖テレジア(イエズスのテレジア、アビラのテレジア)(1515-1582)スペインのキリスト教神秘家、アビラの聖女、カルメル会改革者。

てそれを学ぶのは、福音書だけしか本当はないんだ。あれを信じるか信じないかだけなんだよ。もし本当に福音書に書いてあることが全部信じられたら、キリストと出会っているのと何も変わらない。差は一切ないよ。同体になれる。

佐　そうですね。もうああいう人たちには、実際にキリストが見えちゃうみたいですね。

執　そんなもの当然だよ。波動ってそういうものだから。書いてあることを全部信じたら、書いてある人や書かれている事柄が目の前にあるように感じるのは、当たり前のことだよ。僕は自分の経験上、そう断定できるね。

佐　そうですか。僕もそうなっていきたいですね。

執　僕は自分がどこまで到達しているかはわからないけども、『臨済録』*とか、禅の本を読んでも、臨済*と本当に親しい友人と思えるところまで本の中に没入できる。だから『臨済録』の中に書かれていることで、自分なりにわからないことは一つもないよ。もう疑問に思うってことがなくて、「ああ、そうだろうな」と。これはやっぱり「信じる力」だと思っているんだ。

書物を食らえ

佐　結局そこに行きつくんですね。じゃあ他の人だって、書物に書かれていることを信じることが出来れば、どんな秀れた人とも友達になれるし、自分が影響を受けることも出来る、という

十字架の聖ヨハネ（サン・ファン・デ・ラ・クルス）(1542-1591)　スペインのキリスト教神秘家・カルメル会改革者。

『臨済録』（入谷義高訳注、岩波書店（岩波文庫）、１９８９年）唐の禅僧臨済の言行を弟子が記した語録集。

臨済（?-867）中国、唐の禅僧、臨済宗の開祖。

ことですね。

執　そうだよ。だから僕は、「書物を食らえ」という書き方をしている。「書物を食らう」ってそういうことだよ。書物を食らえば、現世で秀れた人に出会う必要は別にないよ。

佐　そうですか。

執　それから僕流の歴史解釈をすると、人類ってその全部が現世なんだよ。みんな現代人だ。今の地球人口が七十億人とか言ってるけど、今の人って、なんでもブツ切りだけど、地球で生きた人間って、それこそ記録でわかる太古まで、全員同じ人類なんだよ。自分たちだけが生きていると思ってるみたいだけども、違う。死んだ人もみんな一緒に地球の中で生きてるんだ。

佐　つまり、死んだ人も全員ひっくるめて人類として生きてるということですね。そうすると、死んだ人たちが書いたのが過去の書物なので、今生きている人が喋っているのと、何も変わらないということになりますね。

執　全くその通り。生きている人だって、会いに行くことが出来ないくらい遠くに住んでいれば、手紙だって書物と同じようなものじゃないか。

佐　そうですね。その通りですね。

執　でもそういう感性って、今の人はあまり持ってないんだよね。だから、現代人って今生きている人間がこの地球を自分たちのものだと思っている。地球とか国というのは、未来の人間たちのものでもあるし、また今まで何千年何万年も、日本ならこの日本列島に生きてきた先祖たちのものでもあるわけだよ。そういう責任の中で今受け渡しで我々が束の間で生きているだけだからね。

佐 そうですね、たまたま僕らは現代に居合わせただけで……。

執 僕は、もうずーっとそう思ってる。これに確信を持てたのが、梅棹忠夫*っていう京大人文科学研究所の人類学者がきっかけなんだよ。あの人のフィールドワークをもとにして書かれた『文明の生態史観』*という論説が中央公論で連載されていたんだ。そのバックナンバーで、その生態学を、小学校六年か中一の頃に読んでからそういう思想に確信が持てた。ちょうど同じ時期に、本多勝一*が書いた『カナダ・エスキモー』*というルポルタージュ記事も朝日新聞に連載されていてそれも読んでいたんだよ。本多勝一も梅棹忠夫の門下でね。僕は梅棹忠夫のあの本を中心とした、文明論に感動したんだ。文明論といっても歴史からの文明論じゃなくて、探検やフィールドワークを中心とした生物学者が書いた文明論を読むことによって、僕の今の喋った感覚というのが、「ずどーん」と体内に落っこったのを、今でも覚えてるよ。

佐 へえ、ぜひ読んでみたいと思います。

執 あれは名著だから、是非読んでみてほしい。あの人の体験をもとに書かれているんで、あたかもその場所に行って見ているような感じがするんだよ。梅棹忠夫も頭で考えるというよりも、むしろどちらかというと体当たりだよな。あの京大の人文科学研究所っていうのは、僕が書物的には一番お世話になった。あそこの出身者の著作には面白いのが多かった。梅原猛*とか今西錦司*とかね。他にもいろんな人がいたよ。あと会田雄次*がいたな。会田雄次も、今はあんまり読まれてないみたいだけど。

梅棹忠夫（1920-2010）生態学者・民族学者・文化人類学者。

『文明の生態史観』（梅棹忠夫 著、中央公論社〈中公文庫〉、1998年）生態学的な手法を用いて文明を考察した評論。

本多勝一（1932-）新聞記者・ジャーナリスト。

『カナダ・エスキモー』（本多勝一 著、朝日新聞社〈朝日文庫〉、1981年）現地で長期取材したエスキモーの生活・風習を描いた記録文学。

梅原猛（1925-）哲学者・著述家。

佐　会田雄次……知らないですね。今度読んでみます。

執　文明論で有名だよ。確か中公新書だったと思うけど、『アーロン収容所』*って読んだことない？　アーロン収容所というビルマ英軍収容所で捕虜になった著者本人の体験が書かれているんだけど、そこに書かれている日本人を軽蔑させるための、英国の植民地支配がすごく巧妙なんだよ。そういうものが『アーロン収容所』に克明に書いてあったよ。そういう実例から見る文明論として、会田雄次は有名だったんだよ。

佐　なんか聞いたことあるような気がします。やっぱり読んでない本がまだまだ沢山あるのを実感しました。

執　それは当たり前だよ（笑）。でもやっぱり梅棹忠夫はすごかったなぁ。最初の思い出の深い人なんだよな。確か小学生の頃から好きになったんだ。僕はそういう意味で言うと読書的には発展が早いよな。早いというか、ませてるというか……。

佐　かなり早熟な子供ですよ（笑）。小学生の段階で、ほとんどの岩波文庫を制覇されてましたよね？

執　うん。僕はまだ意味がわからないものが多かったけど、その当時までに出てた岩波文庫は全部読んだよ。

佐　小学生で読んでたなんて……。普通なら、一冊読んでる人がいるかどうかですよ（笑）。

執　小学校修了の時点で、もちろん絶版になってるのは別として、その時点で売り出されてる岩波文庫は全巻読んだ。読んでなかったのは一冊もないよ。ただ僕が自慢できないのは、理解し

今西錦司（1902-1992）生物学者・人類学者・探検家。

会田雄次（1916-1997）歴史学者、保守の論客。

『アーロン収容所』（改版―西洋ヒューマニズムの限界、会田雄次著、中央公論社〈中公新書〉、2018年）ビルマ英軍収容所で強制労働の日々を送った実体験を描いた記録文学。

て読んだわけじゃないんだ。理解なんか出来なくても、とにかく読もうと思っただけだ。

佐　ある意味、貪り読んだんですね（笑）。

モテる、モテない

執　そうそう、一行も理解できないまま終わったって本もあるけど、全部読んだというのは自慢なんだよな。

佐　確かにそれは自慢になりますよね。最近は、「小さい頃に読んだ本で、一番記憶に残ってる本は何」って聞かれてもなかなか思い出せないらしいです。今の小学生なんて、ほとんど本を読まないらしいですし……。

執　それはやっぱり自分の意志で読んでないからだよ。小学校の頃は僕の友達も大体そうだったけど、幼稚な奴は先生とか親に言われた本を読むよな。僕は自慢じゃないけども、先生や親に言われて読んだ本は一冊もない。全部自分が読みたいと思った本以外は読んだことはないよ。だから何度か話したと思うけど、今でも残念だったと思うのは、宮沢賢治*だけは読まなかったこと。あれは小学生の時に先生があまりにも読め読め言うんで、死んでも断じて読まないと決意した。ついにこの年まで読まないできちゃったけど、でもそれは偏りだってことくらいは知ってるから、残念だったのはそれくらいだってことだよ。

*宮沢賢治（1896-1933）
詩人・童話作家。

佐　もう今後も読まれないんですか……?

執　やっぱり僕の運命だからな。宮沢賢治には悪いけど、宮沢賢治を読めなかったのが、たぶん僕の運命なんだと思うんだよ。

佐　そうですね。ここまできたら意地ですよね。今更読んでもおかしいような気もしますし……。

執　僕はもう断じて読まない。

佐　執行さんが断じて読まないと決められている本は、大学に入られた時に流行ったサリンジャー*の『ライ麦畑でつかまえて』*と、石川達三*の『青春の蹉跌』*がありますよね。本にも書いてありました。

執　そうそう、僕が大学に入学したときに、とにかく一番流行ってた本が、サリンジャーという人の『ライ麦畑でつかまえて』と石川達三の『青春の蹉跌』という本。これがとにかく当時の学生の間ですっごく流行ってて、これさえ読めば女にモテる、と言われてたんだ。だから大体の男は読むんだよ。だけど僕は女にモテるとか、金が儲かるとか、これで頭が良くなるとか、そういうものだけは元々一切断じて読まない。「ためにする」読書だけは断じてしない。だから僕はサリンジャーも石川達三も読まなかった。だからそういうのは記憶に残ってるなあ……。あそこでパッとサリンジャーを読んじゃう人は、やっぱり社会に出てからハウツー本を読む人だと思うよ。これを読むと得だから、っていう。

佐　きっと損得勘定で動いているんでしょうね。そういうタイプの人が文学を読んでも、意味がないのかもしれません。何も汲みだせずに、あらすじだけを覚えて……みたいな。

サリンジャー〈ジェローム・デイヴィッド〉(1919-2010) アメリカの小説家。

『ライ麦畑でつかまえて』(J.D.サリンジャー著、野崎孝訳、白水社〈白水Uブックス〉、1984年) 学校を退学になった少年が見たニューヨークを描いた小説。

石川達三(1905-1985) 小説家・芥川賞受賞作家。

『青春の蹉跌』(石川達三著、新潮社〈新潮文庫〉、1971年) 社会的な成功を求めるも挫折していく青年の姿を描いた小説。

執　たぶんそうだと思うよ。僕はそういうのは、もう一切なかったな。女にモテるで思い出したけど、「読書のすすめ」という本屋の清水克衛*さんが面白いことを言ってたな。

佐　『生くる』のキャッチフレーズが、「彼女できます」って。すごく斬新ですよね（笑）。

執　そう。それで売り出してくれてるんだ。清水さんの本屋では、『生くる』を積んで売って下さってるんだけど、そこにキャッチフレーズが下がってて、これ読めば女にモテますって。面白い人だよなあ……（笑）。あそこは結構体育会系の人たちが集まってるんで、モテる、モテないというのは、結構大きいんじゃないかな。どちらにしても、「読《どく》スメ」の人たちはガッツのある男らしい男性や一人立ちしたい女性たちが多いと思う。みんな一昔前の日本人の姿を持っている人たちだよ。

佐　モテるモテないは健全な一般男子にとっては重要な問題です（笑）。どれくらい成功例があるか、成功率を聞きたい……。

執　それはわからない。僕が見た限りではないね（笑）。でも僕は昔からモテるとかモテないとか、一切考えたことはない。全く、女にモテたいと思ったことは金輪際一度もないよ。死ぬほど惚れた相手でも、相手から好かれたいとは思ったことがない。

佐　執行さんは、女性にあんまり関心がないというか、「女は関係ない」って感じがします。

執　僕は基本的に、女性的というのは嫌いだからね。モテたいと思ったことは一回もない。完璧なゼロ。女に惚れたことはあるけど。まあ全部フラれたよ。

佐　気に入らない女性がいると手が出ちゃったりして……（笑）。

清水克衛（1961-）書店「読書のすすめ」代表、著述家。

執　昔はな（笑）。昔はちょっと暴力的で喧嘩ばっかりしていたからな。でも、僕が若い頃は珍しいことじゃないよ。ただ僕は本当に、モテたいと思ったことがないんだ。別に女に限らなくて、そもそも人に好かれようとしたことがない。人に好かれたいと思う相手が女になれば、モテたいっていうことだよな。

佐　モテたいと思っている人は結構いると思うんですけど、あれは何なんでしょう。僕の目から見ても執行さんは人に好かれようという気がゼロなのは、よくわかる気がします。

鍵山秀三郎さんのこと

執　この年になっても好かれようとしたことは、全くないな。僕は商売してるけど、お客さんにだって好かれたいと思ったことがないんだよ。だから僕が喋ったために、怒ってせっかくのお客さんを失ったことも結構あるんだよ。自分で知ってるだけでも、大分いる。「社長が出て、余計なことを言わなきゃよかったのに」とか社員に言われたことも多々ある（笑）。

佐　逆にすごい好かれるパターンはないんですか？

執　僕のそういうところが好きな人には好かれる。本と同じだよね。だから僕の本が嫌だって人も多いけども、もし嫌だっていう人にそう言われないために書き直したら、今度は好きだった人は好きじゃなくなっちゃうよ。

佐　それはある意味当たり前のことかもしれないですね。でも意外とここがわからない人が多い気がします。

執　僕はそれが幼稚化だと思うんだ。今の出版社とか、作家もそうじゃない。皆に好かれる本というのは、言い換えると誰からも好かれてないってことだよ。だから、すごい売れた本って何の影響力もないよね。例えば何百万部売れた本とか。

佐　ああいう本って、やっぱり内容が残らないですよね。

執　本当の意味では誰も読んでないし、誰も文学論してない。何の影響力もないわけだよ。だから出版社は儲かるからいいだろうけど。でもやっぱり文学論に出てきたり、あとはその信奉者がいるとか好きな人がいる本の場合、売れるのはそこそこだよね。だから好きな人もいるけど嫌いな人も多い、ということが世の中の真実だ。これはやっぱり人間社会の方程式じゃないのかな。人に好かれる方法、なんていうのはよくビジネス書なんかではあるけど、僕は一切読んだことはない。そんなもの読むと、全く魅力のない人間になるに決まっているよ。

佐　話題だから読むというのもないのですか?

執　話題の本も全然読まない。僕は自分の読みたいものしか読まない。僕の魂が求めるものだな。そういう本はやっぱり、さっき佐堀さんが言ったことと同じだけど、題名とかだけで感じるよな。何か、「これはちょっと違うぞ」みたいな感じでわかるんだ。

佐　執行さんの本も、やっぱり普通の本とは波動が違いますよ。

執　自分の本に関してはわからないけどね。

佐　でも本屋で並んでると違う感じがして、『根源へ』が本棚ワンブロック分並んでた時は、さすがに遠くからでも圧がすごいというか……何か重力的なものを感じました。

執　そうらしいな。今でも大きい本屋とかでは並べてくれてるんだよ。これは講談社だけじゃなくて、ＰＨＰ研究所の本もそうだよね。こんなのＰＨＰでは前代未聞の装丁なんだよ。

佐　見たことないですね（笑）。

執　でもそういえば、『「憧れ」の思想』も今すごい影響力が出てるんだけど、実業家としても読書界でも有名で、成功者としてまた人格者として名高い鍵山秀三郎*さんというイエローハットの創業社長が、「今までに読んだ本で、最も素晴らしい本だ」と、仰って下さったんだよ。

佐　そうなんですってね。執行さんが書かれた本の中で、実は『「憧れ」の思想』が一番いいんじゃないかと思っているんです……。

執　え、佐堀さんが！　それは意外だなあ。

佐　はい。僕は『「憧れ」の思想』が一番だと思ってます。

執　しかし、それは嬉しいな。鍵山さんのことも聞いたばかりなのに、また『「憧れ」の思想』がね。その鍵山秀三郎さんというのは読書界で最も有名で、いろいろな雑誌にいつも記事を書いてる人物、読書家としても知られてるんだ。そして、あの「日本を美しくする会」という掃除の団体を指導していることでも有名なんだよね。その人が『「憧れ」の思想』が好きだって仰ったんだよ。「これが最高だ」とね。これが感激せずにいられるはずないよね。今八十四歳の方で、現役は引退されてるんだけど、その方が八十年の間で読んだ本で、最も素晴らしいと

鍵山秀三郎（1933-）イエローハット創業者、実業家。

言ってくれたんだ。そこまで言ってくれてるんだよ。それで、PHPの常務にわざわざ電話が来たんだよ。PHPも喜んじゃって、うちに連絡してくれた。あれだけの方がそこまで言うってのは珍しいんじゃないかなぁ。

佐　読んでる冊数なんて、半端じゃないでしょうから、その方がそう仰るのはすごいことですね。

執　そりゃ読書家で、もう八十歳を過ぎた方だからね。それで、イエローハットって一部上場企業だよ。一部上場企業を立ち上げた上に教養もあって人格者で、読書界でも有名なんだよ。でもあそこまで言ってくれるのは嬉しいねぇ。そして、PHPの人たちが喜んでくれたことも、すごく嬉しかったよ。まさに、著者冥利、出版社冥利に尽きると思っているんだ。

佐　そりゃそうですよ。僕も何だか嬉しくなってきましたよ。何かが伝染してきますね。

『「憧れ」の思想』のロマンティシズム

執　ところで佐堀さんは、どうして『「憧れ」の思想』が一番良いと思ったの?

佐　どうしてって言われたら難しいですけど……。やっぱり自分の生き方に合っているということでしょうか……。あとは本の内容に激しく共感するということですよ。

執　やっぱりそれは、佐堀さんの生き方に合ってるんだろうな。それと佐堀さんは、本の中に書いてある「遠いともしび」に向かって、本人が生きてるってことだよ。

『「憧れ」の思想』

佐　そうですね。そうだといいのですが……。それに冊数が増える度に、内容的にも深くなっていくと思うんです。ですから一番新しい本だから、一番深みがあるのかもしれません。

執　そうか。それは佐堀さんが、僕の本を何冊も読み込んできて、理解力が上がったということじゃないかな。

佐　いや、もちろん『生くる』を読んでも『「憧れ」の思想』を読んでも、確かに同じ深みで読めるんですけど、字面で書いてある内容としては、『「憧れ」の思想』のほうが僕は深いことが書いてあると、個人的にはそんな気がするんです……。

執　そうか。ただ読書ってのはどうしても、僕は全集なんかを読むと、やっぱり読み込んでいけば読み込んでいくほど、例えば内村鑑三*でもヘーゲルでも誰でも、「この本はすごいな！」と次々に思うんだ。だけど次の本を読むと、「こっちのほうがすごいや！」となるんだよ。だから僕は自分の経験で思うのは、僕の読み込み力が強くなってるということだと思っているんだ。

佐　それは確かにあるかもしれないですね。

執　だから僕の本の思想についての読み込みも佐堀さんなりには、どんどん向上していってるわけじゃないかな。

佐　確かに。あと僕のすごく変な感覚かもしれないんですけど、『「憧れ」の思想』は、帯に書いてある「星が降ってくる」じゃないですけど、上から降り注いで来る感じがあって……。他の本は下から昇って行く感じがあるんですよ。執行さんの本は、地上から天に昇っていく本が多いんですけど、『「憧れ」の思想』は逆向きになってる。だから一番好きなのかもしれません

内村鑑三（1861-1930）明治・大正期最大のキリスト者・哲学者。

……。

執　ああ、なるほどね。確かにそうかもしれないな。

佐　ある意味最もロマンティシズムが強い感じがします。『「憧れ」の思想』は星に近く、『生くる』は大地に近い、と言ったらいいのでしょうか……。

執　本当に『「憧れ」の思想』はロマンティシズムに完全に没入して書いたんだよ。ランボー*の精神が乗り移って書いたように思う。僕の好きなこのランボーの『地獄の季節*』に出てくる「我々は聖霊に向かって行くのだ」という思想がそのロマンティシズムの根源にあると思う。一方『生くる』は大地に根差す生命を意識して書いたんだよな。『生くる』は、「超人は大地の意義である」というニーチェの『ツァラツストラかく語りき*』にある思想全体を貫徹する思想だと思っている。超人を特別なものだとは思っていない。憧れに向かって垂直に生きる人間を超人だと思っているのだ。つまり「人間の初心」ということなんだ。

佐　そうですよね。『「憧れ」の思想』の一番最後の締めが、『美しい星』じゃないですか。僕はやっぱりそういうのが好きなので……だからでしょうね。

執　革命とかあのゲバラ*も出てくるしな。

佐　若い人にとって、『「憧れ」の思想』は嬉しいですよね。こんなにたくさん革命のことを書かれるとは思ってなかったので、驚きました。でも、ちょっと「狂気」に近いものがないと、やっぱり「憧れ」というものは持てないのかな、と思ったのですが……。

執　狂気と言うと間違いで、人類の根源の感覚ということだ。「憧れ」がなきゃ生命の発露なん

ランボー〈アルチュール〉(1854-1891) フランスの詩人、象徴派の代表的詩人。

『地獄の季節』（ランボオ著、小林秀雄 訳、岩波書店〈岩波文庫〉、１９７０年）夭逝の天才詩人が十八歳にして謳った珠玉の詩集。

『ツァラトストラかく語りき』（上・下巻、ニーチェ著、竹山道雄 訳、新潮社〈新潮文庫〉、１９５３年）「超人思想」「永劫回帰」などの概念を語った思想書。

てないからな。「憧れ」がないと、当然「革命」もない。「憧れ」があったから、人類が生まれたんだ。「憧れ」がないなら、人類はない。それを狂気と言うのなら、僕は現代人のほうが逆に人間として狂気に陥っていると思っている。

佐　そうですよね。ここは難しいところですね。確かに執行さんが仰っていることが常識で、現代人は人間として狂ってると思っています。

執　まず原爆を作ること自体、狂ってる。だってボタンを一つ押しただけで、全人類が死んじゃうかもしれないんだよ。それと、もうぬぐい去ることの出来ない放射能汚染だ。そんなものを自分たちで作ってるんだから。あれはね、人間としての「憧れ」がなくなったからなんだよ。僕が宗教を好きな理由は、宗教は人類の文明の中で「憧れ」が形態を変えたものだからなんだ。さっきもちょっと話したんだけど、人類っていうのは、変な言い方なんだけど「憧れ」に向かって文明を築いて来たわけなんだ。だけど、文明って法律、つまりは秩序だから、生命的には苦しいわけだよ。だから、だんだんとずれて来てしまう。それでその中から人類の本質に戻すために大宗教家が出てきたわけだ。人類が誕生して結構経ってから、つまり文明が進展して人間的な垢がたまって来た頃に釈迦やキリストとか、今の巨大な宗教家が生まれたんだ。元々、宗教はあったんだけど、人類の喘ぎが頂点に達していた時代に大宗教家が出現したと思うんだよ。だから大宗教には、人間の憧れが示されている。人類が誕生したいわれが述べられているんだ。それは人間が崇高なものを目指す存在であるということに尽きる。つまり真の憧れのために身を捨てて生きるということだ。だからそういう「憧れ」が根本で、それが狂気という見

ゲバラ〈エルネスト・チェ〉(1928-1967) 南米の政治家・革命家。

方自体が、今、ついに人類が滅亡の縁に来たということだと思うんだよ。

佐　確かに昔だったら狂気じゃなくて、自分が出来なかったとしても、それは素晴らしいことだって誰もが言ってたでしょうから。

執　昔なら自分たちが出来ないというだけで、憧れに向かう人を狂ってるなんて言わないよ。

佐　そうですよね。むしろすごいと尊敬されていた……。

執　昔だったら『「憧れ」の思想』というのは、せいぜい「でもこの通りにはいかないからね」っていうくらいなんだよ。けど今は、逆に垂直を志向することを狂ってるって言う人もいるくらいだからね。そのくらい人類が狂ったと言うか、志を失ってしまったように思う。「憧れ」というのは人類が抱く根源なんだ。「憧れ」があるから、文明があり、人類が生まれた。

吉田松陰がテロリスト？

佐　宗教が生まれたのも、「憧れ」があったからなんですね。「憧れ」がなければ、人間はただの動物の一種であり、類人猿になってしまう……。つまりはオランウータン。

執　そう、オランウータン。だからそういう問題を取り扱った。

佐　やっぱり危険思想と言われていること自体、誤りですね。「危険、危険」って、じゃあ何が安全なのか教えてほしいくらいです。

執　今危険だと言われているのが、垂直に向かう良い意味の「狂気」のことなんだ。「狂」とは何事かに向かう熱い心のことを言っていたんだ。でも今の人類の生き方のほうが本当は危険なんだよ。自殺に向かっている。

佐　自分で自分の首を絞めてますからね。おそらく異端が正統だと思ってるんで、正統が異端になっちゃってるんでしょうね。吉田松陰*なんかは、皮肉を込めて自分のことを「狂ってる」って言ってますもんね。

執　そう。今、東大教授の歴史家で、有名な人が吉田松陰のことをテロリストって言ってるよ。そういう人が東大教授になってるんだから時代を憂えるのは当然だ。吉田松陰みたいに、「憧れ」に向かって生きた人をテロリストと呼んで恬《てん》として恥じない。で、その人が東大教授になってるってことは、そこそこ認められてるってことじゃない。

佐　そうですよ。日本の最高学府ですから。

執　一応ね。そこが教授にしてるんだから。吉田松陰をテロリストと呼んでいる人が、歴史学科の教授になっちゃう時代なんだよ。まあちょっともう……終わりだよね。吉田松陰がテロリストだったら、志に生きた人はみんなそうなっちゃうよ。

佐　何かの箍《たが》がはずれた。でも吉田松陰は、執行さんが想いを共にする人物の一人ですよね。

執　もちろんそうだよ。吉田松陰は一番尊敬する人の一人だから。大体僕の名前の「草舟」は、吉田松陰の「草莽崛起《そうもうくっき》」から取った名前なんだよ。

佐　確かに。執行さんがテロリストになってしまう……(笑)。

吉田松陰(1830-1859)　幕末の尊皇攘夷の志士・思想家。

執　そうだよ。だってテロリズム自体は、権力に対抗する手段だけど、アメリカが勝手に自分の敵のことをテロリストって言ってて、日本はその尻馬に乗って「悪い悪い」って言ってるだけなんだよ。テロルとは、「持たざる者」が「持てる者」と戦うただ一つの手段なんだ。

佐　アラブ・イスラムだってそうだけど、日本の特攻隊だって、また銃剣突撃だって、アメリカはテロリズムと言っていた。アメリカは、自分に反抗する人間は全部犯罪者であり、テロだって言ってるんだと感じます。それで自分はボタン一つで何千万人と殺そうとしている……。

執　戦争に負けて、裁判なんてものが開かれたのは、日本とドイツだけだ。戦争なんて交戦権といって、独立した国家は全部持ってる権利なんだよ。その権利の施行をしただけだけど、アメリカとやると、アメリカの敵は全部犯罪者であり、テロリストなんだよ。それはわかってることなんだけど、でも今は、日本もそう言ってるからね。そのくらいアメリカ文明に支配されちゃってる。我々の「思考」がアメリカに支配されているんだ。

佐　そうですね。でも、自分で言うようになっちゃったんですね。今の日本は、今度はアメリカの尻馬に乗って、アメリカの敵のことを一緒になってそう呼んでますよね。自分も言われていたのは忘れて。

執　アラブ・イスラムの方からすると、あれはアメリカとの戦いなんだ。良い悪いじゃない。アラブ・イスラムはアメリカと戦争をしているということを言っている。貧乏で、資金と兵器がない人間が、相手と戦う手段は、テロリズムしかないわけで、それは「孫子*の兵法」から言われていることだ。つまり「一人一殺《いちにんいっさつ》」だよ。自分の身を擲《なげう》って、相手を一人ずつ殺すということ

孫子　中国、春秋時代の兵法家、呉の学者。

佐　と。だからあれは別に戦法であって、犯罪でもなんでもない。資材を持てない者の戦い方であり、当たり前の戦法だよ。

執　だって正面衝突したら敗けるに決まってますからね。
だからテロっていうのは、昔は権力と戦う人間の「誇り」の言葉だったわけで、ロシア革命なんかもそうじゃない。

佐　ロシア革命といえば、ロープシン*を思い出します。

執　そうそう。ロープシンの『蒼ざめた馬』*だよ。『蒼ざめた馬』と『黒馬を見たり』*というのもあったね。あれも感動的な本だったなあ……。あのロープシンの描く世界っていうのは、皆の「青春の誇り」だったわけだよ。つまり権力に対して自分の身を擲って戦うということなんだ。だってお金も何もないんだから、あれしかないでしょう、ってこと。特攻隊も同じだよね。日本の兵士が戦争に身を捨てて突進したのも同じだ。

佐　兵器の数が絶対的に足りないんだから、体当たりするしかないわけですよね。特攻隊のこともアメリカは、テロリズムと呼んでいて、あれを戦争だとは思わないで、日本軍の戦争犯罪と呼んでますもんね。アメリカは、自分の敵は全部犯罪者で、常に自分が正しい。

執　自分が神だから。それこそアメリカって民主主義を標榜してる国じゃない。で、民主主義というのはさっき話したように、それ自身が神であり、キリストなんだよ。だからアメリカが民主主義を守ると言っている限り、アメリカは神になるわけ。つまり、神がすべての国を裁断してるようなものだ。

ロープシン（ボリス・V・サヴィンコフ）(1879-1925) ロシアの小説家・革命家。

『蒼ざめた馬』（ロープシン 著、川崎浹 訳、岩波書店〈現代岩波文庫〉、２００６年）ロシアのテロリストたちの心情を詩的に描いた自伝的小説。

『黒馬を見たり』（ロープシン 著、川崎浹 訳、現代思潮新社、１９９７年）ロシア革命で赤軍との絶望的な戦いに明け暮れる白軍指導部を描いた小説。

佐　でも今の日本人は、それがわからないほどに魂を抜かれてしまっているような気がします。

執　アメリカがそうだという認識もないし、こういうことを言うと、今の人は言ったことそのものを危険思想だと言うからね。えらいことだよ。僕は小中学校の頃は、こんなようなことで、先生にも殴られ通しだった。

佐　まあ、そうですよね。言っちゃいけないことが多すぎますね。

執　今はそうだね。アメリカによって統制されちゃってるから。まあマスコミっていうのが、一つのアメリカ文明だからな。どっぷりやられてしまった。

「わからぬがよろしい」が原点

佐　話は『生くる』に戻るんですけど、また「わからぬがよろしい」のことで。

執　「わからぬがよろしい」というのはすべての出発なんだ。僕の思想は、すべて「わからぬがよろしい」が根本にあるということなんだよ。僕は、自分でも自分をわかろうとしてなんかいない。親のことも子供のことも何もわからない。ただ好きだというだけだ。わかろうとすると、却ってわからなくなってしまうというのが、生命の本質だと僕は思うんだよな。

佐　「わからぬがよろしい」について、執行さんは『生くる』の中で当たり前のことを当たり前にするのが最も大事だと仰っていますが、これは「わからぬがよろしい」という思想が当たり前の思想だということでしょうか？

執　元々、人間は、遠い憧れに向かって生きるように創られている。人類は誕生以来、そのような生物として生きて来たんだ。我々の五感だって、すべて外部に対応するように出来ている。わかるのではない、対応なんだよ大切なことは。力一杯運命にぶつかり、与えられた生命を力一杯生き切る。それだけが大切だ。人間の生命とはそれだ。

佐　なるほど、やっぱり執行思想は実に肚に来ますね。本当にかっこよい。ちなみにこの章を先頭に持ってきた理由があれば伺いたいのですが……。

執　あんまりおだてるなよ。しゃべれなくなっちゃうよ。それで先頭の理由だったね。それは、この思想が「生命思想」の出発ですべての始まりだからだよ。決まっているだろ！

佐　岩熊哲*という人の『ヒポクラテスへの回帰』*という古い本で、「ヒポクラテス*研究は西洋医学の始《アルファ》であり、終《オメガ》である」と書かれているくらい、ヒポクラテス思想は西洋医学の肝なんですが、そのヒポクラテスの思想がまた「わからぬがよろしい」に通じるものがあるんですよ。

執　ヒポクラテスは僕も全集をすべて読んだ。それほど好きなんだけど、ヒポクラテスが言っていることで一番重要なことは、医者にとっての最大の能力は何かというと、何がわかっていて何がわからないのかを、克明に理解することだと言っている。そういう思想がヒポクラテスの著作に書いてあったことを覚えているんだよ。わからないものは、わからないままに認め、それを尊重しなければならないとね。

佐　それに治していい病気と治してはならない病気があるんでしたよね。

岩熊哲　(1899-1943) 医史学研究者。

『ヒポクラテスへの回帰』（岩熊哲 著、日新書院、1941年）古代ギリシアの医者ヒポクラテスの思想に焦点をあてた評論。

ヒポクラテス　(B.C.460頃-B.C.375頃) 古代ギリシアの医師、医学の父。

執　そうそう。病気も、治したほうがいい病気と、寿命で死ぬためになっている症状があって、死ぬためになっている症状というのは、病気じゃないんだということを言っている。その場合は、その通りに死なせないと、上手く死ぬことが出来ない。だから、その場合は治しちゃいけないということになるんだよ。わからないことを認めると、そういう生命の真実が見えてくるんだ。

佐　今お話しした『ヒポクラテスへの回帰』の中でも、ヒポクラテス医学を概括した言葉の一つに「医師は治術の限界を知ることが大事」とありました。これは、ある意味ではヒポクラテスも執行さんと同じことを言ってますよね。

執　そう。僕は体当たりだけで生きてきたので、結局わかろうとすることが一番人生や生命にとって駄目だということを、なんとなく納得してくるんだよ。まあ、これは理由はないけど……。だから、禅なんかでも、わかろうとすることが一番窘《たしな》められるよな。禅の巨匠だった趙州《じょうしゅう》*や道元にしても、わかろうとすると即刻ばちっと叩かれるよ。

佐　やっぱりわかるって一つの固定で、固定したらそこで止まってしまうような気がします。ヒポクラテスも、人間の健康を体液の完全な調和の状態だ、と言ってるんですけど、体液の比率は各人によって異なるので、それぞれの体質に沿った治療をしなければならないと言っていました。つまり、固定化は出来ないということですよね。

執　そう、それが生命だ。そして生命を生んだ宇宙もしかり。その深淵から滴り落ちた我々の文明も本体は流動なんだ。しかし、我々は人生の出発で学校教育によって固定化の思考ラインを

趙州（778-897）中国、唐末の禅僧。

作られてしまうんだ。人生とは、その学校からの脱出法にそのすべてがあると言ってもいい。学校教育というのは逆に、わかったことだけを教えるために作られたものだ。それがわからなければならない。しかし、出発でその教育が能力の本体だと誤解されてしまっている。

佐　学校教育は答えが決まってますからね。

執　そう。答えが決まっているものだけが、学校でやれるものなんだよ。でも、人生っていうのは答えがないわけだ。だから、わかっちゃったら死んじゃうわけなんだ。わからないから、我々は生きることが出来る。その幸福を知らなければならないんだ。

佐　そうですね。固定することで駄目になる、ということ自体をわかってない人が多い気がします。宇宙、世界全体自体が常に流動的なわけですし……。動いてないと澱《よど》んでしまう世界にいるわけなのに、さらに固定してしまうから濁《にご》って死んでしまう、と。生命自体は常に動き続けているものですよね。

執　そうそう。それで、動いているということは、どうなるか何もわからないということなんだよ。それで、『生くる』の最初が「わからぬがよろしい」になったということは、やっぱり根源の中の根源なんだよ。それで僕は本の中にも一例として書いたんだけども、例えばわかろうとしたら、本も読めないよ。

佐　そうですね。

執　うん。本を読まない人たちはみんな、難しくてわかんないって言うじゃない。ああ思っているから読めないんだ。

佐　先程のヒポクラテスの話に戻ってしまうのですが、ヒポクラテスによると、医学において「仁」、「学」、「術」の三角関係でうまく平衡を保っていかなければならないそうです。「学」と「術」は学校で教わるなりすることが出来ると思うのですが、「仁」を養うためにはとにかく本を読んでいくしかないんですよね。

執　それもある。そしてすべてに体当たりして失敗し、泣き、そこから立ち上がることを繰り返さなければだめだ。それがない「仁」などはすべてきれい事の嘘に決まっている。

佐　挑戦ですね。わかる気がします。あとヒポクラテスは「機会は逸しやすく、経験は欺き、判断は難い」という言葉も残しているみたいなんです。これは判断をしなければならない瞬間を察知できなければいけない、という意味だと思うのですが、これは執行さんの本にも書いてあったような気がします。

執　『生くる』の「判断力について」だな。これは佐堀さんが言う医療だけではなくて、人生全体に共通することだと思うよ。それらの意味はね、すべては勇気と決断で決まるということなんだ。つまり、肚ということだ。

佐　本当にそうですね。うちの大学の教授が言っていたのですが、手術が神懸《かみがか》って上手い医者には共通点があって、それは決して「ためらわない」ことらしいです。

執　僕の知っている名医もみんなそうだった。僕はね、そういう「肚」のある医者に四度命を救われたんだ。人の命を救える人というのはね、勇気を振るって決断する人たちなんだよ。

『死霊』のファン

佐　なるほど。本当にそう思います。次にだいぶ話が変わってしまうのですが、ちょっとお聞きしたいというか、今ちょうど、埴谷雄高の『死霊』*を読んでいるんですけど。難しいような……わかるけど、わからないといった不思議な感覚です。

執　『死霊』か。『死霊』は死ぬほど好きだな。何たって、あの本は「かっこいい」よ。また『死霊』も、わかろうとした人で、ほんとうにわかっている人には今まで会ったことはないよ(笑)。

佐　でしょうね。

執　僕も含めて、『死霊』がわかった人はどういう人だったかと言えば、『死霊』を好きになった人たちだ。その『死霊』のファンになった人を眺めて見ると、『死霊』に書かれていることを、「かっこいいなぁ」と思っている人たちなんだ。悪く言えばかっこ付けだけど、僕もそうだし、とにかく書いてあることが「かっこいい」と思うかどうかがすべてなんだ。

佐　そうですね。僕もそう思います。

執　とにかくかっこいいから読んでたんだよ。そうしたら自分の生命の中で、腑に落ちることが後になってから出て来たということなんだ。

佐　書いている本人がわかろうとして書いていないような気がします。

*『死霊』(I〜III、埴谷雄高 著、講談社〈講談社文芸文庫〉、2003年)存在の革命と宇宙の本質に迫る形而上文学。

執　そうだよ。わからないものに挑戦してるんだから。僕が埴谷雄高を好きな理由は、未完のわからないものに挑戦しているから好きなんだ。埴谷雄高の文学は大きいんだよ。だから、飽きないよね。男らしくて、勇気がある。

佐　未完に挑戦したということと、かっこいいということが原点ですね。お話を伺っているとかっこよさを感じるかどうかが、物事の本質みたいに思えてきました。理屈がないだけに、強いですよね、やっぱり。

執　それから、僕はいつも言ってるけど、武士道だって結局、子供の頃にかっこいいと思ったから好きになっただけなんだ。だって「死に狂い」とか「忍ぶ恋」なんて、かっこいいじゃない。意味はわからなかったけど、僕はそのかっこよさに打ちのめされて自分の人生の根本思想と決めたんだ。

佐　忍ぶ恋ですか……。ロマンティシズムですね。あとはそう思うか思わないかだけですね。

執　僕は禅の言葉だって、かっこいいと思って覚えたのは小学生の時がほとんどだね。小学校で覚えた禅の言葉が、五十代、六十代までの人生経験で、苦しんだり悲しんだりした挙句に、ある時、その禅の言葉がストーンと腑に落ちたっていう経験を積んで来たんだ。そういうことの連続だよ。禅の言葉でかっこいいなと思って暗記したのは、ほとんどが小学生の時だな。

佐　道元の「火を噴く今」も小学生の時に覚えられたのですか?。

執　そう。それは道元思想の根源哲学だ。道元は何と言ったってかっこいいよ。「花は愛惜《あいじゃく》に散り、草は棄嫌《きけん》に生《お》ふるのみなり」とか「我、人に逢うなり。人、人に逢うなり。我、我に逢う

ホイットマン〈ウォルト〉(1819-1892) アメリカを代表する詩人。

なり」という言葉に出会ったのも、小学生の時だよ。

佐　道元は表現がかっこいいですよね。わからないから余計にいいですね。なんだか革命的でいいです。『友よ』で読んだウォルト・ホイットマン*の「おゝ常に生きつゝ、常に死につゝ*」やゲーテの「至福の憧れ*」に通じるものを感じます。

執　そうか。やはり道元をかっこいいと思うか。若い人もそう思うと知るとすごく嬉しいよ。今から思い返して見ると、かっこいいなぁって思ったことは、もしかしたら自分の中ではわかっているこことかもしれないいな。何だか、そんな気がするよ。

佐　確かに、ある意味そうかもしれないですね。

執　それが本当の意味でわかるってことかもしれない。頭で理解するんじゃなくて、その人が「かっこいいなぁ」と心から思ったことが、その人の生命がわかっていることなのかもしれない。特に、生命の深奥が生み出す自己固有の「運命」が知っているのかもしれないと思うんだ。だから「わからぬがよろしい」というのは、あくまでも現代的な意味で、大脳だけで理解しようとすることに対して戒めているわけだな。

佐　でも、この「わからぬがよろしい」が、執行さんの著作の一番最初の冒頭にきてますけど、ご自身の著作の全部を貫通しているように感じます。

執　逆に言うと、読者にわかってもらおうとしたら、僕は多分著作は一冊も出してないよ。僕の思想は僕の運命であって、わからなくてもその体当たりの人生には価値があると思っているから、本にして出しているんだよ。でも、僕の本が好きな人って、結構かっこいいものが好きな

「おゝ常に生きつゝ、常に死につゝ」(“Leaves of Grass: The first edition (1855)” ホイットマン著、Penguin Classics、1986年、『友よ』に執行草舟 訳収録) 著者の詩集『草の葉』に収められた代表作の一つ。

「至福の憧れ」(“Goethes Gedichte in zeitlicher Folge” ゲーテ著、Insel Verlag、1982年、『友よ』に執行草舟 訳収録) 光を求める蛾に人生を託して歌われた詩。

人が多い。かっこいいものに憧れる運命を持っている人だということに尽きる。

佐　究極的には、それだけですよね。

執　うん。でもそれだけじゃあちょっと話にならないから、何か理屈を後でつけているわけで（笑）。

佐　僕の周りにも、執行さんの本を読んで、「すごい」とか「かっこいい」って言う人は多いです。「文章が立ってる」、「垂直」、とかいろいろ聞きます。でも現にそうだから、そう感じるんだと思います。

欲望に苛まれると……

執　『生くる』全体を佐堀さんはどう感じた？

佐　どうだって言われると一言では難しいのですが。でも僕は結構信心深いタイプなので、内容を信じて体感しちゃうタイプかもしれません。そう、信じているし、ある意味、全部自分の中にあって、改めて確認させられるというか、人間として共感する強い何かに貫かれているように思います。そういえば、執行さんが三島と出会った時は、執行さんが十六歳の時だったと書かれていましたよね。もう既に三島さんとあれだけ話せるってことは、どこかで「わからぬがよろしい」という思想が自分の中にないと、三島さんみたいな人とは話せないような気がするのですが……。

執　まだ当時は全然「わからぬがよろしい」という言葉にはなってないけど、そうだろうな。

佐　ということですよね。

執　三島由紀夫さんにはずいぶん生意気な語り口で文学論をやったんだけども、なぜ出来たかというと、三島由紀夫さんに好かれたいとか認めてもらいたいなんて一切思わないで話したからなんだよ。だから話せたということなんだ。やっぱり人間駄目な時は、何かこう利益を得たいっていうかな、そんなことを考えているよ。わかろうとするのも自分の利益なんだよ。そういうことを考えると何も出来なくなる。

佐　そうですね。「得たい」という欲望があります。

執　実は「お金を儲けたい」というのと、「知識を得たい」というのは変わらないんだよ。それから「人に好かれたい」とか、それこそ「モテたい」っていうのもみんな同じなんだ。それらは、みんな自己の欲望だ。

佐　でもそういう欲望は人間である限り、誰でも持っているものなんでしょう。やっぱり欲望が出てくると、足がすくみます。

執　これは僕もそうだよ。ただ僕は、自分のことであまり欲望にかられたことはない。でも、ほんの少し欲に足をすくわれそうになったというと、やっぱり家族のことかもしれないな。子供のことなんかが特に大きいよな。例えば子供の小学校の入学試験なんかは、心配で眠れなくなるなんてこともあった。やっぱり子供に受かってほしいと思う欲もあったんだよ。そこまでは行かなかったけど、これははまり込んだら、体を苛《さいな》む、寝られない、神経症なんてことになりかねない。こういうことで自分の弱さと直面させられるんだよな。

佐　小学校を受験する頃っていうと、年端も行かない子供が受けるんですから心配になるのも当然だと思います。

執　僕は自分のことではないけど、子供のことなんかでは起きた。あとは親が病気をした時とかは、人間っていうのはどうしても治したいと思うんだよ。あと女房が大病をした時も、僕は女房が死ぬ瞬間まで絶対に何とかしようと、助けようと思っているから、大変だよ。気が付いた時は、僕自身が体重も十四キロ減って本当に死の直前だったんだ。

佐　それでもやっぱり欲望であると……。

執　そう、それで、欲望に苛まれると、人間というのは頭も停止するし、それから魂が弱くなる。これは確か。だから、自分自身のことでは経験がなかったけど、家族とか友人のことで経験したんで、わかるんだよな。じゃあ、どうして僕が十六歳で個人として三島由紀夫さんと畏縮せずに喋ることが出来たのか、自分の文学論を全部ぶつけられたかというと、さっきも言ったけど三島由紀夫さんに僕を認めてほしいという気持ちが一切なかったからなんだよ。もちろん三島由紀夫さんというのは当時から一番憧れている文学者だから好きだし、当然尊敬してはいた。だから、認めてもらおうと思ったら何も言えなかったことだけは確かだと思えるんだ。これは、人間が欲を捨てれば何事も出来るという一つの例になっているかもしれない。

佐　三島由紀夫さんとは、ただ喋りたかったから話されたって感じですかね。

執　いや、あの時はちょうど運がよかった。僕は生意気だったんで、小学生の頃からその当時の日本の知識人がみんな読んでいた『朝日ジャーナル』*という週刊誌を読んでいて、週刊誌はそれしか読まなかったんだよ。それで、ちょうど中学二年から三年にかけて、誌上に二年間、高橋和巳*の『邪宗門』*が連載されていた。僕は病気で一年遅れているから、十六歳っていうと中三なんだよな。中三の六月か七月に『邪宗門』の連載が終わって、その直後に三島由紀夫と出会えたんだよ。だからその時は、もう『邪宗門』を話したくて話したくてしょうがなくて……(笑)。

佐　もうここぞとばかりのタイミングで、これ以上の相手はないですね(笑)。

執　もう、まずは高橋和巳の『邪宗門』論だよ。それに高橋和巳との関連で、三島由紀夫論が始まって。三島由紀夫さんの文学も、当時までに書かれていた本は全部読んでいたんで、自分なりの文学論をぶつけたんだよ。

佐　でも三島由紀夫さんに聞きたいということよりも、自分が喋りたいということが中心だったんですよね？

執　ああ、聞きたいことは一個もなかったよ(笑)。話したのは僕が喋りたいことだけだよ。

佐　これは面白いですね！　聞きたいことは一個もなかったと……。では向こうもそれがすごく嬉しかったわけですね。三島くらいの作家になると、これだけ滔々《とうとう》と語りかけてくる若者っていうのも、なかなかいないと思います。

執　そうだろうな。でもそれは偶然良かったんじゃないの？

『朝日ジャーナル』　1959年〜1992年刊行の朝日新聞系週刊誌。

高橋和巳（1931-1971）作家・評論家・中国文学者。

『邪宗門』（上・下、高橋和巳 著、河出書房新社〈河出文庫〉、2014年）架空の新興宗教団体の誕生から壊滅までを描いた小説。

佐　きっと自分の本を全部読んでいる読者に会えるだけで嬉しいでしょうから。

執　そりゃ、嬉しいよな。作家っていうのはやっぱり、特に若い人間が読んでるっていうのは嬉しいよ。

佐　ご自分の三島像というのを、自分の偏見と独断で仰った。多分それが気に入ったんですよね。

執　それ以外は語れないからな（笑）。気に入ったかどうかはわからないけど、まあ、それ以後の経緯を見ると、たぶん気に入ってくれたのかもしれないな。

「六終局」について

佐　僕は、ずっと『邪宗門』の話を聞かせてもらいたいと思っていたんです。僕はあの小説を読んだ時に、坂口安吾*の「堕落論*」を思い出しました。「人間は生き、人間は堕ちる。そのこと以外の中に人間を救う便利な近道はない」という言葉が、主人公の千葉潔*の人物像から想起されたんです。

執　そうか。その二作品の相関関係に気づくのはすごいな。確かにその二作品は同じテーマの文学論と哲学論かもしれない。

佐　『邪宗門』の内容についてはいつか伺いたいと思っていたんです。あれは、結局やっぱり「六終局」の話になるんでしょうかね。

坂口安吾（1906-1955）小説家・文明批評家。

「堕落論」（『堕落論・日本文化私観 他二十二篇』坂口安吾 著、岩波書店〈岩波文庫〉、2008年）既存の倫理観を否定した人間の姿を見据えた随筆。

執　ああ、「六終局」ね。あの六終局は確か

一、最後の一人に到る最後の殉難
二、最後の愛による最後の石弾戦
三、最後の悲哀を産む最後の舞踏
四、最後の快楽に滅びる最後の飲酒
五、最後の廃墟となる最後の火の玉
六、そして宇宙一切を許す最後の始祖

というものだったよね。この「六終局」というのは、最終の宇宙的真理であることに間違いない。そして、すべてが我々生命をもつ存在者にとって最も大切な哲学課題とも言えるものなんだ。すべてが、人類の問題と相対的に関わっている。だから、三島文学もこの「六終局」との兼ね合いが非常に強いんだよ。でもこれは基本的には、聞かないほうがいいよ。もうちょっと中間的なものならいいんだけど、「六終局」を聞いたら、もう、ある意味じゃ終わりだからね。耳年増になるだけで、今後の発展には何一つ繋がらない。

佐　ええー！　じゃあ、やめときます（笑）。『邪宗門』は最後まで読みましたが、僕は「六終局」のそれぞれが作中のどこかに出てくると思っていたんですよ。

執　ずっと出ているよ。三島由紀夫の文学も、すべての文学が「六終局」のどれかを表わしてる

千葉潔　高橋和巳『邪宗門』の登場人物。

んだよ。作品一つ一つもそれぞれにどれかに当てはまっているし、また内容の中にも分散している。

佐　じゃ、『邪宗門』の作品自体の中に、「六終局」は全部出てきているのですか？

執　うん、分散して全部出ている。苦しんで、間違いながら模索して見るのが一番いい。

佐　そう思って読んでみます。あの、ひのもと救霊会の、各々の登場人物が滅びていく過程の中に、「六終局」が表わされているように感じました……。

執　それもある、しかしそこだけではないんだ。ただ、「六終局」というのは人の見方にもよるけども、さっきの民主主義と同じで、あれは人類が抱えている本質的なセントラル・ドグマ（中心教義）なんだよ。だから「六終局」の答えを聞きたがるということは、文明の否定になってしまう。「六終局」を苦しみ抜かないと、人間にはなれないというか……。だから「六終局」の観点から言うと、ちょっと言葉が難しいんだけど、キリストの言葉も「六終局」と同じ言葉が多いんだよ。そして、それはすべてが「黙示録」であり「終末論」なんだ。

佐　そうなんですね……。

執　例えば、僕がよく言う、マタイ*十章三十四節のキリストが言っている有名な言葉で、「私は平和をもたらしに来たのではない。剣を投げ込むために来たのだ。私は父母と娘や息子を離反させ、夫婦を別れさせ、すべての人を仲たがいさせるためにこの世に来た」というものがある。

佐　あれは「六終局」の一つなんですか？　確か、『邪宗門』の中にも出て来てますよね。

執　出てきている。それに近いのが、確か、カミュ*の『カリギュラ』*にも同じ型で出ていたと思

マタイ　イエスの十二使徒の一人、「マタイによる福音書」記者。

カミュ〈アルベール〉（1913-1960）フランスの作家・劇作家・哲学者。

『カリギュラ』（『アルベール・カミュ1』カミュ著、岩切正一郎訳、ハヤカワ書房〈ハヤカワ演劇文庫18〉、2008年）世界の根源的不条理に挑む、若きローマ皇帝の姿を描いた戯曲。

うよ。マタイ福音書のこの言葉はキリスト教の本質中の本質中の本質なんだよ。これがわかったら、今のキリスト教会の場合にはクビになるよ。わかって喋っていたらクビ。

佐　さっきの「大審問官」の話に似ていますね。今の言葉は、キリストそのものって感じがします。

執　これはね、人間というものには命よりも何よりも、すべてを超越したもっと大切なものがあることを示しているんだ。生命の本質ということ。キリストが言ったあの言葉は、医学でいうと真の免疫機構ということだ。免疫機構とはこういうので、これがわからなければ、免疫システムは崩壊するということを言ってるわけ。そして免疫とは戦いであり悲しみであり厳しさだということだね。でも今言ったら、皆クビだよ（笑）。特に良い人さんごっこしてる今の宗教者なんかはみんなクビだ。

佐　そうですよね。

執　ヒントとして言うのは、キリスト教の「六終局」を、日本で最も正直に表わしたのが内村鑑三。あれほどのすごい人が明治時代でももう食えないし、何も出来なかったし、弟子も全部離反して最後は独りで死んだんだ。もう、全部の弟子に離反されたよ。「六終局」とはそういうものなんだ。僕は内村が大好きだ。岩波の『内村鑑三全集』全四十巻は僕の「絶対負の思想」を根源から支えてくれるものだ。内村の思想をそのまま実践すると六終局になる。そして、それはキリストの言葉通りにするという意味だ。六終局とはそういうもの。そして「真実」だ。それを抱きかかえて苦しみ悲しみながら生きるのが人生じゃないのかな。

佐　厳しいですね。僕は前も同じことを言ったかもしれないんですけど、『邪宗門』の千葉潔と、『奔馬』の飯沼勲*、それからキリスト、そしてロープシン。僕はこの四人を一つのセットで考えています。現代人にとっては厳しい四人です。

執　ああ、「六終局」に関して言うと同じだよ。だからそういう発言からも、佐堀さんが六終局の思想が好きなのはわかるんだよ。

佐　そうですよね。やっぱり自分の中に元からあるのかもしれないです。これってどうしたらいいのかなって思うんですけど……。

執　どうって、人間なら本当はあるのが当然なんだよ。それを変だと思うこと自体がいけない。その上で、これは苦しんで、乗り越える以外にはないんだよ。乗り越えれば、多分佐堀さんは医学者としても作家としても一流になるよ。

佐　僕が去年初めて執行さんにお会いしたちょっと前から、それを乗り越える過程にずっと入っていたように思うのですが、今は自分ではだいぶ抜けてきていると思っているのです……。

執　そんなことを言っているうちは駄目だ。自分のことを考えているうちはね。自分の生命なんて何かに捧げなければいけないんだ。自分じゃない、何のために生きるのか、そして死ぬのかということだ。「だいぶ」などというのも駄目で、これはやっぱり跳ぶ話なんだ、つまりは飛躍だ。順番を追って抜けることはないよ。あるところで、バッサリいかないと。

佐　そうですね。一番バッサリきたのはたぶん『奔馬』だと思うんですけど……。その後にいろんな偉大な人たちの力を借りて、なんとか乗り越えようと頑張ってきたんです。

飯沼勲　三島由紀夫『豊饒の海（二）　奔馬』の主人公。

対談風景

執　自分を忘れなきゃ。何かのために生きるんだよ。その結果は気にしてはいけない。「人生意気に感ず、功名誰か復論ぜん」だ。これに尽きるんだよ。それは苦しんで苦しみ抜かないと、飛躍は来ないんじゃないかな。だから飛躍が来る人というのは苦悩に挑戦することを当たり前としている人だ。

佐　だから「六終局」は、答えは聞かないほうがいいと仰ったんですね。つまりは苦しめと……。

執　そうだよ。「六終局」の執行理論を聞いてしまうと、その理論の説教野郎になるのがいいとこで、つまりはさっき言った教条主義だよ。だから答えを教えてあげられることってのは本当に少ないよ。最終的なものは答えを教えちゃうと、相手は潰れるから。すべて自分で考え、自己責任で生き死ななければいけないんだ。

佐　これも執行さんの「わからぬがよろしい」という思想に通じますね。

憤《ふん》せざれば啓せず……

執　そう。そしてこのような考え方を僕は歴史上の人物たちとの対話によって得てきたんだ。その人たちはみな同じことを言っていて、孔子も同じようなことを言っていた。孔子が言っていて、僕が一番好きな言葉があるんだけど、「論語読みの論語知らず」の説教野郎は絶対に取り上げない言葉で、「憤《ふん》せざれば啓《けい》せず、悱《ひ》せざれば発せず」という言葉だ。この「憤」と

「悱」が好きでね。「憤せざれば啓せず」っていうのは、「ものすごい憤りを持っていなければ、道が啓くわけはない」ということ、この場合は知識だね。孔子はそういう「憤」をたぎらせた人でなければ教えたくないと言っているんだ。それで、「悱せざれば発せず」というのは、生命にとっても最も重要なことは、この「悱」という漢字の意味で、苦しんで苦しんで苦しんで、もう勉強して勉強したけども、どうしても言葉にならない「心情」のことを「悱」というんだよ。これが僕の一番好きな思想であり、字でもある。忄に非。『論語』に出てる孔子が言った「悱せざれば発せず」という言葉には、こういう人間以外には、やはり私は言葉を以て教えたくないということを言ったんだよ。僕はこれが本質だと思うんだよ。つまり、そういう人間だけが真に成長して行く人間だということだ。

佐　これが論語に……。今まで聞いたことがない言葉です。この言葉にちょうど当てはまるのが、『邪宗門』だと「六終局」なんですか？

執　「六終局」というのは『邪宗門』だけじゃなくて、実はさっき言ってた『カラマーゾフの兄弟』にもあるし、それからキリスト教の本質にもある。キリストの「私は剣をこの世に投げ込むために来た」という言葉が一例だということはさっき言ったよね。キリストは別のところで、「剣を取る者は剣によって滅びる」と言っていて、皆これが好きで、大体のキリスト教好きはこっちしか言わないけど、その前に「私は剣をもたらすためにこの世に来た」があるんだということ。でもそっちは誰も言わないの。なんで言わないかというと、苦しむことになるからだ。人間として垂直を目指して伸びなければならないからなんだ。だから、言ったらクビになる。

医者だってまた別に言ったらクビになる言葉がたくさんあるだろ？

佐　ありますね（笑）。

執　でも人生っていうのはね、クビになるような言葉や行動を、クビにならないように言いそして実行するのが醍醐味であり、また生き甲斐を創るんだ。

佐　うーん、なるほど。大変ですね、人生は。

執　当たり前だ。しかし、これを佐堀さんなら出来ると踏んでるから、僕は話している。これを簡単に口にしたらただの馬鹿だけど、孔子も言ってる「悱の人生」を送れば、歴史上の人とか、神仏が必ず助けてくれる。「はじめに言葉があった」というあの神が発する言葉が自分に向かって来るまでは悱の状態で、本人が苦しみ続けることが出来るかどうかなんだよ。そして、道が啓くには啓くまで憤りを持ち続けられるかどうかなんだ。これが現代人って、すぐに結果をほしがりマイホームの小さな幸福を求めて出来ないじゃない。その日その日の平和ばかりを取るだろ（笑）？

佐　いやー、なかなか出来ないかもしれないですね……。だって、それって革命論ですからね。

執　いや、出来ると信ずれば出来るんだ。僕はそういう革命論が好きなんだ。さっきの言葉もかっこいいだろ。

佐　これはかっこいいですね。すごく良い言葉だと思いました。これって今までの執行さんの著作には書かれてないですよね。これは初めてです。

執　あ、そう？　これは僕が一番好きな言葉であり、「六終局」で出てきた言葉だよな。でも

「六終局」っていうのは、こういう内容に匹敵する言葉だということだよ。でも、佐堀さんが「六終局」に魅かれたってことは、佐堀さんという男が、ドストエフスキー的な懊悩の人生に突入できるということだな。三島由紀夫が主人公に選んでる人たちも皆、本人が「六終局」に向かう人生を選ぶ人。これはしくじれば頸椎《けいつい》を折るという、あの「サルト・モルターレ」だよな。

佐　「死の跳躍」ですね。

執　そう。もししくじれば、首の骨を折るといわれる跳躍だよ。これはあのベルツ博士*が、明治維新の日本を素晴らしいといって書きしるしたラテン語の言葉だけど、西洋の中世思想の一つだよ。

佐　サルト・モルターレ……。かっこいいですよね。僕も大好きなんです。

執　この死の跳躍を行なうのが、「六終局」のはらわたと言っていい。ただね、それを自分なりに理解するヒントとして言っておくのは、『邪宗門』の中にも「六終局」が全部文学論として散りばめられている。あと三島由紀夫の全作品が、一つ一つ「六終局」の中のどこに三島が感応して、それを社会に訴えようとして書いたかっていうのが、僕は自分なりに分析できる。でもこれは、答えは教えない。佐堀さんなりに分析しろよ、ってことだよ。そして僕にそれをぶつけてくれ。そこから佐堀さんの飛躍が起きることは間違いないよ。

ベルツ〈エルヴィン〉(1849-1913) ドイツの医学者、在日時に東京医学校（のちの東京大学医学部）教授。

終末論を考え抜く

佐　わかりました。苦しみ抜かなければならない、と執行さんは仰いましたけど、苦しみ抜いて、ある時突然飛躍して、パッと悩みが消えて抜けられるのでしょうか？

執　それはわからないよ。それを聞いているうちは飛躍なんかないよ。体当たり以外には道が拓く可能性はないと思ったほうがいい。

佐　僕、さっきだいぶ抜けてきたかもしれない、という言い方をしたのですが、本音を言うと、自分ではたぶん抜けたと思ってたんです。ただ正直に言うと、いつかまた逆戻りするんじゃないかなっていう不安はなくはないんです。

執　だったら抜けてないんだよ。あのね、大体僕の人生経験で言うと、自分が抜けたと思っている人で抜けてる人はいない。僕が会った人は全員そうだったよ。逆に抜けた場合は、本人は抜けてないという思いが強くなっている。もっともっと高いものを目指しだすんだろうな。

佐　やっぱり抜けてないんですね。じゃあどうやったら抜けられるんだろう……（笑）。

執　僕が出会った六十七年間、出会った人全員そうだった。だから、例えば文学論をやってて、「ついに僕は抜けたぞ！」とか「ドストエフスキーがわかった！」って言ってきたやつは、殴るくらいしかしてやれることはないな（笑）。

佐　それは確かに（笑）。

執　僕の友人でも、ドストエフスキーがついに全然わからなくて、自分は全く文学の才能がないと思って、僕にそれを訴えていたことがあるんだけど、その時がそいつなんかも文学的に、突き抜けてきてる時だったよ。本人は駄目だと思ってる。語学でもさ、すごく出来る人って、自分をものすごく出来ないと思ってるだろ？

佐　思ってますね。完璧に喋れるように見える人でも、冠詞の間違いだのなんだのかんだのって言ってますね。

執　「私は語学得意ですよ」って言う人で、語学が上手い人を見たことないよな。僕が見て、例えば英語も「こいつの英語力はすごいな」と思う人は、皆全く英語には自信がない。僕の会社の社員が、ウナムーノの『ベラスケスのキリスト』*という詩を全部スペイン語から直に訳したんだけど、そんな人間ですら自分のスペイン語が全然駄目だと思ってるらしいから。逆に駄目だってことを突き付けられるんだよ、出来る奴はね。今言った『ベラスケスのキリスト』っていうのは、日本一のスペイン哲学の権威の方ですら歯が立たないと言ってるんだから。それを一社員が訳しちゃったんだから。僕のおだてに乗り、ついには騙されて（笑）。

佐　知ってたらやられてなかったでしょうね（笑）。

執　まあそういうことだな。

佐　執行さんも「六終局」は懊悩されたんですよね？

執　懊悩は今でもしてる。わからないし、わかろうとはしてない。だから「わからぬがよろしい」は、「六終局」にも適応されてるわけ。ただ、僕流の答えを言えと言われれば、僕はいくらでも言える。

*『ベラスケスのキリスト』（ミゲール・デ・ウナムーノ 著、執行草舟 監訳、安倍三﨑 訳、ホアン・マシア 解題、法政大学出版局、2018年）ベラスケス 画「十字架上のキリスト」から霊感を得て書いた八十九篇におよぶ長篇宗教詩。

佐　考え抜かれてるからでしょうね。

執　考えて考えて、もう「六終局」のために僕は何度命を落としそうになってるかわからない。それで、今でも答えはないし、死ぬ時までに答えが出るかどうかもわからない。そのくらいの究極的な生命の哲理だよ。ああいう大宗教家しか言えない真理の言葉だよ。ただ、同じ内容を、釈迦もキリストも皆言ってるということもある。

佐　ただ「六終局」という形を与えたのは、あの大本教の出口なお*と出口王仁三郎*だけだということですね。「六終局」って、終末論のことなんでしょうか？

執　もちろん終末論だ。だからドストエフスキーも皆一緒で、終末論と言ってもいい。

佐　ドストエフスキーの文学でいうと、『悪霊』*の最後にキリストに頼んで病人が悪霊を豚に移して、豚が死んでいく場面がありますよね。あれも「六終局」ですか？

執　そうだよ。聖句の「悪霊どもはその人から出て、豚の中に入った。すると、豚の群れは崖を下って湖になだれ込み、おぼれ死んだ」だよな。ドストエフスキーが苦闘するキリストの言葉の解釈に対する悩みが、『悪霊』を生み出した。さっき言った「大審問官」のキリストというものが、本質的にどういうものなのかという悩みや、どうしてマタイ十章三十四節でキリストがそんなことを言うのか、という悩みがカラマーゾフを生み出したということなんだ。そういった問題だよ。で、『カラマーゾフの兄弟』および『悪霊』を書き終わった後でも、ドストエフスキーはたぶん答えを見つけられないままだったと僕は思う、ということだよ。

佐　ドストエフスキーの価値は、答えに対して懊悩し続けたことだと思います。

出口なお（1836-1918）宗教家、「大本教」の開祖。

出口王仁三郎（1871-1948）宗教家、「大本教」の確立者。

『悪霊』（ドストエフスキー著、米川正夫訳、岩波書店（岩波文庫）、１９８９年）無神論的革命思想を抱きロシア社会の転覆を企む青年たちを描いた長篇小説。

執　そうだ。僕も多分ドストエフスキーとまではいかないけども、今でも懊悩し続けているから、生命的には価値があるんだろうと思ってる。もし答えがほしいと思うなら、たぶん挫折してしまうだろう。ひどくすると命まで失いかねない。だから僕は何度も言うけど、未完でいいと思わなければ生きられないいんだよ。『死霊』では埴谷雄高も途中で自認しているけど、「未完でいい」と若い時に思い名声も何もかも捨てたから、自分自身になれたんだよ。そして『死霊』を書き出せた。

佐　そうですよね。文学者として自分がそこそこのことをやりたいと思っていれば、『死霊』は書き出してないですよね。

執　そうだよ。まあ、抜けようなんて思ってるうちは抜けないな（笑）。僕はね、抜けたくないと思ってから、いろんなことが出来るようになった。抜ける必要なんかないと思っているから、何にでも挑戦できると考えているんだ。力一杯やれば、未完でいいじゃないか。なぁ、そうだろ。

佐　確かに執行さんからは抜けたいとか、そういう風情は微塵も感じられません。

執　人間として持ってるいろいろな苦しみはあるけど、僕は苦しみから抜けたいと思ってない。「六終局」でいうと、最後まで僕は「六終局」の本質というものを考えることが自分の運命だと思ってる。なんでそう思えるかというとね、ここがまたさっきの話に戻っちゃうんだけど、僕はわかりたいいから「六終局」を好きなんじゃないいんだよ。断然、かっこいいから好きなんだよ。だから、苦しみに耐えられるんだと思うよ。わかりたかったら、たぶん耐えられない……。

佐　そうですよね。なんとなくわかるような気がします。

抜けたいときには抜けられない

執　知りたい、知りたくないじゃなくて、キリストの思想もさっきのマタイ十章三十四節の思想というのは、僕から見ると男らしくて武士道的で、かっこいいんだよ。なんかすごく魅力を感ずるんだ。だからあの思想的衝撃波に耐えることが出来るのかもしれないな。

佐　たぶん他の人は知りたいわかりたいと思うから、衝撃波に耐えられないんでしょうね。そして忘れてしまい、結果的に捨ててしまう……。執行さんの懊悩は、これからもずっと続いていくんですか？

執　続くに決まっている。続き続ける。かれこれ五十年以上は懊悩が続いているよ。それも、年とともに増しているな。六十歳を超えてからは、青春の懊悩がより大きな波で襲って来ている。実に人間冥利に尽きる。

佐　だからやっぱり「わからぬがよろしい」ということになるんですね。すごくわからないから、わかった感じがします（笑）。

執　僕は割と若い頃からそういう感覚を摑んでいたのが運が良かったね。なんでも出来たというか。でも僕がなんで「六終局」を好きかって言われるとね、答えとしてはさっきも言ったように「かっこいいから」しかないんだよ。宗教と哲学じゃなくて武士道を感じるんだよ。僕はなんでも武士道だけど、キリストのさっきの言葉も武士道を感じるんだよ。宗教なんて感じない。武士道と宇宙と生命を感じるんだよ。そして文明の悲哀とその終末論だな。

佐　僕は「六終局」を読んだら、なぜか「荒城の月」が頭に流れるんです。

執　ああ、そう。「荒城の月」というのは武士の滅びを歌ってるわけだから、これはもう武士道のことなんだよ。

佐　そうですよね。「六終局」って初めのほうで言ってた話と一緒で、生命と文明の相克の壮大な争いの……。

執　そう。無限の相克と争いだ。だから答えはない。答えを誰か権威のある人から聞いたら、もう教条主義に陥るだけだ。とんでもない人間が出来上がって終わるだけになってしまうよ。「お前ら馬鹿ども」と人に説教を垂れる野郎になり下がってしまう。

佐　それだったら僕は全然抜けたくないです。たぶん僕が「抜けた、抜けてない」って言ってたのは、「老いる」ほうに入れるかどうかの問題の話で、僕はそれこそ『豊饒の海』の主人公みたいに悩みに悩み抜いていた時期があったんで……。

執　どちらにしても、気にしてるうちは抜けてない。多くの人が抜けた時には、抜けたかどうかはもう気になってないし、忘れちゃってるよ。何か高く遠いものに向かっちゃってるというか。言葉は変だけど、突進しているかもしれないし、突進して行ったまんま壁に当たって挫折しそうになっているかもしれない。

佐　自分がどうだったか、抜けたか抜けてないとかを気にして聞いてるうちは絶対駄目なんですね。

執　そう。悪い言葉でいうと、まだ自分に固執してるわけだからね。僕の今までの経験でも、そういうことを聞かれた人で抜けた人はいなかったよ。抜けた人は見たことあるけど、もう抜けたとか抜けてないとかは関係ないよ。「もうやるっきゃない！」ってなっているだけだ。特攻隊なら、もう今出撃するってことだな。僕はどうかなとか、死ぬのを怖がっているかどうか、臆病かどうかなんて気にしてるうちは、まだ行かないということだ。もう、今出撃するなら、臆病もへったくれもないってことだよ。それで、基本的に出撃できるなら、それは臆病ではない。ぶるぶる震えていようが、何しようが、出撃したならその人は勇敢な人だってことだよ。

佐　わかりました。逆にどんな理由があっても、出撃の前の日に逃亡したら、その人は臆病者ですよね。

執　そうだよ。それが譬え、母親が今死にそうで、それを見に行くという理由を言おうが、何しようが臆病者であることに変わりはないということだよ。

佐　僕、自分では完全に「老い」のほうに入ったと思ってるんですけど……。

執　そういう感じはあるけどな。感じはあるけど、聞いたこと自体がまだ抜けてないということだから。

佐　ですよね。まだどっかにしこりが残っているのかもしれません。

執　だって、出撃しちゃったら他人に聞かないもの。言いたいことはだいぶわかるんだけど……。

ただ現世的にいうと、佐堀さんの場合はここでこういう会話をしていること自体「老い」のほうに入ろうとしてる、というのはあるよ。なんとなくわかるだろ？

佐　はい、なんとなくはわかります。やっぱり去年に初めてここに来させて頂いた時は一番苦しんでた時期で、あの後もう数カ月ぐらい苦しんでて、結局「海ゆかば」を聴いて、なんかフッと抜けたというか。

執　ああそうか、うん。でも抜けたんなら、もうあとは何のために死ぬか、そして何にぶつかるかだから、僕に聞くこともないよ。

佐　そうですよね。丁度今アンドレ・ジード*の『地の糧』*を読んでいる途中なんですけど、あれをもっと早く読んでたら、もっとすんなり抜けてたんじゃないかって気も今ではしています。

執　『地の糧』を抜けたくて読んだら、また抜けないよ（笑）。あの「情熱」に自己の生命が惚れなきゃ駄目だよ。『地の糧』の内容、あのジードが書いたその思想を愛するんだよ。あの中でナタナエル*に言っている内容に「かっこいい」って感動して、そのまんまの人生に自分が突入すれば、結果論は抜けるだろうな、ということ。僕はね『地の糧』に「忍ぶ恋」を抱き続けて来たんだよ。

佐　はい、かっこいいですね。

黙って、やれ！

ジード〈アンドレ〉（1869-1951）フランスの作家・批評家。

『地の糧』（『地の糧・ひと様々』アンドレ・ジイド著、今日出海訳、白水社、１９３６年）著者がナタナエルという人物に哲学的命題を語りかける形で書かれた人生論。

ナタナエル　ジード『地の糧』の登場人物。

執　だからさ、僕が自分の人生で思うのは、生命的に価値があったことというのはやっぱり、「かっこいい」という感動性だけなんだ。頭の理解は駄目だよな。そんなもの、後からひっついて来るものだ。それで「わからぬがよろしい」が著作の最初に来てるんだよ。僕くらい多くの書物を読んだ人はほとんどいないと思うよ。若い時に死ぬほど読んで、それがいまもだからね。

佐　それで本当に目がつぶれそうになられたんですよね。

執　そう、あれは十九の時だったな。そんな人間がそれだけ読んだ結論が、「わからぬがよろしい」ってことだから。でもそれは本当に馬鹿になるってことじゃなくて、「わからぬがよろしい」ということが本当に「生命燃焼」というものを摑んでいくコツなんだということなんだよ。わかろうとしたら、少なくとも生命は摑めないし、自分の生命の本源を本当に燃焼させることは出来ない。これは悪いことじゃないけど、生命というのはすっごく臆病で、それが本能だからなんだ。これを乗り越えて、跳ぶわけじゃないか。これはやっぱりね、わかろうとしたら駄目だよ。

佐　そうですよね。それは、オーデン*の言うように見る前に跳ばないと（笑）。即断しないと駄目ですね。

執　そう。芸術で言えば、シュールリアリズムに通じる「何ものか」だ。オーデンもシュールだからな。シュールと言えば、『葉隠』もシュールリアリズム的なんだよ。その思考的飛躍が体

オーデン〈ウィスタン・ヒュー〉（1907-1973）イギリスの詩人、アメリカに帰化。新詩運動の推進者。

感されると『葉隠』は自家薬籠中のものになるよ。二つ二つの場にて、生きるほうと死ぬほうがあったら必ず死ぬほうに行けと言ってるんだからな。極端だと思うだろうけど、そのくらいしないと。だって生きる理屈は必ず立つから。理屈はすべて駄目なんだ。その飛躍のために、詩の心が必要なんだ。そして、その詩こそが武士道の根源を創っている。

佐 ちょっと考えたら、理屈が出て来ちゃいますよね。

執 そしてその理屈は正しいんだよ。間違いじゃないんだ。だって、生きるほうが正しいに決まってるんだよ。死ぬほうなんてよっぽど理由がない限り犬死にだからね。

佐 でも、武士道の完遂の上では、山本常朝*が重んじているのはまさに執行さんが仰る「犬死に」ですよね。僕もそのうちにはわかりたいと思っています。

執 そう。『葉隠』が犬死にでいいと言ってるんだから、僕もその覚悟でずっとやって来た。もちろん死ぬまでそうするつもりだ。今ちょっと佐堀さんが言っていた、そのうちわかりたいと思ってるとか、わかろうとしてる、というのは駄目だよ。そういうのは、やっぱり必ず「価値がある」ことをしようとしてるんだよ。僕は価値がなくてもいいと思ってるから。僕の生命を何ものかにぶつけて、もう滅茶苦茶になって死んでいけばいいと思ってる。だから成功する気もないし、ものを理解しようとすることもないし、もう今本なんかを書いてるけど、何も理解する気なんかないんだ。大体あれは「うるせえこの野郎！　俺はこう生きるんだ」ってことが書いてあるんだ。体当たりってそういうことだよ。

佐 「やれ！」ってことですね。「黙って、やれ！」って（笑）。

山本常朝（1659-1719）江戸時代の武士・佐賀藩士、『葉隠』の口述者。

執　うん。でも現代は、「正しいことをしよう」とか「自分の意見を持とう」みたいな教育を受けちゃってるからなぁ。そういう意味じゃ、自分の生命に体当たりしていくってのは、結構キツいよ。問答無用の教育じゃないから。「うるせえこの野郎！　やれ！」みたいな。やっぱりどなられたり殴られたりする教育が、「生き切って、死に切る」という思想を生んでくるんだよ。

佐　「あなたの意見は」とか、「自分はどう思うか」なんて言われてると、どうしても考えてしまうと思います。今は学校でも家庭でも必ず言われますから。あと、就職活動でも聞かれますからね。「君のヴィジョンはなんですか」とか。「何をやりたいんですか」とか。「意見はありますか」と言われる……。

執　本当に困った時代だよな……。表面をつくろう教育ばかりしている。

佐　あと僕が『生くる』で一番好きなのが、「あとがき」なんですよ。特に執行さんが「歴史の欠点を愛する」と仰っていたところに感動しました。

執　あの「あとがき」はいいだろ。僕の体当たりの人生が表わされていると思うよ。愛するとはね、その対象の欠点を愛することを言うんだよ。いいとこだけ好きなら、それは相手を利用したいだけだ。

佐　はい。あとあの「あとがき」は何か神話に近い感じがします。一番歴史と神話に繫がっているところなので、だから好きなんだろうな、と思うんです。現代人の一番の問題は歴史から隔絶されていることだと思っているので、だからこそ、ここに書かれているような精神が必要なのだと思います。文学や歴史が好きな人なら、極論になってしまうかもしれませんが、アニメ映画からでも歴史性を感じ取ることが出来ると言ってもいい気がします……。『生くる』を読み終えて、執行さんは、若い頃から読書は本自体と対話をしながらされているということが究極的に伝わってきました。つまり本との間に「我と汝の関係」を結んできた……。

執　もちろんそうだよ。本との間に、「我と汝の関係」を結ぶことが読書だからね。つまり、魂のぶつかり合いだ。そうでなければ、読んだとは言えないな。ただの知識。まあこれはどの本もそうだよ。

佐　現代という時代にしか立脚できないと、人間の生き方が現代と現代以前で全然別物だと思ってしまうんですよね。例えば、武士の帯刀を「銃刀法違反」だと現代のものの見方で断定してしまうのだと思います。やっぱり読書を通じて過去の日本を知っていくことが、自分なりの憂国に繋がっていくんだと思います。本を書いた人の魂との対話ですよね。

執　魂を込めて書かれた本以外は読む気がしない。だからハウツー本というのは僕は駄目なんだよ。そういう意味では、今はいい本が少ないね。大変といえば大変な時代だよ。今は簡単な本が売れるというか……。気楽に読めるということは、著者が魂を込めてないということなんだよ。著者が魂を込めて書けば、他人である自分がそう簡単に理解なんて出来るわけないよ。人間はそんなに単純なものじゃない。

佐　相手がいないから対話も何もないという……。そんな本が多い気がします。

執　今はそうだな。

司馬史観について

佐　話が飛んじゃうかもしれないんですけど、『生くる』に乃木希典*の馬の手入れの話があって、あれってピカートの沈黙と関係がありましたよね？　司馬遼太郎*は、そういう乃木希典の「我と汝」みたいな部分と反目するところがあって、だからこそ逆に本として現代人に売れているという印象があります。

執　司馬遼太郎っていうのは最も戦後的な合理主義者で、説明が上手いというか……。まあ面白いことは面白いけどね。でも乃木希典というのは、その対極にいる人間だからな。だから、どちらかというと沈黙だよ。

佐　言わずしてやる……。

執　そうそう。そういう沈黙の中にある愛とか、一番大切なものを見出す力がある人なんだよ。つまり人格者だ。だから司馬遼太郎にどうしても理解できなかったのは、やっぱり乃木希典じゃないと第三軍の統率が出来なかったということの意味なんだよ。

佐　そうですね。

執　旅順の二百三高地というのは、ベトンと機関銃に向かって正面突撃するわけだから、あんなのまともな人間には出来ないよ。ただ、あの当時の日本が、限られた時間と資金で旅順を落と

乃木希典（1849-1912）長州藩出身、明治期の陸軍大将。日露戦争、旅順攻略の司令官。

司馬遼太郎（1923-1996）作家・歴史小説家。

そうとしたら、「肉弾突撃」しかないんだよ。それで、肉弾突撃の意味というのは、当たり前だけど機関銃を撃ち尽くさせて、自分たちの命で弾を撃ち尽くさせることによって占領するという正式な戦法なんだ。だから撃ち尽くすまでどのくらい死ぬかわからないわけ。それがわかってて突撃しているんだ。あの突撃で第一陣は全員死ぬ気だ。でもそうするしかないんだから、あの当時の日本はね。仕方がないよ。人命尊重というのは、余裕があって初めて可能な思想なんだよ。

佐　それをやらせることが出来るのが乃木希典なんですね。だから自分の息子にも最初にやらせていると。

執　狂気のような苛酷さを乗り越えるには、人間を通り越した人間以上の人格が必要なんだ。その統帥にはね。明治帝*というのはそれがわかっていた。だから、「乃木を変えてはならん」と「あそこは乃木しかできん」ということを言ったんだ。あんな肉弾突撃をさせる場面というのは、いかに兵隊でも、他の司令官だったらたぶん反乱が起きたよ。だって死ぬとわかってるわけだから。

佐　僕ね、もちろんすごい作家だとは思うのですが、司馬遼太郎を正直好きか嫌いかと言われたら嫌いなんですよ……。ちょっと悪口になってしまうかもしれませんが、あの人に乃木大将のすごさがわからないわけじゃないと思うんです。わかっててあえて無視してるような気がするんです。

執　それはかなりいい見方だと思うな。僕もわからないわけではないと思う。

明治帝（明治天皇）(1852-1912) 明治維新期の天皇、天皇制近代国家の確立者。

佐　司馬遼太郎の『新史太閤記』* っていう本がありますけど、司馬遼太郎は秀吉*が好きなんです。だから秀吉のことを書いてるんですけど、秀吉ってちょっと晩年おかしくなっていくじゃないですか。そこを書かないで、賤《しず》ケ《が》岳《たけ》が終わったところで打ち切りにしたんです。その先に何があるのかわかっているのに、あえて見てないような気がして……。

執　いや、僕は司馬遼太郎というのは他の作品を読んできても、やっぱりこういう最高の心の問題がわからないわけではなくて、重んじてないように思うよ。

佐　僕も重んじてはないと思います。

執　だから、じゃあ仮に乃木希典にそういう人格的な能力があったとしても、そんな能力は大した司令官の能力じゃない、みたいな見方だよ。でも、司令官の能力で実は一番大切なものがそれなんだよ。それがわからないということ。司馬遼太郎は、軍事的知識とかそれから作戦能力が上手い人が、司令官には必要なんだと思ってる。ところが西洋の戦史を見ても、司令官で成功している人は全部じゃないけど、八割はそれとは反対の人なんだよ。例えばローマ帝国でもそうだったし、要は人格ということ。人格というのは、部下に対する「慈しみの心」だよな。それに優れた人が、司令官として優れた実績を挙げているんだよ。そういうことが司馬遼太郎にはわからないということ。まあ、好き嫌いだろうな。要するに司馬遼太郎は物理的な能力のすごい人が好きなんだよ。

佐　たぶん知性が好きな人なのかな、と思いました。知的なもので、わかるもの。だからこそすごく売れたんだろうなって……。司馬遼太郎の歴史小説は、人間の真の歴史から隔絶された歴

『新史太閤記』（司馬遼太郎 著、新潮社、1992年）独自の視点で豊臣秀吉の人生を描いた歴史長篇小説。

豊臣秀吉（1536頃-1598）戦国・安土桃山時代の武将。

史観に則って書かれている気もします。

執　やっぱり知性と合理性が好きなんだと思うよ。わからないものは嫌いなんだろうな。認めたくないというか。本としては面白いけどな。

佐　そうでしょうね。乃木希典の良さを理解する感性が少ないように思います。

乃木希典の不合理

執　乃木の場合は説明が出来ない。説明が出来ない能力が、乃木希典の能力なんだよ。第三軍の兵士が、皆最後まで不平不満を言わないでやってた結束力の中心には、あの司令官がいるんだ。で、最も最前線に行き自分も苦しみ、自分の家族もえこひいきをしないで最前線に息子を送り出して、息子も戦死してるという……。あの司令官なくして旅順・二百三高地の戦いは、戦い抜けなかったということだけが事実なんだよ。明治帝もそれがわかってたわけ。児玉源太郎*とか、ああいう人は頭はいいけど、もし児玉源太郎が第三軍の司令官だったら、ああいう知が走ってる人ではとうの昔に反乱が起きてるよ。

佐　そうですよね。最後はきっと情の部分でしょうね。

執　情というとちょっと間違いだな。人格だよ。乃木希典も情がある人じゃないんだよ。人格なんだよ。乃木の武士道なんだよ。自己の武士道にその身を捧げていたんだ。忠義の道だよね。

児玉源太郎（1852-1906）明治期の軍人・政治家・陸軍大将。

佐　そのためには、最も愛する者も犠牲にして顧みない。もちろん自己自身もね。意志も全部、人そのものってことですかね？　乃木希典自体が不合理を呑み込んでいる人ということですね。

執　そう。だから人格という言葉にしか出来ないものだ。不合理を抱き締めることなんだよ。

佐　不合理を呑み込んでいる人がトップにいるから、その下にいる人も自分が不合理に突っ込んでいけるっていうことですね。

執　そういうことだよな。

佐　そういう人ってやっぱり説明が出来ないので、逸話だけが残ってる印象があります。『生くる』にある馬の話もその一例で。そういえば最近テレビによく出ている、加藤一二三《ひふみ》*という将棋の人も、天才過ぎて結局逸話しかないですよね。

執　他者からは、わからないんだよ。

佐　わからないから、将棋をやってるときにこういうことをしてた、とかそういう逸話以外は語れない、という。そうなると本にはならない……。

執　乃木希典というのは今流の優しい人でもなんでもなくて、たぶん今の皆が、特に女性なんかが見たら、厳しくて大嫌いになると思うよ。例えば日露戦後学習院の院長になったんだけど、武士道教育といって、学習院の生徒皆に日本刀を持たせて、犬とか豚をズバズバ斬らせて、生命を殺す訓練をしてたっていうのは有名な話だけど、今だったら大変だよ（笑）。優しいとか、そういうのとは違うんだよ。崇高なんだよ。気高い人なんだよ。憧れに生きている人なんだ。

加藤一二三（1940-）　将棋棋士。

みんなが見ていないものを、見つめ続けていた人なんだ。

佐　それが生命の本質なんでしょうか？　だから乃木希典を語ることは難しいんですね。評論では書けないですね。書くとしたら小説になるんじゃないですかね。

執　評論だと、「残酷な人だった」とか「慈愛に満ちた人だった」とかになっちゃうんだよ。つまり説教だ。なんか聖人君子論ってつまんないじゃない。僕のことも聖人君子みたいに言う人がいるんだよ。あー、「社長は神様だ」みたいな（笑）。あれは本当に参ってしまうよ。本当につらいよ。あれじゃ、何も出来なくなっちゃうよ。

佐　執行社長を拝んでる。教祖様とか言って（笑）。ああいうのを妄信というんですよね。でもやっぱりつまらないですね。現代は人間らしさがなくなっちゃう感じがします。

執　教祖はつらいよ（笑）。

近藤勇の虎徹

佐　話は変わりますが『生くる』の中の「本物にもの申す」について、本物を求めてはならないというのが、著者の狂気的な部分だって言う人もいるんですけど、僕はそうは考えないんです。これはすごく面白いなと思ったんです。

執　それは現代人的な合理的な見方をした場合に「狂っている」としたいということだよ。それは一種の科学的・民主主義的な見方と言えるんじゃないかな。しかし、僕の人生からいうと本物を求めている人の人生は必ず行き詰まるし、何にも真には体験することが出来ないと思っているんだ。もちろん本物だって別にいいんだけども、本物であるか偽物であるかということは関係ない。なんでもいいから体当たりして早くやれってことだよ。ぶつかって自分が涙を流し体感しろということなんだよ。

佐　本物が良いっていうのは、やはり物質主義から来ているように思います。

執　もちろんそうだ。物質主義とそれを支える思想である科学と民主主義の進展とともにうるさくなってきたんだ。だから僕はそんなものは必要ないよってことで書いたわけだよ。

佐　例えば近藤勇*の虎徹なんかは「本物にもの申す」そのものですよね。最高です。

執　あれはいいね。

佐　虎徹は、おそらくは本物じゃないですよね。でもそれを虎徹だとずっと言い続けてるんですから、ある意味ではやはり狂っている。そういう意味で、狂気的ということも言えるのかもしれませんが。

執　ただ僕が言いたいことは何かというと、あれは狂気でも何でもなくて、あの虎徹っていうのは「本物」なんだよ。それを皆はわかってないということ。虎徹というのは、虎徹という刀匠が作ったから虎徹なんじゃなくて、あの当時に最も人を斬れる刀が虎徹だったんだ。そういう刀を多く作った人が、虎徹と呼ばれた人なんだよ。そして、近藤勇が持ってた刀っていうのは、近藤勇自身が証明しているように途轍もない切れ味だった。だから、あれは本当に虎徹なんだ

近藤勇（1834-1868）
幕末の新撰組局長。

よ。あれは一応歴史的には偽物とされてるんだけど、僕は歴史が間違ってると思う。

佐　なるほど。本物ということの意味は深いですね。

執　今の人は思い込みだと思うけど、あれほどの剣豪が刀がわからないわけない。剣というのはね、振ってみればすぐわかるんだ。そして、剣で人を斬るっていうのは普通じゃ出来ないんだよ。だからピストルみたいに撃ち合ったりっていうのとは違って、剣で人を叩き斬るというのは、一撃で斬るには大変な修練がいる。僕はまあそれこそいろんなものを斬ってきたけど、人間以外は。

佐　犬とかですか？

執　そう（笑）。刀っていうのはね、ほんの一ミクロンでも切っ先の角度が曲がれば、もう骨なんかは全然斬れないんだ。でも切っ先が対象物に垂直に、例えば骨なら骨に垂直に当たれば、水を切るのと同じくらい何の抵抗もなく斬れるんだよ。犬でも胴体が真っ二つになる。

佐　ひぇ～っ。そんなに切れるんですか。

執　それがほんの一ミクロン傾いたら、もうガーンと骨にぶち当たっちゃう。要はそういうものだ。だから言いたいことは、近藤勇ほどの剣豪が、虎徹がわからないわけがないということ。それを虎徹だと言い張っているのは、虎徹なんだということだよ。ただ銘が打ってなかったのか知らないけどそんなことか、又は鑑定家の美意識にかなう物ではなかったというだけだと思うんだ。僕が言いたいことは、あの近藤勇が虎徹だと言ってりゃ、それは虎徹なんだということなんだ。

佐　違っていても、そうだということですよね。虎徹の虎徹たるいわれにはその剣はかなっていた。僕も全く同じことを言いたいです。それは虎徹でしょうし、真実っていう意味でも虎徹だと言えるのではないでしょうか。

執　だから本物なんかにこだわってる人間は、そういう生き方が出来ないわけ。そこを言いたいのが「本物にもの申す」ということなんだ。ただ今の人は本物にこだわってるよな。「保証」をすぐに求めるね。

佐　こだわりますね。それは民主主義的な正しさというか、「正しさ」ということにすごくこだわってる気がします。物として正しくなきゃいけないみたいな。

執　それは法律の話だよな。全く現代人は何でも法律だ。あれってさ、人間的なものや挑戦的人生からの逃げなんだよ。人間としての成長をしなくても、法律さえ犯さなければ「偉い人」みたいな考えに見える。法律論なんて、思想的なまけ者が好きなんだよ。

佐　一種の責任回避ですね。要するに本物だという鑑定書があるからいいでしょ、みたいな……。

執　そういうことだよ。だからさっきの虎徹の話だと、やっぱり近藤勇がどうして歴史上の人物かっていうと、自分が持っているものを虎徹だと信じそれを虎徹だと思える人だということに尽きるんだよ。

佐　そうですね。

執　だから、ああいう歴史の舞台に登場してきたわけなんだ。佐堀さんも今の悩みから抜けて、医者や文学者として一流になりたいなら、近藤勇みたいになれるかなれないか、という問題になるんだよ。

佐　必ずやると思えば、やれるかどうかという迷いはなくなってくるんでしょうか？

執　そうだよ。変な言い方だけど、出来なくてもいいと思わないと、必ずやるっていうのは思えないよ。変な逆説だけど、出来なくてもいいから、絶対にやるという決意が生まれて来るんだ。だって必ずやるっていうのは今流の成功哲学で、僕のは生命の燃焼論だから。生命にとって絶対やるっていうのは、出来なくたっていい、だったら自分が体当たりすればいいってことなんだ。必ず体当たりしなきゃ駄目だということに尽きる。

佐　体当たりを絶対にやるという感じですかね。

歴史の欠点を愛する

執　そういういま僕が言ったものが、歴史的に我々が知ってる「事象」として登場したものを、あの文芸評論家 保田與重郎*は「偉大なる敗北」と呼んだわけなんだ。つまり、崇高なるものが俗世間に敗れることだ。それは生命の輝きという意味ではすばらしい成功なんだよ。

佐　「偉大なる敗北」は僕も一番共感するものの一つですね。その反対が貪りということですかね。そこから思いつくもので『生くる』の「貪りについて」があります。そこで執行さんは絶対悪の定義を貪るということ、善の定義を「生命の燃焼」に寄与するもの、としている点に惹

保田與重郎（1910-1981）評論家・歴史家・歌人。

かれましたね。

執　僕がそこで書いたことはね、貪り以外では本当に悪いことは人生にはないということだよ。だから、いろんなことで悪いとか良いとか考えている人は駄目で、貪ることだけが悪いと覚えておけば、生命の燃焼は出来るということだ。恩さえわきまえていれば、何をしたっていいんだ。だから昔の武士道だよ。駄目だったら、切腹すればいいわけで、切腹すれば貪ってはいないんだ。

佐　さっき仰ったように自分で責任をとろうとしてるかどうかということですよね。

執　そう、でもこの貪りというのが、今一番わからなくなってるよな。

佐　自分で責任を持たないのが普通と思っている感じがします。

執　本人たちが勝手に持たないというか、むしろ責任を持ってるつもりというのかなぁ。そっちのほうになっている。

佐　この貪りをやる人というのは、「いい人」が多いですね。貪られてると相手が気づかないうちに「いい人」は貪ってきます。

執　だから、貪るにはいい人でいないとマズいってことだよ。悪人じゃ、貪り続けるのには限度があるからね。

佐　恩で思い出しましたが、「あとがき」にある「歴史とは親である」というあの一文ですよね。「歴史は親だから、歴史の欠点を愛する」ということの言葉は、生涯忘れられないですよ。

執　それが出来ずに、歴史から悪いことばかり捉えていたんじゃ何にもならない、歴史なんて悪いに決まってて、お前だってそうだろう、と僕は皆に言いたいんだよ。人間なんて悪い所を見たら全部悪いよ。もちろん僕もそうだ。

佐　歴史の欠点を見て、それを欠点だと思って否定するのが駄目なんであって、それを愛し、すべて呑み込まないといけない、ということですね。執行さんの仰る「歴史」という言葉には、考古学的な意味合いとは全く異なる文学としての歴史を感じます。小林秀雄が「上手に思い出す事は非常に難しい」と言っていましたよね。神話までを含めて、過去も未来も、すべてが現在のもとにある。たぶん歴史において重要なのは、時代ではなくて、自分がどういうものと縁つまり「関係」があるか、それを思い出せるかどうかということですよね。

執　そう、それが当たり前なんだ。しかし、その当たり前がいま一番わからなくなっている。

佐　先程も言いましたが、やっぱり歴史に繋がるということは、最終的に行きつくのは神話ですね。ランケ*の「すべての時代は神に直結する」という『根源へ』にあった言葉を思い出しました。『生くる』の中では特に「あとがき」と、「日本文化の背骨」に神話を強く感じるんです。あとは折口信夫のところもすごく感じます。やっぱり僕は神話的なものが好きなんだと思います。『生くる』も、神話的に読もうと思えば読めるのかなという風に思ったり……。

執　全体的に論理みたいに書いてるけど、実はあれは論理ではないんだ。僕が信じている神話だってことも言えるよな。

佐　かなりわかりやすく書いて頂いてるから見えづらいんですけど、書かれている流れの根底のところは、神話的と言えるかもしれません。

*ランケ〈レオポルト・フォン〉(1795-1886)近代ドイツを代表する歴史家。

魂のパン

執　そうか。佐堀さんと話していると自分の著書のいろいろな面に却って気づかされて面白いよ。ところで『生くる』という本は、佐堀さんにとってはどういう本なのかな。

佐　やっぱり先にも言ったかもしれないですけど、「老いる」ための本、つまり「老いの美学」というのが一番にあります。「老い」は今の若者にとっても結構大きいテーマです。老いって言い換えると、死生観ですよね。老いるということは究極、死にどうやって向かうかということでもあるでしょうし。『生くる』はそれがすごくわかり易く書かれていますね。あとは『生くる』は、章ごとは結構短くてわかりやすいし文章の表現様式に、ニーチェの姿を感じました。

執　そうか。書いた人間が言ってちゃ手前味噌で世話ないけども、モーセとキリストの言ってた、「人はパンのみによって生くるにあらず」ということを考えさせる本だと僕は思って書いたんだ。さっきの「マナ」じゃないけど、そのための本だと思ってる。

佐　パン以外の生き方が書いてあるから、つまり精神の食べ物について書かれているのが『生くる』だと読む人間も思いますね。

執　そうだよね。僕は『生くる』でそれを一番言いたかったのかもしれない。キリストが言ってることを思い出すと、神の口からの一つ一つの言葉が、糧になるんだっていうことなんだけど、もちろん僕が神だっていう意味じゃなくて、僕がそういう糧になると思うものを自分なりに摑んで書いてきたというか……。

佐　この『生くる』っていう本を最も象徴しているのはタイトルですよね。「生きる」じゃなくて「生くる」という古語の表現になってるのが、アラン*の言うところの「魂とは、肉体を拒絶する何ものかである」という、肉体の拒絶の仕方じゃないですけど、そういうものがこのように表われているのかということではないでしょうか。

執　だから僕が感じるのは、書物、特にここでは『生くる』だけど、やっぱり糧なんだと思うんだよな。魂が生きるためには糧が必要なんだ。短いっていうのも、一つ一つの食事みたいな感じがするじゃない。

佐　それはそうだと思います。だから、結局、魂のパンなんですよね。魂のパンであり、魂の実践哲学であると。捨てろとは言われても肉体があってそれも関わってくるので、パンを頂きながら実践する、という感じの本だと言えると思います。

執　だから、ある意味じゃ『生くる』を一番怖がる人も多いんだよな。

佐　やらなきゃいけなくなりますからね。

執　これは肉体が付いてるからだと思うんだよ。『生くる』が一番、魂論が多いけども、肉体が引っついている生命論なんだよ。

佐　そうですね。だからさっき僕が言っていた『「憧れ」の思想』は「天空から降りて来てる感じ」があって、『生くる』は「大地から生まれて来る」から肉体の苦しみも感じるんですよ。

アラン（1868-1951）フランスの哲学者・評論家。

執　それが最初に言ってた、『生くる』の人生論としての特徴なのかもしれないな。つまり、大地がある。

佐　この本と出会ったのが、ちょうど人生上の決意をした時だったので、そう決めたということは、何か自分の前にデカイものが来るぞという予感があった時にちょうど来たのがこの本で……。もう予想通りでした（笑）。でもやっぱりそれまで持ってた考えとピッタリ合致しますし、読者としてどう思ったかと聞かれたら、まず一番初めに志のためには「死なねばならぬ」のだなと思いました。言ってしまえば『生くる』というタイトルですけど、この生き方の通りにしたら、肉体は死ぬと思うんです。肉体は死ななければならないけど、そうすれば代わりに生きる魂というものがある。魂の生き方の話であって、ある意味、肉体的には死ぬ方法しか書いてないのではないかと感じました。

執　その肉体が付いてるから、何か厳しさがあるんだな。生きるためには死ななければならない。また、その逆も真なり、ということだよな。

佐　そうなんですよ、死にながら生きなきゃいけないので、死ぬ辛さがありながらも生きて実践しているということではないでしょうか。生きつつも死ぬ、死につつも生きる、みたいな感じなんですよね。

執　そう。それに尽きるね。

『生くる』は『死ぬる』

佐　『生くる』という題も、結構、反響がありますよね。たぶんタイトルも良いんだと思いますよ。

執　簡単そうに見えるしな（笑）。確かにこれは普通には絶対に付ける題名じゃないらしいよ。『友よ』も『根源へ』も同じで題については一般的ではないそうなんだ。某大手出版社の編集者が『生くる』、『友よ』というタイトルは誰が付けたんだって聞いてきて、僕が強く希望したんだって言ったら、「でしょうね」って言ってた。普通の編集者が付けるわけないからって言っていた。その理由は僕もちょっとわかんないんだけど……。何かが違うんだろうな。

佐　売りの臭いがないから……じゃないですかね。魂の話をされてますから。そういう意味でも、『生くる』はすごい本ですよね。

執　うん。肉体を持ちつつ語る真の魂論というのは、ありそうでないね。

佐　もう一つ僕が難しいと思っているのが、結局これは「老い」の問題で、「老いる」という方向に行くということは、肉体としては生きていなければならないじゃないですか。つまり、死んではいけない。死んでるのか生きてるのかわからない状況が結構続くような本で、例えば『友よ』でいったらホイットマンの「おゝ常に生きつゝ、常に死につゝ」に即している本だと思うんです。もう、詩そのままなんじゃないかと。

執　それは『生くる』という題名の中に、死ぬことも入ってるということなんだよ。この「生くる」という表現は、魂の覚悟というものがある言葉なんだ。

佐　そうですよね。逆に死ぬことしか言っていないような気がします。

執　つまり「死ぬる」だな。「死ぬる」を『生くる』と言っているだけで、『生くる』イコール「死ぬる」かもしれないよ。

佐　外面的には『生くる』かもしれないですけど、本当に付けなきゃいけなかったタイトルは『死ぬる』だったのかもしれないですね。

執　それじゃ一冊も売れないから、少し現世に合わせて『生くる』にしたんだよな。それで次に書いた『根源へ』の帯に「いかにして死ぬるのか」って……。やっぱり尾を引いているよな。

佐　最終的にここにきてる(笑)。

執　講談社から『生くる』と『友よ』を出した次に『根源へ』を出したじゃない。その時、向こうの編集者の人が帯に「死ぬる」って書いてきたから、前の二冊からそれを感じたということだよな。だって、前の本が基準になってるに決まってるんだから。

佐　絶対そうです。結局これが言いたかったということですよね。結局仰っていることは、『葉隠』の「武士道とは死ぬことと見附けたり」と同じことだと思うんです。『葉隠』は死の哲学ですからね。

執　僕は『葉隠』を信奉して生きて来たけど、『葉隠』というのはある意味じゃ死の哲学であると同時に生の哲学なんだ。僕はいつ死んでもいいと思って生きたけど、死ねなかったからね。

でも自殺してる人を見ると、本当はものすごく生きて輝きたかった人だもんな。若い人の場合だと、生きたいだけじゃなくて認められたいとか。僕は却って死ぬために生きて来て、生きて何かをしたいなどとは思ったこともなかった。

佐　自殺者は、欲望をうまくコントロール出来なかったのではないでしょうか。

執　そうそう。名声を得たいとかそういう気持ちが強過ぎるんじゃないかな。それで、結局それが駄目そうで死を選んでしまうのではないかな。あとは例えば小学生だって、「友達にいじめられた！」とか言って死んでるけど、要するにいじめられて死ぬということは、人から好かれたいという気持ちが強過ぎるんじゃないかとも思うよね。

佐　そうだと思います。認めてくれ、って言ってるのだと思います。死んで認められようとしているんでしょうか……。

執　そうだろうな。だから子供なのにあんな遺書まで書いてるんだと思う。「私を認めろ」って。だって僕がいじめられている状態になったとしても、あんなもの僕だったら気にならないよ。元々、人に好かれたいなんて思ってないものな。

佐　しょうがないなってくらいですか？

執　うん。ある意味じゃ僕なんかはこういう性格だから、世の中全部からいじめられてきたみたいなもんだよ（笑）。だって世の中全部と合わなかったわけだから。でも全然気にならないよ。じゃあなんで気にならないかというと、幸福になりたいとか成功しようと思ってないからだと思う。

佐　認められようと思ってないということですか？

執　そう。却って認められたら怒るくらいで。僕は「うるせえこの野郎！　お前なんかに評価されたくないな！」ってなるからな。まあそういうことだよ。

佐　僕の場合、生きてて悩み事とかが出てきたら、執行さんの著作の中では絶対にまず『生くる』を開くんです。

執　『生くる』は項目も多いしね。

佐　はい。項目の多さもそうですが、一番人生の実践に即しているのが『生くる』だと思うので。そういう意味では陽明学的とも言えるかもしれません。僕の経験では少なくとも今まではそうだったのですが、たぶん人生で起きる悩みで、『生くる』を読んで解決しない問題は一つもないと思います。

執　いいこと言ってくれたな、おい！　そういう言葉を待ってたんだよ（笑）。

佐　少なくとも僕は今まで全部そうだったんですよ。絶対にどこかに書いてあるんです。僕の場合は、目次をざーっと見たら、絶対にここを読まなきゃいけないっていうのがわかるんです。そこを読んだらやっぱり今の自分の悩みに対する解決策が書いてある。それで、これはさっきの話とちょっと繋がるんですけど、結局、中には死を厭《いと》うなということが書かれている。

執　『生くる』は『死ぬる』だからな。

佐　そこで死ぬことを目指してやったら、悩みが解決してしまって、結果的に生きてしまうという感じです。だから、これを実践し続けてきた執行さんも、ある意味こうやって今ものうのうと生きてしまっていると（笑）……。

執　そうなんだよ。僕なんてそろそろこんな年になってかっこ悪いよ。若い頃から「死ぬ、死ぬ」言ってるのにまだ死なない。

佐　いつ死ぬんですか、って（笑）。

捨てる思想

執　本当に僕は体当たりで生きてきて、死んでもおかしくない状況は何度もあったはずなんだけど……。全く不本意ながら、まだ生きている。ここだけの話だけど、僕はこうやって実業家をしてるけど、創業から三十五年間、健康診断を一回も受けたことがないんだよ。サラリーマンというのは義務付けられてるんだけど、僕の場合は実業家だから、本人の意思でやらなくてもいいわけ。だから三十五年間、一回も健康診断を受けてないんだよ。ただ法律なんで、社員にはやらせてるけど、僕は行ったことがない。でもそんなところも気にしないで生きてるわけだ。それでも死ねないんだから、『葉隠』の死の哲学ってすごいよ。どうしても本当は生の哲学じゃないかと思ってしまうな。

佐　そうなんですよね。だから変な話ですけど、この世の中って自分が求めているものは手に入らないようになってしまっていて、死のうとしたら逆に死ねなくなっちゃうというところもあるんですかね？

執　そういうところもあるのかもしれないな。でも『生くる』は本当に、もしかしたら『死ぬる』なのかもしれないね。

佐　本来は『死ぬる』だと思います。でも『生くる』も間違いではないですね。

執　で、それが本当の生を支えるってことだよな。この『生くる』という本は、僕も書き終わってからちょこちょこ見るけど、おこがましく聞こえてしまうことを承知で言うけど、本当にこの本を活用してくれると解決しない問題はないよ。

佐　ないですよね。それは間違いないと思います。

執　それを読者の代表である佐堀さんが言ってくれるのは非常に有難いよな。いい結論になったな。そういう意味じゃ、五十四章のなかでよくこれだけ人生の問題を網羅したよね。

佐　ほとんど人生の全部のことを、いろんな角度で書かれてますよね。でも仰っていることは全部一つな気がします。

執　そうだよ。そうだけど、分けた項目が人生のいろんなものに合致してると。

佐　そうなんですよ。切り口は本当に絶妙だと思います。僕が一番読んだのは、「捨てる思想」ですね。僕はセンター試験の受験会場でもあれを読んでました。センター試験で小林秀雄が出題されて、なんだこの文章は、って。あれは難しすぎて反響を呼んだんですけど。その時にもう受験をやめようと思って、「捨てる思想」を開いたんです。

執　「捨てる思想」は受験の時に役に立ったの？

佐　僕は完全にそうです。たぶんあれが一番お世話になってる文章ですね。

執　へぇ〜。僕の会社の社員の中には、自分が欲望が強い時に「捨てる思想」を読むのはキツかったという人もいるんだよ。単純に自分が「そんなの捨てられない！」って思ってる時期に読んでるときはキツいみたいだよ。逆に今はすごい気持ちがいいらしいけど……。

佐　言葉の表現的には、一番「死ね」と言ってるのに近いわけですから（笑）。

執　そうか。僕なんかは全然そういう感性で捉えてないけどな。

佐　たぶん自己固執の欲望で凝り固まってるときはわからないんだと思います。やっぱり誰しもそういう時代はあるんじゃないかと思いますね。

執　僕なんかは書いてても、捉え方が全然違うんだ。どんどん気楽に書いてる。僕は自分にとって「当たり前」のことしか書かないことにしているからね。

佐　違うんですよ。執行さんは元々そういうのは悩みとしてない感じがします。たぶん捨て切っちゃってるから、別に捨てるものがそこまでないんだと思うんです。

執　本当にないよ。

佐　僕も別にモテたいとは思ってないですけど、そういう「モテたい」だとか、なんだかんだといろんなことを言うのは、その当事者にはすごい重大な問題になってるからですよね。そういう時にこれを読むと、すごい抵抗値があるんですよ。

執　そうか。でも受験の時に「捨てる思想」で何が一番摑めたのかな。

佐　かなり具体的な話になっちゃうんですけど、僕は実はずっと阪大志望だったんです。阪大医学部にずっと行こうとしてて、それで一浪までしてたんですけど、その年のセンターがなかなか酷な問題で、文章は小林秀雄で良かったんですけど、問題としてはちょっとセンターに出したらいけないだろう、みたいな問題で……。それでもなお阪大に固執するかどうか、というのがかなり悩みだったんです。

執　そこで阪大を捨てたってこと？

佐　そうですね、その時は。かなり卑近な例ですけど……。でもやっぱりそういう時に読んじゃいますよね。持ってる何かがあった時に、ズバッと捨てなきゃいけないという時に読むとスカッとなる。

執　なるほどな。そんなものかなぁ。僕は佐堀さんは阪大より今の神戸大医学部のほうが、ずっとあっていると思うけどな。佐堀さんは「神戸」っていう感じだよ。

佐　受験生の時代の志望校って、それに全部を捧げているので相当こだわってるものがあるんですよ。そのために浪人するんですから。

執　僕なんかは、知っての通りエスカレーターで小学校から大学までずっといってるから、受験のことは全然わからない。むしろなんでだろうって。

佐　何年も檻に閉じ込められて、センター試験とかを、馬鹿みたいにずっとやらされているわけですから。

受験のマインドコントロール

執　受験は、それこそマインドコントロールだよな。

佐　そうですね。勉強以外やらないわけですからね。でも受験生にとっては、生と死を分けるくらいの問題になっていますから。僕の場合は、遊びたいとか、そういうのはなかったですけど、受験勉強をしなかったらもっと本もいっぱい読めたわけで……。その読書の欲望を捨ててまで勉強してたのに、それをまたしないといけないのか、と。そうなるとやっぱり苦しいものがありました。

執　そうかな。だって神戸大医学部はすごいと僕は思うけどね。

佐　もちろん、結果的には良かったと思ってますけど。その当時はやっぱりそうは思っていなくて、阪大に行きたかったので……。

執　へぇ～。そんなもんか。これは一つ言っとくけど、全くわからないな（笑）。

佐　そんなもんですよ。あれは確かに一種の欲望なんで。受験生はある意味、欲望の塊だと思います。たぶん執行さんの本が明るく見えるのって、変な欲望がないからではないでしょうか。

執　佐堀さんは今神戸大学に行ってるけど、仮に慈恵医大を受けたとするじゃない。慈恵だって、何も変わらないと思うよ。慈恵のほうがある意味じゃかっこよかったかもしれないし、あの高木兼寛*の遺志を継いでいく……。何か精神的な意味でいうとまたかっこいいじゃない。

高木兼寛（1849-1920）
衛生学者・海軍軍医総監、現在の東京慈恵会医大創設者。

佐　今は僕もどこだって変わらないと思いますよ。僕も神戸大に受かっていなかったらたぶん慈恵に行ってたと思います。他にもう一校医大に受かっていたので、そっちも考えたんですけど……。

執　ずいぶん沢山受けたんだな。いいところばかり受かってるじゃない(笑)。慈恵だってすごいよな。

佐　神戸大よりか慈恵の方がかっこいいかもしれません(笑)。

執　例えば東大の理Ⅲ受かったって、私立の医学部落っこちてる人もいるんだよ。だからもう私立だからどうとか、言えないと思う。私立は科目が少ない分、ものすごい競争が激しい。東大に受かったのに、滑り止めで受けた私立は落っこちたとか、そういう話も本当にあるんだよ。

佐　ああ、僕もそういう知り合いいます。

執　東大理Ⅲだよ。でもさすがに医学部はちょっと違うよな。でも神戸大ってのはすごいよ。

佐　僕は今なら、阪大行けるって言われても神戸大以外は絶対嫌です。僕は阪大自体は好きですし、阪大の関係者で素晴らしい人もたくさん知っていますが、自分がそこに行くべきかどうかといわれると、やっぱり違ったんだなと思いますね。こんなこと言ったらちょっと負け惜しみみたいですけど……(笑)。

執　今の東大なんかは、ちょっと問題あるよ。ある意味じゃ、東大の場合は出てからが大丈夫かな、って感じがあるよな。阪大もかなりエリート主義みたいで、「君らはエリートなんだ」みたいなことバンバン言うらしくて、それに変な固定観念が生まれていくという話を聞いたこともある。ところで阪大って偏差値高いの？

佐　それは、東大・京大の次ですから、日本で三番目ですよね。全国の医学部生のトップ三百には入ってる人がいますね。

執　へぇー。全く興味がないな。僕は君と友人だからな、神戸大は好きだよ。そういう点では、僕は立教を出て良かったよ。もう小学校からエスカレーターなんで、全く受験校は関係ないからな。

佐　確かにそうですね。執行さんはセンター試験とかお嫌いそうな感じがします。

執　いや試験を受けると、ちゃんと出来るんだよ（笑）。誤解しないでくれよな。それじゃなくても、僕の場合は能力を疑われることが多くて困っているんだからね。

佐　それはわかってますよ（笑）。ところで、受験に失敗して自殺する人もいますからね。僕の知り合いにもいますよ。

執　今もいるんだな。昔はよく聞いてたけど、今でもいるのか。

佐　今も意外といるかもしれません。

執　今の自殺は受験の失敗よりも、いじめとかのほうが多いんじゃないかな。それにしても、佐堀さんは僕の著作をまさに実践で使ってくれてるので嬉しいね。「捨てることについて」も、今聞いたように実生活で使っている。

悩みがあるときには……

佐　これは一番、実生活に即してると思います。実生活の悩みは『生くる』が一番合っている気がするんです。逆に実生活の悩みで、『「憧れ」の思想』とかを開いても、ちょっと間があり過ぎるような印象が……。『「憧れ」の思想』のほうは真の希望の醸成ですね。

執　僕なんかは、その二つに全然違いがないんだよ。例えば恋愛であれ実生活であれ、食い物の好き嫌いであれ、『葉隠』から『「憧れ」の思想』まで、全く同一線上にあるんだ。その辺は思想の回転エネルギーのベテランなのかな（笑）。

佐　たぶんそうだと思います。執行さんが考えて、書かれてるわけですし。

執　僕の思想じゃなくても、例えばニーチェの思想もカント*の思想も、僕の場合はすごく些末的な日常生活の考え方と全く同等の位置にあるんだ。つまりカントやニーチェによって、あるものの好き嫌いでこっちを選ぶとか。そういうことが僕は多々あるということなんだ。

佐　確かに同一線上なのは同一線上なんでしょうけど、『生くる』の表現が一番実生活に近いと思うんです。だから『「憧れ」の思想』からそこまで行こうと思ったら、自分で実生活のところに何とか力ずくで当てはめていかないといけないんで、それが出来るくらいになったら、たぶんわざわざ開かないでしょうね。でも『生命の理念』もぎっしり具体的に書いていて、『生くる』にかなり近い気がします。

執　『生命の理念』も有難いことにファンが多いね。高い本なんでそうは売れないけど、読んで

カント〈インマヌエル〉(1724-1804) ドイツの哲学者、批判哲学の大成者。

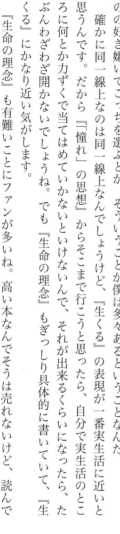

いる人はさっきもちょっと話したけど、大好きで毎日枕元に置いて読んでる人が多いみたいだね。やっぱり『生くる』と近いよね。『生くる』も一章ずつ読むとか。『生命の理念』は、あまり人気出ないだろうと思いながら纏めたんだけど……。

佐　でも予想に反して、すごい反響が大きかったと。

執　やっぱり問答形式が良かったのかな。

佐　あれだけのボリュームで出るっていうのが、やっぱり衝撃的でしたね。僕の場合は、『生命の理念』は頭を整理したり思い出すための使い方をしてるんです。『生くる』を読んだ時点で自分の中に執行さんの思想が一度は、程度は問わないとしても入っていると感じているので……。自分としては再確認用として読んでいる、といった感じでしょうか。『生くる』が違った角度で書き直されているような、そんな印象を受けました。あとは執行さんがどういう書き方をされているのかを研究する時にも開いています。悩みがある時には『生くる』を開くんですが、自分でどうしたらいいのかの確認に、どの章を読まないといけないかが直観的にわかるようになって、楽になりました。『生命の理念』で『生くる』がぐっと深まったように感じています。

執　その後押しをしてもらうために開いているということ？

佐　そうです。たぶん悩む人は全員、自分がどうすればその悩みから脱出することが出来るのかは何となくはわかっていて、そこを後押し出来る力があるというのが『生くる』の一番の特徴だと思うんです。何故その後押しが出来るのかというと、実際に執行さんが実践してこられたからではないかと。たぶん実際にやってこなかった人が同じようなことを書いても、その力は得られないのではないかと思います。僕も『生くる』は実践哲学的な読み方をしています。

執　まあ実践哲学は間違いないな。

佐　逆にその実践の説明を具体的に求める人は、『生命の理念』が好きなのかもしれないですね。割と自分で考えたいという人とか、文学や哲学が好きな人は『生くる』とか『根源へ』ですけど。実践的な人は、やっぱり『生命の理念』を好きなのではないでしょうか。割と扱われているテーマも豊富ですし……。

内科・心臓外科・精神科さまざま

佐　話は変わりますが、医学部の実習でこの間「心臓外科」を回ったんですけど、朝の七時になるまでにカルテを全部見てチェックしておいて、それからＩＣＵ（集中治療室）に集合なんです。結局六時半とか六時に来てて、そこからずっと立ちっぱなしで手術を見て、帰りが七時とか八時とかで。足腰にも相当きましたね。

執　体力勝負だな……。信じられないね。

佐　本当にしんどかったんですよ。今教授が六十四歳で来年に定年退職なんですけど、未だに三時間睡眠のときもあるって聞きましたから。すごい世界ですよ。特にうちの教授はすごい人で、日本で三本の指に入るって言われるくらい手術の上手い人なんです。現役の医者だと、僕は正直一番尊敬しています。数回講義を受けた以上のつきあいはありませんけどね（笑）。しかし、キツい。そういうことをやっているので、キツすぎてやっぱり付いてこれない人もいるみたいですけど……。

執　ちょっと想像を絶するね。やっぱり医者はすごいよ。忙しさが別格だな。手術の途中で眠くならないのかな。

佐　慣れてるんじゃないですか。だから結局みんなラグビー部とか、そんなごっつい体育会系バリバリみたいな人ばかりです。心臓外科はみんな体格がすごいですから。そんなんで、最初は心臓外科志望だったけど今は内科に行くって言ってる知り合いもいます。

執　でも内科が一番医学的だよな。だって基本的には医学って内科のことだからね。

佐　やっぱりそれはそうですよね。内科を押さえてなかったら、どこ行っても意味がないですよね。

執　僕も、もし自分が医者になるとしても内科が一番好きだな。

佐　そうでしょうね。執行さんは外科っぽくはないですよね。

執　外科なんて嫌だよ。気持ち悪いよ。内科がやっぱり理論的にも一番面白いよ。医学の本道だよ。

佐　そうですね。僕もやっぱり神経内科とか、あるいは今もう一つの選択肢として考えているのが精神科ですね。精神科はうちの二代前の中井久夫*教授がすごい人なので。

中井久夫（1934-）医学者・精神科医。

執　その教室があるの？

佐　中井久夫先生の特別のはないですけど、精神科の教室がずっと同じところにあるので……。今でも中井先生が使ったところと同じところは使ってますね。いた時の話を聞いたら、やっぱりすごかったみたいです。ちょうど中井先生が教授だった時に医者になって弟子入りした人たちが、今ちょうど僕らの指導をする側になっているんです。だからこの間も精神科のセミナーに行ったら、中井先生の話を沢山聞きました。怖かったらしくて、レポートを出しても、「君の字はきれいだね」で終わったらしいんです。中身は突っ込んですらもらえなかったと言っていました。厳しいですけど、神様みたいな方ですからね。やっぱり別格らしいですね。もう天才扱いらしくて……。やっぱりそこに挑戦したいなって気も、若干するんですけど。

執　へぇ。内科のほうが医学としては面白いだろうけどな。精神科というと特別にはなっちゃうよな。でも魅力はすごくある。何か哲学的な面も強いしね。僕も医者ではないけど、カール・ヤスパース*とかミシェル・フーコー*の哲学を通して精神医学は哲学的には随分と勉強して来たと思っているよ。

佐　医学としては特殊ですね。精神科は半分哲学・文学の世界ですからね。

執　特殊だもんな、どうしても。もちろん面白いけど。僕が好きな戸嶋靖昌*の絵が好きな人は精神科の先生がかなりいるよ。戸嶋に限らず芸術が好きな人は、精神科の先生に多いよ。精神科は芸術的でもあるから惹かれるよな。僕の親しい先生には平澤伸一*先生という精神科の先生がいて、すごく芸術を愛しておられるんだ。そして、とにかく頭脳がすごい。研究もすごくて、

ヤスパース〈カール〉(1883-1969) ドイツの哲学者・精神病理学者。

フーコー〈ミシェル〉(1926-1984) フランスの哲学者・歴史学者。

戸嶋靖昌 (1934-2006) スペインで画業を成した洋画家。

平澤伸一 (1947-) 精神科医・臨床精神病理学の研究者・医学博士。

またルートヴィヒ・クラーゲス*という哲学者の膨大な翻訳もしていてね。このクラーゲスも面白いよ。是非読むといいね。

佐　風景構成法という治療法で、精神病患者に自分で絵を描かせるような療法もありますからね。

執　やっぱり変な絵なの？

佐　ちょっと変わった絵ですね。その絵から解釈していって、どういう精神状態にあるかっていうのを読み解いていく……。

『友よ』は対話だ

執　そうか。精神科はやっぱり面白そうだな。話は変わるけど『友よ』の感じはどうかな。最初はどういう風に捉えたの。

佐　僕はですね、一番初めに『友よ』に関して思ったのが、執行さんの下のお名前が草舟じゃないですか。号かどうかということは考えてなかったんですけど、パッと見た時点で草舟という字の意味を、勝手ながら印象を強く持ったんです。結局実際の由来通り「草莽崛起」をやり通すという意味だろうと感じたんです。「草舟」であえて言うなら舟にあたるのが『生くる』のほうで、草にあたるのが『友よ』なんだろうという風に僕は思いました。

執　二冊が対になって草莽の志か。面白いね。

L・クラーゲス主著『心情の敵対者としての精神』他

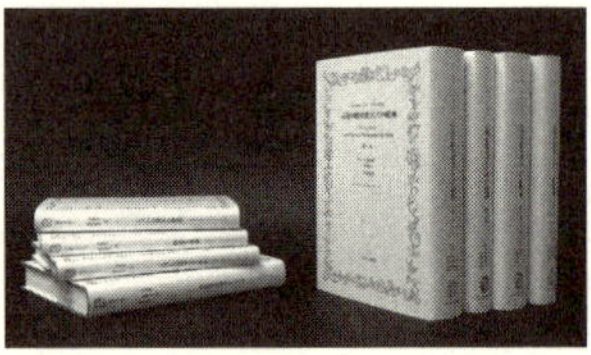

クラーゲス〈ルートヴィヒ〉(1872-1956) ドイツの哲学者・心理学者、筆跡学の祖。

佐　それがあって僕はこの『生くる』には舟のイメージで青いカバー、『友よ』には草っぽい緑のカバーを付けてるんです……（笑）。あとは日本人としてのＤＮＡ、民族としての心に刻まれているものを自然に想起させられる本だという風に感じました。

執　そうか。でも精神科的な見方で本を見るとした場合、『友よ』というのは非常に面白いんだよ。『友よ』を、僕がどういうことで書いたかというと、基本は僕は詩が好きなんで、僕と詩との関係を書いたわけだけど、これは何か一個に絞らないと書けないからね。でも、この本では僕と詩との対話になっているのが特徴なんだ。つまり、「我と汝の関係」が表現されている。だからこれを読んだ人たちが、別に一篇一篇の詩と友達になってもいいし、詩ではなくてそれぞれの人が好きな何か、例えば音楽でもいいし、絵画でもいいし、相手がなんでもいいわけなんだ。要するに何か他者とか、または違うものと自分とが「我と汝の関係」つまり真に交流のある関係になるためのやり方や考え方が書かれているということなんだ。そうすれば、読む人とその人が好きなものとの間に我と汝が生まれてくることになる。僕は『友よ』をそういう気持ちで書いたんだよ。

佐　やっぱり読んでいて、たぶん今の人はこの『友よ』を読まないと、今後一生詩は読めないだろうな、と思いました。そして、真の交流とは何かということを肌で感じることが出来ることは確かですね。

執　うん、そしてさっきも言ったようにこれは詩だけじゃない。対象が文学でも音楽でも何でもいいんだよ。必ず「他者」つまり自己以外のものとは交流しなきゃ駄目だということで、この

対談風景

交流のほうに重点を置いて書いた本が『友よ』なんだよ。

佐　だから解釈云々がどうとかじゃなくて、この本で一番重要なのは執行さんの思いと詩との関係が書いてあるのが一番重要なのかな、と思いました。

執　そう。僕とその詩との人間関係というかな……。だから『友よ』を読んだ人たちが、僕とその詩が育んだ友情とか人間関係を理解してくれたら、その人が違うものでいいから、何かとの関係の結び方がわかるっていうかな。今、それがわからない人が多いんだよ。ある意味じゃ親子もまっ正面からは対面しない時代なんで、一切交流するってことがないじゃない。なんか下手に交流をすると大変なんで避けてしまう。まぁ、喧嘩も出来ない時代だから仕方がないかもしれないけどね。でも、それでは生命は生きない。

佐　だから思い出がないっていいますよね。

執　生命をもつ人間としては信じられない状況になってしまう。

佐　『友よ』には思い出しかないですよね。

執　だって、人生とは交流だからね。交流と言ったらまず感動からだよ。どういう出会いでどうしたとか……。うちの社員で、「私はこの会社に入ってからしか思い出がないです」という社員もいるよ。でも今は、ほとんどの人がそういう生き方をしてる。それが安全だと思っている。

佐　お会いしてから、初めて思い出が発動すると……。

執　僕は今の会社を立てて三十五年経つけども、うちの会社で、例えばお客さんになってよく会社に遊びに来るようになると、さっきちょっと言ったけど多くのお客さんが「執行社長の会社と知り合って、交流を持ってからが初めての記憶に残る自分の人生だ」と言っているんだよ。それまではすごく仲のいい家族でも友人でも何でも、今の人ってその場で合わせてるだけなんじゃないかな。何かすればすぐ問題になってしまうからね。僕が子供の頃にしていた事なんて、今ならすべてテレビに出るよ（笑）。

佐　管理社会だから、思い出がないんですよね。

執　ないんだな。その反対に喧嘩もない。まあ佐堀さんは違うと思うけど、今の二十代の人に聞いて僕がびっくりしたのは、今は言い争いもない、喧嘩した事もない、殴り合いもないし、口喧嘩すらほとんどない、家族中のいがみ合いもない、ほとんどの人がそう言ってるんだ。僕の世代なんかは、もう喧嘩といたずらや悪い事しかしてこなかったんで、理解できないよ。

佐　僕の家もほとんど喧嘩はないですよ。合わせてるわけじゃないんですけどね。

執　そうだろ。割と多いんだよ。もちろん本当にそうなら、それはそれでいいに決まっているけどね。ただ今はもう社会風潮がそうだから。今喧嘩したら何でもすぐに警察が来るもんな。参っちゃうよ。今の日本って、みんなで警察国家を創ってしまったことに気づいていない。

佐　家族間でもですからね。ただ喧嘩は僕がしてなかっただけで、他の家族はしてましたけどね。

執　でも今の時代は警察が来るよ。悲鳴挙げたりすると、隣の人が通報して。でもそういう時代だよ。ただ驚くよねぇ……あれね。

佐　一回やりだすと殺人事件までいっちゃうケースもあるくらいで。

執　それは喧嘩慣れしてないからだよ。

佐　僕が小さい頃は、うちの家族も結構してましたけどね。僕はずっと泣いてただけなんで、僕自身は喧嘩も何もしてなかったんですよ。僕が泣いたら、大体喧嘩が終わるんですけどね。今の家族の話で思い出したのですが、やっぱり昔の戦友というか、ああいう関係って憧れます。

執　そうか。戦友はやはり人間関係とか友情の原型だよ。人間は戦いを共にして絆が深まるんだ。苦労とか辛酸とかね。一緒に苦労した関係にしか真の人間関係は生まれないよ。人間の生命の方程式だね。だから、貧しい時代ほど人間関係は濃密で豊かだ。歴史を見ればわかるよね。

佐　『生命の理念』にはソンムの戦いのことが出てきて、あの戦いで初めて戦車を使用したということが書かれていますね。僕は戦車を数人の戦友が同居する家であり、乗員は同じ墓に入り込んだ家族だととらえています。

執　本当の命のやり取りが一番強い絆を生み出すのは確かだね。善悪の問題じゃないんだ。今の人はすぐに善意でしか考えないから本当の生命が燃焼しないんだよ。戦争が悪いことなんか、子供でもわかっている。しかし、人類はそれを続けざるを得ない。その真実と人間の悲哀を見なければいけないよ。それが生命の躍動の裏面であり、生命の本質もそこにあるんだよ。戦争は多くの犠牲者を生むことも確かだけれども、また多くの助け合いや友情や強い愛を生み出して来たことも確かなんだ。人間関係とは、苦労と不幸が却ってその絆を強めると知っておかなくてはいけない。

佐　わかりました。今日は一日目ですが、じっくり執行さんとお話が出来て感無量です。また明日もいろいろ伺っていきたいと思います。本当に有難うございました。

第二夜　二〇一七年八月四日（金）

〈第二夜　扉写真〉
対談場所となった執行草舟の執務室。
正面には「真夏」(三島由紀夫　書)。

無限へ向かうベクトル

執　いやー昨日は面白かったな。偶然とはいえ、こういう対談をしていて、「我と汝の関係」で終わったところが神技《かみわざ》的だったよな。濃密な人間関係は、これからの世の中の中枢の課題になると思う。それが一番人生で大切なものだけれども、一番大変で面倒くさいものでもあるんだ。だから現代人はそこから逃げてしまう。それによって生命の本当の燃焼を得られなくなってしまっているように思うよ。その関係に寄与できるものとして僕の書いた『友よ』が役に立てば本当に嬉しいね。

佐　全くそう思います。昨日はずっと著作を読んで尊敬していた執行さんといろいろなことをお話しさせて頂いて、夢のような時間でした。まだ二日間あるので、前から伺おうと思っていたことや執行さんの著作を通して自分なりに考えていたことを若者として、また一読者としてぶつけていこうと思います。早速昨日に引き続いて『友よ』について。最初に掲げられている大木惇夫*の詩なんですけど、あれを読んでいて執行思想の中核にあるものは、「無限へ向かうベクトル」だと言えるのではないかと思いました。つまり、始まりと終わりが連結して無限に循環して上昇していく、らせん構造のような……。

執　今日も体当たりでいこうな（笑）。そう、ベクトルというのは一つの方向と質量がある力の

対談風景

*大木惇夫（1895-1977）　詩人・翻訳家・作詞家。

ことだ。だから僕の著作をいう場合には、それに方向と質量があるということは、読者の多くが「文章が立ってる」とか、「垂直」だとか、「生命が震撼する」と言ってくれるけど、あれはやっぱりそのベクトルということなんだよ。だから本の言葉がきれいなだけじゃない、内容がいいだけじゃない、何か違うものを感ずるということだよな。「合力」があるというのがベクトルだからね。つまりは弁証法だよ。正反合と来て、その合力によって新しい何ものかを生み出して昇って行く。ヘーゲルの言うアウフヘーベン（止揚）だ。

佐　そうですね。弁証法を感じます。その弁証法が情感と融合している。その融合の力が執行さんの魅力なんですよ。

執　内容が単に清純なだけだったら、震撼というのはないはずだ。そういうベクトルという表現は、書いてる僕もなんとなく思ってるから、すごく嬉しい感想だよな。これは、僕の本全体について言えることじゃないかな。

佐　もちろん全部そうですよ。僕の今までの感覚ですと、執行さんが書かれている本は全部、このベクトルで解釈が出来るのではないかと思うんです。『友よ』はそれが目立っているということですね。そしてベクトルの解釈が個別になった時に、どういうふうにベクトルが一つ一つ動くか。それが重要なのではないかと感じます。

執　そうだな。ベクトルというのは合力だから、その合力が、弁証法的にいろいろと変化するわけ。それによってまた出てくる力が変わるから、僕の感覚でいうと、皆がそのベクトルを言葉に出来なくても感じてるんだと思うんだよ。ベクトルだから言葉には出来ない。だから皆が僕の本は却って感想を言いづらいというか……。

佐　それはあると思います。直線的なものでしたら、結構学者的なんですけど、らせん構造になってるので、言葉としては表現しにくい。

執　言葉としては「体当たり」とかになっちゃうんだよ。

佐　「ゴツゴツ」とか、そんな感じにもなるんじゃないかと。

執　そうそう。そういう表現しかないよな。僕の本は何か「ゴツゴツ」して「ザラザラ」している。量塊の固まりみたいな感じを自分でも受けるよ。

佐　ぶち当たってくる感じ、がするんですよ。でもＤＮＡとかもらせん構造なので、何かわからないものっていう感じがします。そこを自分なりに表現したいな、と思っています。何か野蛮性を秘めているんですよ。そういうものって、どこか「崇高」な感じを受けるんですよね。

執　感じになっちゃうよな。ただ崇高は嬉しいけどな。ベクトルといっても「無限へ向かうベクトル」だからなぁ……。科学的には言えないよね。

佐　あと僕が自分なりに執行さんの思想を説明するときに使った言葉に、「ともしびそのものがともしびなのではなく、ともしびに向かうことがともしびなのだ」というのがあるんです。つまり、執行さんはともしびを目指して無限に放たれていく構造そのものをともしびとしていると思うんです。

執　それはすごく面白い表現だな。佐堀さんならではの見方で、なかなかわかる人はいないかもしれないな。それは僕が高校生の頃にアンドレ・モーロワ*の『フレミングの生涯*』を読んだと

モーロワ〈アンドレ〉（1885-1967）フランスの作家・評論家。

『フレミングの生涯』（アンドレ・モロワ著、新庄嘉章・平岡篤頼訳、新潮社、１９５９年）スコットランドの微生物学者フレミングの生涯を描いた伝記。

きの思いに近いね。そう言えばフレミング*は医者だったな。あのペニシリンを発見した人だからね。

佐　それは、ほめ過ぎですよ。でもフレミングの件は嬉しいですね。あとは窪田空穂*の「貝の殻」*もいいですよね。この詩に関する三崎船舶工業の平井社長*のエピソードも忘れられません。執行さんは平井社長のことを「洗練された教養」を持つ方と仰っていましたが、これを読むだけで、それが誤りでないとわかります。

執　そこに強く感応してもらえたのは、佐堀さんが僕と平井社長の間にある「我と汝の関係」に感応してくれたからだと思う。社長と僕の絆には、生命の共振が本当に強くあった。何ものかを生みだす生命と生命のぶつかり合いがあったんだよ。僕は平井社長から人生のすべてを学んだ。殴られ蹴られながら真正面から対面し続けたんだ。恩人の中の恩人なんだ。

佐　それを文章から感じます。執行さんの本の中でも、『友よ』って詩を取り上げているじゃないですか。ということは、「詩とは何か」がわかっていなければならないと思ったのですが……。

執　これは前にちょっと言ったんだけど、『友よ』というのは僕がたまたま詩が好きなんで詩を取り上げてるけど、『友よ』自体は、マルチン・ブーバー*の「我と汝の問題」をいろんな人に理解してもらいたくて書いたんだよ。僕は詩でしか書けなかったんで詩で書いたけど、実はこの対象物は、小説でもいいし、音楽でもいいわけなんだ。ベートーヴェンが好きな人はベートーヴェンの第五について、絵画が好きな人は絵画について書けばいいわけなんだ。つまり、一

フレミング〈サー・アレキサンダー〉（1881-1955）イギリスの医学者・微生物科学者。

窪田空穂（1877-1967）歌人・国文学者。

「貝の殻」（『日本の詩歌11』新装版、窪田空穂著、中央公論新社、２００３年、『友よ』執行草舟著に収録）「まひる野」に収録された、海辺の貝の殻に人生の哀歓を託して謳った詩。

平井顕（1916-1988）造船技師・実業家、三崎船舶工業㈱創業者。

ブーバー〈マルチン〉（1878-1965）ウィーン生まれのユダヤ人哲学者。

番理解してほしいのは「我と汝」なんだよ。西洋人だと、キリスト教信仰のあるところなら、「自己と神との対面」だよな。要するに、無限の孤独へ向かう道だよ。孤独というのはつまり、自分の生命とそれを生み出した宇宙の根源との対話へ向かって行くということなんだ。

佐　僕の個人的な言葉の使い方なんですけど、僕の中で詩という言葉と芸術という言葉はイコールになっているんです。だから今、詩のことって言ってしまったのですが、本当は芸術全般について伺いたかったんです。

執　そうだな。代表として詩を取り上げてるんだよな。

初めに言《ことば》があった

佐　ところで詩というものはそもそも言葉で表わすものですよね。人間の思考って言葉でなってるわけですから……。

執　そういえば、有名なヨハネ*の福音書に「初めに言《ことば》があった。言は神と共にあった。言は神であった」という句がある。これは本当に真実で、言葉は人間にとって神なんだ。言葉が人間の存在理由（レゾン・デートル）のすべてなんだよ。さっき僕がちょうどいみじくも絵画と音楽って言ったけど、絵画というのは言語で表現できない人が、「絵具という言葉」で表現したものなんだよ。音楽もそうで、音楽というのは、音の芸術っていうけど、あれも「音の言語」な

ヨハネ（福音記者ヨハネ）イエスの十二使徒の一人、「ヨハネによる福音書」記者。

んだ。ただ言葉といっても、我々が喋ることだけを言葉だと思い込んでいるけど、それこそ口下手で喋れない人とかいろいろいるけど、すべての人は言葉を持っているんだ。戸嶋靖昌も口下手で何にも喋らなくて、ボソボソ単語を言うだけだったよ。『孤高のリアリズム』*なんかに書いてある戸嶋の言葉は、全部僕が主語と述語を揃えて編集したものなんだ。僕がこういう人間で、戸嶋思想が全部わかってるんで、全部繋がって戸嶋論が出来るわけ。でも戸嶋は口下手で言語で喋れない。ものすごい想念を持ってるけど、言語的に喋れない人間だから絵の天才になれたんだと思うよ。喋れないなんてことは悪いことじゃないんだよ。違う言葉を喋るということなんだよ。

佐　そうですね。ベートーヴェンも大変な口下手で有名ですよね。ベートーヴェンが口を開けば争いごとと喧嘩になり、それこそ甥っ子からも嫌われ……。だからベートーヴェンは嫌われ者としても有名なイメージがあります。

執　口を開けば争い事だよな。でも、だからピアニストとしても作曲家としても一流になれたんだと思うんだよ。

佐　僕は言葉というものに対して、根底にマックス・ピカートのいう「沈黙」があり、その上に言葉があるという層状構造をイメージしています。境界にあるのが音楽、次いで詩や執行さんの著書のような霊威のある言葉だと思っています。

執　ああそうだな。それは間違いなくそうだよ。まあ、僕の「言葉の霊威」についてはよくわからないけどね（笑）。

『孤高のリアリズム—戸嶋靖昌の芸術—』（執行草舟 著、講談社エディトリアル、2016年）孤高の洋画家戸嶋靖昌の芸術と生涯を綴った決定本。

佐　やっぱり「沈黙」なしには、人間のあらゆる精神性は立つことが出来ないと思います。

執　そうだ。我々の言葉は沈黙の部分によって支えられている。言葉だけじゃなくて生命そのものが宇宙の力つまり沈黙によって支えられ、その中で一瞬の輝きを放っているんだよ。

佐　詩で使われているような言葉というのは、厳密にいうと言葉というよりかは、言葉と沈黙の境界面と言えるような気がします。そして、どちらかというと言葉よりも沈黙の近くに属しているのではないかと僕は思っている。ですから読書をするとは、その沈黙に向かって対話するとも言えると思います。

執　言葉と沈黙のぎりぎりのところだよな。これは、芸術は全部そうだよ。沈黙がなければ芸術はない。沈黙の静けさや悲しみを噛み締めていない言行が、軽薄なものを生み出していると思うな。

佐　読書を例にとると、やっぱり読書自体がとても内向的であり、自己の内部に沈潜していくような行為だと思うんです。しかし、それが外部の世界に乗り出していく力を持つためにも、沈黙は必要不可欠なんじゃないかと感じています。

執　なるほど。それで、その沈黙がちょうど先に偶然喋ったけど、『論語』でいうところの「悱《ひ》」になるんだよ。

佐　あれは本当にすごい話でした。

執　「悱せざれば発せず」だ。言葉に出来ないものすごい苦しみが本当の言葉を生み出す。本人が努力して努力して、いろんなことを摑んでるんだけど、今一歩言葉に出来ない苦しみ。これを孔子は「悱」と言ったんだよ。なんで孔子自体はこの言葉を言ったかというと、それだけ苦しんだ人間しか、私は教えない、という意味でこれを言ってるんだよ。でも、それが本当だ。

佐　そうすると、根本的にいうと学校教育って特殊ですよね。

執　そうだよな。元々学問というのは、自分が好きでやって、悩んで悩んで悩んで、もうそれでもまだ言葉に出来ない。苦しい人がその言葉を教えてもらうのが、実は学問だったんだよ。それを自分の表現で言ったのが孔子の言葉。無理矢理に教えられるんじゃ誰だって反発するよ。

佐　いや、これはすごくいい言葉ですね。苦しみも呻きも入っていますし……。その前文にある「憤せざれば啓せず」の位置づけというのは……。

執　「憤」がない人、憤りがない人には教えることは出来ないということを前文として言っているんだ。憤のない人間を啓すことは出来ないということだよ。主語を変えて弟子のほうから見ると、この言葉は「憤」がなければ道が啓《ひら》くことはない、ということだよ。「啓」ってそういう意味だから。憤とは、勇気の大きなものと思えばいい。燃えるような願いだな。

佐　はい。啓くって意味ですよね。

執　『論語』というのは孔子が喋ってるものが多いから、孔子側からの見方と、受けた人間からの見方と両方あるんだよ。

佐　冷静ですね。

執　そうだよ。『論語』というのは、科学だから。それをわかっていない人が多い。『論語』を無限弁証法的に捉えている人はほとんどいない。それは『論語』を科学的に読んでないからだよ。

だって僕が今語っていることは、佐堀さんが目の前にいるから語っているんで、佐堀さんがいなかったら僕も別に発する言葉はないわけ。言葉ってそういうものなんだよ。だから、『論語』がそういうものだとわかっているかどうかだよな。でも今の人はわかっていないよ。『論語』というのは、孔子が持ってる「思想」だと思っている人が多いけど、違うんだよ。ある人との対話によって出てきた相関関係の、相対性理論なんだよ。

佐　僕も『論語』が大好きなんですけど、確かに『論語』だけ読んでたらそう思う人も多いように感じます。僕は『論語』の話をするときに下村湖人《しもむらこじん》*という人の『論語物語』*の話をすることが多いんですが、あの本が『論語』を読む入りとしては一番いい気がします。あれを根底に考えていけば、弁証法的に捉えられるようになるんじゃないかな、と僕は思うんです。

執　そうか。それにしても昨日喋ってた「悱」がまた問題になるのは面白いな。僕はこの「悱」という思想が大好きなんだよ。

佐　面白いです。「沈黙」とか「悱」というのは、この世で何にでも通ずるもの、一番大きなものだと思います。

執　その境界だよな。その境界線上にギリギリのところに存在するのが人間の真の生命であり芸術だから、ギリギリの生き方をしていない人は、実は芸術を作ることも出来ないし、鑑賞することも出来ない。それどころか、本当の自分の生命の燃焼も出来ないと思う。

佐　作るどころか、感動することも出来ないんですね。鑑賞自体が、一種の創造行為であるとも言える。

下村湖人（1884-1955）小説家・教育者。

『論語物語』（下村湖人著、講談社（講談社学術文庫）、１９８１年）『論語』をもとに著者が独自に構成した物語集。

執　そうだな。音楽なら演奏行為だもんな。作曲家の作曲も芸術だけど、あれを解釈して新しい形で現代に演奏するのも作曲と全く対等な芸術なんだ。

佐　音楽と沈黙といえば、芥川也寸志*の「音楽は静寂の美に対立し、それへの対決から生まれる」という言葉を思い出しますね。

執　つまり、「間《ま》」というものの大切さを芥川氏は言っているんだと思うよ。間とは、空間の中に漂う沈黙なんだよ。それを感じ取るのが音楽だということだね。僕が親しかった音楽家の黛敏郎*は「音符と音符の間にある沈黙こそが音楽の本性なんだ」と言っていたね。僕と音楽論をしていた時の忘れ得ぬ言葉なんだ。

宇宙と繋がる文学

佐　さっきベクトルの話が出たんですけど、「悱」というものがあって、これをベクトルで突き抜けたところに執行思想が生まれるんですよね。『生くる』や『「憧れ」の思想』っていうのは、ベクトルによって「悱」のような、言葉にならない秘められた状態が言葉になってるということですね。

執　そうだと思う。僕は長年考え続けていること以外は書かないからね。それが読者の感動を呼んでいるということだよ。これは僕が著者だから、自分で言うのもおかしいんだけども、僕の

芥川也寸志（1925-1989）芥川龍之介の三男、作曲家・指揮者。

黛敏郎（1929-1997）日本を代表する作曲家。

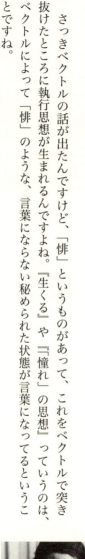

著作で一番皆が感動してくれるのは、皆が思っているけど言葉にならないことが書いてあるからなんだと言ってくれるんだ。

佐　読まれた方は皆そう思ってるんじゃないでしょうか。ああいうことを言葉に出来るのは執行草舟だけだと……。

執　じゃあ『生くる』の場合、五十四項目の人生問題を何で全部言葉に出来たかというと、本人が苦しみ抜いてきたからなんだよ。そして、何とか突き抜けて来た。それだけのことであって、苦しんだギリギリのところにああいう作品が出来たわけ。

佐　あれは完成と言えるのでしょうか？

執　もちろん完成じゃないよ。あれも今現在の僕の「生命的結論」だよ。完成なんてものは一切ないから。完成は別に『生くる』だけじゃなくて、すべての著作にもないし、読む方にもない。うちの社員が言ってたけど、『生くる』を入社した頃に読んで、最近再読したんだけど、内容の入り方が全然違うらしいよ。付箋の貼り具合も全然違って、もう別物の書物に見えたそうだよ。要はそういうものなんだよ。

佐　僕がベクトルという表現にしてるのも、実はそこにあって、質量と方向がベクトルの定義じゃないですか。その質量って何かと言ったら、その人の人生の長さのことだと思っているんです。ただ方向があって、方向というのはベクトルをどこに持ってきてもベクトルはベクトルとしてあるので、その向き自体は終わりの点がないということになる。無限に続いていくので、ベクトルという表現を選んだんです。でも、「無限に向かうベクトル」というのが、執行さんの著作から感じたイメージなんですけど、「無限に向かうベクトル」を持っている本が今は他にない気がします。僕以外の読者の人も、おそらく同じ印象を持っているのではないでしょうか。

執　でも無限に向かうもの以外はすべて、僕は価値がないと思うな。文学については、『死霊』の埴谷雄高も、宇宙と繋がってない文学は、一段も二段も落ちると言ってるよ。つまり、無限に向かってないものはという意味だよな。

佐　以前、埴谷雄高は夏目漱石をあまり文学者として高く見ていなかったという話を聞いたことがあるのですが、何か関係があるのでしょうか?

執　漱石というのは、埴谷によると生活を書いてるというんだよ。「文学としていいかどうかは言わないけど、僕は嫌だ。生活なんて文学じゃない」と。あのＮＨＫの『死霊』を紹介した番組の中のインタビューでそう言ってたよ。僕も埴谷雄高が文学だと思うものを文学だと思うな。宇宙と直結してるものが真の文学であり芸術だよ。

佐　埴谷自身も『死霊』でそれに挑戦してますよね。

執　それから僕もそうだと思うんだけど、埴谷雄高はプルースト*の『失われた時を求めて*』も挙げてたな。あの作品は宇宙を包含しているとね。もちろん、ダンテ*とか、ゲーテ、昨日挙がったような人も全部そうだよ。あとは僕も大好きなんだけど、佐堀さんも好きな梶井基次郎*。埴谷雄高は、梶井基次郎がとにかく宇宙と直結してるって言ってたよ。

佐　あの人はそうですね。「檸檬《れもん》*」の「黄色い爆弾」ですね。「檸檬」から、なぜか僕はいつも高

プルースト〈マルセル〉(1871-1922) 長編小説『失われた時を求めて』で知られるフランスの作家。

『失われた時を求めて』(全十三巻、マルセル・プルースト著、新潮社、１９５３～１９５５年) 人間の記憶と意識をテーマに紡ぎ出された一大長篇小説。

ダンテ・アリギエリ (1265-1321) イタリア、ルネサンス期の作家・詩人。

梶井基次郎 (1901-1932) 詩的感覚の小説で知られる作家。

「檸檬」(『檸檬・冬の日―他九篇』梶井基次郎著、岩波書店〈岩波文庫〉、１９５４年) 檸檬を通じて揺れ動く感情を詩的に描写した

村光太郎*の「激動するもの」*を連想するんです。あれは量子論の世界観や、執行さんの仰る負のエネルギーや生命エネルギー、シャルダン*のいう「精神的量子」があらわされたものだと思っています。

執　「檸檬」を「黄色い爆弾」と表現したのは面白いよな。ビッグ・バンの「結晶」ということだよな。涙があるね。宇宙の沈黙と悲しみが凝縮された表現だ。

佐　『友よ』に出てくるゲーテの「至福の憧れ」が好例ですが、芸術というものは、鑑賞者も頭脳で理解しようとするのではなく、まず自分の人生にそれを投げ込んでみないと何もわかりません。それは芸術が無限へ繋がっているからです。そもそも、そういうものでなくては芸術になり得ない。

執　ところが、それがなくなっちゃったってことだよ。それがないものを、今は芸術と言っている人が多い。

佐　僕の考えなんですけど、なぜ執行さんの本でそれを感じられるかというと、無限に向かっている、というのが一番露骨に書かれているからだと思うんです。だからわかりやすい。でも歴史的に世の中に残っている芸術は、皆そうなんじゃないかと思います。たぶん漱石にも、そういうところがあると思うのですが……。そういうものがないと、本としては歴史の中で淘汰されて、消えていくんじゃないかと。

執　もちろんそうだよ。まあ埴谷雄高が言ってたのは、その量が少ないということだろうな。埴谷雄高流の量でいうと、漱石は気に入らないというか……でもあるに決まってるよ。なかった

短編小説。

高村光太郎（1883-1956）日本の近代美術を代表する彫刻家・詩人。

「激動するもの」（『高村光太郎全詩集』高村光太郎 著、尾崎喜八等編、新潮社、1966年、『友よ』執行草舟 著に収録）「さういふ」という言葉を繰り返しながら、人生の本質を謳った詩。

シャルダン〈テイヤール・ド〉（1881-1955）フランスのカトリック司祭・古生物学者・地質学者。

らそれは残らないから。

佐　そうでしょうね。わかりにくく書かれているのかもしれません。余計なことで悩んでいるということもあるんでしょうか？　余分が多いというか……。

執　漱石が埴谷雄高に全然合わないということは、僕なんかはもう、聞かなくてもわかるんだよ。漱石はノイローゼ体質だからね、つまり自己固執。埴谷は天空を見つめている。すごく男っぽい人なんだよ。だから、男らしいものを文学だと言っているんだ。

佐　漱石は「どう思った」、「こう思った」が多いということですか？

執　人物の心の中しかないと言っているんだと思う。絵で説明すると漱石っていうのは、潜在意識を書いているちょっと暗くて気持ちの悪い絵ということだよ。人間の心の中だけだとそうなる。だからこう、ちょっと気持ち悪いというか。それが漱石の小説だから。それに対して、埴谷は生命存在そのものを描きたいと思っているんだよ。だから気高さが出て来るんだ。

佐　漱石は『こころ』*ですもんね。潜在意識的なんですね。

執　『こころ』は代表だよな。でも埴谷雄高が好きなのは心じゃなくて、生命全体なんだ。だから僕は埴谷雄高が好きだ。埴谷雄高が好きな人は絵だったら、戸嶋靖昌の絵なんかが好きなんだ。戸嶋の絵は、生命論なんだよ。あとは、昔の巨匠ならベラスケス*やエル・グレコ*そしてレンブラント*と言ったところだろうな。

佐　同じ悩みだけど、戸嶋さんが抱えた悩みというのは、生きるための、生命の燃焼とその発露の悩みということですね。

『こころ』〈夏目漱石著、新潮社〈新潮文庫〉、２００４年〉親友を裏切り結婚した「先生」の苦悩と孤独が描かれた小説。

ベラスケス〈ディエゴ〉(1599-1660) スペインを代表する宮廷画家、近代絵画の先駆者。

エル・グレコ (1541-1614) 独自の宗教画で知られるスペインの画家。

レンブラント・ファン・レイン (1606-1669) 独特の明暗法で知られるオランダの画家。

執　そう、僕の苦悩もそうだ。生命と宇宙。一方、心の苦悩というのもあって、この苦悩が混同されてしまう。だから僕は今でも、苦痛と苦悩だけで生きて来たっていうのは毎日感じてる。でも皆からはすごく明るく見られている（笑）。戸嶋も、すごく明るかったよ。つまり悩みの質が違うんだ。生命が目指すものに対しての悩みと言ったらいいかな。つまりは「憧れ」だよ。

佐　そうですね。埴谷の『死霊』もそうですし、執行さんの本と戸嶋さんの絵からもある種の憧れを感じます。漱石は暗くて、陰鬱としている。生活に苦しんでいる印象がある。

執　それは、心だけだからだ。埴谷はそれが嫌いだったんだよ。僕も漱石は嫌いで、やっぱり鷗外のほうが好きだ。鷗外というのは、同じ心を描こうが何しようが、『阿部一族』*を例に挙げるんだけど、やっぱり躍動しているんだよ。何でかというと、宇宙的生命的な憧れがあるんだ。

『阿部一族』（『阿部一族―他二篇』、森鷗外著、岩波書店〈岩波文庫〉、2007年）肥後藩の武士・阿部一族の辿った壮絶な悲劇を描いた短篇小説。

ドロドロ系文学

佐　森鷗外は何か男っぽいですね。

執　そう、男っぽいんだ。要するに、文明の論理があるんだよ。そして、文明の論理というのが、宇宙と生命の本質と繋がっているんだ。特に文明のもつ不合理と悲哀がね。それは宇宙と生命の混沌と沈黙から生まれたからなんだ。文明の論理に体当たりすると、宇宙や生命の「実在」と触れ合えるということなんだよ。

佐　『阿部一族』と聞くと、僕はいつもオーデンの「見る前に跳べ*」を思い出します。『阿部一族』の登場人物の竹内数馬*が一族の討ち手に選ばれたと知るや否や、即座に討死にを決意しますよね。その心がまさに「見る前に跳べ」です。この作品の根底にあるのは、やっぱり『万葉集』ですか？

執　それもある。しかし本体は、今話した文明の悲劇なんだ。つまり文明から生まれた武士道という生き方の悲哀だな。それが、生命の淵源に触れ、宇宙の静謐をかいま見させてくれるんだ。登場人物がみんなそれぞれの人生に「体当たり」しているのがその原因となっているんだ。だから文学として「崇高性」が滲み出て来ている。君の言った『万葉集』の歌の多くも、そういう体当たりから生まれた人間の哀歓だから。その崇高な文学性つまり詩を感ずるんだよ。

佐　日本の文学って全部大別したら『万葉集』に起源があるか、『源氏物語*』に起源があるかのどちらかだけだと思っていて……。執行さんがお好きなのは『万葉集』に起源がある、武士道的な文学なのかな、と。

執　「ますらをぶり」か。

佐　そう、「ますらをぶり」です。

執　『源氏物語』は「たをやめぶり」だな。源氏は、死んだ女房が研究していたんで、その影響で好きになって来たんだよ。それで今は源氏も好きだけど、若い頃は源氏なんかは大っ嫌いだったよ。僕は三十を越えてからそれに触れて、五十～六十歳に近くになってから大好きになって来たな。

「見る前に跳べ」（"Collected Shorter Poems 1930-1944" W. H. オーデン 著、Faber & Faber、1950年、『友よ』に執行草舟 訳収録）人生で怖れを乗り越えて跳躍する精神を謳った詩。

竹内数馬　森鷗外『阿部一族』の登場人物。

『源氏物語』（全五巻、紫式部 著、谷崎潤一郎 訳、中央公論社〈中公文庫〉、1991年）主人公の光源氏を通した平安時代の宮廷生活を中心に、当時の貴族社会が描かれた長篇小説。

佐　男は初めは「たをやめぶり」が嫌いじゃないと駄目な気がします。「たをやめぶり」のほうが、理屈がないだけわかりにくい感じがして……。「ますらをぶり」がわからないと、「たをやめぶり」の本当の良さっていうのもわからないのではないかと。

執　そうだな、順番があるんだよな。

佐　はい。「たをやめぶり」から入ってしまうと、駄目な気がします。

執　駄目だよ。それは今言った僕の理論で、男は特に生命の本質から入らないと、心だけではノイローゼになっちゃう。女は違うけどね。生命の不可思議、生命の神秘、生命に対する苦しみ、それから入ると僕もそうだし皆、何か強い人生になるんだよ。それで、僕は武士道が一番好きなんだ。武士道というのはつまり、生命論なんだよ。今の苦悩というのは潜在意識論というか、心だけじゃない。これはね、ぐんぐん自分だけの中に入っていくよ。

佐　悪い意味で死ぬほうにいきそうですね。

執　生命の全体性が死ぬんだろうな。人間の心というのは、生命の全体の恒常性を殺す働きがあるから。生命の死滅に向かうのが、たぶん潜在意識論なんだと思うんだよ。だから精神科は気を付けないと駄目だ。普通以上に、総合的な人間力を必要とするのが精神科医だよ。そうじゃないと、精神科はやっぱり医者もおかしくなっちゃう人が多いよな。

佐　多いです。精神科医は半分精神病患者と言われているくらい（笑）。精神科医はどこかで切り離せる人じゃないと駄目ですね。科学的になれないと。中井先生はたぶん切り離してるんだと思います。

執　名医は皆そうだよ。切り離さなきゃ、著作とかあんなに書けないよ。中井先生はポール・ヴァレリーの研究でも有名だよな。ポール・ヴァレリーっていうのは、今言った潜在意識を研究して、それでいてすごい学問と芸術を樹立した偉大な詩人だよ。あの『若きパルク』*ね。『若きパルク』なんてのは、もうドロドロの潜在意識だから。だいたい「パルク」っていうのは、地獄の女神のことだよ。ただ僕はそういうのは、詩だと結構好きなんだよ。僕は『若きパルク』は大好きだ。僕の青春を代表する文学だよ。僕を創った詩の一つなんだ。

佐　執行さんはどういうタイプの詩が好きなんですか？

執　僕の場合は、これは僕の個人だから何とも言えないけど、僕は詩の場合はドロドロのほうが好きだよね。『友よ』にはあんまり載ってないけど。それは読む人にあまりにも危険を与えすぎてしまうんで、少しひかえたんだよ。詩はね、なれない人が一遍に激しいものを読むと人生を失う場合もあるからね。『友よ』は詩に慣れてもらうために書いた。

佐　それでですね。『友よ』は結構スカッとした印象があります。

執　『友よ』はそうだ。なんでかというと、さっき言ったことの内容を詳しく言うと『友よ』は、いわれがわが社の社内報から出発していて、うちの会社を信用してくれているお客さんやお客さんの家族とか、いろんな人が読むものとして書いたから、人生を豊かにするものだけが多いんだよ。子供からお年寄りまで読む雑誌に載せたものが基になってるからね。本当は、僕はドロドロした革命的なものとか、一歩間違えると生命を失うような激しい詩が好きなんだけど……。これはやっぱり責任上、仕方がないよね。だってドロドロの詩なんて、一歩間違えたら

ポール・ヴァレリー

『若きパルク』（『ヴァレリー詩集』ポール・ヴァレリー 著、鈴木信太郎 訳、岩波書店〈岩波文庫〉、1968年）伝統的な古典詩法によるフランス象徴詩を代表する詩。

気がふれてしまうからね。

佐　健全な家庭でも読めるようにされたんですね。例えば他に、『若きパルク』以外ではどんなのがお好きなんですか？

執　『若きパルク』以外だったら、一般的にはランボーの『地獄の季節』やリルケ*の『ドゥイノの悲歌』*、そしてシュールリアリズムの詩人が好きだな。アラゴン*やブルトン*などね。日本では西脇順三郎*や田村隆一*そして三浦義一なんかだな。

佐　そのドロドロ版も是非書籍化して頂きたいです（笑）。執行さんが仰るところのドロドロの詩というのは、近代以降だけにしかないですか。

執　いやいや、古代インドの『ヴェーダ』*やイスラエルの旧約聖書もドロドロしていて、例えば「エゼキエル書」とか、「ゼパニア書」みたいな終末論。あとは先に言った終末論の「六終局」、それから「イザヤ書」、「エレミア書」もそうだし、あとは読むと皆人生が全く駄目になっちゃうのが「ヨブ記」だよ。僕は、ヨブ記は世界最高の詩だと思ってる。僕はヨブ*の呻きが、もう痛いほどわかるし大好きだよ。

佐　芥川はどうでしょうか？

執　芥川は結構ドロドロ系だね。芥川の文学というのは詩だからね。短篇であっても、芥川文学は詩なんだよ。

佐　僕の印象ですが、詩にならないと嫌だから、短篇しか書かないイメージがあります。長くすると詩じゃないところがどうしても入ってきてしまうので、結局長文で書くと失敗してしまう

リルケ〈ライナー・マリア〉（1875-1926）ドイツの、二十世紀を代表する詩人。

『ドゥイノの悲歌』（リルケ著、手塚富雄訳、岩波書店〈岩波文庫〉、2010年）著者の晩年を代表する人間存在を謳い上げた詩集。

アラゴン〈ルイス〉（1897-1982）フランスの作家・詩人。

ブルトン〈アンドレ〉（1896-1966）フランスの詩人・小説家・批評家。

西脇順三郎（1894-1982）詩人・英文学者。

……。

執 芥川は全部詩だから。長篇を書いたら失敗作になったろうね。

佐 芥川は詩人ですよね。芥川の解説で、「心象風景」って言葉を使われることが多いんですけど、自分の中にすべての世界が出来上がっていないと、芥川は書けないし、書こうともしなかった。だから本文で描写されていない風景でも、芥川の中にはすべての風景が広がっているんだと思います。ある場面しか書かれてなくても、その時にどの人物が何をしてるかっていうのは、全部芥川の中にあったのではないかと。逆にそうじゃないと書けなくて、だから長篇に何回か挑戦して、失敗して終わってると思うんです。

執 芥川が長篇を書いたらさっき言ったようにそりゃ書けないよ。

佐 たぶん手に負えなくなっちゃってるんじゃないでしょうか。たぶん本人が、嫌気がさしてくる……。自分のスタイルじゃないというか。

執 たぶんそうだな。書けないっていうと語弊があるけど、質が違うんだよな。でも僕は芥川文学は大好きだよ。知的で情感があって、かつカッコいいんだよ。特に、死の問題に踏み込んでは一頭地を抜いているところがある。

折口信夫とヨブ

田村隆一（1923-1998）詩人・随筆家・翻訳家。

『ヴェーダ』（『リグ・ヴェーダ讃歌』、辻直四郎 訳、岩波書店〈岩波文庫〉、1970年：『ヴェーダ』の一部分のみ翻訳）紀元前十三世紀から長期に亘って成立した古代インドの宗教文献。

ヨブ 『旧約聖書』「ヨブ記」の登場人物。

佐　ちょうどヨブの話が出たんですけど、折口信夫って結構ヨブっぽくないですか？

執　まさに折口の思想はヨブだな。

佐　そうですよね。三島さんも「折口信夫氏の思ひ出」の中で折口について、「ヨブを見出した」って書いていましたから。

執　ああ、そうか。面白いな。折口信夫はある意味じゃ日本のヨブだよ。ヨブの苦しみというのは、イスラエルの神との間にある「我と汝」だけども、それを日本の文化の中で体現したのが、僕は折口信夫だと思ってる。折口は、日本民族の深層に渦巻くマグマと自己との間に「我と汝」の関係を結んでいる人だ。

佐　折口には触れてはいけない領域があって、『友よ』でもそこが注意深く避けられているのが僕はわかるんですよ。だから決して『友よ』の解説はすべてを語っていない。でも、その「すべて」に触れようとしては絶対にいけない。

執　触れたら失礼だよな。全部裸になっちゃうから。文明をすべて脱ぎ捨てた赤裸々な「心象」というものが軸に存在しているんだ。

佐　そう、失礼になっちゃうんですよ。そこに触ったら、折口信夫自身を怒らせてしまう。そういうグロテスクなドロドロした領域が、折口信夫にはありますよね。

執　そうだな。まあ、軽く言えば「秘め事」だよな。本当の生命の神秘って秘め事だから。ヨーロッパでも皆そうじゃない。だから生命の神秘の一番怖い所はそれだよ。僕だって、そういうところには触れないんだ。触れると、単なる無礼者になっちゃうよ。もう学問でもないし、評論でもないし、単なる覗き趣味になっちゃう。今はそういうのが多いよね。そうなると「何でもあり」のただの馬鹿になってしまう。崇高と馬鹿は紙一重のところがあるんだ。

佐　そうですね。でも精神分析というのは、そういうことですよね。

執　そこはイコールには出来ないよ。精神分析というのはやっぱり使い方だよな。ドロドロに切り込む科学精神が精神分析だ。それは人類にとって重大な文明的行為だよ。医学の場合なら病気を治すという崇高な理念に特化してれば、ズバリ崇高だよ。ところが一歩踏み誤って、それによって例えば相手をマインドコントロールしようとか、そうなったらもう話は別だ。今はそういう事件もいろいろあるよな。だから何が良くて何が悪いかなんて、使いよう、用い方だよな。だから、すべては人格に帰するんだ。

佐　そうですね。人にもよりますね。そこまでいっちゃう人もいますし。今は結構覗き趣味が強くて、やっぱり作家に対しても覗こうとするんですよね。だから多分一番有名なのが、鷗外の『舞姫』*のヒロインが誰かっていうのを特定しようとするんですよね。ああいうことをしちゃうんですよ。

執　まあ、どうでもいいことだな。でも現代ってマスコミ文明で、全部覗きだから、もう現代的なものが嫌いな人じゃないと駄目だよ。

佐　本当に。現代は一種の科学主義だと僕は思うのですが……。

執　僕は、現代を科学的だとは思わない。却って迷信的で覗き趣味だよ。野次馬根性が強くて動物的だ。生命重視の名の下に、人間の価値を下げ続けている。

森鷗外

『舞姫』（『舞姫・うたかたの記―他三篇』森鷗外著、岩波書店〈岩波文庫〉、1981年）自らの留学体験を元に太田豊太郎とエリスの恋を描いた短編小説。

佐　要は、『舞姫』ならその文学を味わえばいいんですよね。そうやって見ると『舞姫』は世間では、主人公の豊太郎*を非難する見方が多いみたいなんです。僕は豊太郎が祖国と同じくらいエリス*を愛していたからこそ、国に帰ることを選べたと思っています。

執　そうだな。豊太郎の愛は本物だよ。だから完全じゃないんだ。きれいに決まっていない。

『友よ』はヘルメス思想

佐　そういえば、ちょうど数日前に読んだんですけど、折口の『死者の書』*ってあるじゃないですか。あの本のテーマは当麻寺の曼荼羅《まんだら》ですよね。あれが蓮の糸で織られたって書いてありますけど、あれを昭和時代に解析して、あれが実は絹の糸だったという研究報告があるらしいんです。でも僕は、そういうことをしても意味がないと思います。いくら研究をして、あれは絹の糸だったと言っても、それでもあの曼荼羅は蓮の糸で出来ているんです。

執　昨日の虎徹の話と一緒だよな。それは蓮なんだよ。その絹のことを蓮と言うんだよ。それがわからないと古代人との対話は出来ないよ。

佐　本当にその通りだと思います。あれが蓮の糸で出来てると思えなければ、『死者の書』はわからないし、曼荼羅を見ても意味がないような気がします。

執　そうだ。

豊太郎　森鷗外『舞姫』の主人公。

エリス　森鷗外『舞姫』の登場人物。

『死者の書』（『死者の書・口ぶえ』折口信夫著、岩波書店〈岩波文庫〉、２０１０年）当麻寺に伝わる当麻曼荼羅縁起・中将姫伝説をもとに描かれた幻想小説。

佐　あと忘れてはならないのは、やっぱり『友よ』の巻頭を飾るのは、「戦友別盃の歌*」しかないと思います。あの「言ふなかれ、君よ、わかれを、世の常を、また生き死にを、海ばらのはるけき果てに　今や、はた何をか言はん、熱き血を捧ぐる者の　大いなる胸を叩けよ、満月を盃《はい》にくだきて　暫《しば》し、ただ酔ひて勢《きほ》へよ、わが征《ゆ》くはバタビヤの街《まち》、君はよくバンドンを突け、この夕べ相離《さか》るとも　かがやかし南十字を　いつの夜《よ》か、また共に見ん、言ふなかれ、君よ、わかれを、見よ、空と水うつところ　黙々と雲は行き雲はゆけるを。」です。

執　おお、そうか。「戦友別盃の歌」というのは、僕も大好きなんだけど、保田與重郎も一番好きで、三浦義一の歌集『悲天*』の解題にも真の日本の文学をわかっているのは大木惇夫と三浦義一しかいないっていう意味のことが書いてあったな。

佐　ああ、そうでしたね。逆にこれから始まってなかったら『友よ』は、『友よ』になってないと思います。これが一番初めにあるのが、何よりも重要であり、最後が『万葉集』というのが、『友よ』が『友よ』であるための絶対条件ではないかと。僕は執行さんの著作をらせん構造と言ってますけど、らせん構造という言葉が何で出てきたかといったら、始まる点と終わる点がぐるっと回って同じところに帰って来るからです。帰って来るだけじゃなくて、それが一定方向に進んで行くからその二つを弁証法的に組み合わせたら、らせん構造になると思うんです。

執　それはヨーロッパ中世のヘルメス思想だよ。あの錬金術を生み出した思想だ。自分の尾っぽを食べようとする錬金術の蛇の姿。ヘルメス・トリスメギストス*の哲学によって支えられている思想だよ。ヨーロッパ中世を真に支えている思想だ。ヨーロッパはキリスト教の理想とヘル

「戦友別盃の歌」（『大木惇夫詩全集　第2巻』大木惇夫 著、金園社、1969年、『友よ』執行草舟 著に収録）船上で別れの盃を酌み交わす兵士たちの友情を描いた詩。

『悲天』（三浦義一著、講談社エディトリアル、2017年）著者が憂国の心を謳い上げた珠玉の歌集。

ヘルメス・トリスメギストス　ヨーロッパ錬金術の祖、富と幸運の神。

佐　メス思想による人間の向上心によって支えられていたんだ。
　そうですか。その二つも弁証法を組んでいるんですね。あそこをらせんじゃなくて、単なる円形にしてしまえば、もうそこで人間は死ぬしかない。終わっちゃうんです。そこで終わらせないためには、どんどん進んで行かなくちゃいけないから、らせん構造になる。中世の豊かさもそれで生まれていたんですね。その感じが執行思想にもあるんですよ。

執　それじゃあ『友よ』について佐堀さんは、「戦友別盃の歌」で始まって『万葉集』で終わったというのは大正解だと思うわけだ。

佐　もう絶対そうです。

執　これね、全くの偶然なんだけどね。これは四十五回、雑誌に発表していったものだから、たまたまなっただけなんだよ。

佐　そうなんですか。たまたまこの並びだったんですか。すごいですね。あの『友よ』という本自体が、一つのらせん構造になっていると思うんです。それはこの「戦友別盃の歌」という「終わり」から始まっている。そして、『万葉集』は「始まり」なんです。それがきちっと順逆になっている。あの始まりの『万葉集』、「ちちの実《み》の　父の命《みこと》　柞葉《ははそば》の　母の命《みこと》　おほろかに情《こころ》尽《つく》して　思ふらむ　その子なれやも　大夫《ますらを》や　空《むな》しくあるべき　梓弓《あづさゆみ》　末振《すゑふ》り起し　投矢《なげや》以《も》ち　千尋《ちひろ》射渡し　劔大刀《つるぎたち》　腰に取り佩《は》き　あしひきの　八峰《やつを》踏み越え　さし任《ま》くる　情障《こころさや》らず　後の代の　語り継ぐべく　名を立つべしも（大伴家持*・巻十九・四一六四番）」が最後ですからね。時代的に見ても、日本の終点は第二次世界大戦のような気がしますし……。

大伴家持（716頃-785）奈良時代の貴族・万葉歌人、『万葉集』を編纂。

執　時代的にも逆からいってるのか。でもこれは全くの偶然で、僕が知能を絞ってやったんじゃないんだよ。

佐　あ、そうなんですか。『友よ』の「戦友別盃の歌」の解説のところに、「初めを飾るのはこれしかあるまい」ってことを書いてませんでしたか？

執　もちろんそれは思ってるんだよ。それは思ってるんだけど、まあそれも偶然思っただけだから。別にこうしようという計画はなくて、フィーリングでやってなっただけだ。

佐　たぶん無意識のレベルで執行さんの中には宇宙論が染み込んでるんですね。でも直感でこの順番になるのはすごいですね。

執　何となく、なっちゃったってのはあるかもしれない……。でも僕の生命論は基本的に「戦友別盃の歌」に尽きるよね。生命の雄叫びっていうのが最も現われているからね。それが現われているのは、今の人は嫌うけど、やっぱりどうしても戦争を扱ったものが多いんだよ。これは西洋もそう。だから戦争を見ない、知らない、聞かないってなると、生命とか生命の雄叫びに触れないということになってしまう。それが戦後日本の致命傷だと思うよ。だって今、喧嘩してもいけないんだから話が別だよ。人間を何だと思っているのかね。

佐　そうですね。戦争じゃなくてもいいんですけど、戦争が一番わかりやすいんですよね。

執　インパクトとして、ガツンと来るってことだよ。

佐　エミリー・ディキンソン*の詩を読んでいても僕が一番いいと思うのは、南北戦争時代なんです。芸術家とかでも、戦争時代に入った瞬間に急に良くなる人っていますよね。それにしても

＊ディキンソン〈エミリー〉（1830-1886）内省的かつ生の本質を描いた詩で知られるアメリカの詩人。

ディキンソンの、『友よ』にある「雄叫びは勇ましきかな*」は素晴らしいですね。日本風にいえば「恋」が描かれていると思います。

執　あれはね、プロテスタンティズムの最も厳格な社会だった頃のアメリカの婦人なんだ。道徳的に縛り付けられ、女性は何も出来なかった。恋などしたら、一生みなに侮蔑される。その苦しみを描いた小説があの有名なホーソン*の『緋文字*』だよ。信じられないほどの教条主義だ。その苦しみの中からの生命の雄叫びなんだよ。だから迫力が違う。本物の中の本物だ。何でも自由な現代人にはとてもわからない真の人間の希望が歌われているんだ。真の「憧れ」ということなんだ。日々が彼女にとって戦争だった。生命の神秘とか生命に触れるのは戦いなんだよ。

佐　そうですよね。やっぱり考える機会になるというか……。

執　そして「戦友別盃の歌」は、僕は本当に日本最大の詩歌だと思ってるんだけど、やっぱり戦争中の歌だから、ものすごく嫌われてるの。僕には理解できないよ。

佐　そうでしょうね。固定観念で見てますよね。戦後教育の影響で。僕はこれが載ってる大木惇夫の本が欲しくて、結局手に入ったのが日本語が右から左に書いてあるような、ボロボロのものすごく茶色になってる古い当時の本なんです。そうじゃないと今手に入らないくらいに、抹殺されてしまったということですよね。

「雄叫びは勇ましきかな」（"Final Harvest" エミリー・ディキンソン 著、Little Brown & Co、1962年、『友よ』に執行草舟 訳 収録）、人生の戦いと天上への憧れを歌った詩。

ホーソン〈ナサニエル〉（1804-1864）清教徒的思想の作風で知られるアメリカの作家。

『緋文字』（ホーソン 著、八木敏雄 訳、岩波書店（岩波文庫）、1992年）私生児を生んだ女性が生き抜くピューリタンの世界を描いた小説。

苦しまない戦後日本

執　大木惇夫なんかも、どちらかというとそうやって抹殺された人間の一人だよな。

佐　そうですね。大木惇夫は、戦後はやっぱり職もなかったらしいですからね。触れてはいけない人みたいな扱いをされて。たまにファンから学校の校歌を作ってくれとか、そういう仕事を頼まれただけだった……。

執　ただ、戦後とはどういうものなのかってことを検討する場合、言葉は悪いけどそういう真の愛国者を皆そういう風に犠牲にして、上手いことやってきたということを知る必要がある。戦後の今の荒廃というのは、そのツケだと思うよ。戦前に活躍した才能ある芸術家の多くが、戦争協力の名の下《もと》に抹殺されたよ。だから戦後は、芸術的にも政治的にも、それこそ学者もすべて二～三流の人が主流になって始まり出したんだよ。

佐　本当にその通りだと思います。

執　戦争なんて国家にとって犯罪じゃないのに、アメリカの言う通り戦犯を決めて、ああいう人たちを犯罪者にしてしまった。それで自分たちの禊《みそぎ》は終わり、と。軽薄になり下がるに決まっている。

佐　東京裁判は本当に政治の一種ですよね。ちなみに執行さんは、マッカーサー*はお好きなんですか？

マッカーサー〈ダグラス〉(1880-1964) アメリカの軍人・元帥、日本占領連合国軍最高司令官。

執　マッカーサー個人は好きだ。かっこいいから。

佐　やっぱり「かっこいい」かが重要なんですね。僕もマッカーサーは好きなんです。やっぱり当時のアメリカも、僕の中で二分されてて……。

執　マッカーサーの中には西部劇があるんだよ。戦う男の世界というか、僕から見ると、マッカーサーってアメリカ人だけど、武士道なんだよ。映画監督で言えば、ジョン・フォード*のような感じだな。

佐　そうですね。

執　もちろんあのGHQは嫌いだけども、マッカーサー個人は好きなんだよ。日本人の側に立ったら、マッカーサーがやったいろいろな政策に対しては、僕も批判はあるけど、マッカーサー個人の「生命」を見た場合は、僕は男としては惚れる。ああいう生き方はね。

佐　日本として見ても、アメリカに支配されたあの時代は不幸な時代でしょうけど、そのトップにいたのがマッカーサーだったというのは、日本としては良かったほうだと思うんです。あれがマッカーサー以外だったら、日本はもっと酷いことになっていたかもしれない。

執　当然そう。一番有名な話では、これ本当の話なんだけど、本当に北海道はソ連領になるはずだったけど、マッカーサーがまずは全部をアメリカが占領すると言ってがんばってくれた。本当にソ連に対して「一戦やるか」と言って恫喝《どうかつ》したんだ。つまり、ソ連がもし北海道を取りたいなら、アメリカとこれから戦争になるということを宣言したんだ。それでソ連が本当に引っ込んだんだけど、あんなことを言える人っていうのはやっぱり武士だよ。それを独断で言った

フォード〈ジョン〉（1895-1973）アメリカの映画監督、西部劇の第一人者。

んだよ。最後には、その性格がたたってトルーマン大統領*に解任されたけどね。

佐 そうですね。マッカーサーがあの当時の日本を支配したトップじゃなかったら、僕は多分皇室は廃止されてたとも思うんです。

執 それも正しいよ。まず間違いないだろう。

佐 「東京裁判」の裁判をする側が、明らかに皇室の廃止を目論んでるじゃないですか。どちらかというとマッカーサーはそれを阻止しようとした側だと思うので。アメリカや勝った側の国の中でも、当時、皇室の扱いというのは結構バチバチと火花が散ってたみたいです。そこに一種の冷戦構造があったという話も聞いたことがあります。ですからマッカーサー自身に守られた部分も、かなりあると思います。あれは運が良かったほうではないでしょうか。

執 ただね、もっと大きく見ると、運が良かったから駄目なんだよ、日本は。だから僕は本にも書いたことがあるけど、良いとか悪いじゃなくて、日本というのはもっと苦しまなきゃ駄目なんだよ。だから、僕は本土決戦をすべきだったと言ってる。良い悪いじゃないんだよ。あんな中途半端なところで国土が戦場にもならないで負けたから、今でもくすぶってるんだよ。戦争というのは、もう気力がなくなるならメタメタになるまでやらないと駄目なんだ。本当に不幸にならないと。だから本土決戦をしてメタクソになって、もう何もかも失って負ければ、日本人としての誇りというか、そういうものだけは絶対に摑む人が出てくるんだよ。戦後も運が良すぎた。

佐 確かにそうですね。でもあの時代の難しいところは、たぶん最後まで行こうと思ったら、日

トルーマン〈ハリー・S〉(1884-1972) アメリカの政治家、第33代大統領。

本人全員が死ぬまで終わらないのではないかと。

執　あのね、よくそれ言うんだけど、そういうことは絶対にない。人間が全部死ぬなんてことは、戦争に関してはどんな皆殺しが行なわれても、絶対にないよ。それで、どんなに行なわれても、行なわれれば行なわれるほど残った人間の魂というのはそれだけ崇高になるから、価値があるんだよ。ユダヤ人の絶滅計画なんてそれに近いよね。

佐　その不幸を、逆にバネにするということですね。

執　やればやるほど相手は強力になる。これは戦争の矛盾点だよね。だから僕は変な話なんだけど、ノストラダムス*の予言というのは、昔「第三次世界大戦で人類が滅ぶ」って皆がギャーギャー言ってたけど、絶対に違うと言っていた。ノストラダムスの予言は意味が違うんだよ。僕はもう全く違うもので、たぶん人類が滅ぶなら、皆が「喜ぶもの」に決まってると思ってる。平和とか、愛とか、優しさとか。あのね、戦争とか嫌なもので人間が滅ぶことは絶対にない。滅ぶときは、自滅に決まっているんだよ。これは歴史を見てて、絶対に確信するね。

佐　そうなんですね。人間がそういうものなら、たぶん人間が一番弱いものは、正義とか愛とか、良いものなんですね。

執　だから本当に怖いのが、今の民主主義のような考え方なんだ。だって誰も否定できない良いものなんだから。みんな幸福になって、弱い人のために生きて、すべての人が喧嘩もせずに仲良くやりましょうなんて真顔で言っている。何か怖ろしいものを感じなければおかしいよ。

佐　全くそう思います。

ノストラダムス〈ミシェル・ド〉（1503-1566）フランスの医師・占星術師。

執　だから、民主主義なんて神が言うことを人間が言っちゃってるんだよ。民主主義って聖書に書いてあることで、お釈迦様のお経に書いてあることなんだよ。だから誰も反論できない。だから、実は現世の政治じゃないんだよ。

佐　あれを言っていいのは神とか仏だけなんですね。人間が言ってはいけない……。でも今は政治家が言ってる時代になっちゃってますよね。選挙に当選するために。裏は真っ黒なのに……(笑)。

執　まあ少なくとも、今の工業文明が滅びる兆候ということだよな。だから、工業文明の「悪」なんだよ。真面目に戦争が行なわれていれば、逆に工業文明は滅びないってことだよ。

安部公房の描く滅び

佐　僕が読んだ本の中でも、一番そのようなことを文学的に表わしているのが安部公房*だと思うんです。あの人はそういうところを描いて、逆に美しいものを浮かび上がらせて描こうとした人だと思うんです。しかしあの人には気持ち悪い世界観がありますよね。あれは、結局人間が滅ぶ時の姿じゃないかと。僕が安部公房の中で一番好きな作品が、短篇なんですけど『鉛の卵』*という作品なんです。あそこに出てくる緑色の身体をした人間や植物人間は、人間が滅ぶ時の姿だと思うんですよ。

安部公房（1924-1993）
前衛作家・劇作家。

『鉛の卵』（『R62号の発明・鉛の卵』安部公房 著、新潮社（新潮文庫）、1974年）
未来に冬眠器から目覚めた男を通して現代を風刺した小説。

執　『第四間氷期』[*]もそうなんだけど、間氷期・氷河期の間に人間が水中人間になっていくんだけど、あれも文明の滅亡で、安部公房はほとんどがそうだよ。あの作品では、人間にうろこが出来て魚に同化していくんだ。それが『鉛の卵』では植物ということなんだよな。別に『箱男』[*]とかも、全部そうで、皆まず心が崩壊していくのから描いてる。『箱男』は物に同化していく。安部公房の場合は、肉体と心と文明が一緒になってるんだよ。僕は安部公房は大好きだなぁ……。

佐　僕も大好きなんです。ストーリーとしても面白いと思うので、ドラマ化や映画化をすれば興味を持つ人は増えると思います。

執　安部公房は今の人にもっと読んでほしいよな。もし安部文学と直面した場合、これもまた人生の生きるか死ぬかの大問題になるような文学だ。まあ今はほとんど読まれないだろうな。だって三島由紀夫の『美しい星』だって最近の映画では内容を変えちゃうくらいなんだから。『美しい星』は、先にも言ったけども、人類の原罪について死ぬほど悩むために書いてある本なんだ。その原罪というのは、原爆と放射能問題だよ。その問題を取っちゃってるっていうんだから、話にならないよ。

佐　あの本の中に「美しい星」という単語が出てくるのは、最後に悪い宇宙人と「大審問官」みたいに討論する場面なんですけど、一番最後にその言葉が出てくるんです。作中では、水爆のスイッチが押されて、地球が火の海になった状態を「美しい星」と言っている。だから、地球が燃えないと意味がないですよ。

『第四間氷期』（安部公房著、新潮社〈新潮文庫〉、1970年）万能の電子頭脳をもつ男を通じて予言された、人類の苛酷な未来を描いたSF小説。

『箱男』（安部公房著、新潮社〈新潮文庫〉、2005年）段ボール箱を被って生きる男の告白体小説。

執　だから要するに、前に僕が言った、あの本の命題というのは、「水爆は最後の人間である」ということにあるんだ。だから水爆というのはもちろん放射能だから、放射能問題が取られたらあの本は意味がないんだよ。放射能問題を本当の宇宙的実存として示すために、主人公を宇宙人にしてるんだ。その宇宙的実存の中に青い惑星であるこの地球のロマンティシズムを持ち込んでるから、僕が一番好きな文学になっている。だから宇宙的実存と地上の放射能問題を書いた本なんだ。それなのに僕の中では、主人公の家族が皆で宇宙船に向かって走って行く最後のシーンが一番感動するし好きなんだ。地球と人類の滅亡の本なのに、あのシーンで終わることの出来る人が、三島由紀夫だってことだよ。天才だよな。

佐　「最後の人間」と言いながら「最初の人間」でもあるんですよね。あれって「ノアの箱舟」ですよね？

執　そうに決まっている。だからもう神話なんだよ。僕は『美しい星』は、現代の神話だと思っている。そして、現代人の「忍ぶ恋」だと思っている。

佐　あれは完全に神話ですね。

執　安部公房も、『鉛の卵』にしても、『第四間氷期』と『砂の女』*も神話だと思ってる。

佐　『砂の女』は、日常性に滅びていく話ですね。

執　現代文明が、どうすれば滅亡するかを描いてるものだ。それが、僕が皆に言っている、安定とか、安全によって引き寄せられて来ることを描いているんだ。『砂の女』の場合は女も与えられてるじゃない。あれによって、男はもう駄目だ。僕は本にも書いたけど、「逃げるてだて

*『砂の女』（安部公房著、新潮社〈新潮文庫〉、2003年）砂の穴底に閉じ込められた男によって人間存在の極限の姿を表現した小説。

は、またその翌日にでも考えればいいことである」ということになる。大変なことは、明日にしようということだ。人間が人間でなくなって行くんだ。

佐　あの最後の一文がいいんですよね。現実的なものを感じます。

執　でも、現代人は皆そうだよ。皆、そのうちやるって言ってるんだから。

佐　うーん、そうだと思います。なまけ心ですよね。今はもうそれを遮断する以外に、方法はなくなっている……。

執　これが現代の病であって、そこに安部公房が突っ込んでるわけだよ。だから、ここはもう仕方がない。武士道で、もう切り裂くしかないわけ。禅で言う「裂《れっ》古《こ》破《は》今《こん》」だ。つまりいにしえを裂き、今を破るという意気だけがそれを救うことが出来るんだ。

佐　剣をもたらさないといけないわけですね……。

執　だから昨日もキリストが出てきたわけだよ。僕はキリスト教の中でもあの聖句に教義の本質を見ているんだ。

佐　でもああいう厳しさがあってこその、優しさでしょうね。

執　もちろんそう。だって、キリストが生きていた時代のユダヤ教の社会といったら、それこそさっきのエミリー・ディキンソンじゃないけど、優しさや自由なんてものは何にもない。もうパリサイ人が何かというと、道徳家だからな。あの人たちが太古の昔からあるユダヤ教の聖典を守ってきたんだ。そういう社会にキリストが出て来たから、キリストは価値があるんだよ。

「赦し」とは恐ろしいもの

佐 僕は、赦しってたぶん一番恐ろしいものだと思うんです。

執 それは僕の贖罪論の中心思想の一つだ。

佐 そうですね。赦しと聞くと僕はモーツァルト*の「レクイエム」の「ラクリモーサ」を思い出すのですが、あそこに本当にあるのは「慄《おのの》き」だと思うんです。たった一言ですが、この「慄き」という言葉を絶対に軽く扱わないでほしい。赦しって怖くないですか？

執 いや怖いよ。赦しっていうのは、一番怖くて、でもその一番怖い赦しが、ずっとキリスト教の中心思想だったんだ。しかしそれがすべてただの赦しになっちゃったのが現代なんだよ。なんでもかんでも赦しなんで、もう滅亡だということだよ。赦しというのは元々一番怖い思想なんだ。だから、僕がいつも言ってるけど、ユダヤ教の社会があって、または、中世の封建主義のヨーロッパ社会、あのペストと疫病と貧しさの渦中にあってこその、赦しということなんだ。その中における最高善なんだよ。

佐 どんな天罰よりも赦しのほうが怖いし、恐ろしいものなんですよね。そういう意味では「赦し」のもつ恐怖のおかげで、キリスト教が地上最大の宗教になれたのかもしれないと思っているんです。キリストは、赦しを与えてますけど、あれは言ってしまえばもっと厳しい道を強いてるようなものです。そこまで厳しい当時の道徳律で、とんでもなく厳しいことをやり遂げて

モーツァルト〈ヴォルフガング・アマデウス〉（1756-1791）オーストリアの作曲家、古典派音楽の代表者。

執　来た人だから、それ以上のものを求められて、赦しを与えられている。
それから当時のパリサイ人は教条主義といって、一定の儀式さえやれば、もう人間として立派な人間なんだという社会になってたわけ。それに対してキリストは、それは違うと言っている。神に向かって、永遠に上昇し苦しみ続けなければならないというのがキリストの言っている垂直思考なんだ。そのための譬えがたくさんある。

佐　すごい譬え話だらけですよね。

執　「たとえどんな金持ちでも愛が無ければ、貧乏人以下だ」とか「すべてを捨ててついて来なさい」とか、そういう意味の言葉だよ。だからどんな優しさも、逆に言えば、厳しさがない優しさなんかは何の価値もないということを、キリストはいろんなところで言ってるんだよ。

佐　僕が日本という国を考えた時に、一番赦しに近いものを与えられたのがやっぱり敗戦の時だと思うんです。

執　そうだね。

佐　敗戦した時。あの一九四五年八月十五日に起こったことは、僕は昭和天皇*からの一種の赦しだと思っていて……。天皇から国民に対する赦しだと僕は思うんです。だから僕なんかは、正直敗戦以後のほうが、怖い。現代のほうが恐ろしいんですよ。

執　その通りだよ。

佐　執行さんは『生命の理念』で涙を知るための経過として「断念」や「放下」を説いていらっしゃいますが、たぶん、日本人は終戦のあの日に日本はきちんと「断念」せずに、何かを喪失

昭和天皇（1901-1989）
第124代天皇、名は裕仁。

してしまったんだと思うんです。本当の「放下」もしなかった。

執　僕はそう思っている。

佐　正直なところ、現代に生きるくらいだったら、特攻隊になって死んだほうがはるかに楽なんじゃないかと思う時もあります。だから、恐ろしい時代だと僕は思うんですけど……。

執　それはもう、僕もそう言ってるよ。だから今が一番恐ろしい時代なんだ。それがわからないと駄目だ。僕は本にもそれを書いている。ただ、外面が優しいんで、いくら言っても駄目だというほど、恐ろしい社会なんだよ。だって、民主主義に何か言えば、みんな悪人にされてしまう。

佐　言うとすごい叩かれますもんね。

執　僕も右翼だと言われてるから。ただし、右翼からは左翼だと言われている（笑）。

佐　僕も学校で右翼だと思われてるらしくて（笑）。

執　僕は全員に言ってるけど、右翼なんて、付き合ったこともなければ、大嫌いだ。僕はもう右翼は大嫌い。三浦義一は右翼じゃないから。国のために働いただけだ。三浦義一が右翼の親玉にされてしまっているのが戦後だよ。

佐　そうですよね。その上抹殺されましたもんね……。

執　僕は全く右翼じゃないし、あんなものは大嫌いだ。低能のやくざだと思ってる。

佐　やくざですよ、本当に（笑）。

執　ただ僕は自分のことを真の愛国者だと思っている。ただ現代は、愛国的な精神を持っていると右翼だって言われちゃうよな。

佐　今はそうですね。『葉隠』だって、もう禁書扱いですよね。

執　『葉隠』が好きだから、僕は右翼だって言われてるんだよな(笑)。僕は『葉隠』が好きで、子供の頃から小学校・中学校・高校と『葉隠』を持って歩いてたんだけど、あの当時は先生から蹴飛ばされ、本で何回も殴られたことがあるよ。その時に言われたのが、「お前のような奴が、戦争を起こすんだ」と。そのくらい戦後人はマインドコントロールを受けているんだよ。そして、似非民主主義のセントラル・ドグマに犯されてるんだ。武士道というのは、戦争からは、最もほど遠いものなんだ。元々が武士道を忘れたから、あんな戦争になったんだよ。

佐　そうですね。

「海ゆかば……」の精神

佐　『葉隠』は、武士道が廃れた時代に武士道に戻るというような意味の本じゃないんですか？畳の上でしか死ねない時代だけど、『葉隠』は武士としての死を説くために書かれた。

執　もちろん戦国時代が終わって、武士が皆、エリートになってせせこましくなってきた時に常朝が頭にきて、本当の武士道はこうだ、ということを書き残しておかなければと憂いて残したものだ。そうしないと藩が潰れちゃうだろうという思いで説いた。つまりは憂国の思想だよ。

佐　右翼ではないわけですよね。『葉隠』自体も戦争で読まれちゃったから、右翼みたいなイメージになってますけど……。

執　戦争利用はされたよ。でもそれは利用だから。「海ゆかば……」だって同じだよ。

佐　そうですね。

執　「海ゆかば」だって、日本人の最も古い歌で、天忍日命《アメノオシヒノミコト》*が天孫降臨の時に尖兵として降りてくるときに詠った歌だと伝えられ、天忍日命の子孫である大伴氏に伝えられた「言立《ことだて》」だよ。別に戦争なんか関係ないよ。ただ、軍部が利用したってのは本当だからな。

佐　戦争は全く関係ないですよね。ちゃんと読んでる人はわかるはずです。

執　『万葉集』の歌だよ。日本建国以来繋がっている忠義の歌が、大伴氏の最後の大物だった大伴家持が日本人の魂として忘れないように『万葉集』に書き遺した。あの当時は政治的には藤原氏の専横で、もう古代からの氏族の精神は平安時代には失われてきたわけ。だから、その本当の精神を残すために『万葉集』を残し、その中に大伴氏の「言立」であったこの歌も入れたんだ。

佐　「海ゆかば　水漬《みづ》く屍《かばね》　山ゆかば　草生《くさむ》す屍　大君の　辺にこそ死なめ　かへり見はせじ」の精神ですよね。

執　『万葉集』の本当の精神がわかるのは、なんといっても保田與重郎の『万葉集の精神』*だよ。あの本を読んでから『万葉集』を読んでほしい。『万葉集』がなんであるかということがわか

天忍日命　天孫降臨神話の先兵、大伴氏の祖神。

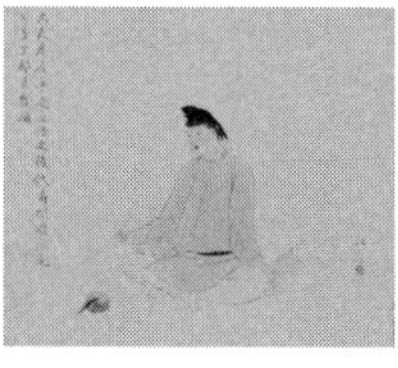

安田靫彦 画　大伴宿禰家持像

『萬葉集の精神』（保田與重郎 著、新学社〈保田與重郎文庫 第12巻〉、2002年）
万葉集の成立とその精神・大伴家持についての評論。

るから。それで、僕は何度も言うけど、僕が「憂国の芸術」なんていって、いろんな生命を燃焼させた芸術家の作品を買い取って、後世に残すために集めてるのは、『万葉集』の真似事なんだよ。

佐　なるほど。

執　要するに、将来の日本に魂の躍動によって制作された芸術作品が残っていると、やはり魂のある人はその芸術作品を見ればもう「魂のすべて」がわかるんだよ。だから『万葉集』なら歌を読めば古代人の魂がわかるんだ。それで今の僕に出来ることは、物質文明の真っただ中の飽食の七十年を日本は送ってるんだけど、その中で、飽食じゃなくて命を懸けて芸術にぶち当たった人たちの作品を集め、それをそのまま後世に残す。

佐　それを物で集めてるのがすごいと思うんです。物質主義の中で、あえて物で、そうじゃないということを仰っている……。逆説というか。

執　逆説じゃないよ。芸術で残さなきゃ駄目だ。でも音楽だって、今言った和歌だって、あれ物だから。

佐　そうですよね。

執　精神だったら形になってないから。『万葉集』の精神というのは元々あるんだけど、やっぱり『万葉集』という言葉として、物質化して残ってないと現代人には伝わらないんだ。それを僕は実感したから、物で残そうとしているんだよ。説教もそうだし、精神なんかすぐ駄目になっちゃうから。でも僕も今まで芸術をいろいろと集めてきて、山口長男*の絵にしても戸嶋靖昌

山口長男 画「屈折」

山口長男（1902-1983）日本を代表する洋画家・抽象画家。

の絵にしても、才能のある人間は、戸嶋の絵を見たら、もうその魂と生き方までわかるんだよ。

佐　そうですね。要するに生命がどう生きるべきか、それが戸嶋さんの絵でわかるんですよね。戸嶋さんというのは、命を投げ捨てて描いている……。

執　だから僕がそう思ったものを集めている。それが「憂国の芸術」なの。僕の本も「憂国の芸術」の一環なんだよ。これでも一応、憂国の士の端くれ（笑）。

佐　執行さんの本が全部揃ったら、何百年後かには、平成の『万葉集』になるかもしれないですね（笑）。僕は『万葉集』という古典の精神は島木赤彦*と三浦義一によって近現代に継承されたと思っているのですが、執行さんもその一人だと思います。一番最後に『万葉集』が来てるのは、そういう暗示かもしれないですね。

執　そんな気はなかったけど、偶然だよ。でもこれさ、書き下ろしで書いた本じゃなくて、元々はお客さんとか社員に向けた、社内報だったんだよ。社内報で書いて、皆に社長である僕の精神を伝えるためにやってた。だからもうすごい年月かかってるんだよ。十年以上かかってるかな。

佐　そうだったんですね。こんなのが社内報で出てる会社はいいですね（笑）！

執　僕の思想が好きな人には、皆に配ってた。だから計画なんか立てなくて、季刊誌だから年四回その場に来ると次は何にしようかって考えただけだよ。だからこういう本を書こうと思って四十五編組んだわけじゃないわけ。だから、本当に偶然なんだよ。ましてや会社経営をしてる人間が書くわけだから、毎月毎月もう「あ、もう書かなきゃ駄目だ。あと何日だ」っていう感

島木赤彦（1876-1926）象徴主義の歌人、万葉集研究と写生論に寄与。

じだった。たいていは土日にかけて、二十数時間ぶっ通しで徹夜して書いていたよ。

佐　ほぉ〜。

執　確か、四十代でまだ若かったから出来たけど、二十数時間ぶっ続けで書くなんて今では出来ないよ。『生くる』もそうだよ。『生くる』の論文と、『友よ』は愛誦詩歌という名前で一緒に載せてたの。だから執行思想を社員とかお客さんに伝えるために、論文が一篇か二篇と、愛誦詩歌を一篇。それで『生くる』を書いてたの。だから『生くる』もまとまった本にしようとしたのは、今言った「戸嶋靖昌記念館」のためで、あれは雑誌で書いてたんだから。だから本当は統一性なんかないんだよ。僕は本なんか出す気は一切なかった。だけど戸嶋靖昌の名を美術界に残すために、自分が何か書いて世の中に出ないと駄目だと思って本を出したんだ。館長の名が出ないと戸嶋靖昌の名も出ないことになっていたんだね。

佐　それを聞くとまたすごいですね！

執　でもすべてが偶然だからね。

佐　そうですね。本の生命体が決まってるからそうなっちゃうんだと思うんですけど……。

執　後から、本になってから読んでくれる読者なんかも、この「戦友別盃の歌」と『万葉集』で締めくくられてるのがすごいと言ってくれるのを、どうして僕が喜ぶかというと、その運命を喜んでるんだよ。これはすごいぜ、って感じなんだよ。

佐　わざとやってないですからね。そうなっちゃう運命なんですかね。

執　これが当てようと思って書いてたらそんなに嬉しくないよ。そうじゃなくて、ずーっと実業家が自分の思想を伝えるためにやっていたものが、偶然本になって、それを読んだ人の意見だから。

佐　そうですね。たまたまなっていった。

翻訳の問題

佐　ちょっと話が戻っちゃうんですけど、さっきチラッと戦争の話が出たんで、ちょっと名前を挙げさせてもらいたいなって思うんですけど、竹山道雄*の『昭和の精神史』*という本があって。今って、あの戦争のことを研究しなさ過ぎると思うんです。さっき『万葉集』が云々っていう話も出ましたけど、『万葉集』自体のことがわからなくても、あの戦争のことを調べれば、『万葉集』と『葉隠』があの戦争と全然無関係だってことがわかるはずなんですよね。戦争のほうを研究するんであれば、『昭和の精神史』が一番きれいにスパッと斬ってると思うんですよ。

執　文学じゃなくて？　僕はそれは知らなかったな。竹山道雄と言えば僕は『ビルマの竪琴』*になってしまう。

佐　文学、例えばその『ビルマの竪琴』でもいいんですけど、僕は『昭和の精神史』のほうがスパッと斬ってるかな……と。

執　今度是非読んでみるよ。桶谷秀昭*の『昭和精神史』*もあるよな。

竹山道雄（1903-1984）ドイツ文学者・作家。

『昭和の精神史』（竹山道雄 著、講談社〈講談社学術文庫〉、1985年）透徹した視点で振り返る大東亜戦争史。

『ビルマの竪琴』（竹山道雄 著、新潮社〈新潮文庫〉、1959年）戦没者の弔いのために僧となった日本兵を描いた小説。

桶谷秀昭（1932-）文芸評論家・著述家。

『昭和精神史』（桶谷秀昭 著、文芸春秋〈文春文庫〉、1996年）著者独自の史観で辿る文学的に表現され

佐　はい。あれが出るんであれば、竹山道雄も出しておこうと思いまして……。そういえば桶谷秀昭の『昭和精神史』の最後に、伊東静雄*の「夏の終《おわり》*」という詩が取り上げられていました。『友よ』でも「逆説」のキーワードで紹介されている詩人ですね。偉大なものは、すべて逆説的です。

執　そうか。たださっき言ってた竹山道雄というと、どうしても『ビルマの竪琴』だよな。あとニーチェの翻訳が特にあの『ツァラツストラかく語りき』が抜群にすばらしいよ。僕の愛読書の一つだよ。あれが一番いい。竹山道雄訳が一番いい。

佐　あれは、欲を言えばハードカバーでほしいんですよね。やっぱり本ってハードカバーのほうがいいじゃないですか。

執　でも、あれは文庫しかないな。上下に分かれちゃってる。

佐　そうなんですよ。だから僕は竹山道雄のも持ってますけど、生田長江*の訳も好きなんです。持ち歩くときは生田長江で持ち歩くんですよ。

執　あ、生田長江ね。生田長江はすごくいいよ。生田長江も竹山道雄と並んでいるよ。生田長江は、学問的というよりも、どんどん翻訳した人なんだ。だから、今の自己固執しすぎてる翻訳よりずっといい。良い翻訳って、昔の土井晩翠*とか生田長江みたいに、どんどん語学力に任せて訳していた人のなんだよ。最近だと大学教授が、四十年、五十年かけた翻訳があるじゃない。僕はそういうのも読んでるんだけど、結局世のため人のために早く訳さなきゃって、昔の語学者がああいう訳し方をしたもののほうが却って秀れているんだよ。例えば土井晩翠は、ダンテ

た昭和史。

伊東静雄（1906-1953）同人誌『コギト』で知られる詩人。

「夏の終」（『日本の詩歌23』新装版、伊東静雄 著、中央公論新社、2003年）「春のいそぎ」に収録。著者の中年期に発表された「雲」に自己の心情を託した詩。

生田長江（1882-1936）評論家・翻訳家・戯曲家。

土井晩翠（1871-1952）詩人・英文学者。

の『神曲』*を英語からまた訳してるわけ。それからホメロス*の『イリアス』*と『オデュッセイア』*も、土井晩翠は英語から訳してるんだ。でも、それが一番いいわけ。結局ギリシア語を研究して、ギリシア語で、もう四十年かけて訳したとかいうのを、完訳とかいって出てきたのを読んだけど、全然駄目。感動性がない。凝り過ぎなんだよ。

佐　仕方がないんですかね。生田長江は、ドイツ語訳から日本語に訳したんですよね。『神曲』のドイツ語訳から訳したらしい。だからイタリア語の原語じゃないんですよね。けれども感動性が高いんですよね。『神曲』も、どうしても生田長江の訳が欲しくて、古いのを買ってきてね、家に飾ってます。

執　今の科学思想からいうと合わないんだよな。だから忘れられちゃってるけど、実際に読んでみたら、志で訳した人の訳が一番いい訳なんだよ。『ファウスト』は鷗外が一番いいのと同じだよ。

佐　やっぱりゴチャゴチャ考えないで、グッと生命的に訳しちゃうほうがいいんでしょうね。

執　それからやっぱり世の中の要請でやらざるを得なくて訳したから、自己固執にならないんだと思うよ。要するに日本人が皆西洋文明を知りたい時に、まず「『ホメロス』を知りたい！」とかなるじゃない。その当時には古代ギリシア語が出来る人なんか日本人に一人もいないんだ。従って英語からいったわけ。だから結局土井晩翠って英語学者であると同時に詩人だから、一番訳がかっこいいんだよ。だからあれと同じことを今度『ベラスケスのキリスト』っていうウナムーノの詩でやろうっていうんで、社員がスペイン語から訳して、僕が英語から監訳という

『神曲』（完全版、ダンテ著、平川祐弘 訳、河出書房新社、2010年）地獄篇、煉獄篇、天国篇の三部立てで宗教的テーマに迫った一大長篇叙事詩。

ホメロス（B.C.8C頃）古代ギリシアの詩人。

『イーリアス』（ホメロス著、土井晩翠 訳、冨山房、1995年、もしくは松平千秋 訳、岩波書店〈岩波文庫〉上・下、1992年）古代ギリシアの古典的長篇叙事詩。

『オデュッセイア』（世界文学選書〈第18〉ホメロス著、土井晩翠 訳、三笠書房、1950年もしくは松平千秋 訳、岩波書店〈岩波文庫〉上・下、1994年）イリアスと並ぶ古代ギリシアの長編叙事

詩。

形で、英語訳と参照して思想と訳文を整えているんだ。僕はスペイン語は出来ないから、英訳からウナムーノの思想に基づいて監訳しているんだよ。既に訳が出来つつあるよ。日本初で、なおかつ、ウナムーノの魂が日本語に乗り移った訳の本がいま完成しつつあるんだ。

口語と文語

佐　楽しみですね。出たらすぐに買いますよ。それと、翻訳の話で思い出したのですが、執行さんは『友よ』の中で、W・H・オーデンの詩を口語で訳されてますけど、僕はもしかしたら文語のほうがいいのかもしれない、と思ったのですが、如何でしょうか？

執　あれは実はね、最初は文語で訳したんだよ。

佐　そうなんですか。

執　さっき言った雑誌に載った時は文語なんだ。それで、本にするにあたって、口語に訳し直した。これも好き嫌いになっちゃうんだけど、やっぱりオーデンは文語は駄目だと僕は思ったんだ。なんか引っかかるんだよ。

佐　なんででしょうね。

執　やっぱりオーデンが持っているシュールリアリズム（超現実）性と、文語が合わないんだよ。オーデンって、シュールな部分があるんだ。

佐　僕も、完全に文語にしてしまうと合わないと思うんですけど、部分的に訳すのはどうでしょうか……。

執　でも、「我」とか「汝」とつけたら、もう駄目だ。僕は最初は文語で訳しちゃったんだけど、シュールリアリズムが死んじゃうんだよ。

佐　固いんですかね。僕が思ったのが最後のところなんですけど、そのどこかの文章の末尾の部分で、ここだけ文語にしたいと僕は思ったところがあって……。

執　それはね、僕も基本的にいろいろと悩んで訳をやってきたんだけど、やっぱり混ぜると駄目だね。僕もあれはすごく悩んでね、結局口語にしたんだよ。でもやっぱり後から読むと口語が良いね。

佐　口語というのはやっぱり崩れてるだけあって、シュール性があるんですかね?。

執　そうなんだよ。それで、オーデンというのは、やっぱりシュールリアリズムが魅力なんでそうしたというところかな。僕はオーデンの詩集をずっと読んできて、オーデンというのは何がいいんだろうって思ったら、やっぱりあのフランスのブルトンとかああいう詩人と一緒で、シュールリアリズム性なんだよ。

佐　確かに……。想像するとすごいシュールな詩ですもんね。

執　そうなんだよ。それでもって僕は口語を使ってるということ。僕は内容によって、言葉遣い全部違うから。

佐　そうですね。それぞれの詩に合わせて変えないといけないんですね。萩原朔太郎*の場合は、

萩原朔太郎（1886-1942）近代象徴詩を確立させた大正・昭和期の詩人。

執　何かいろいろと新奇なこともやってたけど、結局文語の詩が良かったわけですよね。萩原朔太郎も、彼は詩人だけど、やっぱり自分自身がいろんな挑戦をして、いろんなことをやったけど、自分の心情を吐露するときには、『氷島』*って文語になったわけ。あの気持ちが僕はわかるんだよ。萩原朔太郎は明治人だからね。今の人はわからないだろうけど、明治人ていうのは、やっぱりどうしても本音を言う時には文語になるんだよ。

佐　そっちのほうが言い慣れてるんでしょうね。

執　萩原朔太郎がいろんな口語の実験文学をやったじゃない。あれはあれで素晴らしいものなんだけども、でも最後に文語に戻っていったというのは、僕にはわかるな。あの当時の人はそうだよ。やっぱり最後は着物が良いってことだよな。

佐　着物じゃないと、落ち着かないんですね。自分の心情を吐露できない……。

執　でも翻訳というのはそうだよな。佐堀さんから見ると、オーデンは文語のほうがいいと思うの？

佐　いいや、今お話を伺って、口語がベストだったんだなと。

執　僕もオーデンの詩の訳は悩んで悩んでね……。文語でも何個もやったよね。例えば和漢混合体みたいな文語もあったし、散文でもあったし、いろんなのをやったんだよ。でもやっぱり口語体じゃないと駄目だね。で、口語じゃないと駄目な人というのは、やっぱりああいうシュール性がある人だよ。

佐　やはり翻訳の問題は大きいですよね。『ハムレット』*の“To be or not to be, that is the

『氷島』（名著復刻詩歌文学館、萩原朔太郎著、日本近代文学館、1981年）著者が長年追求してきた様式とは異なる文語定型詩で表現した詩集。

『ハムレット』（シェイクスピア著、福田恆存訳、新潮社〈新潮文庫〉、1967年）父親を殺されたデンマーク王子の復讐を描いた戯曲。

question.”も、訳し方が問題になることが多いようなのですが、執行さんはこのように訳すべきだ、というお考えをお持ちですか？

執　シェークスピアは荘重な訳が僕は好きだね。最近の軽い口語のは好まない。シェークスピアはやはり「偉大性」を感ずる訳がいい。文語とは限らないけど、口語にしても重々しいのがいい。固くてゴツゴツしているのがね。シェークスピアのシュールリアリズムは、四百年の時を経て今や古典としての苔がびっしりと覆っている感じがいいと思っている。

佐　そうなんですか。僕はその『ハムレット』が大好きで、あれは青春の文学だと思っています。若者特有の焦慮や情熱があって、共感するんです。

執　僕も好きだよ。芥川比呂志*の舞台も見に行ったな。それから英語の原文も随分と研究したことがある。あの不合理がいい。また不合理を愛するという点では、他に『奔馬』の飯沼勲なんかが代表だよな。

佐　そうですね。あとは武者小路実篤*の『友情』*の主人公である野島*も思い浮かびます。僕は野島のことを自分の一生の友とすると誓っているんです（笑）。野島の最後の「自分は淋しさをやっとたえてきた。今後なお耐えなければならないのか、全く一人で。神よ助けたまえ」という叫び……僕はあれを読むたび泣き狂いそうになる。

執　「忍ぶ恋」だな。武士道の悲哀だよ。本当の恋愛は、絶対に自己を犠牲として捧げる「何ものか」だよな。あれも青春の文学として秀れた作品だ。

佐　翻訳の話に戻りますが、逆に文語にされて、翻訳されたものってありましたか？「バラモン

芥川比呂志（1920-1981）芥川龍之介の長男、俳優・演出家。

武者小路実篤（1885-1976）雑誌『白樺』創刊で知られる小説家・劇作家。

『友情』（武者小路実篤著、新潮社〈新潮文庫〉、１９４７年）青春時代の恋愛と友情の相克を描いた小説。

野島　武者小路実篤『友情』の主人公。

「バラモンの知恵」（抜粋）（“Die Weisheit des Brahmanen” フリードリッヒ・リュッケルト 著、Verlag von S. Hirzel、１８６３年、『友よ』に執行草舟 訳収録）著者が自身の哲学的知識を土台として社会に対する警告として書き上げた詩。

の知恵*」は普通でしたよね。あの詩は何か「永遠」を感じるというか、道元の「火を噴く今」を思い出しました。文語の訳は他にも結構あったと思うのですが……。

執　文語は結構多いよ。

佐　ありますよね。そういうのはやっぱり精神性というか、その人やその詩によって文語か口語に分かれるということですか？

執　僕は詩の内容次第だな。

狼の象徴するもの

佐　僕が印象に残っている訳が、ヘルマン・ヘッセ*の「白き雲*」です。あれは七五調で訳されていて、一番訳し方がきれいだなと思って……。

「今し見よ　白き雲こそ　忘らるる
我が美《うるわ》しの　歌に聴《き》く　かそけき響き
ま青《さお》なる　空の彼方《かなた》に　我れを誘《いざな》え　……」

すばらしい。

ヘッセ〈ヘルマン〉（1877-1962）ドイツの作家・詩人。

「白き雲」（"Hermann Hesse Die Gedichte" ヘルマン・ヘッセ著、Suhrkamp、1977年、『友よ』に執行草舟 訳収録）著者の憧れを空を漂う雲に託して謳った詩。

執　あれは上田敏*の『海潮音*』を参考にしてるんだ。つまり明治の青春のロマンティシズムということだ。やっぱり僕はヘッセのあの詩に関しては、その精神が「日本の歌」だと思ってるんだよ。

佐　そうですよね。あの詩を執行さんの訳で読んだ時に一番初めに思い出したのが、やっぱり『古事記*』と『万葉集』なんです。あれは執行さんの訳じゃないと駄目だと僕は思っているくらいで……。なんといっても一番いいのが、やっぱり最後のところですよね。

執　「天の羽衣」か。

佐　あそこなんです。『万葉集』にある柿本人麻呂*の「白雲の　五百重《いほへ》隠《かく》りて　遠けども　夜去らず見む　妹が辺《あたり》は」という歌を思い出します。僕もこれを読み直してから、「白き雲」の翻訳を他の本でも見てたんですけど、もうちょっとね……。執行さんの訳を読んだら、他の訳はもう読めません。

執　僕の訳はいいだろ（笑）。

佐　絶対に執行さんの訳が一番いいです。土井晩翠の訳と同じような雰囲気を感じました。あとは、ヘッセの「荒野の狼*」も好きなんです。フランソワ・ヴィヨン*に通じる革命の詩だと思います。でもどうして数ある動物の中でも、狼なのか、という疑問があるのですが……。

執　狼というのはね、要するに「現代の孤独」なんだよ。狼じゃなきゃいけない理由ってなんだろうかというのはあるんだけど、「現代の孤独」というのは、狼なんだ。狼というのはどうい

上田敏（1874-1916）英文学者・詩人。

『海潮音』（上田敏訳、新潮社〈新潮文庫〉、1952年）ヴェルレーヌ、ボードレール、マラルメ、ブラウニング等の翻訳の先駆者ともいえる翻訳者の西欧近代詩の名訳詩集。

『古事記』（『日本思想大系 1』青木和夫ほか校注、岩波書店、1982年）八世紀に成立した日本最古の歴史書、神話。

柿本人麻呂　万葉歌人・歌聖。

「荒野の狼」（"Hermann Hesse Die Gedichte" ヘルマン・ヘッセ著、Suhrkamp、1977年、『友よ』に執行草舟 訳収録）

う動物かというとね、これはヘッセだけじゃなくていろんな詩人が使ってるんだけど、狼の中には文明があるんだよ。群衆の中の孤独なんだ。

佐　なるほど。集団を組んでるから。

執　そういうこともある。そして、その行動生態学が悲哀のある人類と同じなんだ。文明論でいうと、猿も多いけど、猿と狼が一番組織立ってるんだよ。秩序と組織って文明じゃない。それで、僕がヘッセを好きな理由っていうのはね、狼が持っている文明性、その犠牲的精神を歌っているってことなんだよ。これはね、動物の中で狼だけなんだ。獲物を捕るために、特攻隊じゃないけど自ら死ぬために突撃するという、死ぬ役目を負ってる狼がいるんだよ。

佐　へぇー、そんな狼がいるんですか。それはすごいですね。

執　だから強いんだよ。もう自分は殺されてもいいわけだからね。だからまず突撃する。相手が虎であろうがライオンであろうが突撃して行って、二、三匹殺されるわけ。その二、三匹をライオンが殺そうとしている間に、もう一匹の狼が後ろからそのライオンの頸動脈を切るっていうのが、狼なんだ。だから狼は崇高性があるんだ。

佐　戦国時代の戦法で、本隊を退却させるためだけに小部隊が囮《おとり》となったという「捨て奸《がまり》」戦法みたいですね。それは強いですよ。

執　それで、これって犠牲的精神じゃない。犠牲的精神って、つまり愛なんだよ。犠牲的精神だから、狼の生命には悲哀があるんだ。

佐　詩の中に雪原が出てきますけど、雪原が悲哀を表わす単語だといいますね。

崇高な人間の生き様を狼に託して謳い上げた詩。

ヴィヨン〈フランソワ〉（1431頃-1463頃）フランス中世末期の詩人。

執　そう、だから非常にいいところを突いてるんだよ。要するにこの「現代の孤独」を表わすのは、狼じゃなきゃ駄目だということなんだよ。虎も孤独を表わす動物なんだけど、虎は昔の孤独で、王者の孤独なの。あんな孤独、現代社会ではピンとこない。

佐　ではライオンはどうですか？

執　ライオンも駄目だな。あれはちょっと文明的に雄々し過ぎるというか……。昔の英雄主義にはライオンが使われるんだよ。滅茶苦茶に強いというか。

佐　アレキサンダー大王*みたいな感じですね。

執　そう、ああいうのはライオンなんだよ。あとは、ホメロスの詩に出てくるような、アキレス*とか。でも現代の孤独というのは狼で、その理由は今言った通りなんだよ。だから多分ヘッセ以外の詩人も、狼を使ってるんだと思う。

佐　高村光太郎の「傷をなめる獅子*」の獅子ってライオンですよね。高村光太郎はなぜライオンを詩に使ったのでしょうか？

執　それは詩の解説にも書いていると思うんだけど、英雄的な生命を扱ったからなんだよ。だから、雄々しい英雄主義的な生命論でいうと、獅子なんだよ。でもヘッセが扱ってるのは、現代人の心なんだよ。そういうことでもって、狼が出るということだな。だから佐堀さんも将来文学を書く場合なんかには、文明とか犠牲的精神とか、悲哀の代表として狼を使っていくと、面白いよ。

佐　いやー、面白いですね。

アレキサンダー大王　(B.C.356-B.C.323) 東方遠征により大帝国を築いたマケドニアの王。

アキレス　ギリシア神話の英雄、『イリアス』の主人公。

「傷をなめる獅子」　(『定本 高村光太郎全詩集』高村光太郎著、筑摩書房、1982年、『友よ』執行草舟 著に収録) 獅子を通して人間の崇高さを謳い上げた詩。

折口と三島の関係

佐　あとは折口信夫と三島由紀夫の関係性も気になります。『友よ』に書いてあることは、三島由紀夫の研究史にとってものすごく大きいと思うのですが……。

執　僕の勝手な実感でいうとね、僕が折口について三島に喋ったから、三島由紀夫が折口信夫に再接近したのかもしれない、という感じなんだよ。たぶん折口信夫に対して素直になれない何かが、三島由紀夫にあるんだろうと思うんだ。でも僕という人間を介すると、まあいいっていうかな……。ちょっと歪んでるけど、たぶんそういうものを三島由紀夫は折口信夫に感じてるんだと思うんだよ。

佐　直接はあまりいきたくない……。

執　だって僕はまだ若いから、折口信夫について一方的に話をして、僕が三島に折口信夫を教えたなんておこがましくも思ってたわけ。だから三島が折口を読んでいると聞いて、「お！　僕が話したからだ。ついに折口信夫の価値をわかってくれた」って（笑）。ところが後から調べたら、三島ってもう折口のことは、とっくに研究してるんだよ。

佐　実際、折口と三島は会ってますしね。

執　そう。だから要するに僕の思い過ごしで、三島は元々知ってたんだよ。でも、それを好きだ

佐　と言えない何かが、三島と折口の間にはある。それを強く感じたの。でも当時は「君が折口を好きだから、じゃあ僕も折口は読むよ」という感じだったわけ。僕が好きだから読むよ、と。でもそれって悪く言えば、作家独特の嫌味だよな。

執　好きなものに対する離反というか、好きな女性に対して意地悪するみたいな感じがします。じゃあ好きは好きなんでしょうか？　三島は折口の『近代悲傷集』*を愛読書だと明言してましたし……。

佐　好きなんだと思う。だから好きなのに好きだと言えない何ものかだよ。特に晩年にね。

執　じゃあ好きすぎて言えないってことですか？

佐　好きすぎてというか、好きだけど言えない。僕は三島由紀夫のあの頭の明晰性と予言者性からすると、やっぱりさっき佐堀さんが言ってた下手に喋れない怖さ、または崇高さ、礼儀、そういうものを三島由紀夫も感じてたんだと思う。三島も古い人間だからね。僕が三島由紀夫に抱いてる印象というのはとにかくすごく礼儀正しくて、おまけに紳士だから。さっき佐堀さんも言ってたけど、折口というのは、踏み込むと覗き趣味になっちゃう、みたいなものを持ってるわけ。つまりは「秘め事」だよ。折口は秘め事がある人であって、そういうことを三島由紀夫は僕なんかのレベルよりも、もっとわかりすぎちゃうんじゃないかな。

佐　たぶん直観的にわかってますよね。あえて踏み込んでないところもあるのかもしれないですね。僕がもう一つ思うのは、三島由紀夫が、自分は民俗学から離れたと書いていたんですけど、折口信夫から離れたとは書いてないのが、やっぱりどうなのかなって思って……。

*『近代悲傷集』（釈迢空〈折口信夫〉著、角川書店、1952年）戦前・戦中の詩集『古代感愛集』と対になる、戦後の作品を集めた詩集。

執　民俗学というか折口から離れたんだよ。

佐　やっぱりそうなんですかね……。三島さんの言い方で言えば、民俗学に不健全なものを嗅ぎ取った、という風に書いてあったんです。人間のものすごい深い所に潜ってしまって、人間全体の普遍的なものに到達して何かを解明したと思ってしまっているのが嫌だ、みたいなことを確か書いていました。

執　要するに三島由紀夫というのは非常に紳士だから、覗き趣味みたいなのは嫌いなんだよな。だから民俗学に、覗き趣味的なものを感じたんじゃないかな。

佐　民俗学と同時に、精神分析学からも離れたと書いてありました。

執　そうだろうな。精神分析も一歩間違えばそれがあるよな。だからもし佐堀さんが医者として精神分析を専門にするなら、本当に「患者の病気を治すため」というところに集中しないと、ただの興味になっちゃうよな。「この人間ってなんだろう、面白いな」っていう……。「面白いな」になったら覗き趣味に堕する危険があるよ。

佐　そうですね。だからやっぱり医者の務めというのは病気を治すことですから、病気を治すところに突入しなきゃ駄目なんですね。

執　そこに突進しなきゃ。そうなってはじめて、自分の存在に人類史的な意味が出てくるんだ。

汚い色がきれいなのだ

佐　今のお話を伺っていて思い出したのは、精神科の中の分野で、病跡学というのがあるんです。中井久夫先生も若干やってるんですけど、昔の偉人とかの精神分析をする学問なんですが、実は僕はあれが嫌いで……。やっても意味がない気がするんです。

執　本当に科学的になれればいいかもしれない。ただ、歴史的な人に対しては完全に科学的にはなかなかなれないよ。どうしても好き嫌いが出る。

佐　僕は精神科の先生に、「あれってどういう方がやってるんですか」って聞いたんですけど、引退して時間が充分ある方くらいしか出来ないらしいです。現場にいる人はさすがにできないと仰ってたんで、僕には一種の暇つぶしくらいにも思えてしまうのですが、実際に病跡学の本を読んでみても大体において的外れな感じがします。

執　そうだな。歴史に残る人は基本的に個性的過ぎる人ということも一つ言える。それから基本的には歴史に残ってる人の精神分析っていうのは、凡人には出来ないよ。やっぱり分析って、嫌な言い方だけど結局自分より下の人間にしか出来ないよな。自分より上のものは分析できない。だから少なくとも歴史に残ってる人というのは、大体生きてる人間よりも上だからね。

佐　そうですよね。わからないだけですよね。

執　今世界中に生きている人で、歴史に残るといったら数えられるほどしかいないんだから、偶然合致するなんてないよ。

佐　それこそ三島由紀夫は病跡学で一番題材に取り上げられる人なんですが、まともな分析を、僕は一つも見たことがないんです。

執　三島由紀夫を分析してる人の多くが、三島を異常者だとかいろんなことを言ってるけど、僕は何度も直接会って話をしているからわかるんだけど、印象は最も礼儀正しく、紳士的な人だよ。

佐　絶対にそうですよね。

執　あまりにも感受性が強過ぎるのが、欠点といえば欠点として出てしまうんだろうな。でもそれだって別に悪く出すわけじゃないし。僕はあんなに頭がいい紳士っていうのは、ほとんど会ったことないなあ……。ただ本人もやっぱり、あまりにも頭が良くていい子で、優等生というところが嫌なんだろうな。

佐　たぶんそうでしょうね。

執　そういう面があるんだと思う。でも自分を嫌がるというのは、ある意味では一番健全なことだから。僕が現代人の特徴で一番嫌いなのは、「自分が好きだ」ということなんだよ。現代人って多いじゃない。今は家庭だってそうで、「自分の家庭最高！」みたいな。僕から言えばあんなの最悪だよ。家庭も含めて、自分がすごく良いなんて思うこと自体が、僕はすごく不健全だと思うよ。少なくとも、好きなのはまだいいとしても、すばらしく良いなんて思うのはね。悪いとわかっているけど好きだ、みたいなのはいいと思うよね。

佐　そうだと思います。でも今や皆それでやってますからね。

執　だからそれは自身の感受性が鈍いんだと思うんだよ。自分という人間が今まで生きてくれれば、自分がそんなにきれいで優れたものじゃないことくらい誰だって知ってるはずなんだよ。だって人生って、汚れて、ボロボロになって、死んでく過程だから。だから死んだ子が天使だって言うけど、生まれたばかりの赤ちゃんで死んだら天使かもしれないよ。でも天使として生まれてきたのが、どうやって汚れていくかの過程だからね、人生は。

佐　そうですね。

執　それで、価値がある人生があるとしたら、やっぱり汚れ方が少なかったか、汚れた中でも何か一つ、何かこれだけは守り続けたみたいなものがあるかどうかだよ。僕も何もかも駄目で来たほうだけども、「これだけは守って来た！」というものだけが誇りになっている。僕の場合は、武士道の倫理観だよな。だからそういうものが一つあって、それを死ぬまで続けられたら、それはそれで立派なんだと思う。

佐　でも汚れていく過程であることは事実なんですよね。今は民主主義の世の中なので、生まれながらにすごいという、皆それを信じちゃってるんですよね。何か用意された気軽な「善」を行なえば、それですぐに「いい人」に全員なれる社会です。

執　それは馬鹿だからだよ（笑）。自己自身の感性が麻痺してるんだ。

佐　それをやり通そうと思ったら、二十歳になる前に死ぬしかない。純粋なまま、汚れ始める前に死なないと……。ちょっとでも汚れてしまったら、逆に汚れ抜かないと駄目なんでしょうね。

執　さっき言ったけど、汚れる中に光るものがあれば、汚れってのは価値が出るわけだから、本当は気落ちする必要はないんだよ。それから、真実は汚れの中からしか美しいものも光るものも生まれて来ないんだよ。それがわかれば、汚れながらすべて乗り越えられる。

佐　戸嶋靖昌さんの言葉の中に、「汚い色がきれいなのだ」というものがありますけど、僕はあれだと思うんです。一回汚れてしまったら、汚くなり切らないと、逆にきれいな色が出て来ない……。結局、何かを貫き通してるかどうかだけの問題ではないかと思うのですが。

執　全くそうだ。何かを貫くというのは、きれい事では貫けないから。だから貫こうとすれば貫こうとするほど、ある意味汚れるんだよ。だから、自分のことを善人だと思ってる人って、何についてもフラフラだよね。

佐　何もやらないでいいからそうなれてるんだと思います。

執　フワフワしている。何かを貫くということは、汚れていく過程だと知ることは大切なことだよ。

読書「往還記」

佐　また『生くる』、『友よ』に話が戻ってしまうのですが、僕は『生くる』のことを「往《す》むための思想」、『友よ』を「還《かえ》るための思想」だと思っているんです。

執　書いてる本人は気づかないけど、『生くる』は人生で何かをやるための考え方だし、言われてみると『友よ』というのは、日本人が持ってる何か原点、「我と汝」に還っていくための作業っていうかな……。

佐　『生くる』の帯には、「還れ、日本人の心に。」って書いてありますけど、ある意味じゃ日本人に還ることによって、未来に向かって前進するための本だと思うんです。

執　そうだな。でもこれね、僕は最初の著作として『生くる』、『友よ』を出したんだけども、これがちょうど「往《すす》む」と「戻る」に偶然分類されてたということと、またそれに気づく読者がいるということは、すごく嬉しいね。

佐　僕は常に『生くる』と『友よ』はセットじゃないと意味がないと思っていて、『生くる』というのは「運ぶ」ための道具で、『友よ』は「運ばれる」ものなんじゃないかと思ってるんです。

執　なんか装丁も似てるもんな（笑）。

佐　似てますし、先程も言ったように執行さんの名前が二つに分けられたら、「草」のほうが『友よ』で、運ぶための「舟」のほうが『生くる』であると。

執　これ偶然だもんね。

佐　偶然のほうが、そういうことが良く起こるんですよね。何か偶然こそが必然という感じがしますね。

執　そうだな。『生くる』は「未来に対して往む」ものだよな。それで、『友よ』というのは言う

佐　ならば「魂の故郷《ふるさと》に戻る」というのかな……。これは僕流に言うと、やっぱり『友よ』というのは、たぶん民族を超えて一つの生命、言わば生命の故郷に戻っていくんだろう。
　かなり僕の個人的な見方というか、『生くる』とか『友よ』だけの話じゃなくなってくるんですけど、人間とは何かということを考えた時に、執行さんも仰っていたように僕の中の結論としては、やっぱり「人間とは思い出の総体である」としか言えないように思うんです。

執　要するにベルクソン*の言う「持続する思考」だよな。

佐　そういうことですね。「持続する思考」であって、人間というのは生きていく中で何かを失いながら生きているわけなので、その喪失がすべてだと思うんです。そして、思い出というのは、言い換えれば喪失された美のことではないかと。それで、聖書の中で知恵の実を食べるじゃないですか。

執　楽園喪失だな。

佐　そうなんですよ。あれによって何が起こったかと言ったら、動物は神の摂理の元で自然の法則に従って生きていけるんですけど、それを人間は神の手を離れて自分でやっていかなければならなくなったというのが、知恵の実を食べたということだと、僕は思うんですね。

執　額に汗して働くということになった。そのものズバリだよな。

佐　それで、なぜそういうことをしないといけないのか。なぜ神の摂理に則って動物は生きていて、人間は自分でそういう作業をしなければならないのかといったら、澱《よど》んでしまうものがあるからだと思うんです。精神のある生命というのは止まってしまうと澱んでしまうものなので、

ベルクソン〈アンリ〉（1859-1941）フランスの哲学者、「生命」の哲学化に成功した最初の人物。

執　動物の場合は神の摂理に則っておけば、澱まない。ただ、人間の場合は、それを自分でやるというほうを選んでしまったから、自分でやらないと、人間の生命は澱んでしまう。
　澱んでしまうというのはもちろんそうだ。どうして人間は自分でやらなきゃいけないかというと、宇宙の主体はその「実存」である神だからなんだ。それで、当たり前だけど我々の命は神から全員与えられてる。これは皆そうだよ。そして、人間だけが神を志向することが出来るわけだ。それで変な言い方なんだけど、神もやっぱり自分の存在を認識してくれるものが、宇宙に必要なんだ。そこで、神の存在を認識するために人間というものを創ったということなんだよ。神の愛だけで生きて、愛が無限に与えられてたら、愛を認識することは出来ない。憎しみがなければ愛は認識できないわけ。

佐　楽園喪失ですね。

執　そういうことだよ。当たり前だけど、ここから人間の生物学的な不幸が始まるわけ。エミール・シオラン*も、「音楽とは、失われた楽園を追憶する人間の悔恨である。ゆえにすべての音楽は涙に由来する」と言ってるんだよ。音楽というのは悲哀で、音楽の真髄というのはすべての人間が楽園を喪失したことの記憶、つまりは思い出のことだと言っているんだ。だからすべてのいい音楽には涙があるというのは、そういうことなんだよ。その音楽を生み出さなければならなかったのが人間なんだということだ。もちろん、シオランは音で言っているけど、他の崇高な人間文化はすべてそうだと言っていいと思うよ。

シオラン〈エミール〉(1911-1995) ルーマニアの思想家・作家。

存在の革命

佐　僕は涙を謳った詩人や哲学者の中でも特にレオパルディ*とシオランが好きなのですが、シオランの「最後の審判のとき、人が吟味するものはただ涙だけであろう」という言葉が大好きなんです。執行さんの著作ではいろいろな所に出てくる。

執　この言葉で重要なことは、楽園を喪失したとかしないということよりも、人間が神を志向する動物だ、ということを再認識することなんだよ。それ以外に人間の価値は無くて、実は神の摂理通りに生きるなら動物のほうが肉体的にも全部秀れているんだ。だって動物は病気なんかしないんだから。元々、病気をしたり、戦争したり、そんなことをしてるのは人間だけだけど、戦争も憎しみも、人を騙すことも犯罪も、全部、神を志向するためには必要なものだということなんだよ。

佐　現代は、今執行さんが仰ったようなことを否定する風潮がありますね。

執　だから現代社会の一番の問題は、悪いことのあまりにも激しい否定だよね。悪いことというのは、良いことを認識するために最も必要なことなんだよ。だからさっき戦争で滅ぶことはないと言ったのは、戦争が起きて、人が死ねば死ぬほど生命力が高まる人もいるわけ。だから戦争が終わった後に国が発展するというのは、当たり前の摂理なんだよ。戦後の日本だってドイツだって、家族、友達、親族に不幸になった人、死んだ人を抱えていて、それが今度は自分の

*レオパルディ〈ジャコモ〉（1798-1837）イタリアの詩人・哲学者。

生きる機動力になるわけだから。だから平和が悪いと言ってるわけじゃないんだけど、今みたいな平和な時代というのは、皆の生命力は落ちてしまって、生きる気力も出てこない……。

佐　そうですね。

執　でも今の佐堀さんの見方も面白いね。人間は喪失から始まり、それを放っておいてしまうと澱んでしまうということだよね。

佐　澱んでしまうのを、澱まないようにしようと思ったら、そこで必要になってくるのが感動と呼ばれるものだと思うんです。その感動というのは、単にいいことだけじゃなくて、さっき執行さんが仰られたような怒りであるとか、そういうものも全部含めて何か自分が動かざるを得ないような、自分の中にある種の革命が起きるようなもののことじゃないかな、と。

執　そうだな。

佐　でもその感動というのは、放っておいてしまえば風化してしまうんですよね。それを風化させないようにするためには、もう一回何かを喪《うしな》わなければならない。つまり、もう一度滅びなければならない。それが「存在の革命」であって、自分がかつて経験したのと同じ革命、滅びをもう一度経験しなくちゃいけなくて、それをさせるものが、僕は芸術であり詩だと思うんです。ですから、詩とは何かと言えば、僕は「喪失の追体験をさせるもの」と言う。そうすると、『友よ』は四十五編の詩からなっていますが、執行さんはこの本を書かれる過程で四十五回は死んでることになりますね。

執　それはそうだよ。でも、人間は「存在の革命」の中を生き切らなければならないよ。埴谷雄高の根本思想だな。埴谷も『死霊』という作品の中で自己自身が死に続けているんだ。読むとそれがよくわかる。

佐　その過程を僕らは眺めているんであって、『死霊』もそうだし僕は『友よ』もそういう本だと思うんですね。だからまず滅びから入っている「戦友別盃の歌」があって、最後に始まりがもう一回来る。それが『万葉集』じゃないかな、と。

執　でもこれ偶然だけど、普通の本とはそこは逆になったわけだよな。そういえば『友よ』で取り上げた『万葉集』の歌は、大伴家持が詠んだ正月の歌だったな。つまり一巡してまた始まるということだな。まさに「一陽来復」だ。

佐　そうですね。この本の場合は、逆じゃないと駄目なような気がします。何だか始まりに還っていって、生まれ出る感じがします。

執　そうだよ。でも偶然こうなったということが、さっきも言ったけど、僕は『友よ』を書いた人類的な運命性というか、そういうものを実感するよ。それで、出した本が偶然二冊で「往《すす》む」と「還る」の陰陽を組んでるわけじゃない。これもたまたまだからなあ……。

佐　そうですよね。この本の場合は、二つが揃わないとらせんが出来ないんですよね。『根源へ』には両方とも入っている感じがしますけど、この初めの二冊はセットじゃないと意味がない……。

執　でも本当に、そういうことに気づいてくれる人は少ないよ。これはやっぱり佐堀さんの文学体験というか、佐堀さんという人間そのものが、自分の中で苦しんできたからだよ。苦しんでない人間はわからないから。

『友よ』へ還れ！

佐　僕の個人的な考えなんですが、この世の偉大なものはすべてらせん構造になってるんじゃないかと思うんです。僕の好きな文学で、夢枕獏*の『上弦の月を喰べる獅子』*というＳＦ小説があるんですが、その本にそれが非常に面白く書いてありました。あと、僕がらせん構造を描いていると思っている詩で、田村隆一の「帰途」*という詩があるんですけど……。

執　おー、僕の大好きな詩人だよ。特に『四千の日と夜』*の中の「立棺」*と「幻を見る人」*が死ぬほど好きだ。田村隆一は全集も読んだし、写真集も持ってる。

佐　絶対に執行さんもお好きだと思ってました（笑）。あれも、らせん構造を描いている詩だと思うんです。僕の個人的な見方なんですけど、『友よ』という一冊の本が、執行さんの「帰途」になっている……。

執　なるほど、そうか。でもこの「往く」と「還る」というのはらせんだから、人間の人生にとって一番重要だよな。「三歩進んで二歩下がる」という歌詞の歌があったけど、本当にそういうことで、往《すす》むばかりの人も、還るばかりの人も駄目だから。やっぱり両方必要というか。

佐　そうですね。らせん構造を変えようと思ったら、「往く」と「還る」が同じになってるわけ

夢枕獏（1951-）小説家・エッセイスト・写真家。

『上弦の月を喰べる獅子』（上・下巻、夢枕獏 著、早川書房〈ハヤカワ文庫〉、１９９５年）世界の様々な事象に現われる螺旋構造から仏教の宇宙観と謎に迫る小説。

「帰途」（『田村隆一全集１』、田村隆一 著、河出書房新社、２０１０年）著者の第二詩集『言葉のない世界』に収録された、言葉そのものに対する想いを綴った詩。

『四千の日と夜』（『田村隆一全集１』、田村隆一 著、河出書房新社、２０１０年）著者の処女詩集。

「立棺」（『田村隆一全集１』、田村隆一 著、

執　です。点でみれば、らせん構造では、ぐるっと回って還ってる方向が、同時に行く方向でもある。だから往《すす》んでいるわけであって、還ろうと思わなければ往むことも出来ない。往もうと思わなければ還ることも出来ない。

　なかなか弁証法的な考えだな。これは二冊揃って、人間が一番表現しづらいものを表現してると言ってくれている人がいたな。

佐　そうですね。当たり前の内容なんですけれども、僕たちが日頃なかなか言葉に出来ないことを扱ってる。

執　陰と陽だな。それが一つのベクトルになってるんだな。

佐　そうですね。doing と being みたいな、そういう感じを受けますね。『生くる』が陽＝doing で、『友よ』が陰＝being ですよね。僕は、もしどちらが大事かと言われたら、あえて言うなら『友よ』のほうだと思うんですよ。現代は陰が足りていないような気がするので……。

執　僕もそれは思うよ。だって『友よ』は「我と汝の問題」だから。あのマルチン・ブーバーの哲学の主体だ。

佐　そうですよね。それがわからない限りは、『生くる』もわからない。

執　ただ、出版社が言うのは、こっちのほうが売れるということだよな。

佐　そうでしょうね。だって、仮に『友よ』が無かったとしても、『生くる』はあたかもありそうな感じがします。読んだ人の話を聞くと、やっぱり『生くる』のほうが話に出るんですけど、僕は本当に大事なのは『友よ』のほうだと思うんです。

河出書房新社、２０１０年）著者の初期の代表詩の一つで戦後社会を風刺した詩。
「幻を見る人」（『田村隆一全集1』、田村隆一著、河出書房新社、２０１０年）戦後の著者の心情を小鳥や窓を通して謳った詩。

執　変な言い方だけど、『友よ』が読者の本当の友にならないと、『生くる』を本当に生かすことは出来ないよね。

佐　そうですね。僕の考えでは運ばれる主体が『友よ』なんですから、運ばれる主体が出来上がらないとどうしようもない気がします。存在論的なものなんですよね。

執　僕もそう思って、『友よ』を無理やりに出したんだよ。だから出版社としては、本当は『友よ』は出したくなかった。

佐　そうでしょうね。

執　本当は、出したいのは『生くる』だけなんだ。『生くる』は出版社も、「ものすごく面白い。これは出したい！」と思ってるわけ。だから僕がわがままを言って「『友よ』を出さないなら嫌だ」と言って、『友よ』も一緒に出させてもらったという感じだよ。出版社の見解としては、『友よ』はほとんど売れないだろうと言ってた。ところが今はもう十四版だよ。

佐　滅茶苦茶売れてますね（笑）。

執　そうそう。『生くる』は十七版、『友よ』は十四版。『友よ』のほうがちょっと売れないくらいだけど、ほとんど一緒。でもこれには出版社も最初びっくりしてた。今はどこの出版社でも、詩に関する本は売れないもん。

佐　確かにそうですね。詩を扱っていて、ある程度売れる本を出されたということと、それからこの本を通じて詩が好きになった人が沢山いるということは、ものすごい貢献だと思います。

執　僕が知ってるだけでも、何百人もいるよ。だから、『友よ』の貢献というのは、やっぱり四十五編も載せてるから、これでもってリルケが好きになった、折口信夫が、ロングフェロー*が好きになったとか、もういろんな人がいることだよね。

佐　そうですね。僕もこの本を通してロングフェローが好きになりました。詩の中に出てくる「オーク」と「矢」から、それぞれ静的なものと動的なものを感じるとても美しい詩だと思います。だから、大変な貢献ですよね。出したことにも意義がある。やっぱり二つないといけないですね。

執　そう自分でも思っている。

菊地信義さんの装丁

執　偶然装丁も兄弟みたいだよな。

佐　それはもう菊地さんの力ですよ。

執　菊地信義さんにお願いして良かったのは、菊地さんは超一流なんで、出版社も文句が言えないんだよ。だから通ったんだと思う。これはたぶんね、菊地さん以外のデザイナーがやったら没になってるかもしれない。

佐　そうですよね。これは斬新ですからね。この装丁はいいですよね。確かウナムーノが、「詩と哲学は双子の兄弟だ」と言っていたと記憶しているんですが、この二冊も双子の兄弟という

ロングフェロー〈ヘンリー・ワズワース〉(1807-1882) アメリカの詩人、ダンテ『神曲』の英訳者。

感じがありますよね。僕もこの装丁が好きだからこそ、自分の持っている本の装丁は、あえて見えないようにしてるんです。

執 僕もこの装丁は大好きだよ。本屋とかがテレビに映るときがあるじゃない。これが置いてあるとすごく目立つから、すぐにわかるよ。

佐 異様に目立ちますよね。なんか現代の物質じゃない感じがするんですよ。

執 これは不思議だね。簡単な装丁に見えるんだけど、すごいよね。

佐 一万年前から来たと思わせる装丁ということですから。そこは菊地さんにインタビューしたいところです（笑）。見かけが昔のデータベースみたいな雰囲気で、国会図書館にしか保管されてないような重厚感があります。

執 確か菊地さんは単なる枠じゃなくて、明治時代に出版された本の罫線をそのまま模写したらしいよ。だから今引いた線とは違うんだと言っていた。

佐 昔の線なんですよね。見るからにそういう感じがします。

執 簡単そうに見えるけど、違うんだよ。でもこれ前にもちょっと言ったけど、某大手出版社の人が『生くる』と『友よ』を見てさ、編集者が付けたタイトルじゃないと言ってたからなあ……。その題からも菊地さんが何か発想源を持ったのかもしれないね。

佐 編集者に任せたらどんな題になったんですかね。中身がよくわかるタイトルとかですかね。

執 それはわからないけども。ただ『生くる』、『友よ』というのは僕が考えた題なんだけど、これは出版社では出版直前まで棚上げだったんだよ。それで、いろんな題を考えたんだけど、今

佐　一歩いいのが出ないで、「じゃあしょうがないな」ということで今の題になったの。だから出版社としては、この題名はどこか売れないと感じさせる何かがあるんじゃないかな。僕にはそういうのはよくわからないから……。

執　そうですね。他の出版社の人が見てすぐわかった、ということは何かがあるんでしょうね。タイトルも本の内容みたいに、あまりにも本音をズバリ、という感じだからじゃないでしょうか。たぶん本音過ぎてチラリズムもなければ、そのままで、健全過ぎるというか……。

佐　そうかもしれないな。

執　アポロン的*と言ってもいいかもしれません。でもこれは何だか王道という感じで、素晴らしいタイトルだと思います。タイトルでいうと、『おゝポポイ！』も好きです。可愛らしくて、絶妙だと思います。

佐　意味合いもいいもんな。

執　いいですよね。よくこの言葉が出て来たなって思いましたね。

佐　あれは西脇順三郎の詩で初めて見て、見た時からもう惚れ込んだ言葉なんだな。エーゲ海のあの明るさの中に漂う悲哀で、それを表わす古代ギリシア人の感嘆詞だよな。僕は打たれたね。あれも最初に出版社は「えっ」と言ってたからなあ……。あれも「うるさい、この題じゃなきゃ出さない」と言って（笑）。向こうは最後までゴネてたけどね。

執　普通の人には意味がわからないからでしょうね。

佐　でもちゃんと帯で解説してあるよ。

* アポロン　ギリシア神話の十二神の一柱、医術・音楽・予言の神。

佐　結局、編集部が帯に書いてますからね（笑）。

執　そうだな。とにかく『生くる』と『友よ』が陰と陽で組まれているというのが面白いね。だから『友よ』を本当に理解すると、『生くる』が生きてくるということを、もう少しわかってもらいたいね。

佐　そうですね。『生くる』を本当に生かすには、『友よ』が必要というか、不可欠ですね。『生くる』だけを読んでも実践するのは大変です……。

執　でもこれ上巻と下巻でも良かったんじゃないか（笑）。同じ函に入れてさ。

佐　本当ですよね。セットじゃないと売らないとか（笑）。

乃木希典とは何か

佐　あと執行さんの著作には度々、乃木大将が出てきますけど、僕は個人的には乃木大将に関する話は『古事記』よりも神話的だと思うんです。

執　本当にその通りだと思うよ。だから僕は社員とかお客さんとか、知り合いには「乃木大将を理解することは、日本を理解することだ」ということを、いつも言って来たんだ。やっぱり日本神話なんだね。僕は乃木大将が武士道の最期を飾ってる人じゃないかと思うんだけども、乃木大将を理解できれば日本が何であるか、日本の神話が何か、武士道が何かがわかるということだよ。あの人がわからないというのなら日本が何かもわからない……。やっぱり佐堀さんの考え方は本当に面白いね。

佐　僕は日本という国が、古代から始まって明治維新で一回リセットされたと思っていて、その明治の象徴が乃木大将だと感じているんです。ということは、日本の歴史をらせん構造で譬えた場合、始点であり終点である点に還ってきた瞬間が、乃木希典なのではないかと。

執　そうか、なるほど。乃木希典が教育を受けたのは江戸時代だからな。だから、乃木希典が死んだくらいから、明治維新後の教育を受けた人たちが社会の中心になったんだよ。

佐　そうですね。だから乃木希典が本当に理解されるには、もう一度日本という国が出来てから乃木希典が死ぬまでの、あの二千何百年と同じくらいの年数がかかると思うんです。それで最後になってようやく乃木希典がわかって、またわからなくなるというステップに入る……。

執　ああ、そういう風に見てるのか。

佐　だから今はどちらかというと、らせん構造でいえば一回終点に還って、また始まっている初めの段階なので、歴史的には『古事記』と同時期に当たる。だから今は『古事記』は理解しやすいような気がします。今の時代に合ってるというか、今の時代にピンポイントで重なると思うんです。

執　逆に乃木は理解しにくいと。潜在意識的には西郷もそうだよな。要するに二人とも日本人の深層を流れてる流れだな。それも最後の。

佐　そうですね。西郷隆盛は日本人にとって、不滅の存在だと思います。武士道精神を象徴する存在ですよね。日本人の原点であり、原点だから一番遠いところにある……。

執　それは、それだけ今の日本人が原点から離れてるということでもあるな。

佐　僕もそう思います。西郷を思った時に必ず頭に浮かぶのが頭山満*と高島鞆之助なんです。あとは僕の個人的な見方では、一度らせん構造の原点に戻ったところで、再出発の力を与えようとしているのが三島由紀夫だと思うんです。原点に位置しているのは西郷さんであり、乃木大将なんですけど、そこから先に進んでもう一回らせん構造の円を始める最初の力を与えようとしているのが三島由紀夫です。それで、あの自決事件も出発のための後押しじゃないかと思っていて……。

執　その見方は非常に面白いし、正しい見方だと思う。

佐　だからこそ『美しい星』は、家族で宇宙船に走り出すラストシーンが始まりを象徴しているのだと感じています。人間が進むのに何が一番難しいかというと、第一歩が一番難しくて、その戦後の苦しみを担って死んでいったのが三島由紀夫じゃないでしょうか。

執　そうか、『美しい星』はそういう見方もあるんだな。

佐　僕はそう思っていて、それを反転させたら『朱雀家の滅亡』が出てくると思うんです。

執　そういうことだな。孤忠かぁ……。ただひとりの忠義。やっぱり最後のものだろうな。

佐　『朱雀家の滅亡』は、家族と社会的大義の衝突という観点からも読むことが出来ると思っているのですが、僕にとっても特に思い入れの強い作品です。あと『美しい星』は、ちょっと特殊な観点から見た『天人五衰』だと思っていて、だから今話に挙がった三冊が、僕は三島由紀

頭山満 書

頭山満（1855-1944）
国家主義者の草分け、玄洋社総帥。

夫の作品の中で特に重要だろうと思っているんです……。『天人五衰』の中に「微笑とは、決して人間を容認しないといふ最後のしるし、弓なりの唇が放つ見えない吹矢だ」という一文があって、これを読んだ時は、執行さんが『友よ』で取り上げられていた李白*の「山中問答」*を思い出しました。

執　つまりそれは、孤独の絶頂ということだよ。孤独を乗り越えて、それでもなお何事かを為そうとする「意志」のようなものだろう。人間は最後の最後ではただひとりだけだ。誰も見ていないが、それでもやらなければならない。そういう孤忠をサッと芸術的に描いている。そういう意味で三冊とも僕の好きなラインと合ってるよ。たぶん文明の波に乗ってらせん状の中に位置しているものが自然に繋がって、それを感得して僕も佐堀さんもそれらの作品を好きになっているのかもしれないな。

佐　もしも真実があるならば、真実は一つでしょうから、どういう見方でも繋がって来ると思います。

執　そうだよな。

体当たりするしかない

執　さっきの『友よ』の話でも、僕は『友よ』が重要だと思って無理やり出版までこぎつけたん

李白（701-762）盛唐の中国を代表する詩人。

「山中問答」（『新編 中国名詩選』上・中・下、岩波書店〈岩波文庫〉、2015年、『友よ』執行草舟 著に収録）李白による問答形式で書かれた七言古詩。

佐　だけど、『友よ』のほうが重要だってわかる人はなかなか少ないよ。

執　そうですか。『友よ』がなければ、『生くる』も発動しません。

佐　『生くる』というのは下手に捉えたらハウツー本になっちゃうからな。

執　でも売れてる理由はそういう捉え方をする人が結構いるからかもしれないですね。読んでみるとそんな気もしますけど、でも何かが違うという……。でも『友よ』を読まずに『生くる』だけを読むと、悲惨な目に遭うかもしれない。

佐　これは崖から落っこちちゃうよ（笑）。

執　だからこそ執行さんに文句を言う人もいるわけで…（笑）。『生くる』だけを読むのは、まるで空っぽの状態で走り出すようなものですよね。でも本そのものに力があって、『友よ』を読んでなくても動かざるを得ないような力があるということかもしれないですよね。

執　結構いろんな方から、僕の本には何かそんな力があると言って頂くんだよな。

佐　それは書いてあることが「真実」だということですよ。

執　僕の文章にどういう力があるかというのはわからないんだけど、内容的には人生の「真実」というか、まあ体当たりだってことだよな。

佐　そういうことでしょうね。あと執行さんの本は、文章が「立っている」からだと思います。

執　立っているか。

佐　はい。そうですよ。だって執行さんの文章って「つまり〜である」が多いんですよ。完全に断定です（笑）。

執　本人は全然断定だと思ってないのになあ……。元々僕は自分が執筆する気は全くなかったからな。文章なんてもう滅茶苦茶で、練習もしたことないし、初期の論文なんかは、言葉が間違っているものも多いよ。わかっても、そのまま使っている。本を書くなんて全く想像してなかった。若い頃は会社経営も想像してなかったよ。だから僕があらゆる人に言っているのは、とにかく人生は考えないことが一番いいということ。体当たりで行け！　しか言わないんだ。これは自分も含めてそうなんだよ。人生は、全く自分の思った通りになってないからね。ただ一番重要だったと思うことは、あらゆる人を見てても思うけど、自分に対して来たことに体当たりすることなんだよ。これが一番重要であって、考える必要はないよ。

佐　やってきた運命に、真正面から体当たりしなかったら、道は拓《ひら》かないということですね？

執　そういうことだよ。これは過去の人を見てもわかるし、自分の人生を見てもそうだということ。僕は昔から割とそういうところがわかっているほうで、体当たりして来たつもりなんだけど、体当たりした結果は、全く片鱗だに自分の想像したことのない人生だということだよ。体当たりしたなら、皆そうなると思うよ。だから人生は面白いんだよ。全くわからないからね。運命は面白いよ。運命を楽しむにはね、悪くなってもいいという気持ちがなくてはだめなんだ。それがあれば、運命は楽しいよ。不幸になったり、悪くなったりしたらそれも自分に与えられた運命だからその状態を受け容れてまた楽しむんだよ。

佐　そうですね。深いですね。

執　だから、うちのある社員だってちょっと体当たりしてみたら『ベラスケスのキリスト』を訳すことになったり、とにかくとんでもないことが起きてるんだよ（笑）。

佐　とんでもない、予想だにしない、こんなことしていいの？　くらいのことが起きちゃう。

執　どんなに軽くても、体当たりすればそうなんだよ。もし自分の計画通りに生きてる人間なら、本当につまらない。学生の頃から、ずーっと何も変わらない人生だよ。頭だって伸びないよ。だっていくら考えたって、本人の頭の中は同じ思考回路だもん。同じことの繰り返ししかない。

佐　たぶん頭も悪くなっていくんでしょうね。

執　でも一番重要なことはね、人生論でいつもいろんな人に同じ話で注意してるんだけど、マイナーな計画というのはよく当たるんだよね。計算したことというのは全部当たるんで、計算ばかりしてる人って、すごく自分のことを頭が良くて優れていると思っちゃうみたいなんだ。だからマイナーな人間は、教育でも教育パパ、ママで自分の負け犬根性とか貧乏性を、子供にも植え付けるんだよ。ところが成功者が皆言ってることは、「運が良かった」、「皆さんのおかげです」、「偶然そうなっただけです」なんだよ。そして子供にも干渉しないし、自由にさせているね。子供が駄目なら、それはそれでその子の運命だからしかたがない。

佐　本当にそうだと思います。

執　皆そう言ってるじゃない。僕も若い頃は成功者には人格があるからそう言ってると思ってたんだ。「さすが成功者は違うな」とね。でも僕もある程度は普通の人よりもいい人生を送って来たと自分なりに思ってるんだけど、つくづく思うのは、「すべて自分が幸運だっただけで、皆さんのおかげです」というのは本当だった、ということなんだよ。だって運命を生きただけなんだから。考えたんじゃないんだもの。自分が考えた通りになんて、一つもなってないよ。

佐　そうですね。だからある程度の地位についた人とか、何かをものにした人は、全員「自分は幸運だっただけ」だと思ってるんですね。

執　それは謙遜じゃなくて本当にそうなんだよ。だから僕の「考える必要はない」という意見と同じになる。だから、言うなればこれが成功の哲学なんだ。こういう人間であれば、子供にも変なことを植え付けないよ。

佐　そうですよね。子供もなるべく考えないで、やってみるしかないわけですからね。

執　だって、仕方がないもの。でもこれはね、四十歳を越えた頃からつくづくわかったことなんだよ。

佐　確かに考えること自体、やっぱりろくなことがない気がします……。

自分なんて考えない

執　僕も本に毎回書いていて、僕の本が「厳しい」と言われる一番の理由でもあるんだけど、考えるべきことは、宇宙、生命、文明、芸術のみなんだ。そういうことだけを考えて生きるのが人間の人間たるいわれなんだよ。自分のことは考えちゃ駄目なんだ。生命なんてものは元々が与えられているものなんだからね。それで、僕の意見を聞いて自分のことを考えなくなると、皆必ずすぐに自己固有の生命が躍動を始めるんだよ。

佐　本当にそうですね。自分のことを考えると急降下です。

執　元々がそういうものなんだから。ところが僕の本で、一番「厳しい」と言われてるのはそこなんだよ。

佐　今は自分のことを考えるように癖をつけられてしまっていますからね。考えるとしても、自分の欲望のことばかりで……。

執　それから何か自分個人の人生のことだよな。テレビを見てると、ニュースでも年金とか社会保障の話ばかりじゃない。そうすると自分のことばかり考えちゃうよね。でも考えたら、全員駄目になる。一番いい例が介護問題で、「自分は介護されるだろう」と皆が考えるようになってから、本当に九十パーセント以上の人に介護が必要になった。ところが僕が小さい頃までの年寄りには、社会保障ってなかったんだよ。社会保障がない時代の老人というのは、まあ考えたら不安で生きられないんで、介護のことなんて考えないんだよ。

佐　そうですよね。

執　皆が「自分だけは特別」、「自分は何とかなる」、「たぶん大丈夫だろう」って思ってたんだよ。でも実際に僕が小学生の頃までで覚えてるのは、介護を受けないと暮らせなかった人は、一割も居ないよ。もちろん自分の近所の何軒かはそうだったけど、介護になった人は、運が悪かった人で、これは物理的なものも含めて病気でも脳溢血とかの事故だよね。事故はしかたがない。それはあきらめるしかない。だから事故と言うんだ。

佐　九十パーセント以上は大丈夫だったんですか。

執　昔はそうだった。昔の人は大体自然死だよ。ある程度年を取ってきて、何かの病気になって、すぐに普通に死ぬ。だから自分の子供とか、いろんな他人の手を長く煩《わずら》わすという人は、一割もいなかったということだよ。僕は、これは長生きするとかしないとかという問題じゃなくて、人生の考え方だと思ってるんだ。

佐　やっぱり今は、そういうマイナーなケースを考えてるから……。情報があり過ぎるし、周りを見すぎているんですね

執　今の人はほとんどそうだよ。結婚だって、今は介護のために結婚してるんだから。皆に聞くと「将来が心配で、身体が駄目になった時に、やっぱり誰か頼れる人が居ないと困る」とか。そういう理由で結婚してるんだから。

佐　そうですよね。最初からそんなことを考えていたら、絶対に身体を壊すに決まってますよ。だってそのために結婚するわけですから。まあ僕はまだ、この辺りの話はまだよくわからないのですけど……。

執　まあ、まだ若いからな(笑)。でもそういう考えで結婚したら、必ず駄目になるよ。結婚は相手に惚れてしないとね。つまんないよ。

佐　いや、僕はどちらかといえば、駄目だったら死んだらいいやって思っちゃうタイプなので(笑)。執行さんは、そういうことを考えられたことはないですよね?

執　僕は別に我慢して考えないようにしてるわけじゃないけど、全く考えたことはないよ。完全

なゼロ。

佐　心配してないということでしょうか?

執　まあ、かっこよく言えば生命の本質を知っていて、考えたってどうにもならないことがわかってるということだろうな。「僕はならないぞ!」と威張ってるわけじゃないんだよ。どうにもならない、と知ってるんだ。

佐　なる時はなるし、ならない時はならない……。考えたところでどうにもならないですよね。

執　そうだよ。だから考えるなと言ってるわけ。それで、人生には考えなきゃいけないことが沢山あって、それは考えなきゃ駄目だよ。僕が『生くる』や『友よ』に書いたような、人間として生きるには考えなきゃ駄目な問題は別のところに沢山あるんだ。それは今皆が考えていることじゃなくて、「生命とは何か」とか、「神とは何か」、「宇宙とは何か」、「我々が築き上げた文明とは何なのか」、「この文明の中で人間はどう生きるべきなのか」ということを考えるということだよ。自分の将来なんて、そんなものは運命にまかせて、つまり風まかせで充分なんだ。

佐　そのための読書なんですね。でも今は本を読む人も少なくなってますから。

執　そうだな。佐堀さんなんかは、本当に珍しいほうじゃないの? 同級生にもあまり本を読む人はいないんじゃないかな。

佐　たぶん絶滅危惧種です(笑)。たまに話を聞いていて実は読んでいた、という人がいるんですけど、読んでてもそこまで深く読み込んでいる人はいない印象があります。僕は本を読んで自分なりに考えたことを人に話すと、気味悪がられている気がするんですが、執行さんは相手

執　に嫌われるとわかっている場合でも、ご自身の本音をぶつけていかれるんですか？

執　当然だよ。相手がどう思うかなんて考えていたら何も話せないし、何も出来ないよ。僕はすべて本音で体当たりしかしていない。それで駄目なら、それでいいと思っている。それが自分の運命だし、自分にはそれしか出来ないもの。出来ないことをやろうとしても駄目だよ。僕に出来ることとしかしない。あとは未来に向かってその無限の荒野に向かって自由自在に挑戦をして行くのが人生の醍醐味に決まっている。

佐　執行さんは、やっぱりかっこいいですよ。

執　今の人って、自分が読んだものの話もあまりしないんだよな。でもやっぱり、これだけ皆が悩まなくなったというのは、家庭問題が原因だと思うよ。佐堀さんと話をしていて、自分と全然違うなと思うのは、僕の世代までは家庭ってすごく嫌なところだったんだよ。親は横暴だし、子供は小間使いみたいなものだったから、嫌で嫌でたまらないんだよ。だから、僕の世代まではほとんどの人が早く独立したかった……。でも今は、家庭が嫌な人は少ないもんね。

佐　そうですね。嫌がってる人はいますけど、執行さんが仰った形とは違う嫌がり方ですね。親も現代的ですから、お互いギスギスしているみたいなのが多いと思います。そして親子で気を遣いあっていますね。

執　昔の嫌がり方とは違うよね。昔の親はうるさいというか……。だけど、やっぱり親が嫌なほうが力って付くよね。これは良い悪いじゃなくて、生命力って反作用で付いていくわけだから。だから今の若い人って生命力が足りないように思うよ。

佐　ないですね……。だから本を読む生命力すらない。読書も結構労力がかかりますから。たまに本当にしんどくなります。

執　読書だって、健康には悪いよ。そもそも文明って、健康に悪いことをすることを言うんだよ。だからルソーじゃないけど、健康に悪いことをしないで汚れないように、健康に良いことだけしてようとなると、動物に戻るしかないんだよ。だったらもう人間じゃないわけ。だからルソーなんて、読んでたってしょうがないよ。そのルソーが、今の民主主義の元祖だからね。いやになっちゃうよ。

佐　本当にそうですね。やっぱり人間は何かのために死ぬことが出来ないと、生命としては失敗なんでしょうね。

火の思想

佐　あとは個人的に、『友よ』の中にあるジョン・ダン*の「火の思想」も大好きで……。僕は沈黙の思想も好きで、個人的には沈黙と火はイコールだと思っているんです。いつも火の思想について考えるときに、なかなか読めずに苦労しているのがバシュラール*なんですが、あれは本当に難しいですね。

執　ああ、あれは難しい。あれは、自然科学的な発想から逆に哲学を構築しているんだよ。だか

ダン〈ジョン〉(1573頃-1631) イギリスの形而上学派の詩人・聖職者。

バシュラール〈ガストン〉(1884-1962) フランスの科学哲学者・文学批評家、構造主義の先駆者。

ら思考法が慣れていないんだ。三回以上たて続けに読んでいると少し理解できるようになるよ。つまり、普通の学問的思考法の逆なんだよ。

佐　なるほど、やってみます。それから「火の思想」で思いつくのが長田弘です。*「ファイア・カンタータ」*という詩がありますが、僕はあの詩から「火の思想」としての沈黙を強く感じるんです。あとやっぱり『阿部一族』も好きです。

執　長田弘は沈黙と火の弁証法が交互に詩になっているよね。それから『阿部一族』はいいよなぁ……。あれは森鷗外の真骨頂だな。禅の奥義すら感ずる。あそこには武士道の最もいいところと、悲惨なところが全部表わされてるよ。でもさっき家庭問題の話が出たけど、武士道的なものがすごく生きている時代って、家庭とか近所も含めてすごく嫌な社会だよね。社会がすごく嫌な時代というのは、逆に精神が立つんだよ。そういう意味では今は大変な精神の危機なんだな。要するに環境的・物質的に良過ぎるわけ。だから精神を立てなくても別に困らないというか。

佐　苦労しないですよね。

執　『阿部一族』は現代人には深く読み込んでほしい作品だよね。DVD版の蟹江敬三*は名演だったなあ……。文学もいいけど、あれは映像もいいよ。文学が良いものは、大抵映像にすると駄目なんだけど、あれは別だ。

佐　そうですよね。『美しい星』も映画はちょっとね。三島由紀夫の『美徳のよろめき』*という作品があるじゃないですか。あれが映画化された時に、三島本人が観に行って、あそこまで駄

長田弘（1939-2015）詩人・児童文学作家・文芸評論家・翻訳家。

「ファイア・カンタータ」（『長田弘全詩集』長田弘 著、みすず書房、2015年）著者独自の火に対する考えを表現した詩。

蟹江敬三（1944-2014）俳優・ナレーター。

『美徳のよろめき』（三島由紀夫 著、新潮社〈新潮文庫〉、1960年）人妻が結婚前の友人と姦通し別れるまでを描いた小説。

目な映画は初めて観た、と言っていたそうです（笑）。

執　そんなふざけた映画が映画化されること自体がちょっとおかしいな。そんな映画だったら、三島由紀夫原作だという売り文句を使うこと自体が、やっぱり卑怯だと思うよ。そこまで変えるなら、もう徹底的に脚本から変えちゃったほうが良い。だから結局、三島由紀夫の名前がほしいんだろうな。

佐　かもしれないですね。話題性がほしいんでしょうね。

執　だから、汚いよな。さっきの「火の思想」の話に戻るけども、「火」というのはね、ある意味では宇宙の本質であり、生命の本質なんだよね。だから火がわかると、魂が何であるかもわかってくるし、我々の生命が何かもわかってくるんだよ。だから火を考えるということは重要なことなんだ。火イコール光でもあるしね。混沌から生まれ出づる「何ものか」だよ。我々は漆黒の中に燃えようとする「火花」なんだよ。その火種を育てようとするのが人生とも言えるんだよ。

佐　そうですね。だから火というのは、人間が熾《おこ》さないと熾ないですよね。

執　生命的にはそうだ。ただ宇宙的には星があればそれでいい。あれは核融合だけど、地球上でも人間が熾さなくたって、自然に熾る場合もあるよ。ただ文明として使うには、我々人間が熾さなくては熾ないというのが真実だな。火そのものは、地球上に自然に存在しているわけだけど、人間が文明のために計算して秩序を構築するには、その火を制御することが必要なんだよ。

佐　それは人工的な火ですよね。

執　そうだよ。だから人間が人工的に火を手に入れることによって、文明が始まったということで、あの有名なプロメテウス*の神話があるんだ。

佐　破壊の神様ですね。水爆に行きつく思想ですかね。

執　そう、結局それでも火というのは文明を築く原動力にもなるけど、もちろん破壊の原動力でもあるわけだよ。だから、生命の一番核心的なものだよな。だから三島は、「水爆は最後の人間である」と言ったんだよ。

佐　執行さんの用語でいうと「絶対負」が火そのものということでしょうか?

執　そのものではないが、一端を担うものだよ。絶対負は沈黙と静寂、そして火を生み出す根源のエネルギーだな。

佐　そうですか。そうすると『友よ』にも出てきますが、僕は陽明学は非常に火に近いと思うのですが……。

執　うん、陽明学は近い。それでも、一番近いのはやっぱり中世の「神学」だよ。だからジョン・ダンはキリスト教信仰が失われる時代に詩を作り、詩の中にも火としての神の息吹きを表わそうとしているんだよ。でもジョン・ダンの時代に神を失って、ヒューマニズムという人間中心の思想が生まれ、ルネッサンスが出来て、それを基に近代文明まで来て、今があるわけだ。だからジョン・ダンというルネッサンスが始まった時の詩人が、既に火つまり神の息吹きを失った時の危険性というものを、詩にしているということだよな。

佐　『友よ』に収録されている詩は特にそうですね。そして、火というのは生命の根源であり、

＊**プロメテウス**　ギリシア神話の神、人類に火をもたらした巨人神族の一人。

神に通じるものだということですね。長田弘は現代人ですけど、火に関してすごく古代的に捉えてた。

執　長田弘は、詩そのものが全部古代的だよ。言葉は優しいけども、内容としては縄文から続く、『万葉集』とは言わないけども古代の歌だよ。ただ現代用の口語で書かれているだけで、長田弘は、そういう意味じゃ非常に古代的な人だ。本を出すよりもずっと前で、長田弘がまだピンピンしている頃に、雑誌に詩を載せる許諾をもらうために電話をして話したことがあるんだよ。その時の印象がすごく繊細な感じだったんだ。まるで現代じゃない人のような。何か幽玄の漂うような感じがあった。

佐　そうですか。現代だと、感性が鋭いほど生きづらい面はあるかもしれませんけどね。長田弘の詩は、使われている言葉は平易なのに、読み進めていくうちに詩全体がどんどん深くなっていくところがすごいと思いました。執行さんが長田弘の詩に出会ったきっかけは『友よ』にありましたね。

執　朝日新聞に出てる詩を偶然見て、惚れ込んだんだよ。それまで長田弘は知らなかったな。二、三年前に亡くなってしまったけど、いま生きている人では長田弘を凌ぐ詩人は知らないな。

佐　僕も全詩集を買うくらいに、好きな詩人です。

執　こう言ったらおこがましいけど、僕はほとんど同じように生きて来たような、そんな親近感が湧く詩だよ。

陽明学は反文明

執　さっき言った陽明学も、『友よ』に随分出てくるんだけど、陽明学自体は、僕は三島由紀夫さんから伝授されたんだよ。そういう意味じゃ記念的だよな。

佐　ちょうど陽明学に凝っているときですもんね。いつも「三島と陽明学と執行さん」みたいなセットで記憶にあります（笑）。

執　陽明学を伝授された時に、三島さんから書を貰ってるんだよ。「陽明学徒　三島由紀夫」という署名のある書で「義」と書かれていて、結構珍しいんだよ。あれは僕が三崎船舶に勤めている頃に引っ越しの度に、ずっと家に飾ってあったんで、今は結構痛んでて……。

佐　なんでわざわざ「陽明学徒」って書いたんですかね。

執　自分が陽明学が好きなんだということを、示すためじゃないかな。それと「決意」じゃないかな。

佐　それだけ惚れ込んでいた。

執　三島由紀夫が、陽明学はそこまで好きじゃなかったとか、いろんな意見があるんだけど、そんなことはないという証拠みたいなものだよ。三島由紀夫の陽明学に対する学識は、ものすごいものがあるからね。でも佐堀さんと喋っていると、佐堀さん自身もかなり陽明学が気になっているような感じは受けるよ。

佐　そうですね。実は『伝習録』*とか、王陽明*の本を読んだことはないんです……。他の偉人を研究していたら、勝手に陽明学が入って来るというか。僕は陽明学をあえて敬遠している部分がありまして……。読むと共鳴し過ぎてしまうのがわかっているからなんです。陽明学の背後には、おそらく巨大なニヒリズムがありますから。あれと対決するには機運が必要です。

執　そう、一歩間違えばニヒリズムだ。それは確かだけど、革命的なものはみなそうだよね。でもやっぱり明治維新に至る日本の革命家のほとんどが陽明学徒だからね。大塩平八郎*もそうだ。まずは通る道というか。だから魅力を感じる。基本的に江戸時代の漢学は、幕府の学問所である昌平黌《しょうへいこう》でも教えられていたのは朱子*学じゃない。だから朱子学が国家お墨付きの学問で、朱子学に対する反朱子学、つまり革命思想が陽明学なんだ。だからやっぱり討幕派なんかは一番好きだよ。

佐　朱子学は、行動よりも頭で考えることのほうが先行するイメージがあります。

執　あれは一種の科学で、朱子は「～理学」という言葉を使っているよね。「理」、つまりは「ことわり」だよ。朱子学というのは最も科学的な哲学なんだ。その内容は学問的にはすばらしいよ。

佐　そうですか。

執　うん。要は哲学の科学。それで、基本的には文明と秩序、そういうものを最も重んじている。だから文明論としては、最も重大な哲学の一つだよ。

佐　そうですね。あれは文明を維持するための思想ですよね。

『伝習録』（『新釈漢文大系 13』近藤康信著、明治書院、1961年）陽明学の創始者・王陽明の語録。

王陽明（1472-1528）中国、明中期の学者・政治家。

大塩平八郎（1793-1837）江戸後期の陽明学者・儒学者。

朱子（朱熹）（1130-1200）中国、南宋の学者・思想家。

執　そうそう。維持というか、文明を生み出す哲学ということだよな。「文明とはこうだ」という……。ちょっと皆が誤解をしているのは、封建時代に徳川幕府が推奨したから、封建を擁護しているような哲学だという風に皆は思ってるんだよ。そうじゃなくて、文明なんだよ。

佐　文明そのもの。

執　そう。だからそういうことの本質がわかってくると、民主主義が実は文明じゃないということもわかってくる。朱子学が文明であり、秩序なんだよ。「こうでこういう理由で、こうあらねばならぬ」、「これがこうだから、こうあらねばならぬ」という構築だよ。

あとは人間関係の序列とか、法律やルールも文明ですよね？

佐　もちろんそうだよ。それで、文明もやっぱり長く続くと腐ってくるから、そこに反動として

執　革命思想が出てくるわけで、それが陽明学だよな。これは僕がいつも提唱していることの一つになっちゃうんだけど、朱子学が文明の学問だとわかると、封建が実は文明的で、近代は非文明的だとわかってくるんだよ。政治はだから、非文明。近代というのは、文明に対する反文明じゃなくて、反文明は陽明学なんだよ。

佐　そうですね。まさしく僕が陽明学に火を感じたのは、反文明だからです。陽明学の致良知の理論的な方法論として帰太虚というものがありますが、あれは『友よ』の「偶感」*第四句を読みこめばわかります。文明のスパイラル構造を感じますね。あと反文明と聞くと、戦争のイメージも湧きますね。よく「反対の烽火《のろし》を上げる」っていいますし……。

執　たぶんそうだよ。それで、民主主義というのは何かというと、文明そのものでもないし、反

*「偶感」（『西郷南洲遺訓』西郷隆盛 著、岩波書店〈岩波文庫〉、1991年、『友よ』執行草舟 著に収録）著者の人生観を表現した七言絶句の漢詩。

作用でもないわけだ。じゃあ何かというと、「なし崩し」であり、「ええじゃないか」ということなんだよ。文明でもないし、反文明でもないから、秩序でもないし革命でもない。一番悪いんだよ。しかし、だからこそその「きれい事」の中にいられる。

佐　中立的で、「ニュートラル」。三島由紀夫の、「果たし得ていない約束*」ですね。

執　そう、「ニュートラル」になると言っていたよね。つまり動物に戻ろう、ということだよ。ルソーもそうだし、あと三島由紀夫が佐堀さんが今言った文章の最後に書いていたな。のっぺらぼうみたいなものだよ。だからこれはもう大変なことなんだ。反文明というのは戦いだから、次の希望も生み出すけどね。さっき言ったように戦争ですべての人間が滅びるわけはないから、戦いが終われば必ず硝煙の中から、また秩序とか愛とか、夢とかが生まれてくるんだよ。ところが「なし崩し」とか「ニュートラル」って何も生まれないんだ。もう、終わり。こういうことがわかってくると、民主主義もわかってくる。

佐　もっと勉強しなければなりません。

不幸の本質

佐　戦後の似非民主主義になってから、朱子学は徹底的に封建の学問と言われてますよね。悪いものというレッテルを張られているように感じます。

*「果たし得ていない約束」（『文化防衛論』三島由紀夫 著、筑摩書房〈ちくま文庫〉、2006年）1970年7月7日のサンケイ新聞（夕刊）に掲載された、戦後日本を批判した随筆。

執　確かに、しかし全然悪くないんだよ。あれは中国が巨大な文明を築いた集大成と言えるものだ。中国の全文明を宗の時代に朱子がまとめた。その集大成が何かというと、封建秩序つまり文明の骨組みなんだよ。何にも悪いことないよ。だって文明そのものなんだから。

佐　そうですね。あれが悪いと思うんだったら陽明学をやればいいんです（笑）。

執　そういうことだ。「反」ならそうだ。朱子学に文句があれば陽明学になるはずなんだよ。でも陽明学は今テロリストと言われてるからな（笑）。吉田松陰も幕末の英雄もみなそうだよ。陽明学はテロリストであり、朱子学は封建主義者である、と。それで自分たちだけが「良い」というのが現代なんだよ。

佐　「なし崩し」ってそういうことですよね。なし崩しである状態が正しい、と。こういうことが現代の様相なんだということがわかることも、必要だと思います。とにかく現代は、秩序が嫌いなんですね。

執　そこに優しさというものを持ち込んで、ごまかしている。動物化するときはそうだよ。動物の、あの捕まえた時の暴れ方を見ればわかるじゃない。あの死に物狂いの暴れ方は、抑えられることが死ぬほど嫌だということだよ。今はあれに近づいてるということだ。だから人類をやめようとしてるということだよな。

佐　そうですね。

執　だから、楽園喪失から生まれた人類の苦しみも今はなくなったよ。よく現代人の家庭を見てさ、友達の家を見ててもそうだけど、不幸も起きない。でも不幸って、動物に不幸はないから、人間のものなんだよ。不幸というのは、実は文明の概念なんだ。だから、皆それぞれ褒め合ってるだけで、嫌なことは絶対指摘しないよな。ああいう家が出来上がると、人間としては腐るんだけど、不幸とか病気にはほとんどならないよ。

佐　そうですよね。何にも起きないから、また余計に悪くなるわけですか。まさに生き殺しですね。

執　そう。それで皆長生きになって、ああいう家の年寄りって死なないじゃない。年寄りのくせにビフテキばかり食ってさ（笑）。あれは理論から言うと本当に不思議なんだよ。年を取ってあんなこと、有り得ないよ。何かが壊れているんだ。

佐　よく食べられますよね。何か違うものを食べているのかもしれません。

執　そこはわからないけど、普通の人間ではないことは確かだよ。だから、一般にいう餓鬼道だよな。餓鬼道に陥ると、癌も治ると昔から言われているから。昔はまだボケが出た頃は、皆大騒ぎでいろんなことを言ったけど、ボケが進行してくると進行性の癌が止まると言われていた。要するに「人間的な病気」は全部治るんだよ。

佐　へえー。

執　それでいくらでも食えるようになる。もう何食でもどんどん食べられる。それで、胃の弱かった人がボケたら、胃腸薬が要らなくなると言われてる。だから胃腸薬って、人間のものなんだよ。動物は胃腸薬を飲まないから。胃腸を壊した動物なんて、いないんだよ。「準人間」のペットは壊すけどね。それにしても今の年寄りは本当に胃腸薬を飲まなくなった。昔は年寄りは毎日健康食品のように飲んでいたよ。

佐　確かに野生の動物で見たことはないですね。逆にペットは食べ過ぎで太っているのが多い(笑)。

執　要はそういうことなんだよ。だから文明がどういうことなのかを考えていくと、不幸も文明だとわかってくる。だから、不幸を厭うと文明から離脱してきちゃう結果になるんだ。だから僕は皆に「不幸を受け入れよ」と言ってるんだよ。不幸になれということは、人間に戻れということなんだ。今の人って、不幸が大嫌いじゃない。不幸が大嫌いだと、たぶん動物化していくよ。動物に不幸はないからね。それで、不幸の根源というのは「恋」なんだよ。特に執行草舟推奨の「忍ぶ恋」だ（笑)。

佐　絶対に成就しない恋。

執　男女の恋愛ももちろん恋だけど、遠いともしびを求めるのも恋だよ。それからさっきから話している文明とか、生命とか、ああいうものに突進して行くことも、本当にぶち当たればみな恋なんだよ。

佐　僕は、日本人は「恋の民族」だと思っているんです。『古事記』も恋の書です。日本人は縄文の昔から恋だけを連綿と守り続けて生きて来た。折口信夫が「日本の恋」*という詩を「戀の亡びた日本なぞ　どつかへ行了《いっちま》へ」という言葉で結んでいる。あれほど日本を愛した折口にこの呪言を吐かせてしまった現代が、僕は到底我慢なりません。そして、その現代にのうのうと生きてしまっている自分自身が本当に許せない。

*「日本の恋」(『折口信夫全集 第23巻〈作品第3詩〉』、折口信夫著、中央公論社、1969年) 詩集『現代襤褸集』に収録された、1948年発表の戦後日本についての詩。

執　そうか。でもね、本当に今の日本からは恋の重要さというものが喪われたよ。恋というのは、文明の中を生きるための、反文明なんだよ。どちらも揃って陰陽だから、文明を生きたものに変えるには、反文明がなきゃ駄目なんだ。だから恋を喪えば、文明も滅びるということだ。ただ、文明の中では、恋というのは必ず反作用をもたらす。だから朱子学が世の中を覆っている時代の恋というのは、陽明学になるんだよ。

佐　だから恋に生きた人は皆、陽明学徒なんですね……。やっぱり国ごとに、その民族の一番中核となるものがあると思うんです。例えばアメリカであればやっぱり「自由」であり、中国の場合は「文」である。それで、日本の場合は絶対に「恋」なんです。ですから日本人は、恋の思想を学ばなきゃいけません。僕は変な意味じゃなく、恋の話は大好きなので……。

執　僕は運よく七歳から『葉隠』を読んで、武士道で立ち上がる時に、とにかく「忍ぶ恋」を僕の一生の哲学にしようと決意したわけだからな。だから僕は本当に運が良かったと思う。意味はわからないけど、なんとなく響きがかっこいいから自分の人生の柱にしたんだよ。結果良かったということだ。

佐　忍ぶ恋ですからねぇ……。何か切ない感じにピーンと来たわけですね？

執　そうなんだよ。それを小学校一年で、人生の柱にしたところは直観だよな。なんで選んだのかは、本人にもわからないんだよ。

佐　それはそうですよね。やっぱり血筋じゃないでしょうか。武士道を感じたというか……。

執　そうだろうな。ただ当時は、かっこいいと感じたことだけは覚えてるんだよな。

対談風景

かぐや姫の夢

佐　『葉隠』からは少しずれるかもしれませんが、第二次世界大戦の時に各国で流行った歌があるじゃないですか。ソ連であれば「カチューシャ」という歌であり、ドイツであれば「エーリカ」っていう歌がありますけど、他の国って歌の名前に個人名を出してるんですよね。でも日本だけはそれを探してもどこにもなくて……。これはたぶん「大君《おおきみ》」がそれに当たるんだろうと思うんですけど、ただ個人名で日本人にとってそういう対象になるものがないのかと考えたら、僕は「かぐや」しかないと思ったんです。執行さんは、昔、定期的にかぐや姫*の夢を見てたと本に書かれてましたよね？

執　そうなんだよ。十二単衣のかぐや姫が、月に向かって永遠に昇って行く夢だよ。ズーッと昇り続けるんだ。ただひたすらにね。永遠に向かっているようで、それは美しく崇高でまた悲しい映像なんだよ。これを物心がついた二、三歳の頃から十四歳が終わるまで、一週間に一遍必ず見る。これは今でもわからないけど、僕は宇宙エネルギーとの交信じゃないかと思ってるんだ。まあ当時は病気で死にそうにもなったけど、元気で喧嘩もするし、外で遊んでばかりいるわけ。写真を見てもわかるように、一般的には元気で明るい子なんだよ。ところがこのかぐや姫の夢を見た日は、朝起きたときにものすごい「悲哀」に襲われて、気だるくなるというかな。

かぐや姫　『竹取物語』の主人公で月の精霊。

これは説明不能だよ。きっちり起きてから六時間は元気がなくなる。

佐　当時は子供だったわけですから、わけがわからないでしょう。

執　そうなんだよ。ただただうら悲しいというか、世間的には落ち込んじゃってるというのかな……。きっちり六時間で治るんだけど、もちろん朝食も入らない。とにかく厭世思想というか、人生が嫌になるっていうか。

佐　まだ人生始まってないくらいなのに（笑）。それが十四歳が終わるまで続いたと。

執　そう。そうしたら、今でも記憶にあるんだけど、僕は元々、難しい本が好きで、あらゆる古典から何からを読んでたんだけど、十五歳の時から特に日本文学の中に出てくる「もののあはれ」とか「悲哀」とか、ああいうものが何もかも急に自分なりに全部理解できるようになったんだよ。突然にね。ほとんど考えることもなく、その悲哀を体験した人と同じような感応度合いになったわけ。自分なりには、わからない文学や哲学はなくなった。

佐　その話が大好きで。そのための修練だったみたいなものだったんですかね。

執　そうかもしれないな。だって体験してないどころか、僕自身は馬鹿な坊ちゃんで、苦労ゼロ。親を騙して物を買ってもらうのが専門のような、自分で全く苦労したことがない子供が、世の中の苦労とか「もののあはれ」とか、人の不幸を理解する能力が、ものすごく高くなっちゃったんだ。なんでかは自分でもわからない。でも思いあたることは、かぐや姫の夢しかないんだよ。あの夢が終わったとたんなんだからね。あれでもって、宇宙エネルギーで鍛えられたというか……。そうとしか思えないんだよ。

佐　でもその執行さんが「もののあはれ」を理解するために見た夢は、かぐや姫が永遠に向かって上がっていく夢ですから、たぶん「ともしび」であり、もちろん絶対に到達しないものの象徴ですよね。

執　そのかぐや姫の姿が、美しい分ものすごい悲哀があるんだよ。

佐　さっき仰った虚脱感とか、ちょっと恋煩《こいわずら》いの症状ですよね……。

執　そうだな。で、いくらやってもその人には手が届かないわけだから。その苦痛が毎週必ず一回あるんだよ。

佐　いや、キツいですね。でも最高ですよ(笑)。

執　必ず一回だから。たぶん僕が生まれた時からだと思うんだけど、わかりだしたのは二、三歳だよ。これはもう与えられた運命だと思うんだよな。幸運というか。だって実状、努力ゼロだからね。それで「もののあはれ」の本質ともいうべきものを摑んでしまったのではないかと思っているんだよ。

佐　なるほど。

執　夢を見ている時は、それが悩みでしかないわけ。だってそんなのやっぱり嫌だよな。

佐　またこの夢か、みたいな感じで。

執　そう、毎週だから。でもそれから三週間か四週間見なくなって、「あれ、見なくなったな……」とわかったんだけど、その頃からの文学や哲学の理解力といったら、すごい飛躍だった。革命だよ。なんでかはわからない。僕は原典主義で、『源氏物語』も含めて、原典しか読んでないじゃない。それは解説書を読む必要がないからなんだよ。解説書を読むと全部間違ってるんで、解説書を読めないわけ。特に日本文学に関しては、全部体験しちゃってるわけだから。

佐　西洋のものも含めてわかるようになったんですか？

執　そう、ああいう悲哀が入っているものは全部。それで、聖書とかを通じて、悲哀というのが生命の本質だとわかるようになったわけ。聖書にも、人間というのは嘆きの谷、涙の谷から生まれたものだ、ということが出てくる。だから僕の場合はたぶん、人間に対する理解力というのは何の努力をしなくても身についたんだと思う。だから、かぐや姫の夢が終わってからホメロスなんかも、『イーリアス』を読もうが『オデュッセイア』を読もうが、あの中に漂っているヨーロッパ的な人間生命の悲哀がグサグサくるわけだよ。日本的な「もののあはれ」だけじゃなくて、ヨーロッパのケルトだろうがゲルマンだろうが、アメリカインディアンの悲哀もわかっちゃうよ。

佐　だから読書がまた楽しくなるわけですね。わかれば楽しいので、また次々に読んでいく。

執　そうなんだよ。これだけは自分でもわからないんで、解説することは出来ないよな。言えるのは生まれた時から十四歳までの夢にすべての淵源があるということだけだよ。これ佐堀さんが精神科の医者になったら、是非分析して論文にしてくれよ。自分では全くわからないよ。

佐　わかりました（笑）。僕は本当にかぐや姫が大好きで、たぶんこの世で最も好きなものの一つだと思います。でもかぐや姫を夢で毎週見るというのは、まさしく「忍ぶ恋」ですね。

執　絶対に手が届かないこともわかってるんだからな。

佐　形而上学の存在なので、夢じゃないと見れないですからね。
執　僕の生まれながらの運勢は『葉隠』だと思ってたけど、もしかしたら『竹取物語』の「かぐや姫」から滴り落ちた「忍ぶ恋」かもしれないな。

神話を失った民族

執　夢を見始めたのは『葉隠』を読み始めた七歳よりももっと前だから。一般にいう物心のついた二歳とか、三歳からは間違いなく見てたよ。
佐　じゃあそれが『葉隠』によって理論化したということでしょうか？
執　たぶんそうだよ。それで武士道に関しては、たぶん家が元々佐賀藩の武士の家だから、やっぱり子供ながらに話を聞いて、それでかっこいいな、とか思ってたんだよ。
佐　そうですね。小さな子供が大人になるにしたがって……。
執　でも僕はそういう体験が結構あって、子供の頃にいつも夢に見てた家があるんだよ。楠が生えてて大きな門構えがあって、という瓦の家で、いつもいつも同じ家を見てたわけ。その当時はもちろんわからなかったんだけど、小学校の高学年から中学生くらいになってから昔のアルバムとか写真の束をひっくり返してたら、親父も知らなかったんだけど、明治時代の最初に壊した、江戸時代にうちが武士だった頃の佐賀の家が銀板写真で残ってた。その家が、まさに自分がずっと夢で見てた家なんだよ。それは蔵にしまいこんでいた写真で、親父も見たことのない、開けたことのない写真だったわけ。だから遺伝子の記憶ってあるんだよな。全く寸分違わず、その家なんだ。

佐　そうでしょうね。脳の中に記憶が入っちゃってる。たぶん折口が言うところの、間歇《かんけつ》遺伝ですね。

執　そういう感じだよ。これは人から言われたんじゃないだろうからな。だから人間存在って結構怖いよ。

佐　かぐや姫で思い出したんですが、安田靫彦*の画で、「初國」を描いた絵があるじゃないですか。あの顔のない日本人が船に乗っているもので、執行さんがペルソナについて書いていた……。

執　ああ、「神武天皇日向御進発」の下画だな。

佐　僕はあれにかぐや姫を感じるんですよ。

執　確かに感じるな。

佐　僕の個人的な考えなんですが、かぐや姫は最も根源的な日本人なんです。だから日本人のロマンの、最も抽象化されたものというか……。神話で言ったら、スサノヲとアマテラス*を組み合わせたものが、かぐや姫である気がします。

執　日本人の一番底流を流れているロマンティシズムであり、その象徴的な姿かもしれないね。それが平安時代に『竹取物語』に凝縮して、ああいう形で新しい神話を生んだということかな。

安田靫彦 画「神武天皇日向御進発」〈下画〉

安田靫彦（1884-1978）明治・大正・昭和期を代表する日本画家。

アマテラス　伊弉諾尊の子、高天原の主神。

佐　そうですね。あれは完全に神話だと思います。

執　要するに『今昔物語』*もあの時代の神話として作られたわけだよね。あの時代の人って皆信仰深いし、日本神話を信じているから、たぶん平安人にとっての現代版の神話として作ったんだろうな。「桃太郎」*もそうだと思うよ。

佐　やっぱり神話というのは、その時代のものとして考えないと意味がなくなってしまいますね。

執　もちろんそうだよ。だからね、現代の神話が出来ないのが今の時代の弱みだと思うよ。江戸時代までは、現代の神話というものがあったんだよ。江戸時代の人特有の神話とか、平安の人特有の神話だよな。それは全部『古事記』とかから来てるわけだ。ところが今の人間が神話を生み出せないのは何でかというと、神話そのものを馬鹿にしてるからなんだよ。だけど例えば現代人が小学校から神話を学んで、神話を好きだったとするじゃない。神話がもし本当に好きで信じてたとしたら、たぶん小説家になろうが何しようが、現代の神話を作ろうとすると思うんだよな。だから佐堀さんは、これから現代の神話に挑戦するといいよ。

佐　そうですね。どういう形になるかはわかりませんが、そのつもりでいろいろとやっていますよ。やっぱり神話こそがまさしく歴史と文学の融合体というか、そもそもの生みの親ですから。『イーリアス』や『オデュッセイア』、それから『古事記』も歴史を詩や歌で神話的に表現しているわけですよね。

執　それはそうだ。だけど、もう既にそのつもりでいるのか。大したもんだよ。だから物語としては、やっぱり『古事記』の中の物語そのものでもいいんだよな。その舞台が現代になるとい

『今昔物語集』（全四巻　池上洵一 編、岩波書店〈岩波文庫〉、2002年）平安末期に成立したわが国最大の古代説話集。

桃太郎　鬼退治で知られる、日本の昔話に出て来る主人公。桃から生まれたとされる。

うことだよな。

佐　神話を失った民族は滅びるといいますし、僕も『古事記』を現代に復活させなければならないと思っています。『古事記』は、日本人が取り戻さなければならない「恋」をありありと描いていますから。

執　そうだな。でもさっきのかぐや姫の話は良かったね。あとは文明と反文明ということのダイナミズムの重要さを、現代人にはわかってほしいな。

佐　ある意味では、『生くる』が「文明」で、『友よ』が「反文明」なんじゃないかと思うのですが……。

執　そうなんだよ。だからこそ『友よ』にはジョン・ダンも折口信夫も、あとは王陽明も出てくるんだよ。偶然だけど、やっぱりこれは反文明なんだよ。でも反文明がなければ、絶対に文明はわからない。反文明のない文明が好きな人は、教条主義者で出世主義者ということなんだ。

佐　そうですね。いいとこ取りですね。

執　それで、良い子ちゃんで、ということなんだよ。ところがこの両者よりもっと悪いのがいて、それが「なし崩し野郎」だよ。

佐　何もない、ニュートラルなんですよね。今の人って、偏りを嫌う人が多いような気がします。僕個人としては、それがあまり好きになれないんです。「偏らない」という方向に偏っているというか……。

執　ニュートラルだからな。でもそれも偏りだ。慣れちゃうと居心地がいいんだろうな。

現し世にまた逢ふべしや

佐　『根源へ』はどうですか。全二十四章のうち、二十章までと次の四章がまるっきり違うような印象があってすごく不思議に思っているんですけど……。

執　「出会いについて」、「孤独ということ」、「希望の哲学」、「別れに思う」の四章だな。最後の四章についてね、「非常に論理的だった本が、天空に向かって舞い上がってるみたいに感じる」という人が結構多いんだよ。僕は書いてる本人だからよくわからないけど、ただ一つ言えることは、これは『正論』*という雑誌に出したインタビューを纏めたものなんだけど、そのインタビューにも助手としてついてくれていた、創業以来一緒にやってきた上原安紀子*という営業部長が病気で亡くなるまでが、二十章までなんだ。だから二十章までのインタビューは、ほらここにその営業部長が座ってたんだよ。

佐　僕は最後の四章あたりでは、もちろん次の章で何を取り上げるかは知らなかったのですが、なんとなく何が来るのかわかっていたんですよ。「次のタイトルはこれだろうな」と思って、やっぱりその通りになるという……。最後の四章を通じて何かが繋がっているというか。

執　そうだろ。特に歌人の三浦義一の歌がたて続けに出てくるよな。三浦義一と僕は、ほとんど同一人物だと思ってるから、あんまり引用で出したことないんだよ。同一人物って逆に引用で

『正論』 日本工業新聞社が発行している月刊オピニオン誌。約4年間に亘り執行草舟のインタビュー等が連載された。

上原安紀子（1953-2012）㈱日本生物科学創業期からの営業部長、執行草舟の右腕。

は出ないじゃない。引用というのは、ちょっと違う人の切り口のほうが出るわけ。僕の思想を表わすのに、ちょっと違う切り口から押さえるからわかりやすいわけだよ。

佐　それで使うのが引用なんですね。でも三浦義一と執行さんはほとんど同じ人間なので、逆に引用の価値がなくなってしまう。

執　そういうことだよ。僕が作った歌と、三浦義一が作った歌は名前を変えたらわからないくらいに似ているから。だから極端に言うと、もし三浦義一の歌を出したいなら、自分の歌を出しちゃえばいいくらいなんだよ。

佐　引用する必要がないですもんね。

執　ところが何の拍子だか知らないけど、営業部長が亡くなった次のインタビューから、何が何でも三浦義一を引用したくなっちゃったんだよ。もうどうしようもない悲しみを自分では表現することが出来ない。この悲痛は、わが友である三浦義一に言ってもらうしかないとね。ここからが三浦義一の歌集『悲天』の大登場で、最後の四回で三浦義一の引用がダーッと続くわけ。その辺にも何かの特徴があるんだよ。

佐　もう歌じゃないと表わせないくらいの悲しみだったわけですね。

執　そうだな。僕なんかは、結構弁舌が立つと言われてるほうなんだけど、もう駄目だったんだろうな。「現し世に　また逢ふべしや　うつし世に　生きて寂ぶしゑ　死にて寂ぶしゑ」というあの歌だよ。あの歌を死んでも出したかった……。あの歌しか、上原安紀子との別れを乗り越えられるものがなかったんだよ。だって創業の苦労だけかけて、本社ビルが完成してすぐに死んだんだからね。もっと優しくしてあげていればよかったという、その悔いを乗り越えられなかったんだよ。辛く当たってしまった。最後に手を握り締めて死んで行ったことだけが慰めなんだ。

佐　営業部長の方がお亡くなりになったのが背景にあったんですね。以前、執行さんは「死を乗り越える必要はない」と仰っていましたけど、芸術って何かを弔うためにあると思うんです。

執　ちょうど三浦義一が登場したのは、そういう理由によるんだ。三浦義一を引用に出したところからが、読んだ人の印象でいうと、天空に向かって飛んでいくと言われてるんだよ。

佐　そうでしょうね。営業部長の方がお亡くなりになって、それも先程執行さんが仰った一つの感動に当たるわけであって、それによって残りの四回分でらせん構造を一気にくるっと一周した、という感じがします。何かを喪失してしまったから、それをまた新たに生み出さなきゃいけないだけに、もう三浦義一しかなかったんじゃないですかね。

執　やっぱり三浦義一しかなかったんだろうな。三浦義一の歌以外に失ったものを埋められるものがなかった……。僕が病から奇跡的に命を助けられた二十歳の時も、すがったのは三浦義一とリルケと、モーツァルトのレクイエムというのは本に書いたことがあるよな。

佐　『友よ』にありましたね。そういえば折口がリルケについて書いた「独逸には　生れざりしも」*という詩がありましたよね。あの詩を読むと涙が滲みます。あの心情でしょうね。

執　その通りだ。

ライナー・マリア・リルケ

「独逸には　生れざりしも」（『日本の詩歌11』釈迢空〈折口信夫〉著、中央公論新社、2003年）詩集『近代悲傷集』の冒頭を飾る詩で、著者が愛読するリルケのさすらいの身に思いを寄せ、ドイツによって国を攻められた人びとの悲しみを歌った詩。

旧かな遣いの魂

佐　あとやっぱり三浦義一はすごいですよね。でかいです。あの人の歌は再生の力を持っていると思います。

執　あの人物はもう体当たりそのものの人間だからな。怪物だよ。それでいて生命の詩人だ。

佐　三浦義一の和歌は切ないですね。

執　三浦義一の魅力は切なさにある。その切なさが我々の生命の本源なんだよ。生きることの証しだ。憧れを知る者の真の姿だ。それが三浦義一だ。苦悩と苦痛と、悲哀を生き切った。遠いともしびに向かって、己《おの》が生命をたたき付けながら生きた人だ。

佐　あれはたぶん最高に幸せな気持ちで書いてるんだろうな、という気もします。

執　体当たりで国を憂えて、体当たりで生きて来た人間だから、それはそうだよ。

佐　『悲天』の最後についている、あとがきみたいなものがあるじゃないですか。そこに確か四十歳くらいで、刑務所に入れられている時に、何か自分の中で変わった、生まれ変わった、というような意味のことが書いてある部分があって、そこが個人的に感ずるものがあるところです。たぶんあそこで、あの三浦義一が生まれたんだろうと思うんですよ。

執　ああ、僕もそうだと思うな。三浦義一は何度も生まれ、何度も死んでいる。不滅なんだよ、あの魂はね。

佐　でもあまり知られてないですよね。執行さんが『悲天』を復刊して下さったから、名前が知られ出した……。

執　今はだんだん知られてきたよな。まあ戦後に右翼というレッテルを貼られて葬られちゃったからね。国のために命を捨てた人たちはみな葬られた。

佐　僕は同じく右翼というレッテルで葬られた人物で、最近またちょっと名前が出てきている頭山満も大好きです。偶然じゃないと思うんですけど、三浦義一が刑務所で変わったという話が、「孤独ということ」の中で紹介されているじゃないですか。やっぱりそこで牢獄に入った人の変化というのが出てくる。三浦義一にも、そういう孤独の本質みたいなものがあるんでしょうね。

執　三浦義一の人生というのは、孤独そのものだからな。その孤独が三浦のあの硬質の文体を創っているんだ。また三浦義一の文語の使い方がかっこいいんだよな。あれはただ真似しても現代人は駄目だよ。

佐　そうですね。ただの嫌味になってしまうような気がします。

執　三浦義一のああいう生き方、時代とか、いろんな背景があって成立するんだよ、あれは。僕は、基本的に国語について旧字、旧かな論者なんだよ。元々は旧字、旧かなが当然正しい日本語の正字法だと思ってるんだけど、最近雑誌で旧字、旧かなを使って書く人の文章を見たんだけど、嫌な感じなんだよね。却って軽い。あれはなんでだろうね。

佐　一種のロココ趣味かもしれません。形を真似ているだけでね。

対談風景

執　やっぱり現代人が使っちゃいけなくて、使うなら古い魂を持ってなきゃ駄目だということだよね。雑誌なんかにたまに出てて、「私は旧字、旧かなを使います！」と自慢してる人が多いんだけど、ものすごい陳腐で、合わないよ。僕みたいな旧字、旧かな論者がそう思うんだから、どうしようもないよ。

佐　そうですね。割と最近出た本で、といっても二十年くらい前ですが、旧かなで自然だと思ったのは、やっぱり桶谷秀昭の『昭和精神史』くらいですね。

執　あれは自然だね。桶谷さんのは全然おかしくないよ。やっぱり内容だよな。

佐　個人的に、昔の人が旧かなを使って書いた文章は、今の現代仮名遣いより遥かに読みやすいんです。でも使ってはいけない人が使うと、ものすごく読みにくくなってしまう……。無理がたたっちゃう。

執　あれはなんでかはわからないけど、そういう違いが出るのは結構面白いよね。でも小林秀雄の文章は別に旧かなでも嫌味がないもんね。内容との相関関係とかがあるんだろうね。

佐　あとは本当の意味で身についてるからじゃないでしょうか。嫌味に見える人は、言ってる内容がすごい現代的で軽いのに、無理に仮名だけ旧にしたような感じがします。

執　現代でも内容が深ければいいと思うんだけど、やっぱり今の時代と一昔前の時代を比べると、一昔前にものを書く人の知性というのは今とはレベルというか質が違うんだな。今は誰でも書くけど、昔はやっぱりエリートだよね。そこが全然違うんだと思うんだよ。でもまあ、どうしてかという深いところは僕もわからないよ。ただ、そう感じちゃうのはどうしようもない。僕も旧字、旧かなを使いたかったほうなんだけど、なんかいろんな他の人が使ってるのを見ると嫌になっちゃうよね。

佐　なんか「着物を着なきゃいけない論」と同じような感じがしますね。結局のところ、現代仮名遣いでいいと思います。

執　そうだな。こんなもの別に法律で直せば、一遍に直るだけだから。それこそ今は機械で自動変換できるみたいだし。

佐　インターネット上に、打ち込んだ文章を関西弁に変えるソフトもあるみたいです。標準語を書いて、ボタンを押すと関西弁になるんですよ。

執　別に国が旧字、旧かなに戻したら、僕の著作も全部データを変換して自動的に旧字、旧かなにしちゃうんだろうな。最近はもうその程度にしか考えてないよ。ただ若い時は、強烈な旧字旧かな論者だった。

佐　僕もそうだったんですが、三島さんが「旧字を使いますか」という質問をされた時に、「僕は自分でその時代に生まれたから使ってるけど、現代の仮名遣いでも別にいいと思う」という意味のことが書いてあったので、僕もそれで考えを改めました。

執　三島由紀夫は全然こだわらないよね。ただ三島本人は、本当に教育が昔のものだからね。

『根源へ』に潜れ

執　話は戻るけど、『根源へ』と『生くる』、『友よ』との違いについてはどう思う？

佐　やっぱり『生くる』と『友よ』が合体しているような感じがあります。『根源へ』は両方とも入っている……。あえて言うなら、『根源へ』は「往む」とか「還る」じゃなくて、「潜る」に近い印象です。

執　ああ、潜るか。面白い表現だな。

佐　抽象的でよくわからない譬えですけど、大地に潜っていくイメージです。あとは『生くる』、『友よ』って太陽的、つまりアポロン的な感じがありますが、『根源へ』は地中に潜る、ディオニソス*的なものを感じます。表紙からしてそういう印象があります。

執　確かにそうだな。「表紙はすべてを物語る」というのは真実だよな。これは僕が社長として社員とかお客さんに向けて書いたものじゃなくて、一般誌の『正論』に連載していたものなんだよ。だからそういう意味で『根源へ』は、読んだ人間の自己責任だから僕は責任を持たないよ、と言ってるんだよ。読んでどうしようもなくなっても知らないぞ、という（笑）。

佐　つまり潜りたいやつが潜れということですよね。僕が個人的に、執行さんの本の中で読んでいて純粋に一番「面白かった」という本は『根源へ』ですね。読んでいて圧倒的に面白かったです。

ディオニソス　ギリシア神話の神、酒の神。

執　それは文学論だからじゃないかな。というのは何かというと、社員とかお客さん向けで書いたものが基になっている『生くる』、『友よ』は、基本的に人生論で、健全で家族向けのものなんだよ。つまり親心で書いてるわけ。

佐　そんな感じですね。父親的な。

執　どうしても社長だから、親心なんだよ。皆が健康で、いい人生を送ってもらいたいから書いてるわけだからね。ところが『根源へ』は、「お前ら読書の中に死ね」くらいの気で書いている。僕自身も読書に命を懸けてきたから、読書して死ぬのが人間の道だということを書いてるわけだよ。

佐　それで、読書は自己責任ですから、やりすぎてノイローゼになって死ぬのならその人の責任だということですよね。

執　そういうつもりで書いてる。だから、読書家の人にとっては面白い本だと思うよ。読者に読書を好きになってほしいから、この『根源へ』という本には作家の名前と言葉、芸術家の言葉を出来る限り載せたわけなんだ。かっこいい言葉に共振してほしいんだよ。

佐　感動と共鳴がなければ、好きになりませんもんね。

執　そういうことだよ。だからこの本を読んで、例えばアランが好きになった人って、僕が知っているだけでも何人もいるわけ。僕が抜いた言葉に感動して、早速アランの本を買ってきて、という風に好きになっているみたいなんだよ。それが狙いで書いてる本なんだ。でもその結果どうなるかは、自己責任ということだな。当たり前だけど。

佐　『根源へ』のほうがより危険思想といわれているイメージがあります。『生くる』は健全な危険ですけど、『根源へ』は不良性が強い危険性ですかね。

執　僕は健全なつもりなんだけど、『生くる』も『友よ』も危険思想といわれてるよね。

佐　『生くる』はかなりマイルドな印象ですが、駄目な人は駄目なんですね。『生くる』では父親だった執行さんが、『根源へ』では一人の男になったような感じがします。『生くる』は父の目が入ってるんですけど、『根源へ』は一人の男として言ってるので、「読むなら読め。死ぬなら死ね」と言われているような心地がします。

執　そうだな。やっぱり掲載紙が一般誌だから、好きな人が買って、読みたい人が読むというだけだから。

佐　そうですね。だから自己責任です。あと変なこと言ってしまうかもしれないのですが、僕個人の中で『生くる』は、イメージとして「数学の公式」に近いんです。少なくともこれを使っておけば間違いないよと、与えてくれてるものなんですが、『根源へ』はその「公式が導かれた過程」だと思っています。例えば数学者ガウス*が、一つの公式を作るためにものすごい数式を練るじゃないですか。その過程が書かれてるような本だと僕は感じているんです。だからその過程に、他の物を入れればまた別の公式が生まれてきたりすると思うんです。つまり、弁証法が起こる前段階の素材のようなものではないかと……。だからこれを読んだ人の解釈はいろいろあり得るわけで、何かに飛びこんじゃう人もいれば、静かに生きる人もいる。

執　この本が、読んだ後にまた他の誰かに発展していく、というのが一番多いよな。

ガウス〈カール・フリードリヒ〉(1777-1855)　ドイツの数学者・天文学者。

佐　飛びこんだ人もいるんですか（笑）？

執　いやいや、いないと思うけどこれを読んで行っちゃう人もいれば、という仮定の話だよ（笑）。

佐　これも僕の個人的な考えなのですが、たぶんこの『根源へ』に執行さんの人生が入ったら、弁証法が起こって『生くる』という結論が出てくると思うんです。だから個々人の人生のぶつけ方によって、違う弁証法が起こってくる。ですからその弁証法の正反合の、正が自分の人生だとしたら、反にあたるものが『根源へ』だと僕は思うんです。どんな合が出てくるかは知らないよ、と。そういうことしか言うことが出来ない……。

執　それはそうだよな。

何が私なのか

執　しかし、やっぱり文学論というのは不幸を誘発するものだよ。だから今の安定・安全主義で保障を重視した平和主義の時代というのは、皆文学を厭うことになってしまうんだと思うよ。文学は一歩間違えれば、もう不幸の温床で、芥川龍之介だってああやって自殺してるんだから。今の人から言えばあれは不幸なんだろう。

佐　でしょうね。「若くして亡くなったのが惜しい」とか、「バカなことをした」と言う人もいますが、僕はそうは思いません。あれは誰が何と言おうと「幸福」です。

執　その通りだよ。芥川ほどの人生を送った人が、それでは他にいるのかっていうことだよ。しかし、ああいうのを今の人は嫌がるね。文学者自身がほとんど自殺してるからさ。太宰治だってそうだし。

佐　僕が友達に文学の話をしていたら、「何で文学者って自殺するの？」ってよく訊かれるんですよ。僕は逆になんでわからないんだろう、と思って、それは当たり前だとしか返せないんですけど……。

執　死ぬほど懊悩しないと、文学なんか書けないよ。

佐　「逆に、死なない作家って何なんだろう」と僕は言っちゃうんですけど、そうしたら気まずそうな顔をされるんです……（笑）。

執　だから現代人は人間の懊悩ということに、価値を感じなくなってるんだよな。今ではゲーテの『若きウェルテルの悩み』*なんかもほとんど読まれない。あれは一昔前の世界の青春文学だよ。僕は人に薦めるんだけど、この文学は何を書いてるんでしょうって言われたよ。「恋の懊悩だ」と言ったら、ぽかんとして、「好きならそう言えばいいのに」と言われた。もう死ぬほどの恋の懊悩も感覚的にはわからなくなっているんじゃないかな。

佐　そうですね。悩まないほうがいいという感じですもんね。今は悩んでるといっても、悩んでいるものが違う。悩んでる対象が違うというか、「自分のこと」で悩んでいますよね。自分のことを考えたら泥沼になりますし、あんなに苦しいことはないくらいなんですけど。

*『若きウェルテルの悩み』（ゲーテ 著、竹山道雄 訳、岩波書店〈岩波文庫〉、1978年）若き青年ウェルテルが悲恋の末に自殺するゲーテの書簡体恋愛小説。

執　僕は自分のことを考えたことはないな。若い頃は、鏡も見たことがないんで自分の顔も知らなかったよ。だから経験がないんで、全然わからないよ。

佐　そうですね。キリがないですもんね。『生くる』に書いてある生き方をしたら、こんなに楽なのにな、と思っています。

執　僕は『生くる』に書いてある内容みたいな、哲学、形而上学というか、人生論の苦悩というのはしてるんだよ。人間とは何か、人間とはいかに生くべきかということだよね。自分の生きるこの世とは何か、というようなことだね。そういう人生論としての生き方論みたいなのは苦悩してるんだけど、自分個人のことで悩むというのは経験ないよな。人生論というのは哲学であり、文学論だからね。人間がそのような「文明」で悩むのは当たり前で、今の人は逆にああいう人生論的な悩みはないんだろうな。

佐　ないです。向かう先がないですから。水平方向に散らばっちゃってるというか……。「死生観について」なんかは、一番わからないと思います。「我々はどこに向かうのか」というのが、ないですから。

執　「どこから来て、どこへ向かって、どう死ぬのか」ということだよな。これこそ人類の楽園喪失からの根本問題なんだけど、今の人ってあんまりそういうことで悩まないのかね。それを悩まないなら、ある種、人間ではないよ。

佐　自分で言うのもおこがましいのですが、僕は逆にそれしか考えてなかったです（笑）。

執　まず人間として生まれれば、「人間とはどこから来て、どう生きて、どう死んで、どこに行くのか」ということを考えるのは当然だよね。こんなことはもう、人間というものがこの世に誕生した根本の存在論の問題だよ。

佐　それ以外何を考える必要があるんでしょうね。僕が『根源へ』の一番初めの章についてよく訊かれるのが、「私とは何か」じゃなくて、「何が私なのか」を考えなさいというのがあるじゃないですか。あれの違いがわからないらしいんですよ。

執　ああ、そう。「私とは何か」というのは、今の言葉でいえば、自分とは何かということを考えている状態なんだよ。それで、「何が私なのか」というほうじゃないと駄目なわけ。「何が私なのか」ということは、まず生き方としては「自分は誰なのか」とか、「どういう家に生まれたか」、「どこの国か」、また遺伝体質としてはどういう人間なのか、医者になるのがいいのか、職人がいいのか、スポーツ選手がいいのか。そういうことを考えろということだよ。これらのことは自分個人からは離れているんだ。自分は後からこの世に来たんだからね。この世のことをよく見てよくわからないと生きられないよ。自分なんてその後のことだ。

佐　要は未来じゃなくて過去を見ないといけないということですよね。

執　まずはね。遺伝体質がわかれば、自分の未来は拓いてくる。でも人間って、昔は皆それを考えてたんだよ。だからノイローゼなんていなかったじゃない。社会に出たら、「社会とは何か」、「社会でよく思われるにはどうするか」ということを考えて、すぐに礼儀とかを覚えて、勉強がビリだった子でも皆上手く社会で、ノイローゼなんていないで皆暮らしてたのに、今は東大を出てもノイローゼになる場合があるから。

佐　それは「自分が何か」を考えてるからですよね。

執　そうだよ。それは無間地獄だ。だって結論なんて何もないもの。これはね、良い悪いじゃないんだけど、人間というのは命に関しては個別性なんで、自分のことなんてどこまで考えても何の解答もないし、わかったとしても誰とも「共感」できないものなんだよ。ところが、人間の人生にとって必要なものは、共感性なんだよ。もちろん僕が一番重要視してる孤独性というものもあるよ。でもこれは唯一性だから、共感性がわかると残った部分で自動的にわかるものなんだよ。共感して社会で上手く生きていっても、どうしても人と共感できない部分が残る。それが一回性の孤独な自己なんだよ。それが本当の人生の出発になるんだな。

佐　これは、現代人が何を悩むかということでもありますよね。

執　そう。それで、「何が私なのか」ってことがわからないと、文学には興味持てないんだよ。

佐　文学というのは、人の人生が書いてあるわけですからね。人の人生を見て、自分が何者かをわかろうとするのが文学で、これが人間の自己修行に当たる、ということでしょうか。

執　そういうことで、宗教もそうじゃない？　だから「何が私なのか」ってそういうことだよ。キリストが言ったことを理解しようと思って生きる昔の信仰者は、たぶんキリスト教が自分なんだろうと思ってるんだよ。「私はキリスト教の信仰のために生まれてきた」と思うと、偉大な信仰者が生まれるということなんだ。ところが、比較が一切ない絶対存在の自己のことなんて、どこまで考えたって何も出て来ないよ。だって絶対存在なんだから、誰とも共感しないしね。

佐　絶縁体ですよね。

執　そうだよ。面白い表現だ（笑）。やっぱり君は作家の才能あるね。まぁつまりは、そういうことが書かれてるんだ。そこから運命の始まりが起こるということだよな。

佐　そうですね。

執　だから、昔の人は皆「何が私なのか」なんだよ。「僕は日本人だ」とか、「日本国の将来のために生きる」というのも、たぶんここから生まれるわけ。でも、「僕ってなんだろう……」と思ってたって、愛国心も生まれない。だって絶対存在に愛国心もへったくれもないもん。どちらかというと、自分の存在より日本国のほうが下だから。他者も歴史も全部自分より下になって終わってしまう。

佐　そうですよね。

執　それはそうだよ。だから自分の子供が保育園に入れないだけで、「日本死ね」とか言ってる人がニュースに出てたじゃない。ああなるんだよ。これがわかって、初めて「不合理の精神」に突入できる。今はこういうのが結構多いからな。

佐　僕も以前、友人に「私とは何か」と「何が私なのか」の違いを聞かれて、その時に上手く答えられなかったので、改めてお話し頂けてよかったです。

執　でもこれは、もし佐堀さんが神経内科とか精神科に進むなら、根本問題かもしれないよ。社会に合わせる気がなくなったら、文明の人間はいないわけだから。社会に合わせなきゃいけない、という生き方が「何が私なのか」という生き方なんだよ。だからアメリカに生まれれば、もちろんアメリカの歴史とか慣習に従って人間が出来上がっていくわけなんだ。我々は日本に生まれたから日本の歴史と慣習だな。あとはもう個人個人で皆違うよ。

佐　さっき仰った遺伝体質とか、皆違いますからね。あとは家柄とか、それこそ本当に身体が強いか弱いかまでありますよね。

執　そうなんだよ。ただ今の人を見てると、「自分とは何か」と考えてるから。自分で自分のことを考えたら、自分が絶対者で一番秀れていて、優しくて、思いやりがあるに決まっているんだよ。だって比較がゼロなんだから、そうなるに決まっている。馬鹿げているよ。そして、すべてのものが、自分以下だ。自分と全く同じものなど、この世にはないからね。

佐　そうですね。執行さんはご出身の家柄が良くて、それを誇りにもされていますが、国を憂う気持ちは人一倍あっても、自分の悪いほうで血脈を気にするような人がいたらどう言葉をかけられますか？

執　そんなことは、気にすること自体が駄目なんだ。悪かったら、それを認めて、嫌ならはい上がればいい。良ければ、それはそのような人間として楽しく生きればいい。それが人生だよ。宿命を認め、その中で自分の運命を楽しむ。悪い出自にコンプレックスがあるなら、それだけでその人は終わりだ。だって自分自身の存在を自分が蔑んでいるんだからね。悪くたっていいじゃないか。逆に何でそんなに良くなりたいんだ。わがままもいい加減にしろと言いたい。要は、暇なんだろうと言ってあげるよ。

佐　参りました。それだけ言うには、やはり自分が体当たりで生きてないと駄目ですね。今はノイローゼとか、精神病も増えてます。やっぱり「自分とは何か」を考えたからですね。

執　だって、答えもなきゃ結論もないもの。絶対に終わらないから、さっきも言ったけど昔の人はこれを無間地獄と呼んだんだよ。こういう間違いが、昔もあったんだと思うよ。でもこれは解決不能だ。絶対存在ってそういうことだから。一番社会で駄目なのが、誰とも共感性がないということ。日本に生まれた喜びを自分の中に育めば、共感する人も出来るんだ。それが友情を育み、仲間を生み、となっていくわけだよ。

運命を愉しむ

佐　あと、死生観のところは、執行さんが「中世に生まれていれば、私などは剣術の修行以外は何もしなかった」と仰っている箇所があって、そこにとても共感した覚えがあります。あそこで『楢山節考』*が出てくるのが嬉しかったです。あれこそ執行さんの仰る「生命の燃焼」に貫かれている作品です。

執　『楢山節考』は日本の原点の一つだよ。

佐　あれは映画がまた最高で、観た時は泣きすぎてティッシュペーパーがサッカーボールくらいの大きさになりました。人生であんなに泣いたことはないです。

執　映画も名画だよな。緒形拳*とか坂本スミ子*が出てたけど、文学の映画化作品は本当に名画が少ないんだけど、さっきの『阿部一族』も『楢山節考』も共に映画自体も名画だよ。だから文

『楢山節考』（深沢七郎著、新潮社〈新潮文庫〉、1964年）姥捨て伝説を題材とした小説。

緒形拳（1937-2008）俳優。

坂本スミ子（1936-）歌手・女優。

学がなかったとしてもすごいよな。

佐　僕は『楢山節考』は日本の幸福論だと思ってるんです。

執　おお、いいこと言うね。その通りだよ。だから、僕は皆に「不幸になれ」と言ってるんだ。現代人というのは、「不幸にならないと幸福になれないから、幸福になりたいなら不幸になれ」ということだよ。これは仕方がないよ。

佐　『無法松の一生』や『影武者』に匹敵する名作ですよね。なんでかはわからないのですが、この世界は求めたものが手に入らないで、逆のことをしないといけない。

執　でも今の年寄りに、あの坂本スミ子が演じてたおばあちゃんみたいな毅然たる人生を送ってる人は誰もいないよ。

佐　そうですね。どちらかというと長生きしたいと思ってますからね。

執　あの人も長生きはしたいんだよ。長生きをするとかしないとか、そんなことは関係ないんだ。それこそ「何が自分をつくってるのか」、「何が自分か」ということをわかりきった運命、または使命に生きたのがあのおばあさんだよな。まあ、あの頃の多くの人がそうだよ。でもあの頃でも、卑怯な奴はたくさんいたもんな。

佐　あとは『根源へ』で印象に残っているのは、「運命というものを愉しむ」とか、「宿命を受容れる」です。そういうところに主眼を置いていらっしゃいましたよね。「これを読んだら自分の運命が発動するので、知らないよ」という感じが読んでいて伝わってくるような気がしました（笑）。危険なものが運命で、どんどん変転していってしまう……。

執　そうだよ。変転させなきゃ駄目だ。さっきの話に戻るけど、運命にぶち当たって、運命を受け容れるのが人生だからね。それで、運命が何かは、僕も知らないし、僕のせいじゃない、と言ってるだけなんだ。でも各人が自分の運命を力いっぱい生きるのが人生だから、僕もそうしてきているし、「お前もそうしろよ」ということだよね。自分の運命を嫌がる人が、最も駄目な人生を送ってるんだよ。だから、ものすごく不幸に見えても、ものすごく馬鹿に見えても、運命にぶつかった人の人生というのは、それなりに完結した立派な人生なんだよ。

佐　やっぱり弁証法で、回転を起こさないと駄目なんですね。

執　そうだよ。

佐　恩と縁を大切にしながら、自分にやってきた運命を生きることが大切ですね。やっぱり正反合の反が、この本には書いてあって、読む者に弁証法を迫るようなところがあります。

執　『根源へ』は反が多いかな？

佐　正か反かと言われたら、どちらかというと反だと思います。

執　そうか。つまりは陽明学的ということだな。

佐　そうでしょうね。ひっくり返すほうですから。

執　まあ、でも陽明学はかっこいいもんな。僕はとにかく下世話な言葉でいうと、かっこいいものが好きだから。価値が高かろうが正しかろうが何でも、かっこ悪いものは全部嫌いだ。

佐　かっこよくなくて価値があるものってない気がします。別に悪人でも、かっこいい人はかっこいいですし……。

執　僕のほとんどの判断はそこだからな。だから僕の推奨する映画にも、銀行強盗とか犯罪者がたくさん出てくるけど、例えば多くの西部劇や『明日に向かって撃て！』みたいな、かっこいい生き方をした人はやっぱり犯罪者でも何でも好きだよ。

佐　僕が個人的に大好きなのは、田岡組長*なんです。高倉健*主演の『山口組三代目』を観たのですが、とにかくかっこいい……。やっぱり例え悪人であっても、恩と縁に生きる人物は崇高だと感じました。

執　皆、「絵になる男」という感じがするよな。やっぱりかっこうだよ。

田岡一雄（1913-1981）山口組三代目組長、実業家。
高倉健（1931-2014）日本を代表する映画俳優。文化勲章受章。

デーモンが棲んでる

佐　かっこいいということが、名誉心に生きているという裏打ちだと思うんです。執行さんがよく引用するダンテの「地獄には地獄の名誉がある」と言っているのも、かっこいいですよね。

執　ダンテの『神曲』にあるよな。いつ聞いても、しびれるよ。

佐　あれはかっこいいですよ。悪人でも惚れますね。かっこうは名誉心から来ますね。僕にとって名誉心とは、自分の宿命に誇りを持てるか、宿命の崇高さを信じることが出来るかに尽きると思います。

執　そうだな。こんなことを言ったら悪いけど、今の自分の幸福だけを求めて生きている人って、本当に聖書の聖句通りで豚そのものだもんね。ドストエフスキーもその問題を『悪霊』で展開しているね。そういう人間って、なんだか知らないけど、旨いものとかうなぎとかステーキばっかり食ってるよな。あれ、恥ずかしくないのかな。

佐　恥ずかしくないと、ぼくが断言しておきます（笑）。

執　そうだな。でも僕はそういうものを感じるね。でも『根源へ』というのは元々、『生くる』、『友よ』に感動して、『正論』の編集長がインタビューに来たことがきっかけで始まった連載だから、やっぱり基本的には『生くる』、『友よ』の影響なんだよな。

佐　それはやっぱりその二冊が前提としてあると思います。あと、僕が個人的に一番好きだったのは、「罪と恥」の話なんです。これを知ったおかげで、「罪と恥」の概念が一気に相当深まったような気がします。元々僕の中に欠けていた観点だったので、特に感動しました。「恥を雪《そそ》ぐ」という言葉は良いですね。

執　まあこれは一般に使う言葉でもあるよな。

佐　僕も自分の恥を雪げるようになりたいです（笑）。あそこには「デーモン」の葛藤が潜んでいますね。

執　そうだな。『根源へ』の中には、そのデーモンが棲んでいるんだと思うよ。だからブック・デザイナーの菊地信義さんが、戸嶋の絶筆を表紙に選んだんだと思うんだ。

佐　あの表紙は閻魔大王*みたいですよね（笑）。サタン*っぽい。

執　これは菊地さんの指定だから。菊地さんは、これが絶筆だと知らないで「これを使わせてく

『根源へ』

閻魔大王　仏教における地獄の主神、冥界の王。

サタン　キリスト教における悪魔。

れ」と言ったんだよ。だから本を読んで、中から感じたイメージとこの絵が一番近かったんだろうな。

佐　やっぱり菊地さんの感性はすごいですね。ものすごい直観力だと思います。

執　やっぱりなんでも社会でトップになる人や事を為す人は違うよ。

佐　そうですね。書店で一ブロック全部が『根源へ』だった時は、さすがにすごい迫力だなと思いました。

執　でも、『根源へ』は、『生くる』、『友よ』とか他のものと違って、『根源へ』だけのファンというのも結構いるね。

佐　そうですね。そこから入る人も多いのだと思います。やっぱりこの本は滅茶苦茶に面白いですから。知的な方は特に好きでしょうし……。大学教授の方とかで、好きになってる方も結構いらっしゃるみたいです。

執　明治大学文学部の教授をされていた立野正裕*先生も、僕の著作を好きだと言ってくれてるんだよ。『未完なるものへの情熱』*や『紀行　失われたものの伝説』*とか、知性とロマンティシズムに溢れる著作を沢山書いてる方だよ。立野先生の本は、やっぱり僕と思考ラインが似てるよね。思想的には左翼といわれる反戦思想で、著作を通して戦争の犠牲者になった人の魂を弔っている文学者の方なんだけど、僕は左翼とかそういう視点で見るんじゃなくて、最も人間的な文学者だと思っているよ。立野先生の本は大好きだね。シオランとかウナムーノとか、好きな文学者がほとんど同じなんだよな。だから立野先生の著作が好きなこと自体が、僕が右翼じ

立野正裕（1947-）明治大学名誉教授、英米文学者。

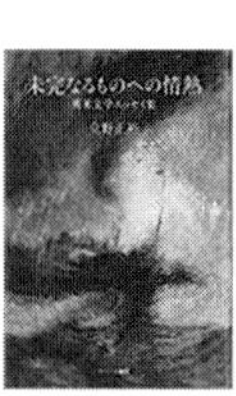

『未完なるものへの情熱　英米文学エッセイ集』（立野正裕 著、スペース伽耶、2016年）英文学者である著者の英米文学評論とエッセイ。

『紀行　失われたものの伝説』（立野正裕著、彩流社、2014年）戦没者たちを弔う場を巡る紀行文。

ゃないということだよ（笑）。立野さんというのは、たぶん分類としては左翼に入るけど、実際は左翼じゃないんだよ。ご本人もそうじゃないと仰ってたし……。要は、人間的な人なんだよ。

佐 戦争の犠牲者を弔う気持ちは、お二人とも同じでしょうからね。頭山満と中江兆民*も、思想は違えど親友でしたよね。右翼とか左翼とか、一体どういう分け方をしているんだろうと思います。色をつけたいだけなんじゃないでしょうか。

執 皆、簡単に済ませたいだけなんだよな。

佐 右翼、左翼と呼ばれる人はいるんでしょうけど、ものすごく表面的なところでしか活動してない人なんですよね。あくまで政治の話だけです。

執 そうだな。

魂は無限に進化する

執 ところで『根源へ』の話に戻るんだけど、僕は本の中で「進化は無限に属し、進歩は有限に存す」と言ってるんだけど、この進化と進歩を混同しているのが、文明の終わりを導いてるんだよな。

佐 僕もそう思います。その言葉がアランからきてるというのが好きで、あそこから内容に引き

中江兆民（1847-1901）明治期の思想家、自由民権運動の指導者。

執　込まれました。アランといえば『幸福論』*の「地上は苦難に満ちている。しかし空は快晴ではないか」という言葉が僕は大好きです。

あれはいいよな。それで僕は進化と進歩の問題をいろんなところに書いてるんだけど、進化というのは、魂に対してだけ使う言葉で、元々は宗教的な言葉なんだよ。一方で進歩というのは、道具とかがどんどん進歩するという物質社会について言う言葉だったんだ。それで、人類が始まった時から聖書にも書いてあるけど、進化というのは魂だから無限でいいんだよ。だから魂が進化するのは無限で、人類というのは最終的には、神と合一するであろう、と言われている動物ということになるんだ。ところが進歩というのは、地球上の物質社会の中でやってるから必ず有限じゃなきゃ駄目で、有限であるということは、還元思想じゃなきゃ駄目だということなんだよ。無限は駄目だということだ。限度を知る必要がある。それを進化と混同させることで誤魔化し出した。無限の経済成長などということを言い出したのもその一つだよ。

佐　要するにゴミなら、必ず自然に還る分量以下しか出しちゃ駄目ということですね。

執　そういうことだ。ところが十九世紀から機械論者は、キリスト教の宗教論で使ってた進化思想を進歩に当てはめて誤魔化していくんだ。そして、「人間は無限に進化しなければならない」と言っている。それは正しいんだ。しかしそれは魂の進化のこと。物質の進歩ではないということをしっかり知らなければならないんだ。人間の無限進化というのは、神に向かう進化のことだけなんだよ。これはテイヤール・ド・シャルダンが言っていた「オメガ点」といって、最後に宇宙の中心にある星、つまりは神に集約されるだろうということなんだ。だから、魂は

*『幸福論』（アラン著、神谷幹夫訳、岩波書店〈岩波文庫〉、1998年）フランス散文の傑作と評されるプロポ（哲学断章）。

佐　無限進化でいいんだ。しかし、あくまでも進歩は限界をわきまえないといけない。我々が生活する地球上で処理できない放射能を作るなんて、とんでもないことですよね。自分が処理できないゴミを作っているということですから。

執　そうだ。でも文明を見ると、十七・十八世紀のヨーロッパ人が進化と進歩を誤魔化して、キリスト教の思想を誤解するように持って行ったんだよ。それこそ、あのルソーとか、サン・シモン*の一派、フランスでいうとエコール・ポリテクニークというところを出てる人たちがそうした。僕はそれを糾弾してるんだ。そこを皆に理解してもらいたいな。

佐　宗教の概念であるべきものを、科学や物質生活に持ってきてしまった……。一種のなまけ心ですね。

執　我々人類も、物質的な道具が無限に進歩しなきゃいけないなんて言うと、皆「そんな必要はない」、「ちゃんと暮らせればいい」という常識ぐらいある。しかし、進化が無限というのは、人類が生まれた時からのセントラル・ドグマになっているようなテーゼなんだよ。人類は神に向かうために生まれた動物体だから、無限変転をして神に向かっていくわけ。それを進化と呼ぶ。それを混同させて無限成長を目指す物質礼賛社会を創り上げたんだ。

佐　そうなんですね。ただこの話は、たぶん現代人には難しいでしょう。

執　現代人が一番嫌がる思想なんだ。一番我々に身近な話だと、無限の経済発展なんて、とんでもない話なんだよ。経済なんて循環に決まってるんで、お金だってそうだけど欲望に限界を持つのは教養の根本じゃないか。でもそうすると何が起こるかというと、真面目に働いてちゃん

*サン・シモン（1760-1825）フランスの思想家・社会主義者。

とした人以外は食えなくなるんだよ。だから、それこそ生活保護まで含めて、馬鹿で働かない人間でも生きていくには、あぶく銭が稼げなきゃ駄目なんだよ。つまりドチャ儲け。そうすると無限の経済成長が必要になるんだ。

佐　だから今の民主主義の選挙制度では、それを標榜しないと当選も出来ない。でも間違えていることに変わりはないですよね。

執　そうなんだよ。物質的な豊かさは、ほどほどをわきまえることが一番大切だということだよな。それをわきまえるのには、魂の問題を考えるのが一番近道なんだ。魂に向かえば、物質のことはすぐにわかるようになるんだ。それで「魂の永久革命を慕い続けよ」というのが、僕の言う無限進化なの。宗教心の在り方と書いてあるように、宗教の根源というのは無限進化なんだよ。だから僕もそうだけど、皆の魂が発展していくのには限界がないし、また限界があっちゃ駄目ということ。

佐　そうですね。進化のほうがわかりづらいでしょうね。物質の進歩というのは数字で測れるんですけど、進化になると急激に「エラン・ヴィタール」みたいなのが起きたり、よりよくわからないというか、もう計算不能な世界になっちゃいますよね。

執　それはわかりづらいよ。だからこそ、見つめ続けなければならないんだ。

死にたくない老人

執　ところで、ウナムーノの「情熱は、不滅性への渇望から生まれる」という言葉もいいよな。

佐　最近、復刊された『生の悲劇的感情』*の帯にも、不滅性について書いてありましたよね。

執　この言葉がウナムーノそのものを表わしてるよ。「情熱の原点」って書いてあるけどさ、これは本の題名にしてもいいくらいの言葉だね。あと「生きるとは呻吟する精神である」という言葉もあるけど、何で今の人って呻吟するのが嫌なんだろう。

佐　嫌というよりも、経験値にないのかもしれません。呻吟という言葉自体が頭の中に入ってないというか……。呻吟というのは雄叫びと同じ意味で使っていますか？

執　ちょっと違うな。呻き声だよ。呻き苦しむ、苦しんで呻き声を出すということだよ。これは佐堀さんも重要視してるけど、「一生とは、よく老いることに他ならない」という老いの美学に繋がるよね。老いというのは本当に人間の根本なんだけども、なんで皆こんなに老いが嫌になったのかね。やっぱり若いことが良いということかな。

佐　やっぱりアメリカのスマイル文化じゃないですけど、外見的には若くて皺が無くて、いつまでたっても年を取らないようなのがいいという風潮があるのかもしれないですね。

執　やっぱりそうかな。でも老いが来なければ、死もないからな。老いないで死ぬのは、「事故死」だから。「横変死」といって、これは最悪なんだよ。だから若くても、老いて死ねばいい。

『生の悲劇的感情　新装版』（ウナムーノ著、神吉敬三、佐々木孝ほか訳、法政大学出版局〈ウナムーノ著作集　3　新装版〉、2017年）生・死・人間とは何かという根源的問いを追求した哲学書。

佐　でも今って若ければ若いほど年齢差を気にしますよね。年取ってる人ほどあんまり気にしてないというか……。若いと二、三歳の差が気になってしまう。これはたぶん学校の影響で、三学年しかないような世界に住んでいるので、一学年の差がものすごく大きな意味があるように感じるんだと思います。でも、いろいろな分野が良くも悪くも若年化してるような気がします。若くしてオリンピックの新記録を立てるとか、どんどん年齢が若くなっている。

執　それは肉体中心になってるからだ。肉体中心になれば要は力だから、若いほうが良いに決まってるわけだよな。まあスポーツ万能社会だからな。

佐　そうですね。そればかりが評価される世の中ですよね。

執　でも老いることって何が嫌なんだろうな。さっきもちょっと出たけど、やっぱり耐え忍ぶことが嫌なのかな。

佐　「耐えねばならぬ」と言われて耐えられるだけの骨がないですよね。そもそも耐えなくていいようにしちゃってる。何のために耐えるかという、理由がまずない。要は死生観がない。

執　そうだな。

佐　稲垣浩*監督の映画『風林火山』で三船敏郎*が演じる山本勘助*が、川中島の合戦で左目に矢が刺さって死ぬんです。僕はあの最期に強烈に憧れるのですが、今はああいう死に方をしたいと思う人はなかなかいないですよね。

執　憧れと忍ぶ恋の一つの結末だもんな、あれは。真の武士の最期だ。ああいう人間に至りたいと思えば成長つまり老いが始まるんだよ。やっぱり今は、成長しようとすら思わないのかな。

稲垣浩（1905-1980）映画監督・脚本家・俳優。
三船敏郎（1920-1997）映画俳優、黒澤明監督作品に多数出演。
山本勘助（?-1561頃）戦国時代の武将・兵法家。

佐　逆に家庭では、成長しないほうがいい子って言われるような気がします。魂そのものがないので、成長する以前の問題なのかもしれません。

執　ただ今の親は、子供が成長しないほうが喜んでるよな。無気力で、幼稚な子ほど親に可愛がられるじゃない。佐堀さんもまだ若いから、そこは感じないのかな。

佐　いや、周りを知らないので僕にはよくわからないのですが、うちの家は全然そんなことはないと思います。ただ僕はそんなに交友関係が広くないので、僕が知らないだけかもしれません。

執　でも、老いそのものが成長だからね。今は皆そういう風に捉えないのかな……。

佐　やっぱり年を取るとか、死ぬというのが嫌なんだと思います。

執　老いなくたって、どちらにしろ死ぬのは死ぬんだよ。今は確かに僕が見ても、「ああなりたい」という老人ってほとんどいないね。

佐　本当に少ないと思います。

執　いや、僕の世代でもいないもんな。まず汚くて、本当に嫌だよ。あれはやっぱり、死生観なくして生きてきたからだと思うよ。やっぱり死生観を持ってる人というのは、それなりにきれいで可愛いよ。

佐　可愛いですよね。それこそ、「ひふみん」みたいに。

執　「ひふみん」は皆から人気があるけど、将棋の世界で勝負師として真剣勝負だけで生きてきたから、やっぱり人間として成長してるんだと思うんだよ。

佐　そうですね。

執　だって将棋士って、なんとなく生きられる人生じゃないよ。それがあの可愛さに出てるんだよな。

天空と地底

佐　老いについてで、僕が思い浮かぶのは音楽家のブラームス*なんです。彼の音楽は「老い」と「忍ぶ恋」だけで作られていると思います。「人はすべてを失うために生きている」と言っていましたが、僕はああいう老い方をしたいです。交響曲第一番の第四楽章を聴くと特にそう感じますね。

執　そうか。ブラームスは有名だよな。音楽は深く清冽で、憧れを秘めている。クララ・シューマン*への忍ぶ恋で生きた人だしな。ブラームスは確かに「老い」の代表者の一人だろうな。それに僕は『根源へ』の「老いの味わい」の章に、「命《めい》は天に在り」という劉邦*の言葉を入れたんだけど、昔は偉大な人や宗教家で医者にかかる人はいなかったよ。これを言うと変人とか異常者だと思われてしまうけど、十九世紀までのカトリックの神父なんかは、病気になって医者にかかる人はいなかった。老いや死を嫌がってないんだよ。

佐　病気になる時期も死ぬ時期も、全部神の意志通りということですね。

執　そういうことだよ。だけど今はローマ法王*も人間ドックに入ってる。本来は神の意志通りで、

ブラームス〈ヨハネス〉(1833-1897) ドイツのロマン主義を代表する作曲家。

クララ・シューマン〈ジョセフィーヌ〉(1819-1896) ドイツの作曲家シューマンの妻、ピアニスト。

劉　邦　(B.C.247-B.C.195) 中国前漢の初代皇帝。

ローマ法王　カトリック教会の最高位の聖職者。ペテロの後継者とされる。ローマ教皇の俗称。

自分の命も神に預けちゃうのが神父なので、良いとか悪いとかそういう問題じゃない。だから昔の神父は、病院にかかるというと、それは神の意志を無視してるとさえ言ってたんだよ。「命は天に在り」ということだろうな。

佐　現代で昔の通り貫くのがいかに難しいかですね。

執　魂よりも肉体優先の世の中になってしまったということだよな。昔は自分の魂が大切だから病院に行かないということがあった。

佐　やっぱり魂よりも肉体のほうが大事になったということですよね。

執　ということだよな。そうすると今度は真のキリスト教徒であることが非常に難しくなってくる。

佐　キリスト教は肉体を捨てようという発想ですもんね。

執　キリストはずっと魂のためには肉体は犠牲にしなきゃいけないし、魂の救いが人間本来の姿だと言ってるんだから。現代はそれがやりづらくなったということだな。これは別にキリスト教徒だけじゃなくて漢帝国を築いた劉邦もそう言ってるんだよ。自分は剣一つで天下をとって、天運に任せて生きてきたから、もし病気になったとしたのなら、それも天運だから医者は要らんということだね。医者に結果論、診てもらうとかもらわないは別にして、こういう考え方は人間の根源なんだよ。こういう考え方は地底から湧き上がって来るんだよ。沸沸とね。この「地底の思想」というのはすごく大切で、僕は人間存在というのは、地底から出てくるものと天から舞い降りてくるものとの合体の接合エネルギーにあると思っているんだ。

佐　僕も絶対にそうだと思います。

執　その接合点だよ。だから地底のもの、つまりマグマが大切なんだ。マグマのエネルギーは動物の紅蓮《ぐれん》の活動エネルギーであり、それと天から降り注いできたものというのは、天使のことだよな。あのアンドロメダのエネルギーであり、人間の魂を人間の魂たらしめる「天空のエネルギー」とも言える。

佐　僕はそれについて、自作の詩を書いたことがあるのですが、地底と天空の交差地点に、僕の場合は埴谷雄高が出て来たんです。

執　天と地の交差地点に埴谷がいたか。そうだろうな。

佐　はい。「そいつがいた」ってやつあるじゃないですか。

執　ああ、ある。「寂寥*」だな。

佐　そうなんですよ。バーッと書いてたら、たまたまそれを思い付いて、「埴谷を読まないといけないな」と思って読み始めたんです。

執　そうか。でもさっきから話してると、佐堀さんは結構、罪の問題を考えてるよな。人類の原罪という意味でだろうけどな。罪について考えると、『根源へ』はすごく印象に残ると思うな。

佐　すごく考えている自覚はあります。

執　僕もやっぱり人間が地底に入っていくのに一番大切だと思ったから、この「罪と恥」を載せたんだよな。

佐　でしょうね。僕個人の考えですが、これがあるからこそ『根源へ』が『根源へ』になってる

*「寂寥」（『埴谷雄高全集　1巻』埴谷雄高著、講談社、1998年）「不合理ゆえに吾信ず」内収録、著者の作品の中でも初期に書かれた詩。

んだと思います。

執　そうだよな。でも人類の行く末ということではね、僕が考えた「恥は人間をどこへ連れていくのか」という言葉はすごく人類的だと思うんだ。僕は恥の概念だけで人類の将来は決まると思ってるんだよ。だって人類の人類たるいわれは、恥だからね。

佐　そうですよね。キリストって人間の罪を背負って、それを償った人として知られていますが、僕はスサノヲは恥を背負った神だと思っていて、日本ではキリストにあたる存在だと思ってるんです。

執　いいこと言うなぁ。その通りだよ。これは文化の違いだな。

地獄を生きよ

佐　ただ『古事記』を読んででも、僕は罪のほうが問題として先に現われてくるんです。僕は存在論的な恥の観念のほうがより根底にあると思っていて、人間であること自体の恥を考えていますから、分析・説明としては罪が恥に先立つんです。でも、自分の実感としては、やっぱり恥が最初にありますよ。

執　確かに我々の底流には恥があるね。でもその中にはやっぱり我々の世代全部が抱えている、日本人としての深層心理と西洋文明に支配されている物質文明との、人間的な葛藤があるんじやないかな。だって罪と恥というと、西洋文明と日本文明それぞれの根底の代表的な言葉だからな。やっぱり特に医学部は西洋医学をやってるわけだから、それがあるんじゃないかな。

佐　これは難しいですね。シオランの『涙と聖者』*に「哲学者たちただひとつの取り柄は、自分が人間であることをときとして恥じたことがあったということである。プラトン*とニーチェは例外である」という言葉があるんですよ。そうすると、人間であるだけで恥じゃないですか。スサノヲもまさにその通りで、初めは神であったのに、それが人間に自らなったわけであって、元々神というものの属性を持っていただけに、人間として存在しているだけでスサノヲは恥を背負ってるんだと思うんです。それを今のスサノヲじゃなくて、個々人の人生論として考えるときには、その恥を雪ぐ方法が、二十歳までに死ぬか、老いぬくかのどちらかであると。だから『生くる』は、僕から言わせれば恥の雪ぎ方なんです。

執　そう、方法論だよな。

佐　『生くる』に書かれている五十四章すべてを人生の最期まで全部貫き通して、初めて人間として生きていることの恥が雪がれると思うんです。

執　なるほど。僕もそう思ってるよ。だから極端に言うと、現代社会の恥の雪ぎ方がわかり易く書かれているということだね。そして『根源へ』で罪と恥の章のインタビューをまとめている時に、営業部長の上原が亡くなって、『根源へ』が一回途絶えてるんだよ。それから、ここからが天空に向かっていくという風に捉えている人が多いんだけど、事情を知らない人が皆言ってるわけだから、不思議だよな。「罪と恥」までは、地底を喘いでいる二十章があって、その

『涙と聖者』（シオラン著、金井裕 訳、紀伊國屋書店、１９９０年）著者が祖国ルーマニアを去りフランスへ移った年に書いた哲学書。

プラトン（B.C.427-B.C.347）古代ギリシアの哲学者、ソクラテスの弟子。

次の四章が天空へ昇って行くんだからな。

佐　ダンテの「地獄篇」から「煉獄篇」に移る感じですかね。だから閻魔大王的なんですね。

執　そうだろうな。でも人間というのは、地獄に生きないと人間になれないんだと思うよ。だって、ミルトン*の『失楽園』*じゃないけど、主人公はサタンじゃない。神ってあんまり魅力がないんだよ。

佐　まあそうですね（笑）。

執　やっぱり魅力があるのはサタンのほうだ。健気だし、可愛いし、生きることに一所懸命だよ。悪いことしようとして、皆を不幸に陥れようとして必死だもんな（笑）。

佐　そうですよね。いろいろと計略をはかってやってますからね。『「憧れ」の思想』の一番最後の章にサタンの話が出てくるじゃないですか。あれが最後に来てるのが、僕はすごい好きなんです。あと、これも僕の個人的な話になってしまうのですが、サタンと言われたら、太宰治を思い出すんです。僕にとって太宰治はサタンと言ってもいいかもしれません。何でかはわかりませんが、自分で駄目さ加減をさらしてるからかもしれないです。昔は元々太宰のことは大嫌いで、悉《ことごと》く否定していたのですが、執行さんに「トカトントン」*という短編を薦めて頂いて読んで、考えを変えるきっかけにしました。戦後の「生」ばかりに偏重した時代に生きる、戦前の「死」の偉大性を知る人間の苦悩が描かれていましたね。

執　そうか。でもサタンとか、地獄が嫌いになった頃から、現代人の軽薄さというのが生まれてきてるんだよ。皆善人になっちゃってさ。人間なんていうのは、皆悪人に決まってるのに。善

ミルトン〈ジョン〉（1608-1674）イギリスの詩人、ピューリタン革命に参加。

『失楽園』（上・下、ジョン・ミルトン著、平井正穂訳、岩波書店〈岩波文庫〉、1981年）天から追放されたサタンが主人公の大長篇叙事詩。

「トカトントン」（『ヴィヨンの妻』太宰治著、新潮社〈新潮文庫〉、1950年）真面目な男の生活が、奇妙な音によって遮られるという不思議さと滑稽味を帯びた短篇小説。

執　人というのは、目標だものな、それも天国にしかいないよ。我々が生きているところは、この地上だぜ。

佐　そうですよね。悪いに決まっていて、汚れている。

執　うん、おまけに馬鹿ときている。憧れを知れば、人間とはそういうものなんだ。だけど今の日本人って全員が善人になってしまって、悪い人はいないんだから参るよな。恥知らずといえば恥知らずなんだろうな。

佐　無邪気な天使だと思ってますよね、自分で。

執　そう。しかし、地獄の状態つまり呻吟と苦悩を生き抜けないわけだから、飛躍もないわけだよな。だって昔の人が地獄を考える考え方というのは、やはり軽薄に流れる人間への戒めだよな。西洋は当然キリスト教があるからすごいけど、日本人だって源信*の『往生要集』*を読んだらびっくりするよ。もう地獄絵図といって、地獄のことを克明に書いてるじゃない。『往生要集』はすごいから一度読むといいよ。

佐　はい、是非読んでみたいと思います。

復活の息吹き

執　あそこまで克明に書けるということは、本人がもちろん体験してるということなんだよ。あ

源信（942-1017）平安中期の天台宗の学僧。

『往生要集』（上・下、源信著、岩波書店〈岩波文庫〉、２００３年）極楽往生に関する要文を集めた仏教書。

とは、あの時代にああいう書物を書けるということは、共感者が多いということで、地獄を体感として知っている人たちが周りにたくさんいたことを表わすんだよ。だからやっぱり鎌倉時代は人間が本当に生き生きして、彫刻だって鎌倉時代の彫刻って違うじゃない。

佐　あの時代の彫刻は、日本の芸術の頂点だと言われてますよね。ああいう時代って、ある意味皆が地獄を見ていたんでしょうね。地獄を見れば、逆に神が見える。

執　『根源へ』の「罪と恥」の章のところまで来て、地底を這って地獄まで入って行って、そこで創業以来の右腕とも思っている営業部長が亡くなってしまった……。だからこそ、その後の「出会いについて」から、天空に向かって上がっていくんだと思うんだよ。現世だって、僕にとっては営業部長が亡くなるなんていうのは地獄みたいなものだった。その営業部長は最も信頼していた、創業以来の仲間であり親友であり、教養もあって僕と話が一番合った、もう言葉には尽くせない人で、その人が亡くなってしまったわけだからね。でも『根源へ』というのは、本のつくりそのものが、人間存在を表わしてるね。営業部長の件まで含めて、この「出会いについて」からの四章で、地底から天空に向かって昇っていく。うちの会社のある社員はもう最後の四章を読んでいると、本当にエベレストの頂上に向かっていくみたいに呼吸困難に陥るんだって。かなり水を飲んだり、深呼吸しないと読めないそうだよ。僕もそう思うんだ。

佐　なんか「裁きの書」みたいですね。

執　すごいよな、これ。裁かれて息が出来なくなる人もいるみたいだからな。

佐　「罪と恥」で地獄に落っこちて、その次で絶妙にそこからいきなり雰囲気がすごい変わりますもんね。急に現世から天へ昇っていく感じがします。

執　急にだよね。これもわざと作ったわけじゃないんだよ。だから逆に営業部長が生きていた場合、この最後の四章は、全然違うものになっていたと思うんだよ。

佐　逆にもっと潜ったんじゃないですか。でも、最後の四章がなかったら、救いがないですよ。まだ最後の章に「希望」とか書いてあるから、まだ有難いなって（笑）。潜り過ぎると出て来れない……。

執　そうだよ。それで、営業部長との別れだから、当然やっぱり営業部長との出会いから、僕は思い出してるわけだよ。それから死によって「孤独」と、次に何とか「希望」に向かって生きなきゃならんということで……。だから最後は「復活の息吹きを愛《かな》しまなければならぬ」になったんだよ。

佐　そうですね。だから段々と光が射してくる感じがするんですね。まさに「復活」という感じがします。「復活」は僕にとっても最重要テーマで、僕はフィンランドという国を「復活」のイメージで捉えていて、日本とよく似た国だと思っているんです。エリアス・リョンロート*という医者が編纂した『カレワラ』*という神話によって国が復活した歴史を見ると、やはり神話を甦らせることが第一義だと感じますね。

執　そうだな。やっぱり神話だよな。復活神話を生み、それが人類の一つの文明を創って行くんだろうな。

佐　神話によって、すべてが新たに生まれ変わって行くように思います。

リョンロート〈エリアス〉（1802-1884）フィンランドの著述家・医師・文学者・言語学者。

『カレワラ』（『フィンランド叙事詩　カレワラ』上・下、エリアス・リョンロート著、小泉保 訳、岩波書店〈岩波文庫〉、1976年）フィンランドの民間説話からまとめられた叙事詩。

執　そうなんだよ。僕が一番好きな哲学者の一人であるエルンスト・ブロッホ*の『希望の原理』*の中の最後を飾る言葉の一つに、「現実の創世記は、初めにではなく終わりにある」というのがある。それを取り挙げたんだけど、これに感応している人が多いんだよね。

佐　すごいですよね。

執　これを希望の章の主題に持ってきたんだけど、これは人気あるね。これは僕は人気が出ないだろうと思って書いたんだけど……。

佐　いやー、なんかヘルメス思想のような感じがします。循環してますもんね。

執　これはもしかしたら、この本の中で一番人気があるかもわからないな。

佐　やっぱり最後に向かっていく感じがいいですよね。『根源へ』は、この本一冊が一つの人生になっている感じがします。

執　そうだな。

坪田譲治とアンドロメダを……

佐　執行さんは、戸嶋さんの描いた最後の絶筆を夜に見ていると動き出すと仰ってたじゃないですか。あれと同じようなもので、この本を読んだら多分、一人の人生の最初から最後までを見た感じになると思うんです。だから僕からしたら、どちらかというとかなり文学に近いですね。

ブロッホ〈エルンスト〉（1885-1977）ユダヤ系ドイツ人哲学者・神学者。

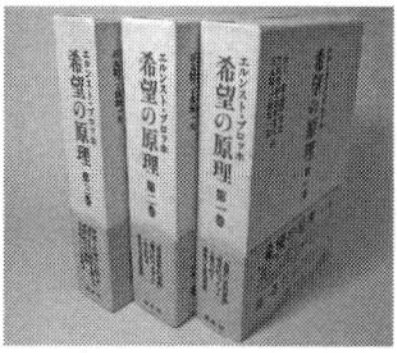

『希望の原理』（1～3巻、エルンスト・ブロッホ著、山下肇ほか訳、白水社、1982年）人類的思考が集大成された思想書。

執　文学の紹介のために書いたしな。やっぱり現代人に文学をもっと読んでほしいという願いで、『正論』の編集長と僕がこういうのをやろう、と企画したんだよ。それで、僕がすごい読書家なんで、自分の読書体験を全部ぶつけて、そのために作家の名前とかっこいい言葉をうんと挙げて、読んだ人たちの反応に訴えたわけなんだ。これがすごい成功したんだよ。これで以て文学・哲学が好きな人がウンと出てきた。『正論』の論客の中でもすごい反響だった。この中に書いた人だと坪田譲治*がすごく人気があるんだよね。

佐　僕も気づいた時はすごい嬉しかったんです。僕も姪が今小さいので、もうちょっと大きくなったら坪田譲治をいっぱい買ってあげようと思ってるんです（笑）。

執　なんといっても坪田譲治とのアンドロメダの会話は面白かったよな。坪田譲治がボケちゃって、徘徊ばかりしてる老人になった。その頃、僕も夜煙草を買いによく一人で出かけたんだよ。すると坪田譲治と道で会って、坪田さんが「おお！　俺はアンドロメダから来たんだ」と言って必ず声を掛けてくるんだよ（笑）。

佐　僕はその話が大好きなんです！

執　「知ってるか」と言うから、「知ってるに決まってるじゃないか。僕も実はアンドロメダから来たんだよ」ってことでさ。若い頃に元々可愛がってもらってた人だからね。坪田譲治のやってた「びわの実文庫」というところでいつも本を借りてたんだ。それで西池公園というところで、二人でベンチで朝までアンドロメダのことを語り合ってたんだよ。

佐　いやー、楽しそうですね（笑）。同郷人ということですよね。『根源へ』では、あとは三島さ

坪田譲治（1890-1982）小説家・創作童話作家。

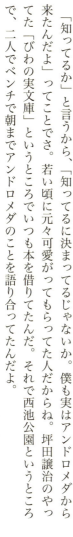

執　んの「恋闕《れんけつ》の形而上学」も好きです。あれは三島文学を表わす最高の言葉の一つだと思います。
僕も「恋闕の形而上学」という言葉がものすごく好きなんだよ。「忍ぶ恋」の本当の恋心というのは、「恋闕」という言葉が一番表わしているよね。ここで僕が例に挙げたのが、『朱雀家の滅亡』だよな。やっぱり僕はこういう言葉がきれいなのが一番感動するな。「恋闕とは崇高なるものを慕う真の尊皇のことである」というようなね。

佐　やっぱり表現は大事ですよね。朱雀家はいいですよね。

執　でもこの創世記の話も、こんなに人気が出るとは思わなかったな。僕にとってこれは結構意外で。聖書系の言葉というのは、日本では人気が出ないからね。

佐　確かに意外な感じがします。でもやっぱりかっこいいですよね。

執　「現実の創世記は、初めにではなく終わりにある」だよな。僕が初めて『希望の原理』を読んだ時、この言葉で僕は何か突き抜けたね。『希望の原理』を延々と読んできた甲斐がいっきょに出たっていうか……。

佐　急激に希望が湧いてきますよね。

執　そうだ。このブロッホも有名な左翼の哲学者なんだ。まあもちろんマルクス*思想に基づいて書いてるんだけど、この『希望の原理』というのは名著だよ。すごく良いよ。

佐　よくあんな大著を書きましたよね。始まり方も好きなんですよ。「欲しいものが、まだ手のなかにない」という詩的な冒頭です。

執　あの書き方いいよ。あれはドイツ語の原文もすごくいいんだよ。『希望の原理』はいい言葉

マルクス〈カール〉(1818-1883) ドイツの思想家・経済学者・革命家。

佐　が沢山あったから、原書と首っ引きで、いい言葉は全部ドイツ語の原文で覚えたり、照合したりしたよ。

先程の話に戻ってしまうのですが、僕は個人的に『生くる』と『友よ』がやっぱり対《つい》になってると思っていて、『根源へ』と対になってるのが『おゝポポイ！』だと思っているんです。

執　あ、そう。意外なところからくるな。でもどちらも共通してインタビュー形式の連載だよな。

佐　そうですね。書き方もそうですし、内容的にも『おゝポポイ！』の裏にあるのが『根源へ』だと、僕個人はそう捉えています。

人類の新しい出発

執　でも面白い捉え方だな。考えてみれば、僕も今言われて初めて思ったけど、『おゝポポイ！』というのは、基本的には僕の外面的な人生、つまり本当の肉体の人生だよな。それで『根源へ』は僕の文学論だから、内面的に僕が読んできた本だとか、魂の変遷を書いてるわけ。要するに魂の、内面の人生だ。今のは僕も言われてみて初めて気づいたよ。さすが佐堀さんは、なかなか読み込んでいるな。

佐　ありがとうございます（笑）。

執　『おゝポポイ！』がくるとは思わなかったな。『「憧れ」の思想』かなと思ってたけど、憧れ

『おゝポポイ！』

はまたちょっと違うよな。

佐　『「憧れ」の思想』は形式が特殊かもしれませんね。あえて『「憧れ」の思想』と対で言うならば、やっぱり『生命の理念』のほうが対かな、と思います。

執　そうか、特殊かな。でも僕はこれから予定としては、「愛」についても書こうと思ってるんだけど、愛についても同じような感じになると思うよ。

佐　執行さんも、かなりファンもいらっしゃるから、読みたい人が待っていると思います。

執　もう今はだいぶ題名の制約もなくなってるけど、やっぱり最初に出す頃というのは、どうしても人の目につく題名じゃないと出版社もとらないよね。

佐　よく『生くる』と『友よ』は通りましたよね。

執　それはさすがに……、大変な大喧嘩だよ（笑）。でも仕方がないよ。僕のつける題名は何が駄目なんだろうね。なんでかはわからないけど、皆売れなそうだと思うみたいだね。『「憧れ」の思想』も確か最初は別のタイトルを提案されてたんだよ。

佐　でも売れちゃったからには文句言えないですもんね（笑）。執行さん個人のことを研究する時には、自伝なのですごく重要になると思うのですが、思想的なところでいえば、『根源へ』が対になると更にぐっと執行思想が入ってくるんです。『おゝポポイ！』ならではと思うのは、やはりお亡くなりになった奥様の話だと思うんです。僕の中であそこは特別でした。

執　ああ、そう。あの章ってすごい感動する男性が多いみたいだね。佐々木孝*先生もそう言ってくれていたな。佐々木先生という人はね、スペイン思想の大家で、ウナムーノの著作も数多く

執行草舟の妻
故・充子

佐々木孝（1939-）スペイン語・スペイン思想研究家。

訳されていて、最近ウナムーノの人生と哲学を紹介した『情熱の哲学―ウナムーノと「生」の闘い―』*を法政大学出版局から出されたんだ。それに、さっき言った立野先生もそう言ってくれているんだよ。短い結婚生活だったけど、あんなに幸福な経験はなかったな。女房が病気してからも看病を死ぬ気でやったけど、そこでも死ぬことは出来なかった。でも、人間としての最高の幸福を妻からは与えられたね。二年二カ月という短い期間だったので余計凝縮した日々だったように思うよ。

佐　『おゝポポイ!』の話が出たのでお話しさせて頂くと、実は僕も僭越ながら、いつか「執行草舟論」で本を出せればいいなと目論んで、時々書いているのですが、『おゝポポイ!』についてはたった一行だけ、「この本を読んで、一度も涙を流したことのない人間を、私は決して信用することが出来ないだろう」と書いているんです。キザな言い方をしていますが、これはわかってほしいです(笑)。

執　なんかその文章は感動するね。シオランの雰囲気が漂っているよ。

佐　『おゝポポイ!』にある和歌も良いですよね。あの和歌を読んだら、泣きますよ。和歌は初めは『友よ』の鑑真*と會津八一*のところで出て来たんでしたよね。あれを初めて見た時は衝撃的でした。あの和歌と奥様の微笑みが重なってきて、なんて素晴らしいんだと思いました。救世観音*や聖母マリア*、モナ・リザ*の微笑みも彷彿とされます。朝に塾へ向かう電車で読んで、泣きかけてました。

執　そうか。希望だよな。それに僕が『根源へ』の中で一番好きなのは復活のところ、つまり創

『情熱の哲学―ウナムーノと「生」の闘い―』(佐々木孝 著、執行草舟 監修、法政大学出版局、2018年)スペインの思想家ウナムーノの人間的魅力と深淵に迫る伝記。

鑑　真　(688-763) 中国、唐の高僧、日本の律宗の祖。

會津八一　(1881-1956) 美術史学者・歌人・書家。

救世観音　観世音菩薩のこと。世の人を苦しみから解放する。

聖母マリア　イエス・キリストの母。

モナ・リザ　レオナルド・ダ・ヴィンチの描

世記だな。希望のところで、やっぱり創世記はこれから来るんだということだよな。僕も聖書の「創世記」は小学生の時に読んだんだけども、一番最初に受けた印象は、昔の物語に見えなくて、これからの人類が体験するものを感じた。先生にそれを言ったら、「生意気だ」って随分と殴られたな（笑）。

佐　先生もびっくりでしょう（笑）。

執　本当に。その時にそういう直感をもったわけ。その直感がある意味じゃ正しかったというかな。そういう勇気を与えてくれたのが、あの『希望の原理』なんだよ。

佐　読み進めていくと、最後にそうやって書いてあるんですもんね。

執　あれは本当にびっくりしたよ。読んでて絶えず引っかかって、読み終えるの大変だったんだよ。でも創世記がこれから起こるんだと思わなかったら、僕は事業も始めてないよ。

佐　「最初の人間」が生まれる。

執　うん。やっぱりひとつの文明が滅びて、これから人類の新しい出発が来るんだと信じてるから、僕はこの事業も始めることが出来た。本の出版も美術のコレクションも、すべて人間がもう一度やり直さなければならないと思うからこそやることが出来るんだ。その未来に出来うる限り貢献したいんだよ。人類の創世記がもう一度来ると思わなかったら、こんなの大変なだけでとても本なんかも出さないよ。

佐　信じてないとやれないですよね。

いた女性の肖像。ルーブル美術館蔵。

神話と三島由紀夫

佐　今は復活が求められている時代なんだと思います。

執　でもやっぱり佐堀さんにも何か神話に基づく人間性の復活を担うような医者であり文学者になってほしいよな。医学者と文学者は両立するからな。神話を復活させるということ。神話というのはあのブロッホの言う「創世記」だよ。

佐　日本の創世記ですか。

執　当然そうだよ。

佐　その礎は三島由紀夫が作っているのだと思います。明治以降の近代の日本作家それぞれのキーワードを考えているのですが、三島由紀夫のキーワードは、絶対に「復活」だと思っているんです。『天人五衰』を読んでそれを明確に理解しましたから、ちょうど去年の今頃くらいからそう感じています。

執　でも三島由紀夫はその自決事件も含めて、復活のための一つの神話の始まりだよな。ちゃんと神話になるような死に方もしたしな。

佐　そうですね。僕もあれは一つの神話だと思っています。僕が『豊饒の海』を読んでて、僕はその第二巻『奔馬』でかなり衝撃を受けて、その後に第四巻の『天人五衰』を読んで、僕の中でスサノヲが復活したんです。スサノヲは復活を内包した、予定している神であり、三島由紀夫の文学はスサノヲが復活するように書かれている、というのが僕の持論です。

執　それは素晴らしい『豊饒の海』論だよ。僕もスサノヲは一番強く感じる。でもそれが復活だというところが独自の考えだよな。

佐　そうなんです。桶谷秀昭も三島由紀夫で昭和の終焉を告げていますよね。やっぱり日本文学史も三島で終わってしまったような印象があります。やっぱり復活するためには、一度、太陽と合一する必要があるんでしょうか？　飯沼勲は太陽を入れこみ、キリストは光の中へ入っていく……。ギリシア神話のイカロス*も日輪に入っていこうとした。本当は行ってはいけないところに行ってしまった。

執　そうだな。文学や映画でもみんなそうなってるよな。あれは大きな飛躍を表わすと思うんだよ。燃えさかる光球との融合だよな。つまり、ひとつの核融合だ。それが起こって、すべて新しい宇宙原子が誕生するということじゃないかな。それには、今の原子核構造の解体が必要になる。

佐　なるほど。死んで、復活するんですよね。『豊饒の海』の話で思い出したのですが、あれは結局、スサノヲとアマテラスの話だと思っているんです。各巻の主人公が全員スサノヲで、どの巻でも主人公は二十歳前後で死んでますが、結局一人の人間の成長過程じゃないかと……。『春の雪』*は幼少期で『奔馬』は青年期と、そういう風に続いていって、間の『暁の寺』*がちょっと特殊なんですけど、『天人五衰』が老い始めた後なんです。そして、それぞれの作品で綾倉聡子*や鬼頭槙子*とか、アマテラスにあたる人物が出てきていると思っています。

イカロス　ギリシア神話における名工ダイダロスの子。

『春の雪』（三島由紀夫著、新潮社〈新潮文庫〉、1977年）大正初期の貴族社会に生きる若き男女の悲恋を描いた小説。『豊饒の海』三部作の一巻目の作品。

『暁の寺』（三島由紀夫著、新潮社〈新潮文庫〉、1977年）タイを舞台に、過去から続く輪廻転生の不可思議さを壮麗に描いた『豊饒の海』四部作の三巻目の作品。

綾倉聡子　三島由紀夫『豊饒の海　春の雪』の登場人物。

鬼頭槙子　三島由紀夫『豊饒の海　奔馬』の登場人物。

執　そういうことは大いにあるな。

佐　そうなんです。中でも僕が『天人五衰』ですごく特殊だなと思うのが安永透*で、これはちょっと僕も確信をもって言えないのですが、彼はスサノヲであると同時に、アマテラスであるように見えるんです。これはとある友人に言われて僕も共感したところなんですけど、その友人は安永透が昭和天皇に見えると言っていて……。僕はそれにすごく賛同できるところがあるんです。何がきっかけかと言いますと、安永透の手記が作中に出てきて、僕はあれが大好きで何度も読んでいるんですが、あそこに安永透が自分のことを「無答責」って書いているんです。「無答責」といえば戦前の天皇のキーワードですよね。ですから、要はスサノヲの極点であって、それを一番生き切ったところにあるのが安永透であって、それを生き切った最期の瞬間にアマテラスとスサノヲが僕の中で逆転するんです。究極までいったら陰と陽が逆転するように、僕の中では逆転している……。個人的にはそういう風に僕は捉えているんです。

執　あー、陰が極まって陽になる。生命の根源哲理である「一陽来復」だな。面白いね。何か神話を書けそうな感じがするよ。神話は精神分析と文学の発祥であり温床だからね。あとはやるのは本人だから、本人の覚悟次第だよな。その思想を掘り下げるには、医者は一番やりやすい立場かもしれないな。

佐　そうですね。自分のペースでも割としやすいですし。

安永透　三島由紀夫『豊饒の海　天人五衰』の主人公。

人生は考えるな

執　でも『根源へ』ってそういう意味じゃ面白いんだな。僕自身が一つの人生を繰り返してるみたいな感じに襲われることがあるんだ。

佐　執行さんの生き方そのものが、真の人間の一つのプロトタイプ、原型になっているような気がします。魂と肉体の遍歴というか、三木成夫*のいうところの「根源形象」とも言えるかもしれません。

執　嬉しいことを言ってくれるな。三木成夫は最も影響を受け尊敬する医学者であり生命科学者だからな。そういう感じのものが実現したのは、やっぱり自分が一人でこもって書くんじゃなくて、まずはインタビューで総論的にやってみてそれを後でまとめる、という風にしたのが良かったと思っているよ。他人が入らないと、自分の人生を辿るなんてなかなか出来ないよな。

佐　確かに出来ないですよね。インタビューって思い出す過程になりますし、他人が介在するから科学的な振り返り方も出来ますね。

執　あの『おゝポポイ!』はすごかったね。『おゝポポイ!』のインタビューで以て、僕は自分の人生のいろいろなことを次々に思い出しながらまとめたんだよ。あの中でも、普段は忘れていることが多かったなあ。次のインタビューのために箇条書きにして思い出したんだけど、あれは相当自分でも助かったよね。あとは今から逆に見て、こういうことがあったから今がこう

*三木成夫（1925-1987）解剖学者・発生学者。

あるんだ、みたいなことがずいぶんあったよな。

佐　思い出したことで、執行さんの不思議さが増した感じがしますよね。

執　そうなんだよ。大失恋とトインビー*が繋がっていたというのも、意外に思った方が多かったみたいだな。あれが失恋と繋がってるだなんて、当時は思わなかったからな。好きな人に三年間声を掛けられなくて、このトインビーの『歴史の研究』*をひと月半ちょっとで読んで目が潰れかけたんだけど、あれを読み終わった時は、もう高校生の時の失恋のことなんて全く覚えてなかったよ。

佐　そこがすごいですよね。やっぱり執行さんは普通じゃないですね。

執　でもその時の僕はトインビーに突入したと思っていたんだ。英国大使のサー・ジョン・ピルチャー*の薦めに従って、史上最高と思った歴史書に挑戦するぞ、としか本人は思っていなかったからね。だからこそ死ぬ気で当たれたんだ。それがね、深い所では失恋のはけ口だったとはね……。トホホという感じには少し襲われたね。六十歳を越えた今から見て、あれで吹っ切れたんだというのが初めてわかったんだからね……。でもトインビーをあの時に死ぬほど読まなかったら、僕の文明論というのはある意味では確立してなかったと思うよ。

佐　ちゃんと忘れるのにおあつらえ向きのことが来ちゃうところも、すごいと思います。来るべくして来た、という感じがしますね。

執　そうだよな。それはすごいことだよ。でもこういう本を書くというのは非常にいいことで、自分でもいろんなことがわかるからね。そして、自分の運命がますます好きになるよ。

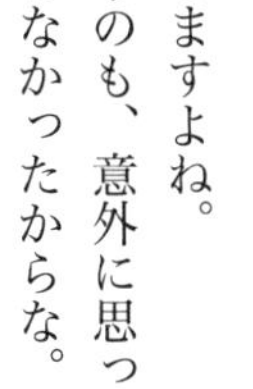

トインビー〈アーノルド〉（1889-1975）イギリスの歴史家・文明批評家。

『歴史の研究』（『トインビー著作集 I〜III』アーノルド・トインビー著、長谷川松治訳、社会思想社、1967年）文明の興亡の視点から歴史を考察した大著。

ピルチャー〈サー・ジョン〉（1912-1990）イギリスの外交官。駐日英国大使。

佐　人生が辿れるんですよね。

執　だから僕が本を書いて出版する度に皆に言っているのは、「とにかく人生は考えるな」ということなんだよ。本を書いてつくづく思い出すのは、自分自身何にも考えないできたということなんだ。

佐　考えてたらこんな風にはならないですよね。

執　ならない。ただただ、その時に興味のあるものを本で読み、来た運命に真正面からぶち当たり、としてるうちに今に来てるだけなんだよ。

佐　やっぱり本を読むにしても一つのレールというか、全部繋がりがあるでしょうから、結局自分の人生と繋がってるわけですよね。僕がなぜ王陽明の『伝習録』をあえて読んでないかといったら、そこに行くコースにまだ入ってないからかもしれないです。そのうちどこかで来るだろうと思ってるんですけど、入れてないから読んでないだけであって……。

執　でも入る時期が来れば読むことになるよ。来てないときに無理に読んでも駄目で、却って頭でっかちになっちゃうよ。

佐　僕の場合は自分の考えがある程度固まって、それを再確認するために本を読むことが多い気がします。僕は太宰治のことをあのキリストを裏切ったユダ*と同一の存在だと思った時があって、その数日後に偶然、太宰がユダのことを書いてるということを知って、調べてみたら「駈込み訴え*」という小説があって、その一番最後に主人公が「私の名は、商人のユダ」と名前を名乗るんですよ。その時に僕は答え合わせじゃないですけど、やっぱりそうなんだな、と思い

ユダ　キリスト十二使徒の一人、イスカリオテのユダ。

「駈込み訴え」（『富嶽百景・走れメロス：他八篇』太宰治 著、岩波書店〈岩波文庫〉、1957年）イスカリオテのユダを主人公にした短篇小説。

ました。

執　実際、太宰治というのは、非常にユダ的なものがあるもんな。反対にそこがまた魅力なんだけどね。

佐　完全にユダだと思います。僕は元々太宰のことが大嫌いだったのですが、その時から逆に太宰が大好きになった……いや、あえて上から物を言いますが、太宰を「赦す」気になった。そして、愛するようになったんです。

執　やっぱり人間が持っている弱さの代名詞というわけじゃないけれど、人間の抱えた、一つの逃れられない宿命の典型だよな。

佐　性《さが》ですね。ユダがいなかったら、磔は起こらないですよね。つまりユダが居ないと、キリスト教は誕生しなかった。

執　そういうことだな。だからユダが、キリスト教を作った人とも言える。磔にならなかったら、キリストは単なる新興宗教の教祖で終わりだったと思う。

佐　僕は個人的には、そういう意味ではキリスト以上に偉大なのはユダだと思っているんです。ここまで言っちゃいますけど（笑）。だから最後にキリストがユダに「生まれなかったほうが、その者のためによかった」と言うんですよね。あれは「お前みたいな奴は生まれて来なかったほうがいいんだ」という意味ではなくて、「それだけの苦しみを背負ってしまうあなたが可哀そうだ」と言ってるんですよ。「ただ、それでもあなたにはやってもらわなければならない」と。だからあれはキリストにとっての、最大の愛の言葉なのかもしれません。

太宰治

執　だからそういう役目であって、役割を果たした人だということだよな。

『根源へ』は魂の伝記

執　でもさっきの話の、『根源へ』が僕の魂の伝記で、『おゝポポイ！』が肉体の伝記だというのは新鮮だね。

佐　『おゝポポイ！』に、腹を切ろうとしたけど出来なかったはずなのに、刀に血が付いてたと書かれているじゃないですか。あれは『根源へ』に書かれていることが裏の世界で起こっちゃってるんですよ。だから僕にとっては、血が付いていないほうが不自然なんです。付いてて当たり前ですよ。

執　あれも本当に研ぎ師に出したんだけど、あの時は驚いたよ。まあもちろん錆びちゃったんだけど、研いだら研ぎ師がもうこれで刃がほとんどなくなった、と。異常に深い錆だったんだ。それで、水で錆びたんじゃなくて、奥まで錆びているのは血のりに原因があると言うんだ。血には油が入っているからね。油で錆びると、錆が奥までいっちゃうから、これは血のりだと言うんだよ。要するに血が染み込んでいたと研ぎ師が断定していた。

佐　やっぱり本当に切ったんですよ。

執　たぶんな。ただ跡がないんだよ。だからオカルトになっちゃうから言えないよ（笑）。やっぱり立場が立場だから、社会的には嘘になっちゃうからね。

佐　言えないですよね。あれを信じる人はたぶん特殊だと思います。ただ、あれがわからなかったら意味がない。目に見えない霊的な世界のことですが。

執　魂ということだな。それにしても前にも話したあの立野先生がね、本屋で『根源へ』の表紙を見て驚愕して、惹かれて買ったらしいんだよね。だから何かあの本にはそういう霊的な何ものかが入っているという感じはするね。立野先生って多くの名著を書いているすごい文学者だからね。明治大学の文学部英文科の名誉教授をされていて、去年定年退職になったんだ。写真も、信じられないうまさなんだよ。深い人だ。すごいよ。僕はね、立野先生は半分霊能者だと思うね。

佐　これは裏がとれていない話なので、本当かどうか知らないのですが、ある大学の教授の方で『根源へ』がすごいお好きな方がいらっしゃって、その方がいろんな大学に電話をかけて、「生協にこれを置け！」と仰ったらしいですよ。

執　そこまで言ってくれてる人がいるんだ。そういえばある大学の名誉教授の方が戸嶋靖昌の大ファンになって、この前セルバンテス文化センターで行なわれた展覧会に来られたんだよ。もしかしたら、その人かもしれないな。学者はやっぱり、『根源へ』を好きな人が多いよ。僕もいろんな経緯と自分の運命から本をまとめることになって、正直最初は面倒くさくて仕方がなかったけど、まとめ終わるとやっぱりいいよね。だから佐堀さんも将来本を出すようになると、たぶんそういうのを感じるようになるよ。意外なところで意外な人に影響していたりして、面白いよね。

佐　そうですよね。

執　それから一番嬉しいのは、今まで全然知らなかった人と偶然知り合って、何年か前にこの『根源へ』がなかったらもう生きられないところを、『根源へ』によって生きる自信をつけられた、という人もいたんだよ。あとは亡くなる前に読んで、死への恐怖を克服されてスッと亡くなることが出来た人もいたよ。死ぬのが嫌で嫌で、怖くて怖くて仕方がないのに、『根源へ』がまだ新刊の頃に、何かの拍子で手に取って読んで、それで「ああ、死ぬのは当たり前だ」と思って、従容として皆と別れを告げて死ねたという人の家族が、喜んで来て下さったんだよ。

佐　怖い怖いとのたうち回っているんじゃ家族もたまらないですもんね。

執　そうだな。『根源へ』って、そういう意味じゃ面白い本だな。命を送り出すことも出来るし、新たにすることも出来る。でも僕が創世記に向かってるということを、皆にもわかってもらいたいな。

佐　僕は復活の時が来ると信じています。僕はやっぱり三島から日本人の復活神話が始まるような気がしています。それが執行さんに繋がって行くように思うんですよ。

執　僕も復活を信じてる。それで、復活を信じて死んだ内村鑑三が僕の一番好きな人物の一人だからね。内村鑑三は、最後に全員の弟子に捨てられて死んだんだけど、あの人はキリストの再臨を信じて説いて、それで日本のインテリが皆離れちゃったんだよ。でも僕が内村鑑三を一番尊敬しているのは、もちろんあの生き様だけど、キリスト教の真髄が復活であり、それ以外は

内村鑑三

佐　全部どうでもいいものだ、と言ったことなんだよ。

執　本当にそうですよね。僕もこの間に内村鑑三の『後世への最大遺物』*を読んだんですが、授業中にこっそり読んでいて……(笑)。あと一歩で大泣きするところでした。ギリギリ思いとどまりましたが……。あれは最高ですね。

佐　へぇー、そうか。僕は今日、佐堀さんと対談をしていて、以前は『根源へ』が地底から天空に舞い上がっていくという印象を受けている人が何人もいて、非常に僕は不思議だったんだけど、なんか今日でちょっと腑に落ちてきたね。書いた人間がどう思って書こうが、読み手がどう読んだかが本の価値だからね。それで、書いた人間と違う場合が多い……。

執　そうですね。とんでもないところで、思いもよらないことが起こるんですよね。

佐　世界的名著も、名著だと思って書いた人はいないからね。読んだ人たちが名著にしたんだよ。

執　もう手から離れたということですね。

佐　そういうことだよ。だから僕が本を書いて一番実感できることで、佐堀さんの世代なんかに一番言いたいことがあるんだよ。今の若い人って割と批判に弱いから言っとくけども、人から批判されるのが怖かったら、本音の本は絶対に書けないということだよ。だから批判に強い人間になるということ、それに挑戦するのがいいよ。僕も嫌いな人からは滅茶苦茶に言われてるからね。でも当然そうなんだよ。あとは例えばどこかの箇所を切り取られて、すごくぶってるとか自分を頭がいいと思ってるとか、こいつは右翼だとか言われるわけ。でも大体の本なんて前後を切って、どこか一行を取ればそうなっちゃうんだ。

*『後世への最大遺物』(『後世への最大遺物・デンマルク国の話』内村鑑三 著、岩波書店〈岩波文庫〉、2011年) 著者がキリスト教徒のための夏期学校で行なった講演の記録。

佐　極端なことをすればそうですよね。僕もときどきそういう批判めいたものを見かけるのですが、そういうのを見るたびに笑ってしまいます。

執　これはもう仕方がないよ。それが怖かったら何も言えない。でも嫌われたり誤解が出てくるということは、本そのものに力があるということなんだよ。

佐　本に力がないと、誤解も批判も呼べないですもんね。じゃあ誤解があるというのは、すごくいいことなんですね（笑）。

スサノヲの復活

佐　あと、僕が一番興味があるのが復活の話だったので、話題に出たことが嬉しいです。僕もやっぱり、絶対に復活の時が来ると信じて生きているので……。

執　あー、そうか。じゃあ内村鑑三と一緒だな。あとはウナムーノだよな。ウナムーノはとにかく死ぬのが嫌で、永遠の命だけが願いで死んでも必ず復活する、という思いで生きた人なんだよ。

佐　いや、自分自身というより……僕は小五くらいからずっと、日本の復活だけを考えてきた人間なので……。

執　民族も同じだよな。

佐　そうです。民族の復活をずっと考えてきたんですよ。その礎石《そせき》として三島由紀夫がいて、それで執行さんがその予兆とも言える著作を書かれていらっしゃる。僕は必ず復活するという確信を持っています。

執　そうか。でも復活というのはキリスト教のテーマでもあるから、キリスト教文明を築いた西洋人が、あれだけの文明を築いた原動力のようなものを感じるな。復活を信じ続けたことが、西洋人が非常に強くなった理由でもあり、また馬鹿げたところでもあるわけだ。

佐　十字軍なんかが繰り出したあたりですかね。

執　その通りだよ。でも森有正さんに僕が直接聞いた話だけど、「キリスト教というのは宗教であり、とにかく信仰だ。それで、信仰というのは最も愚かなことで、信仰がない人間から見たら全く馬鹿げたことなんだよ」と言っていたんだ。日本人って一神教じゃないから、そういう意味ではあまり宗教心がないじゃない。だから西洋人の中世における十字軍や魔女狩りを馬鹿にしてるけど、続けてね「あの愚かとも見える信仰に生きた西洋人が世界を制覇した。それについて、我々日本人は、よく考えなきゃならない」、と言っていたんだよ。

佐　そうですよね。復活で言えば、西洋はキリストが復活するじゃないですか。それで、やっぱり日本で復活するのはスサノヲだと思うんです。キリストは磔になって、死んでから三日後に復活するじゃないですか。これは僕の個人的な考えですが、スサノヲの面白いところは、すべての時代で復活することだと思うんです。スサノヲが復活した話は『古事記』には書かれていませんが、なぜかというと『古事記』の後に復活するからではないか、と。復活するのは、それこそ現世、つまり今生きてる人たちの時代だと思うんです。

執　各時代に復活するんだよな。

佐　鎌倉時代にスサノヲ神話を読んだら、鎌倉時代に復活するんです。スサノヲは、読んだ人の生きている時代に復活する。僕は、それが非常に面白いところだと思うんです。たぶんキリストもそうで、どちらも同じことを言っている……。

執　深く言えばそうだよ。個人の中に復活するということだな。

佐　そういうことです。僕は自分なりに、復活を一度経験しているのですが、あの瞬間は強烈でした……。執行さんの言い方でいえば「現成《げんじょう》」になりますよね。

執　そうだな。「現成」というのは今現われる、現前するということだから、復活だよ。スサノヲの復活を信じて生きるのが本当の恋だろうな。「恋闕の形而上学」じゃないけど、西洋で忍ぶ恋の極致が何かといったら、キリストの復活を信じてることだよ。

佐　そうでしょうね。

執　日本だって、やっぱり忍ぶ恋というのはそうなんだよ。でも折口信夫が戦後の日本について詠った短歌で、確か『生くる』にも書いたと思うけど、「日本の国　つひにはかなし。すさのをの　昔語りも　子らに信なし」というのがあるんだよ。でも、「すさのをの　昔語りも　子らに信なし」というのは、戦後日本の出発の原点であり、それが七十年経って今日に来たということだよな。

佐　僕は、折口信夫もスサノヲの復活を信じていると思うのですが……。

対談風景

執　だから今の歌がそうだよな。

佐　折口の「神やぶれたまふ」*という詩があるじゃないですか。あれは単純に敗れただけじゃなくて、今後復活するという予言も兼ねた詩だと、僕は思っているんです。

執　当然そうだよ。復活なくしてスサノヲの存在そのものがないよ。スサノヲってよく「やんちゃ」だっていうじゃない。「やんちゃ」ということは、生命エネルギーが生きてるという意味なんだよ。生命が死んだら、やんちゃな雰囲気って死んじゃうんだよ。だから今の人ってスサノヲを知らなくても、「やんちゃ」という生命観はわかると思うんだ。それは取りも直さず、スサノヲが生きてるということなんだよ、現実には。やんちゃなものは、いつでも生き返るんだよ。

佐　じゃあキリストも「やんちゃ」なんですか？

執　キリストは「やんちゃ」だよ。だって、やってることは馬鹿だもの。やらなきゃ磔にもされなかったのに……。

佐　なるほど、「やんちゃ」ですね。普通はあんなことしないですもんね。探検家の風情もあります。

執　キリストが喋っていることを聖書でよく読めば、すぐに「やんちゃ」な人間だってわかるよ。それにしても、佐堀さんが書くであろう復活の神話の文学が、将来楽しみだな。この対談が手始めになるな。

佐　僕も執行さんの著作の、新しい読み方に気づけたような気がします。『根源へ』じゃないで

「神やぶれたまふ」（『近代悲傷集』釈迢空〈折口信夫〉著、角川書店、1952年）敗戦に際して著者が書いた喪失の詩。

すけど、潜る人も増えると思うんです。

詩の二重言語性

佐　あとは、『友よ』の話に戻ってしまうのですが、W・H・オーデンの「見る前に跳べ」に出て来る「危険の感覚」と訳された箇所に疑問があるのですが、執行さんは解説の所で、恐怖を捨て去らなければならない、みたいなことを書いてるんですけど、僕はあの詩では危険の感覚と恐怖が同じ意味で使われていると思ったんです。あくまでも言葉っていろいろな意味があるので、執行さんが仰っている内容自体はもちろん正しいと思うのですが、言葉の使い方としては違うのかもしれない、と思って……。

執　ああ、そうか。詩人があの文章から読者にわかってもらいたいと思うのは、要するに跳べない理由というのは、恐怖だということだよ。危険の感覚は、その上にある概念で、下にある恐怖を乗り越えることで、その上の概念に近づくということだ。

佐　僕がなんで違うかなと思ったかというと、たぶん英語を見たほうがわかりやすいと思うんですけど、「Tough minded men（堅物）が眠りに就いたら、mushy（赤子のごとく）になって、その結果いかなる人であっても守るような掟を破ってしまうと。掟を守らないと駄目なんだから、恐怖が消えたら駄目なんじゃないのかな、と思ったんです。

執　それは違って、恐怖が出てくるから、掟を破っちゃうということに近い意味だよ。恐怖は普段は隠れているけど、眠ることによって出てくるということ。みんなが恐怖をもっていることの証明に言っているんだ。

佐　あ、そういうことなんですね。

執　この意味はそういうことだよ。つまり隠れている恐怖が危険の感覚を失わせちゃうということを書いてるわけ。ということは危険の感覚を持ち続けるには、恐怖心というものを認めて当たり前に持ってなきゃ駄目だということなんだよ。そして乗り越えるのが最良ということだな。だから平和がその恐怖を忘れさせているということ。例えば簡単なことなんだけど、医学の薬がどんな副作用があるのか、食品添加物、放射能、電磁波がいかに身体に悪いかというのも、四十年前は皆大騒ぎしてたけど、今はもうほとんど語る人もいないよ。なんでかというと平和が長すぎて、恐怖を忘れたということなんだよ。恐怖を忘れれば、危険の感覚を持つことは出来ないという意味だ。しかし、それはしっかりと奥にある。そして、奥にあるほうが作用が大きいんだ。恐怖は認識して乗り越えていくのが一番の対処法なんだ。

佐　ということは恐怖が危険の感覚を生むわけじゃないですか。本文のところで恐怖心を捨て去らなければならないと書いてあったので、同じ言葉で違う意味で使うと、読んでいる人が混同しちゃうんじゃないかな、って……。

執　それはあるかもしれないな。でも、詩は二重言語だから、わからないんだよ。わからないところは他にもあるんだけど、その時によって違うと思うな。ただ、文法的な意味は、恐怖の内在化によって危険の感覚が失われていってしまうということだよな。でも逆説的な意味で言うと、恐怖がなければ危険は感じられないということじゃない。だから、詩というのは必ず二重言語になってるから、逆説があるわけ。それなのに、文字に書くときは一個しか書けないんだ。訳を変えちゃうと、今度は変えちゃった問題が出てくるんだよ。

佐 そうですね、難しいですね。

執 僕なんかは外国語の詩をうんと訳してきたけど、訳は一つしか選べないということはいつでも悩むよ。こういう意味にもとれるし、こういう意味にもとれる、こう思ってもいいんだけど、とカッコしていろんな意味を付けていくと、もう詩じゃなくなっちゃうんだよ。

佐 そうですよね。

執 たまにそれをやる人がいるんだけど、もう読めない。大学教授なんかの訳は、そこのところを文法的に間違えないように訳そうとして詩そのものを失っているものが多い。でもこれはね、跳び越えなきゃならないよね。

佐 でも結局は自分で意味を考え続けないといけないんですよね。

執 そう。だから詩というのはね、リルケの「ラクリモーザ」も最後のところがわからないよね。あれはドイツ語そのものが、もう寸断して流れて終わってるんだよ。だからその生き方が大切なのか、何なんだかどっちかわからないな、ということなんだよ。でも、あれをわからせちゃったら詩じゃなくなっちゃうというか、わからせちゃうと説教になっちゃうんだよ。

佐 たぶんリルケ自身がわかってないんでしょうね。書いている本人が結論をつけられない。

執　疑問に思ってるんだろうな。だってさ、結論が付いちゃったことって詩にならないよ。

佐　確かにそうですね。わからないで書いているからすごいですよね。『友よ』の中に収録されているリルケの「来たらんか　終の痛みよ」*を読んで、人生の最期にこのような詩を遺せるというのは驚きですね。

執　自分の病と死を見つめ続ける詩だよな。あれはリルケの武士道だよ。詩人として生きて来て、いろいろなものを観察し考察して来た。それも見つめ続けて来たんだ。それが自分になったら駄目では、リルケの男の美学が許さないんだろうな。詩人の最期を飾る詩的作業とも呼べるものだ。本物の勇気を持っていることの証明だよ。「見る前に跳べ」も、オーデン自身が跳べないで悩んできたから書ける詩なんだよ。「せこい者ども、無能な小人」というのは、自分のことでもあるわけ。でも自分のことだから、説教になってないんだよ。オーデンが上から目線の人間で書いてたら、こんなの詩にならなくて、他人に対する最悪の見下しなんだよ。

佐　嫌味になりますね。詩って全部、初めは自分に向かって書かれるものですよね。

執　だからこの恐怖のところも、正確無比にやっちゃうとたぶん駄目なんだ。自分だから「文法」を乗り越えた逡巡がある。でも佐堀さんがそういう疑問を持つのもわかるよ。

佐　そうですね。

執　でも一番重要なことは、危険の感覚について言うと、恐怖心は悪いんだけど、恐怖心がなければまた駄目なんだよ。恐怖心というのはそういうものなの。二律背反していて、例えば勇敢な兵士になるには、鉄砲の弾が飛んでくる戦場は怖くなきゃ駄目なんだよ。でも、怖くて逃げ

*「来たらんか　終の痛みよ」(“Rainer Maria Rilke Die Gedichte” ライナー・マリア・リルケ 著、Insel、1986年、『友よ』に執行草舟 訳収録)著者の死の直前に書かれた。死を友として受け容れる心境が描かれている。

たらただの臆病者。怖いところで、どう立ち向かうかが、人生論であり、文学であり詩なんだよ。

佐　そういう意味ですと、偉大な人って全員怖がりなんですよね。

執　そうだよ。もし怖くなくて、鉄砲の弾が飛んでくるのを「俺は平気だぜ」なんて言うんじゃ、それは馬鹿か精神病の領域なんだよ。だから、正常ならもう怖くて怖くて仕方がないのは当たり前。特攻隊員だってそうじゃない。喜んで突っ込むならただの馬鹿で、どうにもならないほど自分の命も大切だし、生きたいけど、国のために死ぬから価値があるわけ。仮に仕方がなく行ったとしても、行けば勇気のある人なんだよ。それがこの詩に書いてあるということ。

佐　そうですね。僕は特攻隊員になる夢を見たこともあるくらい特攻隊が好きなんですけど、やはりあの勇気にうたれます。

執　そう、だから実はこれを読んだ人が「恐怖を持ってなきゃ駄目だ」と取るのも、逆に「恐怖を捨てなきゃ駄目だ」と取るのも詩なんだ。僕の考えでは、「恐怖を捨てろ」ということは、「恐怖を抱き締めなければならない」ということでもあるんだよ。

佐　難しいところですよね。

執　「愛していないものは、憎めないし捨てられない」ということだよ。

佐　そういう複雑なものが詩であって、詩自体、重層構造ですもんね。

執　そうだよ。今の佐堀さんの疑問なんかは、医科系の人がよく持つ疑問だよね。ちゃんと読んでるからこそ思いついたんだろう。でも、両方必要だってことだよ。これは他の詩もそうなんだよ。

佐　詩の訳で思い出したのですが、執行さんのロバート・バーンズ*の詩の訳はすごく心に響きました。「我が心は聖地に在り*」ですね。Highlandを聖地と訳したところが最高です。この「聖地」をわからずして詩人たることは不可能だと思います。

執　そうか。そういえばあの立野先生は「ハイランド」を「聖地」と訳したことをすごい勇気だと言って誉めて下さってね。英文学者だったら、聖地と訳したら誤訳になりかねないけど、自由な立場で「聖地」と訳したことに感動した、と仰って下さったのは本当に嬉しかったな。僕は、その単語に込めたバーンズの心を訳したつもりなんだ。

引用の妙

佐　詩の話ですと『友よ』には登場していませんが、詩人でウィリアム・ブレイク*っているじゃないですか。

執　ああ、僕の大好きな詩人だよ。

佐　あの人の話を今まで執行さんから伺ったことがないので、いつか聞きたいなと思っていたんです。僕も大好きなので……。

執　ブレイクはやっぱり『無垢の歌*』とか、幻想詩がいいよな。それと動物を通して人間の持つ

バーンズ〈ロバート〉（1759-1796）イギリスの詩人。

「我が心は聖地に在り」（"Burns Poetical Works" ロバート・バーンズ 著、J.ロジー・ロバートソン 編、Oxford University Press、1923年、『友よ』に執行草舟 訳 収録）著者の精神の在り処を謳った詩。

ブレイク〈ウィリアム〉（1757-1827）スコットランドの方言を駆使した詩で知られるイギリスの詩人・画家。

『無垢の歌』（『ブレイク詩集〈イギリス詩人選4〉』ウィリアム・

野性を掘り起こしている、その過程がすごく面白いんだ。ブレイクの詩が好きだったら、アルゼンチンの詩人ボルヘス*の詩とか小説も大好きになると思うよ。またブレイク論もちょっとやりたいな。

佐　僕が密かに将来出そうと思っている「執行草舟論」の話に戻ってしまうのですが、『生くる』の「一片の赤誠」について書いた時に、その最後にブレイクの「乳母の歌*」という詩を引用したんです。何か執行さんの文と合っているというか……。

執　あー、そうか。ブレイクは僕の魂を形成するものの一つだよ。ただブレイクが『友よ』に載っていない理由は、ブレイクという詩人は非常に危ないものを持ってるからなんだよ。どう受けとめていいかわからなくなるものがあるから、どうしても一般的には出しづらいというか……。もしかしたら、『根源へ』だったら詩が出る可能性はあったかもしれないけど、なんかの拍子で出なかったということだな。

佐　ブレイクの詩は「自己責任で読んで下さい」ということですね（笑）。でもまた機会があれば是非書いて下さい。ブレイクが出てくるのを陰ながら待っています。あとは、埴谷雄高やジードも好きなので是非もっとお話を伺いたいです。埴谷雄高は、『死霊』の中の「考えてはならぬ考えにはまりこむことが最も魅惑的なのだよ」という言葉が印象に残っています。これを埴谷は「青春の特徴」だと言っていますが。

執　その言葉はいい。本当にそうだ。

佐　執行さんがお好きだと仰っていた、アンドレ・ジードの『地の糧』も好きなんです。

ブレイク 著、松島正一訳、岩波書店〈岩波文庫〉、2004年）『経験の歌』と対となる処女詩集。

ボルヘス〈ホルヘ・ルイス〉（1899-1986）アルゼンチンの作家・詩人。

「乳母の歌」（『対訳ブレイク詩集〈イギリス詩人選4〉』ウィリアム・ブレイク 著、松島正一 訳、岩波書店（岩波文庫）、2004年）詩集『無垢の歌』に収められた詩の一つ。

執　ジードの『地の糧』に出てくる言葉は、将来の「佐堀文学」の中枢になる言葉かもしれないよ。ジードはやっぱり体当たりの思想だよな。情熱的で、しかも知的なんだ。

佐　そうですね。『地の糧』は、内容自体が「復活」の本という感じがします。

執　そうだな。実際にあの本を書いて、ジード自身が復活してるんだよ。あの本を書かなかったら、ジードももう行き詰まって死ぬところから、あの詩を殴り書きすることによって何か吹っ切って、もう一回生きる気力を得たとどこかの評論で読んだよ。

佐　あれはナタナエルに語りかけるという書き方がいいですよね。「君に情熱を教えよう」という……もうかっこよすぎますよ。

執　僕はいろんな文学を読んできて思うけどね、文学的な言い回しが一番かっこいいのは、やっぱりフランス人だな。端的で洒落ている。ドイツ人は内容はいいんだけど、言い方はまどろっこしい。だからどうしても引用が多くなるのは、フランス語からなんだよ。

佐　確かにそうですね。言い方はすごく簡潔ですよね。

執　一行でバシッと言うんだよ。だけどドイツ人って三行なんだよ（笑）。

佐　そうですね。なんとなくわかります。ドイツ人は論理的というか、ちゃんと説明する感じがします。

執　そうなんだよ。僕なんかは割と一行の簡潔な引用が好きだから、どうしてもフランス語になるよな。

佐　じゃあイギリス人や日本人はどうでしょうか？

執　イギリス人はいいけどちょっと現世的過ぎるんだ。だから訓示になってしまう。日本人は一番駄目だろうな。かっこよさが全くない。たぶん文化だろうね。キリスト教がないからじゃないかな。やっぱり西洋というのは、なんだかんだ言って聖書の引用の文化じゃない。だからああいう断片の言葉を持ってくる、というのに慣れてるというか。

佐　たぶん明快にやれるんですよね。ロシアにもキリスト教が根強くありますが、どうでしょうか？

執　ロシアも上手いね。これは慣れだろうから、日本人も訓練すれば大丈夫だろうけど……。ところで僕は引用が上手いことで結構有名なんだよ（笑）。

佐　引用文学というか、新しい分野ですよね。執行さんは、日本人の中では群を抜いて上手いと思います。それも書いてる意味に適合しているものを、ほとんどの場合一行で抜かれますから。普通はどうしても引用って正確を期しますから、長くなりますよね。

執　僕みたいに一行でズバッと抜ける人は結構少ないだろ。でも一行じゃないと、文学にならないんだよ。哲学書ならまだいいんだけど、文学ってやっぱりスマートじゃなきゃ駄目だからな。どんなにいい言葉でも、長かったら駄目なんだよ。

佐　長いと論文になっちゃいますよね。

やっぱり「毒を食らえ」だ

佐　あと話は変わってしまうのですが、『耆に学ぶ』*の「毒を食らえ」という思想もすごく印象的でした。

執　「毒を食らえ」というのは、僕の中心思想なんだよ。この辺も僕の思想が人から嫌われる理由になってるんだよ。ただささっき佐堀さんが言ったように、人生って「汚れていく過程」だからね。汚れの中でどうやって生き延びるのか、というのが人生論であり、その中でどうやって自分の一番大切なものを失わないかだ。だからこそ本当に人生論というのは難しいんだ。それに立ち向かう生き方で僕が言いたいことは、「逃げたら絶対に駄目だ」ということ。人生の本質というのは、「不幸」とか「哀しみ」を恐れないことなんだよ。だから僕は皆に「不幸になれ」と言っている。不幸から逃げようとしたら、汚れきってズタズタの豚になって死んでいくことは、もう決まってるんだ。立ち向かって初めて人間として何かを一つ摑んで、頑張れば人間として死ねるということだよ。そのための根本思想が、「毒を食らえ」という思想なんだよ。

佐　そうですね。だからあえて毒を食らって汚れろ、ということなんですね。

執　そう、要は汚れることを厭うなということだよね。それからわざと悪いことをしろということ。だから一番難しい問題が健康論なんだけど、健康というのは気遣ったらもう病気なんだよ。

佐　そうですね。僕もずっと「健康とは何か」と考えていた時期があるのですが、結局自分なりの結論として出したのは、「健康とは健康について考えないことである」ということなんです。だからある意味、人間には健康な存在は居ない、という……。

『耆に学ぶ』（清水克衛・執行草舟・吉田晋彩・西田文郎・寺田一清 共著、エイチエス、2016年）独自の視点で人間の老いについて語ったエッセー。

執　そういうことだよな。トーマス・マン*も『魔の山』*の中で書いてるんだけど、やっぱりまず今の人間とか文明というのは、それ自体が本質的に病気なんだ、ということだね。でもこれは本当だと思うんだよ。

佐　比喩でも何でもなくて、本当に病気なんですよね。

執　ただ病気だろうが何だろうが、その中で生きていかなきゃならない。それで、病気の中で生きていくには、僕がいつも本に書いているのは「病気や不幸を嫌がらないこと」、社会生活では「不合理を嫌がらないで、これに立ち向かうということ」。その不合理も、病気も不幸も、全部これは人生論的に言うと毒なんだよ。だから僕は「毒を食らえ」と言って、不幸になれ、不合理を食らえ、と言ってるわけ。これが逆説で言うと、自分の与えられた生命を燃やし切るための最低条件ということなんだよ。

佐　僕はものすごくわかる気がします。それを執行さんがいろんなところで、いろんな表現で書いていらっしゃるんですけど、僕が個人的に一番すんなり来る表現が「捨てる思想」なんです。「捨てる思想」も「毒を食らえ」の別表現だと思っていて……。

執　そうだ。

佐　捨てるということは、「何か」を捨てないために捨ててるわけであって、結局捨てて捨てて、最後の最後まで残ったものが、その人の「何か」だと思うんです。ただ、捨てていくたびに、その結果人間は汚れていくんですよ。ただ最後に残ったものはたぶん「点」になるから見えない。それぐらい汚れないと残らない気がします。だから、戸嶋さんの「汚い色がきれいなの

マン〈トーマス〉(1875-1955) ドイツの文学者・ノーベル文学賞受賞作家。

『魔の山』(上・下 トーマス・マン 著、関泰祐、望月市恵 訳、岩波書店〈岩波文庫〉、1988年) スイスのサナトリウムに集う多くの登場人物が織りなす教養小説。

執　だ」という言葉は、あの汚い色の中に点としてきれいな色が一つだけ描いてあるように感じるんです。僕の個人的な捉え方ですが……。

佐　そうだな。残ったものが、その人の一番中心のものだよな。

執　毒といえば、読書もある種、毒ですし、何かをやろうとした時は、何をやっても毒になると思うんです。あと薬もある意味では毒ですよね。

佐　まず身体に悪いよな。だから成功とか幸福そして健康を求めてる人って、今もう本当に酷《ひど》い人生だよ。

執　たぶん幸福というものを捨てられないから、毒を避けているんだと思います。

佐　もうとにかくね、健康というのは考えてること自体が病気なんだよ。だから健康を考えないで死のうとしてると、逆に健康になる可能性があるということだよな。「毒を食らえ」というのはそういう思想だよ。それで、僕が現代人に一番言いたいことは、よく老いるために一番重要な思想が「毒を食らえ」ということなんだ。だから今の年寄りが欲深く見えてしまうのは、「楽しみたい」とか「健康でいたい」とか「長生きしたい」とか、やっぱり毒をなるべく食らいたくない生き方をしてるからなんだよ。

執　そうですね。毒を避ける人生ですよね。お年寄りだけじゃないんですが、今は薬もすぐに処方してもらおうとしますもんね。

佐　それで飲みもしないんだよな。でも、薬は欲しがる。貰わないと損したと思うらしいよ。多くの人がそう言っている。今は医療的に言っても、本当に過保護だよな。

無菌社会の害

佐　そうなんですよ。今は例えば禁煙外来も盛んですよね。

執　医者もそんなことを商売にしているんだから参るよな。だいたい、そんなこと医者のすることかと言いたいよ。それから、煙草の思想で重要なのは、もう気がついてると思うけど、煙草も毒だということなんだよ。毒であるものをあれだけ嫌う思想が現代の問題なんだ。僕は嗜好品だといっていて、嗜好品というのは基本的に全部身体に悪いものなんだよ。ちょっとだけ悪いことをするのが嗜好品で、ちょっと悪いことをして大きな悪に行かないようにしよう、というのが「嗜好品の文化」なんだよ。つまり悪いことの真似事をさせるわけだ。だからアメリカでは徹底的に煙草を撲滅したんで、今度はドラッグ漬けになっちゃう人が急増しているそうだよ。

佐　禁酒法もアメリカらしいところですね。日本でもないわけじゃありませんでしたが。

執　そうだよ。日本がドラッグ漬けになってないのは、島国で海に守られてるからという理由しかない。やっぱりストレス解消で何かやらせない限りは、アメリカなんて国境が陸続きだからいくら防いだってドラッグにいっちゃうんだよ。僕はこの間たまたまテレビをつけた時にやってたＮＨＫの番組を見て腰抜かしそうなほど驚いたんだけど、二億五千万人のアメリカの人口のうち、三十歳以前の人間は三人に一人が犯罪歴を持ってるらしいよ。嘘みたいな話だけど本当らしいね。

佐　それは相当ですね。留置所とかそういうレベルじゃないんですか?

執　各警察署にある留置所は僕も五回ほど入れられたことがあるけど、あれは「ちょっと休んでいけ」ってやつだから違うよ。逮捕勾留だよ。こんなのもう、国家の態《てい》をなしてないよ。

佐　病んでますね……。犯罪者の巣窟じゃないですか(笑)。

執　でもこれね、僕がちょうど二十代くらいから煙草への批判がうるさくなってきて、それからずーっと見てきたんだけど、やっぱり原因は健康志向なんだよ。アメリカは禁酒法なんて法律を作ったがために、ギャングが蔓延《はびこ》ったじゃない。次に世界で一番初めに煙草を撲滅しようとして、煙草を吸ってたらもう出世も出来ないという社会をつくったけど、結局皆をドラッグ漬けにして犯罪者にしちゃった、という国なんだ。日本はまだ守られてるけど、煙草に限らず小さな悪を認めない社会って、それ自体が病気なんだよ。

佐　「健康、健康」と言ってる人間は全員病人だ、という話を今されてたわけですからね。煙草なんて煙なんですから、身体に悪いに決まってますよね。

執　でも悪いことをちょっとすることによって、人間というのはもっと悪い何かを防いできたんだよ。お酒もそうだよな。

佐　そうですよね。それこそ健康でありたければ、二十歳までに死ぬしかないですね(笑)。

執　それはそうだな。だってあとは老化だもんな。老化の過程というのは、それこそ皮膚だって歯だって、ボロボロになって抜けていく過程であって、どんなに屈強な人でも何歳まで持つかというだけなんだよ。白内障だって、皆病気だと思ってるけど、あんなのは病気じゃなくて、人間が百五十歳まで生きるようになれば全員白内障になるんだよ。言い換えれば、水晶体の皺だよな。

佐 老化現象ということですね。病気って、ある意味ではすべて老化とも言えますよね。

執 老化だよ。だからそういうことは正確にわからないとね。僕が現代の一番病んでいる問題だと思うのが、健康志向と、清潔・抗菌思想、つまり無菌室だよ。それで、完全な無菌室が実現したら、免疫不全、要するにエイズと同じ症状の人間になってしまうよ。人間というのは、汚れなきゃ駄目なんだよ。病気だってしなきゃ駄目なんだ。子供だって、すべき病気は全部しないと、免疫機構だって強くならないことくらいは誰だってわかっていることじゃないかな。

佐 誰でも心の奥ではわかっていることのような気がします。それなのに悪いもの、汚いものを取り除こうとしてますよね。

執 だから僕は人間存在が正しい老化に向かうために、積極的に「毒を食らえ」ということを書いてるわけ。これがわかれば、さっき言った正しい老化過程に必然的に入れるんだよ。本当は、本を読んで苦悩することだって毒なんだ。だって苦悩しないよりは、苦悩したほうが健康に悪いに決まっている。しかし、人生にはそれが必要なんだ。健康なんかより、人間としての生き方のほうが大切なんだよ。

永遠に子供の国

佐　さっきの詩の訳し方の話じゃないですけど、「健康に悪い」という言葉に二重の意味があって、「健康に悪い」ということが実は「健康にいい」んですよね。

執　そういうことだよ。じゃあ健康にいいことばかりしてる人はどうかというと、今もっとも無気力でどうしようもない老人や若者になるよな。

佐　そうですね。活動すれば、事故や危険に遭う可能性があるわけですからね。でもこの「毒を食らえ」という思想は、言葉自体がかっこいいですよね。やっぱり執行さんのような年を重ねられた方がそう仰るのが、余計にかっこいいと思います。若いうちだったら、ちょっと過激なことを言ってみたいなと思って言う場合もあるんですけど、やっぱり六十七歳を超えられている方で、あえて「毒を食らえ」というのは、なかなか仰る人はいないですよね。

執　そうかな。僕の知人や会社の関係者が見ても、冒険心に富んでいて毒だらけの人間に見えるらしいよ。もう存在自体が毒というか……(笑)。

佐　僕にとって老化の問題は、自分の人生の一番初めに持ってきているテーマなので、それがすべてといっても過言でないくらいなんです。

執　「毒を食らえ」という思想は、それこそ人生論そのものだからな。

佐　そうですね。人生そのものという感じがします。それは僕にとっては民族論であり、日本という社会の歴史論でもあるんです。僕の場合はどうしても世界大戦の時の話になってしまうのですが……。僕個人の考えに過ぎないのですが、終戦以前の日本は、毒を食らいたくない人たちの時代だったと思っているんです。だから毒を嫌がってきれいなままで死のうとした人たちが、二・二六事件とかを起こしたような気がしていて……。

執　うん、そうだな。

佐　それで、太平洋戦争そのものが日本人の全滅のために始められた戦争だと、僕は思っていて、だからこそ桶谷秀昭も吉本隆明*も書いているように、太平洋戦争が始まった時だけ異様な緊張感を覚えた。それは日本人全員が全滅するという意識があったからじゃないかと感じているんです。

執　どこかで感じてたんだよな。だってあの頃の英米を相手に戦うということは、全世界を相手に戦うということだから。それは悲壮だよな。

佐　それはちょっと無茶ですよね。だからあれは敗北するために始まった戦いだと僕は思っていて、そうすることによって若いまま死んでしまおうとしていたのかな、と。それこそ『豊饒の海』の一巻から三巻までの主人公みたいに……。そして昭和天皇だけを残して、全員が民族的自決のようなことをしようとしていたような。ただ、それを昭和天皇ご自身が、断念していいと許してしまったんだと思うんです。

執　皆に「やらなくていいよ」ってね。死にたいのにな。

佐　ある意味そこまでの気持ちがわかった、と言って「赦した」のがポツダム宣言受諾だと僕は

＊吉本隆明（1924-2012）
詩人・文芸評論家。

思っていて、そう言われてしまったからには死ぬ道じゃなくて、老いる道に入らざるを得ないんです。ただあまりにもその衝撃が強すぎたから、今は記憶喪失状態になっているというか……。

執　忘れたいということだよな。

佐　そうなんですよ。だから、日本の復活のために絶対に必要なことは、まずは一度戦前の状態を思い出すことだと思うんです。だからもう一回、二・二六事件の青年将校たちと同じ気持ちを味わい、特攻隊と同じように死のうと思わないと駄目だと。そうして初めて、昭和天皇のあのポツダム宣言受諾の意味がわかって、日本人として、老いの道に入れると僕は思うんです。

執　だから今の日本は、「永遠の子供」ということだな。「年を取ることが出来ない国」だよな。

佐　記憶喪失の状態の子供と一緒のような気がします。だとすると質《たち》が悪いですよね。自分が何をしてきたか覚えていないので、何も出来ない。

執　東京裁判だって、その意味をちゃんと考えようとしないもんな。それで、いい加減なままにしている。

佐　そうなんですよ。あれを研究したらもう一度あの時代に戻って、昭和天皇のポツダム宣言受諾から受けた衝撃をもう一度味わわないといけないということがわかってるんです。わかっているから無意識の内に避けているような気がして……。

執　つまり、日本は戦後七十年間、「毒を食らわない国」だから老いることも出来ない、ということだな。これは平和思想も憲法九条もそうだよな。

佐　そうですよ。何かわからないから、とりあえずあるもので済ませようと思ったら、平和主義になっちゃったんです。

執　それで九条を守っている限り、なんとなく不安は解消されるというか。

佐　そう。もう一度戦前に戻るのを怖がっているんだと思うんです。

執　そうすると現代日本の最大の毒というのは、やっぱり戻ることだから、もう一回日本人が戦うことを覚悟するということだよな。

佐　そうなんですよ。ただ、僕の個人的な考えでは、もう一度、総自決をしようとしたら駄目なんです。それは昭和天皇が駄目だと仰ったので、若くして死ぬ道ではなくて、やらなくちゃいけないのは老いる道だと思います。だから老いるための本でもある『生くる』が重要な意味を持っているはずなんです。

執　そうだな。

正しく老いるために

執　でも『生くる』を老いるための本だと捉える人は少ないよね。

佐　僕も昔からそう思っていたわけではないのですが……。

執　だからこれはね、『生くる』は正しく老いるための本ということだから、正しく死ぬための本ということでもあるんだよ。

佐　僕は正しく死ぬために『生くる』を読んで、その後に『奔馬』を読んで、老いるための本として『生くる』がもう一回現われたんです。そういう意味で、この本は二重の意味を持っているんです。死と復活を司る働きを感じます。

執　それは面白いな。『生くる』というのはどちらにしても希望を得る人が多くて、まさか「老いる」とか「死ぬため」だというのは、新鮮な意見だよな。でもこれは逆説で、僕の本というのは全部、かっこよく言うとやっぱり武士道の詩なんだと思うんだよ。だから詩というのは必ず、それこそさっきの「恐怖」の話じゃないけど、二律背反なの。恐怖を捨てろということは、実は恐怖は大切なものだという意味でもあり、恐怖は人間性と不可分の関係があるということなんだ。だからこそ捨てろということにもなるんだよ。だから言葉というのは怖いんだよな。

佐　そうですね。僕は前に沈黙と言葉の間層の部分に芸術があると言ったじゃないですか。これの別の表現でいつも僕が言うのが、「芸術というのは一つの球を見ているんだ」と。ただ人間は絶対に一面からしか見れないじゃないですか。でも実は球全体を描いているのが芸術であり、球には無数の面があるのでいろんな意味が出て来てしまう……。

執　そうだよな。言葉もある意味じゃ球だよ。だから皆、使いたい角度から使ってるわけだよ。

佐　そうですね。

執　聖書も詩なんだけど、言葉が詩になった時はある一面からしか書いてないんだよ。だから結局読む人間の信仰心が最も大切になってくる。だから批判しようと思えば、聖書なんて、オカルト書と言えばそうなってしまう。

佐　批判は無数に出来ますよね。

執　でもね、聖書というのは「信じよう」と思って読むと、僕もそうだけど涙が流れてくるんだよ。逆に「こんなものは非科学的なものだ」と思って読むと、本当に幼児のように馬鹿なことしか書いてないよ。本を読むとは、実は自分の人間性との対決ということも言えるんだよ。自分自身が疑い深い人は、どんな本でも疑ってるよ。それでいて、インチキ本に却ってひっかかる。それはね、インチキ本は、他者が絶対に信じるように書いてあるからなんだ。

佐　キリストの譬え話はわかりやすくするために言ってるわけじゃなくて、逆にわからなくするために言っているという話もありますよね。

執　そうだよ。本物はみんなそうだ。人に信じてもらうことだけを目論んで書いてないんだ。逆説ってこと。これは健康も同じなのよ。ある意味じゃ人間存在というのはその上に成り立ってるというか……。だから毒を食らって汚れていくことを覚悟するのが、一番健康なんだよ。でも今の健康ブームや健康論というのは根が深いよね。単に長生きしたいだけじゃないんだよ。単に長生きしたいぐらいならもっと簡単なんだけど……。もっと欲が深く、かわいげがないね。エゴイズムに近い、嫌なもので、人間性の問題ということになってしまうんじゃないかな。

佐　本当に根は深いと思います。何かを誤魔化してる感じもしますよね。モルヒネ状態というか、痛みを誤魔化して認識しない……。

執　そうだよ。老化の真実を見ようともしない。また例えば歴史的なものなど物質面でも、東京裁判がどういうものであったかとか、またそれを受け入れたということが何を意味するかとか、それを今の日本人は吟味していないよ。

佐　そうですね。

執　じゃあ例えば東京裁判って何かというと、簡単に言うと一部の軍人に全部罪を擦り付けて、日本人は全部無罪放免になったんだよ。これは良い悪いじゃなくて、そうしたんだということを我々が認めないと駄目なんだ。もしそれが嫌な場合、今度は日本人全員の総意で戦争もやり、日本の国家が歴史をかけて戦ったんだ、と言うなら、日本人全員が死ぬまで戦わなきゃ駄目なんだよ。また全員が戦争の主体者なんだ。

佐　そうなんですよ。それを止めるなら、まず自分が死刑になる覚悟がなければいけない。僕は所謂、民族系はその考え方だと思うんです。でも今右翼だと思われているグループは、左翼と一緒なんじゃないかと思ってしまいます。

執　要はそういうことなんだよ。別に東京裁判がどうだってわけじゃなくて、アメリカが勝ったら何でもない戦争を犯罪だとして、負けた国を犯罪者にしたから犯罪者の親分を出せということで、日本は差し出したんだよ。あれは犯罪じゃないんだから、本当は差し出す必要はないんだよ。殺したきゃ全員殺せばいい。昔は負けたら全部奴隷じゃない。

佐　あれは茶番劇なんですよね。ただの形式というか、手続きに近い。

執　あんなもの、もちろん茶番だよ。ただね、今の日本人が一番不健全なのは、それを認識してないということなんだよ。僕は政治的には韓国とか中国は嫌いだけども、じゃあなぜ韓国とか

佐　中国が靖国問題とかであんなに茶々を入れてくるかということなんだ。それはこの方々は犯罪者です、と差し出しておいて、そのくせ裏では祀ってるからなんだよ。大臣が言うように、本当に戦争の犠牲者、戦没者だったら問題ないんだよ。

　あんなことしちゃうから昭和天皇が参拝に行かなくなったんだと思うんです。僕は今の靖国神社はあまり好きではないんです。

執　本当は、A級戦犯で絞首刑になった人だって、戦争をしたのなら犯罪者じゃないんだ。でも日本人はそういうことにしちゃったんだから、認めないと。嫌な場合は、東京裁判を全部否定しないと駄目だよ。

佐　東条英機が「東京裁判で裁かれるいわれはないが、自分は国内法であればいくらでも裁かれて責任を取る」と言ってるんですよね。敗けたことが、祖国である日本に対する罪としてなら認めると言ってるんですよね。

執　それは国内法であって、戦争に敗けた責任だよな。戦勝国が戦争に敗けた国を裁判にかけるなんて、アメリカ独自だし初めてだよ。これはアメリカは民主主義の国だからで、民主主義ってつまり自分が神だから考える考え方だよな。神に反抗した人間は全員罪人だ、というのがアメリカだから。つまり犯罪者、テロリストということなんだ。

超人は大地の意義である

佐　結局この問題って日本だけじゃなくて、世界全体が「神は死んだ」というところから発しているると思うんです。日本は偶然それが第二次世界大戦のあの日に一番衝撃が深い形で起こっただけであって、本当は世界全体の問題であると思います。個人的には、それを解決する唯一の思想はニーチェのような気がします。そしてニーチェの思想を活用して創られたのが、三島由紀夫の文学ではないかと……。「三島はニーチェ的だが、ニーチェは三島的ではない」という言葉を誰かが言っていた気もしますし、確かにその通りだと思うんです。何にせよ、ニーチェの思想は本当に重要ですよね。僕の一番好きな哲学者のひとりでもあります。特に僕は『ツァラツストラかく語りき』を新しい福音書だと思っています。

執　僕もニーチェは大好きだからな。「毒を食らう」の代表的な哲学者がニーチェだもんね。ニーチェって毒を食らい過ぎて脳がやられたんだよ。でも毒を食らうという思想が正しいんだから、ニーチェの人生は正しい人生なんだ。最後は失敗しても、それは挑戦者の勲章だということだ。

佐　ただ今の時代の風潮からいうと外面的には不幸に見えるので、なかなかわからないんですね。

執　いや、不幸じゃないよ。歴史に名を残した史上空前の哲学者になった人が、不幸なわけがないんだよ。だからニーチェを不幸だと思う人は、自分が何者であるかもわかっていない人なんだよ。

佐　そういうことなんですね。

執　そうだよ。やっぱり人類の最大の願望・希望といったら、自分の存在の記憶だよ。それが良いとか悪いということじゃないんだ。やっぱりウナムーノが正直に言ったように、永遠の命、つまりは業績によって名を残すということに尽きるんだ。それが歴史的な真実だ。だったらニーチェは最高じゃないか。ただ、真面目すぎて、行き過ぎて身体を害しちゃった、ということだけだ。

佐　そうですよね。でも歴史に名が残ってますからね。

執　そうだよ。仕方がないことだよ。そんなもの、動物同然の生活をしてるやつが何を言うかということだよ。

佐　日本の場合は天皇なんですけど、日本という国も神が死んだ時代になってしまって、それを復活させようと思ったら、神が死んだ状況を一回追体験しないといけない。世界的にはニーチェが復活させる過程を書いたと思うんですけど、そのためにニーチェが一回追体験したのは、ドストエフスキーだと感じているんです。ニーチェはドストエフスキーを読んで、神が死んでいく過程を一回追体験したと思うんですよね。『罪と罰』でラスコーリニコフ*が収監先のシベリアから釈放されて帰ってくるじゃないですか。僕個人の考えでは、帰って来た時のラスコーリニコフの名前は、ツァラツストラになっているんだと思っているんです。

執　なるほど。

佐　ラスコーリニコフ＝ツァラツストラだと僕は思ってるんです。ツァラツストラは山から降りてきますけど、僕はあれはシベリアから来たんだと思ってるんです……。

ラスコーリニコフ　ドストエフスキー『罪と罰』の主人公。

執　その見方は面白いね。キリストの洗礼を受けたツァラツストラという感じじゃないかな。ドストエフスキーのニヒリズムの描写がニーチェに影響を与えたことは間違いないね。ナロードニキの革命精神はヨーロッパのインテリに逆輸出されていた。それに、今のツァラツストラで思い出したんだけど、『生くる』と『友よ』を読んで、美達大和*という牢獄で読んだ本の紹介文を書いている有名な人が、牢獄で仮想のツァラツストラに会って開眼して行く本があるんだよ。『牢獄の超人』*という本なんだけど、すごく面白いよ。この作者も体当たりで生きた人なんで、その文学には説得力がすごくあるんだ。

佐　そんな本があるんですか！　僕も『魂の燃焼へ』で初めて知って、美達大和さんの本は何冊か読んだんですけど……。それはまだ読んでいないので、是非読みます。それは執行さんがモデルなんですね？

執　モデルというよりか、僕の思想を参考にしたらしいよ。僕も当時は知らなかったんだけど、美達さんと親しい人が僕が連載をしていた頃にお世話になっていた『正論』の編集長の方からそのように聞いたんだ。著作でしか知らないけど、『生くる』を読んだ時の彼の印象が、ツァラツストラを読んだ時の印象と非常に似ていたみたいなんだ。

佐　なるほど～。美達さんはすごい感性の方ですね。思うんですけど、たぶん人間って実際に会わないほうが、よくその相手と対話できるんでしょうね。美達さんのブログで『生くる』をかなり推薦されてましたもんね。

執　美達さんの本の中で、『ツァラツストラかく語りき』の中の「超人は大地の意義である」と

美達大和（1959-）作家、無期懲役で服役中。

『牢獄の超人』（美達大和著、中央公論新社、2012年）暴力団を破門された主人公が獄中で「超人」と出会う小説。

いう言葉を引用してるんだけど、これがどうやら美達さんが『生くる』から受けた印象らしいんだよ。

執 いやーさすが。慧眼《けいがん》ですね。やっぱり「大地」なんですね。

佐 佐堀さんも最初に言ってたけど、『「憧れ」の思想』が天空から降って来て、『生くる』は大地から湧き上がってくる。美達さんも佐堀さんと同じような印象を受けたんじゃないかな。だからやっぱり近いんだよな。この本は面白いよ。

執 いいですね。

佐 是非読んでみてよ。結構、小説のわりには理論的な本なんだけど、僕はそういうのが好きだから、面白かったなあ……。まさか、佐堀さんが『牢獄の超人』を知らなかったとはな（笑）。

執 知りませんでした。早速読ませて頂きます。でもすごいですね。

佐 でもやっぱり「毒を食らえ」というのは、美達さんも毒に当たり過ぎて、やり過ぎちゃって殺人を犯して牢屋に行ってるけど、僕は普通の人生よりかは全然美達さんの人生のほうが素晴らしいと思うよ。仮釈放で本当は出れるんだけど、自分は人を殺した人間だから、死ぬまで一生牢屋にいるのが責任だということで、こういう腹をくくってる人は立派だよ。僕はね、安穏と生きる人より全然いいと思う。そりゃ人間やり過ぎることはあるから、仕方がない面もあるよ。

佐 いや、この人は死んでもずっと霊魂が牢屋に残って無限にいるような感じがします。『死霊』の世界の人物というか……。

執　日本の牢獄の守護神みたいな存在になるんじゃないかな（笑）。いやー、面白いよな。この人も僕のほとんどの本を読んで、僕の大ファンになってくれたんだよ。

佐　そうですね。『「憧れ」の思想』についてもブログに書かれてました。ある種、静かに読書の出来る場所としては、牢獄はすごくいいかもしれないですね。

執　やっぱり本が好きで、自分の本も書いているし、人の本を読むのも好きだから、ある意味牢獄は楽しいかもしれないね。

佐　美達さんからは男らしさを感じますね。

美しい悪魔

執　でも、僕が言いたいことはこの「毒を食らえ」というのは、もちろん失敗もあるということなんだ。でも失敗をしたくない成功哲学や健康論というのは、全部最初から失敗だから。

佐　そうですね。

執　毒を食らう生き方をすれば、行き過ぎちゃう場合もあり得るけど、生命エネルギーを全員燃焼させられることは事実だから。でも、毒を食らうことを厭えば、最初から豚になっちゃうということだからね。

佐　牢獄で、沢山の名著が生まれてますよね。『ドン・キホーテ』*も『死霊』もそう。『罪と罰』

*『ドン・キホーテ』（全六冊、セルバンテス著、牛島信明 訳、岩波書店〈岩波文庫〉、2001年）自らを遍歴の騎士と任じたドン・キホーテが家来のサンチョ・パンサと遍歴の旅に出る小説。

も間接的にはそうですよね。

執　皆そうだよ。

佐　牢獄から生まれたんですからね。何かのギャグ漫画で書いてあったんですけど、「読書が一番捗《はかど》りそうな所は牢獄だ」って（笑）。確かに牢獄だと、存在論を考えざるを得なくなります。あれは孤独ですもんね。

執　「毒を食らえ」というのは、共著のなかの一篇だけど、そういう意味では自分の著作の中でも非常に重要だと思ってる。

佐　だから世の中へのアンチテーゼというか、やっぱり今の逆という意味で執行さんの著作自体が毒ですよね。

執　まあそうだろうな。今の平和志向、健康志向、幸福志向というのはどうしようもないからね。

佐　皆、守りに入っているような気がします。変な意味での老人になっちゃってるというか……。

執　そうだよ。何を守るのかわからないけどな。

佐　よく「自分」を守ってると言いますよね。今は若い人もそうらしいです。特に何も持ってない人ほど、自分を守る傾向があるのかもしれません。

執　僕も結構若者から「人生観の甘い人だ」って言われてるんだよ（笑）。「社長さんはいろいろと好きなことを言っていますけどね、そんなに世の中は甘くはないですよ」と何度言われたかわからないよ。少し前にね、東大法学部の三年生の男子学生に言われたよ（笑）。

佐　悲しくなりますね。日本の将来がね。それから、「毒を食らえ」の中で好きなのは、やっぱ

執　り松尾芭蕉*の辞世ですとか、芥川龍之介の「枯野抄*」です。あの二つは最高ですね。

佐　「枯野抄」のあの、芭蕉が死ぬ場面で、芭蕉は本当は病で野垂れ死にしたほうが幸せだったのに、弟子たちの相克の中でなまじ畳の上で死んでさ。あれも短編だけど、芥川ってやっぱり違うよな。死に際の描写がすごい。「玄鶴山房」と並ぶ死に際だよ。

執　ああいうのを書かせたら、右に出る人はいないと思います。圧倒的です。

佐　あれは一篇の詩だよね。

さっき煙草の話が出てきましたけど、僕は、個人的に芥川って一本の煙草に見えるんですよ。最後にそのまま火がついて燃え尽きていったな、というイメージなんです。

執　「煙草と悪魔*」という作品もあったもんな。

佐　確かにありましたね。芥川はヘビースモーカーだったらしいですよ。

執　あの頃は皆そうだよ。だって戦前の芥川の時代は、煙草というのは健康に良いと言われていて、医者が皆奨めてたんだよ。だから病院なんかにお見舞いに行くときには皆、病気がうつらないようにと言われて煙草を吸わせられたんだよ。あと風邪をひいてる人と話す時とかね。

佐　うつらなそうな雰囲気がしますよね（笑）。

執　やっぱりうつらないんだよ。身体に悪いということは菌にも悪いんだよ。でもね、僕は「毒を食らえ」という思想の持ち主だから、本当に今の禁煙を中心とした健康思想というのは、何か文明の最後の崩壊過程を見るような思いがするね。僕は健康志向が一番文明の崩壊を招くものだと思う。発展期にはね、人間はどんどん好き勝手に生きるものなんだ。

松尾芭蕉（1644-1694）江戸前・中期の俳人。

「枯野抄」（『或日の大石内蔵之助・枯野抄他十二篇』芥川龍之介著、岩波書店〈岩波文庫〉、1991年）松尾芭蕉の死を弟子の視点から描いた小説。

「煙草と悪魔」（『煙草と悪魔 ―他八篇』芥川龍之介 著、新潮社〈新潮文庫〉、1949年）煙草渡来の伝説を描いた小説。

佐　そうですね。

執　何が悪いかって、いつも取り上げる幸福思想、健康思想、長生き思想。これは全部、古代から人間が一番戒めてきた「エゴイズム」だよ。それに衰退論だよ。それが今礼賛されてるんだから。

佐　自分を大事にするエゴイズムが一番いいとされちゃってますよね。

執　これは冷静に考えたらすごく酷いもんだよ。でもやっぱり現代文明を支えてるのは悪魔だってことだな。悪魔は優しくて美しくて、きれいだからね。そしてみんないい人の表面《づら》をしている。昔の人はみんなそう言っていたよ。

佐　そうですよね。汚れてない世界になっちゃいますからね。

楽に生きない方法

執　悪魔というのは魅力があるからね。だから民主主義の正義というのを聞くたびに、やっぱり悪魔を感じるんだよ。僕みたいな「毒を食らえ」みたいな思想というのは、やっぱりもちろん神様とまでは言わないけれど、悪魔と神様が相克関係で争っている人間の文明の姿を見るということだよ。

佐　そうですね。「楽に生きる方法」みたいな本が売れますからね。これさえやれば大丈夫、みたいな。でも執行さんの著作を読むのが一番良いと思うのですが……。

執　「楽に生きる方法」なんて、そんな本を買う場合、レジで買うのが恥ずかしくないのかね。

佐　普通は恥ずかしいと思います。でもそういうのがいいと思ってる時は、買っちゃうものですよね。「何でも叶う方法」、みたいなのあるじゃないですか。一度『生くる』のキャッチフレーズを「楽に生きる方法」とかに変えてみたらいいかもしれません（笑）。

執　でもある意味じゃそうだからね。「読書のすすめ」店長の清水克衛さんはこれを、「これさえ読めば彼女ができる」って言ってたよ（笑）。

佐　すごい大風呂敷だ（笑）。でも実際そうかもしれないですね。

執　そうだな。でも清水さんは個性的で面白いからな。この「毒を食らえ」という思想も、清水さんはものすごく気に入ってくれたよな。

佐　やっぱり収録されている文章の中でも一番垂直に立っている感じがします。執行さんの著作と比べると、文学でも現代の文学は毒がないな、と思うんです。現代に生きている作家で、執行さんから見ていいなと思う作家って誰かいますか？　例えば村上春樹*とか……。

執　現代ではあまりいないけど、村上春樹は『世界の終りとハードボイルド・ワンダーランド』*だけは好きだね。これはさっき話した『正論』の編集長に薦められて読んだんだ。彼がいいと言うだけあって、これは良かったね。僕は新しい『死霊』を感じたな。

佐　僕も最近、現代文学ってどんなんだろうとふと思って、最近数冊、現代の純文学と呼ばれている人の作品を買って読んだのですが、どれも微妙だと思ってしまって……。やっぱり軽い感

村上春樹（1949-）小説家・翻訳家。

『世界の終りとハードボイルド・ワンダーランド』（上・下、村上春樹 著、新潮社〈新潮文庫〉、２０１０年）幻想世界と冒険活劇が交互し、村上春樹の独特の世界が展開する小説。

じがしました。

執　これだけ毒がない時代になったら、やっぱりある程度売れてる作家は全員駄目だよ。だって毒を全否定している時代に売れるといったら、毒があるわけないいんだから。

佐　うん、そうですね。

執　だから現代作家といっても、まだ毒が容認されていて、そういう人たちが沢山生きていた安部公房とか三島由紀夫の世代で、もう現代は一回終わりだよね。まあ僕も沢山読むけどほとんどいないよね。いいと言われているのは今でも読んでるんだけど、もう駄目だ。平和思想なんだよ。平和思想なんて文学にならないんだよ。良かったね、で終わりだから。これがわかってないというか……。

佐　では世界の作家で見たらどうですか？

執　世界中いないね。ボルヘスはいいと思うんだけど、もう死んじゃったからね。

佐　文学は世界的に瀕死なんですね。

執　日本が一番酷いけど、世界的にもう民主主義の行き着く先で、ほとんど皆平和思想、幸福追求だから。幸福追求ということは、文学を必要としないということなんだよ。この状況はしばらく続くだろうけど、また文学の時代も来るよ。

佐　来なかったら、人類は滅亡してしまう気がします……。今日も今までに聞いたことのない新しいお話を伺えて大変勉強になりました。有難うございました。明日は最終日になりますが、よろしくお願いします。

ホルヘ・ルイス・ボルヘス

執　もう、そんな時間か。それにしても文学の復活に我々も一助とならなければならないよな。文学が滅びれば、本当にひとつの文明が滅びるからね。文学とは、人間が生き方を模索し苦悩する時代に必要とされたものなんだ。だから、そういう人間が増えれば、文学の時代も来るよ。国民一人ひとりが国家を創っているんだ。だから偉大な国は偉大な文学を生み出したという歴史があるんだよ。それでね、文学の基本はね、今我々がやっているような「語り合い」なんだ。そういう一助に我々の対談もなりたいよな。よし、明日も一丁、語り明かそう。

第三夜　二〇一七年八月五日（土）

〈第三夜　扉写真〉
執行草舟の執務室、執行草舟（右）と本棚の一部（左）。

毒がなければ、愛はない

佐　早くも最終日になってしまいました。本当にあっという間です。昨日伺った中で、毒を食らわなくなった日本人の幼稚化は本当に深刻なものがあるなと感じました。帰ってから一人で随分と考えさせられましたね。

執　この「毒を食らえ」というのは僕の中心思想のひとつだから、思想的に重要なものだと自分では思っている。これがわからないと、他のものは全部わからないということにもなるような思想なんだ。今の時代だと、特に若い世代になるほど重要な思想になってくると思うよ。

佐　僕は毒を厭わない人間だと自分では思うので（笑）。でも執行さんが、「具合が悪いのなんて当たり前」、「不幸は当たり前」、「辛いことは当たり前」と仰ってくれるのは有難いです。幸福思想、健康思想の時代にあって、具合が悪いのなんて普通、肉体がキツいのなんて当たり前なんだよ、人生が思うように行かないこともね、というようなことを言ってくれる人はなかなかいませんから。

執　例えば肉体で言えば、具合が悪くないことなんて、僕は一日もないよ。だから、せいぜい高校生くらいを過ぎたらあとはもう老化だから。具合が悪くない日なんかないはずだよ。また悪くないなら、その人はおかしいんだよ。「毒を食らえ」という思想がなくなることによって、僕はあらゆる現代の問題点が生まれてきてるんだと思ってる。喧嘩とかも生きる上での毒で、特に男なんかはそうだよな。喧嘩とか言い争いとか、それから憎しみも全部毒であって、つまり生きる上での毒だよ。食い物の毒は当然で、もう何でも食うということだよな。少々身体に悪いと思われているものも食わないと、人間丈夫にならないというか。

佐　そうですね。

執　人間なんて子供の頃にある程度病気を沢山しないと、免疫ってつかないじゃない。免疫というのは、どのくらい病気したか、ということなんだよ。だから病気をして、万が一、親が「酷くなって死んじゃったらどうしよう」とか、そんなことを心配して、子供を無菌室に入れたら、とんでもなく弱い人間になっちゃうよ。

佐　それに、結構酷いアトピー体質になる場合が多いですね。でも今は菌がなくてきれいなものが当然みたいになっちゃっていますし、そういうものが良いという風潮があるような気がします。「清濁併せ呑む」って昔から言いますけど、清と濁はそれぞれ別々のものだというような勘違いをしていて、実は同じものの裏表だということですよね。

執　そういうことだよ。同じなんだよ。だから濁がなければ清はないわけ。ということは、毒がなければ、正常なものもない。

佐　毒を食らわないということは、結局何もしないのと一緒なんですよ。

執　何もしないよりも悪くなる。僕は勿論、本も毒という捉え方をして、いろんな本を読みそして書いているんだよ。

佐　読書は最大の毒だと思います。

執　でも今は毒になる本がなくなっちゃったんだよ。だから本とか特に文学というのは、魂の毒だから食らわなきゃならないわけだよ。しかし、そんなことも知らないし、そういう思想もなくなった。僕が高校生の頃は、例えばドストエフスキーなんかに凝って自殺しちゃう人もいたよ。文学というのは毒だから、まかり間違えばこれは仕方がない。やられちゃうこともあるよ。でもその苦しみから出てくれば、また何かを得られる人間も出るということなんだ。それが「毒を食らえ」の思想だから。

佐　実は、「毒を食らえ」の思想で改めてどこかの出版社で単行本にして出さないのかな、と思っているので、是非お願いします（笑）。

執　ああ、またこのテーマでやろうとは思ってるんだけどな。この「毒を食らえ」というのは、毒がわからないと、当たり前のことだけど「愛」もわからないわけだよ。「愛」というのは、さっき言ったように毒と表裏一体だから。今流にいわれている優しさとか、そんなものは全く愛からはほど遠いもので、愛というのは全然違う、もっと毒と裏表のものであり、一歩間違えたら毒に変わるものなんだよ。

佐　そうですね。死ぬ人もいるということなんですね。

執　それは当たり前のことなんだ。天国というのは、地獄がないと存在できない。ダンテの意見だと、その中間に煉獄というものも必要なんだ。つまり地獄が隣にないと駄目だということ。ところが現代の問題というのは、毒である地獄を忘れようとしている点だと僕には見えるね。

地獄の思想

佐　前に、ユダがいなかったらキリスト教は出来なかったというお話をしましたけど、キリストとユダというのは、毒と愛の一環なんですよね。

執　二人がそれぞれ愛と毒であるけども、また二人それぞれの中に愛と毒の部分があるわけ。要は永遠に続くらせん構造だよ。

佐　結局ユダも自分で命を絶っている。やっぱりそれくらい大きな存在だったということですね。

執　当然そうだよ。ユダっていうのはとんでもない嫌われ者だけども、それでもキリストの弟子になった人間なんだから。そして、けじめのつけ方は知っている人だった。だから当然、真からの駄目人間ではないということだ。

佐　ユダが居ないと駄目だったということですよね。僕はキリスト教史は全然知らないんですけど、初期はユダ信仰とかがあったんじゃないですかね。

執　何かあった感じはある。それは物象における作用・反作用の法則からしても間違いないだろうね。でも異端として中世では火あぶりにあったんだろうな。

佐　聖母マリア信仰があるなら、ユダ信仰があってもおかしくないと思います。

執　かもしれないな。僕が何でこんなに毒とか、地獄ということを取沙汰するかというと、毒とか地獄が付いてない愛というのは、嘘、偽善の愛になってしまって、無菌室になるからなんだよ。一番軽薄で浮薄なものに変わってしまうし、軽薄で浮薄なんだから、愛の逆だよな。

佐　聖母マリアの話が出ましたけど、僕は物によってはマリア様の絵を見たら、そこに般若の顔が浮かんでくるんです。

執　実際に、裏に隠れてるんだよ。例えば今の人たちは一番嫌いな部分だと思うんだけど、釈迦もキリストもそうだけど、例えば釈迦はどういう人かというと、王子だけど、重荷の義務のすべてと子供も含めて家族や親族まで捨てている男なんだよ。こういうことがわからなきゃ駄目だ、ということなんだよ。でも、それがなければ、あの釈迦にはなれなかったということなんだ。

佐　そうですね。今のお話を伺っていて、執行さんの好きな『月と六ペンス』*を思い出しました。

執　チャールズ・ストリックランド*だな。あれは極端に書かれているけど、何ものかを芸術で達成したかったら、仕方がないんだよ。何かを捨てるということは、表裏一体で、その捨てる何かも、その人にとって重大なものじゃなきゃ駄目なんだ。その中には自分の命とか自分の健康、家族とかが入ってるんだと思う。あれは、ポール・ゴーギャン*の人生がモデルになっていると言われているけど、やはり何かをなすには、それと同等の何ものかを捨てなければならないということに尽きるんだ。犠牲を厭う人は何も一生できないよ。あの本を読んで、ストリックランドがひどい男に見えるなら、何も出来ないということだ。そして、そのひどいことは、自分の命をも捨てていることによって、生命的赦しを得ていることには気づかなければならないね。

『月と六ペンス』〈サマセット・モーム 著、中野好夫 訳、新潮社〈新潮文庫〉、1959年〉世俗のすべてを捨て、芸術へ命を懸けた男が主人公の小説。

ストリックランド〈チャールズ〉サマセット・モーム『月と六ペンス』の主人公。

ゴーギャン〈ポール〉(1848-1903) フランスの画家、晩年はタヒチで制作。

佐　そうですね。僕はやっぱり医学部なので、そういう生命関係で僕が一番好きなのは「アポトーシス」ですね。細胞の自殺機構が生物内にはあって、例えば変異した正常細胞であるとか、ウイルスに感染されてしまった細胞は進んで自殺するんです。その機構を取り外してしまった細胞のことを癌細胞という。つまり癌細胞というのは、死ぬことを忘れた細胞といえるわけです。つまり変異したにも関わらず、死ぬことが出来なかった細胞です。

執　そういうことだよな。マズい時に自分で死なないということだよな。人間なんていろんなところでマズいことが起きてるんだけど、マズくなったら普通の細胞は自死するということだ。だから「自死の思想」というのは、文明的にはものすごく重要だということ。ある意味で、その思想が「武士道」を築き上げた。だから、現代のように、あまりにも自殺を悪とする社会は機能マヒに陥って来ることは間違いないと思うよ。

佐　つまり自死も毒であり、仕方がない場合もあるということですよね。

執　そういうことだよ。源信という日本の仏教者の中でも特に優れた人の一人で、日本の仏教の王道を作った人がいるんだよ。その人が『往生要集』という本を書いてるんだけど、一番の主題は「地獄の思想」なんだよ。これは僕もすごく考え続けてきて、ものすごい真理が含まれていると思っているんだ。

佐　日本の歴史上で一番頭もよくて人格も優れていて、素晴らしい人物の一人と言われている人が、地獄を最も重んじているわけですからね。

執　そうなんだよ。その地獄の思想に基づいて書いた文学が高橋和巳という文学者の『悲の器』*

*『悲の器』（高橋和巳著、河出書房新社〈河出文庫〉、2016年）理性と愛の狭間で相克する男の破滅を描いた小説。

なんだ。それがわかると、『悲の器』はとてつもなく面白いんだよ。それで、最初に源信の言葉が載っていて、ある人が地獄に落とされるんだけど、閻魔大王が「なぜお前が地獄に堕ちるかといえば、愛に生きていて、愛という名のもとにいろんな悪行と罪業を積み上げたからだ」ということを語ってるんだよ。ここに僕は現代社会の真理があるように思うな。つまり毒がない、地獄がない愛が、最も深い罪を生み出すということだ。だからキリストがどうして何度も「家族も捨てろ」と、言ってるのか。もちろん捨てる、捨てないに拘泥されると困るんだけど、家族も捨てなきゃ駄目だということが前提にあるほど、それほどに愛の問題は重大なんだ、ということだよ。愛の名のもとにすべての悪行と罪業が行なわれている。キリスト教と関係のない閻魔大王ですらそう言っていて、そのために裁かれるわけ。

佐　最も正しくて、最も愛に生きたから裁かれるということが、この『往生要集』の主題であり、『往生要集』から発想したのが、高橋和巳の『悲の器』なんですね。是非読みたいと思います。

執　たぶん、佐堀さんが読んだら、座右の書になると思うよ。

佐　僕も地獄の話は大好きで、数ある話の中でも特に地蔵の話が好きなんです。

執　ああ、地蔵菩薩*か。地蔵は閻魔なんだよ。地蔵はあらゆる角度から見て、あれは道教なら閻魔であり、バラモン教からきた伝統によると、深沙大将*という砂から生まれてくる妖怪の親分なんだ。深沙大将というのは元々バラモン教の神で、バラモン教から仏教に入ったわけ。あとは閻魔というのは道教から仏教に来た。

佐　いろいろと混合してるんですね。

地蔵菩薩　六道の衆生を救済する菩薩。

深沙大将　大人物の危難を救う鬼神、毘沙門天の夜の姿。

執　ちょうど「毒を食らえ」の話になったから、地獄のことを明らめておかないと僕の著作は全部意味がわからないよ。だから愛が一番怖くて悪い、ある意味じゃ毒なんだということが、まずわからなきゃ駄目だということなんだよ。それがあまりにも今の家庭とか社会ではわからな過ぎるというか、気軽に考えすぎちゃっている……。愛すれば、何でもいいと思っている。そして赦されると思っている。その間違いに早く気づかないと現代は社会が崩壊してしまうよ。

佐　地獄がわかれば天国は活きる。

執　そういうことだよ。それをたぶんダンテは、「地獄には地獄の名誉がある」と表現したんだと思ってる。地獄というのは、ユダのことじゃない。それは天国を証するものなんだよ。そういう誇りが、地獄の名誉であり、天国にも逆の名誉がある。天国なんて、僕は子供の時から大嫌いだけど、天国が地獄の反対のものとしてあることがわかると、ものすごい価値が出てくるということなんだ。

佐　ダンテの『神曲』も、「地獄篇」、「煉獄篇」ときて最後に「天国篇」が来ますね。地獄が最初です。

執　順番も重要で、ダンテが重んじているのはまず地獄ということなんだよ。『往生要集』も同じく地獄を信仰の中でも特に重要に思っている。

佐　そうですか。

執　『往生要集』は、もちろん仏教の重要な書物で、日本最大の古典であり、僕の好きな『正法眼蔵』*と並ぶ仏教古典の二大著作だよな。僕は『往生要集』もものすごく好きなのは、主題が

『正法眼蔵』（『日本思想大系12・13 道元 上・下』道元 著、寺田透、水野弥穂子 校注、岩波書店、1970〜1972）曹洞宗の開祖 道元が門下に仏法の真髄を説いた書。

地獄だからだ。だから仏教の一番重要な本が、地獄を説いている本だということの重要性をさつき言ったわけ。

佐　例えば思想史的にもいつ思想が一番発展したかというと、戦争があった時代じゃないですか。実存主義が生まれたのも、明らかに戦争があったからです。

執　戦争の時にレジスタンスとして戦った人たちだよな。彼らが実存主義の哲学者になったんだよ。戦わなかった人は、実存主義者になってない。

佐　日本でいったら、日本の文化が栄えたのはやっぱり平安末期から鎌倉の、食べるものがなくて、親が自分の子供を涙ながらに食べるくらいに物質的に苦しかった時ですよね。

執　そういう時代だよ。道には死人がごろごろいるという……。西行*くらいから始まり、源信とか法然*、道元や日蓮*が生きた時代は全部そうだよ。でもあの時代に日本が確立したわけだからな。そして日本独自の芸術が花開いた。

虚無の上に

執　話は変わるけど、僕が人に薦めている映画に『グリーンマイル』という『悲の器』に少し似た映画があるんだよ。この世の罪の最大のものが何かというと、やっぱり愛なんだよ。愛の名のもとに何かを行なう人間が、本当は最も駄目なんだということをまた一つ違う側面から説い

西行（1118-1190）平安後期の歌人・僧。
法然（1133-1212）平安末期・鎌倉初期の僧、浄土宗の開祖。
日蓮（1222-1282）鎌倉中期の僧、日蓮宗の開祖。

ている映画なんだ。トム・ハンクス*が主人公の映画なんだ。あれはまあ、SF的といえばそうなんだけども、主人公が最後には肉体的な永遠の命を得て死ねなくなるんだよ。その永遠の命と愛の怖さが表現された名画だと思うな。『悲の器』という文学の、ハリウッド版というところかな。

佐　そうなんですか。

執　昔、マックス・シュティルナー*というニヒリズムの哲学者がいたんだよ。今の人は皆大嫌いなんだけど、共産主義の左翼の哲学者で、いわゆる虚無主義者だよな。まあ一般的にいう嫌な奴で、不幸の代表みたいな哲学者なんだ。それにもかかわらず、埴谷雄高がこのマックス・シュティルナーの『唯一者とその所有』*という本の愛読者で、その影響で僕も好きになったんだ。シュティルナーの影響で、『死霊』を書き始めたということを埴谷雄高が書いてるわけ。「地獄の思想」という意味では、マックス・シュティルナーみたいな、共産主義者で左翼の、今流に言うと貧乏性で地獄の三丁目みたいな顔をしてるようないわゆる酷い人間が、今の時代は却って必要だと思うんだ。社会というのはね、とにかく嫌な奴が必要であり、その存在が許されることによって秩序が構築されるんだ。

佐　今はとにかく幸福になりたい、幸せになりたい、成功したい、健康になりたい、という欲望ばかりですからね。

執　思想としては、愛を安く使い過ぎるというか、無限に無駄遣いしているということだな。それによって本当の地獄が現出し出してるのが現代だと僕は思ってる。だからシュティルナーな

ハンクス〈トム〉(1956-) アメリカの映画俳優。

シュティルナー〈マックス〉(1806-1856) ドイツの哲学者・無政府主義者。

『唯一者とその所有』(上・下、マックス・シュティルナー 著、草間平作 訳、岩波書店〈岩波文庫〉、1929年) 一切の外存在を否定しつくすニヒリズム哲学書。

んかも、非常に重要だと思うんだ。それで、シュティルナーというのがどこから出てくるかというと、もちろんあの有名なニーチェだ。ニーチェを発展させたのがシュティルナーなんだよ。シュティルナーの言葉で、「私は自己自身を虚無の上に築き上げた」という有名な言葉があるんだよ。僕はこれが必要だと思う。自分を善人で有能な人間だと思っているのが、現代の病気じゃないかな。

佐　今は昔みたいに子供の頃から叩かれて育ってないですからね。

執　昔は馬鹿だの何だの言われてたからな。だからどうしても今は、必要以上に自分というものを大したものだと思ってしまう。シュティルナーみたいに、私は自分に関する事柄を、「虚無の上に確立した」と、はっきり言える人間が重要なんじゃないかと思う。この際、自分で言わしてもらっちゃうけど、僕はそういうことを結構言えるほうだと思うよ。もし僕の言葉に価値があるとしたら、そこが僕の価値だと思うな。

佐　僕はやっぱりニーチェによって虚無とかニヒリズムに導かれて、決め手となったのはカミュの『異邦人』*なんです。当時読んだ高二か高三の時は、何が書いてあるのかよくわかってなかったんですけど、それから数カ月くらいは自分自身の様子がおかしかったのを今でも覚えていて……。たぶんあの時期は僕にとってニヒリズムに陥っていた時期であって、結構苦しかった時期なんです。何が正しくて何が駄目なのか、正しい悪いというもの自体があるのか、みたいな状態で、例えばすべての犯罪行為ですら、何が悪いのかわからなくなったような時期があったんです……。

『異邦人』（アルベール・カミュ著、窪田啓作訳、新潮社〈新潮文庫〉、1963年）人間存在の「不条理」を描いた小説。

執　そこまで行っちゃうよな。むしろそこまで行かなきゃ駄目なんだよ。

佐　あれは結構恐ろしかった時期なんですけど、自分でもどうやってその状態を抜けたのか、今でもよくわかっていなくて……。そのきっかけになったのは、間違いなく「般若心経」だと思っています。「般若心経」の一番最後の言葉を見た時に、なんでかわからないですけどフッとそこから抜け出して、まあ何とか今でも生きている、といった感じです（笑）。

執　あれはね、もちろん真言だよ。真言で抜けたというのは、僕も何度も経験があるんだけど、佐堀さんの生命からある種のエネルギーが抜けたからだよ。「求めよ、さらば与えられん」じゃないけど、佐堀さんという人間が、一つのともしびに向かって生きたいというものを持ってるから起きた現象だと思うよ。だから佐堀さんは、これから危険な目にたくさん遭っても大丈夫だと思うな。それは生命の本源が、抜けたい、伸びたい、ともしびに到達したいというものを持ってるからだ。持ってない人は、真言では抜けない。真言の御利益っていうのは、求めている人に神仏がくれる恩寵なんだよ。僕も真言が好きでいろいろとやってきているから、つくづくわかるんだよ。あれは神仏の恩寵なんだ。ただ、求めてない人には全くわからない。

佐　呪文ですからね（笑）。

執　求めている人は、それが出てくる。でも僕がさっきシュティルナーを挙げたのは何でかというと、埴谷雄高と同じ気持ちだと思うんだけど、自分が混沌であり悪徳であり、ある意味じゃ駄目な人間であるということをしっかりと宣言できる人間以外は、本物は摑めないんじゃないかと思うからなんだよ。だって毒を食らって生きるのが人間だから。僕は毒を食らうことを正しいと言ってるわけじゃなくて、仕方がなくて、汚れて行くんだからということだよ。汚れて行っている人間が、なぜ今美しくて、愛に生きてて、善人なのか。僕はその感性を疑う、ということなんだ。これは歴史的に見てもそうだよ。一廉の人物で、自分を善人で高く見ている人なんて全くいないよ。

佐　そういうことなんですね。

妖怪の話

佐　さっき妖怪の話が出たので、執行さんからもっと妖怪のお話を伺ってみたい気もします。僕は妖怪を論ずることは森羅万象を論ずるのと同じだと思っているくらい、妖怪が好きなんです。京極夏彦*の「百鬼夜行シリーズ*」や小泉八雲*の著作をよく読んでいます。小泉八雲は中世から近代への変革期に失われていくものに対する嘆きを詠ったという意味では、ジョン・ダンに似ていると思います。

執　そうなのか。妖怪といえば例えば深沙大将というのは、宗教的には妖怪の元締め、つまりは親分だから。人間が抱えている妖怪的なものの、救いにもなれるということだよな。「毒を以て毒を制す」じゃないけど、妖怪は妖怪的な考え方でぶち当たらないと解決しないし道は拓かないと思うよ。

京極夏彦（1963-）小説家、妖怪・民俗学研究者。

「百鬼夜行シリーズ」京極夏彦による講談社より出版された小説のシリーズ名。戦中・戦後の日本を舞台に、伝奇的な話で推理を繰り広げる、その独自の世界観が広く人気を博した。

小泉八雲（ラフカディオ・ハーン）（1850-1904）英文学者・作家、日本へ帰化。

佐　だから個人的には、今の人がもっと妖怪のことを研究したらいいなと思っていて、例えば中島敦*の「悟浄出世」*は妖怪の話ですが、あれが大好きで……。作中に「彼らは、自己の属性の一つだけを、極度に、他との均衡《つりあい》を絶して、醜いまでに、非人間的なまでに、発達させた不具者だ」という妖怪の定義が載っていました。

執　そういう記述もあったよな。その定義は実に魅力的な考え方だな。中島敦といえば、「山月記」*が思い浮かぶけど、「山月記」も僕から見ると完全に妖怪だよ。妖怪の話をすごく文学的に美しくしたというか……。まあ、本人が妖怪みたいなものだからな（笑）。

佐　そうですね。妖怪の研究をしている人は、写真を見ても、皆妖怪みたいになってくる印象があります。現代も、悪い意味で妖怪の巣窟という感じもありますよね。でも妖怪のほうが人間よりも、神に近いような存在という感じがします。よく「神の零落した姿」だと言われてますし……。

執　現代は妖怪と言っても、ちっとも不気味じゃなくて幼稚だよな。ポケモンなんて最低の妖怪だよ。全く生命的慟哭がない。妖怪を零落と言ったらちょっと可哀想だけど、要は裏表だよな。地獄というのがこの世の本体だということがわかると妖怪は悪いものだとか、零落した者ということではないことがわかるんだ。サタンだって零落じゃないんだよ。だからサタンって、実際に見るとすごい一所懸命で可愛いじゃない。どうして可愛いかというと、我々の本体だからなんだよ。サタンのほうが共感するだろ。

佐　確かに、共感します。

中島敦（1909-1942）昭和期の作家。漢学の素養を生かした端正な文章で知られる。

「悟浄出世」（『山月記・李陵―他九篇』中島敦 著、岩波書店〈岩波文庫〉、1994年）『西遊記』を題材に沙悟浄を主人公として描いた小説。

「山月記」（『李陵・山月記』中島敦 著、新潮社〈新潮文庫〉、2003年）詩人になる望みが破れ、虎となってしまった男が描かれた小説。

執　僕もそうなんだよ。ジョン・ミルトンの『失楽園』を読んで、実はいろんないい天使とかも出てくるんだけど、僕はやっぱりサタンと共感するんだよな。だからやっぱり自分の中に本質的にあって、認めなきゃ駄目なんだ。「一敗地に塗《まみ》れたからといって、それがどうしたというのだ。すべてが失われたわけではない。」という、あのサタンの有名な言葉があるじゃない。僕はあの言葉が文明を創ったんだと思うんだよ。だから文明というのは元々、神と相反するものだということは、当たり前のことなんで。人間が文明を抱えている限り、人間存在が悲哀であることは前提なんだよ。だから前の話に戻っちゃうけど、かぐや姫の夢を見られて、僕は本当に運が良かったと思う。人生の始まりで、人間の持ってる永遠に向かう悲哀というのを十四歳までに打ちこまれたんだと思うんだよ。あれは僕の人生で、最もすごい幸運だと感じるな。なにしろ、文明の悲哀というものが子供の頃にまず打ちこまれたということだからね。

我はアルカディアにもある

佐　かぐや姫の話で思い出したのですが、スタジオジブリで『かぐや姫の物語』という映画があったじゃないですか。その映画のテーマでもあったんですけど、かぐや姫の『竹取物語』で、何が一番重要かといったら、なぜかぐや姫は地上に落とされてしまったのか。あれは何か罪を犯したから落とされた、としか書いてないんですけど、その罪とは何なのかということを、もっと考えなければいけない気がします。

執　なるほど。まあそれは文明論に繋がるな。いつも僕は神話が大切だって言うけど、日本なら『古事記』とか欧米なら『聖書』とか、キリスト教圏にも聖杯伝説とかがあるじゃない。あの聖杯伝説だって、何が重要かということを見ていくと、全部サタンと悪魔と、地獄なんだよ。僕は今までにあらゆる文学とか哲学を読んできて、結局皆が行き着くのは、地獄なんだよ。

佐　そうですね。

執　結局、天国が好きなまま生きている人というのは、文化とか学問はやらなかったということになってしまう。物質主義者の頂点の中の頂点にいて誰も凌駕できないという人間であるにもかかわらず、僕が好きな人物が、日本でいうと藤原道長*、西洋でいうとルイ十四世*なんだよ。何でルイ十四世があれだけ偉大だったかというと、ド派手で、太陽王と言われてるけど、実はやっぱり人類の本質が何かわかってたからだと思うんだよ。ルイ十四世が一番大切にしてた絵があって、それは人間の理想郷を描いてある絵なんだ。理想郷のことを、言葉としてはヨーロッパでは「アルカディア」といって、ペロポネソス半島にある人間の楽園、ヨーロッパのエデンの園と言われているアルカディアを描いたニコラ・プーサン*という画家の絵がベルサイユ宮殿に飾ってあったわけ。ところがそのニコラ・プーサンの絵の中に、一つの暗号が隠されているということが現代の調査でわかってきた。それはたぶんルイ十四世があとから加工したみたいなんだけど、その内容というのは、ラテン語で「エト・イン・アルカディア・エゴー」。それは悪魔であり死神でもあるものが、「我はアルカディアにもある」ということを宣言した文

藤原道長（966-1027）平安中期の廷臣、藤原氏全盛時代の為政者。

ルイ十四世（太陽王）（1638-1715）フランス・ブルボン家の王。

プーサン〈ニコラ〉（1594-1665）イタリアで活躍したフランスの画家。

章なんだよ。この文章を聖杯伝説の、人間が求める幸福の頂点としてのアルカディアの絵の中に、ルイ十四世が封じ込めたんだ。そして、それを自分の中心の大切なものにしていた、ということがあるわけ。でも僕はルイ十四世みたいな物質主義の頂点の人間が、あれだけ偉大な生涯を送れたことの本質をそこに見たんだよ。要するに、物質主義者とか享楽主義者ではなかった。人間が生来背負っている罪深さを知っていたということなんだと思う。だから偉大性を保てたんだと思うんだ。

佐　日本の藤原道長はどうなんでしょうか？

執　道長の「経塚遺物」に同じようなところがあるんだよ。吉野の金峯山《きんぷせん》に埋めた信仰の遺物のことだよね。それを見ると、やはり人間の罪をよく知っていて、自分が本当は少しも善人でもないし秀れた人間でもないとわかっているんだ。それが、僕はあの道長の偉大性と藤原北家の今に繋がる永遠性を摑んだ原因のように思っているんだよ。それにしても、話はちょっと戻ってしまうんだけど、僕がかぐや姫の夢を十四年間も見続けたという話は、僕の著書に書いてから、ものすごく大きな反響を頂いたんだよ。

佐　あれは本当に羨ましいです。

執　毎週だからね。それを見たときのあの悲哀感というのは、今でも全く説明できないよ。とんでもなく元気に遊んでる子供が、突如、塞ぎこんじゃうというか……。あれは他人が見たら異常者にしか見えないかもしれないな。

佐　あれは病気の症状とかそういうのではなくて、ある種の心霊現象みたいな感じがします。

執　本当にそうかもしれないな。それで、今でも覚えてるけど、十五歳になってその夢を見なくなった時期というのは、何週間も見なかったから気づいたんだけど、その時から文学や哲学の入り方がまるで違うわけ。特に人間が持っている悲哀とか原罪とか、そういうものが経験がないのに全部わかるようになってしまった。

佐　ものすごい経験ですね。

執　ちょっと話が脱線してしまったね。話を戻すとルイ十四世はヨーロッパ人だから、聖杯伝説がすごく好きだった。聖杯伝説とは、最終的に聖杯をとることによって、人間として最も優れたものを得られる、という話なんだよ。その聖杯伝説を一番好きだった人が、その奥義が何かということをニコラ・プーサンの絵の中に封印したわけ。その言葉が「エト・イン・アルカディア・エゴー」という「我はアルカディアにもある」なんだよ。僕流の解釈なんだけど、人類最大の理想郷の中にも死が存在するというような簡単な意味ではなくて、「この世の中は地獄である」ということであり、それを自分の幸福論として認めたということだと思っているんだ。僕はそこに、ルイ十四世が派手な暮らしをし、多くの戦争をしても破滅しなかった理由があると思うわけなんだ。我々が考えているような単なる派手な生活の物質主義者ではないということだよ。

武田家、ご照覧あれ

佐　今の人の歴史観を見ると、現代では残虐や悪虐の限りを尽したと言われるルイ十四世のような人の扱いが、非常にマズいと思っているんです。例えば僕は戦国時代が大好きで、特にこの世で最も尊敬しているのが武田信玄*公なので、武田家のことは自分なりに研究してるんですけど、武田家で最も重要なのは武田信玄公ではなくて、その父親の信虎*だと思うんです。

執　その通りだな。信虎がいたから信玄がいた。現代では信虎も悪虐の限りを尽した人物だと言われているよな。

佐　そうなんですよ。でもあのような人物がいたからこそ、いま執行さんも言われたように武田家は信玄公の代にあれだけ発展したんだと思っているんです。

執　ところでなんで武田家が好きなの？

佐　なんで好きなのかは自分でもわからないのですが、昔から大好きなんです。長篠の戦いも好きですし、武田信玄は小学生向けの伝記を読んだ時から大好きで。武田家とゆかりのある諏訪湖の風景と、『友よ』で紹介されていた杜甫*の「春望*」が結びついて、僕は杜甫のことが大好きになりました。

執　そうか。

佐　僕は生まれつき極度の臆病者なんですが、「甲斐の虎」と呼ばれた信玄も強烈に臆病だったんですよ。それから、あの白い毛のついた「諏訪法性」の兜が大好きなんです。

執　あとは武田家って戦国一の由緒正しい家系だから、それもあるよな。

武田信玄（1521-1573）　戦国時代の武将。

武田信虎（1494-1574）　戦国時代の武将、信玄の父。

杜　甫（712-770）　中国、盛唐の詩人。

「春望」（『世界古典文学全集 29』杜甫 著、筑摩書房、１９７２年、『友よ』執行草舟著に収録）、著者による漢詩の中でも特に有名な五言律詩。

佐　そうですね。『根源へ』に「骨力」という言葉が出てきますけど、僕は武田信玄こそ骨力を代表する人物だと思っています。もちろん信虎や勝頼*も好きですが……。

執　戦国大名ってなり上がりばかりだけど、あれは甲斐源氏の正統な嫡流だもんな。確か源頼義*の弟の新羅三郎義光*の子孫だよ。武田家の家宝になっている義光の鎧とかも有名だし、「ご照覧あれ」という言葉もよく知られているよな。あれは義光、つまり先祖の持ち物を継承しているんだよ。だから、それこそ僕はいつも人間文化の中心だと話しているけど、死者とともに生きている家系、つまり名門ということだな。

佐　有名な武田二十四将図というのがあって、いくら家来の数を数えても二十三人しかいない。実は二十四番目は武田信玄であり、殿様である自分自身も武田家の家臣として扱われてるんですよ。やはり別格の存在だと思います。

執　秀れた武士はみなその考え方なんだ。新羅三郎義光の霊体を殿様だとすれば、信玄も含めて皆家来だよな。

佐　武田家の話だと、映画の『影武者』が僕は大好きで……。

執　あれは最高だな。あれは、名門とは何か、が問われているんだ。

佐　あの映画でもありましたが、武田信玄の遺言で、「自分の遺体は諏訪湖に沈めろ」というのがあるじゃないですか。あれは実行はされなかったらしいんですが、僕は普段から武田家のことをよく調べてるんですけど、どうやら数年前に諏訪湖の湖底調査をしてみたら、湖の底に巨大な菱形の凹みがあるらしくて、どう考えても自然物じゃない。そういうものが見つかったら

武田勝頼（1546-1582）戦国・安土時代の武将、信玄の子。

源頼義（988-1075）平安中期の武将、頼信の子。

新羅三郎義光（源義光）（1045-1127）平安後期の武将。頼義の三男。

しくて……。

執　現実にあったのか。

佐　あったらしいんですよ。武田菱のような形のものが諏訪湖の底にあったらしいです。こういう話にはロマンティシズムを感じますね。さっき僕は戦国時代が大好きだと言いましたが、今でも大河ドラマは戦国時代のほうが視聴率がいいらしいです。

執　やっぱり戦国時代は、善悪を超越した生命の躍動があるから惹きつけられる人は多いよな。生命が燃えさかっているからな。

佐　そうですよね。僕は子供の頃から戦国時代についていろいろと本を読んで来たのですが、敵対していて互いに憎み合っていると同時に愛し合っているというか……。そういう部分に執行さんの仰る「生命の燃焼」を感じます。あの時代に生きた人物たちは、執行さんの仰るシェークスピアの文学じゃないですけど、「戦国武将」という一人にその霊魂が集約される気がします。

執　それは面白い見方だな。生命の本質をついている。

佐　あと同じ戦国時代では織田信長*も好きです。執行さんは『友よ』で「敦盛」を取り上げていらっしゃいましたよね。僕はあの中で語られている信長論に比するものはないと思っています。

執　そう言われると嬉しいけど、何かしゃべりにくくなっちゃうよ。あれは「敦盛」という舞を通して、信長の骨髄から生まれる血の生き方を書いたつもりなんだ。ああいう偉大な人物はみな祖霊と共に生きている。だから、人間であって人間ではない。そして生きているが、死んで

織田信長（1534-1582）
戦国・安土桃山時代の武将。尾張を統一。

いるんだ。自分自身が昔日の霊魂と同一であり、自分が語っていることがそのまま祖先の予言なんだ。自己は、その予言をこの世に現出させる道具にすぎない。最大の魅力がそこにあるんだ。

悪党と悪党の対談

執　「毒を食らえ」の思想にまた戻っちゃうんだけど、どうして今の日本人は毒とか地獄とか不幸とか、そういうことをここまで嫌うようになってしまったのかな。残念で仕方がない。これを嫌うと、本当にいい方もなくなってしまうというか……。その辺をなんとかわかってほしいよ。

佐　日本に関して言えば、僕は個人的にはやっぱり敗戦がきっかけだと思っています。ただ世界全体でいうとまた別なのかもしれませんが……。

執　もちろんそうだよ。きっかけとしてはあれが最大のものだよな。ただ、きっかけはそうなんだけど、きっかけというのは内実がないと起こらないからな。つまりは引き金だから、日本人の中にそう取りたいという何かがあったということだよな。

佐　日本だけじゃなくて、世界全体の話になっているような気がします。やっぱりそれこそ『根源へ』の「初めに死生観ありき」の章に書いてあるような、デカルト*以来の問題だと思います。

デカルト〈ルネ〉（1596-1650）フランスの哲学者・数学者、近世哲学の父。

執　二元論か。やっぱり神を失った物質主義かな。そして今の話は全体について言えることなんだよな。

佐　そうですね。そろそろ『魂の燃焼へ』の話もしないといけません。この本は「読書のすすめ」の清水克衛さんとの対談をまとめた本ですけど、対談という形式が良いと思いました。読書は自己の思索の一形態であるわけですが、本を読んだ後に自分なりの展開がない。対談形式の本というのは二人の対話というある種の制約のもと、ひとつの展開を辿らせてくれるからとても読みやすい。また自分をそこに加えて三人での対話ということも出来て、二重に思索の展開が出来ます。

執　確かにそうかもしれないな。しかし、あの本は清水さんが魅力のある人で、すばらしいから成功したんだよ。僕にしゃべらせるのが実にうまい人なんだ（笑）。

佐　組み合わせの妙は読めばすぐにわかりますね。読書をするには展開の縦横無尽さというものも大事で、そこに注ぎこまれる要素が多ければ多いほど衝突も多く、有機的な連関も起こしやすい。ですから、対話の断片から急に飛躍したりということもあるわけで、その飛躍がすごく面白い本だと思います。

執　そうだな。だからだと思うけど、『魂の燃焼へ』は有難いことに今でも結構人気のある本みたいなんだよな。

佐　本の初めのほうで「新しい言葉」に疑問を呈したところが痛快でした。やっぱり古い言葉を知ると、その言葉を深く知りたいと意味に深く潜り込むようになるでしょうし、言葉に対する感性も膨らんでくると思います。

執　新しい言葉って、やっぱりある種の誤魔化しなんだよな。

佐　そうですね。それにしても、この本は、毒と毒の対談という感じがしますね。

執　これは清水さんという人が、僕とはまた全然違う意味で非常に毒のある人なんだよ。何でかというと、清水さんというのは一本独鈷《いっぽんどっこ》で、社会にも本の流通経路にも頼ってない、自分の力だけでやる人で、そこが僕は清水さんの一番好きな所でもあるんだ。何にも頼らない人との対談だから、この本は面白いよ。

佐　執行さんがよく仰る「無頼漢」ですね。これは最高の褒め言葉ですね（笑）。

執　楠木正成も無頼だよな。つまり「無頼の精神」ということだな。

佐　「悪党」と呼ばれてますからね。

執　そうそう。あれが悪党の始まりだからな。悪党というのはどういう意味かというと、要は「独立自尊」。権威に頼らないで、自分の力だけを頼りにして生きている人間を「悪党」というんだよ。だから戦国時代を生み出した地方の武士団は、皆「悪党」。

佐　そうですね。

執　それが日本の武士道の一番強い伝統なんだ。だから武士道と言っても、僕の言う武士道というのは楠木正成に象徴されている「悪党の思想」なんだよ。だから、江戸時代の士農工商階級のエリートになった武士団だと、幕府や上役の顔色ばかりを見ている。そういう武士の三百年を皆が武士道だと思っちゃってるから、僕は特に道徳家から多大の誤解を受けてきたよ（笑）。

佐　執行さんの本を好きな人の中には、結構、道徳家が多い印象があります。

執　多いかもしれないけど、僕はそんなこと全然言ってないからね。僕は楠木正成派だから。いいか悪いかは関係ない。そういう意味では、今でも権威にも一切頼らない。商売でも一切、社会の流通システムや権威に頼ったことないし、何にもしてないよ。自分の会社でやったもの以外には、一切頼らない。それは今でも貫いてる。だから現代だけど僕の経営する会社は「悪党」だよ。

佐　そうですね。でも本当に「一本独鈷」という意味でも、そういう感じがします。

執　だから「危険思想」と言われてるんだ。そういう意味では、社会の常識のラインに乗っていない。

佐　そうですね。常識のラインというのは、権威に媚びるということですか？

執　そういうことだよ。それは、うちはしていない。それは僕もそうだけども、清水さんもそうなんで、ちょうどそういう二人が合わさったから、面白いんだと思う。

佐　何でも単刀直入にズバリと言っているところが痛快でした。

執　そうそう。『魂の燃焼へ』は、悪党と悪党の対談なんだ。だから面白い。

佐　そう思います。

契舟求剣

執　対談の本はね、ただ出版社がインタビューに来て、適当に喋ったように思われてるかもしれないけど、実は僕の腹の中にはどういう対談にしたかったか、というのがあるんだよ。これは有名な言葉なんだけども、『呂氏春秋』*という本に「契舟求剣（舟に契《ちぎ》りて、剣を求む）」という言葉があるんだよ。この言葉を僕が覚えたのは中学一年生の時で、漢文が好きで昔の岩波全書の『漢文入門』*という、京都大学の教授だった小川環樹*という漢文学者が書いた本があったんだ。湯川秀樹*の弟に当たる漢文学者の方の本なんだけど、その本で僕は漢文を勉強して、その本の中に出てきた。

佐　その本の中に、『呂氏春秋』からの抜粋として、「契舟求剣（舟に契りて、剣を求む）」というのがあったんですね。

執　そうなんだよ。僕は現代社会というものを、そのものズバリ言い当てた言葉だと思ってすぐに覚えた。これはどういう意味かというと、その昔、戦国時代に、楚の人で舟に乗っている人が、海に剣を落としちゃった話なんだ。その剣を探すんだけども、落としたんですぐに落とした場所の舟の縁に小刀で印をつけたわけ。それで、その真下の場所を徹底的に探してるんだけども、舟はどんどん動いてるんで、永遠に見つからないという話なんだよ。でも僕はね、現代って笑い話じゃなくて、すべてがこの言葉のように行なわれていると思っている。つまり一所

『呂氏春秋』（呂不韋編著、町田三郎 編、講談社〈講談社学術文庫〉、２００５年）古代中国の思想・理論等を集大成させた学問書。

『漢文入門』（小川環樹・西田太一郎 著、岩波書店〈岩波全書〉、１９５７年）漢文の文法解説を中心とした入門書。

小川環樹（1910-1993）中国文学者・翻訳家。

湯川秀樹（1907-1981）日本を代表する物理学

懸命に世相と流行を追うんだけれども、自分自身がその流れの中に入ってしまっているので、何もわからない。現代は工業文明が、非常にマスコミ的であり、既製品を作る文明だから、つまりは流れであり流行ということなんだよ。

佐　そういうことなんですね。そもそも「既製品」という考え方がなかったら、「流行」ってないですもんね。

執　そういうことだよ。洋服だって一着ずつ作ったら、これは誰が作ったという風になるわけ。でもデパートに吊るしで並べられたら、これは「流行」なんだよ。それで、「流行」って何かというと、この「契舟求剣」だということを言ってるわけ。それに気づいてほしいという願いを持って作った本が、この『魂の燃焼へ』なんだよ。

佐　そんな壮大な意図が……。

執　壮大まではいかないけど(笑)。つまり、「世相」とか「流行」を「それ」として見る目がなかった場合には、どんなに一所懸命やっても失ったものをどこに落としたのかもわからないし、見つからない。自分は何かもわからないし、どこに落としたのかもわからず、もう何もわからないということだよ。でも現代人というのは、動いている舟の中で、自分の居場所とかいろんなものを一所懸命に刻んでるんだと思うんだよ。この舟に契りての「契」っていう字だよ。要は刻むという意味だよね。昔の本というのは抜いている言葉もいいから、勉強がそのまま身につくよな。やっぱり小川環樹くらいになると違うね。たぶんあの言葉は、受験参考書だったら載ってないと思う。思想が違うんだよ。

者、ノーベル物理学賞受賞。

佐　すごいかっこいいですね。道徳的じゃないところが良いと思います。

執　道徳にはあまり興味がないな。その言葉から僕がずっと考えてきた現代文明の悪徳は、現代人がどんなに一所懸命にやっても、神も魂も失ったから、自分の生命を燃焼させられない、というところに嵌《はま》っちゃったことだと思ってるんだよ。今の『呂氏春秋』の言葉の剣が、現代人の場合、魂だと思うんだ。だから魂がもう一度ほしいから、僕の本のファンの方も含めて、いろいろな人が一所懸命に本も読むんだけど、いくら読んだってもう探している位置が違うというか……。じゃあどうやったら正しく探せるかというと、海に飛び込むことなんだよ。そして、流行から一歩自分自身を引いて独立した人生を歩み出さなければ周りは見えないということなんだ。

佐　そうですね。舟に乗ってたら駄目だということですよね。

執　そうだよ。舟の中でどんなに場所を「ここだろう」と思っても、駄目だということだよ。でもこれは乱暴な話になってきちゃうんだけど、やっぱり人間の脳は今は大脳偏重だけど、一番重要なのは脳幹だと思うんだ。脳幹教育というと、佐堀さんの世代はわからないかもしれないけど、僕の世代だったら有名な戸塚ヨットスクールというのがあった。

佐　ああ、何かで聞いたことがあるような気がします。

執　あれで結構刑務所に行った人もいたんだけど、あれは脳幹教育といって、ノイローゼとかを治すのに、身体の危険を体験させなきゃいけないということで、ヨットに乗っててある程度の人数が海に落っこちちゃって……という話があったんだよ。でもこれはある意味じゃ本当の話で、この本に関してはそういうことを認識してもらいたいということで、僕はこのインタビューを始めたわけ。その観点から読むとわかってくる、ということ。失った剣、つまり失った魂は、自分そのものが海に飛び込まないと、もう見つけることは出来ない。

佐　そういうことだったんですね。

どの本を読めばいい？

佐　やっぱり結局、もう「本を読め」という話になるんでしょうけど……。僕がよく聞かれるのは、「どの本読んだらいいですか」という質問で、あれがすごく嫌なんです。「全部読まなきゃ駄目だろ」と思うんですよね。

執　さっきから言っている毒と地獄の話と関連するけど、本も失敗を繰り返さないといい本にも出会えないということだな。いい本だけというのは、ない。それで、いい本だけしか読みたくないとしたら、いい本を与えても、その人にとってはいい本にならないということなんだ。悪い本を読んだから、いい本が有難いんだよ。

佐　失敗したからこそ、そういう出会いがあるということですもんね。

執　そういうこと。だから、悪い本を読んで無駄な時間を過ごし、身体が疲労してなかったら、いい本に出会った時の喜びってないわけだよ。金持ちのドラ息子の話じゃないけど、要するにそういうことになっちゃうんだよ。

佐 そうですね。だから、「いい本ない？」と聞かれた時は、五十年以上前の本は全部読めって言うんですよ（笑）。でも結局、そういう話になりますよね。やっぱりいいとこ取りしたいからそういう質問をするんだと思います。

執 そうだな。だからわかってほしいのは、いいとこ取りが出来るならさせてあげたいよ。僕なんかは割と親切だからね（笑）。出来ないから、駄目だと言ってるんだ。

佐 おそらく、何か近道があるような気がしているんだと思います。何かは知らないですけど……。

執 どうだろうね……。僕はそこら辺はもう全然わからない。大学受験なんかが悪く作用してるんじゃないかな。

佐 ああ、そうかもしれないですね。確かに参考書とかに、「これをやっておけばいい」みたいなハウツー的なやつがありますけどね。

執 僕は受験もしたことがないし、また試験なんかも全然いい点を取ろうと思ったこともない人間なんで、全くわからないけど。

佐 なんか今の人が、我慢できる時間の長さが短くなってきているような気がします。すぐクリックして、すぐもらうとかに慣れてしまっているので……。やっぱり自分のドロドロした時間というのがいいほうに出ることもあると思うんですけど、そういう「失敗してる時間」が嫌なのかもしれないですね。

執　でもね、もう一回繰り返すけど、嫌なものがないと、いいものはないんだよ。そこをわかってほしいな。

佐　そうですよね。僕が通っていた私塾の先生は杉原陽子先生というんですけど、京大の英語をとにかく全部暗記させるんです。僕はそれを耐え抜いてきたタイプなんで、僕は大好きだったんでやったんですけど、「こんなことをやっても受験には無駄だ」と言って辞める人もいるみたいです。

執　暗誦させるの？　それはすごいね。その塾は素晴らしいと思うな。

佐　すごいですよね（笑）？　頭山満が通ってた「人参畑」という私塾がありますが、あれに似たものがある場所でした。

執　僕は自分が受験したことがないからわからないけど、本当に自分の人生が決まるようなところを目の前にしてて、国語にしても英語にしても、詩とか文章を暗誦するという心の余裕は出来そうで、そう簡単には出来ないだろうな。暗誦そのものが素晴らしいというのはわかってるけど、それを本当に実践できるというのは、その塾の先生はただ者じゃないよ。信念があるんだろうな、つまり「人物」ということだ。

佐　結果的に生徒が京大医学部や阪大医学部、慶應大医学部に受かっているんですから、実績も十分です。

執　実際、暗誦というのは信じられないほどの実力がつくんだ。ただ、わかってても、やっぱり僕も社会を生きてきて、なかなか暗誦というのは余裕がないと出来ないんだよ。だから受験の目前でやれるというのはすごいなって思うよ。

佐　その人の塾に行ってたら、浪人することは半分前提で、生徒が浪人したら、その先生は大喜びするんですすよ（笑）。

執　浪人だろうが何だろうが、「決戦」というのが目前に迫ってるわけだから……。その先生は本当に素晴らしいよ。

佐　いつか執行さんにお会いしたい、と仰っていたので、そのうちに来られるかもしれません。

執　もう聞いただけで魅力を感じるよ。さっきも言ったけど大人物だ。いや、是非会ってみたいな。

佐　でも、やっぱりその人も宗教家だと思われてますよ（笑）。

道徳はつまらない

執　そういえば現代では宗教の印象はあまりよくないけど、本来、宗教というのは悪い言葉じゃなくて人類の歴史では、価値のあるものを宗教的と呼んで来たんだ。だから職人が作ったものでも、素晴らしいものは全部宗教的、神懸りと言うんだよ。人類史というのは、一番価値の高いものを宗教的というのは再認識しないと駄目だよね。

佐　オウム真理教の事件みたいなのがあったせいもありますよね。僕の個人的な意見になってしまいますが、あれは宗教じゃなくて、本質は民主主義じゃないかと思っています。

執　あれは、素晴らしいものを利用して自己の欲望を遂げようとしている犯罪者の集団だよ。今の日本社会は、宗教を悪い意味で利用し過ぎている。でも、『魂の燃焼へ』というのが、真の宗教心を取り戻すためのものだという面のあることに気づいてくれると、すごく嬉しいね。

佐　結局、『魂の燃焼へ』で言ってることのひとつが「問いを自分で見つけろ」ということじゃないかと思うんです。ということは、自分で飛び込んで見つけなきゃいけない。

執　それも主題の一つだよな。実際に出ている問題も、多くがそれなんだよ。つまり、さっきの中国の古典の『呂氏春秋』に出ている有名な言葉である「舟に契りて、剣を求める」の愚をわかり、物質社会の剣が肉体でいえば魂だから。もしそれがほしいのなら、落っこちた近辺の海に飛び込むしかないということを体得してほしいんだよ。

佐　そうですね。あとは個人的に、この『魂の燃焼へ』という本の最大の貢献だと思っているのが、マックス・ピカートの「沈黙の思想」が出てきたことなんですよ。僕はこれをきっかけに「沈黙」に興味が出て来たので、エドガー・アラン・ポー*の「沈黙」*という短編小説を読んだりもしました。

執　そうか。ポーもいいよな。僕にとってピカートはもう、親友みたいなものだな。

佐　『魂の燃焼へ』で言えば、飛び込まなければならない海が「沈黙」と呼ばれるものになっていると思うので……。

執　『魂の燃焼へ』というのは、扱っている事柄はほとんどそういうことばかりだよ。

ポー〈エドガー・アラン〉(1809-1849) アメリカの詩人・小説家、推理小説の開拓者。

「沈黙」(『ポオ小説全集 第4』エドガー・アラン・ポー 著、谷崎精二 訳、春陽堂、1948年) 主人公が悪霊の話を聞く散文的短篇小説。

佐　そうなんですね。テイヤール・ド・シャルダンも初めてこの本で登場しましたよね。前に出てる三冊に比べて、見た目は軽そうなんですけど、とてつもなく重いこと言ってくるなっていう……。僕はたぶんそれが人気がある理由だと思います。実際の本のサイズも小さいですし。だから手にも取りやすいですよね。

執　シャルダンはもう素晴らしいもんな。僕のファンになって下さった方の多くは、この本から入って下さっているみたいなんだよ。

佐　ああ、そうなんですか。いや、めちゃくちゃ面白いですもんね。

執　僕はシャルダンの著作集も持ってるけども、昔はこういう本がどんどん出てたのに、今は全然出ないよな。

佐　出ないですね……。出すような価値のある本がもう既に出てる、というのがあるのかもしれませんが。やるんだったら、価値のある本がどんどん絶版になってるので、そういう本を再版してほしいです。

執　それは価値があることに間違いないな。

佐　そうなんですよ。ほしい本の大半は、古本屋に行かないと仕方がなくなっちゃって……。でも僕が考える『魂の燃焼へ』の価値というのは、先程もちょっと触れたように、やっぱり「無頼の精神」または「悪党の精神」を持っている執行草舟と清水克衛という人が、二人で対談してるところが最大の魅力だと思います。

執　自分が本当にほしいものを海に飛び込んで見つけようという人は、無頼の人じゃなきゃ出来ないよ。でもさっきの「契舟求剣」という言葉なんかも、こういう言葉を言う人も今はいなくなったよな。

佐　そうですね。

執　今は『論語』なんかも重要視してる人がいるけど、ものすごく学校的なつまらない言葉ばかりを引くんだよ。道徳的っていうのかな……。僕は道徳というのが本当に大嫌いなんだ。

佐　何だかわかるような気がします。道徳を言われるとつまらないですからね。

執　ところがこの僕が道徳的に捉えられているんだから、全く世の中は面白いよね。

佐　世間の道徳が道徳じゃない気がします。僕も道徳の授業ほど嫌いなものはなかったです。

執　全くだよな。あと『論語』の中の言葉でも、道徳的な言葉というのは最も魅力がないよ。文明的・生命的な良い言葉が沢山あるのにほとんど取り上げられないね。

ますらをぶり、たをやめぶり

佐　たびたび出てきますが、あの「憤せざれば啓せず、悱《ひ》せざれば発せず」は本当に良いですね。「呻き」が聞こえてきそうです。

執　あれは原文もいいんだよ。「不憤不啓　不悱不発」だよな。お経みたいだろ、「フフン・フケイ・フヒ・フハツ」だ。般若心経を思い出すよな。そしてね、「悱」という漢字が僕は死ぬほど好きなんだ。

佐　いいですよね。人間の苦しみや葛藤がすべて入っている感じが特に。この押し留めてくる重量感、止められている感じがたまりません。

執　実際、止められてるんだよ。だから、勉強して勉強して、考えて考えてもどうしても口に出せないで、悶えている姿、それを「悱」というんだよ。その「悱」の状態にある人間だけに、私はものは教えるんだ、ということを孔子が言ってる。いいよなぁ……。だから今みたいに、机を並べて毎日教えている公教育と反対だよ。

佐　いいですね。やっぱり僕はアンドレ・ジードの『地の糧』を思い出します。

執　そうだな、同じことだな。

佐　あと『魂の燃焼へ』の中で印象に残っていることで、「男は徹底的に男らしく、女は徹底的に女らしく」というお話がありましたが、これって「ますらをぶり」と「たをやめぶり」の話ですよね。たぶん執行さんの本を読まれるような方ですと、「ますらをぶり」に関してはそれなりに思ってるところがある人が多いと思いますし、どちらかというと執行さんの本自体も、「ますらをぶり」の側面が強く出ているように感じます。

執　そうかな？　あまり自分ではそう思ったことはないなあ……。確かに男らしいから憧れると言って下さった方は多いけどね。

佐　男らしさがあるのは確かでしょう。

執　僕は武士道が好きで生きて来ただけの人間なんだけど、武士道そのものも男のものだとは思ってない。男女は関係ない。要するに雄だ雌だとか、そんな話じゃなくて、これは魂の話だから。

佐　魂に性別はないですからね。

執　そう。武士道というのは魂だから。刀振り回すことじゃないからね。

佐　それで、「ますらをぶり」に関しては、たぶんそれなりに本を読んでいる人はみんな一家言あると思うんですけど、実は、前にもちょっと話題が出ましたが「たをやめぶり」が本当にわかっていないと「ますらをぶり」はわからないはずですよね。

執　当然だよ。男は母親が作るっていうことを言ったよな。

佐　それについて僕が例に挙げたいのが、やっぱり三島由紀夫なんですけど、三島が一橋大学で講演したときに、ある女学生が質問して、「三島さんはなよなよとした戦後の秀才として文壇に現われてきましたけど、気がつけばとても逞しい男性になっておられた」、みたいなことを言ったんですよ。そうしたら三島が、「いやいや、私の文学は未だになよなよしていて、掌にそっと置いても脆く崩れ去ってしまうようなものだと信じて疑わない」と言ったそうなんです。それを言ったのが「憂国」*であるとか、『英霊の聲』*とか、「ますらをぶり」の極致みたいな本を出した後なんです。ということは、三島由紀夫の書いた本も、「たをやめぶり」がわかってないと何の意味もないわけですよ。

執　当然そうだ。男らしい生き方の根底というのは、僕も毎回話題にしてるんだけど、「涙を知ること」、「生命の悲哀を実感すること」そして何よりも「忍耐」なんだ。でも今流に言えば、

「憂国」（『花ざかりの森・憂国―自選短編集』三島由紀夫 著、新潮社（新潮文庫）、1968年）二・二六事件で、新婚がゆえに仲間から決起に誘われなかった中尉が妻と共に自決する短篇小説。

『英霊の聲』（三島由紀夫 著、河出書房新社（河出文庫）、2005年）二・二六事件で処刑された青年将校の御霊が、天皇の人間宣言に憤る心の機微を描いた短篇小説。

それは非常に女性的なことだよ。

佐　そうですね。

執　でも、この「涙」とか「悲哀」そして「忍耐」というのは、天国と地獄の思想なら、地獄だ。でも涙と悲哀そして地獄を受け入れてない人の「ますらをぶり」なら、これはただの虚勢であり暴力だよ。

佐　そうなんですよね。「涙」という言葉で僕が挙げたいのは『孫子』の言葉で、「令、発するの日、士卒の坐する者は涕襟《なみだえり》を霑《うるお》し、偃臥《えんが》する者は涕頤《あご》に交わる。これを往《い》く所なきに投ずれば、諸・劌《かい》の勇なり」というものです。僕はここに涙とその作用が文学的に表わされていると思うんです。

執　『孫子』は兵法の聖典として有名な本だよな。文明が涙の淵源だという意味でまさにその通りだろうな。兵法は実は文明の教典なんだよ。そして文明とは、人に秩序と悲哀と忍耐つまり涙を与えるものなんだ。

佐　そうですね。しかし今の現代社会における「男らしい」という言葉の意味は、「たをやめぶり」のない「ますらをぶり」になっちゃっている気がします。

執　それは、ただの暴力だよ。だから今そういう事件が多いんじゃないかな。

佐　そうですね。殺すまでいっちゃうんですもんね。僕は三島由紀夫の「剣」*に登場する国分次郎*が「ますらをぶり」を代表する人物だと思っているんです。執行さんは国分次郎の自刃をどのようにお考えですか？

「**剣**」（『中世・剣』三島由紀夫 著、講談社〈講談社文芸文庫〉、1998年）大学の剣道部での人間模様を描いた短篇小説。

国分次郎　三島由紀夫「剣」の主人公。

執　僕はあの作品は、あまりしっくり来ないんだよな。何かあの主人公に同化できないんだ。剣でも剣道だということがあるかもしれない。剣道は今のスポーツだからね。それに主人公が真面目過ぎるところが教条的に見えてしまうんだよ。何か運動部的で独立自尊の雰囲気がないように思うんだ。

佐　なるほど。そういう見方もあるんですね。僕なんかは自分と重なるところが多くて共感するんですよ。

執　国分次郎には僕は弱さの比重のほうを感じてしまうんだな。僕は「悲哀」、「悲哀」と言ってるけど、「悲哀」というのは一歩間違えばやっぱり弱さといえば弱さなんだ。でも弱さのない男らしさとか強さなんていうのは意味がないという話にもなるんだよ。少なくとも、しかし、悲哀がなければ人類ではない。僕はよく皆に言うけど、僕はオランウータンの話をしてるんじゃなくて、人類の話をしてるんだと言っているんだ。これ皆笑うんだけど、今の民主主義の話している生命論というのは、猿と豚などの動物の話とあまり変わらないんだよ。肉体大事が何ものにも優先していくとそうなってしまうんだ。

佐　ああ、わかります。国分次郎は確かに弱い。あの作品のポイントは後輩の壬生ですが、国分次郎は彼の扱い方を間違えた。次郎に託された主題は明らかに崇高ですが、彼は崇高になりきるにはほんの少し行動が足りなかった。僕はその弱さまでを「ますらをぶり」に含めていますが、それにしても現代社会は確かに、オランウータンの社会に近づきつつあるように僕にも見えます。

執　だって、やっぱり名誉とか魂よりも、身体のほうが大切だというのが今の社会だよ。だったら動物学だ。オランウータンとか豚の話になるわけ。僕がいつも言う人間の魂の定義ね、あのアランの「魂とは、肉体を拒絶する何ものかである」ということに尽きるんだ。大切な肉体を犠牲にしてでもしなければならないことの話なんだ。アランも言ってるように、人間の話というのは、もちろん肉体が大切なのはわかっているけど、肉体、つまり動物性の部分を犠牲にする話なんだよ。聖書だって、すべてそうじゃない。

佐　そうですね。本当に仰る通りです。

執　人類が価値観として話していることは、その大切なものをどこで擲つかなんだ。もちろん誰かのため、何かのためにだよ。でもとにかく、この「自分を擲つ」という思想がない限りは、さっき言った魂を摑むことも出来ないし、自分が大切にした剣も見つけることも出来ない、というのが、『魂の燃焼へ』の中で僕が語りたいと思っていたことなんだよ。

佐　そうだったんですね。

活動力の源とは……

佐　あと、僕が『魂の燃焼へ』に若干出ている話で、ちょっと伺いづらい話題ではあるのですが、性の問題って非常に難しいと僕は思うんですよ。

執　ああ、清水さんもよく若者に聞かれるのは、どうやったらモテるか、ということらしくてね。執行さんはどう答えるんですか？

佐　「いや、僕に聞いたってわからないよ」って。モテようなんて思ったことないからね。清水さんの所に来るお客さんは、体育会系の人も多くて、そういうのは割と重要視されているみたいで、僕はちっともモテなくても問題だとは思わない。

執　僕も全く問題とは思わないです。

佐　でも、確かに僕の友達で多くの人が、文学とか本を沢山読んだ人は、やっぱり最初は「モテたい」とかが動機になってる人が多かったよ。僕は最初から全くないけど、そこから読書に入っていったとか。

執　僕が伺いたいのは、性の問題といってもいろいろ段階があって、そういうモテるモテないじゃなくて非常に根源的な、人間の深いところにある性欲の問題で、例えば仏教であれば、釈迦は性欲の減退したような人は自分の教団に入れなかった、という話もありますよね。

佐　当たり前だよ。性欲は人間生命の根源的エネルギーだ。別に仏陀だけじゃなくて、キリスト教会もそうだし、また親鸞*も性欲というか生命エネルギーの塊だよ。あと聖フランシスコ*も、映画とか本でもよく、自分の性欲を抑えるために自らの生殖器を雪で冷やしているという場面もあったよ。元々性欲というのは、活動力の根源だからね。

執　逆に性欲がないと、転換も出来ないですよね。

佐　もちろんそう。だから昔のカトリックの神父で、可哀想なんだけど、ラス・カサス*がいた頃

親鸞（1173-1262）鎌倉初期の僧、浄土真宗の開祖。

聖フランシスコ（1182-1226）イタリアの聖人でアッシジの出身、フランシスコ修道会の創始者。

ラス・カサス〈バルトロメ・デ〉(1474-1566) スペインの聖職者、南米で布教。

の話だけど、南米なんかでよく土人に捕まって睾丸を切り落とされちゃったという神父が何人かいたんだ。それで、睾丸を切り落とされた神父は、その場でクビ。

佐　へぇー。

執　もう神の啓示を受ける価値なし。もう神の代理人になる資格がないということで、ローマ法王の命令で即刻クビだったらしい。これは苛酷だと思うだろうけど、やっぱりそれだけ人間存在の根幹に関わるものなんだよな。

佐　ないと神からのエネルギーを受けられないということですよね。

執　もちろんそう。男女それぞれの機能に従ってね。僕は昔はヴァイオリン演奏が好きで、途中で耳を痛めて弾けなくなったけど、よく自分でも弾いたり演奏を聴いていたんだけど、ヴァイオリン演奏は七十五歳くらいから急激に駄目になると言われてたんだ。ヴァイオリンの音というのはやっぱり、色気があって、芳香というか、甘美なものがないと駄目だって言われてた。あれが出せるのが、男の場合は七十五歳が限界なんだって。だからシゲティ*なんて、僕は好きだったんで、シゲティの七十五歳を過ぎた時の録音を持ってるんだけど、さすがに全盛期とは全く違う。もうヴァイオリンの音が死んじゃってて、チャルメラとか胡弓の音と変わらなくなっていた。男性ホルモンの代謝、要は性欲が衰退したことに本人は気づかないから、わからないんだと思うんだ。ただ僕の場合は、シゲティの枯れたところの弾き方も好きなんで、もちろん好きなんだけど、音なんかの魅力でいうと、もう格段に違ってしまっている。

佐　音楽も芸術も全部性欲の支えがなきゃ駄目なんですよね。

シゲティ（ヨーゼフ）(1892-1973)　ハンガリーのヴァイオリニスト。

執　そうだよ。だから芸術だって性欲がなきゃ駄目なわけで、宗教は芸術のもっと上だから、もっと駄目だよ。

佐　ものすごい重要なテーマだと思っている割に、調べてみても、なかなかそういうことを話してくれている本がないんです。僕が知ってるので言えば、『修身教授録』とか『養生訓』*でちょっと触れているところがあります。あとはそれを実践したような吉田松陰とか。それくらいしか僕は知らなくて……。

執　それはね、悩み続けなければ駄目なんだ。悩まなくなればそれで終わり。悩んでいること自体が、性欲のもたらす偉大な力なんだ。だから簡単に解決すると、その人自身も死ぬ。それは悩み続け苦しみ続けなければいけない。その苦しみの中に性欲がもたらす、マグマの力が存在しているんだ。解決すれば、それはロボットでありアンドロイドだ。もう人間ではない。

佐　なるほど。何か落ちるものがあります。

執　ただ性欲というのは、男女関係とか、そういうものだけじゃないんだよ。性欲というのは、動物の持っている一つの陰陽の交感エネルギーだからね。よく言うけども、女性は「脳と子宮」、男性は「脳と睾丸」が直結してるわけ。だからこの直結エネルギーの回転を性欲っていうんだ。その、ほんのくだらない一つが、実際の肉体関係で、ああいうのは性欲エネルギーの本当につまらない一つの例に過ぎないんだよ。

佐　そうなんですよね。だからその、僕はむしろ親鸞の側なんですが、仮に自分に全然性欲がないと思っていても、ものすごく文学とかを読み込んでいる場合は、たぶん転換しちゃってるん

*『養生訓』(『養生訓・和俗童子訓』貝原益軒著、岩波書店〈岩波文庫〉、1961年)江戸時代に出版された健康についての指南書。

ですよね。

執　当たり前だよ。性欲がなかったら何も出来ないから。文学を読む力にも性欲は必要なんだ。

佐　そうですね。

死神のエネルギー

佐　そうなってくると、性欲という言葉の使い方もなかなか難しく感じます。

執　でも性欲というものを男女関係とか、そういうことに限定していること自体が人間の間違いだよ。だから聖フランシスコでも親鸞でも、全部性欲の話というとああやって雪で生殖器を冷やしてるとか、ああいう場面になっちゃうけど、聖フランシスコが性欲を抑えていく過程というのは、そんな生易しいものじゃないに決まっている。

佐　だから、例えば男子中学生が軽佻浮薄な気持ちで、バタイユ*の『エロティシズム』*を手に取ってしまったら、書いてあることがすごい、という……（笑）。あれも芸術の一環ですからね。性欲って言っちゃうとあれですけど、あれにも性欲と同じデーモン性があります。

執　もちろんそうだな。あれもその一つだよな。だからさっきから言ってる性欲というのは動物的な生命エネルギーだから、さっき言った地獄のエネルギーとか悪のエネルギーとか、死神のエネルギーを感ずると、それが性欲なんだよ。しかし、そこから本当の人間の崇高さも生まれ

バタイユ〈ジョルジュ〉(1897-1962) フランスの思想家・作家。

『エロティシズム』(ジョルジュ・バタイユ著、酒井健 訳、筑摩書房〈ちくま学芸文庫〉、２００４年) 禁止と侵犯の相克から人間の性の本質に迫る哲学書。

てくる。

佐　そうですね。

執　だからそういうものの、ほんのつまらない例がいろんなものに出てくるだけだ。だから「女は子宮で考える」と言うけど、だから女性は本能的に保守的で、守りが強く、我がままじゃないと、ある意味で女性じゃないんだよ。そして、男は攻撃的で最後には必ず暴力的になってしまう。それぞれ、そうならなければ、性欲の発動が正しくは行なわれないんだ。今の社会は、だから性欲のゆがみを生み出し易い社会になっている。

佐　確かにそうだと思います。

執　女性的とか男性的とかいうのは、これは良いとか悪いということじゃないんだよ。だから性欲というものを、人間の持っている獰猛な悪魔エネルギーというか、そういうものだけと捉えてることがもう既に駄目なんだよ。でも、悪魔エネルギーというか、死神のエネルギーが芸術も作っているわけ。だから、本当の芸術を理解したかったら、死ぬ覚悟がなきゃ駄目なんだよ。

佐　そうですね。その毒に中《あ》てられちゃうかもしれません。

執　基本的にはね、性欲は、それを悪い意味で悩んでること自体が、おかしいんだ。本当に悩むことが正しいんだからね。もし悪い意味の悩みがあるとしたら、それは、道徳教育の間違った成果だ。この世が天国であり、美しいものだけだという風に教育を受けちゃってるから、悩んでるんだ。実際には、性欲があるほど文学・哲学にぶつかれるし、それを悩み苦しむ力も与えられるんだ。僕は今でも、青春文学に感動し胸が高鳴るんだ。これは性のエネルギーだと自分でも思っているよ。

佐　執行さんはやっぱりデーモン直結型という感じがするので、汲めども尽きせぬ井戸のようなものなんだと思います（笑）。

執　そうか。僕は今六十七歳なんだけど、感応する詩もランボーの『地獄の季節』や北原白秋*の『邪宗門』*だからね。そして、ジードやヘッセだ。困っちゃうよ（笑）。

佐　執行さんは女性には興味がなさそうに見えるんですけど、やっぱり「あの女、いい女だな」とか、そういうのは別におありになるんですか。

執　当たり前のことだよ。ただいい女は現代社会はほとんどいないけどな。見かけだけで言えば、僕はとにかく好きなタイプはただ一人、あのケネディ*の奥さんだったジャクリーン夫人*だからね。

佐　ジャクリーン夫人ですか。

執　あの顔が好きなんだよ。僕はとにかく、ジャクリーン夫人が死ぬほど好きだなぁ……。

佐　執行さんは、結構怪物系がお好きですかね。一般的にきれいといわれる人ではないかもしれません。

執　そうかな。あれ怪物かよ。確かに僕は、一般的に美人といわれる顔は大嫌いだな。女優とか、あとスーパーモデルみたいなのは大嫌いだね。ぶん殴ってやりたくなるな。

佐　澄ましちゃって、という感じですか？

執　澄ましてるというか、きれいな顔立ちが嫌いだな。

北原白秋（1885-1942）詩人・歌人。

『邪宗門』（『近代文学館　名著複刻全集44』北原白秋 著、日本近代文学館、1968年）著者の処女詩集。

ケネディ〈ジョン・F〉（1917-1963）アメリカの政治家、第35代大統領。

ジャクリーン夫人〈ケネディ〉（1929-1994）

佐　やっぱりデーモンから来てるから、それに見合うような人じゃないと、魅力を感じないのかもしれませんね。

執　そうかな。僕はジャクリーン夫人だけは死ぬほど好きだね。ジャクリーン夫人を見ると、僕の中に生きている騎士道の精神が震えるんだよ。

佐　でもやっぱり家柄も良くて、知的な女性ですよね。

執　もちろん知的は当たり前のことだよ。

動力学的ダイナミズム

執　それでね、さっきも言ったけど僕の性欲論でいうと、性欲というのは、そのことでよく悩む人がいるじゃない。でも悩むことそのものが、さっきも言ったように悪徳だね。それがわかると、性欲って何だかわかってくるよ。性欲がもたらす人間の根源的力を楽しむほうに向かうと良い結果になると思う。

佐　悩ますのはやっぱり、女性の文化が悪く発動したときですね。

執　そうかもしれないね。

佐　男に対する一種の嫉妬かもしれませんね。僕が言っちゃ駄目かもしれませんが。

執　そうだろうな。男の場合と違って、自分が理解できないものを女は認めないんだよ。それが

第35代大統領ケネディ夫人。

女性の本能だからね、悪いことではないんだけど。だから悩んでいる人は大体、女性からの教育を、知らず知らずのうちに強く受けちゃったというか……。独立的な悪党じゃないということとだよ。楠木正成とか、ああいう昔の武士の悪党で、第一に性欲のことで悩んでいる人はいないよ。

佐　性欲こそが人間を大きくするんですよ。コントロール出来る限り最大の性欲を抱くべきです。

執　全くその通りだよ。はっきり言っておくけど、小中学生から高校生まで、僕は哲学書・文学書と性欲は、いつでも同列で同価値だったよ。生命的な欲望を悪いと思ったことなんてない。

佐　全くの同感ですね。

執　僕にとっては同価値だ。それで、僕はそういう性格で年を取ってきて、自分の脳のつくりが、ニコライ・ベルジャーエフの言っている「動力学的ダイナミズム」で作られて来たことを実感しているんだ。それは、本能的なものを堂々と自分で恥じないで転換してきたからだと思ってる。あれで哲学書と文学書だけ読んでたら、本当につまらない人間しか出来ないよ。

佐　そうですね。説教おじさんになるだけですから。

執　たぶんそうだろうな。

佐　今執行さんが仰った動力学的ダイナミズムという言葉が僕は大好きで……。『根源へ』を読んだ時に初めてこの言葉を知って、ずっと頭の中でモヤモヤしていた自分の歴史観がズドンと一個の形になった気がしました。

執　それはね、ドイツ語の原語で「デア・キネティィッシュ・ディナミスムス」（Der Kinetische

Dynamismus）と言うんだ。どうだ、かっこいいだろう。意味はね、清濁併せ呑むことによって起こる巨大な陰陽の回転エネルギーと思えばいい。僕はこれを生命の根源的エネルギーと思っている。それはね、善と悪、光と闇、正と邪の交錯によって生まれ出てくるんだ。その中を力一杯、体当たりで生きてくると、そのエネルギーが自分の生命を創ってくれるように僕は思うんだ。すばらしい人類の思想だと思っている。あの禅の言葉で有名な、「両頭ともに截断《せつだん》せば、一剣《いっけん》天に倚《よ》って寒《すさま》じ」という境地を生み出す根源エネルギーだと実感しているね。それでこのダイナミズムはね、大きな善と大きな悪の回転エネルギーだけが生み出すことが出来るんだよ。高貴性と野蛮性の無限回転エネルギーだよ。

佐　いやー。何か感動するものがありますね。三島由紀夫が「憂国」を読んだバーのママから「私はあれを官能小説として読んでる」と言われた話を自分で書いていましたが、それも結局、同じ話ですよね。嬉しかったんでしょうね。

執　当然だよ。それは三島が、あの本を書いたその底辺を支える魂に読者が気づいてくれた喜びに違いないね。

聖テレジアの場合

佐　執行さんの話を聞いていると、つまりは性欲はあるのが正しいが、その力をいろいろな方面に広げていくという風に思います。もっとエロスだとか、芸術に繋がらないといけないということですよね。

執　本当にそうだよ。そこなんだよ。芸術なんてエロスそのものだ。ただエロスというのも、僕がさっきから言ってるのは、それこそ人類史上に輝いている中世神秘思想の代表者である「イエズスの聖テレジア」のような人を仰ぎ見なければ駄目だよ。聖テレジアなんかは、キリストに抱かれてる夢を見てると言う人もいるくらいにキリストを好きなんだ。それを汚いものだと思う人がいたら、思う人がおかしいんだよ。ただ、聖テレジアは、自身が本当にキリストの花嫁になってキリストを本当に夢見れる女性だから、あれほど巨大な人生を送れたということを言ってるんだ。

佐　そういうことだと思います。

執　ただ、仮に僕が聖テレジアに会ったら、たぶん性欲の話なんか聖テレジアはしないと思うんだよ。興味がないというか。それで、もし聖テレジアがエロスじゃない意味でキリストを好きだったとしたら、それはそれでとんでもない意地悪な女性になっていたかもしれないということなんだ。

佐　そうですね。

執　そう。修道院長のとんでもない意地悪な女性だったんじゃないかな、と僕は思うわけ。あれが聖人に列せられているのは、強烈な欲望というか憧れからだと思う。だから、欲望はあればあるほどいい。問題にする人は駄目だということ。

佐　いや、男代表として、有難い限りだと言わせてもらいます（笑）。

執　僕はよく『マレーナ』という映画を例に挙げて言うんだけど、この主人公の男の子が好きな女性について想像して、想像力がすごく肥大する……。あれは男性だけど女性の場合だって基本は同じだよ。そういう意味で、性欲が想像力を増大させることがフロイト*じゃないけど、わかっているんだよ。想像に想像を重ねる人間ほど突き抜けるわけ。ところで、さっき『悲の器』の話が少し出たけど、僕は大学は化学科に進もうと思ってたんだけど、結局、法学部に行ったんだよ。法学部に行った理由は、『悲の器』を読んで、感動したことなんだ。この主人公が正木典膳*という、法学部の刑法の教授なんだよ。この教授は性欲で失敗する。しかし、そこがまた魅力を感ずるところなんだ。

佐　なるほど、それで法学部に行かれたんですか。

執　そのくらい僕は『悲の器』が好きだったんだよ。

佐　『邪宗門』と、どちらが好きですか？

執　『悲の器』のほうが好きだ。本物の地獄が出てくるわけじゃなくて、もちろん比喩という形で出てくるんだけど、これは『往生要集』の現代版なんだよ。だからいつもこの『往生要集』とセットで置いてる。もちろんジェイムス・ジョイス*の『ユリシーズ』*じゃないけど、いくらホメロスの『オデュッセイア』を基にして作っても、現代の社会問題に置き換えているから表現は違うよね。

佐　でも描き方が違うだけで、同じものなんですよね。

フロイト〈ジークムント〉（1856-1939）オーストリアの精神分析学者。

正木典膳　高橋和巳『悲の器』の主人公。

ジョイス〈ジェイムス〉（1882-1941）アイルランドの前衛作家。

『ユリシーズ』（『世界文学全集 第2集 第13・14』ジェイムズ・ジョイス 著、丸谷才一、永川玲二、高松雄一 等訳、河出書房新社、1964年）ホメロスの『オデュッセイア』を元に、現代人の意識構造を著者独自の

執　そういうことだよ。だから最初に源信の言葉が掲げられているわけ。

佐　今はこういう本がなくなっちゃったんでしょうね。

執　今はもう全然ないよ。もし高橋和巳が生まれ変わってきてこの本書いても、もうまず全く売れないから、社会に出てこれないよ。

佐　確かにそうですね。

執　そういう意味では佐堀さんも気をつけないと。佐堀さんの作品は素晴らしいけど、現代では既に難し過ぎる部類に入ってしまっているよな。でもあまり現代に合わせても駄目だし、ここが難しいよな。ただある程度は売れることも考えないと、全く一冊も売れないんじゃ何のために書いたのかわからないからな。

佐　ああ、それはあるかもしれないですね。

執　僕はね、自分の本を売ろうと思ったことはないけど、ある程度売れるのは、僕は読む人のことは考えてるからだと思うよ。読む人の立場で、何かわかりやすい中心線を立てるというのは、やっぱり実業家だからクセになってるというか……。だからそういうことがあるところが、僕なんかの本がちょっとは売れる理由だと思うよ。僕の本というのは難しそうに見えるけど、わかりやすいから。

佐　そうですね。これは念頭に置かなくては駄目だと痛感します。

文体によって表現した小説。

無限流動の中から

佐　次は『生命の理念』について伺いたいのですが。

執　あれはね、仕事の関係者で、元々僕の思想に興味があるいろいろな大学の先生とか、医者とか、いろんな人が集まって僕に質問したいということで、社長室によく何人かが集まって、いろんな質問をまとめたことがきっかけなんだよ。それがさっき言った同人誌で、その中の掲載記事を集めたのがこの本なんだよ。

佐　それはいつごろからやっていらしたんですか?

執　これは十年くらいかな。四十四、五歳の頃から五十四、五歳までの期間だよ。まあだいぶ前だよな。それをまた集めて、もちろん改訂して、中を書き換えてやってるんだけど。元々、会社の社内報としてやっていたもので、大体二人から五人くらいで話をしてたかな。その中から全部を抜いてたらキリがないから、いくつか代表的なものをピックアップしたんだよ。

佐　じゃあ漏れたものもあるんですね。でもこのⅠ・Ⅱ巻でかなり網羅されてますよね。やっぱりこの本で一番目新しいのは、なかなか出てこなかった生命エネルギーそのものについての話です。いろんなところに出てきてはいたんですが、テーマ自体で挙げられたのはこの本が初めてだと思います。嬉しかったのはそこですね。たぶん他の読者の方も、皆そこは気になってたと思うので……。『生命の理念』は、抽象概念を現世に繋ぎ止める本だって、「まえがき」に執行さんが書かれていましたけど、生命エネルギーは一番抽象的といえば抽象的なテーマですから。

執　抽象的なものっていうのは質問形式じゃないと、何がなんだか全然わからなくて終わっちゃうよな。だからこの形が一番やりやすかったんだよ。『生命の理念』で一番重要なことは、やっぱり生命というのが、肉体だけのことではないということを知ってもらいたいということかな。でも今の人は、生命って肉体だと思ってるんだよ。

佐　そうですね。

執　もちろん魂も入ってるけども、魂だけですらない。今ちょうど挙がったけど、それこそ性欲も含めて、あらゆるものが生命なんだよ。今僕が喋っている言葉も、それ単独で生命を持っている。そういうものがわからないと、「人間の実存」というのは把握することは出来ない、というかな……。読んでいる人がどう思うかはわからないけど、実はこの『生命の理念』というのは本当に読んでくれると、僕は一番人間の実存がわかってくる本だと思っている。そういう目標を持ってまとめたんだよ。それで、実存というのはこういうことですよ、と言ったら、何を言おうが間違いなの。

佐　生命というのは無限変転、流動だから、言った瞬間に間違いになってしまう……。

執　そうなんだよ。だから、無限流動の文章の中から、その場その場で自分なりに摑むしかないわけなんだ。禅で言う「寥《りょう》々たる天地《てんち》の間《かん》、独立して何の極《きわま》りか有らん」ということだよ。すべての事象・現象にそれ固有の生命があるんだ。生命とは、その独立した一回性の燃焼なんだよ。『生命の理念』という本を読み込んでおいてもらうと、自分の人生の中で、この中の禅の奥義の言葉を捕まえることが出来るようになるということだよ。だから僕は『生命の理念』というのは、注釈と索引まで作った。索引があるということが、どういうことかというと、一回目を通してもらって何が書いてあるか覚えておいて、自分が何かにぶつかったときにすぐ辞書代わりにパッと見てほしいんだ。そうすると自分なりに飛躍する、というか、生命ってそういうものなんだよ。だから、これはちょっと言い方かっこよ過ぎるかもしれないけど、これは現代の『正法眼蔵』みたいなものを目指したとも言えるかもしれないな。でも僕は別に増長していうわけじゃないんだけど、『正法眼蔵』というのは、何を言ってるかわからないもんな。自分の人生体験が加わってくるまではね。

執佐

おー。なるほど。

僕には道元の、ものを書く苦しみがわかる気がするんだよ。道元が描こうとしてるのも生命で、動いている機微のこと、つまり無限流動の原子と原子のぶつかり合いだからね。こんなもの描けないし、描いた瞬間に間違いになってしまう。僕が最初に疑問に思ったのは福音書で、福音書というのは使徒行伝まで入れて、全部で五つもあるんだよ。聖典として認められている福音書だけで、同じようなことが書いてあるものが五つある。要するにほんのちょっとした機微から見方が分かれてそれだけの数になるということ。それで、キリストが喋っていることも生命についてだから、あれはキリストの言葉として部分を切り取ったら全部間違いで、オカルトになってしまう。ところが全部に目を通して、自分が人生でぶち当たって、体当たりして跳ね返されて苦しんで苦しんで読んでいくと、あの言葉の一つ一つがダイヤモンドに変わってくるわけなんだ。僕がよく例に出す人なんだけどクリーニングの「白洋舎」を創立した五十嵐健治*さんの話なんだよ。三浦綾子*が『夕あり朝あり』*という伝記本を書いているよ。この人は苦労した人で熱心なキリスト教徒で独学の人なんだ。当然、若い時から『聖書』を読み込んだ人なんだけど、晩年にね、「創世記」の「初めに神は天と地を創った」という文に目が釘付けになって涙が止まらなかったというんだよ。何度も読んでいるはずなのにね。僕が言いたいのは、それが生命の本質だということ。生命とは、五十嵐さんのその涙なんだよ。だから言葉にならない。体当たりしかないんだ。

佐　聞いているだけで、生命の実存を感じますね。

道元が今生き返ったら……

執　『正法眼蔵』も同じ。だから、『正法眼蔵』が難しいと言っている人は、僕は「体当たりしてないんじゃないの、人生に」と言ってるわけ。体当たりしたら、『正法眼蔵』というのは、「現成公案」の最初から涙が流れる。そういう意味では、もちろんそこまで程度が高いものだとは僕も言わないけども、『生命の理念』もそういう流動しているものを書いてるということなんだ。じゃあなんでこれが質問形式になってるかというと、今の人は宗教心がないから。論文とか物語とかで書く場合は、信じる心がなかったら何の意味もなさないからなんだ。

五十嵐健治（1877-1972）実業家・白洋舎創業者。

三浦綾子（1922-1999）キリスト教系の作家・小説家。

『夕あり朝あり』（三浦綾子著、新潮社〈新潮文庫〉、1990年）クリーニング店〔白洋舎〕を創始した五十嵐健治の伝記。

佐　確かに。

執　だから今『正法眼蔵』を書いても駄目。道元が今生き返ったら、たぶん質問形式で書くと思う。現代人に質問させて、その質問に答えていくということ。それで、これだけは覚えておいてほしいのは、一つ一つの答えを切り離したら、全部間違い。僕は自分が言ったことが正しいなんて思ってないよ。ところが、全部総合して覚えておいて、自分が体当たりすると、僕のこの答えも、全部涙が流れるはずだ。その実感は自分で持っている。涙が流れたときに、『生命の理念』の中の、僕がこの中に封じ込めた悲哀があるんだけども、この悲哀が自分の魂と感応するわけ。感応した時に、読者の魂が生き返るということだよ。そういう本なんだよ。だから表紙にヘルメス思想の錬金術のマークが入ってるわけなんだ。

佐　そうですね。これは造本もすごく丈夫で上品で、紙もいいものを使われてますよね。

執　だからこれは、辞書代わりに使ってもらいたいな。つまり通読するものじゃないということだよ。

佐　僕も実は前々からこの本は辞書のような使い方をするのがいいのではないかと思ってたんですけど、さすがに現代の『正法眼蔵』のようなものだとは気づきませんでした。

執　もちろんそんなすごいことは思ってないけど、効果としては似たようなものだということだな。

佐　ちょっと禅問答的な雰囲気もありますね。

執　もちろん質問一つ一つの答えも全部、禅問答だよ。注釈はもっと禅問答だよ（笑）。だからいい。

佐　ちょっとしたところから開眼する人も多いでしょうね。

執　でも有難いことに、この注釈の一つで自分の人生が突き抜けて、全く違う人生に転換した人の話を何人も聞いてるんだよな。でもそれは僕が思っている通りなんだ。

佐　この本の最大の価値は、注釈かもしれないですね。注釈も、一つの言葉に対して意味が複数あったり、それがまさに話されたことを象徴しています。

執　注釈で突き抜けるか、本文で突き抜けるかはわからないけど、書いてある一つ一つのことは全部間違いだからどっかの間違いで、自分の中に「爆発」が起こる。正しいものでは爆発は起こらないよ。それだけはわかっていてほしいな。でも僕が言いたいことはね、書いてあることが全部間違っているような本にしか、価値のある本はない、ということなんだよ。これは聖書から始まって、仏教の経典も全部そうだ。書いてあることが合っている本はね、検定協会通過の文部省認定の教科書になってしまう。

佐　そうですね。それは釈迦が話す相手によって言うことを変えるのと同じ話のような気がします。ただ実は、本質的に言ってることは実は全部一緒というか。僕は個人的には、量子論も同じだと思うんです。量子論の世界観をわかっていないと、この本の本当のところというのはわからないだろうと思いますね。

執　僕は量子論が好きだから、よく量子論的な説明も求められることがあるんだけど、量子論の説明はしてもわからないよ。量子論の説明をして、わかる人というのはほとんどいない。

いわゆる「スピリチュアル系」になってしまう。巨大な想像力の持主以外には真実だけどわからない世界だ。ただ、今の人は科学が好きだから、科学的な単語とか言葉は使うよ。例えば、生物化学だったらパスツール*が好きだけど、パスツールの思想がこの本の本体だと語ったって、誰もわからない。例えばパスツールというのは、自分自身で、「僕は実験なんかをしたことはない。実験というのは全部自分の意見を通すために、思い通りの結果を出すためにやってるだけだ」と言ってるんだけど、この意味がまずわからないと思うな。

佐　「間違ってる」という人は、何か絶対的真理があると思ってるんですよね。

執　だから、そういうものはないんだよ。パスツールのような偉大な人物たちは、全員あの人物そのものが悪党なんだよ。存在自体がある種の毒、悪魔、死神なんだ。それを抱えたまま、のたうち回って苦しんで生きて、生きた結果が結果論としてある程度人助けにもなったというのが、パスツールの人生なんだよ。偉大な人に善人はゼロだ。

佐　そうですね。僕もパスツールが大好きで、ああいう古風な人が何か新しいものを生み出すんですよね。

執　そう、だからそういうことがわかってくると、いろんなことがわかってくる、ということ。新しいものは、古風な人が創り出すというのも真理を理解するヒントになる事実だよな。

パスツール〈ルイ〉（1822-1895）フランスの化学者・微生物学者。

具体論から抽象論へ

執　だから福音書でも同じことを書いたものが五冊あるけど、全く不思議なことじゃないわけなんだ。

佐　そうなんですよね。固定化なんか出来ないから、人によって書き方が違う。

執　もちろんそう。そのために並べてあるくらいで、同じことをほんのちょっと違う角度から書いてるだけだな。しかし、その少しの違いで全然違うものにもなってしまうんだ。

佐　エピソードがあるところとないところで、絶妙に違うんですよね。

執　ちょっとだけだけどね。しかし、そのちょっとが大切なんだ。『生命の理念』というのは、ちょっと言い過ぎかもしれないけど現代の福音書のような複数人による複合的な対話のようなものだと思うと、わかりやすいよ。福音書の中って、問答形式だから。

佐　そうですね、すべてそうですね。

執　なんで問答になってるかというと、問答以外は流動を捉えられないからなんだよ。問答だと、流動的にどうとでも取れるからね。それぞれの状況でそう言ってるということは、絶対のものってないいんだよ。だから、答えはない。ないものを求めても駄目。ところが絶対はないけど、福音書みたいな本を読み込んでると、自分の生命が本当の意味で生きることは出来ると言ってるだけで、それが絶対善かどうかという問題じゃないということなんだ。

佐　そんなことはどうでもいい、ということですね。

執　言うこと自体がさっきの性欲と同じで、良いか悪いかなんて問うている人は生命が燻《くすぶ》って、全然燃えないで死んでいくことになっちゃう。生命が燃焼する人間は、まず与えられた生命が良いか悪いかなんて考える前に、どうやってそれを燃やすか、どこにぶつかるかを考えるんだよ。でも『生命の理念』というのは読み込んでいくと、そういうものがわかるよ、ということで、僕はこれを本にしたわけ。それが摑めるかどうかだよな。

佐　確かにそうですね。僕は読んだ時に、この本自体が「火の思想」を物語っているように感じました。あとは自分的にはツァラツストラに近いな、という気もします。

執　ああ、あれも自問式の問答だな。

佐　この本は、辞書的にも執行さんの思想をすぐ引けるというか……。僕個人の考えですけども、偉人の研究をしながらこの本を辞書代わりにしたら、面白いんじゃないかなと思ったりするんです。一人の偉人の人生を追いながら、各人生の場面場面で『生命の理念』のどこかを開いてみたりとか。そういう読み方をしたら面白いんじゃないか、と。

執　そうかもしれないな。でもこの本がそういう使い方をする本だということは、皆わかってくれてるのかな……。

佐　もしかしたら、少ないのかもしれないですね。僕も最初はそこまで考えて読んではいなかったので……。ただ読んでいて、いきなり火花が散るというか、パッとくるものがある、ということだけはなんとなくわかるんです。何かの断片でくる本というか……。全体構成もすごい構築物なんですけど、ふとしたところで来ますね。

執　でもこれは全体を読み込んで来て、自分の人生と照らし合わせて辞書代わりにしてると、必ず突き抜ける時が来るよ。それだけは保証するよ。だから『生命の理念』なんだよ。「生命エネルギーの本質」を本の最初のほうに持ってきたんだけど、実は本に収録されているすべてのことが「生命」だということがわからなきゃいけない、ということだよ。

佐　僕は他の本と比べて、より具体論が多いのかなと思って勘違いしてたんですけど、意外と具体論ではないのかもしれない、という感じがしてきています。

執　質問形式で、皆は具体的なことを聞くわけだから具体論にはなるんだよ。ところが答えは全部、具体論から抽象論に行くということだよな。僕の頭には、「生活」はないからね。あるのは天を目指す垂直と宇宙を摑みたいと欲する抽象だけだ。

佐　だから生活の話をしていても、結局は宇宙論になったり、神の話になっている……。執行さんの目から見た宇宙、生命、文明というところの答えしかないから、雑多なことがいろいろ出てるんですけど、別に言っていることは同じことだと。

執　だって我々の生活を宇宙論・生命論そして文明論に結び付ける方法論を喋ってるのが僕の思想なんだからね。それを読み込んでいくと、読者が自分の中で繫がって、自分の中の「生命燃焼の理論」に帰結してくるってことを言ってるんだよ。

問答体の真理

佐　僕は『生命の理念』は「帰納法」であると思っているんです。この本自体は「帰納」であって、読んだ人が次に「演繹」をする……。そうしたらその人の人生になっていく、という気がします。「帰納法」ですから、どうしても個々の例が多くなるんですよね。ヒントというか、部分を集めていって自分なりにまた新しく作る手助けになる本ですよ。

執　そうそう。だから『正法眼蔵』も、基本は全部そういう作りなんだ。そういう何か真理を著そうとする本は全部そうなるということ。プラトンもだいたい「対話篇」だよね。『論語』も問答だ。

佐　そうですね。一人一人の弟子というのは雑多な自分の人生を抱えてますから、個々人の質問になっていくんですよね。

執　真理を著すのは、問答体じゃないとうまくいかないんだよ。『正法眼蔵』も『福音書』も、基本は問答体だよな。『正法眼蔵』なんかは、自分が受けた質問に対して道元が自分で答えている。質問者の名前を挙げて書いてないだけなんだよ。自分で質問があったことに答えている。まあ禅の先生だからな。だから、要は問答体なんだよ。それを一人で書くか、こういう風に質問として載せるかそれとも対話かは、その時代とか作り方によって違う。孔子の本だってそうじゃない。福音書も全部そうで、福音書だって内容を見たら全部会話だよな。キリストがどう答えたとか、「お前たちによくよく言っておく……」とかそういう感じだよ。

佐　まさにそうですね。それで何回言っても聞かないから……（笑）。

執　プラトンの昔から、真理に近いものを語ろうとするときにはその多くが問答体になってるんだよ。それは真理が流動体だからなんだ。東洋でいうと陰陽であり、陰陽交錯だよな。それで、捕まえた瞬間にもう違っているということ。でも、そういう捕まえた瞬間に違ってしまう生命の中を、我々はみんな生きているわけなんだ。だから、あまり答えを知りたがると、逆に生命が死んでしまうんだ。

佐　そうですね。

執　それでいい人生か、悪い人生かというのは、やっぱり結果論としてある。もう豚のような人生や昆虫以下の人生もあるし、聖人の人生もあるし、いろんなのがあるわけ。その考えを特に現代人は嫌う。現代人はみんな生まれた時から秀れた人間だと洗脳されているからね。しかし人間は、自分で秀れた人間にならなければ決してなれないんだよ。クズも沢山いるのが事実なんだよ。違いは、自分の生命を使い切ったかどうか、燃焼したかどうか、愛に生きたかどうか、つまり何ものかに自己の生命を体当たりで捧げたかどうかということだよ。だから簡単に答えは出ないよな。

佐　執行さんが今仰っている問答という言葉の中には、戯曲も含まれていますか？

執　戯曲は含まれてない。あれはひとつの芸術形式だから。あれは二人以上の人間が実際に行なっている問答ではない。作者はあくまでも一人だ。ただ芸術の形式だけど、真理を表わそうとするには、もしかしたら小説よりもいいかもしれないな。

佐　実は僕は形式の中で戯曲が一番好きなんです。主題が浮かび上がってくる。

執　小説もそういう部分はあるんだけど、小説のほうが浮かび上がらせ難いっていうかな。

佐　そうですよね。なんかこう構造化されて演劇になってるから、役割分担とかも明瞭ですよね。

執　やっぱり、戯曲は真理を会得しやすいのかもしれないな。作者の自己の中で性格の分担が出来るからね。

佐　演劇で思い出したのですが、『友よ』の世阿弥*の「花伝*」で紹介されていた芥川比呂志さんとのエピソードが僕は好きで……。「秘すれば花」が芸術の真髄であることは、疑いようもないと思います。あとキリスト教もキリストの生涯を劇にしたりするようですが、やっぱり劇の形のほうが入りやすいのかもしれないですね。

執　多くの人が真理を追究すると劇にするよな。でも『生命の理念』というのは、これは自分の著作だから言いづらいんだけど、本当に現代の『福音書』、現代の『正法眼蔵』みたいな、そういう価値観を目指したかったことを伝えたいと思っているよ。

佐　すいません……。そういうことなんだって今日知りました。でも問答形式の意味とかが、わかった気がします。

執　それで、問答というのはぶち切れていないと駄目なんだよ。ぶち切れてるから良くて、対話形式がいいのは、話題が飛ぶからなんだ。飛ぶからそれが集まると、飛躍の手助けになるんだよ。理論的じゃないからいいんだ。だから僕も経験あるけど、がっちり組み上げられた哲学というのは、全く飛躍することが出来ないんだよ。だから、カントの横には全く違う本があると

世阿弥（1363頃-1443頃）室町初期の能役者・能作者。

『風姿花伝』（世阿弥著、野上豊一郎・西尾実校訂、岩波書店〈岩波文庫〉、1958年、『友よ』執行草舟著に収録）能楽の聖典として知られる能芸論書。

いいよ。読んでて回線が違うところに行くようにね。僕は詳しいことは略すけど（笑）、カントを読む時はいつも「変な本」を一緒に並列して読んでいたよ。それがいいんだ。

佐　そうですか（笑）。錬金術的になるんですかね。執行さんの仰る「破れ」を思い出しました。

執　そう、「破れ」が来るんだ。飛躍だよ、詩だ。先日言った「古を裂いて、今を破る」ということだよ。「徹骨徹髄」というか、自分の骨が砕けるような音が聞こえるようにならなければいけないんだよ。だから禅的に言うと「悟り」が来るわけ。僕はたまたまいつも全く関係ない本を横に置いていたから良かったんだよ。これは結果論だけど、僕はすごく良かったと思ってる。脳みそが柔軟になったような気がする。

佐　執行さん独特の抽象的な難しい概念を具体的に説明できる能力というのは、そういうところから来ているんですかね。

頭がいいって……？

執　これは自分で言うとおこがましいんだけど、僕が能力として持ってる中で一番秀れていると、いろんな方に言って頂いているのは、読んだ本を現実の人生と生活そして仕事に活用できている、ということなんだよ。本を読んで得た叡知を、例えば人間関係とか、それから実業の中で本当に使ってるという姿をいろんな人が見て、皆がそう言うわけ。その結びつきは、やっぱり

佐　そういう哲学書だけを読んできてない、ということなんだと思うよ。僕の事業の根幹にも、『カラマーゾフの兄弟』の「大審問官」を適応させているから。当然自分の会社の経営の中にもね。

執　え、カラマーゾフをですか⁉

佐　当然だよ。経営学的な事業計画はないけど、カラマーゾフの思想は事業の中枢にあるよ。

執　やっぱり執行さんのされることは、斬新ですね。

佐　そういう意味で、いろんな話題へ飛んでいく質問形式というのは、実は自分が飛躍するための脳の回路作りだということをわかってほしいな。

佐　僕が個人的に思ったのは、『生くる』や『根源へ』とか『「憧れ」の思想』は大脳に効く感じなんですけど、『友よ』や『魂の燃焼へ』そして『生命の理念』は脳幹に効く感じがするんですよ。右と左がごちゃ混ぜになってくるというか……。

執　要はそういうことだよ。性欲を含め、本能的な部分にストレートに訴えかけてくるんだよ。

佐　脳幹というのは、性欲も関係してますよね。

執　当然に性欲もあるよ。脳幹というのは今も生きてるし、太古からずっと生き続けてるもので、人間の中枢だよ。だから、一つの脳幹への刺激として、僕の対話篇を捉えてほしいんだよな。

佐　そうですね。そういうところまで読んでいる人は少ないかもしれないですね。

執　「ゆらぎ」というか、生命の揺れなんだよ。これを読んでると、生命が揺れてくるよ。揺れてないと、自分の一番正しいところに飛躍していけないから。

佐　やっぱり芸術って、ある種の生命じゃないですか。だから僕も本とかを読んでいても、一つだけを読んでいるのが苦痛で……。同時に何冊か読んで、それぞれを全部突き合せたいんですよ。本を読んでいても、結局どっちかに集中しちゃってるんですけど、同時にクラシックを流したりするんです。気がついたら片方にいってて、気がついたらまたこっちに戻ったり、というのを繰り返して、そうしたらいろいろと衝突しあって、有機的な連関が起こって、面白いものが出てくる。

執　当然そうだよ。

佐　でも、なんで学校はこういうことを教えないんですかね。「一つずつ」という感じじゃないですか。これを読め、これを解け、これをやれ、とか。

執　また話が飛んじゃうんだけども、元々学校教育というのは、知性のある人をつくろうと思って始めたものじゃないんだよ。学校教育の定義というのは、「兵隊」を作ることなんだ。ナポレオンがその先駆けなんだけど、要するに命令が聞けて、兵器の操作が出来て、愛国心の簡単なパンフレット的な教育をすぐに理解して、それを鵜呑みにする能力さえあればいいんだよ。だから各国とも税金まで投入しているじゃないか。個人的な人間教育なら税金なんて使わないよ。要は国家利益だからだよ。

佐　僕、それ慈恵医大の面接で語りましたよ（笑）。僕は決してそれを否定的にのみは捉えませんが、悪いほうに作用すると単なる「馬鹿製造装置」になってしまいますね。

執　極端に言うと、そうだよ。だからこのまま行けば、人類は自らの工業文明の絶頂と共に滅びるんだよ。これはね、今皆は反対するに決まってるだろうけど、学校制度がなくて、学問は好きな人だけが集まって、昔の寺子屋や大学みたいにやってるなら、この人類は滅びないと思うよ。教養がつけば、自滅はさけるからね。人類が滅びるのは、学校教育によって帝国主義の戦争に行って、実は今も形を変えた帝国主義の戦争をしているからなんだよ。戦争というのは鉄砲で撃ち合うことだけじゃなくて、オリンピックやスポーツ芸能から経済までも含めて全部戦争なんだよ。オリンピックなんかに血道をあげてるってことは、あれは帝国主義の形を変えた戦争をしてるということなんだ。

佐　元々の発祥がそうですもんね。

執　そうなんだよ。近代文明が滅びに突入したのは、帝国主義の大戦争が起こる温床が出来た時、つまりはナポレオンの時代からなんだよ。あの時に公共の学校教育や義務教育の思想が生まれ、いろんな学校が生まれてきたわけ。それで、その二百年後に一つのヒューマニズムと工業文明というものが自滅するところに、今来ているということだよ。その自滅の原因は、学校で教育を受けた人たちが発見したり思想的に擁護したりしたもので滅びるということ。だから、学校教育以前の人だったら、原爆も作ってないし、原発なんかも作っていないと思うよ。

佐　原発もですか。

執　あんなもの、原水爆の予備軍に決まってるじゃない。まずは平和利用するんだろうけど、平和利用や人助けということですべての人の頭を煙にまいているんだよ。その次に待ってることを言ってるわけ。原爆だってそうじゃない。学者なんて、権力からみたら単なる利用価値だから。学者とか医者なんて、すぐに捨てられる存在だよ。だから学者や医者が握っているうちは、まだいいけど、次は何に使われるかはわかってるわけなんだ。権力者は、そんなに甘い存在じゃないよ。しかし、今の学校教育を信じている立派な人たちは、すぐにその思考ラインを権力に利用されるように洗脳されてしまっているんだよ。だいたい利用の始まりが、困った人を救うとか人助けとか平和利用なんだよ。

佐　その辺の見方を深めるためにするものが、真の読書でしょうね。自己の独立ですね。

執　そう。だから、僕も個人攻撃はもちろんしたくないけども、原爆を作ったロバート・オッペンハイマー*とかエンリコ・フェルミ*、それからアルベルト・アインシュタイン*等、ああいう人たちが頭がいいと言われている社会そのものがもう自滅、滅亡の社会なんだと思うんだよ。もし中世だったら、一番馬鹿だと言われたよ。だって、自分たちで作っておいて、広島と長崎に落として、それを見てビックリして、今度は平和運動だろ。冷静に考えれば、ただの馬鹿だよ。自分で自分のしていることの本当の意味がわからないんだからね。でも、今はそうとは思わないじゃない。

佐　確かにそうですよね。

執　じゃあ、なぜ思わないかというと、我々が散々学校で数学、物理学を教えられて、上から順番に点をつけられて、点が良いほど頭がいいんだと洗脳で埋め込まれているからなんだよ。でもね、これに対抗する一つの例として僕がいつも挙げるのは、レオナルド・ダ・ヴィンチ*の潜水艦と潜水服の話なんだ。レオナルド・ダ・ヴィンチは学校教育を受けていなくて、学問が好

オッペンハイマー〈ロバート〉（1904-1967）アメリカの物理学者、原子爆弾製造の指導者。

フェルミ〈エンリコ〉（1901-1954）イタリアの物理学者。

アインシュタイン〈アルベルト〉（1879-1955）ユダヤ系ドイツ人の物理学者。

ダ・ヴィンチ〈レオナルド〉（1452-1519）イタリアの芸術家・彫刻家・建築家。

きで自分でやった人なんだけど、あの人はイタリアの都市国家同士の戦争の時に、ベネチア海軍かどこかに頼まれて、潜水艦と潜水服を発明してるんだよ。その設計図面も残ってるんだけど、作って方法を教えようとした時に、これは記録にも残ってるけど、「待てよ。これが出来たら、卑怯な人間が、正々堂々とした人間に勝ってしまう」と。だからこういうものは人類として作るべきじゃないということで、もう名声とお金を貰える一歩手前のところまで来たんだけど、レオナルド・ダ・ヴィンチは出さなかったわけ。あれが正しい人類なんだよ。真の勇気が能力を上まわっているんだ。これが本当の人間だ。

佐　そうですね。

執　だから国家権力によって作られた公教育から来たんじゃなかったら、僕は多分アインシュタインもエンリコ・フェルミも、もし原爆の作り方がわかったとしても、たぶんあんなものを国家に提供することはなかったたし、自分の名声にすることもなかったと思うんだよ。そういう名声を得ると、人類がとんでもないことになると思ったら、あれはボツにしてるはずだ。だってボツにするものなんていくらでもあるわけじゃない。人生では。でも学校教育を受けた人は、あれは全部出しちゃうんだよ。権力者という「先生」に提出して評価を受けたいんだろうな。

佐　計算上できるものはやっちゃうんですよ。僕もいろいろと物申したい現代の技術はたくさんあります。

執　学校教育というのは、僕はいつも一言で表わしているけど、あれは帝国主義なんだよ。だから学校教育を受けている人は、皆帝国主義の手先だと思ったほうがいいよ。もちろん僕も入っていて、自分を戒めて言ってるわけ。一歩間違うと、いつでも帝国主義の手先になってしまう……。

佐　元々植え付けられてるわけですね。

執　医者だって、有名な話だけど、秀才だった医者が人体実験の手先として使われちゃうこともあったじゃない。日本では旧陸軍の七三一部隊が有名だけど、本当は今もあるし、世界中にあるんだ。

人生とは断念である

佐　あと、『生命の理念』について言うと、「断念について」に触れたいですね。断念するためには、自己以外の誰か他の人間の感化力がないと断念できない、というところが肝です。実は僕が『生命の理念』で一番好きなのは、「断念について」の章なんです。

執　でも、断念の思想というのは、人生全部が断念の思想だから。次々に断念していって、人生を構築していく、というか……。だからものを捨てられない人に、人生は構築できないということだな。真の人間の人生は、得ることじゃなくて捨てることから生じる「何ものか」と触れることにあるんだよ。その「何ものか」とは、生命の神秘とか本質だろうね。つまり生命が燃焼した後に残る、真のその人物の「涙」ということだよ。

佐　そうですか。そういう意味で現代は、生まれたままの環境で、そのままでいたいという人が多い気がしますから、厳しい時代かもしれませんね。

執　でもこれは生命が発展しないよな。幼稚などという問題じゃなくて、生命そのものがもう駄目という感じかな。これは仕方がないよな。今はそういう風になってるよ。だから昔のことわざみたいなもので、「初恋は、必ず破れなければならない」というのは、昔の人は皆言ったよ。でもこれは初恋のことじゃなくて、要は「断念」を覚えていくということなんだ。自分に出来ることと、出来ないことがあるということを知らなければならない。どんなにやりたくても、どんなに好きでも、どんなにしたい仕事でも、諦めなければならないものがある。それがわかっていく過程が人生だということなんだ。それが人生だと言うと、ちょっと説教臭くなるけど、「断念」と対面しているのが生命だと思ってもいいよ。それで最後には、自分の中枢の生命も断念しなきゃならない。それが「死」だ。その中枢を断念するところまで、「断念」の最終段階まで向かっていくのが、つまりは人生であり、生命なんだよ。これが生命の目指している理念なんだ。つまり、憧れに向かって死ぬということに尽きる。

佐　つくづく重要な思想ですね。

執　死というのは、簡単に言えば自分の生命を断念することだ。でも今は本当に断念しないし、させないもんな。

佐　そうですね。普段からしていないから、死ぬ時もなかなか断念できない。

執　今はもう覚悟を決めて、引導を渡されてきちっと死ぬ人は、とある病院の医者も言ってたけど、人っ子一人いないそうだよ。まあ、十年に一人も会わないって言ってたな。昔なら当たり前だったことなんだけど。うちのおばあちゃんも、他の人も、かかりつけの医者が来て、「もう今度のこれは駄目だよ。もう死ぬからね」ということで、皆とお別れして、おばあちゃんも皆家族とも別れて、近所の喧嘩してた人なんかも、もう一回会って謝ったりいろいろして、死んでいった。別に崇高なことでもなんでもなく当たり前のことで、皆やってたことなんだ。ところが今は、それをやらせない。最後の生命の断念も認めさせないんだから、もう生命ではないということなんだ。でも、何度も何度も繰り返し同じ話をしてるけど、豚とか犬ならそれでいいんだよ。しかし、それでは人間の生命ではないと言ってるんだ。豚とか犬は、自分で知らないうちに死んでるんだよ。死の覚悟を決めて死んでる豚はいないよ。

佐 そうですね。そのまま宇宙の一環で死んでいけますからね。

執 まず自分で死ぬなんてわかってないよ。なんとなく死んじゃった、という。僕はいろんな人の死にかなり立ち会ってるほうだけど、今はほとんどの人間が死ぬのか生きるのかわからないで死んでいってるということで、これは医者も皆そう言ってるよ。それで、医者もそれに対して「あんたはもう死ぬんだよ」なんて言ったら、今はもう裁判沙汰だ。

佐 「頑張って生きましょうね、おじいさん！」としか言わないのが医者になっちゃってる。今は皆、反射的に言うのかもしれないですね。

執 でも言わないと、今は大変なんだよな。そういう意味じゃ苛酷な時代だよ。その人の死を迎えられないということは、人間として生きることをさせてくれないということなんだ。でも死なせてもくれないのが、現代の医療だからな。

佐　だから、厳しいですよね。

執　厳しいよ。ただ法律がそうなってるから、どうしようもないよな。医者も可哀想だよ。

佐　医療者側の人間としては、そう言ってもらえると助かります（笑）。よく言われるのが意識のない人につけられた人工呼吸器の問題で、あれを外すと殺人罪になる。これは医者側・患者側の両方から頻繁に問題提起される話ですね。

執　もう駄目だってわかっている場合は、早く死なせてあげるのが親切な場合もあるよな。もちろん回復する見込みがあれば別だよ。でも断念というのが一番重要で、最後の断念が、「引導を渡す」ということだから。

佐　そうですね。でも「引導を渡す」ことは、もう医者から取り上げられた権利、そして義務です。だから、断念して正しく人生を終えられるように導くのは、医者じゃ駄目な時代なんですよ。もはやそれを可能に出来るのは哲学と文学の領域だけです。

人間として死ぬには

執　でも現代人は、引導を渡されなかったら、人間としては死ねないんだということを忘れちゃったよな。これはオカルトの話でも珍しい話でもなく、日本では引導を渡すと言って、当たり前のことだったんだよ。ヨーロッパのカトリックでは、「終油の秘蹟」というんだよ。あれを受けなかったら地獄に行くと決まってるわけ。つまり、往生できない。だから昔の十九世紀、ちょっと前までヨーロッパ人は、終油の秘蹟を最後に息のあるうちに受けようとするわけ。今まで不信心だった人間でも、もう死にそうになったら神父を呼んで、終油の秘蹟だよ。ヨーロッパでは、あれが引導なんだ。それで、人間の死を死ねるんだ。

佐　無神論者も死ぬ時は、「やっぱり終油の秘蹟を受けさせてくれ」と言うんですか。

執　そうそう。無神論者でも全員、死ぬ時になればそうだよ。これは僕の好きなあのジャック・リヴィエール*もそう言っていた。有名なアレキシス・カレル*という人も、第一次世界大戦の話で散々言ってたよ。プロテスタントって、自分と聖書の対決だから終油の秘蹟はないんだよ。でもカトリックは秘蹟じゃない、つまり聖体拝受。でもプロテスタントの信者がアメリカでも、戦争で戦死する時は、皆もう喘ぎながら神父を呼んで、その最後の秘蹟を授けてくれ、と言うそうだよ。だって本当は、そうじゃないと死ねないんだからね。ただそういう昔は常識になっていたようなことでも、今僕が言えば変わり者扱いされちゃうんだからね。でもこれは変わり者じゃなくて、現代人のほうが変わり者なんだよ、と僕はずっと言っている。

佐　執行さんが仰っていることは、歴史的に言うとごく普通のことで、仏教圏では引導、キリスト教圏では終油。これがなかったら死ねない。

執　そういうことだよ。ただ、しつこいようだけど、「動物として」は死ねるんだよ。僕が話しているのは「人間として」ということ。だから人間として死んでないんだから、幽霊になるわ

リヴィエール〈ジャック〉(1886-1925) フランスの評論家。
カレル〈アレキシス〉(1873-1944) フランスの生理学者・外科医。

け。動物は魂を持ってないから、あのまま野垂れ死んで、道端に転がってても幽霊にはならないんだよ。

佐　そうですよね。では、準人間のペットはどうなんでしょうか。

執　ペットの場合は魂とまではいかないけど、何か霊体みたいなものがあるんだよ。

佐　じゃあペットにも引導を……(笑)。

執　そうそう。それからペットは死ぬ時に普通の動物として自然に死なないで、例えば可愛がってもらいたいから甘えてきたり、または逆にご主人様に迷惑をかけないように死ぬ前にはどこかへひっそり行って独りで死ぬとか。だから準人間なんだよ。

佐　不思議ですね。

執　不思議じゃないよ。だって人間と生活をしてれば、魂というのは共感というか、入ってくるから。人霊がちょっと入ってるわけ。

佐　逆はあるんですか？

執　もちろん。それを動物霊というんだよ。動物のほうの生命エネルギーが増えてくると、人間としては異常者になってくるよ。これはヨーロッパでは、狼男とか伝説が残ってるけど、あれ全部本当で、今でいえば狂人だよ。ヨーロッパは動物と同居してるから、沢山の例がある。あれは動物の生命エネルギーに、人間の生命エネルギーが圧倒されて、知らないうちに魂を出されちゃって、動物に肉体が乗っ取られたというか……。それは宗教的、オカルト的には動物霊という。これはこれで大変な悪霊だよ。

佐　そうですよね。

執　『生命の理念』では「気品」とか、いろんなことを取り上げてるんだけど、取り上げた項目そのものが、「え、こんなものが生命なの」ということを悟ってほしいな。「喜びや悲しみ、気品なんてものが生命なの？」ということだよ。僕は菌の研究家だから、「菌食と生命」って書いたけど、菌も生命だよ、僕の持論なんだけど、人間の生命って菌で出来てるんだよ。そういうことを知ってほしい、というかな。生命というのは、我々が考えているものだけじゃない。もっと広い範囲があるわけ。個性なんて当然生命だし、病気も生命なんだ。だから病気の問題というのは、難しいのはそこだよな。

佐　菌が生命だっていうのは、僕が言っても重みはないですが、医学側から見ても確かですよ。人間の生命は間違いなく菌によって保たれています。病気のことは僕も一家言ありますが、世の中の病気に対する捉え方はひどく一面的ですね。

病気の思想

執　まあ病気というのは生命の歪みだから、どうしても人間論としては説教になるわけだよ。例えばペストは最大の細菌・感染症だけど、あのペストですらうつる人とうつらない人は、中世からしっかりと分かれてるんだからね。

佐　そういう話は聞きますね。

執　例えばノストラダムスなんて、ペストが全くうつらないことで有名だった。細菌病だって、うつるとは限らない。でも、もっと重要なのは、ペストというのはキリスト教圏でしか壊滅的には流行らなかったということなんだ。キリスト教を信仰している地域は、中世にペストで何度も壊滅しそうになってる。ところが仏教圏はもちろん病気としてはあるんだけど、個人単位の病気でしかなかった。一つの都市が壊滅するくらいの被害を受けることはまずない。じゃあなぜペストがキリスト教圏では流行るのか。そういうことが文明論としては面白いわけ。何か、ペストとキリスト教の終末論との関係だから病気を治すというのは、そういうことの総合計なんだよ。

佐　そうですね。病気の流行りも人間が自分で作ってるんですよ。

執　そうなんだよ。これは『生命の理念』的な話になっちゃうんだけど、我々は西洋薬って効くと思ってるじゃない。ところが実験でも証明されてるんだけど、アフリカの全く他の人間と接したことのない地域に行くと、西洋の薬、抗生物質って誰にも効かないそうなんだ。

佐　そうなんですか。じゃあ思想で病気になったり、治ったりしてしまいますね。医者は廃業だ(笑)。

執　そう、これは今の人間の話だけど。十七~八世紀から今にかけての人間は、西洋文明に圧倒されてるんだよ。だから、西洋のものは良いとどこかで思い込んでるということ。

佐　本当に、「病は気から」ですね。

執　今はもう駄目だけど、北極のエスキモーやアフリカでも、本当に外の世界に触れたことのない人は、天然痘とかの伝染病の抗生物質を打っても全然効かないんだ。もうこれは医者も含めて証言者が沢山いるんだよ。ただちょっと西洋文明の汚染を受けたら、西洋薬が途端に効くらしい。そうすると魔法のように治って、やっぱり西洋はすごいということになるんだよ。

佐　こういう話ってちょっと胡散臭く思われそうですが、大学の友達と話していても、うすうす感じている人は結構多いみたいなんですよ。むしろ、頭の良いやつほどそう。でも、そういう実例があるのは僕も知りませんでした。薬も西洋教育の結果ですからね。

執　そういうことだよ。僕が好きだった本多勝一という朝日新聞の新聞記者がいて、冒険家、探検家でもあるんだけど、探検の本が好きでいろいろ読んでいたんだよ。この本多勝一という人が僕が小学五年生の時に朝日新聞に掲載されてた『カナダ・エスキモー』という本を書いてて、僕は好きでいつも読んでたんだ。その関連で出てきた話なんだけど、まだ僕が小学生の一九六〇年くらいの頃は、カナダでも一番奥に行くと、カナダ・エスキモーは自分の村のこと以外は一切何にも知らない、ということが多かった。そこに本多勝一は自分で行って、例えばどんな女性をきれいだと思うかっていうのを、写真を持って行って聞いていったらしいんだよ。そのエスキモーたちが、一番気持ち悪くて皆が逃げ出したのは、金髪八頭身の美人。これは怪獣だと言って、皆男は怖くて逃げだしたそうだ。あとは、自分たちとちょっと近い日本人の代表として、美人で有名な女優の山本富士子*の写真を持っていった。この写真は、皆が「これはなかなかいい女だな」って。なんでかというと、エスキモーに近いからなんだよ。エスキモーの中

山本富士子（1931-）
日本の映画女優。

で美人という人間の写真で撮ってきたものを、本田勝一が見せたら、「こいつはすごい美人だ」という話になる。要するに僕が言いたいことは、あの当時のマリリン・モンロー*とか、西洋人の最も素晴らしい美人を何人も写真で持って行ったけど、エスキモーの男たち全員が「気持ちが悪くてとんでもない」と言ったということが重要だということ。僕も自分が日本人だから、西洋の洗礼をうけてるわけ。僕もやっぱり八頭身の美人を見ると、スタイルがいいと思っちゃうんだよ。

佐　ああ、そうですよね。

執　だから侵されてるということなんだよ。僕が言いたいことは、侵されてる自己を認識しなきゃ駄目だということ。だから八頭身がきれいだというのは、西洋を基準にしているとわからなければならないんだ。それは、まだ西洋文明が世界を圧倒してるということなんだよ。あと薬の実験の話も面白くて、さっきも言ったけど岩波書店から出てた『近代医学の壁』*という本でも読んだ記憶があるんだ。まだ七、八十年前までは、アフリカとかアラビアの奥地まで行くと、生まれたところ以外何にも知らないという人がまだ沢山いたわけ。そうすると、本当に細菌病の人に、細菌病用の抗生物質を打っても、全く効かないそうなんだ。でも、西洋がすごいところだということをちょっとでも知っちゃった人たちは、もう一発で効くそうだから。

佐　プラシーボ効果は有名ですが、その逆ですよね。どこかの大学病院で大規模な研究してくれませんかね(笑)。

モンロー〈マリリン〉(1926-1962)アメリカの映画女優。

『近代医学の壁　魔弾の効用を超えて』(バーナード・ディクソン著、奥地幹雄・西俣総平 訳、岩波書店〈岩波現代選書〉、1981年)現代医学に関する著者独自の評論。

西洋医学の漢方化

執 パスツールは「科学実験というのは他人を説得するためにやるもので、僕は自分の思った通りの結果を出せる」と言ってる。十九世紀最大の科学者がそう言ってるんだ。それは科学思想とは何かを考える上での重要な示唆になっていると思うよ。

佐 僕は研究には一切関わったことがないから実感はありませんが、わかりますよそれ。いわゆる「科学的」なんてものはありませんから。本当の「科学的」は極めて不鮮明で揺らぎやすくて流動的なものです。

執 ある意味ではそうだよな。それをもう一度、検証し直さないと、人類史なんてわからないということだよ。今は医学が科学の最先端みたいなものとして取り上げられちゃってるけど、それは今の医学が勝手に科学を取り上げただけで、医学そのものは病気を治す学問だから、人間学なんだよ。

佐 その通りですね。

執 それが今西洋に圧倒されて、科学思想に冒されちゃってるのが医学の問題になってしまっていると思うんだ。

佐 そうですよね。医学の場合って薬の選択とかあるんですけど、あれは統計学でやるんですよ。僕も確かにあれが一番いいと思います。

執　でも、実は統計学って西洋科学じゃなくて、漢方なんだよ。漢方医学って統計学の集約化したものなんだ。要するに、どれが良かったかという集積だよね。だから西洋医学だと思っていても、統計学が入っているなら、もう純粋の西洋医学じゃないんだよ。西洋医学というのは、統計じゃなくて「絶対値」のはずだったんだよ。

佐　治療法の一つの原則は、統計で有意差があったものが良い、そして古くから使われてきて安全性のエビデンス（確証度合）が高いものが良い、です。たぶん今の医学で統計を使わないものはないですね。

執　ないだろ。つまり、西洋医学だと思われているものが統計医学になってるということは、西洋医学が漢方化してるということなんだよ。

佐　そういうことですよね。

執　昔の完全無欠な西洋科学だったら、統計学なんてものは邪道であり、百か零かという絶対値を求めるんだよ。そこに方程式や理論があり、あのローベルト・コッホ*の「法則」がある、ということ。でもコッホの法則が間違いだということは、多くの人が言ってるよ。あれが適応できない人って、いくらでもいるわけ。だって人間に西洋物理学の方法論をそのまま適用するのは無理だよ。

佐　そうですね。

執　完全にはね。だから統計学になるんだと思うんだけど、統計学だったら漢方と同じなんだよ。漢方医学は何千年間も統計学でどんどん選んで、こういう人間のこういう症状にはこれがいい、

コッホ〈ローベルト〉（1843-1910）ドイツの医学者・細菌学の祖。

あれがいい、と選んできた学問なんだ。「証」というわけ方だよね。だから「絶対値」ではない。だから十九世紀は漢方を小馬鹿にしたわけ。それでまた統計学に戻ってるというんだから参るよな。

佐　そうなんですよ。だから新しい薬が出ても、統計のデータが出るまでの二十年から三十年の間は使えないことも多いんですよ。

執　今の人が皆まやかしだと言っている易学も、全部統計学なんだ。いろんな人の統計をとってきて、こういう人が成功しやすいとか、こういう人が女難になるとか、そういうことを累計していって、それが経験値として何百年何千年も集まったものなんだよ。中国人というのは文字と書物の民だから、全部記録が残ってるんだ。

佐　人相学、手相もそうですよね。

執　そう、絵に描いて溜めてあるから、どんどん溜まっていって人相学が出来たんだよ。だから、統計学の結果を科学だと言うなら、人相学も科学なんだよ。

佐　僕が大学の医学部を受験した時に面接で、「易学が好きだ」と言ったんですよ。そうしたら、相手が医者なので、「疫学」だと思ったんですよ。「おお！」って言われたんですけど、難易度の「易」のほうですって言ったら、「ああ、そっちね」みたいに言われてしまいました（笑）。

執　要はそういうことだよ。僕もよく知らなかったけど、統計学がそんなに使われてるなら、もう完全なる漢方化だよな。昔は漢方医学をあれだけ馬鹿にしてたのに……。

佐　そうですね。統計を使わなかったら、薬の処方なども保険は通りません。

執　元々、西洋物理学的思考を身体に使うなんて無理なんだよ。でも我々が崇拝した西洋医学というのは、ローベルト・コッホの法則にみられるような、物理学だからね。1＋1＝2、2＋2＝4だよな。また、すべて運動方程式の通りになるはずだということだ。医学でそれが出来ると思ったわけなんだよ、十九世紀の人はね。だから統計、つまり経験値を積み上げてやってきた漢方は非科学的ということで、明治時代に一掃されて、漢方医は医師免許も剝奪されてるよ。

佐　そうですよね。今思えば結構、過激なこともしてますよね。

執　そうだな。世界最高の漢方医学のレベルを誇っていた日本の漢方医が、全員医師免許がなくなって、あの頃だと国家お墨付きの帝国大学医学部を出たら、出たばっかりの若者が、そのまま地方の大病院長になれたという時代だからね。そこの土地で代々やってきた全漢方医は、全員ある種の下男として使われるようになってしまった。それを国家が法律でやったんだからね。国家とは、そういう代物なんだよ。

憧れに死す

執　でも『生命の理念』という題名に込めた想いをわかってほしいな。『生命の理念』という題名には、神社の御札のような価値があるんだよ。生命というのは、憧れ、理念を求めて生きるものだから、理念に向かわないなら、人間の生命ではないということなんだ。それがこの題名になってるんで、僕はこれは御札だと言ってるわけ。

佐　言われてみると、見た目がまず御札っぽいような気がしてきました。僕はこの本の装丁の雰囲気が好きで、外に白のパラフィン紙を付けて、大事にしているんです。

執　装丁も結構凝ったんだよ。

佐　装丁ですと、『「憧れ」の思想』もいいですよね。内容的な部分でも、是非お話を伺いたいです。

執　『「憧れ」の思想』というのは、まず人間の生命というのが根源的に一言で言うと、「憧れに向かう存在」ということだよな。だから、『生命の理念』の中の哲学的な部分を一つ取り上げて書いた本が、『「憧れ」の思想』だと思ってくれればいい。

佐　僕自身は革命が大好きなんですが、『「憧れ」の思想』では革命は割と重心を置いて書かれてますよね。執行さんの思想は〈生命の燃焼〉ですが、これのある切り口における極点は「革命」なんですよ。だから、そこをあれだけ語られているのは、嬉しい反面、惜しみなさ過ぎて、僕なんかは驚いてしまいました。

執　憧れとは革命のことだからな。革命というのは、日本人がよく誤解して左翼革命のことばかりを思うけど、これは現代がそういう時代だっただけで、革命というのは権力に対する抵抗であり、反権力であり、体制転覆なんだよ。そして何よりも独立自尊であり自分の生命の燃焼にすべてを懸ける思想なんだ。だから左翼とか共産主義は全く関係がない。その場合もあるけど、もちろん僕はこの本の中にも書いてると思うけど、悪党・楠木正成は僕にとっては革命家なんだよ。あの当時の、武士の政権を転覆させるために、後醍醐天皇*についてやったわけだから、ああいうのが革命なんだ。

佐　どうしても現代で革命というと、左翼革命が大きいので、レーニン*だとか、左翼になっちゃうんですよね。ロシア革命とかフランス革命とか、あれは執行さんが仰るところの革命と単純に同一視されると困りますね。

執　そうだな。その時の体制転覆だよな。元が間違ってるから、途中で変質しちゃうんだよ。だから僕が本の中で掲げてあるのは、原始キリスト教だよ。原始キリスト教なんてのはまさに、革命集団だよな。

佐　そうですね。ローマ帝国をたたきのめした。

執　あの時代におけるユダヤでも、コリントスでも、ローマでも、現政権と対立してた思想だということだよ。パウロ*とかペテロ*も、皆そうなんだよ。だから磔になって、殉教してるわけ。キリスト教徒がなんで殉教したかというと、反体制、反権力だからだよ。これがキリスト教の本質なんだ。キリスト教が何かということは、宗教の役目、権力の役目が何かわからないと、この辺のメカニズムはわからないんだよ。

佐　最初は革命集団で、約三百五十年間ずっと殉教してましたよね。

執　そう。でも、ローマ帝国がキリスト教に打ち負かされてキリスト教を国教化した三九二年からは、キリスト教そのものが権力化していったわけだよな。

後醍醐天皇（1288-1339）第96代天皇。天皇親政・人材登用の改革を行い、鎌倉幕府打倒を画策。謀反に会い死去。

レーニン〈ウラジミール〉(1870-1924) ロシアのマルクス主義者・革命家・政治家。

パウロ（B.C.10頃-B.C.60頃）初期キリスト教の大伝道者、『新約聖書』記者の一人。

ペテロ（?-64頃）キリスト十二使徒の筆頭、大伝道者、初代ローマ教皇。

佐　あの瞬間に革命集団じゃなくなった。

執　そうそう。だって国家お墨付きの宗教になったから、今度はキリスト教徒じゃない人間を弾圧する側になっちゃった。中世になってくると、今度はキリスト教の中で、ローマ法王とちょっと考えが違う人を異端として、弾圧するようにもなったよな。ただし、キリスト教の革命的思想は底辺を支える少数の人々によって十九世紀位までは守られて来たんだ。殉教の思想だよね。キリスト教がそれだけ長く気質を守ったのは、やはり不遇の時代が三百五十年と長かったのが大きいと思うね。

佐　革命家であり続けようと思ったら、自分が権力者になった瞬間に自殺しないと駄目だと思うんです。それを実際やろうとしたのが、日本でいえば二・二六事件の青年将校なのかな、と。

執　僕が二・二六事件をあまり好きじゃない理由は、すぐに死ななかったからなんだよ。

佐　そうなんですよ。僕もそこが嫌なんです……。

執　実は忠臣蔵もそうなんだよ。忠臣蔵と二・二六事件はもちろん精神的には好きなんだけど、政治的だからあまり好きじゃないんだ。僕は吉良上野介*が好きだから、忠臣蔵もあまり好きじゃない。でも、かたき討ちとして認めるなら、頭にきたならその場ですぐに吉良上野介を斬り殺して、自分たちも切腹して死ねば、あれはただのかたき討ちなんだよ。ところが幕藩体制を崩すための蜂起として、幕府にわざと裁定させたり、切腹命令を要請している。あと二・二六事件も、結局裁判で自分たちの想いを述べたい、と言っていたことが記録で残ってるよね。そういうことを言ってて、結局処刑されたわけ。もちろんだけど、あれ天皇の大権を犯して、天

吉良上野介（1641-1702）江戸時代の名門、高家筆頭。

皇の軍隊を使ってやったんだから、そこが間違ってる。やったとしたら、問答無用で成功しても成功しなくても、その場で切腹しなきゃ駄目なんだよ。僕が二・二六事件に一抹の抵抗感をずっと覚えるのは、処刑されたことなんだよ。処刑されたのは、自分で死んだんじゃないから。自殺を認めないキリスト教の殉教とは本質的に違うんだよ。日本は武士道で、自死しなければならない国なんだ。

佐　そうですね。大石内蔵助*の奥さんが僕の血縁筋であるだけに、忠臣蔵は正直嫌なんです。さっさと切腹してくれよって。何で切腹してくれなかったのか。

執　大石内蔵助というのは、ちょっと知恵を巡らせすぎてるな。たぶん、頭が良過ぎるんだろう。僕の親戚も、僕のおふくろのお姉さんが嫁に行った先は四十七士のひとり小野寺十内*の直系の子孫なんだ。やっぱり忠臣蔵と縁があるんだよ。だから僕のいとこは、小野寺十内の直系なんだよ。

佐　なんか縁が深いですね。僕は、あれで切腹をさせてくれた荻生徂徠*に頭が上がらないんです……。

執　僕も武士道好きだから、かたき討ちは大好きなんだけど、忠臣蔵はあまりにも策を巡らせてるんで、ああいうのはあまり好きじゃないな。もちろん、立派であることには間違いないんだけどね。

佐　一般的にはすごい人気がありますけど、あれは単なる判官びいきなんですよね。よく、映画を年末にやってるじゃないですか。あれは僕からしたら恥さらしでしかないから、やめてほし

大石内蔵助（1659-1703）播磨国赤穂藩の家老。

小野寺十内（1643-1703）赤穂浪士の一人。

荻生徂徠（1666-1728）江戸中期の儒学者・政治家。

いんですよ（笑）。

執　吉良上野介を悪く描き過ぎているんで、却って安物の話になり、軽くなってしまっているんだよ。僕は二・二六事件の青年将校と魂的には共感してるんだよ。でもあれは、やっぱり知恵を巡らせ過ぎてるんだよ。

佐　本当にその通りですね。山王ホテルに籠った時点で、二・二六の精神は死んだんだと思います。その点で言えば、完璧な革命家の人生を送ったのがやっぱりゲバラですよね。

執　もちろん、新しい人ではゲバラだ。過去ではエンリケ*とか、あとはキリスト教の初代ローマ法王、聖ペテロ。こういう人たちは全員革命家だよ。

主よ何処へ

佐　『「憧れ」の思想』については、「ともしび」という言葉が出てきますけど、僕は「ともしびに向かっていくことそのものがともしび」だというのは本当にわかっていていてほしいです。

執　その通りだよ。ともしびというのは、そういうものだ。永遠の彼方にあると同時に、自己の中に存在している。量子論で言う「波束収縮」なんだ。電子の瞬間移動だ。それは、永遠というものが自己に投射されたものと言えるだろう。

佐　そういうものですよね。到達してしまったらともしびじゃない。

エンリケ（1394-1460）ポルトガル王ジョアン一世の王子。航海王。

執　それはもちろん、到達不能。だから人生でいえば、全部未完。現世的にはね。でも芸術だって偉大な芸術で未完でないものはないからな。完成しているものは全部小さいよ。そういう場合はたぶん芸術家が自分の名声とか、何かを求めているものだと思うよ。

佐　あとはエントロピーの話もいいですよね。生命はボルツマン*のエントロピーと、イリヤ・プリゴジン*の散逸構造論によって結ばれたものですから。すべてが無秩序へ向かうエントロピーの法則において、ある構造が構築されていく……そこに屹立してくるものが「ともしび」であり、その動態こそが「憧れ」です。

執　そうだな。あと僕は『クォ・ヴァディス』*の話が好きでなぁ……。

佐　僕も『「憧れ」の思想』の中では、『クォ・ヴァディス』が一番好きなんです。『クォ・ヴァディス』を読んだ後は、もういろんな人にずっと『クォ・ヴァディス』の話をしてましたから(笑)。ちょうど遠藤周作*の『沈黙』*の映画を観た後で。それと結びつけて、よく人に語っていました。『沈黙』はキリスト教における「神の沈黙」という概念に焦点が当てられていて、とても素晴らしい映画でした。「沈黙」に対する解釈としては完璧だと思いますね。

執　そうか。僕はもちろん本は読んだけど、まだ映画は観てないな。あの作品は、文学として良いものだと思うけど、僕は個人的にはあまり好きではない。転んだ人間の側に傾き過ぎているように思うんだ。転ばなかった人間の悲しみや慟哭のほうが僕は大切だと思うんだ。その点、やはり『クォ・ヴァディス』はいい。僕はシェンケヴィッチ*の小説のこの題の元になった「クォ・ヴァディス・ドミネ」というラテン語が好きでね。

ボルツマン〈ルートヴィッヒ〉(1844-1906)　オーストリアの物理学者、統計力学の祖。

プリゴジン〈イリヤ〉(1917-2003)　ベルギーの化学者・物理学者。

『クォ・ワディス』(上・中・下、シェンケーヴィッチ著、木村彰一訳、岩波書店〈岩波文庫〉、1995年)　ローマ帝国で磔刑に処されるペテロの話を中心とした歴史小説。

遠藤周作(1923-1996)　小説家・随筆家・文芸評論家。

『沈黙』(遠藤周作著、新潮社〈新潮文庫〉、1981年)　江戸時代のキリシタン弾圧を通して神と信仰の意義を問うた小説。

佐　響きがいいですね。

執　「クォ・ヴァディス・ドミネ」とは、ローマから迫害を恐れて逃げようとしていた聖ペテロが、アッピア街道でキリストの霊体とすれ違うわけだけど、その時「主よ何処《いずこ》へ」と聖ペテロが訊いたときに、キリストの霊体が「お前たちが信徒を見捨てて逃げるなら、私がもう一度十字架に架かりにローマに行く」と言うのを聞いて……。ここからがやっぱり武士道だからなぁ……。ここで聖ペテロはとてつもなく恥じ入る、というかな。でもここで恥じ入れる人というのは、果たして現代にいるか、ということだよな。この「主よ何処へ」という言葉のラテン語の原語が「クォ・ヴァディス・ドミネ」なんだ。

佐　「じゃあお願いします」と言って、そのまま逃げてしまう人も多いかもしれないですね（笑）。

執　逃げるというのも、別に正確な表現じゃなくて、皇帝ネロ*の暴虐を前にすれば、ローマに残るほうがおかしいんだから。だから、ローマを引き払う、というのかな……。まあこれはごく普通で、常識的な考えだよ。ところがそれをとてつもない恥と感じた聖ペテロが僕はとんでもなく好きなんだよ。そしてローマに引き返した。その結果、逆さ磔になるんだよ。

佐　初代ローマ法王ですよね。僕も大好きです。

執　僕はこの初代ローマ法王がとてつもなく好きだけど、今のローマ法王の権威も、元々聖ペテロの後継者ということがローマ法王の権威なんだよ。つまり聖ペテロがどう生きたかを受け継ぐ必要がある。ただし、現代と昔と少し違うのは、少なくとも十九世紀までのローマ法王で、病気になって医者にかかる人はいなかった。だって神に捧げた命だから、病気になったなら、

シェンケヴィッチ〈ヘンリク〉（1846-1916）ポーランドの小説家・作家。ノーベル文学賞受賞。

皇帝ネロ（37-68）古代ローマの皇帝、暴君の典型。

佐　それも神がしたんだから、そのまま神様の思し召しの通りに死ぬわけ。どこかが痛くても痛み止めも飲まないんだよ。「痛い」というのも、神がやってるわけだから。そういう厳しい職業だったんだ。

執　でもそういう厳しい職業についているが故に皆から尊敬を受けていたわけで。

佐　そうなんだよ。それで、宗教家の場合、お布施で食べてるわけでそれだけ自分には厳しくしていたんだ。十九世紀までは、カトリックの神父というのは畏敬の念を持たれていた。恐るべき存在というか、普通の人じゃないんだよ。それから変な意味では、理解が出来ないから異質な人として見られることもあるよ。でもそれがカトリックの神父の崇高性であり、権威だから。あの権威でもって、カトリックというのは二千年間君臨してたわけ。

執　テルトゥリアヌス*の「殉教者の血は教会の種である」そのものですね。

佐　そう、「不合理ゆえにわれ信ず」(Credo, quia Absurdum) だ。さっきもちょっと言ったけど、それでペテロは、自分を大いに恥じてローマに戻って、あの暴君ネロがキリスト教徒を処刑しているところへね。それで当然ペテロはキリスト教徒の親分だから、ネロはただの磔じゃ飽き足らないわけで、逆さ磔になったわけだよ。

執　想像つきませんね。

佐　やられてる人間は死ぬほどキツイよ。可哀想なのは当たり前だよ。でも僕はやっぱり、『クオ・ヴァディス』の考えが「憧れ」の根本だと思う。だから原始キリスト教というのは、信仰を持つことによっていっぺんに僕が言う憧れを自動的に持ってたわけなんだ。だから真の信仰

テルトゥリアヌス　(160頃-222頃)　初期キリスト教の教父・司祭。

になったんだよ。だから、やっぱりローマ帝国の国教になる前のキリスト教だよね。でも国教になっちゃうと本当に権力化して行くよな。

佐　そうですね。本当の「ともしび」を忘れてしまった。本当の「ともしび」が偽物とすりかえられてしまった。そうなると、あの原始キリスト教でさえ弱いものです。もはや「憧れ」は政治に堕してしまった。

武士道はキリスト教

執　キリスト教というのは、僕は好きだけども、キリストが死んでから三百数十年、見つかったら皆殺されるような集団で、何の御利益もないわけだよ。それでも三百数十年間、地下で蔓延《はびこ》ったわけ。それで、ローマ帝国が最後に国教にしたのは、キリスト教徒以外にまともな人間がローマ帝国中に一人もいなかったからなんだ。

佐　ああ、パンとサーカスですね。ローマは自らの民主主義で道徳的に既に自滅していた。

執　全員馬鹿で、不道徳で生活保護の状態だった。それで、ちょっとまともな人間に会ったら全員キリスト教徒だ、という社会になっていたというわけ。それでキリスト教会が国をまとめる中心になったということなんだ。だから認めたというと、ちょっと違うんだよね。

佐　致し方なかったんですかね。

執　それ以外、もう国家じゃなかったということだよ。でも僕がキリスト教がすごいなと思うのはね、三百数十年間、捕まれば処刑だったのに、それでも信者が絶えなかったということがすごいね。

佐　そんな宗教は他にないですよね。

執　ない。キリスト教が世界を制覇したっていうのは、原始キリスト教を見るとわかるよ。あのエネルギーはすごい。日本とか中国じゃないけど、アジアなんて適うわけがない。だってアジアやアフリカなんて昔から自己の利益と平和ボケでどうしようもないよ。

佐　気候も温暖ですからね。

執　それに米食がある。米って一番効率的に出来る作物なんだよ。単位面積当たりの人口量が多くても作物が沢山できるから大丈夫なんだ。だからアジアって、根本的に人口過多で平和なんだよ。なんでかというと、食糧があるから。それで、ヨーロッパというのは戦争の歴史。これは寒くて食料がないんで、奪い合いなんだよ。一方、アジアは温暖で米もよくとれる。大さわぎは天候不順で飢饉になったときだけだ。結局人間の戦争の原因というのは、富と食糧だから。中国の歴史を見ていくと、王朝の交代も全部そう。まず飢饉と食糧危機が起こって、革命が起こり、次に大衆に食い物を与える人が次の帝王になるという繰り返しだけだ。

佐　そうなるとなかなか日本は特殊ですよね。食糧がアジアの中でも採れるほうなのに、唯一西洋に対抗できた。

執　そうそう。それは武士がいたからだよ。これで日本が抵抗したととるのは、間違いなんだ。

あの当時の西洋人で、英国大使館の通訳官だったアーネスト・サトウ*の手記に、「日本には二種類の民族がいる。侍と卑しい下僕だ」と書いてある。卑しい下僕とは、これは百姓・町人のことだよね。百姓・町人は清国やインド、ルソン、マニラの人間と何にも変わらないアジア人という意味だ。多分、無礼なことをしたら、ぶん殴ってやれば逃げていくし、利用する場合は、ちょっと飴玉をあげればいくらでも近寄って来るという意味なんだ。これは頭にくるけど、あの当時の西洋人はそう言ってるわけ。こういうのをアジア人と言っている。アジア人の使い方は、反抗してきたらげんこつで殴り、ペコペコしたら頭撫でてやればいいと言ってるんだ。それがアジア人なんだよ。これは覚えておいたほうが良いよ。真実なんだ。それで、アーネスト・サトウによれば、インドもあの当時の清国も全部アジア人だけ。日本だけが、アジア人じゃない人がいて、それが武士。自分の損得が関係なくて、無礼なら、生麦事件じゃないけど、駆け寄ってきてぶった斬る人間がいる。まあ、ある種の狂気だな。でもここのところが重要なんだよ。今ちょっと言ったけど、アジアだと思ったら間違いで、日本はアジアじゃないから抵抗できた。抵抗は日本人じゃなくて、武士がしたんだよ。

佐　仰る通りだと思います。歴史的にそうですよね。

執　抵抗したのは武士だけ。武士以外の人は大きいことは言えないんだよ。抵抗しないで、「ええじゃないか」とか、踊りを踊ってたんだから。あれが庶民だ。はっきりと当時、横浜港に来た外人がアーネスト・サトウを中心に、何人もの人がそう言ってた。だからあの当時の国民の三パーセント弱の武士以外は全員、日本人も実はアジア人だった。ところが武士がいたから植

サトウ〈サー・アーネスト〉(1843-1929) イギリスの外交官、日本・東洋研究家。

民地にならなかった。命を捨てて、西洋人の傲慢さに対抗したということだよ。それで、当時の他の西洋人の文献にも「ここにキリスト教徒である我々と、同じ人間がいる」という意味のことが書かれている。だから武士道というのはキリスト教なんだよ。

佐　僕は元々、キリスト教のことが全然わからなかったんですけど、三島由紀夫を経て、ある時突然、自分なりにわかったんですよ。何故かというと、武士道が腑に落ちたから。そうすると、そのまま騎士道もキリスト教も自分なりにわかってしまった。全部同じだったから。

執　明治時代の内村鑑三も新渡戸稲造*も、世界的に有名なクリスチャンは全部武士の子だ。これは偶然ではないんだ。それで武士の子の直系がいなくなった大正、昭和くらいから、もうキリスト教徒ですら、世界レベルのキリスト教徒っていないわけ。あの当時の内村鑑三と新渡戸稲造なんて、世界中のキリスト教徒が驚嘆するキリスト教徒の中のキリスト教徒だったんだ。

佐　そうですね。

執　内村鑑三がはっきり言ってるのは、本にも書いてるけど、アメリカに留学したとき「どうしてこんな日本でキリスト教がわかったんですか」と皆に聞かれたら、「わかるもわからないも、自分が父親から学んだ武士道は全部キリスト教と同じだった、〈殿様〉という言葉を〈神様〉に換えたら寸分たがわず同じだったんだ」と答えたんだよ。だからキリスト教の聖地であり、プロテスタンティズムの権化で町全部が狂信的キリスト教徒のいるアマーストの、有名なシーリー*という学長がいたアマースト大学に留学して、優等で卒業してるんだよ。「何にも別に新たな勉強なんかしてない」って。だから武士道というのは、キリスト教なんだよ。

新渡戸稲造（1862-1933）明治・昭和期の教育者・キリスト者・国際連盟事務局次長。

シーリー〈ジュリアス〉（1824-1895）アメリカの宣教師・作家・アマースト大学学長。

佐　それがあったから、日本は一目置かれた。

執　そういうことを多くの外国人が記録に残しているよ。

キリスト教は命懸け

執　僕は別にキリスト教を擁護してるんじゃないんだ。しかし、生命の燃焼ということで言うと、本当に崇高さのある宗教はキリスト教だけなんだよ。仏教は幸福論はあるんだけど、崇高さは少ない。禅だけは別だけどね。崇高さって何かというと、野蛮性なんだよ。自分の命を擲《なげう》って、神とか何かのためにやるということだよ。『「憧れ」の思想』にも書いたと思うんだけど、スペインとポルトガルが世界を制覇した時代は、中国のほうが航海術と船の造船技術ならぜんぜん上だったし、船団も良い船をたくさん持っていたんだよ。人口だって数億人だし、当時のポルトガルなんて二十万か三十万で、スペインが二百万いないかな。そんな人口で、オンボロの船を作ってそれで大海原に乗り出して、アジア全部を支配したんだからね。じゃあなぜかというと、捨て身だからだよ。これは良い悪いじゃなくて、キリスト教の力なんだよな。良い意味では福音の布教、悪くは人間ではない非キリスト教の国や人を征服し奴隷化するというようなことだ。善悪ということより、そのような命を捨てて向かう勇気をキリスト教は持っていたということなんだ。

佐　信じていれば、怖くないですからね。

執　そうだよ。神の福音のためなら死んでもいいわけで。それについでに欲望もついてるだけなんだよ。でも、よく黄金と香辛料を求めて、と言うけどね、僕が克明に見てて、それは違うね。黄金と香辛料はついでで、本体はキリスト教なんだよ。中国は、それの何十倍、何百倍という富と船と技術を持ってたのに、なぜ何にも出来なかったかというと、命を捨てる勇気がない。つまり自分たちの命を懸けないということ。なんでかというと、中国って当時結構豊かで、皆が幸福になりたかったから。自分たちの生活を、今流の言葉で言うとエンジョイしたくて、自分と自分の家族の生活が何より大切なんだ。あの当時の中国ってすごい豊かさだから。

佐　わざわざ危険を冒す必要はないですもんね。

執　まあそういうことだな。でも、学問、技術、造船、それから何よりも学問的な航海術は当時の中国のレベルっていうのはもう西洋の比じゃない。これはもう物理的にわかってるわけ。それでいて、西洋が技術も科学も優れていたみたいに思うのは、相手を征服したからだよな。

佐　そうですね。

執　でもこの原動力がキリスト教で、その原動力は、聖ペテロの殉教からずーっときてるわけ。これが僕がこの『「憧れ」の思想』に書きたかったことなんだよ。憧れが、生命力の根源なんだよ。

佐　いいですね。やっぱり『クォ・ヴァディス』は非常にわかりやすい。

執　僕もそういう風になるべく生きたいと思って生きてきてるんだけど、やっぱりなかなかなれないね。しかし、必ずそう生きるという決意だけは揺るがないね。

佐　僕も日々そこは苦しんでますね。

執　ただやっぱりね、自分がなれなくても、こういう思想を大切にしてるとね、自分が駄目だということはわかるから。それだけはね、増長してる人間よりはいいと思う。こういう人たちを知らないと、自分を大したものだと思ってる奴が、今は結構多いからね。

佐　大したことしてないのに（笑）。

執　僕は結構ね、大したものだと口では冗談で言ってることは多いけど、そんなことは思ってるわけがない。だから僕はなんか知らないけど皆から人気があるんだと思うよ（笑）。なんでかというと、たぶん己を知ってるからだと思うな。

佐　そうですね。執行さんは社長だし教養人なのに全然偉ぶっていらっしゃらないですからね。それどころか、面白くてつい馴れ馴れしくなってしまいますよ（笑）。

執　いや、僕は偉ぶってもあまり通用しないんだよな（笑）。大体、社員も馴れ馴れしくするんで頭に来ることが多いんだよ。でも憧れというのはね、本当に口では言い表わせないほど、人間にとっては重要なんだ。僕が本の中で何度も書いてるけど、一番現代の人に知ってもらいたいのは、憧れというのは欲望の反対だということ。だから現代人が言っている夢というのは、憧れの対極にあるものなんだよ。何々になりたいとか、金メダル獲りたいとかさ。金メダル獲りたいなんてのは欲望の代表だけど、でも今は欲望と憧れや夢を混同しちゃってるよね。今はそういう語り方をしてるじゃない。

佐　してますね。
執　あれはもう全然違うんだ、ということ。自分の欲望や損得にかかわることなんかは、全く憧れではないんだ。その反対だ。憧れは、もっと崇高で悲しいものだと知らなければならないね。まあ、それは本を読めばわかると思うけどな。

もう書物しかない！

執　でも『「憧れ」の思想』は、読んだ人には相当感応力強いよね。読者からの反応はすごいものがあるよ。何か感動の量が違うみたいだよ。
佐　そうですね。執行さんの著作の中で、僕も一番好きですから。やっぱり『クォ・ヴァディス』と革命の話が特にいいですね。
執　武士道そのものが革命思想だからな。武士道を、今は皆が誤解して、チャンバラだ道徳だと思ってるけど、武士道って革命思想ということなんだよ。『葉隠』も、僕は「革命の書」として読んでるから。
佐　そうですね。反体制の趣《おもむ》きがあります。
執　それは現代社会だから、武士道と言っても何もちょんまげを結って刀を振り回そうというんじゃないわけで。だから間違いではあっても、共産主義的な考えからでも革命思想に、要するに体制転覆とか、そういう革命思想や反権力に入っていった本というのは、やっぱり名著が多いよね。ブロッホの『希望の原理』もそうだよ。ブロッホは旧東ドイツの学者で共産主義の洗礼を受けてて、マルクス・レーニン主義で、だから僕は基本的には嫌いなんだけど、でも革命思想としてはやっぱり素晴らしいものを持ってるんだよ。それはたまたま反権力ということで、そういうものを掴んだんだろうな。この『希望の原理』もすごいよ。それで、この『「憧れ」の思想』というのは最後は「書物を食らう」という章になるけど、実は人間の感化力だけが、本当の憧れを生むんだよ。

佐　そうですね。でも今は生きている人から感化を受けるというのは、あまりないですよ。水平化が進んで、突出した人も少なくなりましたからね。

執　だから書物しかないんだよ。ただ一つ今の時代のいいところは、書物がこれほど簡単に手に入る時代はない、ということだ。でも、こういう時代が到来したら、全く皆読まないようになったんだから不思議だよね。

佐　本当に、本を読む人は少ないです。書物が簡単に手に入るようになればなるほど読まなくなりましたよね。名著が古本だと恐ろしく安い値段で売られていて、びっくりしました。

執　今は良いものほど安い。それでも買わないよな。古本屋だったら、文学なんかは名著ほど安いだろ。例えばロマン・ロラン*とかドストエフスキーだって、全部百円くらいの値段だよ。

佐　そうですね。世間じゃゴミみたいな扱いをされてますよね。

執　昔のグリーン版世界文学全集とか。子供の頃の思い出として、ドストエフスキーのグリーン

ロラン〈ロマン〉(1866-1944) フランスの作家・思想家・批評家。

佐　版とかを未だに持ってるけど、今はほとんど五十円か百円だよ。でも言い方を変えたら、五十円か百円で一生涯に亘って自分が考え続けられる名著が読める、ということだからな。

　すごく有難いことですよね。僕も活用しまくってます(笑)。インターネットのオークションでは、岩波の『内村鑑三全集』全四十巻が二千円で売られていました。オークションという手段を手に入れてからは、本が一気に増えちゃって、今は本棚に困ってるんです。

執　いやー、内村鑑三なんて今は買う人いないんだよ。

佐　でも結構、競売にかかるんですよ。オークションとかで出したら、安いけども意外とまだ買う人は買うみたいです。

執　そうか。僕が最近探した時は四十巻セットで一万円だったな。僕が買ってる頃は大変で、一冊が七、八千円で、毎月買って、計四十回も買うんだから。それが今は一万円で四十巻を全部買えちゃうんだよ。僕が買った三十歳の時ですら、あれほど大変な思いをして買ったのに、それがもう今となっては一万円で買えちゃう……。それでも誰も買わないから面白いね。でも僕みたいな読書家は、小学生の頃からずっと自分の読書の変遷史を見てきて、やっぱり買うのが大変な時ほど読むね。

佐　ありがたみが増しますからね。

執　僕の親父が英語が好きで、大変な英語の名手だったんだけど、親父がちょうど旧制の東京商科大学の予科の時に日中戦争が始まって、日中戦争から太平洋戦争に突入していって、一番英語の本を手に入れにくい時代だったんだよ。その時に親父は英語が好きだったんで、苦労して

苦労して英米の原書とドイツ語やフランス語の原書を書棚一面集めてそれを熟読したわけ。それは親父の若い時の一大財産だったんだ。集めるのには大変な苦労をしたけど、でもその頃の洋書というのはすごい価値だよね。でも今なんかはあっても何の価値もないもんね。親父にとって洋書というのは、自分の魂であり、自分の肉体より大切だった。だから今は僕が遺品として保存してるんだ。親父が苦労して集めた本だからね、一冊も捨てることもおろそかにすることも出来ないよ。親父の遺品で、世界一のトーマス・マン全集として知られるフィッシャー版の全集も、僕はドイツ語の原書も見るんで、社長室に飾ってあるよ。

佐　あっ、それですね。きれいですね。

本は星である

佐　『「憧れ」の思想』にある革命思想といえば、どうしてもキリスト教の話が多くなりますけど、やっぱり秋山好古*もかっこいいですね。

執　あれはかっこいいよな。男として、最も憧れる人のひとりだよな。

佐　「騎兵とは何か」を説明する場面で、拳でガラスを突き破るという……。

執　あれが一番好古の好古らしいところなんだけど、テレビ番組とか映画では省かれちゃってるな。

秋山好古 書

秋山好古（1859-1930）明治・大正期の陸軍大将、日本騎兵の父。

佐　そうなんですか。ミリタリー・マニアは嬉々として話してますよ、あれ。どうして省かれるんでしょう。あれがかっこいいのに……。ああいう「理屈じゃないぞ」というのは嫌なんでしょうかね。

執　やっぱり現代の人は嫌いなんだろう。まあ暴力ととるんだろうな。

佐　激し過ぎると、そうとるのかもしれませんね。

執　ところで『「憧れ」の思想』が天から降って来たという印象は、『クォ・ヴァディス』から感じたの？

佐　いや、これはもう全体から感じました。以前お渡しした感想にそういうことを書きましたが、ただ僕が言ったのは、帯に書いてある通り、この本を読み終えると「星」が降ってくるということです。厳密には、この本に降ってきた印象を抱いたわけではないです。でも、それは読者の視点からみた話です。書き手である執行さんの視点からすれば、この本自体が天から降ってきたように思うでしょうね。

執　書き方としてもそういう書き方をしたんだよ。受けた天啓を書物にしてるというかな。『生くる』とかは、自分が体当たりして苦労してきたものから摑んだものだから、地から這いあがったものということだよな。『「憧れ」の思想』に書いていることは、僕が苦労したとかは関係ないことで、そういう意味では、これはある種、天啓の哲学書なんだよ。

佐　憧れというもの自体が、憧れの人生に生きた人間の人生を見た瞬間に、自分に憧れが降ってくるんですよ。だから具体的な例を書く以外の書き方は出来ない。

執　そうだな。元々は憧れというのは、僕が本の中に書いた人たちと出会ってさ、感化を受けるものなんだよ。でも実際には出会うことが出来ないから、本に書くしかないわけ。僕もこの人たちのことを本の中で学んだわけだからね。

佐　執行さんは「本は星である」と仰っていますが、こういういなくなってしまった偉人たちってある意味、本当に星ですからね。

執　だから僕の読書論になっちゃうけど、そういう気持ちで本と付き合えば、本も家族であり、生きている人と同じ価値がある。ただ今の人たちの読み方は駄目だよ。本がただの情報になってしまっている。

佐　そうですね。余談ですが、『生くる』の「読書論」で、執行さんは本を読むときは否定をしてはならないと仰っていましたよね。一つ否定すれば、二つ否定し、三つめの否定ですべてが終わると。僕はこの読書論の中の否定に限らず、物質世界では何かが完成するまでに必要なステップは「三」だと思ってるんです。

執　そうだよ。三は完成の数霊だ。一が始源で、二が展開そして三で成就になるということだ。

佐　折口信夫の「霊魂の話」*という文の中でも、「なる」、「ある」、「うまる」という語を解説して太古の日本人が考えたものの発生の三大原則が語られていました。「三」という数字は生成の話では必ず出て来ますね。

執　その見方は太古の言霊から見たものだと思うよ。音はそのまま霊だからね。さっきの読書論の話に戻るんだけど、本とやっぱり友達になり、知り合いになり、付き合う。それから本を書

*「霊魂の話」（『折口信夫全集 第3巻〈古代研究 民俗学篇2〉』折口信夫 著、中央公論社、1955年）日本語の「魂」はどのように生まれたか、その意味と成り立ちを言語の根源より探究した論文。

く人たちというのは当然過去の優れた人だから、やっぱり一歩下がって引き下がって相手を立てる気持ちがなければ、本からは何も学べないということだよ。だから僕はいつも言うけど、昔の本というのは誤字脱字も多いんだ。でも僕は好きな本に関しては、作家が間違えた事柄、それから誤字脱字、言い間違えも含めて好きなんだ。そこにこそ、作家の作家らしさというか、人間性が出てくる。だから親の欠点なんかを指摘しているうちは駄目だよ。親というのは欠点があるから親なんだ。そういうことを言ってるわけ。それがわからないと人間関係はとれない。だから僕のことが好きな人というのは、僕の欠点を好きになってくれている人だと、いつでも感じてるよ。

佐　え、そうなんですか?

執　そうなんだよ。一番わかりやすい言い方をすると、僕が若い頃でいうと、先生とか家族から「もうお前はどうしようもない」と言われたことってたくさんあるじゃない。僕が社会に出て、僕のことを信用したり好きになってくれる人が、僕のいいところだと言うのは、徹底的にお前は駄目だ、と言われたところなんだ。うちのおふくろなんかも、ついこの間まで「もう冗談じゃない」、「頭に来た」、「生意気だ」と言ってたことだよな。親父に至っては既に勘当されて、大変だったよ。でもそういう部分が、僕のことを好いてくれる人にとっては好きな理由で、そういうものなんだよ。でも今は本だって、そういう読み方、見方は無くなったよな。

佐　あまり本を生きてるものとして読んでいないんでしょうね。本に礼儀を尽さない人も多くて、僕も腹が立つんですよね。ただの物質扱いというか……。

執　だから本を好きじゃないんだろうな。

佐　でしょうね。愛してない。僕の好きな本に対する扱い方は自分で言うのも何ですがかなりこだわっていて、好きな本はカバーをパラフィン紙で一冊四十分くらいかけて作るんです。

執　そんなにかかるのか。僕もほとんどの本にカバーをかけてるよ。

佐　読書好き同士がこういう話をしたら、どちらのほうがより本を大切にしているかという戦いが始まりますね（笑）。やはり読書というのは作者や登場人物との対話だと思うので、本に対して人間のように礼を尽さなければならないと思います。

命《めい》を革《あらた》める

執　そういえば僕が読んでる『論語』というのは、『論語解義』*という簡野道明*という人が書いた本で、一番解説が漢文的で男らしいと思うものなんだ。さっきの「憤せざれば啓せず、悱せざれば発せず」という言葉も、ここに載ってるよ。こう、原文が白文でかつ太字であって、読み下し文と主意があるようなものが、やっぱりいいよな。

佐　いいですね、昔の漢文の教科書みたいで。どこかで見つけて買おうと思います。

執　これはもう古本しかないけど、やっぱり昔の本っていいよな。簡野道明は他の中国の古典なら『十八史略』*や老子*も、そして四書五経の全部を出してるよ。

『論語解義』（増訂版、簡野道明 著、明治書院、1957年）漢文学者の著者による『論語』の解説書。

簡野道明（1865-1938）漢学者・言語学者・教育者。

『十八史略』（『新釈漢文大系 第20・21巻』林秀一 著、明治書院、1967〜1969年）中国の古代から南宋までを十八の正史に分けて要約した曾先之による歴史書。

老子　中国、春秋時代の思想家、道家の祖。

佐　読みたくなってきました。

執　それはそうだよ。でも話は戻っちゃうけど、やっぱり『「憧れ」の思想』の中に書いたキリスト教というのは、キリスト教の一番すごい部分だと思う。

佐　原始キリスト教ですよね。

執　そう。僕も多少は革命精神を持った人間だと自負してるんだけど、そういう人間が好きになるのは、やっぱり国家権力を持つ前の自らの力だけで立っている時代の生き方だよな。

佐　そうなんですよね。権力を持った瞬間に終わってしまって、今度は倒される側になっちゃいますから。

執　権力を持つととんでもない人間になってしまうことが多いよ。だって権力を持ったということは、今度はキリスト教を標榜することが優れたエリート人間で、自分が良い人間だということの証明になっちゃう。それが権力だから。

佐　嫌ですね。どうしても社会とか政治に関わってしまった瞬間に、革命ってどこかで狂っちゃうんでしょうね。

執　人間の歴史で一番悲しいのは、さっき言った二・二六事件の青年将校とか忠臣蔵じゃないけど、ちょっと油断すると、駆け引き、つまり政治になっていってしまうということなんだよ。そうなること自体が、僕には武士道精神がないとしか言えないな。

佐　おそらく本当の革命は、社会とか政治とは無関係の、「存在の革命」だけなんでしょうね。革命と言ったら手垢がついてしまった言葉なので、いろんな誤解をされてしまうから、僕は革命とは言わずに「永久革命」と言うようにしています。永久を付けないと、違いをわかってもらえないような気がして……。本当は革命という言葉自体を使いたくないんですけど、他に言葉がないんです。一時期「維新」でもいいかな、と思ったんですけど、そういう政党が出来たんで使えなくなっちゃいました（笑）。

執　今は維新という言葉を使うと、もう右翼だと言われるからな。そもそも「永久革命」ってロシア革命のトロツキー*の言葉だから、これも共産主義者だと思われるかもな。

佐　難しいですね。いっそのこと新しい言葉を作ったほうがいいかもしれませんね。でも言葉としては、革命が一番かっこいいと思います。

執　かっこいいな。表現としても、一番正しいと思うよ。漢文では「命《めい》を革《あらた》める」ということだからね。何か生命的だよ。宇宙の回転エネルギーを感じる言葉だよ。だから思想としても一番正しいのは「革命」という言葉なんだよ。で、天命が革められることを革命というんだ。だから共産主義は関係がない。そして、内容はすべて反権力反体制つまり「反抗の精神」そのものだ。無頼だよ、武士道だよ。

佐　そういう革命はかっこいいんですよね。反対に大体の共産主義革命は、端っから権力側になることを目的にやってるので、執行さんの仰る革命とは違っている。

執　そうだよな。

佐　普通の革命は、むしろ革命の敵なんですよ。支配したいからやっている。

執　大衆を利用してるだけだよな。あとは『「憧れ」の思想』だと、「焦がれうつ魂」という言葉

トロツキー〈レフ〉（1879-1940）ロシアの革命家・思想家。

に共感をして下さる方も多いんだよな。これは僕が作った言葉なんだけど、我ながらこの言葉が好きでね。僕が言う魂の理論は、「焦がれうつ魂」なんだ。焦がれ、に「うつ」がつくからなぁ……。そこが違うんだ。この本には『月と六ペンス』のストリックランドとか、アルチュール・ランボー、十字架の聖ヨハネ、道元とかいろいろ出てきたよな。あとは『根源へ』へ入れられなかったゲバラとかもあるよな。

佐　そうですね。あとは割と潜在意識で苦しんでるような人たちの詩歌も入ってきた印象です。

執　ああ、連綿と出てくるよな。それに五祖禅師*なんかも出てくるんだからすごいよな。道を極めるには、「仏に逢《お》ふては仏を殺し、祖《おや》に逢うては祖を殺す」という言葉を吐いた、あの伝説の禅師だよ。この言葉には、今一番反論が多いだろうけどな。

佐　「殺しちゃいけません！」ってね（笑）。三島さんの『金閣寺*』で、主人公・溝口*が金閣寺に火を点ける最後の決意を固めたときにも、この言葉が出てきますよね。

執　有名だよ。僕の座右銘のひとつだ。あとは埴谷雄高の『死霊』とか、アルベール・カミュの『カリギュラ』も出てきたよな。

極楽とんぼよ去れ

佐　「裏を見せ　表を見せて　散るもみぢ」で有名な良寛*が出てきたのは意外でした。

五祖禅師（1024頃-1104）臨済宗の中興の祖、法演禅師。

『金閣寺』（三島由紀夫著、新潮社〈新潮文庫〉、２００３年）金閣寺の美に魅了された学僧が放火事件を起こすまでを描いた小説。

溝口　三島由紀夫『金閣寺』の主人公。

良寛（1758-1831）江戸後期の禅僧・歌人。

執　僕は良寛そのものはあまり好きではないんだけど、日本の悲哀を表わす上で一番わかりやすいから、いろいろなところに出すんだよな。

佐　一般的な良寛のイメージもお嫌いなんじゃないですか？

執　一般的なイメージというか、良寛は顔も気に入らないし、隠遁しているところが好きではないんだ。それも修道院やなにかではなくて、独りだけというのがね。何か責任回避的に感ずるんだよ。それから僕はどうしても坂本龍馬*が好きじゃない。ああいうヒッピーみたいな、重荷を背負わない責任のない生き方が嫌いなんだよ。まあこれは好き嫌いだと思うんだけど、坂本龍馬は、要するに藩を背負わないで、脱藩という一番簡単な方法で、浪人になってやったから。浪人というのは背負うものがないから、駄目なら死ねばいいわけなんだ。だから西郷隆盛とか桂小五郎*とか、一つの藩を背負って動いている人とは、背中に背負ってる責任が違うわけだよ。

佐　僕もあまり好きじゃありませんよ。あれは武士というより商人ですから。しかし現代人は、坂本龍馬を一番好きな人が多いですね。時代精神ですかね。

執　そうだよ。良寛も、結局、寺も持たないで、好きなことをしてた。ただ悲哀とか日本の情感については、よくわかってる人だよ。書も上手いし、歌も上手い。日本というものを表現するときにわかりやすいんでよく出すんだけど、僕は良寛の生き方は嫌いなんだよ。あの人は新潟の大庄屋のお坊ちゃんだったよな。それで長男で家を継ぐことを捨てて出家したから、家を継いで大庄屋になった時にいろんな裁判沙汰とか争いが多いじゃない。それに嫌気がさして自分も出家した人なんだけど、僕はああいう人は駄目なんだよ。僕は革命家を自称しながらも同時

坂本龍馬（1835-1867）幕末の志士、維新三傑の一人。

桂小五郎（木戸孝允）（1833-1877）幕末の志士・長州藩士。

佐　に運命論者でもあるから、自分に来た運命を全部受け取って、その中でのたうち回ろうが何しようが生き切った人が好きなんだ。
執　同じ出家なら西行みたいにしないと。
佐　僕は責任から降りちゃう人が嫌いなんだよ。
執　同じ脱藩でも、吉田松陰も一応脱藩してますよね。でも僕は松陰の場合は、もっと大きなものを背負うために脱藩したと思っていて……。そこで坂本龍馬との差をわかってほしいです。
佐　僕も吉田松陰は大好きだよ。あの脱藩は本当に責任を捨てるためじゃない。却ってもっと大きな責任に向かうための門出になっている。そういう内容の違いがあるのに単語が一緒になっちゃうんだよな。坂本龍馬は、戦後日本の一つの象徴だね。
執　皆が好きですよね。それを取り上げたのは司馬遼太郎ですからね。
佐　司馬遼太郎は実に戦後的だもんな。僕はよく言うんだけど、戦後の人間が憧れているのは、ある程度、教養が高い人は坂本龍馬で、あんまり教養がない人は「寅さん」*なんだよ。
執　無責任に、悪い意味で自由を謳歌してますからね。極楽とんぼです。
佐　そう、要は無責任野郎であり、別名ヒッピーだよ。ああいう生活に、皆が憧れてる。それが平和憲法下の日本だと思うよ。
執　あと『「憧れ」の思想』に関連して、伺いたいことがあるのですが、夢と憧れって区別されていますか?
佐　それは当たり前だよ。ただ、厳密に言うと同じなんだけど、現代人が言う夢や憧れとは全然

*寅さん（車寅次郎）山田洋次監督の映画「男はつらいよ」シリーズの主人公。

違うんだよ。

佐　僕も人と喋っていて夢の話になった時に、相手の言う夢が本当の意味で夢じゃなかったんで、夢は未完に終わるものであり、野垂れ死にしないと駄目だ。そのために読書が必要なんだと言ったんです。そうしたら「怖い」と言われちゃいました（笑）。憧れは対象がありますけど、夢はちょっと間違うと自己中心というか、自己完結のものを夢と勘違いする人がいるんですよね。物質的に終焉するかもしれないものは単なる欲望にすぎず、死ぬまで続けても達成できないものが本来の夢なんですけどね。

執　僕は憧れの方がやっぱり厳しいもので、夢はもっと淡いものという印象があるよな。現代人の夢は完全に手のとどきそうな欲望になっている。そして、憧れは手のとどかない欲望ということかな。ただ二つとも本質的には間違いだ。これは二つとも生命の悲哀が生む、永遠を志向する精神のことなんだよ。そして、二つとも根源は同じものだよ。これは思想的にいうと僕が表わすキング*牧師の「I have a dream.」と同じで、あのdreamは夢と訳してもいいし、憧れと訳してもいい。つまりは同じものだよ。ウナムーノも夢と死が混同してくるんだけど、死んで現《うつつ》になってきてる状態の時に、見ているのが夢なのか、生きているのか死んでいるのか、というのが混ざってきちゃう。この夢は、永遠という意味だよな。ウナムーノは永遠を志向してる人間だから、永遠に対して憧れてるっていうかな……。ウナムーノが死ぬということは、永遠と結合するという意味だから。

佐　そういうことなんですね。夢といったら、寝てる時に見る夢と、憧れみたいな意味の夢って

キング〈マルチン・ルーサー〉（1929-1968）アメリカの牧師、黒人解放運動の指導者。

あるじゃないですか。一般には別々のものだと思われてますけど、僕としては前々から一緒じゃないかと思っているんです。寝てる時に見る夢も、手に入らないじゃないですか。執行さんが子供の頃に見ていたかぐや姫の夢がまさにそうで、見えているけど見えてないというか、手に取れないというか……。

執　でもその夢をずっと見てきた実感としては、僕は夢だとは思わないんだよね。憧れが形を変えて来たみたいな感じだよ。

佐　夢には思えないですよね。どちらかというと現実に近いんですかね。

執　脳科学者がよく構造を説明しているような夢とは違う気がするな。天空から降ってきちゃったというか……。これはたぶんだけど、自分が寝てる時に降ってきてるように思うんだよ。だから自分の脳の中で起こってるというよりも、自分の脳のアンテナでキャッチして、網膜に映像が来たみたいな印象があるな。

佐　そういう種類の夢もあるんでしょうね。荘子*の胡蝶の夢じゃないでしょうけど、そっちが実体でしょうね。もしかしたら夢を見てるほうが本当かもしれないですね。

執　そう、なんかそっちの感じがするんだよ。

荘子　老子と共に道家の先達、戦国時代の思想家。

ジョン・ミルトンの見ていたもの

佐　肉眼の目に見えていると逆にわからない、という話もありますよね。昔のギリシアの詩人は、わざと目を潰して、盲目のほうが現実がよくわかる、みたいなのがあったみたいですね。

執　ホメロスの頃のギリシアの詩人はそう言われていた。もちろんホメロスも盲人だったからね。そこで言っているのとは少し違うけど、要するに現実に見える見えないと憧れは関係ないよな。でも憧れというのは、そういうもっと遠いものを目指す姿勢だから、我々が見るような夢とはちょっと違うよな。もっと変な言い方だけど科学的なものだよ。いや、科学を生み出したものと言うことかな。壮大なものを生み出す人間の想念の力の源泉となる宇宙的な実在だよ。

佐　やっぱり表現としては、アンドロメダになるんですかね。

執　今、我々が射程に捉えられる言葉でいえばアンドロメダだな。だから「実在」があって、それに向かっていくやり方だから、科学的といえば科学的だよ。だからある意味じゃ書物にもなるというか。

佐　そうですね。でも憧れというのは、手に届くものじゃないということですよね。到達は出来ない。

執　到達不能だよ。また不可能のもの以外は憧れじゃないよ。不可能じゃなかったら欲望だよ。

佐　そうですね。

アンドロメダ

執　ただ、到達のその過程に価値があるわけだからね。だから憧れに向かうということは、それそのものが人類的価値なんだよ。僕が憧れの真の力を実感したひとつに、ジョン・ミルトンの『失楽園』を読んだ時があるんだよ。これは僕の愛読書のひとつで十七世紀の作品なんだけど、読んだ時に僕はこの中に二十世紀の物理学が証明した宇宙論が、全部入っていることを確信したんだ。二十世紀に人類が到達した物理学を、もちろんミルトンは知らないわけ。だから僕はミルトンの信仰心、つまりキリスト教を信じる力のすごさというものを感じたんだ。信仰がすべての知識に通暁する頭脳を与えたとしか思えない。それも未来に対してもということだ。キリスト教自体が永遠に向かってるから、永遠に向かう強烈な信仰心がそれをなした。つまり、これは憧れに向かうということで、憧れに向かってると、物理学的な真理を全く知らないのに会得できる場合もあるということなんだ。ブラックホールやニュートリノのこともわかってるし、原子核分裂とか原子核融合とか、その理論も僕は『失楽園』の中で全部感じることが出来たんだ。ジョン・ミルトンという人はすべてが見えちゃう。これはある種すごい本だよ。そういう意味ではダンテの『神曲』よりもっとすごい。『神曲』は過去のことだけに限定されているんだよ。

佐　見えてないのに見えちゃうんですかね。

執　ジョン・ミルトンって、執筆した晩年はそういえば盲目だったよな。

佐　あ、そうなんですか。盲目の人はそういうのがわかるんですかね。

執　そうなのかもしれないな。確か中年以降は盲目だったよ。だからミルトンの『失楽園』というのは、ミルトンが書いたんじゃなくて、全部口述で娘が筆記したんだよ。だから全部、暗誦でやってるんだよ。だって、文献なんか見れないんだもん。すごい知識だ。信じられない。もう自分が嫌になっちゃうよ。とにかくすごい。すべてを暗誦でやれるなんて、まさに信仰の怖ろしさを感じたね。

佐　信仰の源泉が違うんでしょうね。

執　全部若い頃に勉強した時に覚えた暗誦なんだよ。それに聖書の引用句から全部を覚えてるんだ。この人はケンブリッジ大学を出てるんだけど、すごいね。さっきの佐堀さんの塾の先生の話じゃないけど、やっぱりこの時代のケンブリッジ、それから中等教育の、ミドルスクールの教育内容というのは、ジョン・ミルトンの伝記で読んだら、全部暗誦だったみたいだな。それをすべて信仰が軸になって束ねているという感じだな。ラテン語もギリシア語も、あと英詩も。つまり、暗誦だけが教育だった。暗誦の教育だけの人たちの頭の良さったら、もちろん現代人なんて僕も含めて全員お呼びじゃないよ。

佐　ある意味、今の学校教育を受けた人は全員馬鹿だと言えるのかもしれませんね。

執　そういうことだよ。変なほうに頭が良いだけということだよ。さっき言ったような、破滅するほうとかね。ジョン・ミルトンの時代の頭の良い人というのは、聖書や古典の暗誦から始まる教育だから、どんなに頭が良くても人類が破滅する方にはいかないよ。でも今の教育は、頭が良かったら破滅の急先鋒になるという教育だよね。で、基本的には破滅のほうにいくんだから、馬鹿なんだよ。変な話なんだけど、今、人類史上で一番頭が良いと言われているアインシユタインと、発明家のエジソン*は、僕も子供のころ好きで伝記を読んでたんだけど、二人とも小学校の先生から「頭が腐ってる」と言われたんだよ。

佐　学校に合わなかったみたいですね。

執　それがいい意味で合わないならいいんだけど、そうじゃなくて頭の構造が腐ってると言われたんだよ。僕はその先生が実は的を射ていたということを言いたいんだよ。今の常識では先生がはずれたという代表として上がる側になってしまっているけどね。だから、僕は、たぶんこれは真実だと思う。それで、あの頃の小学校の先生というのは、まだ今の教師と違ってなっているのは土地の名士なんだよね。大抵、神父か牧師で、公教育の公務員の先生じゃないんだよ。

佐　まだ昔のちゃんと倫理のある人たちだったんですね。

執　アインシュタインも皆、十九世紀の人だから、教育を受けたのは全部十九世紀ということになる。あとはエジソンだけど、あの人が二十世紀に我々の周りを囲んでいるもののほとんどを発明したんだよ。電話や鉄道、あとは映写機とかほとんど全部そうだ。二十世紀文明って、実務社会はエジソンが、学問はアインシュタインが九割を占めてる。その二人が、子供の頃に先生から頭が腐ってると言われている。これは、いかにその学校が悪いかという一つの教育のゆがみの例として使われるけど、さっきも言ったように僕は学校の先生が正しかったように思う。二人のどこか腐ってる部分を、先生が見つけたんだよ。

佐　じゃあ頭が腐ってるということは、とんでもないことをしでかす、という意味ですね。先生のほうがまだ正常だったんでしょうね。

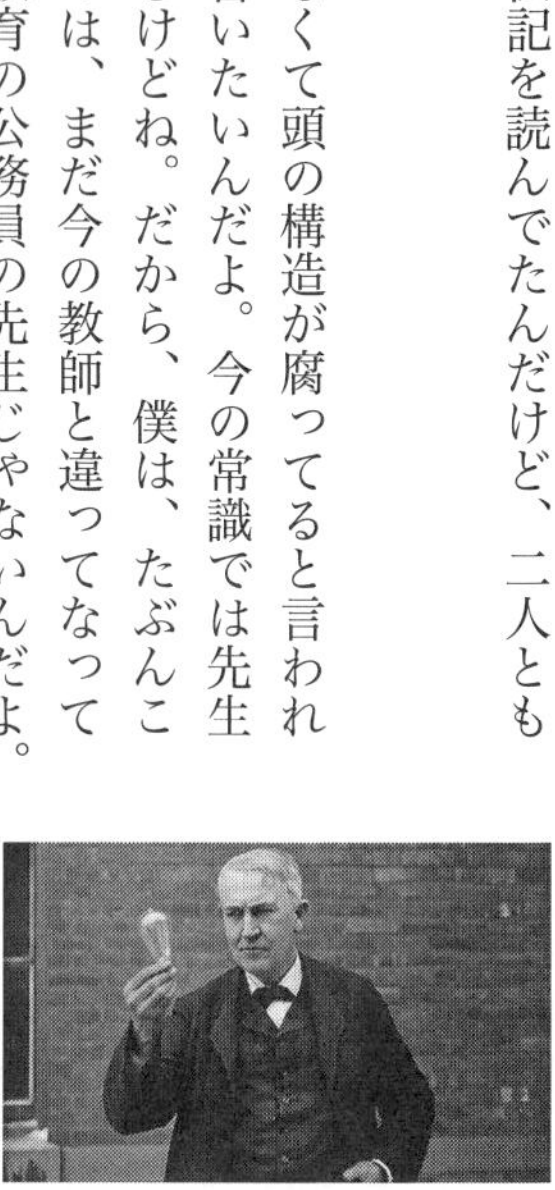
エジソン〈トーマス〉(1847-1931) アメリカの発明家・実業家。

執　西洋だとキリスト教の宗教教育が強いじゃない。まだ今と比べたら、信仰が深い人がすごく多かったんだよ。たぶん、信仰心がある人から見ると、どこか腐ってたんだよ。だから原爆を作っちゃうわけ。作っちゃってから、びっくりしてるんだからね。でも冷静に考えたら、作ってから驚いてるって、割と馬鹿よね。

佐　実際に落として、人が死んでるのを見てから驚くんですからね。あなたが作ったんでしょ、という話ですよね。

執　でも、二人とも「脳が腐ってる」と言われてるのは面白いよ。

佐　二人ともというところが面白いですね。

執　あともう一人最近の人で、やっぱり小学校の先生から同じことを言われているのが、水泳の魔人だったフェルプスね*。フェルプスって、水泳で史上空前の数の金メダルを獲った男だけど、その人が小学校の頃に、やっぱり「この子の脳は腐ってる」と先生に言われたんだって。それに反発した母親が、付きっきりで英才教育をして水泳の天才になったのが、フェルプスなんだよ。

佐　水泳で良かったですね。

執　でも僕は、あのフェルプスの話を聞いた時に、一回のオリンピックで例えば金メダルを十個近く獲るわけだから、そういう人はちょっとおかしいと思ったな。それに、悪いけど顔もね。モンスター的な感じがあるよね。本当に、水泳なんかで良かったよ。あれが物理や医学のほうに行ったら、何をしでかすかわからないもんな。

＊フェルプス〈マイケル〉（1985-）アメリカの競泳選手。

佐　金メダルもそこまで獲りたいと思うこと自体がちょっとね。

本当に星が降ってくる

執　ジョン・ミルトンなんかは現代の反対だよね。あの頃は、教育ってすべて古典の暗誦なんだよ。だから暗誦が絶対に正しいんだよ。そういう意味じゃ、佐堀さんは運が良かったね。

佐　そうですね。今もやってるかは知りませんが。

執　もう、すごい先生だよな。ジョン・ミルトンがそういう教育を受けて、オクスフォードを出て、それからも、もちろんずっと学問が好きでやってるんだけど、この人も実社会では革命家だからね。クロムウェル*と一緒に「清教徒革命」を戦い抜いて、最後に王党派に敗けて、クロムウェルの思想が葬られたわけだよ。それで、後世に自分たちの志を伝えるために『失楽園』を書くことになった。政治的にもう圧迫されちゃったから、ピューリタンの純粋な魂を残すためには、もう文学しかなかったということだな。『万葉集』の成立と少し似てるよね。

佐　そういう経緯があったんですか。

執　そういうことだよ。でもその頃にはもう失明してて、全部覚えていることを娘に筆記させて、それが『失楽園』になったんだ。『失楽園』の内容を読んで腰を抜かさなかったら、読んだ本人の教養がないいんだよ。

クロムウェル〈オリバー〉（1599-1658）イギリスの軍人・政治家、ピューリタン革命の指導者。

佐　そうですね。

執　教養があったら、腰を抜かすよ。僕の最大の愛読書の一つだね。この作品の中には、二十世紀が到達した全物理学を凌駕するものが入っている。そして何よりもね、人類が築き上げた「涙」というものが作品を貫いているんだよ。

佐　じゃあ天文学をやりたかったら、『失楽園』を読んでからやるといいですね。まるで宇宙に行ってすべてを見てきたかのようなことが書いてあるんだから。

執　その通り。それで、もうブラックホールの先までわかってる。だから、これから物理学がどういうことを発見していくかということは、大体僕なんかには想像がつくんだよ。それは『失楽園』を読んでるから。僕はブラックホールもダークマターもダークエネルギーも、すべて『失楽園』からまず学んだんだ。位相空間と十一次元まで広がっている宇宙も想像させられたね。この詩を摑むと量子論の理解力は飛躍するよ。

佐　予言の書ですね。

執　もちろん、そうだよ。戦って権力に敗れて、魂を残すにはもう書物しかない、ということで書いた我が大伴家持と一緒だよ。同じものだから、やっぱり同じ崇高性があるんだと思うよ。この『失楽園』はすごい。特にまた可愛いのがサタンで、一所懸命で、宇宙に出るまで何万年もかかって宇宙空間を旅する「光子」みたいな雰囲気なんだよな。光子の物理現象とサタンの心には共通性を感ずるよ。

佐　「本は死ぬために読む」というのも良かったです。

執　これはモンテーニュ*が「哲学を学ぶことは、死を学ぶことである」と言ってるんだよね。

佐　あとはシモーヌ・ヴェーユ*の「真空」と「充満」もかっこいいですね。

執　ヴェーユは元々かっこいいからね。何かが入る時には、受容体のほうは真空じゃなければ入り込まない、ということだよな。そういう意味では、現代人は何も入らないよ。現代は子供の時から、人権思想じゃないけど何かが脳と体に充満させられている……。

佐　満ち足りちゃってる（笑）。

執　価値観が既に満ちている。子供というのは味噌っかすじゃないと、駄目なんだよ。味噌っかすじゃなくなろうとして勉強するわけだからね。味噌っかすということは、真空ということなんだよ。でも今の子供は、生まれただけでもう親が「生まれてきてくれてありがとう」とか言ってるんだから。あれは満たされちゃって、もう駄目。もう中に充分何かが満たされちゃってるんだよ。だから、もう新たには何も入らない。

佐　自信満々教育ということですかね。

執　自信というか、何かが充満してるということだよな。でも『「憧れ」の思想』が愛読書になった人は、僕の著作の中でもこれが一番いいと言って下さってるよな。何がそういう魅力なのかな。これは自分のことだからわからないけどね。

佐　「星が降ってくる」って書いてあるじゃないですか。これを読み終わった時に、本当に自分に星が降ってくるような感覚があるんです。そういう構造で書かれている本なのかもしれないですけど、やっぱりそこに感動するんでしょうね。『生くる』とかだったら、自分でまず動か

モンテーニュ〈ミシェル・ド〉(1533-1592)フランスの思想家・モラリスト・文学者。

ヴェーユ〈シモーヌ〉(1909-1943)ユダヤ系フランス人の哲学者・著述家。

ないといけないんですけど、これは半強制的に来る。キリスト教でも、記録を読むと聖霊がやってきた感覚を得た時が一番感動するわけであって、その感覚に近いのかもしれません。

執 僕も狙ってそうしたわけじゃないんだけど、偶然いい本になったなぁ……。

佐 あと引用文はどれも良いですよね。ジェイムス・ジョイスの「人間の一日には、すべての日々が含まれる」とか。

執 『ユリシーズ』か。

佐 もうかっこいい以外の何も言えないですね。

執 でも未完と革命については、カミュの『カリギュラ』の「不毛なすばらしい幸福がある」という言葉も良かっただろ。

佐 ああ、最高ですね。カミュは、こういうのを書かせたらピカイチだと思います。

フラーゲ・デーモンとは?

執 カミュのこの言葉が、現代人に一番必要だと思うよ。だって現代人ぐらい役に立つことしかやりたがらない人間たちはいないよ。

佐 本当にそうですよね。西洋の現代人で、誰が大事かといったらカミュだと僕は思うんです。日本では芥川だと思っていて、僕個人の中で芥川とカミュは同一なんです。でも執行さんの仰んですよね。

執　ったカミュの言葉はいいですね。人生は徒労に終わらないと。たぶん、現代人にはそれがないと。僕が現代人と話していて、一番思うのはそれなんだよ。何で自分の人生を投げ捨てないのか、らなんだ。皆がエネルギー回転が出来ない一番の理由は、自分の人生を有意義にしようと思ってるからなんだ。つまり幸福になろう、成功しようとばかり思っているからなんだよ。

佐　得よう、得ようとしてますよね。誰かと会うときも、必ず何かを得ようとしてますから。僕なんか、執行さんと会うときは、事前に必ず一度死ぬ覚悟をしてきますから（笑）。あえて言うなら「死」を得ようとしています。

執　そうだよな。捨てる覚悟を持たないと。だから僕は「不幸になれ」、「考えるな」、「野垂れ死にをしろ」と言ってるわけだよ。わかってくれないかな。

佐　いやー、難しいんでしょうね。現代社会では。

執　ここがある意味じゃ一番わかってもらえないところかな。

佐　そうですね。そこさえ抜ければ、あとは勝手にどんどんまわっていくんですけど。その一歩目だけが問題なのかもしれません。

執　僕はこれだけ本が読めること自体が、本を読んで何かを得たいと思っていないからだと思っているんだ。ただただ過去の人たちとの対話が好きなだけなんだ。

佐　そうですよね。そんなことを思ったら読めなくなりますから。余計に何も得られないに決まってます。

執　得よう、学びたいと思ったら、何も読めなくなってしまうよ。この辺のことは、いろんな人と話していて一番感じることなんだよ。嫌な言葉で言うと、「得したい」みたいなのが強過ぎる。たぶん学校教育の影響だろうな。埴谷雄高の『死霊』の中にも、フラーゲ・デーモンという質問ばかりしてくる悪魔が出てくるけど、本当にああいう感じだよ。

佐　やっぱり「得たい」という人は、何でもすぐに聞きますよね。「どんな本を読んだらいいですか」というのもそうでしょうし。

執　そういうのを、まさしくフラーゲ・デーモンというんだよ（笑）。質問の中には悪魔が潜んでいるんだ。

佐　やっぱり得をしたくなると、そういう風になってしまうんですよね。

執　どうやったらここから脱出できるかだよな。『「憧れ」の思想』を読んで自らの愛読書にしてくれて、内容を信じることが出来たら、抜けられるよ。

佐　それは間違いないでしょうね。

執　なくならないということは、「まあ、執行さんはそう言うけど……」といって信じられない人が結構いるんだよ。「世の中そうはいかないでしょ。社長さんはお金も持ってるし、家もいいし、あなたは幸運ですし」みたいなのがあると、駄目なんだよ。ちなみに、こういうすぐに歪んで物を見る人をね、『死霊』ではカバーラ・デーモンというんだ。たくらみの悪魔とね。そして、すぐにひがむ奴をブリック・デーモンと言う。にらみの悪魔だ。そういう考えは悪魔ということなんだ。

佐　面白い分け方ですね。ユーモアを感じます。そういう人も多いのかもしれないですね。執行さんはそう言われた時はどうされるんですか?

執　運がいいのは確かだから、仕方がないよな。ただ僕に言わせれば、運なんか良くたって悪くたって関係ないよ。運が良くなりたいと思っていること自体が駄目なんだ。別に僕自身は、運が悪かろうが不幸だろうがどうでもいいと思っている。死ぬまで生きるだけだ。体当たりをして、砕け散るだけなんだ、人生はね。

佐　さすがですね。でも最初は御利益思想でもいいから、やってみるのがいいと思うんですよ。「こういう本もいいよ。君のそのわがままが直るかもしれない」とか言われても、最初は貰ってでもいいから、とにかく読んでみればいいんですよ。それこそ清水さんの「彼女できます」みたいなものですよね。

執　もちろん最初は御利益でいいんだよ。清水さんのあのキャッチフレーズから、僕の本を読んでファンになって下さった方は結構多いんだよ。清水さんの紹介で読み始めて、「何だこの本は。ふざけるな!」となる人はいないもんな。それどころか、皆で勉強会とかを開いて下さってるよ。

佐　それは素晴らしいですね。とにかく読むことが大事ですよ。

執　そういえば人それぞれ個人の好みで『「憧れ」の思想』よりも『根源へ』のほうが好きな人もいるし、やっぱり人によるよね。

笛の音から宇宙を

佐　『根源へ』のほうが『「憧れ」の思想』よりも沸々と地底から湧き上がる感じで、やっぱり大地に根ざしている感じがしますよね。あれは多分に実存主義的です。『「憧れ」の思想』は、ロマンティシズムの塊ですね。

執　そうか。『「憧れ」の思想』が音楽的で、『根源へ』が彫刻的だと言って下さった方もいたな。

佐　確かにそうですね。『「憧れ」の思想』は音楽が流れている感じがします。ロマンティシズムは音楽の要ですから。僕の個人的な話になってしまうのですが、『「憧れ」の思想』を読んでいると、頭の中にアメイジング・グレイスが流れるんです。僕がこの世で一番好きな曲です。

執　ああ、確かにそんな雰囲気があるよな。

佐　宗次郎*さんの吹くアメイジング・グレイスが合いますね、この本は。

執　あの人のオカリナは、魂がものすごく震えるよな。特別に上手いね。僕は特に日本の唱歌を演奏したものが好きだな。あと「月の沙漠」の演奏は何度聞いても飽きないな。

佐　僕は『邪宗門』を読んでる時も、あの人の「荒城の月」を聴きながら読んでいました。

執　今の話で思い出したんだけど、僕は子供の頃からものすごい音楽好きで、一番最初に好きになった音楽は小学校五年生の時のベートーヴェンの「運命」なんだよ。ブルーノ・ワルター*指揮、コロンビア交響楽団演奏のやつだよ。

宗次郎（1954-）オカリナ奏者。

ワルター〈ブルーノ〉(1876-1962) ユダヤ系ドイツ人の指揮者。

佐　僕も執行さんに紹介されてから聴いたんですけど、もうあれを聴いたら他の「運命」は聴けなくなりましたね。あれは桁違いです。

執　そうだろ。あの「運命」を聴いたら、他の「運命」は駄目だよ。僕は出会った小学校五年生から大学を卒業するまで、あの「運命」を聴かなかった日はないよ。そのくらい好きだった。当時のLPレコードが聴き過ぎて、すり減ってしまって五枚も買い替えたんだ。

佐　毎日聴かれてたんですか。

執　そう、それからずっと音楽好きで来てるわけ。中年からはバッハ*が好きになったりとか、いろいろと変転があるんだよ。それで、最近なんだけど、六十歳を超えてからは笛が好きになった。今まではバイオリンやピアノ、チェロとかを好きになる時期はあったんだけど、笛だけはなかったんだよ。でも六十歳を超えてから、強烈に感応するのは、とにかくフルート、クラリネット、ブロックフレーテとか、あと日本の篠笛も尺八も含めて全部笛なんだ。その手始めが多分オカリナじゃないかなと思うんだよ。

佐　なるほど、面白いですね。

執　なんで好きかというと、笛の音の中に一番、宇宙を感じるんだな。あとの楽器というのは、やっぱり人間社会なんだよ。

佐　笛が宇宙を呼び覚ます感じですかね。

執　笛というのは、空気の振動そのものが音波を創っている。その空気の振動が音になる境目に何か宇宙と生命の交錯のようなものを僕は感じるんだよね。やっぱりあれは魂だよ。

*バッハ〈ヨハン・セバスチャン〉(1685-1750) ドイツの作曲家・オルガン奏者、バロック最大の音楽家。

佐　古代ギリシアの、あの人間の息吹きのプネウマみたいなものですよね。だから魂を感じるんですね。

執　あとはサックスもいいよな。サックスから神的なものを感じたいなら、渡辺貞夫*が吹いてる「春が来た」というテレビドラマに出てくる曲がいいよ。あれは神の声だ。でもフルートやオカリナももちろんいいんだけど、今一番いいのは日本の篠笛だね。

佐　僕の表現になりますが、バイオリンは「神」の楽器で、ピアノは「人間」の楽器なんです。じゃあ笛は何なのかといったら、これは「新たなもの」の楽器なんですよ。だから、執行さんがそのお歳になって笛というのは、僕はよくわかりますね。

天空から来た宣長

佐　今の変遷を伺っていると、小林秀雄が最終的に、ドストエフスキーとかじゃなくて、日本の『平家物語』*と『本居宣長』*に帰って来たのと同じものを感じます。宣長のことも、どこかで伺いたいと思っていたんです。

執　宣長は僕の大好きな人物だ。だって宣長がいなかったら、『古事記』も『源氏物語』も、日本の古典として数えられてなかったよ。

佐　もちろんそうでしょうね。あの人こそ日本文化の守護神です。

渡辺貞夫（1933-）ミュージシャン・サックス奏者。

『平家物語』（全四冊、山下宏明、梶原正昭校注、岩波書店〈岩波文庫〉、２０００年）平家の栄華と没落を描いた軍記物語。

『本居宣長』（『小林秀雄全集　第13巻』、小林秀雄 著、新潮社、１９７９年）近代批評を確立した著者独自の視点で考察した本居宣長論。

執　そうだよ。宣長がいなければ、日本の古典はその多くが捨てられていたかもしれない。宣長が解釈し直すことによって、国学が生まれたわけで、国学が『源氏物語』や『古事記』、『万葉集』そして『正法眼蔵』までを日本の古典にしたんだよ。『正法眼蔵』なんて、江戸時代中期までは、曹洞宗のある一部の人以外は読んだことないというもので、何の古典でもなかったんだから。

佐　そうなんですか。

執　『伊勢物語』*とか、『万葉集』、それから『古事記』も全部、本居宣長*が日本の魂の古典だということで、研究し、読めるようにしたんだよ。かつ一番重要なことは、そういう社会風潮を日本人の中に植え込んだ、ということだよな。国学思考というセントラル・ドグマを植え込まれたから、それを研究する人がうんと出たわけ。それによって、今の日本の古典を楽しめる文化が生まれた。じゃあ本居宣長がなんでそんなことが出来たかというと、それこそ「憧れの思想」だよ。本居宣長とは、忍ぶ恋の代表で、日本の古代が好きで好きでたまらなかった人なんだ。とにかく古代が好きで、古代の人と会話を交わしたいというのが夢だった。それで毎日『古事記』を読み返して、読んでいるうちに古代の人の声が聞こえるようになった。そうやって『古事記伝』*を書いたんだ。今、本居宣長は、国学者としてはもちろん歴史上の人物として知られてるけど、学問的には誰も認めてない。

佐　そうなんですか？

執　特に認めないのが東大・京大の教授といったインテリで、一切認めてないよ。本居宣長が好

『伊勢物語』（大津有一校注、岩波書店〈岩波文庫〉、１９６４年）在原業平を主人公とした平安初期の歌物語。

本居宣長（1730-1801）江戸時代の国学者・医師。

『古事記伝』（１〜４巻、本居宣長 著、倉野憲司 校注、岩波書店〈岩波文庫〉、１９４０〜１９４４年）『古事記』全編にわたる注釈書。

きで、文学では良くても、学問的には認めないんだよ。その理由は何かというと、本居宣長は『古事記』とか『源氏物語』が好きだから、偏りがあるということなんだ。今の文学作品の研究態度というのは、一応自分たちは科学者だと言ってるわけ。それで、本居宣長は『古事記』、『源氏物語』、『伊勢物語』に惚れ、『万葉集』にも惚れちゃってるから、ああいう惚れちゃってる人間が言っていることは、偏りがあって信じられないということが今の学会の定説なんだ。

佐　これは現代が科学を狂信しているという代表例の一つとも言えますよね。

執　そうなんだよ。文学にも科学を適用しようとしているんだ。本居宣長を研究している今の学者たちはね、本居宣長がいたから自分が教授になれているということもわかっていないわけ。確かに本居宣長の原動力というのは、もう好きで好きでたまらないということだけだ。例えば弟子の証言によると、『源氏物語』一つでも、毎日蠟燭のもとで『源氏物語』を読んで、師は毎日涙を流していたと書き記している。『源氏物語』の文章を読むと、涙が必ず流れるそうだよ。やっぱり偉大な学者というのはそういう人なんだよな。そういう人が日本の偉大な古典を復活させて、我々はそれを読めるようになったということなんだ。それまでは、古典ですらなかった。

佐　やっぱりそれだけ思わないと、そこまで出来ないですよね。

執　『「憧れ」の思想』でも触れているけど、あれこそ「忍ぶ恋」なんだよ。つまり本居宣長は古代に対する忍ぶ恋だな。本居宣長のすごいところは、その忍ぶ恋を貫いているうちに、古代人と会話が出来るようになったこと。そこは才能かもしれないけどね。だから本居宣長の学問は、現代人からすると学問じゃない。だって古代人から聞こえる声を聞きとってるんだからね。

執　そうなったら一種の霊能力で、イタコみたいなものですよね。

佐　そう、天来の声に耳を傾けているんだろうな。ただ、僕はそれが本当の学問だと思う。調査研究などはその次の段階だよ。本居宣長のレベルまで行ってる人はほとんどいないだろうけど、でもあれが憧れによって生まれた生命燃焼のひとつの例だよ。

執　僕もそれ以外は認めませんよ。「声」のしないようなものは学問じゃない。折口信夫も、本居宣長の生まれ変わりと言ってもいいくらいに、学問に対する姿勢が似ていますよね。

佐　そうだな。折口信夫がやった業績と学問って元がないものね。だから、天の声を聴いているに違いないんだ。学問って本当は積み上げじゃないんだよ。宣長も折口も元がないものに挑戦した。だからそれは天空から来たんだよ。

執　アンドロメダ系ですね。

佐　そうだよ。僕の会社の製品の製造法も、実は元がないんだよ。だから僕は天空から来たと思ってる。新しい冷凍製造法を確立するために、僕自身が二十年以上に亘って身体を冷やしきって、栄養代謝のこととか、身体を使っていろいろと試していったんだよ。それによって僕も身体を相当壊した。その製造法を実現するために新工場を建てたんだけど、あれも今まで類例がないし、文献もないということなんだ。文献がないことをやった人は、皆そうだよ。これも僕がよく言っている「体当たり」で、僕は自分が実践しているから、他の人にも「お前もやれ」と言えるわけ。ただ結果はわからない。僕も死にそうになってきたし、もしかしたら死ぬかもしれない。でもやるしかないんだから、仕方がないよ。さっきの話じゃないけど、剣を求めるなら、落っこちたところに飛び込んで探すしかない。舟の上は安全な場所だけど、安全な場所で落とした箇所にいくら印をつけて探したって、舟は動いちゃってるから見つからない。

佐　でも宣長の話は、憧れの総元締めみたいな感じですね。

執　憧れの頂点だよ。憧れの思想から学問を紡ぎ出した人だよな。元の学問の資料はないんだから、あの人が確立した学問は全部天空から降ってきたものであり、その原因は、恋い焦がれる、古代に対する忍ぶ恋なんだよ。

佐　そうですね。

執　僕が好きな学者はそういう人が多いね。『万葉集』の研究者で江戸時代に鹿持雅澄《かもちまさずみ》*っていう人がいたんだけど、あの人も一般的な学問研究はしないで、天空から『万葉集』の解釈を教えてもらって本にしてる。保田與重郎が『万葉集の精神』で、この人の『万葉集古義』*という注解書が一番いいと言ってるよ。だから僕は『万葉集』の解釈には全部、鹿持雅澄を使っている。実物は読みにくく見えるけど、『万葉集』って歌だから、調べるのは一個ずつじゃない。だからそんなには難しく感じないよ。これを全部読むっていうと、大変だけどな。

佐　執行さんの本で名前があげられたら皆が買うでしょうから、その前に僕は先に買っておきます（笑）。執行さんが本の紹介をすると、古本市場の本が一ぺんに上がるらしいので。

執　値段が上がる前に買っとけよ。でも本当に冗談抜きで、僕が本の中で名前を出した本の値段が上がるんだよ。だって百円だったジードの『地の糧』の古本が、僕が『根源へ』でその紹介

鹿持雅澄（1791-1858）江戸後期の国学者・歌人。

『万葉集古義』（首巻、第1～9巻、鹿持雅澄著、吉川弘文館、2009年）江戸後期の『万葉集』の権威ある注釈書。

を書いてから、七千円以上になったんだよ。三浦義一の『悲天』は二〜三千円だったものが五万円というのもあったし、市場からもなくなっちゃったんだよ。それで紹介してる責任上、僕が復刊することにしたんだよ。

佐　ました。

今は『アンドレ・ジッド集成*』という新しいのが出たので、『地の糧』を読めるようになり

執　そうなのか。僕が初めて書いた頃は、古本しかなかったな。でも古本市場ってちょっと何かがあると、すぐに値段が上がっちゃうね。僕が本に書いてから偶然、復刊された本が結構あって、『月と六ペンス』も新潮社の文庫が新装版になったんだよ。あと、埴谷雄高も最近は読まれなくなっているはずなのに、新しい文庫の全集が出たよ。自分で言うのもおこがましいんだけど、そういう意味では僕はいろいろな本の復刊に貢献している、と言えるかもしれないね(笑)。

佐　そうだったんですか。最近本屋で『月と六ペンス』を見つけて、表紙のデザインが変わったな、と思っていたんです。執行さんが紹介された本って、かなり売れるようになるんですよね。やっぱりかなりの貢献度ですよね。

***『アンドレ・ジッド集成』**（1〜4巻、アンドレ・ジッド 著、二宮正之 訳、筑摩書房、2014〜2017年）フランスを代表するジードの全訳集成。

『お丶ポポイ！』は神話⁉

執　それにしても本居宣長って、「憧れ」という言葉にピッタリな人物だよな。僕はそういう人物を沢山知ってるんだけど、まだまだ紹介できていない人が沢山いるよ。だって全員出してたらキリがないから。僕の強みは、読書が好きで膨大な人物研究をしていることだから、どんな話題でも人物の名前がどんどん出てくるんだよ。でも普通の人って全然覚えてない人が多いみたいだな。

佐　そうですね。たぶん適当に読んでるからだと思います。つまり思い出にならない……。

執　でも本居宣長は、その「憧れ」と「忍ぶ恋」が原因で、今は学者として誰も認めていないんだから、不思議だよね。だから今の学者が、どのくらい憧れとか、ああいうものを嫌いか、ということだな。

佐　そんなところで文学はやりたくないですね。文学部に行かなくて良かったです。やっぱり文学をやりたかったら、個人的には医学部を薦めたいと思います（笑）。文学部の場合、やっぱり研究も自分が得をしたいからやることになってしまうのかもしれません。

執　まあそうだろうな。

佐　文学って元々得はしないんでしょうけど、やっぱり研究方法も文献主義に似たようなものになってるのかもしれないですね。たぶんそうしないと博士号が取れないんだと思います。

執　だから、もし本居宣長が今に生きていれば、学位は取れないよね。

佐　取れないでしょうね。それどころか異端扱いされるかもしれません。

執　そうだよ。そういえば、『おゝポポイ！』の話になっちゃうんだけど、やっぱりあの本に書かれている僕の人生は、普通の人の人生と比べると相当珍しいみたいだね。僕はかなり慎重に書いたつもりなんだけど……。

佐　それはそうですよ（笑）。

執　僕は人生で「体当たり」してきたことだけが特徴だから、あまり自分では特異だと思ってなかったんだよ。でも人によっては、「これは本当のことですか？」とか聞かれるからな。

佐　普通の伝記じゃないですよね。そういう質問をされるのも、無理はないと思います。でもこれが嘘だったら、逆にすごい才能ですよ（笑）。ある種の天才です。そんなに符号するはずはないですし、僕の個人的な感想なのですが、まるで神話を読んでいるような感覚になりました。

執　これは僕の人生だけの話じゃなくて、僕が育った時代と、今の日本社会があまりにも違い過ぎることがある。『友よ』に書いた僕の思い出の人たちがいた日本と、今の日本って別社会なんだよ。僕が三十歳までの日本は、なんということのない職人でも、名を成している人ってすごく面白かった。文学者だろうが会社の社長だろうが、立志伝中の人なんかは、すごく魅力的だったよ。僕の経験では、僕がこの会社を作った三十二、三歳の頃から、社会で名をなしてる人とか一流の人と会っても、肩書きだけはすごいけど、人物は全然つまらないことが多くなった。そういう社会に日本はなってしまったんだと思うな。だから、僕が『友よ』に書いた悪漢政とか、ああいう人はもう神話みたいなものだよな。だって僕が知り合った頃の悪漢政は木刀を持ち歩いてたんだよ。

佐　木刀にスリッパですよね（笑）。

執　それで、腹が立つと木刀で殴られるんだから。

佐　怖いですね。

執　怖いよ。でも僕が出会った時からまた十年前までは、日本刀を持って歩いていたそうだからね。僕は実際に悪漢政に腕を斬り落とされた人に何人も会ってるよ。噂では殺された人もいたとまことしやかに言われていたけど、これはもうマグロ漁中の船の上で、皆海に捨てられちゃったらしい……。昔の遠洋漁業は、反抗したら斬られて、海に捨てられて終わりだったみたいなんだよ。それで、報告は単なる事故死だ。悪漢政ってそういう人だから。ただ、今の時代からすればもう神話だよな。

佐　そうですね。ああいう人は、もうしばらく日本に現われることはないような気がします。

執　だからそういう神話的なものは、僕の伝記には結構あるんだよ。僕以外の人でも、高度成長期前に思い出が多い人は、そうだと思うな。

悪漢政

そして神話は続く……

佐　僕個人の考えなんですが、社会でそれなりに名をなした人の人生は神話的であり、日本で言えば『古事記』で語れると思っているんです。全員の人生が『古事記』の再生になってるのではないかと。執行さんの人生も『古事記』みたいですよね。だから、僕は神話的と言われても別に不思議には思わないですし、本当にそうだと思います。

執　そうかもしれないな。まあ、ある程度は神話がわかっていないと、そうは思わないだろうからな。神話的なものって、普通の人は「まやかし」ととるんだよな。

佐　そうでしょうね。神話ってプロトタイプ、いわゆる原型だと言えると思うので、各人の人生の中でそれぞれの形で現われてくるはずなんですよ。

執　そうだな。でも僕の人生で起きたことは、やっぱり体当たりから起こったことだよ。自分で読み直してみて思うのは、一つ一つ考えてたら僕の人生では何も起きなかったと思うよ。

佐　そうですよね。考えて起きたらおかしいです。

執　考えたらたぶん起きない。これは全部考えてないから起きたことなんだよ。これは今でもそうだから。僕の近くにいる社員が「今起きてることを本にしたら奇跡ですよ」って言ってたな。例えば、「戸嶋靖昌記念館」も二〇一八年にはサラマンカ大学創立八百周年を記念してサラマンカ大学で展覧会をやることになったんだけど、そんなの日本で他にないんだから。決まったこと自体が奇跡。あとは駐日スペイン大使館で行なわれる、日本とスペインの外交関係樹立百五十周年記念の記念イベントの一つにもウナムーノの展示で携れることが決まったんだ。僕がやってると気楽そうに見えるらしいけど、これも奇跡以外の何ものでもない。

サラマンカ大学付属日西文化センター「いま、ウナムーノを問う」展

佐　普通はどう頑張っても入れないものですよね。

執　入れない。じゃあどうして入ったのかというと、いろんな偶然の出来事に対して、やれるかどうか、とか考えずに全身全霊で体当たりしていったからなんだよ。僕が社員に言って、ウナムーノの翻訳をやらせていたんだけど、それも、うちが記念イベントに決まった理由の一つなんだよ。でもそれだって、そんな話が出る前から僕が自分の信念で、ウナムーノを訳せと言っていただけなんだ。なんでそう言ったかというと、『ベラスケスのキリスト』というウナムーノの著作が、何か日本の将来にとって必要になってくるような勘がしたんだ。それで少なくともうちのお客さんとか、社員とか、僕の知り合いに何篇か翻訳して配りたい、という気持ちが出てきた。それで、そういう気持ちが出てきたら、すぐにそれを実行する。その実行した結果が積もり積もっていって、一年後に今度は知らなかったサラマンカ大学創立八百周年記念の記念イベントに選ばれちゃった。僕の好きなウナムーノがたまたまサラマンカ大学の総長をしていたという偶然も重なったというわけなんだ。

佐　そうだったんですね。でも神話というのは、そうやって出来ていくのかもしれませんね。

執　そうだな。神話というのは一つ一つの出来事は全然大したことなくて、ごく普通の日々だったんだよ。僕の場合も今書くとすごいことに思うだけで、周りの人や親から見るととんでもないただの子供だったからね。

佐　その時、その時の場で必死に生きて来られた……。

執　そうだよ。だから例えば、六十七歳の今日のことを本に書いたら、スペイン大使館の記念イベントとかサラマンカ大学の展覧会を全部決めてくるというのは、「こんなの本当かよ」というくらい大変なことなんだよ。「裏でどんな手を回したの」とか言う人もいるかもしれないけど、手なんか一つも回してないんだよ（笑）。完全なゼロだ。

佐　それはもちろん向こうからお呼びがかかったんですよね。

執　もちろんそうだよ。もう「神のみぞ知る」というか、勝手に決まっていく感じだったよな。「どうして？」なんて言われたって、それは僕もわからないけど、僕の生き方の中にあるんだと思うよ。

佐　そうですね。

執　その生き方を今までの本の中に書いてきてる。ただ保証は出来ないよな。来るか来ないかは、本人だってわからないんだから。僕の経験では、考えると来ないよな。

運命ってそんなもの

執　例えば美術の展覧会だと、ここの美術館で展覧会を開きたい、と頭で考えたことは、どんなに努力してもまず駄目。その通りになったことはないよ。

佐　考えたことはあるんですか？

執　それは当然あるよ。でも駄目になって、考えないことがどんどん決まっていく。それも歴史的な空前絶後のすごいことが、いとも簡単に決まるよな。「え、そんなんでいいのかな」、「本当なのかな」って感じだよ。二〇一五年の駐日スペイン大使館の展覧会も、当時の文化担当参事官の方が記念館に来て下さったことがきっかけなんだけど、僕の会社の社員がたまたま会って話をした時に、「来週行くよ」と言われて、「まさか来ないでしょ」と思っていたら本当に来たんだよ（笑）。

佐 そうだったんですね。

執 それで向こうが戸嶋靖昌の絵と僕のことを気に入って下さって、それで大使館で展覧会をすることになったんだよ。だから僕の人生上で起きたことは全部、後から見てすごいことも来た運命だから、割と軽いんだよ。重かったら受けられないからな。

佐 サラッと来るんですね。

執 後から思い返すとすごいけど、来る時は全部サラッとしてるんだよ。だから『おゝポポイ！』に書いてあることもそうなんだよ。僕は大病で死にそうになったことが何度もあるけど、言ってしまえばただ病気になっただけだから。乗り越えた後で振り返ったらすごい病気だということで、病気の時はそんなことは微塵も考えていなかったし、なんの努力もないよ。

佐 なっただけですもんね。

執 そう、なっただけだ。運命ってそんなもんなんだよ。ただ、僕の本を読んでいて、たぶん皆に感じてもらえるのは、逃げなかったということだよな。自分の運命というものにぶつかっていくことだけが僕の特徴だった。何でかというと武士道があったからなんだよ。小学校一年生の時に武士道を好きにならなかったら、僕もたぶん駄目だったと思う。環境がどんなに変わっても根幹があるから、たぶんやって来る運命を受けられたんだろうな。

佐　そうですね。

執　その辺のことはそうだと思うんだよ。だからポポイに書いてあることを、皆は面白がるんだけど、実際に起こってた時は全然大したものじゃないということ。ここに「啐啄《そったく》の機」なんていって、野口晴哉のことが書いてあるけど、野口晴哉ってすごい整体の天才なんだけど、実際には皆が病院に行ったり鍼灸に行ったりするのと変わらないんだよ。当時はちょっと身体の具合が悪くて、知り合いに結構腕のいい先生がいるから、じゃあちょっと行こうかというだけだから。その相手がたまたま野口晴哉だったというわけ。野口晴哉が喋ったことも、後になって偉大だった、と気づいたという話だよ。

佐　結果的に、ということですよね。

執　結果論なんだよ。僕が皆に『おゝポポイ！』から知ってほしいことは、とにかく運命を受ければ、絶対にそれぞれの人に面白い人生がある、ということなんだよ。僕は全部受けたんで面白いんだけど、来たものを好き嫌いで見て自分の好きなものしか受けないと、つまらない人生になってしまう。人生は運命を受けると面白いんだよ。その違いを僕は克明に見てきてるから、皆に運命論と体当たりを言ってるわけ。結果の保証は出来ないけど、それぞれの人が体当たりをすれば、絶対に人生は面白いよ、ということを言ってるんだよ。だって皆に使命があるんだから。さっきのスペイン大使館のことにせよ、『ベラスケスのキリスト』にせよ、適当がだんだん発展して今日を招いてるんだよ。

佐　適当も重要ですね。

執　そういうことだよ。

僕は死ぬまでやる

執　だから僕が皆に言ってるのは、自己固執の人間の人生が開かないのは、自分というものをすごく大切に考えているからなんだ。だから、この適当が出来ないんだよ。だってそういう人は自分の人生で損をしたくないし、得をするものしかやろうとしてないからね。

佐　そうすると範囲が決まっちゃう。

執　自分の頭の中にある範囲で止まっちゃうということだよね。今話した『ベラスケスのキリスト』じゃないけど、サラマンカ大学のこととか今度の外交関係樹立百五十周年イベントに結び付いたことって、頭の中には想像もないものじゃない。そのこと自体を知らなかったわけだから。適当にやっていたら、たまたま戸嶋の展覧会に来た人がサラマンカ大学の方だったんだよ。ちょうどウナムーノを訳している時で、「それならちょうどいい。ウナムーノが総長をしていたサラマンカ大学が八百周年記念だから」という話になったわけ。

佐　またすごく適当に決まっていったんですね。

サラマンカ大学

執　八百周年記念とは関係なく訳してたんだからね。

佐　全くご存じなかったんですか。

執　そうなんだよ。これも僕の『おゝポポイ!』という人生の一環で、六十七歳の今日でも僕は『おゝポポイ!』なんだよ。だから今話したことも本に書いたら信用してもらえないよ。絶対裏工作があると思われる(笑)。

佐　巨額の金を渡して……みたいな(笑)。

執　そうなっちゃうと思うんだよ。でも『おゝポポイ!』は、すごく面白いと言って下さる方も多いから、それは嬉しいよな。

佐　『歴史通』* の連載の中で一番面白かったですよ。

執　最近も、さっき話に出た佐々木孝先生と立野正裕先生も『おゝポポイ!』がめちゃくちゃ面白いと言って下さっていたな。あれはインタビュー形式だから良いんだよな。

佐　普通に書いたらそれこそ「本当かな?」と思われますよね。

執　でもどうして「それ本当かな」という感じがあるんだろう。僕自身はわからないんだけど……。

佐　あまりにも事件が多過ぎるからじゃないですかね。僕は一から百まで全部そのまま信じているので、信じられない人のことはよくわからないです。僕が今この場にいること自体が、夢と同じくらいの出来事なので……。僕も同じような経験をしてきてるんで、全然不思議じゃないんですよ。

*『歴史通』　ワック株式会社から出版されている隔月誌。執行草舟の「武士道への道」(『おゝポポイ!』の元となったインタビュー記事)が連載された。

執　そうだな。そういえば『おゝポポイ!』には佐堀さんが好きな芥川が結構出てるんだな。「或阿呆の一生」とか「玄鶴山房」とかな。僕は「玄鶴山房」がすごく好きなんだよ。あと「愛しのクレメンタイン」の章を読んで後でその言葉を聴いて涙が出たという人もいたよ。「愛しのクレメンタイン」は映画も素晴らしいよ。『奔馬』の主人公のモデルが僕じゃないかという話もこれに出てくるんだよな。

佐　そうですね。執行さんと三島由紀夫のエピソードですとか、城ヶ島の切腹や奥様の話などが特に好きです。

執　三島由紀夫は「モデルはいない」とはっきり言ってるけど、『奔馬』の中に出てくる会話というのは、ほとんど僕が三島由紀夫とした会話なんだよ。

佐　そうですね。あとは何度も死にかけた、という話は衝撃的でした。死にかけ過ぎだろ、と思う方もいるかもしれません（笑）。普通の人の何倍もの生を生きて来られたという感じがします。

執　僕は自分の生涯が林武*という画家の生涯と似ていると思ってるんだよ。これは子供の頃はわからなかったけど、基本的には「死ぬまでやる」ということだよね。それで、身体が死にそうになって倒れて止まる、というか。僕も林武もそうなんだよ。林武は自分の著作の中で「自分は身体が弱い」って書いてるけど、あれは身体が弱いんじゃなくて、絵画の研究を倒れて絶命寸前までやめないんだよ。僕もそんな感じなんだ。ただ本人はわからないで、身体が弱いか運が悪いと思っている（笑）。

林武画「薔薇」

林武（1896-1975）洋画家、重厚な画風で知られる。

佐　かなりの無茶をされてきたんですね……。

執　自分自身でも、そういう点は悪いんだということはわかってるんだけどね。

佐　止めないんですもんね。

執　子供の頃から青年期までは、特に限度を弁えていなかったな。でも何か突き抜けるには、限度を弁えない時も必要なんだと思うよ。

運命は有難い

佐　そうですね。これを読んでいて、執行さんはいつか本当に死ぬのだろうかと疑問に思ってしまいました（笑）。もしかしたら永遠に死なないんじゃないかな、と。

執　僕は娘から「お父さん、そろそろ死なないとかっこうがつかないよ」って言われてるんだよ（笑）。

佐　とてもお元気そうに見えます（笑）。そろそろ死ぬかもしれないという状況から、「またあの人は生き返った！」みたいなことがあと何回か起きそうですね。

執　ただ僕は自分の人生を振り返って思うのは、ものすごく死にそうな時に死なないできたから、割と簡単なことで死ぬんだろうな、という思いがあるんだよ。皆が死ぬだろうと思ったことで死ななかったわけだから、要するに何か病気になったけど、すぐ治るんじゃないの、というような時にコロッと死ぬような気がする。

佐　じゃあ周りが大騒ぎすれば、永久に死なないかもしれないですね（笑）。

執　僕はその辺のことは自分ではわからないな。ただ自分の前半生は、もう「死ぬだろう、死ぬだろう」というところ全部で死ななかったな。

佐　執行さんの人生は「疲れないのかな」と思うくらいの出来事だらけです。本当にすごいですよね。お母様も「ああまたか」みたいな感じで、全然気にされてなかったみたいですね。

執　僕もおふくろも全然気にしてないよ。おふくろはそもそも、僕のことを大した息子だと思ってないからね。そういえばね、今の親は皆、子供を立てすぎてるね。

佐　そうですね。

執　僕の親は少なくとも、両親とも子供のことを大したものだと思ってないよ。まあそこそこは可愛いんだろうけど。『おゝポポイ！』に書いてあることも、全部おふくろは知ってるけど、大変だったとか変わってるとかは、全然思ってないよ。ただ困った人間だと思ってるだけだよ。親父は僕のことを「どうしようもない野郎だ」と言ってたな。でも出会いがやっぱり運命的だよな。家の近所の人が多いんだけど、僕は特殊な運を持っているのかもしれないな。子供の頃に蛇を看取ったのだって、あの蛇は五百年生きてたと言われてたからね。うちの斜め横の第六天という祠に住んでいて、神の遣いで五百年前から生きていると、近所では言われてたんだよ。それがちょうど僕が四歳くらいの時に死ぬ時機にきて、最期を看取ったわけ。でも五百年生きている蛇をちょうど看取るというのも運命じゃない。だって五百年に一度しかないんだからな。

それだけで感動するよ。僕は運が良いとつくづく思うよ。

佐　そうですよね。

執　そういう意味じゃ運命というのは有難いと思うよ。僕の会社の社員でも、僕に引っ張られて自分の運命を体験してる社員が何人もいるんだよ。例えばさっきの『ベラスケスのキリスト』の話で言えば、自分の初めて翻訳した本が、学問書で有名な法政大学出版のウニベルシタス叢書という、日本の学問の本の歴史に名を連ねる叢書に入ることになったりね。

佐　あの本はスペイン語の得意な主席学芸員の安倍三﨑さんが翻訳して、それを英訳と照合しながらウナムーノ思想として訳全体を監訳し、整え直したのが執行さんなんですよね。だから世間のウナムーノ学者やファンが、皆、執行さんが監訳された訳を読むことになるわけで。

執　そうだよ。ウナムーノの思想とキリスト教ヨーロッパ中世神秘思想、そしてキリスト教が融合した思想を全部把握しているのは、日本では僕以外にはいないかもしれないからね、どうだ偉いだろ（笑）。文法が整ったところから、詩になっている神秘をどう表わすかが重要だよな。ただオーデンの時に話したけど、詩は言葉の選択が難しいんだよ。言葉というのは、特に神秘思想だと言葉の裏の意味が、かなり沢山あるから。まあ、基本的にはどこかで決めて統一を図らなきゃ駄目だよな。『ベラスケスのキリスト』は、ウナムーノが「新しい福音書を書きたい」という思いで書いたから、これからの時代の福音書になるかもしれないな。だから、そのように訳を整えたんだ。工業文明では蔑まれていたけど、工業文明が滅びた次の文明の福音書に『ベラスケスのキリスト』がなるんだという気持ちでやったんだ。だからそれを今訳したということは、これは歴史的に大変なことだと思っているんだよ。

佐 それは訳だけを載せるんですか？

執 いや、膨大な注釈もあるよ。あと解題は神父で上智大学の元教授で、ウナムーノを研究されているホアン・マシア*先生が解題を書いてくれるんだよ。

佐 ちなみにその詩は、文法的にはそんなに難しくないんですか？

執 文法というより何の意味かわからない、というほうが大きいよな。ただ詩はね、日本語の詩でもそうだけど文法に引っ張られると間違うよ。これが結構厳しいところで……。

佐 確かにそうですね。

執 あとは聖書からきてると思いきや、ギリシア神話から来てるとか、混ざってるんだよな。西洋のものは皆そうで、錬金術的なものも多いんだよ。ヘルメス思想がわかってなかったら、絶対に西洋文学はわからない。聖書と錬金術だよな。ヘルメス・トリスメギストスの思想だよ。だって中世を超えて来て、次はヒューマニズムじゃない。ヒューマニズムの根源というのは、ギリシア・ローマ古典が全部頭に入っていないと、当然西洋科学も西洋文学もわからないということだよ。キリスト教に、ギリシア神話の神々を改宗させるみたいな詩もあるんだよな。ヘルメス思想については、白水社の『ヘルメス叢書』*全八巻があると西洋思想を理解する上で便利だよ。あとは『ヘルメス文書』という本も読んでおくといいよね。

佐 あー、あれですね。そうなんですか。

マシア〈ホアン〉（1941-）スペインの哲学・神学者、イエズス会司祭・ウナムーノ研究者。

『ヘルメス叢書』（1～7巻、ニコラ・フラメルほか著、有田忠郎等訳、白水社、1993年）錬金術などの中世神秘思想を中心とした哲学書。

「絶対負」の経営

佐　『おゝポポイ!』の話に戻ってしまうのですが、僕が一番好きなのは、腹を切ろうとしてから先の、特に「絶対負」のところからが好きなんです。掲載されている写真を見ていて思ったのですが、腹を切る前後で執行さんの顔が違うな、と。ちょっと失礼にあたるかもしれないのですが、切腹以前の顔は顔がなかったんです。でも最後に出てきた研究設備の前で白衣を着られていた写真を見た瞬間に、今の執行さんの顔が出て来た。ですから、こんなことを僕が言うのも失礼なのですが、切腹の後から執行さんのペルソナがつくられていったというか……。

執　酷いこと言うな(笑)。でもあの時期に自分自身が生まれ変わったということは、事実だろうな。あの時期の激動というのは、その時期が終わってからも二十年間、ほとんど人に話すこともなかった時期なんだよ。それで切腹から、結婚と子供が生まれるのと女房が死ぬのが全部一繫ぎになってるというか。僕の中では全部同じなんだよ。切腹のすぐ後から、岩波の『内村鑑三全集』全四十巻が毎月出て、あの「絶対負」の独立に突入していくんだ。その間四年弱、絶対負の思想の根幹を創った『内村鑑三全集』の刊行期間と僕が立ち上がるまでの期間がぴったりと一致しているんだからね。

佐　先程の老いの話に戻ってしまうのですが、良い老い方をするためには、迸るような青春の若気の「至り」と呼ばれる地点を駆け抜ける必要があると思っていて、執行さんの「至り」に当たるのが、あの切腹未遂なのではないかと……。

執　そうかもしれないな。

佐　輝くような若さが滅びて老いとなるのではなく、甦ることで老いとなる。「甦る」という言葉を別の表現にすると「転ずる」や「革《あらた》まる」になり、つまりは弁証法です。今はアウフヘーベンのない老いが横行しているから、老いが忌まわしいものだとされているのではないかと。

執　そうだな。実に面白い見方だよ。そういう意味では、今は美しく老いることの出来る人はほとんどいないよな。

佐　切腹事件前後であとはお聞きしたかったのが、先程も少し触れられていましたが、やっぱり内村鑑三の存在の大きさですか。

執　もう一番大きかったよ。詳しく言うとちょうど切腹未遂の後に岩波書店からの四十巻の全集が三年六カ月に亘って刊行された時期で、それを毎月買って読んでたんだ。だから僕にとって内村鑑三というのは、単純に「僕は内村鑑三が好きだ」というものじゃないんだよ。もちろん、元々好きなんだけど、ちょうどあの時期に全集が出たのは、僕は運命と受け取ってるわけ。だから僕の「絶対負」の確立には、運命的に内村鑑三が一番だろうと思ってる。ちょうど同じ時期に本を買って読んだものは、道元もあるんだよ。だから道元と内村鑑三によって、「絶対負の思想」を僕なりに腑に落としたというか……。腑に落とすことによって、自立していろいろと事業を展開できるようになり、知らないうちに自分で独立して事業をやってたわけ。

佐　知らないうちにですか……。

執　知らないうちだよ。決意なんてあんまりないよ。だって食べる気もなくて、駄目なら死ぬしかないと思ってるだけだから。今流にいう悲壮感とか決意とか、全然ないよ。それで、文無しで会社を立てたけど、会社を立ててからは食う気もないし、何にもなかったからな。赤ん坊を背負ってただ一人で立った。

佐　そうなんですか。

執　でも最初からうまくいったんだよ。だから運命だよな。だから会社を立ててから今年で三十四年以上、業績はずっと伸びてるよ。新しい工場も出来るしな。なんで上手くいくのかわからない。「絶対負の経営」というのが僕が確立した経営学なんだけど、要は経営しない経営だからね。わからないよ。

佐　わからないです(笑)。

執　所謂、経営者がやってることは一つもやってないんだよ。日々をそのまま生きているというか……。体当たりだけだ。経営をしないのが、「絶対負」という思想の経営学なんだよ。

佐　経営しちゃったら駄目なんですか。

執　経営しちゃったら、有限の現世の経営になっちゃうから駄目。だからしないんだよ。

佐　経営しない経営というのはわかりづらいですね。

執　そうだろうな。でも体当たりでその日その日を一所懸命にやればそれでいいという表現ならわかるだろ。要は何も考えずに創業の志を日々体当たりで最前線でやって来たということだよ。金銭も経営計画も社員対策もお客様対策も本当に何もないんだ。でも不思議だよな。自分でも

執行草舟の経営する(株)日本菌学研究所の新工場(川崎市麻生区)

わからないけど、一番最初から調子いいからな。文無しから始めた事業だけど、無借金経営で、一回も金に困ったこともないよ（笑）。

佐　この本社ビルは、創業当初からここにあったんですか？

執　最初は日本橋本町に四坪の小さな部屋を一室借りたんだよ。この本社ビルは六年前に建てたんだけど、創業当時は文無しだよ。女房の病気の治療で金を全部使ったから金はないし、女房も死んで、子供を抱えてるだけだもんな。ただ不安感とか悲壮感は一片もなかったな。志と信念だけですべてをやって来たんだ。それで本社も工場もすべて自前だからな。すごいだろ、僕は本当は少しすごいんだぞ（笑）。

執行草舟の経営する（株）日本生物科学（千代田区麹町）

人気のアンドロメダ

執　『おゝポポイ！』には、そういえば『チャイルド・ハロルドの巡礼』*のことも出てたよな。

佐　あー、バイロン*ですよね。

執　僕は土井晩翠の訳で読んだんだよ。あと「アンドロメダの精神」も、ものすごい人気があるんだよな。

佐　僕も坪田譲治の話が出てきたら、なぜか嬉しくなるんです。この本をきっかけに好きになったのですが、見た目も含めて大好きです。

『チャイルド・ハロルドの巡礼』（バイロン著、土井晩翠 訳、新月社〈英米名著叢書〉、1949年）著者の革命的遍歴の旅を描いた長篇詩。

執　坪田譲治といったら、児童文学では日本一だったからね。

佐　そうでしょうね、後から思い出したら、いくつか読んだことがあったと思うんですけど……。

執　坪田譲治がなんで人気がなくなったかというと、社会が子供のリアリズムを否定したからなんだよ。子供って天使なんかじゃないんだ。そういう子供の世界を、坪田譲治は書いてるの。でも戦後の人って、子供は天使にしようと思ってるんだよ。だから、ファンタジーしか駄目なんだ。どちらかというと、宮沢賢治のほうになっちゃったんだよ。もちろん宮沢賢治が悪いわけじゃなくて、あの人は「おとぎ話」を書いてるんだ。決して児童文学ではない。

佐　そうですね。宮沢賢治は、現代受けする要素を多々持っていますよ。

執　坪田譲治は現実を書いてる。戦後の人って現実が嫌いなんだよ。子供にも悩みがあり、子供にも喧嘩があり恨みがある、ということを書いてるんだけど、今の人は読みたくないんだろうな。子供の絵本とか、それこそ『星の王子さま』*みたいに素晴らしく可愛くて、という本ばかりが今売れている。坪田譲治はいい意味の文学というか、本当の児童文学なんだよ。ファンタジーではないということ。

佐　この年になって坪田譲治に興味を持って読むんですけど、もう涙が止まらなくなるんですよ。

執　そうか。子供だけど必死に生きている人間だということが、伝わってくるんだよ。でも昔は子供だけの世界ってあったから、子供は子供で完結してるわけ。でもあれがなくなったから、今は皆が大人になりきれないんだと思うな。子供を卒業できないでいる。

佐　そうですね。境目がないんですから。

バイロン〈ジョージ・ゴードン〉(1788-1824)イギリスのロマン派を代表する詩人、貴族。

『星の王子さま』〈サン・テグジュペリ著、河野万里子 訳、新潮社〈新潮文庫〉、2006年〉不時着した操縦士と小惑星からやってきた王子の対話によって現代文明を省察した童話。

執　うん。でもそういう意味じゃ、「アンドロメダの精神」が一番人気があったというのが、結構驚いたね。すごくいい評判を頂いてるんだよな。

佐　僕もあの章は大好きです。「アンドロメダ」という言葉自体がまず魅力的です。坪田譲治の「俺はアンドロメダから来た！」というのが最高ですよね。

執　そうだな。「北上夜曲」とか「運命への愛」とか、ここにはいろいろ出てくるな。

佐　なるべくしてなったラインナップという感じがしますけどね。

執　偶然だけどそうなんだよ。

未来は広がっている

佐　今回は執行さんの著作から導き出された種々の事柄を一通りお話をさせて頂きましたけど、それぞれの本の役割というのがあるんですよね。

執　そうそう。偶然だけど、やっぱり偶然じゃないんだよな。何かの必然でもって出版してきてるんだよ。だから今度、法政大学出版から訳本を出すけど、これも何か大きい意味があるのかもしれないな。

佐　そうなんでしょうね。次には何が来るんだ、という気持ちです（笑）。

執　まだ僕が出さなきゃならないのは、忙しくて出来ないのだけで沢山あるんだけど、まず歌集があるな。

佐　歌集はいつか出して下さい。

執　歌集って個人のものなんで、後回しになっちゃうんだよ。もう題も決まってるんだけど。

佐　そうなんですか。

執　そうなんだよ。『悲天』からの盗用だけどな（笑）。まあ、三浦義一は親友みたいなものだから、許してくれるよ（笑）。二冊あって、『悲命《ひめい》』と『悲生《ひしょう》』というのを考えてるの。「悲しい命」と「悲しい生」。

佐　まるで『悲天』の続編みたいなタイトルですね（笑）。

執　『悲天』と全部組み合わせになるような感じだよな。

佐　『悲天』も入れれば、上中下ですね（笑）。見た目も揃えるんですか？

執　そう。ああいう感じになるかもしれないね。でも僕にとっては『悲天』だけが歌の先生だからね。どうしても『悲命』と『悲生』にしようと。それで仕事とか使命に関するものは『悲命』のほうに入れて、『悲生』のほうにはポポイみたいな個人的なものを入れようと思ってるんだよ。そこまでは全部考えてあるんだけど、まとめる時間がないんだよ。歌はもう五千首あるんだけど、時間が無くてまとめられないというのは結構あるの。個人のことは、どうしても後回しになってしまうんだ。

佐　じゃあ、まだまだ出せる本はいっぱいあるんですか？

執　沢山あるよ。新しい企画もあるし、新しい企画を持ってきて下さる方も多くいらっしゃるんだよ。でも新しい企画があっても、やっぱり「戸嶋靖昌記念館」とか「食品事業」のこととか、いろんなものが関連するとそっちを優先することになるから……。僕は「愛」について、哲学の書き下ろし文で書きたいんだけど。

佐 それは是非書いてほしいです。

執 やっぱり「愛の思想」を理解しないとな。愛については、僕は根本的には『悲の器』とか源信とかが考えている愛の姿を書きたいんだよ。

佐 やっぱり仏教、キリスト教の話になるんですかね。

執 もちろんそうだな。愛というのは宗教の概念だから。愛で一番重要なことは、要するに愛というのは現代人が思っているような美しいものでもなんでもない、ということだよ。それがわからないなら、愛は掴めない。愛というのは憎しみの原因であり、地獄の隣にあるものであり、地獄を生み出すものだからね。だからこそ煌《きら》めきもあるわけなんだ。そして、宇宙の中枢だ。キリスト教も全部同じだよな。

佐 そうですね。

執 神のために死ぬ、神のために家族を捨てなくては、愛は理解できないとキリストも言ってるし、自分が持っているものを全部捨てろと言ってるんだからね。キリストの言葉はすごいよ。キリストは、はっきりと聖書の中で、そうしなければ愛はわからないと言ってるんだ。あれを今の人は読み飛ばしてるよな。でも愛の本質ってそうだから、仕方がないんだよ。まあ現代人が一番嫌うものだから、どういう角度から打ち込むかだな。

佐　まあでもタイトルだけ読んで、タイトルで買うかもしれないですね。「愛か」と思って買ってびっくりする、みたいな(笑)。表紙を赤とかピンク色の可愛いものにすればいいかもしれない……。

執　そうかもしれないな。さっきの話に戻っちゃうんだけど、この『ベラスケスのキリスト』の翻訳は、僕の著作なんかを大幅に凌駕する社会的な意義があると思うんだよ。これは次の文明を導き出すほどの、大きな神秘思想なんだよ。

佐　早く読みたいです。

執　実は戸嶋もウナムーノが好きだったんだよ。だからウナムーノの神秘思想というのは、戸嶋の絵の解説にもすごく使えるんだ。戸嶋の絵ってやっぱり難しくて、解説が難しいんだけど、使えるんだよ。これは訳した理由の一つになるのかな。戸嶋というのは自分はクリスチャンじゃなかったけど、そういうスペインの古い神秘思想が肌に合うから、スペインに住んでたんだと思う。本人は気づいてない部分もあるけど、それを絵に反映してるわけ。

佐　そうですね。『ベラスケスのキリスト』は、発売と同時にすぐに買って読みます。気が付けば、あっという間に時間が過ぎてしまいました。この三日間、僕にとっては憧れの存在である執行さんからお話を伺うことが出来て、本当に夢のようでした。今後も執行さんの本を己の励みにしながら、「生命の燃焼」に向かって突入していきたいと思います。本当にありがとうございました。

執　僕のほうこそ、本当にありがとう。三日間の対談を振り返って、これだけ腹を割って現代の

対談風景

若者と話し合えたということの意義は僕にとって非常に大きかった。僕ぐらいの年になると、やはり将来の日本を担う若者に自分の思想を伝えたくなるんだ。若者が、自分の著作に興味を持ってくれること以上の喜びはないね。そういう心を佐堀さんは満たしてくれた。嬉しいのは僕のほうだ。今後も機会を見て、また話し合いたいよね。将来は「佐堀文学」の議論をしてみたいと思っているよ。精神医学から文学を書く人間はこれからの日本の思想界にとって、最も大切な存在となると僕は信じているんだ。佐堀さんの将来が楽しみだ。本当に三日間ありがとう。今後もよろしく頼むよ。名残り惜しいけどこの辺で。まずは切り上げよう。

あとがきにかえて

「真夏の夜の夢」が終わった。対談が終了した時、私はそう感じたのだ。私の五感は、サー・ローレンス・オリヴィエが演ずるシェークスピア劇の「溜め息」の響きを感じていた。身体はへとへとになっていたが、気分は爽快だった。佐堀氏の方は、身体も気分も両方そろって元気だった。さすがに、年齢の差は如何んともしがたい。

佐堀氏は、神戸大学医学部の現役学生（五年生）である。頭の切れが鋭く、また速かった。医学を志すだけあって、科学的な素養が非常に秀れていることを痛感した。その科学的思考が、詩と文学によって補強されている。私は将来の日本にとって、非常に明るい「何ものか」を感じながら氏と語り合った。

医者と作家を両立させている人がいる。数少ないが確かにいる。それも大物が多い。氏がそう成ってくれることは、日本にとって有益なことである。そのような希望を私は持った。氏が今後どのような人生を切り拓いていくのかが楽しみだ。見守り、そして祈りたい。

言うまでもないことだが、対談の内容についてはその責任のすべては私にある。佐堀氏の発言に関しても、もし引っかかるところがあるとすれば、それはすべて私との関係によってそう成ったと思ってほしい。私は生来が「不良」なので、どうしても対談者に変なことを言わせてしまうことが多い。読者の方々には「ごめん、気にせずに読み進んでくれ！」という気持ちで文のまとめを進めていた。この場を借りて後れ馳せながら謝っておく。

この対談は、掛け値なしのぶつかり合いをそのまま録音し、それをそのまま文として整えたものと成っている。そのぶつかり合いの臨場感を大切にしたいと思って編集作業を進めてもらった。時間はかかったが、私も満足し佐堀氏も満足するものが出来上がったと思っている。

最後になったが、出版を引き受けてくれた㈱講談社エディトリアルに感謝したい。特に企画、編集を丁寧に進めてくれた編集委員の吉村弘幸氏にこの場を借りてお礼を申し上げる。私の我がままを嫌な顔ひとつせずに受け入れてくれた。そして、実にすばらしい本に仕上げてくれた。いつもながら、講談社のもつ総合力には脱帽するものがある。

執行草舟

二〇一八年九月

索引

カ行

サ行

タ行

マ行

ラ行

ワ行

注記１：索引は基本的に、本文上に出て来る頁を記載していますが、特徴的な言葉の場合、注釈に出て来る頁も挙げています。

注記２：書名に関しては、本文では話されたままのタイトルとし、注釈では出版されている本の正式な書名を入れています。索引には本文・注釈どちらの頁も記載しています。

執行草舟　しぎょう・そうしゅう

昭和25年東京都生まれ。立教大学法学部卒業。実業家、著述家、歌人。独自の生命論に基づく事業を展開。戸嶋靖昌記念館 館長、執行草舟コレクション主宰を務める。蒐集する美術品には、安田靫彦、白隠、東郷平八郎、南天棒、山口長男、平野遼等がある。洋画家 戸嶋靖昌とは、深い親交を結び、画伯亡きあと全作品を譲り受け、記念館を設立。その画業を保存、顕彰し、千代田区麹町の展示フロアで公開している。

佐堀暢也　さほり・のぶや

平成5年大阪生まれ。奈良に育ち、帝塚山高等学校を卒業。現在は神戸大学医学部に在籍する。眼科医である父の影響や、高木兼寛、中井久夫等の著名な医師への敬愛、生命に対する関心から、医学を志す。執行草舟著作は18歳の時から読み始め、受験時代には『生くる』『友よ』『根源へ』を熟読。その後も執行草舟の著作を中心に、三島由紀夫、折口信夫、芥川龍之介、シエークスピア、ニーチェ、シオラン等も愛読。

対談《たいだん》　夏日烈烈《かじつれつれつ》　――二《ふた》つの魂《たましい》の語《かた》らい――

二〇一八年一一月一〇日　第一刷発行
二〇一九年　一月一七日　第二刷発行

著者　執行草舟《しぎょうそうしゅう》・佐堀暢也《さほりのぶや》

発行者　堺　公江

発行所　株式会社講談社エディトリアル
郵便番号　一一二-〇〇一三
東京都文京区音羽　一-一七-一八　護国寺SIAビル六階
電話　代表：〇三-五三一九-二一七一
　　　販売：〇三-六九〇二-一〇二二

印刷・製本　豊国印刷株式会社

ISBN978-4-86677-019-2